채만식 장편소설

탁류

濁流

원본비평정본

정홍섭 주석·해설

태학사

편저자 **정홍섭**

서울대학교 영어영문학과 및 같은 대학원 국어국문학과 졸업
아주대학교 다산학부대학 교수

저서로 『채만식 문학과 풍자의 정신』, 『소설의 현실 비평의 논리』, 『영어 공부와 함께한 삶의 지혜를 찾는 글쓰기』, 편저로 『채만식 선집』, 『치숙』, 역서로 『코페르니쿠스: 투쟁과 승리의 별』, 『상상력과 인지학』, 『파르치팔과 성배 찾기』, 『생각을 확장하다』, 『신성한 씨앗』, 『감의 빛깔들』 등이 있다.

원본비평정본
탁류 濁流

초판 1쇄 인쇄 | 2017년 8월 14일
초판 1쇄 발행 | 2017년 8월 18일

저　자 | 채만식
편저자 | 정홍섭
펴낸이 | 지현구
펴낸곳 | 태학사
등　록 | 제406-2006-00008호
주　소 | 경기도 파주시 광인사길 223
전　화 | 마케팅부 (031)955-7580~82 편집부 (031)955-7585~89
전　송 | (031)955-0910
전자우편 | thaehak4@chol.com
홈페이지 | www.thaehaksa.com

ISBN 978-89-5966-872-4 93810

1. 이 책은 아래의 다섯 가지 판본을 모두 참고하여 작가의 의도를 최대한 살리고 기존 판본의 문제점들을 모두 고치면서 오늘날 독자들이 쉽게 읽을 수 있도록 만들었다. 각 판본의 성격과 문제점에 관해서는 해설에 자세히 밝혀놓았다.

   ① 조선일보 연재본 : 1937.10.12∼1938.5.17.(『탁류』가 처음 발표된 198회의 신문연재본)

   ② 우한용 해설·주석, 『탁류』, 서울대학교 출판부, 1997.(조선일보 연재본을 저본으로 한 단행본)

   ③ 『채만식전집2 : 탁류』, 창작사, 1987.(1939년 박문서관에서 간행된 초판 단행본을 저본으로 한 단행본)

   ④ 『탁류』, 민중서관, 1949.(채만식 생전에 마지막으로 간행된 3판 단행본)

   ⑤ 『탁류』(2판 7쇄), 문학사상사, 2003.12.15.(현재까지 가장 널리 읽혔으나 저본을 밝히지 않은 단행본)

2. 위 판본들 간의 대조 내용과 어휘 풀이를 각주에 함께 실었다. 판본 간 대조는, 연재본과 단행본 사이의 차이와 기존 판본의 오류 등을 중심으로 하여, 작가의 의도를 파악하고 기존 판본의 오류를 바로잡는 데 중요한 의미를 갖는 것들을 추려낸 것이다. 어휘 풀이는 일반 독자에게 꼭 필요하다고 생각하는 말을 대상으로, 해당 어휘가 최초로 나온 곳에서만 1회에 한해서 했다.

3. 어휘 풀이는 『표준국어대사전』(국립국어원)과 임무출 편 『채만식 어휘사전』(토담, 1997)을 비롯한 여러 관련 문헌을 참고하여 했고, 『표준국어대사전』 이외 참고문헌의 뜻풀이를 빌려온 경우에는 아래와 같은 약호로 표시를 했다. 거꾸로 참고문헌의 뜻풀이가 잘못된 경우에도 주석에서 그 내용을 자세히 밝혔다.

   임무출 편, 『채만식 어휘사전』, 토담, 1997. → (임)

   우한용 해설·주석, 『탁류』, 서울대학교 출판부, 1997. → (우)

   『채만식전집2 : 탁류』, 창작사, 1987. → (전집2)

   우찬제 책임편집, 『탁류』, 문학과지성사, 2016. → (문지)

4. 이 책의 표기법은 기본적으로 위와 같은 원칙과 방법에 따랐다. 그래서 우선 작가 특유의 어투가 분명한 방언(예컨대 '같이'의 뜻으로 '같이서'라는 말을 쓰는 것), 구어체의 긴 발음 표시(이 경우 원작에서는 예컨대 '게슴츠레-'처럼 '-' 표시를 했는데 이 책에서는 '게슴츠레에'처럼 마지막 음절을 한 번 더 썼음), 작중 인물이 잘못 발음한 한자어를 작가가 의도적으로 쓴 것, '-이었었다'처럼 과거 시제를 뜻하는 어미를 겹쳐서 쓰는 채만식 특유의 습관적 표현, '로맨스런'처럼 역시 작가가 특유의 조어법으로 만들어낸 말들을 그대로 살렸다. 그러나 작가의 의도나 작품 분위기와 무관하다고 생각하는 말들은 현행 맞춤법에 따랐다. 예컨대 다음과 같은 것들이다.

   ①②④ 제돌잽이 ③ 제돐잡이 ⑤ 제 돌쟁이(⑤는 오류임) → 제 돌잡이

   ①②③④ 일러대면서 ⑤ 으르대면서 → 을러대면서

5. 어휘 풀이에서는 특히 『표준국어대사전』에서 '북한어'로 규정한 말들을 모두 표시했고, 이 사전에서 방언의 해당 지역을 지정한 것도 병기했다. 『표준국어대사전』의 '북한어' 규정과 방언 해당 지역 지정의 문제와 관련해서는 [부록]의 필자의 논문을 참조하기 바란다.

차례

1. '인간 기념물(人間記念物)'

금강(錦江)…….

이 강은 지도를 펴 놓고 앉아 가만히 들여다보노라면, 물줄기가 중동[1]께
서[2] 남북으로 납작하니 째져 가지고는-한강(漢江)이나 영산강(榮山江)도 그
렇기는 하지만-그것이 아주 재미있게 벌어져 있음을 알 수 있다. 한번 비
행기라도 타고 강줄기를 따라가면서 내려다보면 또한 그럼직할 것이다.

저 준험한[3][4] 소백산맥(小白山脈)이 제주도(濟州島)를 건너보고 뜀을 뛸
듯이, 전라도의 뒷덜미[5]를 급하게 달리다가 우뚝…… 또 한 번 우뚝……
높이 솟구친 갈재[蘆嶺]와 지리산(智異山) 두 산의 산협[6] 물을 받아 가지고
장수(長水)로 진안(鎭安)으로 무주(茂朱)로 이렇게 역류하는 게 금강의 남
쪽 줄기다. 그놈이 영동(永同) 근처에서는 다시 추풍령(秋風嶺)과 속리산
(俗離山)의 물까지 받으면서 서북(西北)으로 좌향[7]을 돌려 충청 좌우도(忠
淸左右道)의 접경을 흘러간다.

그리고 북쪽 줄기는.

좀 단순해서, 차령산맥(車嶺山脈)이 꼬리를 감추려고 하는 경기(京畿) 충
청(忠淸)의 접경 진천(鎭川) 근처에서 청주(淸州)를 바라보고 가느다랗게

---

1 중동 : 사물의 중간이 되는 부분이나 가운데 부분.
2 -께 : 시간이나 공간을 나타내는 일부 명사 뒤에 붙어 '그때 또는 장소에서 가까운 범위'
  의 뜻을 더하는 접미사.
3 준험한 : ⑤ 험준한
4 준험하다(峻險--) : 산세가 높고 험악하다.
5 뒷덜미 : ①② 뒷데숙이
        : '데수기'는 '덜미'의 전라도 방언.
6 산협(山峽) : 산속의 골짜기.
7 좌향(坐向) : 묏자리나 집터 따위의 등진 방향에서 정면으로 바라보이는 방향.

흘러 내려오다가 조치원(鳥致院)을 지나면 거기서 비로소 오래 두고 서로 찾던 남쪽 줄기와 마주 만난다.

이렇게 어렵사리 서로 만나 한데 합수진[8] 한 줄기 물은 게서부터 고개를 서남으로 돌려 공주(公州)를 끼고 계룡산(鷄龍山)을 바라보면서 우줄거리고[9] 부여(扶餘)로…… 부여를 한 바퀴 휘돌려다가는 급히 남으로 꺾여 단숨에 논메[論山], 강경이[江景]까지 들이닫는다[10].

여기까지가 백마강(白馬江)이라고, 이를테면 금강의 색동[11]이다. 여자로 치면 흐린 세태에 찌들지 않은 처녀 적이라고 하겠다.[12]

백마강은 공주 곰나루[熊津]에서부터 시작하여 백제(百濟) 흥망의 꿈 자취를 더듬어 흐른다. 풍월도 좋거니와 물도 맑다.

그러나 그것도 부여 전후가 한창이지, 강경에 다다르면 장꾼들의 흥정하는 소리와 생선 비린내에 고요하던 수면의 꿈은 깨어진다. 물은 탁하다.

예서부터가 옳게 금강이다. 향은[13] [14] 서서남(西西南)으로, 빗밋이[15] 충청·전라 양도의 접경을 골 타고 흐른다.

이로부터서 물은 조수(潮水)까지 섭슬려[16] [17] 더욱 흐리나 그득하니 벅차고, 강 넓이가 훨씬 퍼진 게 제법 양양하다[18].

---

8 합수지다(合水--) : 여러 갈래의 물이 한데 모이다.
9 우줄거리다 : 몸이 큰 사람이나 짐승이 가볍게 율동하듯이 자꾸 움직이다.
10 들이닫다 : 몹시 빨리 달리다.
11 색동 : 여러 색으로 만든 아이의 저고리 소맷감.
12 ⑤만 이 문장('여자로~하겠다.')을 독립된 단락으로 쓰고 있다.
13 향은 : ⑤ 형은
14 향(向) : 묏자리나 집터 따위의 앞쪽 방향.
15 빗밋이 : 비스듬히.
16 섭슬려 : ③ 섭쓸려(이하 모두 이러함.)
17 섭슬리다 : 함께 섞여 휩쓸리다.
18 양양하다(洋洋--) : 한없이 넓다.

이름난 강경 벌은 이 물로 해서 아무 때고 갈증을 잊고 촉촉하다.

낙동강이니 한강이니 하는 다른 강들처럼 해마다 무서운 물난리를 휘몰아 때리지 않아서 좋다. 하기야 가끔 홍수가 나기도 하지만.

이렇게 에두르고[19] 휘돌아 멀리 흘러온 물이, 마침내 황해(黃海) 바다에다가 깨어진 꿈이고 무엇이고 탁류째 얼러 좌르르 쏟아져 버리면서 강은 다하고, 강이 다하는 남쪽 언덕으로 대처(大處[20] : 市街地) 하나가 올라앉았다.

이것이 군산(群山)이라는 항구요, 이야기는 예서부터 실마리가 풀린다.

그러나 항구라서 하룻밤 맺은 정을 떼치고 간다는 마도로스[21]의 정담이나, 정든 사람을 태우고 멀리 떠나는 배 꽁무니에 물결만 남은 바다를 바라보면서 갈매기로 더불어 운다는 여인네의 그런 슬퍼도 달코롬한[22] 이야기는 못 된다.

벗어부치고[23][24] 농사면 농사, 노동이면 노동을 해 먹고 사는 사람들과 마찬가지로, '오늘'이 아득하기는 일반이로되, 그러나 그런 사람들과도 또 달라 '명일(明日)[25]'이 없는 사람들……, 이런 사람들은 어디고 수두룩해서 이곳에도 많이 있다.

정 주사(丁主事[26])도 갈데없이[27] 그런 사람이다.

---

19 에두르다 : 에워서 둘러막다.

20 대처(大處) : 도회지(都會地).

21 마도로스(matroos) : 주로 외항선의 선원을 이르는 말.

22 달코롬하다 : 임무출은 '달콤하다(감칠맛이 있게 꽤 달다)'로 해석하였다. 그런데 '달콤하다'에 있는 뜻 중에서는 '흥미가 나게 아기자기하거나 간드러진 느낌이 있다'가 문맥에 더 적합하다.

23 벗어부치고 : ⑤ 벗어붙이고

24 벗어부치다 : 힘차게 대들 기세로 벗다.

25 명일(明日) : 내일.

26 주사(主事) : ((남자의 성 뒤에 쓰여))그를 높여 이르는 말.

정 주사는 시방[28] 미두장(米豆場[29] : 미곡취인소(米穀取引所[30]), 기미시장 (期米[31]市場)) 앞 큰길 한복판에서, 다 같은 '하바꾼[32](절(節)치기꾼)'이로되 나이 배젊은[33] 애송이[34]한테, 먹살을 당시랗게[35] 따잡혀[36] 가지고는 죽을 봉욕[37]을 당하는[38] 참이다.

시간은 오후 두 시 반, 후장[39](後場)의 대판 시세 이절(大阪時勢二節)[40]이 들어오고 나서요, 절기는 바로 오월 초생[41].

싸움은 퍽 단출하다. 안면 있는 사람들이 없는 바는 아니지만, 누구 하나 나서서 말리지도 않는다.

지나가던 상점의 심부름꾼 아이 하나가 자전거를 반만 내려서 오도카

---

27 갈데없이 : 오직 그렇게밖에는 달리 될 수 없게.

28 시방 : 지금.

29 미두장(米豆場) : 미두꾼들이 모여 미두를 하는 곳. 미두는 현물 없이 쌀을 팔고 사는 일. 실제 거래를 목적으로 하는 것이 아니고 쌀의 시세를 이용하여 약속으로만 거래하는 일 종의 투기 행위이다.

30 취인소(取引所) : '거래소'의 옛 용어.

31 기미(期米) : 미두(米豆).

32 하바꾼 : '네하바(ねはば, 値幅)'란 '시세 폭' 또는 '가격 차'를 가리키는 말로서, '하바꾼'이 란 '미두(米豆)'를 통해 시세 차익을 보려고 투기하는 사람들을 일컫는 말이다.

33 배젊다 : 나이가 아주 젊다.

34 애송이 : ①②④ 애숭이(이하 모두 이러함.)

35 당시랗다 : 임무출은 '당실하다(맵시 있게 덩그렇다)'로 해석하였으나 문맥에 적합지 않 다. 문학과지성사 판『탁류』에서는 "야무지다"의 전북 방언. 일을 하는 모습이 단단하고 굳세다.'로 풀이하고 있는데, 이 풀이가 문맥에 맞다.

36 따잡히다 : 단단히 잡히다.

37 봉욕(逢辱) : 욕된 일을 당함.

38 당하는 : ①② 보는

39 후장(後場) : 거래소에서 오후에 열리는 거래.

40 대판 시세 이절(大阪時勢二節) : 오사카(大阪)에서의 오후의 쌀 가격 시세.

41 초생 : ⑤ 초승(이하 모두 이러함.)
　　　 : 음력 매월 초의 며칠 동안. 표준국어대사전에는 '초승'의 북한어라고 되어 있음.

니[42] 바라보고 섰는 것이 그림의 첨경(添景)[43] 같아 더욱 호젓하다[44].

휘둘리는 정 주사의 머리에서, 필경 낡은 맥고모자[45]가 건뜻[46] 떨어져 마침 부는 바람에 길바닥을 데구루루 굴러간다. 미두장 정문 앞 사람 무더기 속에서 웃음소리가 와아 하고 터져 나온다.

미두장은 군산의 심장이요, 전주통(全州通)이니 본정통(本町通)이니 해안통(海岸通)이니 하는 폭넓은 길들은 대동맥이다. 이 대동맥 군데군데는 심장 가까이, 여러 은행들이 서로 호응하듯 옹위[47]하고 있고 심장 바로 전후좌우에는 중매점(仲買店)[48]들이 전화 줄로 거미줄을 쳐놓고 앉아 있다.

정 주사는 자리하고도 이런 자리에서 봉변을 당하는 참이다.

그러나 미두장 앞에서 일어난 싸움이란 빤히 속을 알조[49]다. 그런 싸움은 하루에도 으레껏[50] 한두 패[51]씩은 얼려[52] 붙는다.

소위 '총을 놓았다'[53]는 것인데, 밑천 없이 안면만 여겨 돈을 걸지 않고 '하바'를 하다가 지고서 돈을 못 내게 되면, 그래 내라거니 없다거니 하느라고 시비가 되어, 툭탁 치고받고 한다. 촌이라면 앞뒷집 수탉끼리 암컷

---

42 오도카니 : 작은 사람이 넋이 나간 듯이 가만히 한자리에 서 있거나 앉아 있는 모양.

43 첨경(添景) : 덧붙인 경물.

44 호젓하다 : 후미져서 무서움을 느낄 만큼 고요하다.

45 맥고모자(麥藁帽子) : 밀짚 같은 것으로 만든 서양식 여름 모자. 위가 납작하다.

46 건뜻 : 슬쩍 빠르게 날리거나 떨어지거나 하는 모양.

47 옹위(擁衛) : 좌우에서 부축하며 지키고 보호함.

48 중매점(仲買店) : 생산자와 판매상, 또는 도매상과 소매상의 중간에서 물건이나 권리의 매매를 중개하고 이익을 얻는 상점.

49 알조 : 알 만한 일.

50 으레껏 : ①② 의렷건   ③ 의례껏   ④ 의례건(이하 모두 이러함.)

51 패(牌) : 같이 어울려 다니는 사람의 무리.

52 얼리다 : 얽히다. 이루어지다.

53 총을 놓다 : 미두장 등에서 하바꾼들이 시비가 붙어 서로 치고받고 하다.(임)
           : 미두에서 남에게 일러준 결과가 맞지 않아 낭패를 보는 일.(우)

샘에 후두둑후두둑하는 닭싸움만치나 예삿일이다.

해서 아무리 이런 큰길 바닥에서 의관[54]깨나 한 사람들끼리 멱살을 움켜잡고 얼러붙은 싸움이라도 그리 할 일이 없어서 심심한 사람이 아니면 별반[55] 구경하는 사람도 없다.

다 알고 지내는 같은 '하바꾼'들은 싸움을 뜯어말리기는커녕, 중매점 처마 밑으로 미두장 정문 앞으로 넌지시 비켜서서, 흰머리가 희끗희끗 장근[56] 오십의 중늙은이 정 주사가 자식뻘밖에 안 되는 애송이한테 그런 해거[57]를 당하는 것을 되레 고소하다고 빈정거리기만 한다.

－밑천도 없어 가지고 구성없이[58] 덤벼들어, 남 골탕 멕이기 일쑤더니, 그저 잘꾸사니[59]야!

－정 주사지 고무래[60] 주산지 인제는 제발 시장 근처에 오지 말래요.

－저 영감님 저러다가는 생죽음하겠어!

－어쩔라구들 저래!

－두어두게[61]. 제 일들 제가 알아서 할 테지. 때가면[62] 둘 다 콩밥인걸.

---

54 의관(衣冠) : 남자의 웃옷과 갓이라는 뜻으로, 남자가 정식으로 갖추어 입는 옷차림을 이르는 말. '옷차림'으로 순화.

55 별반 : 따로 별다르게.

56 장근(將近) : 거의.

57 해거 : [1][2][4] 해게　　[5] 해괴
　　 : 해거(駭擧). 괴상하고 얄궂은 짓.

58 구성없이 : 격에 어울리지 않게.

59 잘꾸사니 : 잘코사니. 고소하게 여겨지는 일. 주로 미운 사람이 불행을 당한 경우에 하는 말이다.

60 고무래 : 곡식을 그러모으고 펴거나, 밭의 흙을 고르거나 아궁이의 재를 긁어모으는 데에 쓰는 'ㅜ' 자 모양의 기구. 여기에서 '고무래'라 한 것은 정 주사의 성인 '정(丁)'의 새김이 '고무래'이어서 언어유희의 표현으로 쓴 것이다.

61 두어두다 : 본디 있던 그대로 두다.

62 때가다 : 죄지은 사람이 잡혀가다.

정 주사는, 멱살을 잡은 애송이의 팔목에 가 대롱대롱 매달려 발돋움을 친다. 목을 졸려서 얼굴빛은 검푸르게 죽고, 숨이 막혀 캑캑 기침을 배알는다[63].

낡은 맥고모자는 아까 벌써 길바닥에 굴러 떨어졌고, 당목[64] 홑두루마기[65]는 안팎 옷고름이 뜯어져서 잡아낚는 대로 주정뱅이처럼 펄럭거린다.

"여보게 이 사람, 여보게!"

"보긴 무얼 보라구 그래? 보아야 그 상판[66]이 그 상판이지 별것 있나? …… 잔말 말구 돈이나 내요."

"글쎄 여보게, 이건 너무 창피하지 않은가! 이걸 놓고 조용조용 이야기를 하세그려, 응? 이건 놓게."

"흥! 놓아 주면 뺑소니를 칠 양으루? 어림없어…… 돈 내요. 안 내면 깝대기를 벗겨 놀 테니……."

"글쎄 이 사람아! 이런다구 없는 돈이 어디서 솟아나나?"

"요런 얌체 빠진 작자 같으니라구! 왜, 그럼 돈두 없으면서 덤볐어? 덤비기를…… 그랬다가 요행 바루 맞으면 올개미[67] 없는 개장수[68]를 할 양으루? …… 그리구 고 꼴에 허욕[69]은 담뿍 나서, 머? 오십 전[70]이야 차마 하겠나? 일 원은 해야지?…… 고런 어디서…… 아이구! 그저 요걸 그것……."

애송이는 뺨을 한 대 갈길 듯이, 멱살 잡지 않은 바른편 팔을 번쩍 쳐들

---

63 배알다 : 표준국어대사전에는 '뱉다'의 북한어로 되어 있음.

64 당목(唐木) : 두 가닥 이상의 가는 실을 되게 한 가닥으로 꼰 무명실로 나비가 넓고 발이 곱게 짠 피륙. 서양목. 양목.

65 홑두루마기 : ①② 홋두루매기　④ 홋두루마기　⑤ 백두루마기

66 상판(相-) : 상판대기(相---). '얼굴'을 속되게 이르는 말.

67 올개미 : ⑤ 올개미

68 올개미 없는 개장수 : 올가미 없는 개장사. 밑천 없이 하는 장사꾼을 낮잡아 이르는 말.

69 허욕(虛慾) : 헛된 욕심.

70 전(錢) : 우리나라의 옛 화폐 단위. 1전은 1원(圓)이나 1환(圜)의 100분의 1이다.

어 넓죽한 손바닥을 들이대면서 을러멘다.[71][72] 정 주사는 그것을 피하려고 고개를 오므라뜨리면서 엉겁결에 손을 내민다.

그 꼴이 하도 궁상스럽대서[73] 하하하 웃음소리가 사방에서 터져 나온다.

그때 마침 ××은행 군산 지점(群山支店)[74]의 당좌계(當座係)[75]에 있는 고태수(高泰洙)가, 잠깐 다니러 나왔는지 맨머리로 귀 위에 철필대[76]를 꽂고 슬리퍼를 끌고 미두장 앞을 지나다가 싸움 얼린[77] 것을 보더니 멈칫 발길을 멈춘다. 그러자 또, 미두장 안에서는 중매점 '마루강(丸江)'의 '바다지[78](場立)'로 있는 곱사[79] 장형보(張亨甫)가 끼웃이 밖을 내다보다가, 태수가

---

71 을러멘다 : [1][2] 얼러맨다 　　 [3][5] 얼러멘다 　　 [4] 얼러 멘다

72 을러메다 : 을러대다. 위협적인 언동으로 을러서 남을 억누르다.

73 궁상스럽다(窮狀---) : 보기에 궁상맞은 데가 있다. '궁상맞다'는 '꾀죄죄하고 초라하다.'라는 뜻.

74 ××은행 군산 지점(群山支店) : '조선은행 군산 지점'을 말한다. 조선은행(朝鮮銀行)은 일제 강점기에 조선은행권을 발행하고 일반 은행 업무를 맡아보던 중앙은행으로, 일본제국이 1911년에 '조선은행법'에 따라 설립한 정부계 특수 은행이다. 약칭은 선은(鮮銀)이다. 일본의 중앙은행인 일본은행을 보조하는 대표적인 식민지 금융기구로, 일반 상업은행 업무도 겸하면서 조선인 일반은행이 성장하는 것을 차단하였다. 또, 조선은행권 발행으로 조선에서 식민통치비용을 조달하고 일제의 대륙침략정책 수행을 위한 도구로 이용했다. 1909년에 설립된 한국은행을 1911년에 고친 것으로, 광복 후 다시 한국은행으로 고쳤다. 『탁류』에서 고태수가 근무한 조선은행 군산 지점 건물은 1922년에 건립되어 조선은행으로 사용되었다. 1953년 이후 한일은행 군산 지점으로 사용되다가 1981년 민간에 매각되어 상업 건축물(카바레)로 사용되었고 1990년 화재 이후 방치되었다. 2008년 2월 28일 국가등록문화재 제374호로 지정되었고, 수리 및 보수 과정을 거쳐 2013년 이후 '군산 근대 건축관'으로 사용하고 있다.

75 당좌(當座) : 당좌예금(當座預金). 예금자가 수표를 발행하면 은행이 어느 때나 예금액으로 그 수표에 대한 지급을 하도록 되어 있는 예금.

76 철필대(鐵筆-) : 펜대.

77 얼린 : [3][4][5] 열린.

78 바다지(場立) : ばだち. ばたち. 증권업자의 대리인으로서 거래소에 나와 거래하는 점원.

79 곱사 : [1][2][4] 꼽사 　　 [5] 꼽추
　　 : 등이 굽고 큰 혹 같은 것이 불쑥 나온 사람. 곱사등이.

온 것을 보고 메기같이 째진 입으로 히죽히죽 웃는다.

"자네 장랫장인[80] 방금[81] 죽네, 방금 죽어. 어여 쫓아가서 말리게. 괜히 소복[82] 입구 장가들게 되리!…… 어여 가서 뜯어말리라니깐 그래!"

모여 섰던 사람들은, 태수를 아는 사람이고 모르는 사람이고, 모두 돌려다 보면서 빙긋빙긋[83] 웃는다.

태수는 형보더러[84] 눈을 흘기면서도 함께 웃는다. 그는 형보 말대로 싸움을 말려 주고는 싶어도 형보가 방정맞게 여럿이 듣는 데서 그런 말을 씨월거려[85] 놔서[86] 차마 열적어[87] 선뜻 내닫지 못하는 눈치다[88]. 그러나 그것도 잠깐이요, 형보한테 빙긋 한 번 더 웃어 보이고는 싸움 얼린[89] 길 가운데로 슬리퍼를 직직 끌고 건너간다.

"이건 무얼 이래요!…… 점잔잖게스리.[90] 이거 노시오."

태수는 정 주사의 멱살을 잡은 애송이의 팔목을, 말하는 말조[91]보다는 우악스럽게 훑으려[92] 쥔다.

정 주사는 점직해서[93], 안 돌아가는 고개를 억지로 돌리고, 애송이는 좀

---

80 장랫장인 : 장래에 장인이 될 사람.

81 방금 : '지금' 또는 '곧'의 의미로 쓰임.

82 소복(素服) : 하얗게 차려입은 옷. 흔히 상복으로 입는다.

83 빙긋빙긋 : ④⑤ 빙깃빙깃

84 형보더러 : 형보에게.

85 씨월거리다 : '씨불거리다', 즉 '주책없이 함부로 자꾸 실없는 말을 하다. 늑씨불대다.'의 의미인 듯함.

86 씨월거려 놔서 : ①② 중얼거리기 때문에

87 열적다 : 좀 겸연쩍고 부끄럽다. 표준국어대사전에는 '열없다'의 북한어로 되어 있음.

88 열적어 선뜻 내닫지 못하는 눈치다 : ①② 열ㅅ적어 못하고 망서렷다

89 얼린 : ③④⑤ 열린

90 점잔잖게스리 : ①② 젊잔찬케스리…….　　④ 점잔찮게스리.　　⑤ 점잖잖게끔.

91 말조 : ①② 말ㅅ조　　④ 말쪼

92 훑으려 : ①②④ 홀트려　　⑤ 후뚜려

머쓱하기는 하면서도 멱살은 놓지 않는다.

"아아니⁹⁴, 이런 경우가 어디 있어요?…… 나이깨나 좋이⁹⁵ 먹어 가지구는……."

"노라면 놔요!"

버럭 소리를 지르면서 태수는 쥐었던 애송이의 팔목을 잡아낚는다.

"……잘잘못은 누게⁹⁶ 있든지, 그래 댁은 부모도 없수? 젊은 친구가 나이 자신 분한테 이런 행패를 하게."

몰아대면서 거듭떠보는⁹⁷ 태수의 눈살은 졸연찮게⁹⁸ 팽팽하다.

애송이는 할 수 없이 멱살을 놓고 물러선다.

"그렇지만 경우가 그렇잖거든요!"

"경우가 무슨 빌어먹을 경우람? 누구는 그 속 모르는 줄 아우? 하바하다가⁹⁹ 총 놨다구 그러지?…… 여보, 그렇게 경우가 밝구 하거던 애여 경찰서루 가서 받아 달래구려!"

"허어 참!"

애송이는 더 성구지¹⁰⁰ 못하고, 돌아서서 미두장 정문께로 가면서, 혼자

---

93 점직하다 : 부끄럽고 미안하다.

94 아아니 : ①②④⑤ 아-니   ③ 아니
　　　: 이하 모두 마찬가지로 ①②④⑤는 길게 끄는 소리를 '-'로 표시하고 있는데, 이것을 모두 앞 음절의 모음을 한 번 더 쓰는 것으로 바꾸어 표기하기로 한다.

95 좋이 : 어느 한도에 미칠 만하게.

96 누게 : 누구에게.

97 거듭떠보다 : '거들떠보다'의 전라도 방언.

98 졸연찮다 : '졸연하다(猝然--)'는 '쉽게 할 수 있는 상태에 있다'는 뜻이므로 '졸연찮다'는 여기서 '쉽고 만만하지 않다'는 정도의 의미이다. '졸연하다'는 '어떤 일의 상태가 갑작스럽다'는 뜻도 있어서 임무출은 '어떤 일의 상태가 갑작스럽지 아니하다'로 풀이하고 있는데 이는 문맥에 맞지 않다.

99 하바하다 : '하바(はば)'란 '값의 차이'를 뜻하므로 이는 시세 차익을 노리는 투기 행위 하는 것을 뜻한다.

무어라고 두런두런 두런거린다.

정 주사는 검다 희단 말이 없이 모자를 집어 들고 건너편의 중매점 앞으로 간다. 중매점 문 앞에 두엇이나 모여 섰던 하바꾼들은, 정 주사의 기색이 하도 암담한 것을 보고, 입때까지 조롱하던 낯꽃[101]을 얼핏 고쳐 갖는다[102].

"담배 있거들랑 한 개 주게!"

정 주사는 누구한테라 없이 손을 내밀면서 한데를 바라보고 우두커니 한숨을 내쉰다.

여느 때 같으면,

"담배 맽겼수?"

하고 조롱을 하지 단박에는 안 줄 것이지만, 그 중 하나가 아무 말도 없이 마코[103] 한 개를 꺼내 준다.

정 주사는 담배를 받아 붙여 물고 연기째 길게 한숨을 내뿜으면서 넋을 놓고 먼 하늘을 바라본다.[104]

광대뼈가 툭 불거지고, 홀쭉 빠진 볼은 배가 불러도 시장[105]만 해 보인다. 기름기 없는 얼굴에는 오월의 맑은 날에도 그늘이 진다. 분명찮은 눈을 노상[106] 두고 깜작거리는 것은 괜한 버릇이요, 그것이 마침감[107]으로 꼴

---

100 성구다 : 생기다(이것저것 주워대서 말하다).(임) 문학과지성사 판에서는 '부아를 돋우다. 성을 내게 하다.'로 풀이하는데 이것은 문맥에 맞지 않다.

101 낯꽃 : 감정의 변화에 따라 얼굴에 드러나는 표시. 여기서는 '얼굴색' 정도의 뜻으로 쓰였다.

102 낯꽃을 얼핏 고쳐 갖는다 : ①② 눈치를 얼핏 숨긴다

103 마코 : 당시의 담배 상품 가운데 하나로 비교적 값이 싼 것이었던 것으로 보인다. 「레디메이드 인생」에도 이 담배 이름이 나온다.

104 ①②에는 이 부분에서 '초라한 행색이다.'라는 문장이 독립된 단락으로 삽입되어 있다.

105 시장 : 배가 고픔.

106 노상 : 늘.

107 마침감 : 마침맞은 사물이나 일.(임)

이 더 궁상스럽다.

못생긴 노랑 수염이 몇 낱 안 되게 시늉만 자랐다. 그거나마 정 주사는 잊지 않고[108] 자주 쓰다듬는다.

정 주사가 낙명[109]이 되어 한숨만 거듭 쉬고 서서 있는 것이 그래도 보기에 딱했던지 마코를 선심 쓰던 하바꾼이 부드러운 말로 위로를 하는 것이다.

"어서 댁으루 가시오. 다아 이런 데 발을 딜여놓자면 그런 창피 저런 창피 보기도 예사지요. 옷고름이랑 저렇게 뜯어져서 못쓰겠소. 어서 댁으루 가시오."

정 주사는 대답은 안 하나 비로소 정신이 들어, 모양 창피하게 된 두루마기 꼴을 내려다본다. 옆에서 위로하던 하바꾼이 한 번 더 선심을 내어 중매점 안으로 들어가더니 핀을 얻어 가지고 나와서, 두루마기 고름 뜯어진 것을 제 손으로 찍어매[110] 준다.

미두장 정문 옆으로 비켜서서 형보와 무슨 이야기를 하느라고 고개를 맞대고 있던 태수가, 정 주사가 서 있는 앞을 지나면서 일부러 외면을 해 준다. 정 주사도 외면을 한다.

태수가 저만치 멀리 갔을 때 정 주사는 비로소,

"으흠."

가래 끓는 목 가다듬을 한 번 하더니 ××은행이 있는 데께로 천천히 걸어간다. 다섯 자가 될락말락한 키에 가슴을 딱 버티고 한 팔만 뒷짐을 지고, 그리고 짝 바라진 여덟팔자걸음으로 아장아장 걸어가는 맵시란 누구더러 보라고 해도 시장스런 꼴이다[111].

---

108 잊지 않고 : □□ 버릇으로
109 낙명(落名) : 명성이나 명예가 떨어짐.
110 찍어매다 : 실이나 노끈 따위로 대강 꿰매다.
111 맵시란 누구더러~꼴이다 : □□ 맵시란, 시체에는 보기드믄맵씨다

푸른 지붕을 이고 섰는 ××은행 앞까지 가면 거기서 길은 네거리가 된다. 이 네거리에서 정 주사는 바른편으로 꺾이어 동녕고개 쪽으로 해서 자기 집[112] '둔뱀이'[113]로 가야 할 것이지만, 그러지를 않고 윈편[114]으로 돌아 선창께로 가고 있다.

뒤에서 보고 있던 하바꾼이, 빈정거리는 말인지 걱정하는 말인지 혼잣말로, 저 영감 자살하구 싶은가 봐? 그러길래 집으루 안 가고 선창으루 나가지, 하고 웃으면서 돌아선다.

앞뒷동[115]이 뚝 잘려서 도무지 어떻게 할 도리가 없는 게 정 주사네다. 그러나마 식구가 자그마치 여섯.

스물한 살 먹은 맏딸 초봉(初鳳)이를 우두머리로, 열일곱 살 먹은 작은딸 계봉(桂鳳)이, 그 아래로 큰아들 형주(炯柱) 이 애가 열네 살이요, 훨씬 떨어져서 여섯 살 먹은 병주(炳柱), 이렇게 사남매에, 정 주사 자기네 내외해서 옹근[116] 여섯 식구다.

이 여섯 식구가, 아이들까지도, 입은 자랄 대로 다 자라, 누구 할 것 없이 한 그릇 밥을 내놓지 않는다[117].

---

112 자기 집 : ①②③⑤ 자기집   ④ 재갸집
113 둔뱀이 : 군산의 한 동네 이름. 지금의 군산시 둔율동(芚栗洞).
114 윈편 : ①②④ 외인편
115 앞뒷동 : 임무출은 '앞과 뒤를 잇는 마디'로 보아, '앞뒷동이 잘리다', '앞뒷동이 막히다'는 '뒤를 잇지 못하고 중간에서 끊기다의 뜻'이라고 해석하였다. 우한용은 '앞뒷동이 뚝 잘려서'를 '앞뒤가 꽉 막혀서'로 해석하였다. 표준국어대사전에는 '앞뒷동'이 실려 있지 않지만 '앞동'과 '뒷동'은 있다. 각각 일의 앞부분과 일의 뒷부분을 의미하는 말이다. 이로 본다면 '앞뒷동'은 일의 앞부분과 뒷부분을 아울러 이르는 말로 볼 수 있으며 '앞뒷동이 잘리다'는 '일의 앞부분과 뒷부분이 잘렸다'는 뜻으로, 즉 '앞뒤가 꽉 막혔다'는 뜻으로 보는 것이 타당하다.
116 옹글다 : 조금도 축가거나 모자라지 않다.
117 내놓지 않는다 : ①② 냉기지아니한다
          : '모두 비운다'는 뜻으로 쓴 것으로 보인다.

그러니, 한 달에 쌀 오 통[118] 한 가마로는 모자라고 소불하[119] 엿 말은 들어야 한다.

또, 나무[120]도 사 때야 하지, 아무리 가난하기로 등짐장수처럼 길가에서 솥단지 밥을 해 먹는 바 아니니 소금[121]만 해서 먹을 수는 없고, 하다못해 콩나물 일 전어치나 새우젓 꽁댕이[122]라도 사 먹어야지, 옷감도 더러는 끊어야지, 집세도 치러야지.

그런데다가 정 주사의 부인 유 씨(兪氏)라는 이가 자녀들에 대한 승벽[123]이 유난스러워 머리를 싸매 가면서 공부를 시키는 판이다. 그래서 맏딸 초봉이는 보통학교[124]를 마친 뒤에 사립으로 된 삼년제의 S여학교를 다녀 작년 봄에 졸업을 했고, 계봉이는 그 S여학교 삼학년에 다니는 중이고, 형주가 명년[125] 봄이면 보통학교를 마치는데, 저는 인제 서울로 올라가서 어느 상급학교엘 다니겠노라고 지금부터 조르고 있고 한데, 그러고도 유 씨는 막내둥이 병주를 지난 사월에 유치원에 들여보내지 못한 게 못내 원통해서, 요새로도 생각만 나면 남편한테 그것을 뇌사리곤[126] 한다.

이러한 적지 않은 세간살이건만, 정 주사는 명색 가장이랍시고 벌어들

---

118 오 통 : ⑤ 온통
　　　　 : 오 통(五桶). 다섯 통. 한 통에 두 말을 담아 다섯 통이면 한 가마가 되는 것으로 보인다.
119 소불하(少不下) : 적게 잡아도.
120 나무 : ①②④ 남구
121 소금 : ①②④ 소곰
122 꽁댕이 : '꼬리'의 전라도 방언으로 보았다.
123 승벽(勝癖) : 호승지벽(好勝之癖). 남과 겨루어 이기기를 좋아하는 성미나 버릇.
124 보통학교(普通學校) : 일제 강점기에, 우리나라 사람들에게 초등 교육을 하던 학교. 처음에는 4년제였으나 6년제로 바뀌었다. 초봉이가 졸업한 보통학교는 1922년 '제2차 조선교육령' 이후에 6년제로 바뀐 학교일 것이다.
125 명년(明年) : 올해의 다음. 내년.
126 뇌사리다 : 뇌까리다(같은 말을 여러 번 되풀이하여 말하다).(임)

인다는 것이 가용[127]의 십분지 일도 대지를 못한다.

일찍이 정 주사는, 겨우 굶지나 않는 부모의 덕에, 선비네 집안의 가도[128]대로, 하늘천 따지의 천자[129]를 비롯하여 사서니 삼경이니를 다 읽었다. 그러고 나서 세태가 바뀌니 '신학문'도 해야 한다고 보통학교도 졸업은 했다.

정 주사의 선친은 이만큼 '남부끄럽지 않게' 아들을 공부를 시켰다. 그러나 조업[130]은 짙은 것이 없었다. 그것도 있기만 있었다면야 달리 찢길 데가 없으니 고스란히 정 주사에게로 물려 내려왔겠지만 별로 우난[131] 것이 없었다.

지금으로부터 열두 해 전, 정 주사가 강 건너 서천(舒川) 땅에서 이곳 군산으로 이사를 해 올 때, 그의 선대의 유산이라고는 선산(先山) 한 필[132]에, 논 사천 평과 집 한 채 그것뿐이었었다. 그때에 정 주사는 그것을 선산까지, 일광지지[133]만 남기고, 모조리 팔아서 빚을 뚜드려 갚고 나니, 겨우 이곳 군산으로 와서 팔백 원짜리 집 한 채를 장만할 밑천과 돈이나 한 이삼

---

127 가용(家用) : 집안 살림에 드는 비용.

128 가도(家道) : 집안에서 마땅히 지켜야 할 규범.

129 천자(千字) : 천자문.

130 조업(祖業) : 조상 때부터 대대로 내려오는 가업(家業).

131 우나다 : 유별나다. 두드러지게 다르다.(임)

132 필(筆) : 구획된 논이나 밭, 임야, 대지 따위를 세는 단위. ≒필지(筆地).

133 일광지지 : 임무출은 '묘자리 하나만 겨우 쓸 수 있는 땅. 좁은 땅.'으로 해석하였다. 우한용은 '日光之地' 혹은 '일광기지'로 해석하고 '집안의 산소 자리만 남기고 나머지는 팔아 버린다'는 뜻이 된다고 보았다. 그런데 '일광기지'는 뜻이 많이 다르고 '日光之地'도 글자 그대로 풀이하면 햇빛이 비치는 땅이라는 뜻이어서 문맥과 맞지 않는다. '一壙之地'가 아닌가 한다. '壙'에 시체를 묻기 위하여 판 구덩이라는 의미가 있으니 '일광지지'는 '한 구의 시체를 묻을 구덩이의 땅', 즉 '묫자리 하나만 겨우 쓸 수 있는 땅'이라는 해석이 가능하다(문학과지성사 판의 뜻풀이도 이렇게 되어 있으나 한자어는 '日光之地'를 취하고 있어 맞지 않다).

백 원 수중에 떨어진 것뿐이었었다[134].

정 주사의 선친은 그래도 생전 시에 생각하기를, 아들을 그만큼이나 흡족하게 '신구학문'을 겸해 가르쳤으니 선비의 집 자손으로 어디 내놓아도 낯 깎일 일이 없으리라고 안심을 했고, 돌아갈 때에도 편안히 눈을 감았다.

미상불[135] 이십사오 년 전, 일한합방 바로 그 뒤만 해도 한문 장이나 읽었으면[136], 사 년짜리 보통학교만 마치고도 '군 서기[郡雇員]' 노릇은 넉넉히 해 먹을 때다.

그래서 정 주사도 그렇게 했었다. 스물세 살에 그곳 군청에 들어가서 서른다섯까지 옹근 열세 해를 군 서기를 다녔다. 그러나 열세 해 만에 도태를 당하던 그날까지 별수 없는 고원[137]이었었다.

아무리 연조[138]가 오래서 사무에 능해도, 이력 없는 한낱 고원이 본관[139]이 되고, 무슨 계(係)의 주임이 되고, 마지막 서무주임을 거쳐 군수가 되고, 이렇게 승차[140]를 하기는 용이찮은[141] 노릇이다. 더구나 정 주사쯤의 주

---

134 팔백~것뿐이었었다 : [1][2] 팔백원짜리 집한채를 작만할 미천박게 아니되엇섯다 [4] 팔백원짜리 집 한 채를 작만할 미천과 돈이나 한 이삼백원 수중에 떨어진것 뿐이었었다 [5] 팔백 원짜리 집 한 채를 장만할 밑천과, 돈이나 한 이삼백 원 수중에 떨어진 것뿐이었었다

한편, 여기서 '이었었다'처럼 과거시제 보조어간 '었'을 겹쳐서 '-었었-'으로 쓰는 것은 채만식의 글쓰기에서 특징적인 습관 가운데 하나로 자주 쓰는 어법이기 때문에 이하에서 모두 그대로 둔다.

135 미상불(未嘗不) : 아닌 게 아니라 과연.

136 한문 장이나 읽었으면 : 한문으로 된 서적의 장(章)을 읽었으면. 다시 말해 '한문깨나 읽었다면'의 뜻.

137 고원(雇員) : 관청에서 사무를 돕기 위하여 두는 임시 직원.

138 연조(年條) : 어떤 일에 종사한 햇수.

139 본관(本官) : 견습, 고원(雇員) 및 촉탁 따위가 아닌 보통의 관직.

140 승차(陞差) : 한 관청 안에서 윗자리의 벼슬로 오름.

141 용이찮다(容易) : 하기가 쉽지 않다. '용이하지 아니하다'가 줄어든 말.

변[142]으로는 거의 절대로 가망 없을 일이다.

정 주사는, 청춘을 그렇게 늙힌 덕에 노후(老朽)[143]라는 반갑잖은 이름으로 도태를 당하고 말았다. 그리고 보니 처진 것은, 누구 없이 월급장이에게는 두억시니[144] 같이 붙어 다니는 빚[負債]뿐이었다.

그 통에, 정 주사는 화도 나고 해서 생화[145]도 구할 겸 얼마 안 되는 전장[146]을 팔아 빚을 가리고, 이 군산으로 떠나 왔던 것이요, 그것이 꼭 열두 해 전의 일이다.

군산으로 건너와서는, 은행을 시초로 미두 중매점이며 회사 같은 데를 칠 년 동안 두고 서너 군데나 드나들었다. 그러다가 마침내 정말 노후물의 처접[147]을 타고 영영 월급 세민층[148]에서나마 굴러 떨어지고 만 것이 지금으로부터 다섯 해 전이다.

그런 뒤로는 미두꾼으로, 미두꾼에서 다시 하바꾼으로……

오월의 하늘은 티끌도 없다.

오후 한나절이 겨웠건만[149] 햇볕은 늙지 않을 듯이[150] 유장하다[151].

---

142 주변 : 일을 주선하거나 변통함. 또는 그런 재주.

143 노후(老朽) : 오래되고 낡아 제구실을 하지 못함.

144 두억시니 : 모질고 사나운 귀신의 하나.

145 생화(生貨) : 먹고 살아가는 데 도움이 되는 벌이나 직업.

146 전장(田莊) : 개인이 소유하는 논밭.

147 처접 : ⑤ 처첩
　　　　 : 처우(處遇). 형편에 알맞게 대우함. '처접을 타다'='대우를 받다'.(임)

148 세민층 : ⑤ 서민층
　　　　　 : 빈민층.

149 겨다 : 때가 지나거나 기울어서 늦다.

150 않을 듯이 : ①② 아니할드끼　　④ 안할드끼

151 유장하다 : ①② 유창하다
　　　　　 : 유장하다(悠長--). 길고 오래다. 급하지 않고 느릿하다.

훤하게 터진 강심[152]에서는 싫지 않게 바람이 불어온다. 오월의 바람이라도 강바람이 되어서 훈훈하기보다 선선하다.

날이 한가한 것과는 딴판으로, 선창은 분주하다.

크고 작은 목선들이 저마다 높고 낮은 돛대를 웅긋중긋[153] 떠받고 물이 안 보이게 선창가로[154] 빽빽이[155] 들이밀렸다.

칠산 바다[156]에서 잡아 가지고 들어온 젓조기[157]가 한창이다. 은빛인 듯 싱싱하게 번쩍이는 준치[158]도 푼다.

배마다 셈 세는 소리가 아니면, 닻 감는 소리로 사공들이 아우성을 친다. 지게 진 짐꾼들과 광주리를 인 아낙네들이 장 속같이[159] 분주하다.

강안(江岸)[160]으로 뻗친 찻길에서는 꽁지 빠진 참새같이 방정맞게 생긴[161] 기관차가 경망스럽게 달려 다니면서, 빽빽 성급한 소리를 지른다. 그럴라치면 멀찍이 강심에서는 커다랗게 드러누운 기선이, 가끔 가다가 우웅 하고 내숭스럽게 대답을 한다. 준설선[162]이 저보다도 큰 크레인을 무겁게

---

152 강심(江心) : 강의 한복판. 또는 그 물속. 늑하심(河心).

153 웅긋중긋 : ② 웅긋중긋　　⑤ 웅긋쭝굿
　　　　　　: 여러 군데 쑥쑥 불거지거나 툭툭 비어져 있는 모양.

154 선창가로 : ①② 선창갓으로　　④ 선창 갓으로

155 빽빽이 : ①② 빽빽히　　③④⑤ 빡빡이

156 칠산 바다 : 전라남도 영광군의 앞바다로 예로부터 조기 산지로 유명하다.

157 젓조기 : 젓을 담그는 조기.

158 준치 : 준칫과의 바닷물고기. 밴댕이와 비슷한데 몸의 길이는 50cm 정도이고 옆으로 납작하며, 등은 어두운 청색, 배는 은백색이다. 살에는 가시가 많다. 한국, 일본, 중국 등지에 분포한다.

159 장 속같이 : 시장 속처럼.

160 강안(江岸) : 강기슭.

161 방정맞게 생긴 : ①② 몽창한

162 준설선 : ①②④ 준첩선
　　　　　: '준첩선'은 표준국어대사전에서 '준설선'의 북한어로 되어 있음.

들먹거리면서 시커먼 개흙[163]을 파 올린다.

마도로스의 정취는 없어도, 항구는 분주하다.

정 주사는 이런 번잡도 잊은 듯이 강가로[164] 다가서서 초라한 수염을 바람에 날리고 있었다.

강심으로 똑딱선[165]이 통통거리면서 떠온다. 강 건너로 아물거리는 고향을 바라보고 섰던 정 주사는 눈이 똑딱선을 따른다.

그는 열두 해 전 용댕이[龍塘][166]에서 가권[167]을 거느리고 저렇게 똑딱선으로 건너오던 일이 우연히 생각났다. 곰곰이 생각은 잦아지다가,[168] 그래도 그때는 지금보다는 나았느니라 하면, 옛날이 그리워진다. 이윽고 기름기 없는 눈시울로 눈물이 괸다.

정 주사가 미두의 속을 알기는, 중매점의 사무를 보아 주던 때부터지만 그것에 손을 대기는 훨씬 뒤엣일[169]이다.

그가 처음 군산으로 올 때만 해도, 집은 내 것이겠다,[170] 아이들이라야 셋이라지만 모두 어리고, 또 그런대로 월급도 받거니와 집을 사고 남은 돈

---

163 개흙 : 갯바닥이나 늪 바닥에 있는 거무스름하고 미끈미끈한 고운 흙. 유기물이 뒤섞여 있어 거름으로도 쓴다.

164 강가로 : ①②④ 강갓으로

165 똑딱선(--船) : 발동기로 움직이는 작은 배.

166 용댕이[龍塘] : 충남 서천의 마을 이름.

167 가권(家眷) : 호주나 가구주에게 딸린 식구.

168 곰곰이 생각은 잦아지다가, : ①②에는 이 부분이 없음.
　　　　　　　　　　　　　　④ 곰곰이 생각은 자자지다가,
　　　　　　　　　　　　　　⑤ 곰곰 생각은 잦아지다가

169 뒤엣일 : '뒤에'와 '일'을 연결하기 위해 사이시옷이 들어간 것이다. 현행 맞춤법에서는 이런 표기는 인정하지 않는다. 그러나 이런 식의 사이시옷 표기법 역시 앞서 말한 '이었었다'처럼 채만식 특유의 문체라 말할 수 있을 정도로 그가 의식적으로 빈번히 사용하고 있기 때문에 그대로 내버려 두는 것이 필요하다고 생각된다.

170 내 것이겠다, : ①② 내것이엇다　③ 내것이겠다　④ 내것이겠다,　⑤ 내것이것다,

이 이삼백 원이나 수중에 있어, 그다지 군졸하게[171] 지내지는 않았었다.

그러던 것이, 한 해 두 해 지나노라니까, 아이들은 자라고 학비까지 해서 용은[172] 더 드는데, 직업을 바꿀 때마다 월급은 줄고, 그러는 동안에 오늘이 어제보다 못한 줄은 모르겠어도, 금년이 작년만 못하고, 작년이 재작년만 못한 것은 완구히[173] 눈에 띄어, 살림은 차차 꿀려[174] 들어가기 시작했다. 하다가 마침내 푸달진[175] 월급 자리나마 영영 떨어지고 나니, 손에 기름은 말랐는데, 식구는 우그르하고, 칠팔 년 월급 장사로 다시금 빚밖에 남은 것이 없었다.

정 주사는 두루두루 생각했으나 별수가 없고, 그때는 벌써 은행에 저당 들어간 집을 팔아 은행 빚을 추린 후에, 나머지 한 삼백 원이나를 손에 쥐었다. 이때부터 정 주사는 미두를 하기 시작했었다.

미두를 시작하고 보니, 바로 맞는 때도 있고 빗맞는 때도 있으나, 바로 맞아 이문[176]을 보는 돈은 먹고 사느라고 없어지고 빗맞을 때에는 살 돈이 떨어져 나가곤 하기 때문에 차차로 밑천이 졸아들었다.

그래서, 제주말[濟州馬]이 제 갈기를 뜯어먹는다는 푼수[177]로, 이태[178] 동안에 정 주사의 본전 삼백 원은 스실사실[179] 다 밭아[180] 버리고 말았다. 그

---

171 군졸하다(窘拙--) : 있어야 할 것이 없거나 넉넉하지 못하여 어렵다.
172 용은 : 비용은.
173 완구히(完久-) : 완연히.
174 꿀리다 : 기세나 형세가 줄어지거나 꺾이다.
175 푸달지다 : 푸닥지다. (비꼬는 뜻으로) 꽤 많다.
176 이문(利文) : 이익이 남는 돈.
177 푼수 : 얼마에 상당하는 정도.
178 이태 : 두 해.
179 스실사실 : 표 나지 않게 조금씩 조금씩.(임)
180 밭다 : 말라붙거나 없어지다.

러나 삼백 원 밑천을 가지고 이태 동안이나 갉아먹고 살아온 것은 혜펐다느니보다도, 오히려 정 주사의 담보[181] 작고 큰돈 탐내지 못하는 규모 덕이라 할 것이었었겠다.

밑천이 없어진 뒤로는 전날 미두장에서 사귄 친구라든지, 혹은 고향에서 미두를 하러 온 친구가 소위 미두장 인심이라는 것으로, 쌀이나 한 백석, 오십 원 증금(證金)[182]으로 붙여 주면, 그놈을 가지고 약삭빨리 요리조리 돌려놓아 가면서 한 달이고 두 달이고 매일 돈 원씩, 이삼 원씩 따먹다가 급기야는 밑천을 떼고 물러서고, 이렇게 하기를 한 일 년이나 그렁저렁 지내왔다.

그러다가 다시, 오늘 이날까지 꼬박 이태 동안은, 그것도 사람이 궁기[183]가 드니까 그렇겠지만 어느 누구 인사엣 말로라도 쌀 한 번 붙여 주마고 하는 친구 없고, 해서 마치 무능한 고관 퇴물이 ××원으로 몰려가듯이, 밑천 없는 정 주사는 그들의 숙명적 코스대로 하릴없이[184] 하바꾼으로 굴러떨어져, 미두쟁이의 하염없는 여운(餘韻)을 읊고 지내는 판이다.

그러나 많고 적고 간에 그것도 노름인데, 그러니 하는 족족 먹으란 법은 없다. 가령 부인 유 씨의 바느질삯 들어온 것을 한 일 원이고 옭아내든지[185], 미두장에서 어릿어릿하다가[186] 안면 있는 친구한테 개평[187]으로 일이 원이고 떼든지 하면, 좀이 쑤셔서도 하바를 하기는 하는데, 그놈이 운수

---

181 담보(膽−) : 겁이 없고 용감한 마음보.
182 증금(證金) : 계약의 이행을 확실히 하기 위하여 당사자 일방이 상대방에게 제공하는 담보금.(임)
183 궁기(窮氣) : 궁한 기색.
184 하릴없이 : 달리 어떻게 할 도리가 없게.
185 옭다 : 주로 부정적인 수단을 써서 돈이나 재산 따위를 긁어모으다.
186 어릿어릿하다 : 말과 행동이 자꾸 활발하지 못하고 생기 없이 움직이다.
187 개평 : 노름이나 내기 따위에서 남이 가지게 된 몫에서 조금 얻어 가지는 공것.

가 좋아도 세 번에 한 번쯤은 빗맞아서 액색한[188] [189] 그 밑천을 홀랑 불어 먹고라야[190] 만다. 노름이라는 것은 잃는 것이 밑천이요, 그러므로 잃을 줄 알면서도 하는 것이 미두꾼의 담보란다.

하바를 할 밑천이 없으면 혹은 개평이라도 뜯어 밑천을 할까 하고 미두장엘 간다. 그렇지 않더라도 먹고 싶은 담배나 아편의 인[191]에 몰리듯이 미두장에를 가 보기라도 않고서는 궁금해 못 배긴다.

정 주사도 어제 오늘은 달랑 돈 십 전이 없으면서 그래도 요행수를 바라고 아침부터 부옇게[192] 달려 나와 비잉빙 돌고 있었다.

그러나 수가 있을 턱이 없고, 그럭저럭 장은 파하게 되어 오고, 초조한 끝에,

"에라 살판[193]이다."

고, 전에 하던 버릇을 다시 내어, 그야말로 올가미 없는 개장수를 한 번 하겠던 것이 계란에도 뼈가 있더라고[194] 고놈 꼭 생하게만[195] 된 후장 이절 (後場二節)[196]의 대판 시세[197]가, 옜다 보아란 듯이 달칵 떨어져서, 필경은

---

188 액색한 : ④⑤ 애색한
189 액색하다(阨塞--) : 운수가 막히어 군색하다(窘塞--=필요한 것이 없거나 모자라서 딱하고 옹색하다).
190 불어먹다 : 돈이나 재물을 헛되어 다 써서 없애다.
191 인 : 여러 번 되풀이하여 몸에 깊이 밴 버릇.
192 부옇게 : '부리나케', 즉 '서둘러서 아주 급하게'의 의미로 쓰이고 있음. 12장 앞부분에도 이 말이 한 번 더 나온다.
193 살판 : 매우 위태롭고 아슬아슬한 지경.
194 계란에도 뼈가 있다 : 일이 잘 안 되는 사람은 모처럼 좋은 기회를 만나도 역시 잘 안 된다는 말.
195 생하다(生--) : '나다', '생기다'의 한문투 말.(임)
196 후장 이절(後場二節) : 절(節)은 쌀의 가격을 공시해서 정하는 과정인데, 미두장은 하루에 17절씩(오전 10절, 오후 7절) 열렸고 후장 이절은 오후 두 번째 절을 말한다고 한다.(문지)

그 흉악한 봉욕을 다 보게까지 되었던 것이다.

정 주사는 마침 만조가 되어 축제[198] 밑에서 늠실거리는[199] 강물을 내려다본다.

그는, 죽지만 않을 테라면은[200] 시방 그대로 두루마기를 둘러쓰고 풍덩 물로 뛰어들어 자살이라도 해 보고 싶은 마음이다.

젊은 녀석한테 대로상에서 멱살을 따잡혀, 들을 소리 못 들을 소리 다 듣고 망신을 한 것이야 물론 창피다. 그러나 그러한 창피까지 보게 된 이 지경이니 장차 어떻게 해야 살아가느냐 하는 것이, 창피고 체면이고 다 접어놓고, 앞을 서는 걱정이다.

"어린 자식들을 데리고 어떻게 살아가나?"

이것은 아무리 되씹어도 별 뾰족한 수가 없고, 죽어 없어져서 만사를 보지 않고 듣지 않고 생각지 않고 하는 도리뿐이다.

미상불 그래서 정 주사는 막막한 때면,

"죽고 싶다."

"죽어 버리자."

이렇게 벼른다. 그러나 막상 죽자고 들면 죽을 수가 없고, 다만 죽자고 든 것만이 마치 염불이나 기도처럼 위안과 단념을 시켜 준다. 이러한 묘리[201]를 체득한 정 주사는 그래서 이제는 죽고 싶어 하는 것이 하나의 행투[202]가 되어 버렸던 것이다.

---

197 대판 시세(大阪時勢) : 일본 오사카(大阪)의 쌀 시세.

198 축제(築堤) : 둑을 쌓는 일. 또는, 쌓은 둑.

199 늠실거리다 : 물결 따위가 자꾸 부드럽게 움직이다.

200 테라면은 : 터이라면은. '죽지만 않을 테라면은'은 '죽지만 않는다면'의 뜻.

201 묘리(妙理) : 묘한 이치.

202 행투 : ③ 행티
    : 행티. 행짜(=심술을 부려 남을 해롭게 하는 행위)를 부리는 버릇.

정 주사는 흥분했던 것이 사그라지니 그제야 내가 왜 청승맞게 강변에 나와서 이러고 섰을꼬 하는 싱거운 생각에, 슬며시 발길을 돌이킨다. 그러나 이제 갈 데라야 좋으나 궂으나 집뿐인데, 집안일을 생각하면 다시 걸음이 내키지를 않는다.

어제 저녁에 싸라기[203] 한 되로 콩나물죽을 쑤어 먹고는 오늘 아침은 판판[204] 굶었다. 시방 집으로 간댔자, 처자들의 시장한 얼굴들이 그래도 행여 하고, 가장이요 부친인 자기를 기다리고 있을 판이다. 다만 십칠 전짜리 현미 싸라기 한 되라도 사 가지고 갔으면, 들어가는 사람이나 기다리는 식구들이나 기운이 나련만 그것조차 마련할 도리가 없다.

정 주사는 ××은행 모퉁이까지 나와 미두장께를 무심코 돌려다 보다가 얼른 외면을 하면서,

"내가 네깐 놈의 데를 다시는 발걸음인들 허나 보아라!"

누가 굳이 오라고를 할세 말이지[205], 그러나 이렇게 혼자서라도 옹심[206]을 먹어 두어야 조금은 속이 후련해진다.

그것은 이번이 처음이 아니다.

그저 가끔 밑천 없이 하바를 하다가 도화를 부르고는[207] 젊은 사람들한테 여지없이 핀잔을 먹고, 그런 끝에 그 잘난 수염도 잡아 끄들리고[208] [209]

---

203 싸라기 : 부스러진 쌀알.

204 판판 : 전혀. 아주 완전히.

205 누가 굳이 오라고를 할세 말이지 : 자기의 생각을 설명하는 데 쓰이는 종결 어미 '-ㄹ세'에 어감을 고르게 할 때 쓰는 군말 '말이지'가 쓰인 것으로 '누가 굳이 오라고 한 것이냔 말이냐'의 뜻.

206 옹심 : ①② 앙심
    : 옹심(-心). 옹졸한 마음.

207 도화를 부르다 : 우한용은 앞에서 나온 '총을 놓다'라는 말과 통하는 것으로 해석하였다. '나 몰라라 나자빠짐'(문지)이라는 해석이 더 적절해 보인다.

그 밖에도 별별 창피가 비일비재다.

그래서 작년 가을에는, 내가 이럴 일이 아니라 차라리 벗어부치고 노동을 해 먹는 게 옳겠다고, 크게 용단을 내어 선창으로 나와서 짐을 져 본 일이 있었다.

그러나 체면이라는 것 때문에 일껏 용기를 내어 가지고 덤벼든 막벌이 노동도 반나절을 못하고 작파해[210] 버렸다. 힘이 당해 낼 수가 없었던 것이다. 그는 반나절 동안 배에서 선창으로 퍼 올리는 짐을 지다가 거진[211] 죽어 가지고 집으로 돌아가서는 그 길로 탈이 난 것이, 십여 일이나 갱신 못하고 앓았다. 집안에서들은, 여느 그저 몸살이거니 하고 걱정은 했어도, 그날 그러한 기막힌 내평[212]이 있었다는 것은 종시[213] 알지 못했다.

그런 뒤로부터 막벌이 노동을 해 먹을 생심[214]은 다시는 내지도 못했다. 못하고 그저 창피하나따나[215], 벌이야 있으나 없으나, 종시 미두장의 방통이꾼[216]으로 지냈고, 양식을 구하지 못하는 날은 처자식들을 데리고 앉아

---

208 그런 끝에 그 잘난 수염도 끄들리고 : 112에는 이 부분이 없음.

209 끄들다 : 잡아 쥐고 당겨서 추켜들다. 표준국어대사전에는 '꺼들다'의 북한어로 되어 있음.

210 작파하다(作破--) : 어떤 계획이나 일을 중도에서 그만두어 버리다.

211 거진 : '거의'의 입말. 표준국어대사전에는 등재되어 있지 않으나 지금도 일상에서 많이 쓰이는 말이고, 채만식은 이 작품에서 이 말만 일관되게 쓰고 있다.

212 내평(內-) : 겉으로 드러나지 않은 일의 내막.

213 종시(終是) : 끝내.

214 생심(生心) : 어떤 일을 하려고 마음을 먹음. 또는 그 마음.

215 창피하나따나 : 우한용은 '창피하나 따나'로 띄어 썼다. 그렇지만 '-나따나'는 어미 '-나마', '-더라도' 정도의 뜻을 가진 경상도 방언이다.

216 방통이꾼 : 임무출은 '바보짓을 하는 사람. 또는, 노름판 같은 데서 노름을 하지 않으면서 그 옆에 붙어서 참견하는 사람. 여기서는 '바보'의 속된말로 쓰임.'이라고 해석하였다. 우한용은 '미두장의 방통이꾼'을 '미두장에서 밖으로 밀려나는 사람을 이름. 방통이는 본래 내기를 하거나 새를 잡을 때 쓰는 작은 화살을 뜻함.'이라고 해석하였다. 문맥으로는 임무출의 해석이 타당해 보인다.

굵고, 이렇게 사는 참이다.

입만 가졌지 손발이 없는 사람…… 이것이 정 주사다.

진도라고 하는 섬에서 나는 개[珍島犬]하며, 금강산의 만물상이며, 삼청
동 숲 속에서 울고 노는 새들이며, 이런 산수고 생물이고 간에 천연으로
묘하게 생긴 것이면 '천연기념물(天然紀念物)'이라고 한다.

그럴 바이면 입만 가졌지 수족이 없는 사람, 정 주사도 기념물 속에 들
기는 드는데, 그러나 사람은 사람이니까 '천연기념물'은 못 되고 그러면 '인
간기념물(人間紀念物)'이겠다.

217

정 주사는 내키지 않는 걸음을 천천히 걸어 전주통(全州通)이라고 부르
는 동녕고개를 지나 경찰서 앞 네거리에 이르렀다. 거기서 그는 잠깐 망설
인다. 탑삭부리218 한 참봉(韓參奉)네 집 싸전219 가게를 피하자면, 좀 돌더
라도 신흥동(新興洞)으로 둘러가야 한다.

그러나 묵은 쌀값을 졸릴까 봐서 길을 피해 가고 싶던 그는 도리어, 약
차하면220 졸릴 셈을 하고라도 눈치를 보아 외상 쌀이나 더 달래 볼까 하는
억지가 나던 것이다.

정 주사는 요새 정거장으로부터 시작하여 새로 난 소화통이라는 큰길을
동쪽으로 한참 내려가다가 바른손 편으로 꺾이어 개복동(開福洞) 복판으로
들어섰다.

예서부터가 조선 사람들이 모여 사는 곳이다.

지금은 개복동과 연접된 구복동(九福洞)을 한데 버무려 가지고, 산상정

---

217 ⑤만 줄을 띄지 않고 있다. ①②에서는 연재 회차가 바뀌고 있다.
218 탑삭부리 : 탑삭나룻(=짧고 다보록하게 많이 난 수염)이 난 사람을 놀림조로 이르는 말.
219 싸전(-廛) : 쌀과 그 밖의 곡식을 파는 가게.
220 약차하면(若此--) : 일이 뜻대로 되지 않으면.

(山上町)이니 개운정(開運町)이니 하는 하이칼라[221] 이름을 지었지만, 예나 시방이나 동네의 모양다리[222]는 그냥 그 대중이고 조금도 개운(開運)[223]은 되질 않았다. 그저 복판에 포도[224] 장치(鋪道裝置)도 안 한 십오 간짜리 토막길이 있고, 길 좌우로 연달아 평지가 있는 둥 마는 둥 하다가 그대로 사뭇 언덕 비탈이다.

그러나 언덕 비탈의 언덕은 눈으로는 보이지를 않는다. 급하게 경사진 언덕 비탈에 게딱지같은 초가집이며 낡은 생철집[225] 오막살이들이 손바닥만 한 빈틈도 남기지 않고 콩나물 길 듯[226] 다닥다닥 주어박혀[227] 언덕이거니 짐작이나 할 뿐인 것이다. 그 집들이 콩나물 길듯 주어박힌 동네 모양새에서 생긴 이름인지, 이 개복동서 그 너머 둔뱀이[屯栗里]로 넘어가는 고개를 콩나물고개라고 하는데, 실없이 제격에 맞는 이름이다.

개복동, 구복동, 둔뱀이 그리고 이편으로 뚝 떨어져 정거장 뒤에 있는 '스래[京浦里]', 이러한 몇 곳이 군산의 인구 칠만 명 가운데 육만도 넘는 조선 사람들의 거의 대부분이 어깨를 비비면서 옴닥옴닥[228] 모여 사는 곳이다. 면적으로 치면 군산부의 몇 십 분지 일도 못 되는 땅이다.

그뿐 아니라 정리된 시구(市區)라든지, 근대식 건물로든지, 사회시설이

---

221 하이칼라(high collar) : 예전에 서양식 유행을 따르던 멋쟁이를 이르던 말. 그러나 여기 서는 일제강점기 들어 새로 붙여진 일본식 이름을 가볍게 비꼬는 의미로 쓰이고 있다.

222 모양다리 : '모양'을 속되게 이르는 말.

223 개운(開運) : 운이 트임.

224 포도(鋪道) : 포장도로.

225 생철집 : 생철로 지붕을 이은 집. 생철은 안팎에 주석을 입힌 얇은 철판.

226 길다 : 머리카락, 수염 따위가 자라다.

227 주어박다 : 표준국어대사전에는 '이것저것 되는대로 써넣다' 또는 '세게 쥐어박다'라는 뜻의 북한어로 되어 있다. '주어-'가 '박다'의 힘줌말 구실을 하는 것으로 보는 것이 타당할 듯하다.

228 옴닥옴닥 : 작고 도드라진 덩어리가 고르지 않게 많은 모양.(임)

나 위생시설로든지, 제법 문화도시의 모습을 차리고 있는 본정통이나, 전주통이나, 공원 밑 일대나, 또 넌지시 월명산(月明山) 아래로 자리를 잡고 있는 주택지대나, 이런 데다가 빗대면 개복동이니 둔뱀이니 하는 곳은 한 세기나 뒤떨어져 보인다. 한 세기라니, 인제 한 세기가 지난 뒤라도 이 사람들이 제법 고만큼이나 문화다운 살림을 하게 되리라 싶질 않다.

개복동 복판으로 들어서서 콩나물고개까지 거진 당도한 정 주사는 길 옆 왼편으로 있는 탑삭부리 한 참봉네 싸전 가게를 넘싯[229] 들여다본다. 실상은 눈치를 보자는 생각뿐이요, 정작 쌀 외상을 더 달라고 하리라는 다부진 배짱은 못 먹었기 때문에, 사리기부터 하던 것이다.

"정 주사 안녕하시우?"

탑삭부리 한 참봉은 마침 쌀을 사러 온 아이한테 봉지쌀 한 납대기[230]를 되어 주느라고 꾸부리고 있다가 힐끔 돌아다보고 인사를 한다는 것이 탑삭부리 수염에 푹 파묻힌 입에서 말이 한 개씩 한 개씩 따로따로 떨어져 나온다.

"네에, 재미 좋시우? 한 참봉……."

정 주사는 기왕 눈에 뜨인 길이라 가게 안으로 들어선다.

정 주사는 이 싸전과 주인을 볼 때마다 샘이 나고 심정이 상한다.

정 주사가 처음 군산으로 와서 '큰샘거리[大井洞]'서 살 때에 탑삭부리네는 바로 건너편에다가 쌀, 보리, 잡곡 같은 것을 동냥해 온 것처럼 조금씩 벌여 놓고, 오도카니 앉아 낱되질[231]을 하고 있었다. 거래는 그때부터 생겼다.

그런데 그러던 것이, 소리도 없이 바스락바스락[232] 일어나더니, 작년 봄

---

229 넘싯 : [1][2] 넌짓이   [4] 넘싯이
      : 넘싯넘싯. 넘성넘성. 슬그머니 넘어다보는 모양.
230 납대기 : 모되. 네 모가 반듯하게 된 되.
231 낱되질 : 되 단위로 곡식을 헤아리는 일.

에는 지금 이 자리에다가 가게와 살림집을 안팎으로 덩시렇게[233] 지어 놓고, 겸해서 전화까지 때르릉때르릉 매어 놓고, 아주 한다 하는 대상[234]이 되었던 것이다. 제 말로도 한 일이만 원 잡았다고 하니까, 내숭꾸러기라 삼사만 원 좋이 잡았으리라고 정 주사는 생각한다.

털보 한 서방 혹은 탑삭부리 한 서방이 '한 참봉'으로 승차한 것도 돈을 그렇게 잡은 덕에 부지중 남이 올려 앉혀 준 첩지 없는 참봉[235]이다.

이렇게 겨우 십여 년간에 남은 팔자를 고치리만큼 잘되었는데 자기의 몰락된 것을 생각하면 나도 차라리 그때부터 천여 원의 그 밑천으로 장사나 했더라면 하는 후회가 들어, 그래 샘이 나고 심정이 상하던 것이다.

정 주사는 나도 장사를 했더면 꼭 수를 잡았으리라고 믿지, 어려서부터 상고[236] 판으로 돌아다닌 사람과, 걸상을 타고 앉아 붓대만 놀리던 '서방님'이 판이 다르다는 것은 생각하려고도 않는다.

"시장에서 나오시는군[237]?…… 그래 오늘은……"

탑삭부리 한 참봉은 방금 되어[238] 준 쌀값 받은 돈을 가게 방문턱 안에 있는 나무 궤짝 구멍으로 딸그랑 집어넣고, 손바닥을 탁탁 털면서 돌아선다. 이 사람은 돈은 모았어도, 손금고 한 개 사는 법 없고, 처음 장사 시작

---

232 바스락바스락 : 일반적으로는 마른 잎이나 검불, 종이 따위를 자꾸 가볍게 밟거나 뒤적일 때 나는 소리를 말한다. 임무출은 다른 예를 들면서 '(바스락거리는 소리가 날 정도로) 매우 잘 자라는 모양'으로 해석하였다.

233 덩시렇다 : 덩실하다. 건물 같은 것이 웅장하고 높게. 또는, 미끈하고 시원스럽다.(임)

234 대상(大商) : 장사를 크게 하는 상인.

235 첩지 없는 참봉 : '첩지(帖紙)'는 벼슬 사령장이므로 이 말은 '사령장을 받지 않은 참봉'이라는 뜻이다. 곧, 실제로 참봉 벼슬을 하지 않았는데 남들이 '참봉'이라고 불러 준다는 뜻이다.

236 상고(商賈) : 장사하는 사람. 장수.

237 나오시는군 : ⑤ 나오는군

238 되다 : 말, 되, 홉 따위로 가루, 곡식, 액체 따위의 분량을 헤아리다.

할 때에 쓰던 나무 궤짝을 손때가 새까맣게 오른 채 그대로 쓰고 있다. 그 놈을 가지고 돈을 모았대서 복궤라고 되레 자랑을 한다.

"……오늘은 재수가 좋아서, 우리 집 묵은셈[239]이나 좀 해 주게 되셨수?"

"재순지 무언지, 말두 마시우!…… 거 원 기가 맥혀!"

정 주사는 눈을 연신[240] 깜짝깜짝하면서 아까 당한 일을 무심코 탄식한다.

"왜?…… 또 빗맞었어?"

"전 백 환이나 날린걸!"

정 주사는 속으로 아뿔싸! 하고 슬끔[241] 이렇게 둘러댄다. 그는 지금도 늘 몇 백 석씩 쌀을 붙여 두고 미두를 하는 듯이 탑삭부리 한 참봉을 속여 온다. 그래야만 다 체면이 차려진다는 것이다.

"허어! 그렇게 육장[242] 손[243]만 보아서 됐수!"

한 참봉은 탑삭부리 수염 속에가[244] 내숭이 들어서 정 주사의 형편이며 속을 빤히 알면서도 짐짓 속아 주는 것이다.

알고서 말로만 속는 담에야[245] 해 될 것이 없는 줄을 그는 잘 아는 사람이다.

그럴 뿐 아니라 정 주사와는 십 년 넘겨서의 거래에, 작년치 쌀 한 가마니 값과 또 금년 음력 정월에 준 쌀 두 말 값이 밀렸다고 그것을 양박스럽

---

239 묵은셈 : 오래된 빚.

240 연신 : 잇따라 자꾸.

241 슬끔 : 문맥으로 보면 '슬쩍'의 뜻으로 보임.

242 육장(六場) : 한 번도 빠지 않고 늘.

243 손 : ①② 손해.
    : 손(損). 손해.

244 속에가 : 여기서의 '가'는 앞말을 지정하여 강조하는 보조사이다.

245 담에야 : 다음에야. ((주로 '…이 아닌 다음에야' 꼴로 쓰여))그 아닌 사실을 힘주어 나타냄.

게[246] 조를 수는 없는 처지다[247]. 그래서 실상인즉 잘렸느니라고[248] 속으로 기역 자를 그어[249] 논 판이요, 다만 장사하는 사람의 투로, 지날결[250]에 말이나 한 번씩 비쳐 보는 것이다. 그렇게 하면 묵은 것은 받지 못하더라도, 다시는 더 외상을 달래지 못하는 이익이 있대서…….

"거 참!…… 그놈이 바루 맞기만 했으면 나두 셈평[251]을 펴구, 한 참봉 묵은 셈조[252]두 닦어 디리구 했을 텐데……."

정 주사는 입맛을 다시고 눈을 깜짝거리다가 다시,

"……가만 계시우. 오래잖어서 다아 치뤄 주리다…… 설마 잊기야 하겠수? 아무 염려 마시구……."

정 주사는 언제고 외상값 이야기면 첫마디가 떨어지기가 무섭게 지레 겁이 나서 미리 방패막이를 하느라고 애를 쓴다. 그는 갚을 돈이 없어 미안하다거나 걱정이라기보다도 졸리기가 괜히 무색해서 못 견디는 사람이다.

"……원, 요새 같을래서는 도무지, 세상이 귀찮어서…… 그놈 글쎄 번번이 시세가 빗맞어가지굴랑 낭패를 보구 하니!…… 그렇잖어두 자식들은 많구 살림은 옹색한데……."

---

246 양박스럽다(凉薄---) : 마음이 좁고 후덕하지 않다.
247 양박스럽게 조를 수는 없는 처지다 : ①② 양박스럽게 졸를수는자리다
　　　　　　　　　　　　　　　　　　⑤ 야박스럽게 조를 수는 없는 처지다
248 잘리다 : 문맥으로 보면 '돈을 받지 못하다'는 뜻임.
249 기역 자를 긋다 : 표준국어대사전에서는 '명백하게 금을 그어 결정하다'라고 풀이되어 있다. 우한용은 '벽이나 기둥 같은 데다 금을 그어 외상을 표시하는 방식에서 유래'한다고 풀이하였으며, 임무출은 '기역자를 놓다'를 올리고 '글줄이나 글자를 지워버리기 위하여 꺾자를 그리다'라고 해석하였다. 여기서는 '못 받은 셈 치다' 정도의 뜻으로 쓰고 있는 것으로 보인다.
250 지날결 : 지나가는 길.
251 셈평 : 생활의 형편.
252 셈조(-條) : 돈 따위로 셈하는 조건.

"허! 정 주사는 그래두 걱정 없지요! 자손이 번족하겠다[253], 무슨 걱정이 겠수?"

"말두 마시우. 가난한 사람이 자식만 많으면 소용 있나요? 차라리 없는 게 맘이나 편치."

"그런 말씀 마슈. 나는 돈냥 있는 것두 다아 싫으니, 자식이나 한 개 두 었으면 좋겠습디다."

"아니야, 거 애여[254] 자식 많이 둘 게 아닙디다."

"사람이 자손 자미[255]두 없이 무슨 맛으로 산단 말씀이오?"

"건 속 모르는 말씀……."

"거 참 모르는 말씀을 하시는군!…… 정 주사두 지끔 자녀간 하나두 없 어 보시우?"

"허허…… 한 참봉두 가난은 한데 쓸데없이 자식만 우쿠르르해[256] 보시 우?…… 자식두 멕여 살려야 말이지……."

둘이는 제각기 제게는 옳은 말이다. 그러나 제각기 저편이 하는 말은 속 답답한 소리다.

탑삭부리 한 참봉은 나이 사십이 넘어 오십 줄에 앉았으되, 자녀 간 혈 육이 없다. 그는 그래서, 돈 아까운 줄도 모르고 이삼 년 이짝[257]은 첩을 얻 어 치가[258]를 하고 자주 갈아세우고 해 보아도 나이 점점 늙기만 하지 이내 눈먼 딸자식 하나 낳지 못했다.

---

253 번족하다(蕃族--) : 자손이 많아 집안이 번성하다.

254 애여 : 아예.

255 자미 : '재미'의 방언.

256 우쿠르르하다 : 우그르르하다. 벌레나 짐승, 사람 따위가 한곳에 빽빽하게 많이 모여 있는 상태이다.

257 이짝 : 시간을 나타내는 말 뒤에 쓰여, '그 시간으로부터 지금까지'라는 뜻.

258 치가(置家) : 첩을 얻어 따로 살림을 차림. 첩치가.

"어디, 오래간만에 한 수 배워 보실려우?"

마침 심부름 나갔던 사환아이가 돌아오는 것을 보고, 우두커니 넋을 놓고 섰던 탑삭부리 한 참봉이 시름을 싹 씻은 듯 정 주사더러 장기를 청한다.

"참 한 참봉, 그새 수나 좀 늘었수?"

정 주사는 그렇잖아도, 장기나 두던 끝에 어물쩍하고 쌀 외상을 달래 볼까 싶어, 먼저 청하려던 차라 선뜻 응을 한다[259].

"정 주사 장기야 하두 시언찮어서, 원."

"죽은 차(車) 물러 달라구 떼나 쓰지 마시우."

둘이는 이렇게 서로 장담을 하면서 앞서거니 뒤서거니 가겟방으로 들어간다.

그러자 안채로 난 널문이 열리면서 안주인 김 씨(金氏)가 곱게 단장을 한 얼굴을 들이민다.

"아이! 정 주사 오셨군요!"

김 씨는 눈이 먼저 웃으면서, 야불야불하니[260] 예쁘장스럽게 생긴 온 얼굴에 웃음을 흩뜨린다.

정 주사도 웃는 낯으로 인사를 하면서 곱게 다듬은 모시 진솔[261]로 위아래를 날아갈 듯이 차리고 나선 김 씨를 올려 본다. 김 씨는 남편보다도 나이 훨씬 처져 서른 살이 갓[262] 넘었다. 그런데다가 얼굴 바탕이며 몸매가 이쁘장스럽고 맵시도 있거니와, 아기를 낳지 않아서 그런지 나이보다도 훨씬 앳되어 고작 스물사오 세밖에는 안 되어 보인다. 몸치장도 거기에 맞게

---

259 응을 하다 : '응하다'라는 말의 중간에 '을'을 넣어 표현하였다.

260 야불야불하다 : 야들야들하다(윤이 나며 매우 연하고 부드럽다).(임)

261 진솔 : 봄가을에 다듬어 지어 입는 모시옷. '한 번도 빨지 않은 새 옷'이라는 뜻도 있지만 이 문맥에는 맞지 않음.

262 갓 : [1][2] 가제   [5] 갖

잘한다.

그래서 겉늙고 탑삭부리진 남편과 대해 놓고 보면 며느리나 소실 푼수 밖에 안 된다.

"애기 어머니두 안녕허시구?…… 그리구 참…….."

김 씨는 깜빡, 긴한 생각이 나서 가겟방 앞으로[263] 다가들어 온다.

"……댁에 큰애기가, 아이유 어쩌믄 그새 그렇게 아담스럽구 이뻐졌어요! 내 정 주사를 뵈믄 추앙[264]을 좀, 그리찮어두 흠씬 해 드릴려던 참이랍니다!"

"거 무얼, 그저…….."

정 주사는 좋기는 하면서도 어색해서 어물어물하고, 김 씨는 들입다 흔감[265]을,

"글쎄, 허기야 그 애기가 저어, 초봉이던가? 응 그래 초봉이야…… 어렸을 때두 이쁘기는 했지만, 어느 결에 그렇게 곱게 피구 그랬어요? 나는 요전번에 이 앞으루 지내믄서 인사를 하는데, 첨엔 깜박 몰라보았군요! 거저 다두욱다둑해 주구 싶게 이쁘더라니깐요…… 내가 아들이 있다믄 글쎄 억지루 뺏어다가라두 며누리를 삼겠어! 호호호."

명랑하게 쌔불거리고[266] 웃고 하는 데 섭슬려 탑삭부리 한 참봉도 정 주사도 따라 웃는다.

"그러니 진작 아이를 하나 났으면[267] 좋았지?"

---

263 앞으로 : ⑤ 담으로
264 추앙(推仰) : 높이 받들어 우러러봄.
265 흔감 : 홍감. '홍감'은 재치 있는 말로 실지보다 지나치게 떠벌리는 짓을 뜻한다.
266 쌔불거리다 : 실없는 말을 주책없이 함부로 지껄이다.(임)
　　　　　　　 : 말을 가볍게 자주 하다.(우)
267 났으면 : 낳았으면.

탑삭부리 한 참봉이 웃으면서 일변[268] 장기를 골라 놓으면서 농담 삼아 아내를 구슬리던 것이다.

"진작 아니라, 시집오던 날루 났어두 고작 열댓 살밖에 안 되겠수…… 저어 초봉이가 올해 몇 살이지요? 스무 살? 그렇지요?"

"스물한 살이랍니다!…… 거 키만 엄부렁하니[269] 컸지, 원 미거해서[270] ……."

정 주사는 대답을 하면서 탑삭부리 한 참봉의 곰방대에다가 방바닥에 놓인 쌈지에서 담배를 재어 붙여 문다.

"아이! 나는 꼭 샘이 나서 죽겠어! 다른 집 사남매 오남매보다 더 욕심이 나요!"

"정 주사 조심허슈. 저 여편네가 저리다가는 댁의 딸애기 훔쳐 오겠수. ㅎㅎㅎㅎ……."

"허허허……."

"훔쳐 올 수만 있대문야 훔쳐라두 오겠어요…… 정말이지."

"저엉 그러시다면야 못 본 체할 테니 훔쳐 오십시오그려, 허허허."

"호호, 그렇지만 그건 다아 농담의 말씀이구, 내가 어디 좋은 신랑을 하나 골라서 중매를 서 드려야겠어요."

"제발 좀 그래 주십시오. 집안이 형세는 달리는데 점점 나이는 들어 가구…… 그래 우리 마누라허구 앉으면 그리잖어두 그런 걱정을 한답니다."

"아이 그러시다뿐이겠어요!…… 과년한 규수를 둔 댁에서야 내남없이[271] 다아 그렇지요. 그럼 내가, 이건 지낼말[272]루가 아니라, 그 애기한테 꼬옥

---

268 일변(一邊) : 한편.
269 엄부렁하다 : 실속은 없이 겉만 크다. 엄벙부렁하다.
270 미거하다(未擧--) : 철이 없고 사리에 어둡다.
271 내남없이 : 나와 다른 사람이나 모두 마찬가지로.

가합한[273] [274] 신랑을 하나 골라 디리께요."

"저 여편네 큰일났군……."

장기를 딱 딱 골라 놓고 앉았던 탑삭부리 한 참봉이 한마디 거드는 소리다[275].

"……중매 잘못 서면 뺨이 세 대야!"

"그 대신 잘 서믄 술이 석 잔이라우."

"그런가? 그럼 술이 생기거들랑 날 주구, 뺨은 이녁[276]이 맞구 그럴까?"

"술두 뺨두 다 당신이 차지허시우. 나는 덮어놓구 중매만 잘 설 터니…… 글쎄 이 일은 다른 중매허구는 달라요. 내가 규수를 좋게 보구 반해서, 호호, 정말 반했다우. 그래서, 자청해설랑 중매를 서는 거니깐, 그렇잖어요? 정 주사."

"허허, 그거야 원 어찌 되어서 서는 중매던 간에, 가합한[277] 자리나 하나 골라 주시오."

"자아, 그 이야기는 그만했으면 됐으니 인제는 어서 장기나 둡시다. 두시오, 먼점."

탑삭부리 한 참봉이 장기가 급해서 재촉이다.

"저이는 장기라면 사족을 못 써요!…… 나 잠깐 나갔다 와요. 정 주사, 천천히 노시다 가시구, 그건 그렇게 알구 계서요?"

"네에, 믿구 기대리지요."

---

272 지낼말 : 지날말. 별다른 의미 없이 하는 말.
273 가합한 : [1][2] 꼭마질
274 가합하다(可合--) : 무던히 합당하다.
275 거드는 소리다 : [1][2] 거닷는다   [4][5] 거닫는 소리다
276 이녁 : 듣는 이를 조금 낮추어 이르는 이인칭 대명사.
277 가합한 : [1][2] 쓸만한

"거 참, 나갈 길이거던 장으루 둘러서 도미라두 한 마리 사다가 찜을 하던지 해서, 고 서방 먹게 해 주구려?…… 요새 찬이 좀 어설픈 모양이더군 그래?"

탑삭부리 한 서방은 벌써 정신은 장기판으로 가서 있고 입만 놀린다. 고 서방이란 이 집에 하숙을 하고 있는 ××은행의 태수 말이다.

정 주사는 도미찜 소리에 침이 꼴깍 넘어가고 시장기가 새로 드는 것 같았다.

2. 생활 제일과(生活第一課)

정거장에서 들어오자면 영정(榮町)으로 갈려 드는 세거리 바른편 귀퉁이에 있는 제중당(濟衆堂)이라는 양약국이다.

차려 놓은 품새[1]야 대처면 아무 데고 흔히 있는 평범한 양약국이요, 규모도 그다지 크지는 못하다. 그러나 제중당이라는 간판은, 주인이요 약제사요 촌사람의 웬만한 병론(病論)[2]이면 척척 의사질[3]까지 해내는, 박제호(朴濟浩)의 그 말대가리같이 기다란 얼굴과, 삼십부터 대머리가 훌러덩 벗어져서 가뜩이나 긴 얼굴을 겁나게[4] 더 길어 보이게 하는 대머리와, 데데데데[5] 하기는 해도 입담이 좋은 구변[6]과, 그 데데거리는[7] 말끝마다 빠트리지 않는 군가락[8] '제에기할 것[9]!' 소리와, 팥을 가지고 앉아서라도 콩이라고 남을 삶아 넘기는 떡심[10]과…… 이러한 것들로 더불어 십 년 이짝 이 군산 바닥에는 사람의 얼굴로 치면 마치 큼직한 점이 박혔다든가, 햌끔한[11] 애

---

1 품새 : 행동이나 말씨에서 드러나는 태도나 됨됨이.
2 병론(病論) : 병에 관한 말.
3 의사질(醫師-) : 병을 치료하는 일.
4 겁나게 : '굉장히'라는 뜻의 방언.
5 데데데데 : 말을 더듬는 모양을 모사한 말.
6 구변(口辯) : 언변(言辯). 말을 잘하는 재주나 솜씨.
7 데데거리다 : 말을 자꾸 더듬거리다. 또는, 말을 자꾸 지껄이다.
8 군가락 : 이야기의 원래 줄거리와 관계없이 객쩍게 하는 말.
9 제에기할 것 : ①② 제-기할 것 (이하 모두 마찬가지임)
                 ③ 제기할 것 (이하 모두 이러함.)
                 ⑤ 제기랄(이하 ⑤에서는 '제에기할 것'이 모두 '제기랄 것'으로 되어 있음)
10 떡심 : 성질이 매우 질긴 사람을 비유적으로 이르는 말.
11 햌끔하다 : 표준국어대사전에서는 이 말을 동사로 소개하면서 '가볍게 곁눈질하여 살짝 한 번 쳐다보다. '햌금하다'보다 조금 센 느낌을 준다'고 풀이하고 있다. 여기서는 문맥상 '빛깔이 좀 희고 깨끗하다'(임)는 뜻의 형용사로 보는 것이 타당하다.

꾸눈이라든가처럼 특수하게 인상이 박히고 선전이 되고 한, 만만찮은 가게다.

가게에는 지금 제호의 기다란 얼굴은 보이지 않고, 초봉이가 혼자 테이블을 타고 앉아서 낡은 부인잡지를 들여다보고 있다.

초봉이는 시방 집안일이 마음에 걸려 진득이 있을 수가 없다.[12] 종시[13] 돈이 변통되지 못하면 어찌하나 싶어 초조하던 것이다. 그래서 그는 잊고 앉아 절로 시간이 가게 하느라고 잡지의 소설 한 대문[14]을 읽는 시늉은 하나 마음대로 정신이 쏠려지지는 않았다.

기둥에 걸린 둥근 괘종이 네 시를 친다. 벌써 네 신가 싶어 고개를 쳐들면서 가볍게 한숨을 내쉬는데[15] 마침 협수룩하게 생긴 촌사람 하나가 철이른 대팻밥모자[16]를 벗으면서 끼웃이 들어선다.

"어서 오십시오."

초봉이는 사뿐 일어서서 진열장 뒤로 다가 나온다. 가게 사람이 손님을 맞이하는 여느 인사지만 말소리가 하도 사근사근하면서도 뒤끝이 자지러질 듯[17] 무령하게[18] [19] 사그러지는 그의 말소리가, 약 사러 들어선 촌사람의

---

12 초봉이는~ 없다.
　: [1][2] 바루 그의부친 정 주사가 미두장아폐서 먹살잽이를 당하고 탑삭부리 함참봉네 싸전으로 가서 딸의 혼인중매이애기를 듯고잇는 한날이다. 그래서 초봉이도 지금 시장하다. 그는 시장도하거니와 집안일이 마음에 걸려 진득히 잇슬수가업다.

13 종시 : [1][2] 인제

14 대문(大文) : 대목. 이야기나 글 따위의 특정한 부분.

15 벌써~내쉬는데 : [1][2]에는 이 부분이 없다.

16 대팻밥모자(---帽子) : 나무를 대팻밥처럼 얇게 깎아 꿰매어 만든 여름 모자.

17 하도~자지러질 듯 : [1][2] 무척 사근사근하면서도 끄티 애조를먹음고

18 무령하게 : [2] 무렴하게

19 무령하다 : 임무출은 '물렁하다' 혹은 '무력하다(無力)'의 뜻으로 추측하였다. 채만식은 바로 밑의 단락에서 초봉의 목소리를 반복해서 묘사하였는데 그때 쓴 표현은 '힘없이'이므로 이와 비슷한 뜻으로 보는 것이 맞다.

주의를 끌어 더욱 어릿거리게[20] 한다.

초봉이의 그처럼 끝이 힘없이 스러지는 연삽한[21] 말소리와 그리고 귀가 너무 작은 것을, 그의 부친 정 주사는 그것이 단명(短命)할 상이라고 늘 혀를 차곤 한다.

말소리가 그럴 뿐 아니라 얼굴 생김새도 복성스러운[22] 구석이 없고 청초하기만[23] 한 것이 어디라 없이 불안스럽다[24].

[25]티끌 없이 해맑은 바탕에 오뚝 날이 선 코가 우선 눈에 뜨인다. 갸름한 하장[26]이 아래로 좁아 내려가다가 급하다 할 만치 빨랐다[27].

눈은 둥근 눈이지만 눈초리가 째지다가 남은 것이 있어 길어 보이고, 거기에 무엇인지 비밀이 잠긴 것 같다.

윤곽과 바탕이 이러니 자연 선도 가늘어서 들국화답게 초초하다[28]. 그래서 보는 사람으로 하여금 웬일인지 위태위태하여 부지중 안타까운 마음이 나게 하던 것이다.

이와 같이 말하자면 청승스런 얼굴이나 그런 흠을 많이 가려 주는 것이 그의 입과 턱이다.

조그맣게 그려진 입이, 오긋하니[29] 동근[30] [31] 주걱턱과 아울러 그저 볼

---

20 어릿거리다 : 어렴풋하게 자꾸 눈앞에 어려 오다.

21 연삽하다 : 부드럽고 사근사근하다.

22 복성스럽다(福星---) : 생김새가 모난 데가 없이 둥그스름하고 도톰하여 복이 있을 듯하다.

23 청초하다(淸楚--) : 화려하지 않으면서 맑고 깨끗한 아름다움을 지니고 있다.

24 불안스럽다 : ①② 비극적이다

25 ⑤만 여기서 단락을 구분하지 않고 있다.

26 하장 : 아래 부분.(임)

27 빨다 : 끝이 차차 가늘어져 뾰족하다.

28 초초하다 : ⑤ 청초하다
　　　　　 : 초초하다(草草--). 매우 간략하다. 갖출 것을 다 갖추지 못하여 초라하다.

29 오긋하다 : 안으로 조금 오그라진 듯하다.

때도 볼 때지만 무심코 해쪽이[32] 웃을 적이면 아담스런 교태가 아낌없이 드러난다.

그는 의복이야 노상 헙수룩한 검정 치마에 흰 저고리를 받쳐 입고 다니지만, 나이가 그럴 나이라 굵지 않은 몸집이 얼굴과 한가지로 알맞게 살이 오르고 피어나, 미상불 화장품 장사까지 겸하는 양약국에는 마침 좋은 간판감이다.

올 이월, 초봉이가 이 가게에 나와 있으면서부터 보통 약도 약이려니와 젊은 서방님네가 사지 않아도 괜찮은 것이면서 항용[33] 살 수 있는 화장품이며, 인단, 카올[34], 이런 것은 전보다 삼 곱 사 곱[35]이나 더 팔렸다.

주인 제호는 그러한 제 이문이 있기 때문에 초봉이를 소중하게 다루기도 하려니와 또 고향이 같은 서천이요, 교분까지 있는 친구 정영배-정 주사의 자녀라는 체면으로라도 함부로 할 수는 없는 처지다.

그러나, 그런 관계나 저런 타산 말고라도, 이쁘게 생긴 초봉이를 제호는 이뻐한다.

일곱 살 먹은 어린아이가 다리를 삐었다고, 마치 병원에 온 것처럼이나 병론을 하는 촌사람한테 이십 전짜리 옥도정기[36] 한 병을 팔고 나니 가게는 다시 빈다. 늘 두고 보아도 장날이 아니면, 바로 세 시 요맘때면 언제든

---

30 동근 : ② 둥근

31 동글다 : 작은 것이 원이나 공과 모양이 같거나 비슷하다.

32 해쪽이 : ①②⑤ 해죽이   ④ 햇죽이
　　　　: 해쪽. 만족스러운 듯이 귀엽게 살짝 한 번 웃는 모양. '해죽이'보다 센 느낌을 준다.

33 항용(恒用) : 흔히 늘.

34 카올 : 카오루. 당시에 널리 팔리던 은단의 한 종류.(우)

35 삼 곱 사 곱 : 지금은 보통 '세 곱 네 곱'이라고 하여 '세, 네'와 같은 고유어를 쓰는데 채만식은 '삼, 사'와 같은 한자어를 쓰고 있다.

36 옥도정기(沃度丁幾) : 요오드, 요오드화칼륨 따위를 알코올에 녹인 용액. 요오드팅크.

지 손님의 발이 뜬다.

초봉이는 도로 테이블 앞으로 가서 잡지장[37]을 뒤지기도 내키지 않고 해서, 뒤 약장에 등을 기대고 우두커니 바깥을 내다본다.

그는 혹시 모친이 올까 하고 아침에 가게에 나오던 길로 기다렸고, 지금도 기다린다. 아침을 못 해 먹었으니, 그새라도 혹시 양식이 생겨서 밥을 해 먹었으면, 알뜰한 모친이라 점심을 내오는 체하고 벤또[38]에다가 밥을 담아다 주었을 것이다. 그러나 이제껏 소식이 없는 것을 보면, 그대로 굶고 있기가 십상이다.

초봉이 제 한 입이야 시장한 깐으로 하면, 그래서 먹자고 들면, 가게에 전화도 있고 하니 매식집[39]에서 무엇이든지 청해다가 먹을 수는 있다. 그러나 그는 집안이 죄다 굶고 앉았는데, 저 혼자만 음식을 사 먹을 생각은 염[40]에도 나지를 않았다. 모친이 밥을 내오기를 기다리는 것도, 집에서 밥을 먹었기를 바라는 생각이다.

시름없이 섰는 동안에[41] 추렷한[42] 부친의 몰골, 바느질로 허리가 굽은 모친, 배가 고파서 비실비실하는 동생들의 애처로운 꼴, 이런 것들이 자꾸만 눈앞에 얼찐거리면서[43] 저절로 눈가가[44] 따가워진다.

---

37 잡지장(雜誌張) : 잡지.

38 벤또(辨当) : べんとう. 도시락.

39 매식집(買食-) : 음식을 사서 먹는 집.

40 염(念) : 무엇을 하려고 하는 생각이나 마음.

41 시름없이 섰는 동안에 : ①②는 이 부분에 해당하는 내용이 다음과 같은 두 단락으로 되어 있다.

　초봉이 언제고 진심으로바라는 것은 어떠케하면 늙어가는 부모며 어린 동생들을 굶지안케 헐벗지안케, 그리고 기운은 펴고지내게 할수잇슬가 하는 것이다.

　그러나 그가 밧는월급은 고작 이십원이다. 모친의 바누질삭까지 처야 도통 삼십원이나 삼십오원박게는 아니된다. 그러니 늘 몰리고 몰려가다가 할수업시 굶는다.

42 추렷하다 : '추레하다'의 방언. 겉모양이 깨끗하지 못하고 생기가 없다.

아까 옥도정기 한 병을 팔고 받은 십 전배기[45] 두 푼이 손에 쥐어진 채 잘랑잘랑한다.

늘 집에서 밥을 굶을 때, 가게에 나와서 물건 판 돈이라도 돈을 손에 쥐어 보면 생각이 나듯이, 이 돈 이십 전이나마도 집에 보내 줄 수 있는 내 것이라면 오죽이나 좋을까 싶어, 곰곰이 손바닥이 내려다보인다.

그는 지금 만일 계봉이든지 형주든지 동생이 배가 고파하는 얼굴로 시름없이 가게를 찾아온다면, 앞뒤 생각할 겨를이 없이 손에 쥔 이십 전을 선뜻 주어 보냈을 것이다. 그런 생각이 나던 참이라 무심코 동생들이 혹시 가게 앞으로 지나가지나 않나 하고, 오고 가는 아이들을 유심히 본다.

물론 그렇게 할 수 있다면, 아예 집으로 보내 주기라도 할 도리를 생각하겠지만, 그러나 소심한 초봉이로[46] 거기까지는 남의 것을 제 마음대로 손을 댈 기운이 나지 않았다.

길 건너편 샛골목에서 행화가 나오더니 해죽이 웃고 가게로 들어선다.

"혼자 계시능구마?…… 쥔나리는 어데 갔능기요?"

"어서 오세요. 벌써 아침 나절에 나가시더니, 여태……."

초봉이도, 손님이라기보다 동무처럼 마음을 놓고, 웃는 낯으로 반겨 맞는다.

본시야 초봉이가 기생을 안다거나 사귄다거나 할 일이 있었을까마는, 가게에서 일을 보자니까 자연 그러한 여자들도 손님으로 접촉을 하게 되고, 그러는 동안에 그가 단골손님이면 낯을 익히게 된다.

---

43 얼찐거리다 : 조금 큰 것이 눈앞에 잇따라 빠르게 잠깐씩 나타나다.

44 눈가가 : ①②④⑤ 눈갓이

45 배기 : ①②④ 백이   ③⑤ 박이
  : 여기서는 '짜리'의 의미.

46 소심한 초봉이로 : ①②에는 이 부분이 없음.

행화는, 처음 가게에 나오던 때부터 정해 놓고 며칠만큼씩 가루우유를 사가고 가끔 화장품도 사가고 전화도 빌려 쓰고 했는데, 그럴 때면 주인 제호가, 행화 행화 하면서 이야기도 하고 농담도 하고 하는 바람에 초봉이도 자연 그의 이름까지 알게 된 것이다.

초봉이는 몇몇 단골로 다니는 기생 가운데, 이 행화를 제일 좋아한다. 그것은 행화가 얼굴이 도람직하니[47 48] 코언저리로 기미가 살풋[49] 앉은 것까지도 귀인성[50]이 있고, 말소리가 영남 사투리로 구수한 것도 마음에 들지만, 다른 기생들처럼 생김새나 하는 짓이나가 빤질거리지 않고 숫두룸한[51] 게 실없이 좋았다.

행화도 초봉이의 아담스러운 자태며, 말소리 그것이 바로 맘씨인 것같이 사근사근한 말소리에 마음이 끌려, 볼일을 보려 가게에 나오든지 또 가게 앞으로 지날 때라도 위정[52] 들러서 잠시잠시 한담 같은 것을 하기를 즐겨 한다.[53]

"우유는 누가 먹길래 늘 이렇게 사 가세요?"

초봉이는 행화가 달라는 대로 가루우유를 한 통 요새 새로 온 놈으로 골

---

47 도람직하니 : ③ 도렴직하니　　⑤ 도량직하니
48 도람직하다 : 둥글납작한 얼굴에 키가 자그마하고 몸매가 얌전하다. '도리암직하다'의 준말.
49 살풋 : '살며시'의 전라도 방언.
50 귀인성(貴人性) : 신분이나 지위가 높고 귀하게 될 타고난 바탕이나 성질.
51 숫두룸하다 : 행동이 약삭빠르지 아니하고 숫된 데가 있다.(임)
　　　　　　 : 수수하고 거슬리지 않다.(우)
52 위정 : ⑤ 우정
　　　　 : 우정. '일부러'의 방언.
53 이 부분 다음에, ①②에는 ③④⑤에 없는 다음과 같은 내용이 독립된 단락 안에 들어 있다.
　　초봉이는 기생이 비록 천하다고 하지만 한편으로는 여자로써 버젓하게 독립한 생활을할뿐아니라 한집안을 끄리어나간다는것만은 족히 부러운일이라고 적지안흔 호의를가젓고 따라서 그들의 생활내면이 어떡한것인가 하는 호기심도 자연가지게되엇다.

라 주면서, 궁금하던 것이라 마침 생각이 난 길에 지날말같이 물어 본다.

"예? 누구 멕이는가고?"

행화는 우유통을 받아 도로 초봉이한테 쳐들어 보이면서 장난꾼같이 웃는다.

"……우리 아들 멕이제!…… 우리 아들, 하하하하."

"아들? 아들이 있어요?"

초봉이는 기생이 아들이 있다는 것이 어쩐지 이상했으나, 되물어 놓고 생각하니 기생이니까 되레 일찍이 아이를 둔 것이겠지야고 싶어 이번에는 고개를 끄덕거린다.

"와? 기생이 아들 있다니 이상해서? 하하하. 기생이길래 아들딸 낳기 더 좋지요? 써방이가 수두룩한걸, 하하하."

초봉이는 말이 그만큼 노골적으로 나가니까, 얼굴이 붉어는지면서도 같이 따라서 웃는다.

"아갸[54]! 어짜문 저 입하구 턱하구가 저리두 이쁘노! 다른 데도 이쁘지만…… 예? 올게(올에) 몇 살이지요?"

"스물한 살."

"아이고오! 나는 열아홉이나, 내 동갑으루 봤더니……."

"몇인데요? 스물?"

"예."

"네에! 그런데 아들을 났어?"

"하하하…… 내 쇠였소. 우리 아들이 아니라, 내 동생이라요."

"동생?…… 어쩌믄!"

초봉이는 탄복을 한다. 기생이면 호화롭기나 하고 천한 것으로만 알던

---

54 아갸 : [1][2] 아이

초봉이는 기생에게서 그런 인정을 볼 수 있는 것이 놀라웠다. 그는 행화가 다시 한 번 치어다보였다.

치어다보면서 곰곰이 생각하니, 인정이야 일반일 것이니 그렇다 하겠지만, 천한 기생이라면서 어린 몸으로 그만큼 집안을 꾸려 나간다는 것이 초봉이 자신에 비해서 사람이 장한 성싶었다[55].

마침 제약실에서 안으로 난 문이 열리더니, 제호의 아낙 윤희(允姬)가 나오는 것을 보고 행화는 눈을 째긋하면서 씽하니 나가 버린다.

"아직 안 오셨어?"

윤희는 가시같이 앙상한 얼굴을 기다란 모가지로 연신 기웃거리면서,

"……어디 가서 무얼 허구 여태 안 오는 거야! 사람 속상해 죽겠네!……자동차에 치여 죽었나? 또 기집년의 집에 가 자빠졌나?"

아무래도 한바탕 짓거리가 나고라야 말 징조다[56].

십 년 전 제호는 어느 제약 회사에 취직을 하고 있었고, 윤희는 ××여자전문학교에 다닐 때에, 이미 처자가 있고 나이 열한 살이나 맏인[57] [58] 제호와 윤희는 연애가 어울려서, 제호는 본처를 이혼하고 윤희는 개업할 자금을 내놓고 두 사람은 결혼을 했었다. 그러나 달콤하던 것은 그 돈을 밑천 삼아 이 군산으로 내려와서 제중당을 시작하던 그 당시 이삼 년이었지, 시방은 윤희한테는 가시 같은 히스테리가 남았을 뿐이요, 제호는 아낙이 죽기나 했으면 제발 덕분 시원할 지경이다.

그러한 판에 초봉이가 여점원 겸 사무원으로 와서 있는 담부터는 윤희의 신경은 더욱 날카로워지고, 범사에 초봉의 일을 가지고 남편을 달달 볶

---

55 성싶다 : 앞말이 뜻하는 상태를 어느 정도 느끼고 있거나 짐작함을 나타내는 말.
56 아무래도~징조다 : ①② 모친 히스테리-에는 교양바든것도 약효가업다
57 맏인 : 맏이인.
58 맏이 : 나이가 나보다 많음. 또는 그런 사람.

아 댄다.

초봉이도 그러한 눈치를 잘 안다. 그래서 그는 털털하고도 시원스러운 제호한테는 턱 미더움이 생겨, 장차 몇 해고 약제사의 시험을 칠 수 있는 정도에 이르는 날까지 붙어 있을 생각이었었고, 또 그리 할 결심이었지만, 요새 와서는 윤희로 해서 늘 불안이 생기고, 이러다가는 장래가 길지 못할 것 같아 낙심이 되기도 했다.

"그래 어디 갔는지두 몰른단 말이야?"

윤희는 제 속을 못 삭여 색색하고[59] 섰다가 초봉이더러 볼썽사납게[60] 소리를 지르던 것이다.

"모르겠어요. 어디 가시면 가신다구 말씀을 하셔야지요?"

초봉이는 괜한 일에 화풀이를 받기가 억울하나, 그렇다고 마주 성굴 수도 없는 노릇이라 다소곳하고 대답이다.

마침 그러자 전화가 때르르 하고 운다. 윤희는 괜히 질겁을 해서 놀랐다가,

"집엣 전화거든 날 주어."

하면서 전화통을 떼어 드는 초봉이에게로 다가선다.

"네에, 제중당입니다."

초봉이는 들은 체도 않고 전화를 받는다.

"……"

"네?…… 네, ××은행에 계신…….'

"……"

"고 태 수[61] 씨요? 네에 네."

"××은행 고태수 아시지요?"

---

59 색색하다 : 숨을 조금 빠르고 고르지 아니하게 쉬는 소리를 잇따라 내다.

60 볼썽사납다 : 어떤 사람이나 사물의 모습이 보기에 역겹다.

61 고 태 수 : ⑤ 고태수

저편에서는 상냥하게 되물어 준다.

"네에. 압니다."

초봉이는 ××은행에서 고태수라는 사람이 늘 약이며 화장품 같은 것을 전화로 주문해 가기 때문에 그, 사람이나 얼굴은 몰라도 ××은행에 다니는 고태수라는 성명은 알 수가 있었다.

그러나 저편의 태수는 전화로 주문해 가기도 하지만, 대개는 제가 가게에 와서 사 간 적이 많았기 때문에, 그것만 여겨 '실물'인 고태수를 아느냐고 물은 것이요, 안다니까 역시 그 실물인 고태수를 안다는 말로 알아듣게 되었던 것이다.

"저어 향수 좋은 것 있어요?"

저편에서는 '있어요?'라고까지 말이 더 친숙해진다.

"네에, 향수요? 여러 가지 있습니다. 어떤 것을 찾으시는지……."

"그저 좋은 것이면 아무거라두 좋습니다. 오리지나루62 같은 거……."

"네에! 오리지날이요? 있습니다. 그렇지만 그건 썩 좋지는 못한데요…… 보통 많이들 쓰시기는 하지만……."

"네에! 아아, 그런가요? 그러면……."

저편에서는 이렇게 당황해하다가 다시,

"그럼 오리지나루가 아니라, 무어 좋은 걸루 한 가지 골라 주시지요."

"그러시면 헤리오도로푸를 쓰시지요? 그것두 썩 고급품은 아니지만 그래두……."

"네네…… 그럼 그, 그 헤 헤리…… 그 향수 한 병만 지금 곧 좀 보내 주시까요?"

"네에. 보내 디리겠습니다. ××은행 고태수 씨라구 그러셨지요?"

---

62 오리지나루 : '오리지널'(orginal)의 일본식 발음. 상품 이름.

이것을 다시 묻는 것은 저편에서 적지 않게 실망할 소리나, 그래서 네 하는 저편의 대답이 대번 뚤뚤해졌지만[63] 초봉이야 그런 기색[64]을 알 턱이 없는 것이고…….

"그런데, 참……."

초봉이가 깜박 생각이 나서 전화통으로 파고든다.

"……지금 배달하는 아이가 마침 나가구 없어서 시방 곧은 못 보내 드리겠는데요? 좀 더디어두 괜찮을까요?"

"아, 그리세요? 그러면, 저어……."

잠시 침음하다가[65] 이어……,

"……그러면 내가 오래 기대릴 수는 없으니까, 이렇게 해주시지요? 내 하숙집으루 좀 보내 주세요? 아이를 시켜서 보내면, 내가 없더래두 받아두구서, 대금두 치뤄 줄 겝니다."

"그럼 그렇게 하세요. 댁이 어디신가요?"

"바루 저 개복동서 둔뱀이루 넘어가자면, 고개까지 채 못 가서 있는 한 참봉네 싸전집입니다. 찾기 쉽습니다."

"네에 네, 거기시면 잘 압니다. 그러면 글러루 보내 드리겠습니다."

초봉이는 전화를 끊고 돌아서면서, 그 사람이 그 사람이구면 하는 짐작이 들어 고개를 끄덕거린다. 집에서 누구한테서든가, 탑삭부리 한 참봉네 집에 어느 은행에 다니는 사람이 하숙을 하고 있다는 말을 귓결에 들은 적이 있었던 것이다.

초봉이는 아직도 그대로 지켜 섰는 윤희한테 또 시달림을 받기가 싫어서 분주한 체, 헤리오드로프 한 병 있는 것을 진열장에서 꺼내다가 싸개

---

63 뚤뚤해지다 : 떨떠름해지다.(임)

64 기색 : ①② 기맥

65 침음하다(沈吟--) : 속으로 깊이 생각하다.

지[66]로 싸고 다시 전표를 쓰고 막 그러고 나니까 또 전화가 온다.

윤희는 이번에도 제호의 전화거든 저를 달라고 따라온다.

초봉이는 대답을 하는 둥 마는 둥 수화기를 떼어 들면서,

"네에 제중당입니다."

"……"

초봉이는 저쪽에서 오는 소리를 듣자, 눈과 입가로 미소가 떠오르면서 금시로 귀밑이 빨개진다.

"초봉이어요."

초봉이는 매달리듯 전화통으로 다가들면서 무심결에 뒤를 돌려다 본다. 그것을 눈여겨보고 있던 윤희가 새파랗게 눈에서 쌍심지가 뻗쳐[67] 나오면서,

"비껴나 이것!"

소리 무섭게 초봉이를 떠다박지르더니[68] 수화기를 채어다가 귀에 대고는,

"아니, 이건 어떻게 하는 셈이요? 응?"

여부없이[69] 다짜고짜로 전화통에다가 터지라고 악을 쓰는 것이다.

"네에?"

저편에서는 얼띤[70] 목소리가 분명찮게 들려온다.

"네에라께 다 무엇이 말라죽은 거야? 왜 남은 기다리다가 애가 말라죽게 하구서, 전방[71]에 있는 계집애만 데리구 전화질만 하구 있는 게야? 이놈의 전방에다가 불을 싸 놓는 꼴을 보구래야 말 테야? 응? 이, 천하에 행사가

---

66 싸개지(--紙) : 물건을 싸는 종이. 싸개종이.

67 쌍심지가 뻗치다 : 몹시 화를 내어 눈에 열화가 나다.

68 떠다박지르다 : 마구 떠다밀어 넘어뜨리다.

69 여부없이 : 조금도 틀림이 없어 의심할 여지가 없이.

70 얼띠다 : '얼뜨다'의 방언. 다부지지 못하여 어수룩하고 얼빠진 데가 있다.

71 전방(廛房) : 물건을 늘어놓고 파는 가게.

개차반 같은 위인 같으니라구……."

더 잇대어 해 퍼부을 것이지만 숨이 차서 잠깐 말이 끊긴다. 그 사이를 타서 저편의 말소리가 들려온다.

"네? 왜 그리시나요[72]?…… 누구신데 무슨 일루 그리시나요[73]?"

비록 전화의 수화기로 들려는 올망정, 코에 걸리는 듯한 베이스 음성으로, 뜸직뜸직[74] 저력 있게 울리는 이 말소리는 데데거리고 급한 제호의 말소리와는 얼토당토않다[75].

"무엇이 어째?"

윤희는 번연히[76] 남편 제호가 아닌 것을 역력히[77] 알아차렸으면서 상관 않고 대고 멋스린다[78][79].

윤희는 먼저는 저편이 제혼 줄 알고, 그래서 제호한테 초봉이가 전화를 받으면서 그런 아양을 떨고 하니까, 그만 강짜[80]에 눈까지 뒤집혀 그 거조[81]를 한 것인데, 저편이 제호가 아니고 생판[82] 딴사람이고 보매, 이번에는 그것이 되레 부아[83]가 났던 것이다.

---

72 그리시나요 : [1][2] 그러세요   [5] 그러시나요
73 그리시나요 : [1][2] 그러세요   [5] 그러시나요
74 뜸직뜸직 : 말이나 행동이 한결같이 아주 속이 깊고 무게가 있는 모양.
75 얼토당토않다 : '얼토당토아니하다'의 준말. [⋯]과 전혀 관계가 없다.
76 번연히 : 매우 뚜렷하고 분명하게.
77 역력하다(歷歷--) : 자취나 기미, 기억 따위가 환히 알 수 있게 또렷하다.
78 멋스린다 : [3] 머쓰린다.
79 멋스리다 : 말이나 행동을 아무렇게나 하고 싶은 대로 하다.(임)
       : 말 또는 행동을 꾸미어 하다. 여기서는 '격한 투로 공박하듯 말하다.'(우)
80 강짜 : '강샘'을 속되게 이르는 말. 질투.
81 거조(擧措) : 말이나 행동 따위를 하는 태도. 어떤 일을 꾸미거나 처리하기 위한 조치.
82 생판 : 터무니없이 무리하게.
83 부아 : 노엽거나 분한 마음.

"……당신이 그럼 박제호가 아니란 말요?"

윤희는 여전히 서슬 있게 딱딱거리기는 해도 어쩔 줄을 모르고 쩔쩔맨다.

돌려다 보니, 나서서 일을 모피해[84] 주어야 할 초봉이는 모른 체하고 외면을 하고 있다. 그것이 속이 절여 터지게 밉다.

"여보세요……."

저편에서는 밉광머리스럽게[85], 성도 내지 않고 좋은 말로 차근차근,

"……나는 박제호 씨가 아닙니다. 남승재(南勝在)라는 사람입니다. 여기는 금호병원(錦湖病院)인데요, 여기 조수로 있는 사람입니다. 약을 주문하느라고……."

이 무색한 꼴을 어떻게 건사할 길이 없다. 하니, 덮어놓고 기승[86]을 피우는 게 차라리 속이라도 시원할 일이다.

"원 참, 별 빌어먹을 꼴두……."

윤희는 수화기를 내동댕이를 치고 물러서서, 초봉에게로 잡아먹을 듯이 눈을 흘긴다.

"……아니거던 아니라구 진작 말해 주어야지!"

초봉이는 더 참을 수가 없어서 마주 퀄퀄하게[87] 해 대려고 고개를 번쩍 들었으나, 말은 목 안에서 잠겨 버리고 청하지도 않는 눈물만 솟아 글썽거린다.

"……전방에 두어 둘 제는 치레뽄[88]으루 두어 두었나?…… 무어야 대체?

---

84 모피하다(謀避--) : 피하려고 꾀를 내다.

85 밉광머리스럽다 : '밉광스럽다'를 속되게 이르는 말. 보기에 매우 밉살스러운 데가 있다.

86 기승(氣勝) : 기운이나 힘 따위가 누그러들지 않음.

87 퀄퀄하다 : 거침없이 시원스럽다.(임)

88 치레뽄 : 치렛본(--本). '치레'란 '잘 손질하여 모양을 냄' 또는 '무슨 일에 실속 이상으로 꾸미어 드러냄'이라는 뜻이므로, '치렛본'은 그렇게 '모양을 내거나 꾸미어 드러내는 수단으로 삼는 것'이라는 의미로 쓰이고 있음.

모른 체허구 서서 남을 망신을 주구…… 전화나 가지구서 희학질이나[89] 하든 제일인가?"

이 말을 하다가 윤희는 초봉이가 아까 전화통 앞에서 아양을 부리는 양을 다시 생각하고 그러자니까 문득, 실로 문득, 초봉이가 정말로 제호한테도 전화를 받을 때나 단둘이서 있을 때면은 그렇게 하려니, 그래서 제호를 후리려고 하고, 제호는 그것이 좋아서 침을 게질질[90] 흘리면서 헤헤, 헤헤 하려니…… 이러한 짐작이 선뜻 머리에 떠오르던 것이다.

등골이 오싹하도록 무섭게 초봉이를 노리고 섰던 윤희는 몸을 푸르르 떨면서 뽀드득 이를 갈아붙인다. 만약 이때에 초봉이가 조그만큼만 더 윤희의 부아를 돋구어[91] 주었다면, 윤희는 단박 달려들어 초봉이의 얄밉디얄밉게시리 이쁜 입과 턱을 싹싹 할퀴고 물어뜯고 해 주었을 것이다.

마침 배달 나갔던 아이가 자전거를 내리면서 들어서다가 전방 안의 살기등등한 공기를 보고 지레 겁을 내어 비실비실 한옆으로 피해 간다.

"선생님 어디 간지 몰라?"

윤희는 아이한테다 대고 버럭 소리를 지른다.

"저는 몰라요, 어디 가신지……."

아이는 행여 노염을 살세라고 조심하여 몸을 사린다.

"두구 보자! 모두들……."

윤희는 혼잣말같이 이렇게 씹어 뱉고는 통통거리고 제약실로 해서 안채로 들어가 버린다.

한편 구석에 가서 가만히 박혀 있던 아이가 그제야 윤희의 등 뒤에다가 혀를 낼름 하고는 초봉이한테 연신 눈을 찌긋째긋한다.

---

89 희학질(戲謔-) : 실없는 말로 농지거리를 하는 짓.

90 게질질 : 액체 따위가 겉으로 몹시 지르르하게 흐르는 모양.(임)

91 돋구다 : 표준국어대사전에는 '돋우다'의 북한어로 되어 있음.

초봉이는 본 체도 않는다. 그는 윤희한테 마주 해 대지 못하고서, 병신스럽게 당하기만 하던 일이 새 채비로[92] 분했다.

하기야 지지 않고 같이 들어서 다투는 날이면 자연 주객이 갈리게 될지도 모르고, 그러는 날이면 다시 직업을 얻기도 만만치 않거니와 얻어진대도 지금같이 장래 보기로는 쉽지 않을 것이다.

그뿐 아니라, 오늘이라도 이 집을 그만두면 매삭[93] 이십 원이나마 벌이가 끊기니 집안이 그만큼 더 어려울 것이요, 하니 웬만하면 짐짓이라도 져주는 게 뒷일이 각다분하지[94] 않을 형편이기는 하다. 그러나 그런 타산이야 흥분되기 전 일이요, 일을 잡치고 난 뒤에 가서,

'참았더라면 좋았을걸…….'

할 후회거리지, 당장은 꼿꼿한 배알[95]이 없는 것도 아니다.

'오늘부터라도 그만두면 그만이지…….'

무럭무럭 치닫는[96] 부아가 이렇게쯤 다부진 마음을 먹을 수까지도 있다. 그래서 어엿하게 고개를 쳐들고, 활활 해 부딪쳐 주려고까지 별렀었다.

그러나 그는 그리하지를 못했다.

초봉이는 비단 오늘 일뿐 아니라 크고 작은 일이고 간에 누구한테든지 저 하고 싶은 대로 고집을 세운다든가, 속에 있는 말을 조백이게[97] [98] 해대지를 못한다. 속이야 다 우렁잇속[99]같이 있으면서 말을 하자고 들면, 가령

---

92 새 채비로 : '새삼스럽게'라는 뜻으로 쓰고 있음.

93 매삭(每朔) : 매달. 다달이.

94 각다분하다 : 일을 해 나가기가 힘들고 고되다.

95 배알 : '창자'를 비속하게 이르는 말로, '속마음'을 낮잡아 이르는 말.

96 치닫다 : 생각, 감정 따위가 치밀어 오르다.

97 조백이게 : [1][2] 조백잇게

98 조백이다 : 조백(皁白) 있다. '조백'은 잘잘못, 혹은 흑백(黑白)을 가리는 말. 여기서는 '말 등이 조리가 정연하고 확실하다.'(우)

그것이 억울하다든가 분한 경우라든가 기운이 겉으로 시원시원하게 내뿜기지[100]를 못하고 속으로만 수그러들어, 목이 잠기고 눈물이 앞을 서곤 한다.

흥분이 심하면 심할수록에 그것이 더하다.

오늘 일만 해도, 그는 윤희한테 무슨 정가 막힐[101] 일이 있었던 것도 아니요, 버젓하게 다 해 댈 말이 있는 것을 부질없이 말은 막히고서 나오지 않고, 남 보기에는 무슨 죄나 진 것같이 울기부터 한 것이다.

전화통에는 윤희가 내동댕이를 친 채로 수화기가 디룽디룽[102] 매달려 있다.

그렇거나 말거나 다른 전화 같으면 심술로라도 내버려 두겠지만, 혹시 승재가 그대로 기다리고 있을까 민망해서 얼핏 수화기를 올려 들었다.

"여보세요."

잠긴 목을 가다듬어 겨우 소리를 내니까,

"거 웬 난리가……."

승재의 대답이 바로 들린다.

"아녜요, 여기 아주머니가 아저씨한테서 온 전환 줄 알구……."

"흐응! 거 대단하군."

초봉이는 금시 노염이 사라지고, 그 대신 입과 눈이 아까처럼 혼자 웃는다.

"……저어, 로지농 칼슘[103] 있지요?"

"네에 있어요. 보내 드릴까요?"

---

99 우렁잇속 : 품은 생각을 모두 털어놓지 아니하는 의뭉스러운 속마음을 비유적으로 이르는 말.

100 내뿜기다 : 표준국어대사전에는 '내뿜다'의 피동사로서 북한어라고 되어 있음.

101 정가 막히다 : '정가'는 지나간 허물을 들추어 흉봄, 또는 그런 흉을 뜻이므로 '정가 막히다'는 '약점을 잡히다' 정도의 의미로 볼 수 있다.

102 디룽디룽 : 큼직한 물건이 매달려 잇따라 가볍게 흔들리는 모양.

103 로지농 칼슘 : 약품 이름인 듯함.

"한 곽104만…… 곧 좀……."

"네에 시방 곧 보내 드리께요."

"그럼 한 곽만……."

초봉이는 전화가 끊기는 소리를 듣고도 그대로 한참이나 섰다가 겨우 돌아선다.

그는 무어라고 아무 이야기라도 좋으니 좀 더 이야기를 하고 싶었다. 그릴 바이면 이편에서 전화를 걸 수도 있고, 또 전화가 끊기기 전에 이야기를 할 것이라고 하겠지만, 그러나 그저 이야기가 하고 싶었지 그게 무슨 이야기인지는 모르고, 모르니까 하재도 할 수가 없었다.

그래서 언제고 전화를 끊고 나선 저 혼자만 섭섭해 하는 것이다.

초봉이는 실상 승재와 한 지붕 밑에서 살고 있다. 승재가 초봉이네 집 아랫방을 얻어서 거처하고 있던 것이다.

그러니까 둘이는 아침저녁으로 얼굴을 대하는 터에, 밖에 나와서 전화로 이야기를 해야만 할 까닭은 없는 것이다. 집에서 부모네가 그것을 간섭하거나 하는 것도 아니니…….

그러나 둘이는 집에서는 사세부득한105 것 말고는 서로 말이 없이 지낸다. 내외106나 조심을 하자는 것도 아닌데, 둘이는 그러고 지낸다. 그것을 지금 초봉이더러,

"너 승재한테 맘이 있는 게로구나?"

이렇게 묻는다면 초봉이는 아니라고 기를 쓰고, 얼굴이 붉어질 것이다. 뒤바꾸어, 승재더러 그 말을 물어도 역시 그럴 것이다.

이것은 그들이 거짓말을 하는 것이 아니라 사실로 그들은 그들 자신의

---

104 곽 : 표준국어대사전에는 '갑'의 북한어로 되어 있음.

105 사세부득하다(事勢不得--) : 일의 형세가 그렇게 하지 않을 수 없다.

106 내외(內外) : 남의 남녀 사이에 서로 얼굴을 마주 대하지 않고 피함.

마음을 모르기 때문이다.

초봉이는 로지농 칼슘 한 곽을 꺼내다가 전표를 써서, 먼저 준비해 논 태수의 것까지 아이를 주어 배달을 하라고, 태수의 것은 이러저러한 데 있는 그의 하숙집으로 갖다 주라고 이르니까 아이놈이 연신 빈들빈들[107] 초봉이의 얼굴을 치어다보면서,

"고상[108]이오? ××은행 고상이오?"

해 쌓는 것이 아무래도 사람을 구슬리는 양이다.

"너 왜 그러니? 그이가 무얼 어쨌니?"

초봉이는 머루 먹은 속[109]이라도, 무심결에 따라 웃으면서 물어보는 것이다.

"아녜요, 히히……."

"저 애가 왜 저럴까?"

"아녜요, 고상이 어쩔 양으루 오늘은 재갸[110]가 안 오구서 이렇게 배달을 시키니깐 말이지요…… 헤헤 헤헤."

"누군데 저 애가 왜 저래?"

"아아주, 조상[111]두(초봉이) 시치미를 뚜욱 따요!"

"저 애 좀 봐요! 내가 무얼 시치미를 딴다구 그래애!"

"그럼 안 따요? 사흘에 한 번씩은 꼭 가게에 와설랑 무엇이구 사가는 고상을 조상이 몰라요? 다아 알면서……."

---

107 빈들빈들 : 마음이 흐뭇하거나 남을 놀리거나 비웃거나 할 때에 슬며시 소리 없이 자꾸 웃는 모양.(임)

108 고상 : '고태수'를 이르는 말. '상'은 'さん'으로 '씨'에 해당하는 일본어 호칭.

109 머루 먹은 속 : 대강 짐작을 하고 있는 속마음이라는 말.

110 재갸 : 자가(自家). '자기'를 예스럽게 조금 높여 이르는 말.

111 조상 : 초봉을 가리키는 '丁様'을 일본어 발음 'ちょうさん'으로 부른 것.

"그래도 나는 모르는 걸 어떡허니? 허구많은 손님을 누가 일일이 다아 낯을 익혀 둔다더냐."

"그래두 고상은 특별히 다르다나요! 누구 때문에 육장 와서 쓸데두 없는 것을 사 가는데요."

"그걸 내가 어떻게 아니?"

"모르긴 왜 몰라요! 다아 조상 얼굴 볼려구 그리는데, 히히…… 척 연앨……."

"저 애가!"

초봉이는 잘급해[112] 소리를 지르는데, 얼굴은 절로서[113] 화틋[114] 단다.

하고, 일변 그렇게 듣고 생각해 보니 아닌 게 아니라 낯을 암직한 여러 손님 가운데 한 사람, 아리송하니 얼굴이 머리에 떠오른다.

후리후리한 몸에 차악 맞는 양복을 입고, 갸름한 얼굴이 해맑고, 코가 준수하고, 윗입술을 간드러지게 벌려 방긋 웃고, 그래서 무척 안길성[115] 있이[116] 생기기는 생겼어도, 눈이 오긋한[117] [118] 매눈[119]에 눈자[120]가 몹시 표독스러워 보이는, 그 사람이 그러면 ××은행에 다니는, 그리고 탑삭부리 한 참봉네 집에 기식[121]을 하고 있다는, 또 그리고 배달하는 아이 말대로 초봉

---

112 잘급하다 : '잘겁하다(=자지러질 정도로 깜짝 놀라다)'의 전라도 방언. 뒤에서는 '잘겁해서'라는 표준어를 쓰고 있다.

113 절로서 : 저절로. 다른 힘을 빌지 않고 스스로.(임)

114 화틋 : 확. 화끈. 갑자기 달아오르거나, 시 뜨거운 느낌이 일어나는 모양.(임)

115 안길성 : 붙임성이 있고 고분고분해서 상대방에게 호감을 주는 성질.(임)

116 무척 안길성 있이 : [1][2] 섬뻑 고임성잇시
　　　　　　　　　　　 [4] 무척 앵길상 있이　　　[5] 무척 앵길성 있게

117 오긋한 : [1][2][3][4] 오긋한

118 오긋하다 : 안으로 조금 오그라진 듯하다.

119 매눈 : 매의 눈처럼 사납고 날카롭게 생긴 눈.

120 눈자 : 눈자위.(임)

이 저를 보려고, 자주 물건을 사러 가게에 온다는 그 사람인 게로구나 하는 짐작이 들었다.

그러자 초봉이는 웬일인지 아까 첫 번과는 달리 가슴이 두근거리면서 그 사람 고태수의 얼굴이 다시금 떠오르더니, 그것을 요모로 조모로 뜯어 보는데, 또 그러자 문득 승재와 비교가 되면서[122] 비교된 결과는 생김새로든지 처지로든지 승재가 훨씬 못한 것이 단박 드러나고, 하니까는 그 다음에는 승재를 위해서 고태수한테 시기가 난다.

그래, 분개해서 고태수를 들이[123] 미워해야 하겠는데, 그러나 어쩐 일인지 그가 미워지질 않고 자꾸만 더 돋보인다.

그럴 수가 있을까 보냐고 도로 또 비교를 해 본다.[124]

승재는 장차에야 버젓한 의사가 될 사람이지만, 지금은 겨우 남의 병원의 조수요, 고태수는 당장 한 사람 몫을 하고 있는 은행원이다.

생김새도 승재가 못생긴 것은 아니나, 고태수가 멀끔한[125][126] 것이 매력이 있다.

승재는 고태수의 조화된 데 비해서 아무렇게나 생긴 사람이다.

키가 훨씬 더 크고, 몸도 크고, 어깨통이 떠억 벌어졌다.

얼굴은 두툼하니 넓죽하고, 이마도 퍽 넓다. 그래서 실직하고[127] 무게는

---

121 기식(寄食) : 남의 집에 붙어서 밥을 먹고 지냄.

122 되면서 : ③⑤ 되어지면서　　　④ 되여지면서

123 들이 : 세차게 마구. 들입다.

124 그러자 초봉이는~비교를 해본다.(3단락)
　　 : ①② 초봉이는 이러한속을 알엇스나 그야 사람나름이어서 그러한경우에 여자다운 자존심으로 느긋이 기뻐하는사람도 잇겟지만 그는 그러기보다도 생김새랄리 지금의 처지랄지 가 승재편이 고태수라는 그사람만못한 것을 승재를위해서 고태수에게시기와 반감이 낫다

125 멀끔한 : ①② 미남자뿐으로　　　④⑤ 밀끔한

126 멀끔하다 : 지저분하지 않고 훤하게 깨끗하다.

있어 보여도 매초롬한[128] 고운 태는 찾으려도 없다.

얼굴은 눈퉁이[129]며, 눈이며, 코, 입 이런 것들이 제자리는 제자리라도, 너무 울퉁불퉁하게 솟을 놈 솟고 박힐 놈 박히고 해서 조각적이기는 해도, 고태수라는 사람처럼 그린 듯 곱지는 못하다. 다만 그의 눈만은 고태수의 눈과는 문제도 안 되게 좋다. 어느 산중에 있는 깊은 호수같이 맑고도 고요하다. 무엇인지는 모르겠어도, 이 세상 좋은 것이라고는 다 그 눈에 가들었는 성싶은 그런 눈이다. 그리고 이 눈으로 해서 승재의 그 아무렇게나 생긴 얼굴이 흉을 가리고 남는다.

못하거니 하고, 그럴 수가 있을까 보냐고 다시금 둘을 빗대 보던 초봉이는 승재의 눈에 이르러 흠뻑 만족을 한다.

만족을 하고 그 기분이 그대로 승재의 모습으로 옮아가서, 그의 올라앉아 말 탄 양반 훨훨 소 탄 양반 끄덕끄덕을 하고 싶은 어깨통[130], 이편이 몸뚱이[131]를 가져다가 콱 가슴에 부딪뜨리면 바위같이 움찍[132]도 안할 듯싶은[133] 건장한 몸뚱이, 후련하게 뚜렷한 얼굴과 넓은 이마, 그리고 다시 그렇듯 맑고 고요한 눈, 이렇게 하나씩 하나씩도 생각해 보고 전체로도 생각해 보고 하노라니까, 비로소 고태수라는 사람은 어디로 갔는지 잠깐 잊

---

127 실직하다(實---) : 조금 튼튼하다.

128 매초롬하다 : 젊고 건강하여 아름다운 태가 있다.

129 눈퉁이 : 눈두덩의 불룩한 곳을 속되게 이르는 말.

130 무엇인지는 모르겠어도(앞의 앞 단락 중간 부분)~어깨통
   : ①② 이 눈으로해서 승재의 야성적인 얼굴이 순탄하게 조화가된다.
   처음 고태수라는 사람의 얼굴과 승재의 얼굴과는 빗대보는데서 출발한 초봉이는 승재의 모습을 타고올라안저 말탄양반 훨훨 소탄양반 끄덱끄덱을 하고십흔 어깨통

131 몸뚱이 : ①②④ 몸등이   ⑤ 몽둥이

132 움찍 : 표준국어대사전에는 '몸이나 몸의 일부를 한 번 움직이는 모양'이라는 뜻의 북한 어로 되어 있음.

133 움찍도 안할 듯싶은 : ①② 마칠듯십흔   ④ 움짓도 안할뜻 싶은   ⑤ 움짓도 안 할 듯싶은

히고, 승재가 이 세상에 있다는 것이 차악 안심이 되고 기쁘고 한다.

처지를 대놓고 보아도 실상은, 도리어 둘을 같이 놓고 생각할 수가 없다.

승재는 작년 시월에 서울 가서 치르고 온 의사 시험에 반은 넘겨 패스가 되었으니까, 그리고 금년 시월 시험이나, 늦어도 명년 오월 시험까지 한 번 아니면 두 번만 더 치르면, 전 과목이 다 패스가 되어 옹근 의사가 될 수 있다. 그러니까 그럴 날이면 한낱 은행원쯤 부럽지 않다.

여기까지 생각하던 초봉이는 한숨을 호 내쉬면서 가슴에다가 무심코 손을 얹는다. 안심의 표적인 것이다.[134]

이렇듯 만족도 하고 안심도 하는데, 그러나 그러는 하면서도 일변 따로, 한번 머릿속에 박힌 고태수의 영상은 그대로 처져 있고 종시 사라지질 않는다.

그것은 마치 그의 곱다란 얼굴과 좋은 몸맵시를, 궁하고 보잘것없는 승재의 옆으로 들이대면서 '자아 어떻수?' 하고 비교해 보라고 느물거리는[135] 것만 같다.

짜증이 나서 고태수한테 눈을 흘겨 준다. 그러나 빈들빈들 웃기만 하지, 물러가려고 하지 않는다.

제호가 마침 그제야 털털거리고[136] 가게로 들어선다.

"어허, 이거 우리 초봉이가 혼자서 수고하는군. 제에기할 것……."

그는 기다란 얼굴로 싱글벙글 웃으면서 수선을 피운다.

"……초봉이 혼자서 수고를 했어. 이놈은 어디 갔나?…… 옳지, 배달 나간 거루구만? 그렇지?…… 어 후우후우 더웁다. 인전[137] 제법 더웁단 말야,

---

134 가슴에다가 무심코 손을 얹는다. 안심의 표적인 것이다.
　　: ①② 가슴우에 무심코 손을 대인다.

135 느물거리다 : 말이나 행동을 자꾸 능글맞게 하다.

136 털털거리다 : 기운이 없는 걸음걸이로 걷다.

제에기할 것."

한편 떠들면서 좋아하는 양이 단단히 좋은 일이 있는 눈치다.

초봉이도 그에 섭슬려 웃으면서, 손가방을 받아 준다.

"응? 그래, 저리 좀 내던져 주어…… 건데 초봉이가 자꾸만 저렇게 이뻐져서 저거 야단났군! 야단났어, 허허허허, 제에기할 것. 멀, 이쁘면 좋지, 허허허허. 건데 말야, 응?…… 지금 아주 대대적으루 존 일이 생겼단 말야. 대대적으루 응?…… 그리구 우리 초봉이한테두 대대적으루 존 일이구, 허허허. 제에기할 것, 인전 됐다."

제호는 언제고 그렇지만, 오늘은 유독히 더 정신을 못 차리게 혼자 찧고 까불고138 하면서 북새139를 놓는다.

초봉이는 대체, 좋은 일이라면서 저렇게 떠들어 대니 무얼 가지고 저러나 싶어 속으로 적잖이 궁금했다.

제호는 초봉이가 앉은 테이블 앞에 걸상에 가서 털씬140 걸터앉아 모자를 벗어 가지고 번질번질한 대머리 얼러 얼굴에 부채질을 한다.

그러다가 두리번두리번하더니, 초봉이가 가방을 들고 섰는 것을 보고……

"응응! 거기 있군…… 나는 또 어디다가 내버리고 왔다구. 제에기할 것, 거 잘 좀 갖다가 제약실 안에 둬 두라구."

아까는 내던지라더니 이제는 또 잘 갖다 두란다.

"……그 속에 좋은 게 들었단 말야, 그 속에…… 오늘 아주 대성공이야 대성공. 건데 초봉이두 좋은 일이 있어. 시방, 시방 이야기허까? 가만 있

137 인전 : 이제는.
138 찧고 까불다 : 되지도 않는 소리로 이랬다저랬다 하며 몹시 경망스럽게 굴다.
139 북새 : 야단스럽게 부산을 떨며 법석이는 일.
140 털씬 : 사람이 갑자기 주저앉는 소리. 또는, 그 모양.(임)

자. 나 담배 한 개 피우구, 응? 아뿔싸? 담배가 없군…… 이놈은 어디 갔누? 옳아, 배달 나갔지, 제에기할 것. 빙수 한 그릇 먹었으면 조오켔다. 시방 빙수 팔까? 아직 없을 테지?"

"글쎄요?……"

"없을 거야, 없어. 제에기할 것, 이게 다아 여편네 잘못 만난 놈의 고생이야. 아, 이런 때 척 밀수[141]나 한 그릇 타다가 주군 하면 오죽 좋아? 밤낮 그 히스테리만 부리지 말구, 응? 그렇잖아? 허허 제에기할 것."

"아주머니가 참 퍽 기대리셨어요!"

"아뿔싸!"

제호는 무릎을 칠 듯이 깨우치고는 잠시 멍하다가 뒤통수[142]를 긁는다.

"……이거 야단났군!…… 오늘 두 시에 동부인[143]합시구 제 동무네 친정집 한갑잔치에 가기루 했었는데. 그만 깜박 잊었지!…… 안 잊었어두 보던 일이야 제쳐 놓구 오지는 못했겠지만…… 그래 나와서 무어래지?"

"머, 별루……."

초봉이는 소경사[144]를 다 이야기할까 하다가 그만둔다.

"재랄하잖어[145]?"

"두 번이나 나오셔서, 아저씨 안 오셨느냐구……."

"아냐! 분명 재랄을 했을 거야, 분명. 그래 재랄을 하다가 혼자 간 모양이? 그러니 이거 야단 아냐? 그놈의 성화[146]를 어떻게 받나! 제에기할 것,

---

141 밀수(蜜水) : 꿀물.

142 뒤통수 : ①② 데숙이(이하에서도 '뒤통수'를 모두 방언인 '데숙이'로 씀.)

143 동부인(同夫人) : 아내와 함께 동행함.

144 소경사(所經事) : 겪은 일.

145 재랄하다 : 법석을 떨며 분별없이 행동하는 것을 낮잡아 이르는 말.

146 성화(成火) : 몹시 귀찮게 구는 일.

돈 백 원만 얹어 주겠시니 누구 그놈의 여편네 좀 물어 가는 사람 없나? 허허 제에기할 것."

"아이머니나! 숭헌 소리두 퍽두 허시네!"

"아냐 정말야. 초봉일랑 인제 시집가거든 애여 남편 그렇게 달달 볶지 말라구. 거, 아주 못써. 그놈의 여편네가 좀 그리지를 안했으면 내가 벌써 이십 년 전에 십만 원 하나는 모았을 거야, 응? 그렇잖아?"

"아저씨두! 두 분이 결혼하신 지가 십 년 남짓하시다문서 그러세요?…… 내, 온……."

"아하하하, 참 그렇던가? 내가 정신이 없군. 그건 그런데, 초봉이두 알지만, 에, 거 여편네 히스테리 아주 골머리가 흔들려! 그 어떻게 이혼을 해버리던지 해야지 못 견디겠어. 아무것두 안 되겠어!"

"괜히 그러세요!"

"아니, 자유 결혼이니까, 이혼두 자유야. 거 새끼두 못 낳구 히스테리만 부리는 여편네 무엇에 쓰노!"

"그렇지만 아주머니가 보시기엔 아저씨한테 더 잘못이 많답니다."

"잘못? 응, 더러 있지. 오입한다구, 그리구 제 히스테리에 맞추지 않는다구. 그러니깐 갈려야지? 잘잘못이야 뉘게 있던 간 둘이서 같이 살 수가 없으니깐 갈려야 할 게 아냐? 그렇잖어?"

"전 모르겠어요."

초봉이는 제호의 이야기에 끌려 허튼 수작에 대거리[147]는 하고 있어도, 시방 딴 걱정에 도무지 건성이다.

그는 제호한테 청할 말이 있어서, 윤희 못지않게 제호가[148] 돌아오기를

---

147 대거리(對--) : 말대꾸.
148 제호가 : ③④⑤ 제호의

기다리고 있었다.

　그러나 막상 제호가 돌아오고 해서 얼굴을 대하고 난 즉은, 언제나 마찬가지로 섬뻑[149] 말이 나오지를 않던 것이다.

　그는 실상 아까 아침나절에 이야기를 했어야 할 것이었다. 그러나 벼르기만 하고, 말이 차마 나오지를 않아서 주춤주춤하고 있는 동안에 제호는 부르르 나가 버렸고, 그래서 후회를 하고 종일토록 까맣게 기다리고 있던 참이다.

　하다가 인제 그가 돌아왔으니 말을 내야 할 것이지만, 그러나 종시 말은 나와지지 않고, 그러면 그만두자 한즉, 당장 집안 식구들이 굶고 있는 것을 어떻게 하며, 오늘이 이러한 걸, 내일을 또, 그 다음날도 돈이 생길 때까지는 굶어야 할 테니, 도저히 안 될 말이다.

　"아저씨, 저어……."

　초봉이가 겨우 쥐어짜듯이 기운을 내서 이렇게 말부리를 따[150] 놓고, 눈치를 보느라고 고개를 쳐드니까, 제호는 없는 담뱃갑을 찾느라고 이 포켓 저 포켓 부산하게 뒤지다가 마주 얼굴을 든다.

　"응? 무어?…… 이놈의 담배가 그렇게 하나두 없나! 제에기할 것. 그래, 무어 할 이야기 있어? 응, 무어야?"

　"네에……."

　"그래, 무슨 이야긴데?"

　"말씀하기가 미안해서……."

　미안한 것뿐이 아니지만, 사실 미안하기도 퍽 미안하다.

　지난달 그믐을 가까스로 넘기고서 초하룻날 하루만 겨우 지나고 난 이

---

149 섬뻑 : 어떤 일이 행하여진 후 곧바로.

150 말부리를 따다 : 입을 열어 말을 시작하다. '말부리'는 '말을 꺼내는 실마리'를 낮잡아 이르는 말.

달 초이튿날, 가게에 나오기가 무섭게, 오늘처럼 염치를 무릅쓰고 돈 십 원을 이달 월급 턱으로 선대[151] 받아 간 것이 열흘도 채 못 된다. 그랬는데, 그런 때문에 인제 찾을 것이라야 겨우 십 원밖에 남지 않았고, 월급날이라고 정한 스무닷샛날이 되기도 전에 또 선대를 해달라고 하게 되니, 가령 저편에서야 괜찮다고 하지만 초봉이로 앉아서는 말을 내기가 여간만 민망한 노릇이 아니다.

초봉이가 말을 운만 떼어 놓고 그 다음 말을 못 하고 어려워만 하는 것을……

"허허! 사람두 원!…… 알았어, 알았어!"

제호는 벌써 알아차리고,

"……돈이 쓸 데가 있단 말이지?…… 그걸 말 좀 하기를 그렇게 어려워한담? 사람두 어디서, 원……."

"그래두 미안하잖어요?"

"미안은 무슨 미안? 미안하기루 들면, 내가 되려 미안하지. 친구 자녀 데려다가 두구서는 월급두 변변히 못 주어서 늘 옹색하게 하니깐, 안 그래? 그렇지? 허허 제에기할 것?…… 그래 얼마나 쓸까?…… 날더러 일일이 달라구 해선 뭘 하누? 거기 있을 테니 좀 끄내다 쓰구 장부에 올려나 놓지. 그래, 거기 손금고에서 끄내 써요, 응? 아뿔싸! 열쇠를 내가 가지구 나갔었지…… 정신없어 야단났어! 제에기할 것."

제호는 포켓에서 열쇠 꾸러미를 꺼내 가지고 테이블 위에 놓인 손금고를 방울 소리를 울리면서 찰크당 열어젖힌다.

초봉이는 두고 보면 볼수록 소탈하고 시원스런 제호가 사람이 좋았고, 비록 본디야 남이지만, 그만한 아저씨를 둔 것이 또한 좋았다. 만일 제호

---

151 선대(先貸) : 나중에 치르기로 한 돈의 일부나 전부를 치르기로 한 기일 이전에 꾸어 줌.

가 정말로 외가로든지 친척으로서의 아저씨가 된다면, 더욱 마음 든든하고 즐거울 것 같았다.

그리고 이렇게, 초봉이가 보기에는 좋은 사람인 것을, 대체 그 부부간이라는 게 무엇이길래 윤희는 육장 두고 제호를 못살게시리 달달 볶아 대는지, 그 속을 알 수가 없었다.

"……그래 얼마나? 오 원? 십 원?"

제호는 일 원, 오 원, 십 원 이렇게 세 가지 지전을 따로따로 집어 들고 세면서 묻는다.

"글쎄요……."

초봉이는 기왕이니 십 원을 탔으면 좋겠으나, 그 역152 말이 나오지 않는다.

"저런, 사람두! 돈 쓸 사람이 얼마 쓸지를 몰라? 허허 제에기할 것. 자아 십 원. 기왕이면 모개지게153 한꺼번에!"

초봉이는 비로소 안도의 한숨이 내쉬어지려고 하는 것을 속으로 삼키고, 파르스름하니 안길성 있게 색채가 나는 십 원짜리를 받아 쥔다.

돈을 받아 쥔 손바닥의 촉감도 여느 때 물건을 팔았을 때에는 다 같은 십 원짜리라도 그런 줄을 모르겠더니, 이렇게 어렵사리 제 몫으로 받아 쥐는 십 원짜리의 촉감은 어디라 없이 그놈이 빳빳하면서도 자별히154 보드라운 것 같았다.

돈을 탔으니 인제는 집으로 갈 일이 시각이 바쁘다. 그러나, 아직 겨우 네 시 반…… 돌아갈 시간 여섯 시까지에는 한 시간 반이나 남았다.

어떻게 하나? 탈을 하고, 오늘은 일찍 돌아가나? 좀 더 있다가 배달하는

---

152 그 역(亦) : 그것도 이것과 마찬가지로.
153 모개지다 : 흩어지지 않고 한 무더기로 모아져 있다.
154 자별히(自別-) : 본디부터 남다르고 특별하게.

아이가 돌아오거든 집으로 보내 주나? 이런 때에 동생들이라도 누가 나왔으면 싶었다.

제호는 제약실로 들어가 앉아서 손가방을 열어 놓고 무엇인지 서류를 뒤적거린다. 그것을 보니, 아까 제호가 들어서던 길로 떠들어 대면서, 좋은 일이 있다고, 초봉이한테도 좋은 일이 있다고 수선을 피우던 일이 생각났다.

그날그날의 생활이 막막하고, 앞뒷동이 막힌 때에는 빈말로나마 좋은 일이 생긴다는 말을 들으면 반가운 법이다. 초봉이도 그래서 한 가지 시름을 놓고 나니 그 다음에는, 대체 그 좋은 일이라는 게 무엇인고? 이편에서 물어라도 보고 싶게 차차 궁금증이 나기 시작한다.

제호는 서류를 한번 주욱 훑어보더니 다시 차곡차곡 챙겨서 제약실 안에 있는 금고를 열고 소중하게 건사를 한 뒤에 도로 마루로 나온다.

"자아, 인전 참, 초봉이한테 이야기를 좀 해야지……."

제호는 테이블 앞 의자에 가 걸터앉더니,

"……나 이 전방 이것 팔았지, 헤헤. 팔아두 아주 잘 판걸, 제에기할 것."

"네에!"

초봉이는 하도 어이가 없어 놀라지는 대로 놀랐지, 미처 어찌하지를 못한다.

그러나 제호는 연신 싱글벙글 웃기만 한다.

"왜 그렇게 놀래누? 허허허허…… 걱정 말아요, 걱정 없어요."

초봉이는 다시 생각하니, 주인이 갈린다고 점원까지 갈리랄 법은 없으니 너는 걱정 없느니란 말인 듯싶었고, 사실 또 그게 근리한[155] 말인 것 같아서 지레 놀란 것이 무색했다.

---

155 근리하다(近理--) : 이치에 거의 맞다.

"누가 샀는데요?"

"뭐, 어떤 '가모'[156]가 하나 덤벼들어설랑, 허허허허, 제에기할 것……."

"……"

"헌데…… 초봉이 말이야?…… 나허구 같이 서울루 가지이? 서울……."

"서울루, 요?"

초봉이는 알아듣고도 모를 소리여서 뚜렛뚜렛하는[157] 것이다.

"응, 서울루."

"어떻게?"

"어떻게라니 차 타구 가지? 걸어 가젤까 봐서? 허허허허, 제에기할 것."

"그래두 전 무슨 말씀인지."

"모를 건 뭣 있나? 서울루 가서 시방 여기서처럼 일 보아 주면 되지."

"네에!"

초봉이는 그제서야 겨우 고개를 끄덕끄덕한다.

"인제 알겠지?…… 그래, 서울루 가요. 서울루 가면 내 정식으루 월급두 나우[158] 주지. 그때는 시방처럼 이런 여점원이 아니라 사무원이야 사무원. 그리구 나는 응? 척 지배인 영감입시구, 허허허허. 박제호가 인전 선영 명당 바람이 나나[159] 부다, 제에기할 것."

"무얼 시작하시는데?"

"제약회사야 제약회사. 이거 봐요, 내가 몇 해 전버텀두 그걸 하나 해 볼 양으루 별렀단 말이야. 그거 참 하기만 하면 도무지 어수룩하기가 뭐 짝이

---

156 가모 : かも(鴨). 일본말 속어로서, '봉 또는 이용하기 좋은 사람'을 이르는 말.

157 뚜렛뚜렛하다 : 어리둥절하여 눈을 이리저리 굴리다.

158 나우 : 정도가 조금 낫게.

159 선영 명당 바람이 나다 : 조상의 무덤을 잘 쓴 덕에 자손이 훌륭하게 된다는 뜻으로 하는 말.

없거든. 글쎄 삼십 전이나 오십 전 딜여서 약을 맨들어 가지군 뭐, 어쩌구 어쩌구하다구 풍을 쳐서 커다랗게 신문에다 광고를 내면 말이야, 헐라치면 십 원씩 내구 사다 먹어요! 십 원씩을. 제깐 놈들이 뭐 약이 어쩐지 아나 머. 그래 열 곱 스무 곱 남아요. 십 년 안에 삼십만 원 이상 벌어 놀 테니 보라구, 삼십만 원."

"어쩌문!"

"그럴듯하지? 거 봐요. 그래서 이번에 그걸 하기루 돈 낼 사람이 나섰단 말야. 그자가 사만 원 내놓구, 내가 이만 원 내놓구, 주식회사 무슨 제약회 사라구 쓱, 응?…… 자본금은 삼십만 원이구, 사장에 아무개요, 지배인에 박제호요, 허허허허, 제에기할 것. 그러느라구 이것두 판 거야. 팔아두 숫 지게[160] 팔았지, 이천 원 딜여서 설비해 놓구, 십 년 동안 전 만 원이나 모 으구, 그리구 나서 오천 원을 받았으니, 허허허허, 제에기할 것…… 세상이 아직두 어수룩하단 말이야, 어수룩해. 이걸 오천 원에 사는 '가모'가 있지 를 않나, 삼사십 전짜리 약을 맨들어서 광고를 크게 내면, 저희가 광고 요 금꺼정 약값에다가 껴서 내구 좋다구 사다 먹질 않나. 그러니 장사해 먹는 이놈이 손복할[161] 지경이지. 생각하면 벼락을 맞일 일이야. 허허허허, 제에 기할 것."

초봉이는 흐무진[162] 것 같기는 해도, 어수선해서 무엇이 무엇인지 속을 알 수가 없었다.

"그건 그렇구. 그래 그러니 초봉이두 날 따라서 서울루 같이 가요. 글쎄

---

160 숫지다 : 임무출은 '(수나 양이) 많다. 일정한 기준 이상이다'라고 해석하였다. 우한용은 '숫지게'를 '꽤 이로운 조건으로'라고 해석하였다. 문맥으로 보면 '숱지다', 즉 '숱이 많다' 라는 뜻으로 볼 수도 있고, 이때 그 뜻은 '이문이 많다' 정도가 될 것이다.

161 손복하다(損福--) : 복을 일부 또는 전부 잃다.

162 흐무지다 : 매우 흐뭇하다. 흐무뭇하다.

조로케 이쁘구 좋게 생긴 아가씨가 이따우 군산 바닥에 묻혔어야 바랄 게 있나?…… 서울루 가야만 다아 좋은 신랑감두 생기구 허지, 흐흐흐…… 그리구 아버지가 혹시 반대하신다면 내 쫓아가서 우겨 재키지[163] [164] 않으리? 만약 어머니 아버지가 서울 보내기 안심이 안 된다면, 머 내가 우리 집에다 맡아 두잖으리? 그러니, 이따가 집에 가거들랑 어머니 아버지한테 위선 말씀을 해요. 그리구 가게 되면 이달 보름 안으루 가야 할 테니깐, 그리 알구, 응?"

"네에."

초봉이는 승낙하는 요량[165]으로 대답을 한다. 사실로 그는 어느 모로 따지고 보든지 제호를 따라 서울로 가게 되는 것이 기쁜 일이었었다.

제호는, 그렇다. 방금 한 말대로, 여러 해 두고 벼르던 기회를 만나 그야말로 평생 팔자를 고칠 커다란 연극을 한바탕 꾸미게 되니 엉덩이가 절로 들썩거리게 만족한 판이다. 그러니 얼굴 묘하게 생긴 계집애 하나쯤 그리 대사가 아니다.

만일 초봉이로 해서 일에 걸리적거림이 있다든가, 또 그게 이미 손아귀에 들어온 애물이라고 하더라도, 일을 하는 데 필요만 하다면 도로 배앝아 놓기를 주저하지 않을 경우요 그럼직한 인물이다. 그러나 초봉이와 일과는 아무런 상극[166]도 되지를 않는다. 그럴 뿐 아니라, 초봉이는 제호한테 진실로 웃음을 빚어 주는 한 송이의 꽃인 것이다.

제호는 아내에게 늘 볶여 지내기만 하지, 가정에 대한 낙이라고는 없다.

---

163 우겨 재키지 : [1][2] 욱여채지지 　　[4][5] 욱 재키지
164 우겨 재키다 : 우겨 제끼다. 우겨 젖히다. '젖히다'는 앞말이 뜻하는 행동을 막힌 데 없이 해치움을 나타내는 말.
165 요량(料量) : 앞일을 잘 헤아려 생각함. 또는 그런 생각.
166 상극(相剋) : 두 사물이 서로 맞서거나 해를 끼쳐 어울리지 아니함.

그러한 그에게, 이쁜 초봉이를 손 닿는 데 두어 두고 시시로 바라보는 것
은 큰 위안이 아닐 수 없던 것이다.

물론, 안면 있는 친구의 자녀라는 것이며, 나이 갑절이나 층이 져서 자
식뻘밖에 안 된다는 것이며, 아내의 감시며, 그리고 무엇보다도 초봉이가
미혼 처녀라는 것 때문에 그의 욕망은 행동으로 발전을 하지는 못한다. 사
실상, 일반으로 중년에 들어선 기혼 남자는, 그가 패를 차고[167] 다니는 호
색한[168]이 아니면, 미혼 처녀에게 대해서 강렬한 호기심을 갖기는 가지면
서도 한편으로는 그러나, 그 미혼 처녀라는 것이 무엇인지 모르게 겁이 나
고 조심이 되어 좀처럼 그들의 욕망을 행동화하지 못하도록 견제를 하는
수가 많다.

초봉이에게 대한 제호의 경우가 역시 그러한데, 그러나 (아니, 그렇기
때문에 오히려) 초봉이를 놓치고 싶질 않던 것이다.

여섯 시가 되기를 기다려 초봉이는 가게를 나섰다. 오후의 한가한 해가
서편으로 기울고, 하늘은 한 빛으로 푸르다. 너무 맑고 푸른 것이 되레 그
대로 두기가 아깝고, 흰 구름 조각 한두 장쯤 깔아 놓았으면 좋을 것 같다.

아침에도 그랬고, 어제 그저께부터도 그랬지만 정거장 둘레의 포플러
숲과 그 건너편의 낮은 산이 처음 보는 것같이 연푸른 초록으로 훤하게 피
어오른다.

어디 포근포근한 잔디밭이라도 있으면 퍼근히[169] 좀 주저앉아 놀고 싶어
지는 것을, 그러한 느긋한 마음과는 딴판으로 종종걸음을 쳐서 제일보통학
교 앞을 지나 집이 있는 둔뱀이로 가고 있다.

학교 마당에서는 아이들이 몇만 놀고 있다. 초봉이는 혹시 형주가 그 속

---

167 패를 차다 : 좋지 아니한 일로 별명이 붙다. 남이 지목할 것을 각오하다.
168 호색한(好色漢) : 색한(色漢). 여색(=여자와의 육체적 관계)을 몹시 좋아하는 남자.
169 퍼근히 : 다리를 뻗어 느긋하고 편안하게.(임)

에 섞여 있나 하고, 철사 울타리 안으로 눈여겨 들여다보기는 했으나, 물론 있을 턱이 없었다.

머리 위로 솟은 아카시아나무에서 달콤한 향내가 가득 번져 내린다. 초봉이는 끌리듯 고개를 쳐들고 높다랗게 조랑조랑[170] 매달린 아카시아 꽃송이를 올려다보면서 절로 미소를 드러낸다.

조금 아까만 해도 초봉이는 이러한 마음의 여유는 없었다. 그러나 지금은 꽃향기에 마음 놓고 웃을 수가 있는 것이다.

제호를 따라 서울로 가기로 아주 마음에 작정을 했다. 모친은 선뜻 그러라고 할 것이고, 좀 반대를 한다면 부친이겠는데, 잘 이야기를 하고 또 모친과 제호가 우축좌축을 하면[171] [172] 역시 승낙을 할 것이다.

제호가 아까, 월급도 한 사십 원 준다고 했으니까, 우연만하면[173] 삼십 원은 집으로 내려 보낼 수가 있고, 또 종차[174] 형편을 보아 집안이 통[175] 서울로 이사를 해 갈 수도 있을 것이다.

서울! 서울! 늘 가고 싶던 서울이다.

서울은 사년급[176] 때 수학여행으로 한 번 구경을 가기는 했었다. 그러나 그렇게 지날결에 한 번 구경한 것으로는 초봉이가 동경하던 서울의 환상을 씻지 못했다. 그는 서울이면, 그때에 본 것보다는 더 아름답고, 더 즐거움이 있으려니 지금도 생각하고 있다.

하던 참이라, 이렇게 뜻밖에 서울로 가게 된 것이 기쁘고, 그리고 인제 무

---

170 조랑조랑 : 작은 열매 따위가 많이 매달려 있는 모양.
171 우축좌축을 하면 : ① 우축좌축하면   ② 우측좌측하면
172 우축좌축을 하다 : 주위에서 거들어 주거나 참견하다.(임)
173 우연만하다 : '웬만하다'의 본말.
174 종차(從次) : 이 다음에.
175 통 : 온통. 전부.
176 사년급(四年級) : 4학년.

엇인가―그게 어떠한 무엇인지는 몰라도―무엇인지 좋으려니 싶던 것이다.

하기야 그렇게 기쁘던 끝에 문득 윤희를 생각하고, 이건 일이 모두 와해되나[177] 하면 낙심이 되기도 했었다.

윤희가 방해를 놀면 별수 없이 못 가고 말 것이었었다. 해서, 그게 걱정스럽고, 그래 하다못해, 무얼 그것도 제호가 좋도록 다 이러고저러고 해서 역시 따라가게 되겠지야고[178] 짐짓 저를 안심시켰다.

또 한 가지, 승재와 매일 전화도 못 하고 서로 멀리 떨어지게 되는 것, 이것이 여간만 섭섭한 게 아니었었다.

그러나 그것도 이럭저럭 좋도록 제 마음을 무마해 놓았다. 승재는 시험을 보느라고 가끔 서울은 다닐 터이니까, 간혹 만날 수가 있을 것이고, 그러는 동안에는 시방의 전화 대신 편지나 서로 하면서 지내고, 그러노라면 승재도 종차 서울로 올라오겠거니 해서 역시 안심을 했던 것이다.

한참이나 생각에만 잠겨 무심코 걸어가던 초봉이는, 머리 위로 향기를 뿜는 아카시아나무를 또 한 번 올려다보고는 방싯 웃는다.

---

177 와해되다(瓦解――) : 조직이나 계획 따위가 산산이 부서지고 흩어지게 되다. 기와가 깨진다는 뜻에서 나온 말이다.
178 되겠지야고 : '되겠지 하고'의 의미로 쓰고 있음.

3. 신판(新版) 『흥보전(興甫傳)』[1]

일곱 시가 거진 되어서 정 주사는 탑삭부리 한 참봉네 싸전 가게를 나섰다.

장기는 세 판을 두어 두 판은 이기고 한 판은 지고 해서, 삼판양승으로 정 주사가 개선가를 올렸다.

그러나 장기는 이겼대도, 배는 부르지 않았다.

또 마지막에 탑삭부리 한 참봉의 차(車) 죽은 것을 물러주지 않아서, 그래 비위를 질러 놓기 때문에 쌀 외상 달란 말도 내지 못했다.

정 주사는 정말로 꼬르륵 소리가 나는 배를 허리띠를 졸라매면서 천천히 콩나물고개로 걸어가고 있다.

시방 싸전집 아낙 김 씨가 하던 말을 되생각하면서, 그가 꼭 그렇게 합당한 신랑감을 골라 중매를 서 주려니 싶어 느긋이 좋아한다. 우선 배야고프고 당장 저녁거리야 없을망정 그것 하나만은 픽 든든했다.

그놈의 것, 기왕이니 내일이라도 혼담이 어울려, 이달 안으로라도 혼인을 해치웠으면 더 좋을 성싶었다.

그러기로 들면 적으나마 혼수비를 무엇으로 대며, 또 초봉이가 지금 다달이 이십 원씩이나 물어들이는 그것마저 끊길 테니, 이래저래 두루 걱정은 걱정이다.

그러나 그렇다고 딸자식이 벌써 스물한 살인데 계집애로 늙히자고 우두커니 보고만 있을 수도 없는 노릇, 아무 때 당해도 한 번은 당할 일인 걸, 늦게 한다고 어디서 돈이 솟아날 바 없고 하니, 그저 이 계제[2]에 바싹 서둘

---

1 ①②는 이 부분에서 역시 장 제목이 바뀌지 않은 채 여전히 '生活第一課(十二)'로 되어 있음.

2 계제(階梯) : 어떤 일을 할 수 있게 된 형편이나 기회.

러서 아무렇게나 해치우는 게 도리는 도린데…….

도리는 도린데, 그러나 당장 조석을 굶고 있는 형편에 무슨 수로? 냐는데는 그만 궁리가 딱 막혀 가슴이 답답해 온다. 하다가 문득, 그야말로 하늘이 무너져도 솟아날 구멍이 있다더니 참으로 문득, 이런 생각이 훤하니 비치더란 말이다.

"혹시……? 응, 응…… 그래!"[3]

물론, 그것이 점잖은 터에 자청해서 말을 낼 수는 없지만, 저쪽 신랑 편에서 혼수 비용 전부를 대서 혼인을 하겠다고 할는지도 모르는 것이다.

좀 창피한 일이다. 그러나 어쩔 수 없는 형편이다.

"원 어디 그럴 법이야 있나!"

이렇게쯤 중매 서는 사람한테든지, 혹은 직접 신랑 편 사람한테든지, 낯닦음[4]으로 사양을 해 보다가 못 이기는 체하고 응낙을 하고, 하면 실없이 괜찮을 노릇이다.

그렇게 슬슬 얼버무려 혼인을 하고, 혼인을 하고 나서는 그 신랑이라는 사람이 속 트인 사람이고, 돈냥이나 제 손으로 주무르는 형편이면, 또 혹시 몇 백 원이고 몇 천 원이고 척 내주면서,

"아 거 생화도 없이 놀고 하시느니 이걸로 무슨 장사라도 소일 삼어 해 보시지요?"

이러랄 법도 노상[5] 없지는 않을 것이다. 그 애 초봉이가 그렇잖은 아이니까, 제 남편더러 그렇게 해 달라고 조르기라도 할는지 모르는 것…….

---

3 이 계제에(앞의 앞 단락 끝부분)~"~그래!"
  : ①② 일즉히 서둘러하는게 차라리 가든한 일이다.
    '그러고 혹시또……'
    이러한 생각이 문득낫다.
4 낯닦음 : 체면치레.
5 노상 : 아주 또는 전혀.

그래 저희들이 그런 소리를 하거들랑 짐짓,

"원, 그게 될 말이냐!"

고,

"그래서야 내가 돈에 욕기[6]가 나서 혼인을 한 것이 되지 않느냐?"

고 준절히[7] 이르다가 그래도 저희들이며 옆엣 사람들이 나서서 무얼 그러느냐고 권면[8]은 할 테니까, 그때는 못 이기는 체하고 그 돈을 받아…… 한 밑천 삼아서 장사를 해…… 미상불 그렇게 어떻게 잘만 하면 집안 셈평도 펼 수도 있기는 있으렷다!

정 주사의 이 공상은 이렇듯 그놈이 바로 희망으로 변하고, 희망은, 희망이 간절한 만큼 다시 확신으로 굳어버리던 것이다.

'둔뱀이'는 개복동보다도 더하게 언덕 비탈로 제비집 같은 오막살이집들이 달라붙었고, 올라가는 좁다란 골목길은 코를 다치게 경사가 급하다.

'흙구더기[9]'까지 맞닿았던 수만 평의 논은 다 없어지고, 그 자리에 집이 들어앉고 그 한복판으로 이 근처의 집 꼬락서니와는 얼리지[10] 않게 넓은 길이 질펀히 뻗어 들어왔다. 그놈을 등 너머 신흥동으로 뽑으려고 둔뱀이 밑구멍에 굴을 뚫을 계획이라는데, 정 주사네 집은 바로 그 위에 가서 올라앉게 되었다. 그래 정 주사는 굴을 뚫다가 그놈이 혹시 무너져서 집이 풍당 빠지기나 하는 날이면, 집이야 남의 셋집이니 상관없지만 집안의 사람들이 큰일이라고 슬며시 걱정이 되는 때도 있다.

---

6 욕기(慾氣) : 욕심.

7 준절히(峻截-) : 매우 위엄이 있고 정중하게.

8 권면(勸勉) : 알아듣도록 권하여 격려하여 힘쓰게 함.

9 흙구더기 : 오늘날 군산시 동흥남동 주공아파트 근처 지역. 당시 이곳의 지명은 '산산정(山上町)'이었다.

10 얼리다 : '어울리다'의 준말.

정 주사는 집 가까이 와서 비로소, 번화할 초봉이의 혼인과 및 그 결과 대신, 오도카니 굶고 있을 집안 식구들을 생각하고는 맥이 탁 풀린다.

그러나 그는 지쳐[11] 둔 일각대문[12]을 힘없이 밀고 들어서다가, 뜻하지 않은 광경을 보았다. 초봉이가 부엌에서 밥을, 죽도 아니요 적실히[13] 밥을 푸고 있고, 계봉이는 밥그릇을 마루로 나르고 있지를 않느냔 말이다.

오늘은 정 주사한테 액일[14]도 되지만, 좋은 일도 없지는 않은 날인가 보다.

[15]밥이야 어인 밥이 되었든, 정 주사는 밥을 보니 얌체없는[16] 배가 연신 꼬로록거리고, 오목가슴[17]이 잡아 훑듯이 쓰리다. 어금니에서는 어서 들어오라고 신 침이 흥건히 흘러 입으로 그득 괸다. 대문 소리에 계봉이가 돌려다 보더니,

"아이, 아버지 들어오시네……."

해뜩[18] 웃으면서 방으로 대고,

"……병주야 병주야, 아버지 오셨다, 아버지 오셨어!"

연신 소리를 친다.

계봉이의 뒤통수에서는 몽땅하게[19] 자른 '뽑'[20] 단발[21]이, 몸을 흔드는 대

---

11 지치다 : 문을 잠그지 아니하고 닫아만 두다.

12 일각대문(一角大門) : 대문간이 따로 없이 양쪽에 기둥을 하나씩 세워서 단 대문.

13 적실히(的實-) : 틀림이 없이 확실하게.

14 액일(厄日) : 액이 낀 날. 운수가 나쁜 날.

15 [1][2]는 여기서 '신판흥보전' 장이 시작되고 있다. 그런데 '신판흥보전(2)'로 회차가 표기되어 있는 것으로 보아, 채만식의 애초 의도 역시 이 앞 회차부터 '신판흥보전'이라는 장 제목을 쓰려 했던 것으로 보인다.

16 얌체없다 : 염치없다(廉恥--). 체면을 차릴 줄 알거나 부끄러움을 아는 마음이 없다.

17 오목가슴 : 복장뼈의 아래쪽이 우묵하게 들어간 이상 가슴. 대부분 유전성으로 심한 경우에는 심장이나 폐에 장애를 일으킨다.

18 해뜩 : 입을 벌려 소리 없이 한 번 웃는 모양.(임)

19 몽땅하다 : 끊어서 합쳐 놓은 것처럼 짤막하다.

20 '뽑' : [3] '뽐'

로 까불까불한다. 정 주사는 이 까부는 단발과 깡총한 치마 밑으로 퉁퉁한 맨다리가 드러나 보이는 것이 언제고 눈에 뜨일 때마다 마땅치가 못해서 상을 찌푸린다.

초봉이가 밥을 푸다 말고 반겨 부엌문을 나서면서,

"아이, 아버지!"

하다가 부친의 초졸한²² ²³ 안색에 얼굴이 흐려진다.

"……시장허실 텐데!"

"오냐, 괜찮다."

정 주사는 눈을 연신 깜작깜작, 대답을 하면서 대뜰²⁴로 올라서는데, 미닫이를 열어 논 안방에서 막내동이 병주가 퉁탕거리고 뛰어나온다.

"아버지이, 이잉……."

노상 흘려 두는 콧물에, 방금 울다가 그쳤는지 눈물 콧물을 온 얼굴에다 쥐어바르고 어리광으로 울상을 하면서 달려들어 부친에게 안긴다.

"오냐, 병주가 또 울구 떼썼구나?"

정 주사는 손가락으로 병주의 콧물을 훑어다가 닿는 대로 마룻전²⁵에 씻어 버린다. 병주는 아직 얼굴에 남아 있는 놈을 부친의 그 알량한²⁶ 단벌 두루마기에다가 문대면서 냅다 주워섬긴다.

"아버지 아버지, 내 양복허구, 내 모자허구, 내 구두허구, 내 자전거 허

---

21 뽑 단발(bob短髮) : bob 단발. bob이란 앞머리가 이마까지 내려오게 하거나 또는 이마가 보이도록 남자처럼 짧게 깎은 머리로, 흔히 단발머리라고 하는 것이다. 고대 이집트의 여왕 클레오파트라의 헤어스타일로도 유명하다.(우)

22 초졸한 : 1 2 초라한

23 초졸하다(憔猝--) : 병이나 고생, 근심 등으로 여위고 파리하여 볼품이 없다.

24 대뜰 : 댓돌에서 집채 쪽으로 있는 좁고 긴 벽 밖의 뜰.

25 마룻전 : 마루의 가장자리.

26 알량하다 : 시시하고 보잘것없다.

구, 또 내 빠나나허구…….”

이렇게 정신없이 한참 외다가 비로소 헷다방[27]인 것을 알고서……

“히잉, 안 사왔구만, 히잉 히잉…….”

“오냐 오냐, 오늘은 돈이 안 생겨서 못 사왔으니 내일은 꼭 사다 주마. 자아 방으로 들어가자, 우리 병주가 착해.”

달래면서 병주를 안고 안방으로 들어가고, 건넌방에서는 숙제를 하는지 엎드려 있던 형주가 그제야 고개를 내밀다가 만당[28] 아무것도 사 가지고 들어오지 않은 아버지는 나서서 볼 필요도 없던 것이다.

방에서는 부인 유 씨가 서향한 뒷문 바투[29] 앉아서 돋보기 너머로 바느질을 하느라고 고부라졌다. 유 씨는 아직 그럴 나이도 아니면서 눈이 어두워, 돋보기가 아니고는 바느질을 한 코도 뜨지 못하던 것이다.

“시장한데 어딜 그러구 돌아다니시우?”

유 씨는 올려다보지도 않고 그대로 앉은 자리만 따들싹하는[30] 시늉을 한다. 어디라니, 번연히 미두장에 갔다가 오는 줄 몰라서 하는 말은 아니다.

“그건 웬 거요?”

정 주사는 초봉이가 또 월급을 선대 받아 왔으리라고는 생각할 수가 없고, 지금 유 씨가 만지작거리고 있는 바느질감이 들어온 덕에 그놈 바느질 삯을 미리 받아다가 밥을 하느니라고 짐작했던 것이다.

“내가 해 입구 시집갈려구 끊어 왔수.”

유 씨는 웃지도 않고 천연스럽게 실없는 소리를 한다.

---

27 헷다방 : 헛다방. 헛일. 쓸데없는 일. 아무 쓸데없는 헛된 일.(임)

28 만당 : ‘만날. 매일. 늘. 언제나’의 뜻.(임)

29 바투 : ①②④ 바루   ⑤ 께로
     : 두 대상이나 물체의 사이가 썩 가깝게.

30 따들싹하다 : 엉덩이를 가볍게 한 번 들었다가 앉다.(임)
     : 본래 뜻은, ‘잘 덮이거나 가려지지 않아 밑이 조금 떠들려 있다.’

"저 봐라! 병주야……."

정 주사는 두루마기를 벗으면서, 다리에 매달려 이짐[31]을 부리는 병주더러 한다는 소리다.

"……네가 말을 안 듣구 그러니깐 엄마가 시집가 버린단다! 응?"

"아냐, 거짓뿌렁야. 내 양복허구, 내 모자허구, 내 구두허구, 내 자전거허구, 그리구 빠나나랑, 얼음사탕이랑, 사다 준다구 하구 거짓뿌렁이만 하구, 잉……."

"내일은 정말 사다 주마."

"시타, 이잉, 또 거짓뿌렁할려구. 밤낮 거짓뿌렁만 허구."

병주는 앉은 부친의 무릎으로 기어올라 아래턱의 노랑 수염을 훑으려 쥐고 잡아 흔든다.

"아프다. 이 자식아! 아이구 아이구!……"

정 주사는 턱을 내밀고 엄살을 하다가,

"내일은 꼭 사다 주마, 꼭."

"거짓뿌렁이야."

"거짓뿌렁 않구 꼭 사다 주어, 꼭."

정 주사는 속으로 너를 위해서라도, 네 큰누이의 혼인이 어서 바뻐[32] 그렇게 얼려야 하겠다고, 절절히 결심(!)[33]을 더 했다.

"제호가 서울루 간답디다."

유 씨는 초봉이한테서 이야기를 먼저 들었었다. 그리고 모녀간에는 벌써 합의가 되었었다.

"제호가? 서울루?"

---

31 이짐 : 고집이나 떼.
32 어서 바뻐 : [1][2]에는 이 구절이 없음.
33 결심(!) : [1][2] 생각

정 주사는 그다지 놀라질 않는다.[34]

"……어째, 무슨 일루?"

"서울 가서 크게 장사를 시작한다구. 가게두 벌써 팔았답디다…… 그리구 우리 초봉이더러두 서울루 같이 가잔다구 헌다우."

"초봉이더러?"

이렇게 되짚어 묻는 말의 운이 벌써 마땅치 않다는 것은 분명하다.

"서울루 가면 월급두 한 사십 원씩 주마구, 또 객지루 혼자 내보내기가 집에서 맘이 뇌지 않는다면, 재갸가 재갸네 집에서 같이 데리구 있겠다구."

"거, 안 될 말……."

정 주사는 서너 시간 전과도 달라 시방은 아주 흐뭇한 계획과 희망이 들어차서 있기 때문에, 서울이며 월급 사십 원쯤, 그런 소리는 다 귀에 들리지도 않는다.[35]

"……월급은 사십 원 아니라 사백 원을 준다기루서니, 또 아무리 아는 친구의 집에 둔다기루서니, 장성한 계집애 자식을 어디 그렇게 함부루 내놓는 법이 있소? 나는 지금 예서 거기 다니는 것두 마땅찮은데……."

이 말은 노상 공연한 구실 말은[36] 아니다. 정 주사는 마음먹은 혼인도 혼인이려니와, 가령 그것이 아니더라도 섬뻑 서울까지 보내기를 많이 주저할 사람이다.

"그래두 내 요량 같아서는 따라 보내는 게 좋을 것 같습니다. 집에다 둬선 무얼 하겠수? 육장 굶기기나 허구."

---

34 정 주사는~않는다. : [1][2] 하면서 정 주사는 놀랜다.
35 정 주사는~않는다.
　: [1][2] 정 주사는 아까 생각하든대로 초봉이를 그러케 조케 혼인을할 요양이요 그것을 밋기때문에 그런소리는 다 귀에 들어오지아니한다.
36 구실 말은 : [1][2] 구실만은　　[3][4] 구실말은

"그러니 어서 마땅한 자리를 골라서 여워[37] 버려야지."

"말은 좋수⋯⋯."

유 씨는 시쁘다는[38] 듯이 돋보기 너머로 남편을 넘겨다본다.

"⋯⋯하루 한 끼 먹기두 어려운 집구석에서 무슨 수루 혼인을 허우?"

"그렇다구 계집애루 늙히나?"

"누가 계집애루 늙힌다우? 그렇게 가서 있으면, 제가 버는 것을 모아서 라두 시집갈 밑천은 장만할 것이구, 또 제호 손에서 치어나면[39], 아따 무엇 이라더냐, 시험을 보아서 장래 벌이두 잘하게 된다구 하니까, 두루두루 좋은 거린데, 왜 덮어놓구 막기만 허시우?"

"세상일이 다아 그렇게 맘먹는 대루만 되구 탈이 없으면야 무슨 걱정이야?"

"맘먹은 대루 안 될 것은 무엇 있수? 대체 십 년이나 없는 살림에 애탄가탄[40] 공부를 시켰으니, 그런 보람이 있게 해야지, 어쩌자구 가난해 빠진 집구석에다가 붙들어만 두려구 드시우? 당신은 의관하구 다니면서 치마 둘른 날만치두 개명[41]은 못 했습니다."

"그런 개명 부럽잖아⋯⋯ 여편네가 얼개명한[42] 건 되려 못쓰는 법이야."

필경 티격태격[43]하면서, 보낸다커니 안 보낸다커니[44] 서로 우긴댄다.

---

37 여위다 : 여의다. 딸을 시집보내다.

38 시쁘다 : 마음에 차지 아니하여 시들하다.

39 치어나다 : 길러지다. 본래 '치다'에는 '가축이나 가금 따위를 기르다'라는 뜻이 있는데, 채만식 당시에는 사람에게도 함께 쓰는 말이었던 것으로 보인다.

40 애탄가탄 : 힘에 겨운 일을 이루려고 온 힘을 쏟는 모양.(임)

41 개명(開明) : 지혜가 계발되고 문화가 발달함.

42 얼개명하다(-開明--) : 어설프게 개명하다.

43 티격태격 : ①②④⑤ 트각타각

44 안 보낸다커니 : ⑤에만 이 구절이 빠져 있다.

오늘뿐이 아니라 언제고, 일이 이렇게든지 저렇게든지 끝장이 날 때까지는 둘이 다 지지 않고 고집을 세운다. 그러나 이 부부가 의견이 달라 가지고 서로 우겨대다가, 필경 가서 누가 이기느냐 하면 영락없이[45] 부인 유씨가 이기고 나선다.

그러니까 이번 일도 만일 달리 마새[46]가 생기지만 않으면 초봉이는 마음먹은 대로 제호를 따라 서울로 가게 될 게 십상이다.

초봉이는 계봉이의 밥까지 수북하게 다 푸고 나서, 마지막으로 제 몫을 바라진[47] 양재기[48]에다가 반이나 될락 말락 하게 주걱데기[49]를 딱 긁어 붙이고 솥에다 숭늉을 붓는다.

계봉이는 주걱데기를 시쁘게 집어 들면서, 엄살하듯 한단 소리가,

"애개개! 요게 겨우 언니 밥이야?"

하나, 이건 그게 혹여 제 몫일까 봐서 꾀를 쓰는 소리.

"그 밥이 왜 적으냐?"

초봉이는 소댕[50]을 덮고 부뚜막에서 일어선다.

"……너 아버지 진지랑 식잖게 뚜껑 덮었니?"

"시방 잡술 걸 뚜껑은 덮어선 무얼 해? 자아 인전 어서 국 퍼요."

"국은 불을 더 때야겠다. 아직 더얼 끓었어…… 나가서 뚜껑 찾아서 잘 덮어 봐라, 굳잖게."

초봉이는 물렸던 장작개비를 도로 지피고 불을 사른다.

---

45 영락없이(零落--) : 조금도 틀리지 아니하고 꼭 들어맞게.

46 마새 : '말썽'의 방언.

47 바라지다 : 그릇 따위가 속은 얕고 위가 넓어서 밖으로 약간 퍼진 듯하다.

48 양재기(洋--) : 안팎에 법랑을 올린 그릇. 양은이나 알루미늄 따위로 만든 그릇을 포함하기도 한다.

49 주걱데기 : 주걱에 붙은 밥.(우)

50 소댕 : 솥을 덮는 쇠뚜껑. 가운데가 볼록하게 솟고 복판에 손잡이가 붙어 있다.

"아이, 배고파 죽겠구먼. 언니두 배고프지?"

"나는 괜찮어."

"멀! 배고프문서두…… 언니 이따가 내 밥 같이 먹어, 응?"

"그래, 걱정 마라. 나는 누룽지두 훑어다 먹구 할 테니깐 네나 많이 먹구 배고프단 말 말아."

"그럼 머 인제 어머니가, 이년, 네 언니는 주걱데기하구 누룽지만 멕이구 너는 혼자서 옹근 사발엣 밥 차구 앉어 고질고질[51] 처먹구 있어? 이렇게 욕허게?…… 아이 참, 어머닌 나는 밉구, 언니만 이쁜가 봐? 그렇지? 언니."

"계집애가 별소릴 다 하네!"

초봉이는 웃으면서 눈을 흘긴다. 계봉이는 하하 웃고 부엌에서 뛰어나와 방으로 들어간다.

초봉이는 아궁이 앞에 앉아 지금 방에서 어머니와 아버지가 하고 있는 그 이야기가 어떻게 돼 가는가 해서 궁금히 생각을 하고 있는데, 삐그럭 중문[52] 소리에 연달아 뚜벅뚜벅 무거운 구두 소리가 들린다. 초봉이는 보지 않고도 그것이 승재의 발자국 소린 줄 안다.

초봉이는 승재와 얼굴이 마주쳤다. 승재는 여느 때 같으면 히죽이 웃으면서 그냥 아랫방께로 갔을 것이지만, 오늘은 할 말이 있는지 양복 저고리 포켓에다 손을 넣고 무엇을 찾으면서 주춤주춤한다.

초봉이는 고개를 돌이켰어도 승재가 말을 해 주기를 기다린다. 그랬으면 초봉이도 그 말끝에 잇대어 아까 가게에서 풍파가 났던 이야기도 하고…… 하면 재미가 있을 것 같았다.

그러나 둘이는 내외를 한다거나 누가 금하는 바는 아니지만, 딱 마주쳐

---

51 고질고질 : 된 음식을 한꺼번에 많이 입에 너고 잇달아 씹는 모양.(임)

52 중문(中門) : 가운데뜰로 들어가는 대문.

서 어쩔 수 없는 때나 아니고는 섬뻑 말이 나오지를 않는다. 그들은 처음부터 그렇게 버릇이 되었다. 한 것은, 가령 승재가 안에 기별할 말이 있다든지, 안에서 초봉이가 승재한테 무엇 내보낼 것이 있다든지 하더라도, 직접 승재가 초봉이한테, 또는 초봉이가 승재한테 해도 관계치야 않겠지만, 그러나 손아래로 아이들이 있는 고로, 다만 숭늉 한 그릇을 청한다 하거나 내보내거나 하는 데도 자연 아이들을 부르고 아이들을 시키고 하기 때문에, 그게 필경 버릇이 되고 말았던 것이다.

승재가 방을 세로 얻어 든 것이 작년 세안[53]이라 하지만, 그러기 때문에 둘이는 제법,

"나 승잽니다."

"초봉이어요."

이만큼이라도 말을 주고받기라도 하기는 금년 이월 초봉이가 제중당에 나가서부터다.

초봉이가 기다리다 못해, 그것도 잠깐이지만 도로 고개를 돌리니까, 승재는 되레 무렴해서[54] 벌씬[55] 웃고 얼른 아랫방께로 걸어간다.

초봉이는 승재가, 대체 무슨 말을 하려다 못 하고 저러나 싶어서, 그의 하던 양이 우습기도 하거니와 한편 궁금하기도 했다.

안방에서는……

내외간의 우김질은, 아이들이 초봉이만 부엌에 있고 모두 몰려드는 바람에 흐지부지 중판을 메고[56] 묵묵하다.

---

53 세안(歲-) : 한 해가 끝나기 이전.
54 무렴하다(無廉--) : 마음이 부끄럽고 거북하다.
55 벌씬 : '벌름'의 전라도 방언.
56 중판을 메다(中----) : 하던 일을 도중에 그만두다. 표준국어대사전에는 '중판메다'가 '중판매다'의 북한어라고 되어 있음.

식구들은 누구나 다 말은 안 해도, 밥상이 어서 들어왔으면 하는 눈치다.

계봉이는 모친이 주름을 잡고 있는 남색 '벰베르크[57]' 교직[58] 치마를 몇 번째 만져 보다가는 놓고, 놓았다가는 만져 보고 해 쌓는다[59].

그러다가 마침내 어리광하듯⋯⋯

"어머니?⋯⋯ 나두 이런 치마 하나만."

말은 해 놓고도 고개를 오므라뜨리고 배식이[60] 웃는다.

"속없는 계집애년!"

유 씨는 돋보기 너머로 눈을 흘기다가 생각이 나서,

"⋯⋯너는 네 형 혼자만 맽겨 놓구, 이렇게 퐁당[61] 들어앉아서 고따위 소갈머리 없는 소리만 하구 있니?"

"다아 된걸, 머⋯⋯."

계봉이는 그만 무렴해서 치마 만지던 손을 건사를 못해 한다.

"국두 더얼 끓었는데 다 돼? 본초[62] 없는[63] 것이, 어디서⋯⋯."

계봉이는 식식 하고 윗목[64]으로 가서 돌아앉아 버린다.

"요년, 냉큼 일어나서 나가 보지 못하느냐?"

"어이구 어머니두, 어머닌 내가 미워 죽겠나 봐?"

---

57 벰베르크(Bemberg) : 독일 벰베르크사의 상표명으로서 인조견의 한 가지.(우)

58 교직(交織) : 두 가지 이상의 실을 섞어서 짠 직물.

59 해 쌓는다 : [1][2] 한다   [4] 해쌋는다   [5] 해쌌는다

60 배식이 : 마지못한 듯이 입이 좀 벌어지며 소리 없이 엷게 웃는 꼴.(임)

61 퐁당 : 하나만 달랑 남아 있거나 들어 있는 모양.(임)
　　　 : 표준국어대사전에서는 '맥없이 폭 주저앉는 모양'이라는 뜻의 북한어로도 풀이하고 있음.

62 본초 : [1][2][4] 보초   [5] 보추

63 본초 없다 : 본초(本初) 없다. 염치없다.(임)

64 윗목 : 온돌방에서, 아궁이로부터 먼 쪽. 불길이 잘 닿지 않아 아랫목보다 상대적으로 차가운 쪽이다.

계봉이는 볼때기를 축 처뜨리고 울먹울먹, 발꿈치를 콩콩 구르고 마루로 나와서 부엌으로 내려간다.

그 볼때기하며, 계봉이는 성질도 그렇거니와 생김새도 형 초봉이와는 아주 딴판이다.

계봉이는 몸집이고 얼굴이고 늘품[65]이 있다. 아무 데고 살이 있어서 북실북실하니 탐스럽다. 코가 벌씬한 것은 사람이 좋아 보이나, 처진 볼때기에는 심술이 들었다. 눈과 이마도 뚜렷하니 어둡지가 않다. 그러한 중에도 제일 좋은 것은 그의 입이다.

마음을 탁 놓고 하하 웃을 때면, 시원스럽게 떡 벌린 입으로 그리 잘지 않은 앞니가 하얗게 드러나기까지 하여, 보는 사람도 속이 후련하다.

초봉이의 웃는 입은 스러질 듯이 미묘하게 아담스럽지만, 계봉이의 웃음은 훤하니 터져 나간 바다와 같이 개방적이요, 남성적이다. 그런 만큼 보매도 믿음직하다[66].

계봉이는 아직 활짝 피지는 않았다. 그러나 오래잖아 초봉이의 남화(南畵)[67]답게 곱기만 한 얼굴보다 훨씬 선이 굵고, 실팍한[68] 여성미를 약속하고 있다.

이 집안의 사남매는 계봉이와 형주와 병주가 한 모습이요, 초봉이가 돌씨[69]같이 혼자 딴판이다. 그러나 그 두 모습이 다 같이 정 주사나 유 씨의

---

65 늘품(-品) : 앞으로 좋게 발전할 품질이나 품성.

66 그런 만큼 보매도 믿음직하다 : ①②에는 이 문장이 없다.

67 남화(南畵) : 동양 산수화의 2대 화풍 중의 하나인 남종화. 문인화가들을 중심으로 전개되었기 때문에 남종문인화라고도 하며, 일본에서는 약칭으로 남화라고도 한다. 학문과 교양을 갖춘 문인들이 비직업적·여기적(餘技的)으로 수묵과 옅은 담채를 써서 내면세계의 표출에 치중하고, 시정적(詩情的)이며 사의적(寫意的)인 측면을 중시해서 그린 품격 높은 그림을 일컬으며, 북종화와 대비되는 개념을 지닌다.

68 실팍하다 : 사람이나 물건 따위가 보기에 매우 실하다.

69 돌씨 : 집안 내림과는 달리 별난 자손을 낮잡아 이르는 말.

모습은 아니다. 초봉이는 부계(父系)의 조부를, 계봉이와 형주 병주는 모계(母系)로 외탁70을 했다.

초봉이는 부뚜막에 꾸부리고 서서 국을 푸다가 계봉이를 돌려다 보다가 웃으면서……

"왜 또, 뚜우 했니71?"

"나는 머 어디서 얻어다 길렀다나? 자꾸만 구박만 허구."

계봉이가 잔뜩 부어 가지고 서서 두런두런 두런거리는 것을, 초봉이는 그 꼴이 하도 우스워서 손을 멈추고 자지러지게 웃는다.

"깍쟁이가 왜 자꾸만 웃구 있어! 남 약 올르라구."

"저 계집애가 왜 저래? 내가 무어랬니?"

초봉이는 그대로 웃는 얼굴이나, 부드럽게 타이른다.

"……이짐 부리지 말구 어서 아버지 진지상 가지구 들어가아…… 아버지 시장하시겠다. 너두 배고프다믄서 먼첨 먹구."

초봉이는 부친과 병주와 맞상72을 본 데다가, 국을 큰 놈 작은 놈 한 그릇씩 올려놓고, 그 나머지 세 오뉘와 모친이 먹을 국은 큰 양재기에다 한데 퍼서 딴 상에 올려놓는다. 따로따로 국을 푸재도 입보다 그릇이 수효가 모자란다.

밥상에는 시커멓게 빛이 변한 짠 무김치 한 접시와 간장에 국뿐이다. 철늦은 아욱국이기는 하지만, 된장기를 한 구수한 냄새가 우선 시장한 배들을 회가 동하게73 한다.

계봉이는 다른 때 같으면 아직 더 고집을 쓰겠지만, 제가 원체 시장한

---

70 외탁(外-) : 생김새나 체질, 성질 따위가 외가 쪽을 닮음.

71 뚜하다 : 말이 없고 언짢아하는 기색이 있다.

72 맞상 : 둘 또는 그 이상의 사람이 함께 음식을 먹을 수 있도록 차린 상. 겸상.

73 회가 동하다 : 구미가 당기거나 무엇을 하고 싶은 마음이 생기다.

판이라 직수굿하고[74] 부친의 밥상을 방으로 날라다 놓고 다시 나온다.

그동안에 초봉이는 승재 방으로 들여보낼 자리끼[75] 숭늉을 해 가지고 서서 망설인다.

진작부터 초봉이는 밤저녁으로 승재가 목이 말라도 조심이 되어 물을 청하지 못할 줄을 알고, 언제든지 제가 저녁밥을 짓게 되는 날이면 이렇게 자리끼 숭늉을 해서 내보내곤 한다.

오늘도 숭늉을 해 들고, 기왕이니 든 길에 내 손으로 내다 주어 볼까 하고 벼르는 참인데, 마침 계봉이가 도로 부엌으로 나오니까, 장난을 하다 들킨 아이처럼 무렴해서 얼핏 계봉이더러 갖다 주라고 내맡긴다.

"싫여!…… 왜 내가…… 난 싫여."

계봉이는 아직도 심술 났던 것이 덜 풀린 채로 쏘아붙이는 것이다.

"싫긴 왜 싫여? 남 밤중에 목마른 때 먹으라구 숭늉 한 그릇 해다 주믄 좋잖으냐?"

"조믄 나두 좋아? 언니나 좋지……."

"머?"

초봉이는 소스라치게[76] 놀라서 무어라고 말을 할 줄을 모르고 기색이 당황해진다.

"하하하하, 아하하하……."

계봉이는 언제 심술이 났더냐는 듯이 싹 풀어져 가지고 웃어 대다가
……

"……내가 옳게 알아맞혔지? 저 얼굴 빨개지는 것 좀 봐요! 하하하하."

"저 애가!"

---

74 직수굿하다 : 저항하거나 거역하지 아니하고 하라는 대로 복종하는 태도를 보이다.
75 자리끼 : 밤에 자다가 마시기 위하여 잠자리의 머리맡에 준비하여 두는 물.
76 소스라치다 : 깜짝 놀라 몸을 갑자기 떠는 듯이 움직이다.

"암만 그래두 난 못 속인다누, 하하하하. 자아, 그럼 내가 멧센저[77] 노릇을 해주지, 헴……."

계봉이는 그제야 자리끼 숭늉을 받아 든다.

"……그렇지만 조심해야 해. 혹시 내가 남 서방을 태클할는지도[78] 모르니깐, 응? 언니?"

"너 이렇게 까불 테냐?"

나무라면서 때릴 듯이 으르니까, 계봉이는 해뜩 돌아서서 아랫방께로 달아나느라고 질름질름[79] 숭늉을 반이나 흘린다.

초봉이는 나머지 밥상을 집어 들고, 뒤를 돌려다 보면서 안방으로 들어간다.

계봉이는 아랫방 문 앞으로 가더니 일부러 사나이 목소리를 흉내 내어……

"헴, 남 군 있소?"

"거 누구?"

미닫이를, 계봉이는 그래도 승재의 대답 소리를 듣고서야 연다.

승재는 아까 돌아올 때의 차림새 그대로 책상 앞에 가 앉아서 책을 보다가 고개를 돌리고 히죽 웃는다.

돌아올 때의 차림새라고 했지만, 극히 간단해서 위아랫막이[80]를 검정 서지[81]로 만든 쓰메에리[82] 양복 그것뿐이다[83].

---

77 멧센저(messenger) : 메신저. 메시지를 전달하는 사람.

78 태클하다(tackle--) : 본래는 '달려들다' 정도의 뜻이나 여기서는 '빼앗다', '차지하다'의 뜻으로 쓰였다.

79 질름질름 : 가득 찬 액체가 흔들려서 조금씩 자꾸 넘치는 모양.

80 위아랫막이 : 1 2 4 우아랫매기   5 위아래 매기
            : 아래옷과 윗옷을 속되게 이르는 말. 아래윗막이.

81 서지(serge) : 모직물의 한 종류.

이놈에다가 낡은 소프트[84]를 머리에 얹었으면 장재동(藏財洞)에 있는 병원과 이곳 거처하는 초봉이네 집을 오고 가는 도중에 있을 때요, 그 위에다가 흰 가운(진찰복)을 걸친 때는 병원에서 의사 노릇을 하는 때요, 또 한 가지, 게다가 낡아빠진 왕진 가방을 들었을 때는 근동(近洞)[85]의 가난한 집에 병을 보아 주러 무료 왕진의 청을 받고 가는 때다.

작년 겨울 승재가 이 방을 세 얻어 든 뒤로 심동[86]에 헌 외투 하나를 덧입은 것 외에는, 그의 얼굴이 변하지 않듯이, 그놈 검정 서지의 쓰메에리 양복도 반년이 지난 오늘까지 한 번도 변한 적이 없다. 그래서 대체 날이 더우면, 저 사람이 무슨 옷을 입고 나설 텐고? 이것이 다른 사람들도 다른 사람이거니와 초봉이한테는 재미스런 궁금거리이었었다.

그러나 그렇다고 승재라는 사람이 속세의 생활을 한 고패[87] 딛고 넘어서서 탈속[88](脫俗)이 되었다거나, 달리 무슨 괴벽[89]이 있어서 그러냐 하면 실상 그런 것은 아니다. 오히려 제 몸 감장[90]도 할 줄 모르는 탁객[91](濁客)인 소치[92]다.

---

82 쓰메에리 : つめえり[詰(め)襟]. 깃의 높이가 4cm쯤 되게 하여 목을 둘러 바싹 여미게 지은 양복. 학생복으로 많이 지었다.
83 양복 그것뿐이다 : [1][2] 양복이다
84 소프트(soft) : 소프트 모자. 부드러운 중절모자.
85 근동(近洞) : 가까운 이웃 동네.
86 심동(深冬) : 한겨울.
87 고패 : [5] 고개
     : 고팽이. 고비. 어떤 일의 가장 어려운 상황.
88 탈속(脫俗) : 부나 명예와 같은 현실적인 이익을 추구하는 마음으로부터 벗어남.
89 괴벽(怪癖) : 괴이한 버릇.
90 감장 : 제힘으로 일을 처리하여 나감.
91 탁객(濁客) : 성격이 흐리터분한 사람. 탁보.
92 소치(所致) : 어떤 까닭으로 생긴 일.

그러한데다가 그는 또 가난하다.

승재는 본시 서울 태생이었었고, 다섯 살에 고아가 된 것을 그의 외가 편으로 일가가 된다면 되고 안 된다면 안 되는 어떤 개업의(開業醫)가 마지못해서 거두어 길렀다.

아이가 생김새와는 달리 재주가 있고 배우고 싶어 하는 정성이 있음을 본 그 의사는 반은 동정심에서, 반은 어떻게 되나 하는 호기심에서 승재를 보통학교로부터 중등학교까지 졸업을 시켰다.

승재는 학교에 다니는 한편 주인의 진찰실과 제약실에서 자라다시피 했고, 더욱 그가 중등학교의 상급학년 때부터는 그 이상의 상급학교는 바랄 수 없음을 각오하고, 정성껏 진찰실의 실제 공부를 전심했다.

그리고 중학을 마친 뒤에는 이어 삼 년 동안을 꼬박 주인의 조수 노릇 하면서 의사 시험을 치를 준비를 했다.

그리하는 동안에, 주인과는 미운 정 고운 정 다 들어, 주인도 승재를 어떻게 해서든지 의사 시험에 잘 패스가 되어 의사 면허장을 얻도록 해 주려고 여러 가지로 지도와 편의를 보아 주었다. 그러나 그는 그 뜻을 이루지 못한 채, 승재를 그의 동창이요 이 군산서 금호의원을 개업하고 있는 윤달식(尹達植)이라는 의사에게 천거하는 소개장 한 장만 남겨 놓고, 마침내 저세상 사람이 되어 버렸다.

이것이 승재가 이 군산으로 굴러오게까지 된 경로요…….

승재가 금호의원으로 와서 있기는 재작년 정월인데, 그동안 그는 작년 오월과 시월에 두 번 시험을 쳐서 반 넘겨 패스를 했다.

인제 남은 것은 제일부의 생리(生理)와 해부(解剖), 제이부의 병리(病理)와 산부인과(産婦人科), 제삼부의 임상(臨床), 이 다섯 가지 과목뿐이다. 이 중에서도 임상에는 충분한 자신이 있기 때문에 일부러 뒤로 미룬 것이요, 그 나머지만 준비가 덜 된 것인데, 어쨌거나 금년 시월이나 명년 오월이 아니면 시월까지의 시험을 치르기만 하면 넉넉 다 패스가 될 형편이다.

승재가 군산으로 와서 있으면서부터는 시험 준비의 진보가 더디긴 했다. 매삭 사십 원의 월급에 매달려, 그만큼 일을 해주어야 하는 때문이다.

금호의원의 주인 의사 윤달식은 승재의 임상이 능란한 데 안심하고, 거의 병원을 내맡기다시피 했다. 숙식(宿食)도 전부 병원에 달려 있는 자기 집에서 하게 했었다.

그러고 보니 밤으로도, 밤에 오는 환자와 입원 환자 때문에 승재는 공부를 할 시간이 없었다.

달식이도 죽은 친구의 부탁까지 맡은 터이라, 미안히 여겨 마침내 승재더러 따로 방을 얻어 가지고서 밤저녁의 거처 겸 조용히 공부를 하라고 여유를 주었다. 그래서 승재는 작년 봄부터 그렇게 했고, 그러던 끝에 작년 겨울에는 방을 옮기게 된 계제에 이 초봉이네 집으로 우연히 오게 된 것이다.

그러나 승재는 하필 병원에서 거처하기 때문에만 시험 준비가 더디었던 것은 아니다.

"좀 더디면 어떨라구."

이런 늘어진 배포로서 그는 시험 준비를 해야 할 의학 서류는 제쳐 놓고, 자연과학서류에 재미를 붙여 그 방면엣 것을 많이 읽곤 했다. 그래서 그가 거처하고 있는 이 방에도, 책상 하나, 행담93 하나, 이부자리 한 채, 이 밖에는 아무것도 없는 허술한 방이지만, 한편 벽으로 천장 닿게 쌓은 것은 책뿐이요, 그 중에도 삼분지 이 이상이 자연과학서류다.

그뿐 아니라 조용히 들어앉아 공부를 하겠다고 따로 거처를 잡고 나온 그는 도리어 일거리 하나를 더 장만했다.

---

93 행담(行擔) : 길 가는 데에 가지고 다니는 작은 상자. 흔히 싸리나 버들 따위를 결어 만든다.

동네에 병자가 있어 병원에도 다니지 못하고 하는 사람인 줄 알면, 그는 약도 지어서 주고, 다니면서 치료도 해 준다. 그것이 소문이 나가지고, 이 근처의 일판[94]에서는 걸핏하면 제 집의 촉탁[95] 의사나 불러 대듯이, 오밤중이고 새벽이고 상관없이 불러 댄다. 그래서, 시간도 시간이려니와 그 수응[96]을 하느라고 매삭 돈 십 원씩이나 제 돈이 녹는다[97].

월급 사십 원을 받아서 그 중 십 원은 그렇게 쓰고, 이십 원은 책값으로 쓰고, 나머지 십 원을 가지고 방세 사 원과 한 달 동안 제 용돈으로 쓴다. 용돈이라야, 쓴 막걸리 한 잔 사 먹는 법 없고 담배도 피울 줄 모르고, 내의도 제 손으로 주물러 입으니까, 목간[98] 값이나 이발 값이 고작이요, 그래서 처지는 놈은 책값으로 넘어가지 않으면 요새 몇 달째는 초봉이네 집에 방세를 미리 들여보내느라고 새어 버린다. 이렇듯 그는 가난하던 것이다.[99]

그러나 그렇지만 가난 이외의 것을 모르니까, 그는 태평이다. 그는 제가 의사 시험에 패스가 되어 의사 면허를 얻게 될 것을 유유히 믿는다. 자연과학의 힘을 믿는다. 그리고 가난한 사람들의 병을 낫게 해 주어 성한 사람이 되게 하는 것을 재미있어한다. 해서 근심도 초조도 없다.

[100]

"덩치는 덜씬[101] 커 가지구……."

---

94 일판 : 어떤 지역의 전부.

95 촉탁(囑託) : 정부 기관이나 공공 단체에서 임시로 어떤 일을 맡아서 보는 사람.

96 수응(酬應) : 요구에 응함.

97 제 돈이 녹는다 : ①②제돈을 디린다

98 목간 : 목욕.

99 이렇듯~것이다. : ①②에는 이 문장이 없다.

100 ①②는 연재 회차가 바뀌고 있고, ③④는 한 줄을 띄고 있으나 ⑤만 줄을 붙여 쓰고 있다.

계봉이는 승재가 언제나 마찬가지로 입은 다문 채 코를 벌씬하고 눈으로만 웃는 것을 마구 대고 놀려먹는다.

"……웃는 풍신[102]이 그게 무어람! 그건 소가 웃는 거지 사람이 웃는 거야?"

승재는 계봉이의 하는 양이 도리어 귀엽다고 그대로 눈으로만 순하디순하게 웃고 있다.

"저거 봐요! 그래두 말을 안 듣구서 그래! 아 글쎄 기왕 웃을려거던 하하하하 이렇게 웃던지, 어허허허 이렇게 웃던지 응? 입을 떠억 벌리구 맘을 터억 놓구서 한바탕 웃는 게 아니라, 그건 뭐야! 흠, 이렇게, 입을 갖다가 따악 봉해 놓구 앉어서 코허구 눈허구 웃는 시늉만 하구…… 앵! 그 청년 못쓰겠군. 거 좀 속 시원하게 웃어 제치지 못한담매?"

"인제 차차 웃지."

승재는 수염 끝이 비죽비죽 솟은 턱을 손바닥으로 문댄다.

"인제란 게 언제야? 남 서방 손자가 시방 남 서방처럼 턱 밑에 그런 수염이 나면? 그때 말이지? 하하하하……."

계봉이가 웃는 것을 보고, 승재는 아닌 게 아니라 너는 퍽 시원스럽게 웃는다고 탐탁해 바라다만 본다[103].

계봉이는 이윽고 웃음을 그치고 나서 자리끼 숭늉을 문턱 안으로 들여놓아 준다.

"자아 숭늉요…… 그런데 이건 거저 숭늉은 숭늉이지만 이만저만찮은[104] 생명수요! 알아듣겠지? 그 말뜻을, 응?"

승재는 얼굴이 붉어지면서, 점직하다고[105] 히죽히죽 웃기만 한다.

---

101 덜씬 : (어떤 것에 비하여) 그 정도가 썩 더하게.(임)

102 풍신(風神) : 풍채.

103 탐탁해 바라다만 본다 : ①② 생각햇다

104 이만저만찮다 : 이만저만하지 않다. 정도가 비길 바 없이 크다.

"하아! 저 청년이 왜 저렇게 무렴해 하꼬? 무 캐 먹다가 들켰나?"

계봉이는 마치 동물원에 간 어린아이들이 곰을 놀려 먹듯 한다. 그는 지금 배가 고프지만 않았으면 얼마든지 장난을 하겠지만, 그만 하고 돌아선다.

마악 돌아서는데 승재가 황급하게······

"저어, 나 좀······."

"무슨 할 말이 있는고?"

"응, 저녁 해 먹었지?"

승재는 아까 마당에서 하듯이 양복 저고리 포켓 속에 손을 넣고 무엇을 부스럭부스럭 찾으면서 어렵사리 묻는다.

"저녁? 응, 해서 지금들 먹는 참이구. 그래서 본인두 어서 들어가서 진지를 자셔야지, 생리학적 기본 요구가 대단히 절박해!"

"저어, 이거 갖다가······ 응?······"

우물우물하더니 지전 한 장, 오 원짜리 한 장을 꺼내서 슬며시 밀어 놓는다.

"······어머니나 아버지 디려요. 아침나절에 좀 변통해 볼려구 했지만 늦었습니다구."

계봉이는 승재가 오늘도 아침에 밥을 못 하는 눈치를 알고 가서, 더구나 방세가 밀리기는커녕 이달 오월치까지 지나간 사월달에 들여왔는데, 또 이렇게 돈을 내놓는 것인 줄 잘 알고 있다.

계봉이는 승재의 그렇듯 근경 있는[106] [107] 마음자리[108]가 고맙고, 고마울

---

105 점직하다 : 부끄럽고 미안하다.

106 그렇듯 근경 있는 : ①② 그러케 덕잇는

107 근경 있다 : 임무출은 '심지가 굳고 실하다'로 해석하였다. '근경'은 뿌리와 줄기를 아울러 이르는 말인 '根莖'일 가능성도 있다. 여기서는 '속 깊다' 정도의 의미로 해석할 수 있다.

108 마음자리 : 심지(心地). 마음의 본바탕.

뿐 아니라 이상스럽게 기뻤다. 그러나 그러면서도 한편으로는 얼굴이 꼿꼿하게 들려지지[109] 않을 것같이 무색하기도 했다.

"이게 어인 돈이고?"

계봉이는 돈을 받는 대신 뒷짐을 지고 서서 준절히 묻는다.

"그냥 거저……."

"그냥 거저라니? 방세가 이대지 많을 리는 없을 것이고……."

"방세구 무엇이구 거저, 옹색하신데 쓰시라구……."

계봉이는 인제 알았다는 듯이 고개를 두어 번 까댁까댁하더니,

"나는 이 돈 받을 수 없소."

하고는 입술을 꽉 다문다. 장난엣 말로 듣기에는 음성이 너무 강경했다.

승재는 의아해서 계봉이의 얼굴을 쨋쨋이[110] 건너다본다. 미상불, 여전한 장난꾸러기 얼굴 그대로는 그대로지만, 그러한 중에도 어디라 없이 기색이 달라진 게, 일종 오만한[111] 빛이 드러났음을 볼 수가 있었다.

승재는 분명히 단정하기는 어려우나, 혹시 나의 뜻을 무슨 불순한 사심인 줄 오해나 받은 것이 아닌가 하는 생각도 들었다. 그렇게 생각하고 보니, 비록 마음이야 담담하지만 일이 좀 창피한 것도 같았다.

"왜애?"

승재는 속은 그쯤 동요가 되었어도, 좋은 낯으로 심상하게[112] [113] 물어 보던 것이다.

"거지의 특권을 약탈하구 싶던 않으니까……."

---

109 들려지지 : ② 돌려지지
110 쨋쨋이 : 똑바로 쩨려보는 모양으로, 본래는 성미가 깔깔하고 딱딱하다는 뜻.(우)
111 오만한 : ①② 도고한
112 심상하게 : ①② 천연스럽게
113 심상하다(尋常--) : 대수롭지 않고 예사롭다.

하는 소리도 소리려니와, 조그마한 계집아이가 뒷짐을 딱 지고 도고하니[114] 고개를 들고 서서 그런 소리를 탕 탕, 남달리 커다란 사내를 다궂는[115] 양이라니, 도무지 깜찍하기란 다시없다.

그러나 보매 그러한 것 같지, 역시 본심으로다가 기를 쓰고 하는 짓은 아니다.[116] 그는 다만 아까부터 제 무렴에 지쳐서 심술을 좀 부리고 싶은 참인데, 그러자 전에 어떤 잡지에서 본 그 말 한 구절이 마침 생각이 나니까 생각난 대로 그냥 써먹은 것이다.

애꿎이[117] 혼이 나기는 승재다.

승재는 마치 어른한테 꾸지람을 듣고 있는 아이같이 큰 눈을 끄먹끄먹하고[118] 있다가 겨우 발명[119]을 한다는 것이……

"나는 거저 허물없는 것만 여겨서, 그냥……."

말도 똑똑히 못 하고 비실비실한다.

"그렇지만 말이지……."

의젓하게 다시 책[120]을 잡는 계봉이는 아이를 나무라는 어른 같다.

"……자선이나 동정 같은 것은 받는 사람의 푸라우드[121]를 뺏는 경우두

---

114 도고하다(道高--) : 스스로 높은 체하여 교만하다.

115 다궂다 : '다그치다'의 준말. 일이나 행동 따위를 요구하며 몰아붙이다.

116 "거지의-"(앞 단락)~아니다.
  : ①② "위선(僞善)의 일면이 자선(慈善)이니까"
    계봉이는 인제는 웃지도아니하고 이런말을 한다.
    그러나 계봉이는 사실로 승재가 위선의짓을 한다고역여서 그런것이아니다.

117 애꿎이 : 아무런 잘못 없이 억울하게.

118 끄먹끄먹하다 : 눈을 가볍게 자꾸 감았다 떴다 하다.

119 발명(發明) : 죄나 잘못이 없음을 말하여 밝힘. 또는 그리하여 발뺌하려 함.

120 책(責) : 책망.

121 푸라우드 : ④⑤ 프라이드
    : 문맥으로 보면 '프라이드'가 맞다. 그렇지만 표기로 보면 'proud'의 한글 표기로 보아야 하고, 이는 계봉이 영어 단어를 정확하게 모르고 한 말이다.

있는 법이어든."

"나두 별수 없이 다 같은 가난한 사람인걸?"

"하하하하, 아하하하……."

별안간 계봉이는 허리를 잡고 웃어젖힌다.

"……하하하하, 저 눈 좀 봐요. 얼음판에 미끄러진 황소 눈이라니, 글쎄 저 눈 좀 봐요. 하하하하……."

계봉이는 승재가 아까부터 무렴해서 어쩔 줄을 모르고 쩔쩔매는 꼴이 우스워 못 견디겠는 것을 겨우 참고, 그가 하는 양을 좀 더 보고 있던 참인 데, 인제는 터져 나오는 웃음을 어떻게 걷잡을 수가 없었다.

친하면 친하다고도 할 수 있지만, 그런 만큼 또 체면의 어려움도 없지 않다.

그러한 승재[122] 즉 남의 집 젊은 총각한테 늘 이렇게 한 팔을 꺾이는[123] 듯한 가난, 가난이라고 막연하게보다도 밥을 굶고 늘어지는 창피한[124] 꼬락서니를 들키곤 하는 것이, 마침 열일곱 살배기의 처녀답게 무색했던 것이다.[125] 물론 그것은 제 무렴이다.

아무튼 그래서, 그 복수는 충분히 했다. 거지의 특권을 약탈하고 싶진 않다고, 자선이나 동정 같은 것은 받는 사람의 프라이드를 뺏는 경우가 있다고, 장난은 역시 장난이면서, 그러나 버젓하게 또 꼼짝 못 하게 해 주었으니까…….

그러고 나니까, 께름하던 마음이 풀리는데, 일변 승재의 하는 양이 그러

---

122 승재 : ⑤ 승재는

123 한 팔을 꺾이다 : 임무출은 '한 팔'을 '한풀(기운·의기·끈기·투지 등의 한 부분)'로 보았다. '한풀 꺾이다'는 사전적 정의로는 '한창이던 기세가 어느 정도 줄어들다'이어서 이 문맥과 정확히 맞지는 않는다. '기가 조금 죽다' 정도의 의미로 볼 수 있을 것이다.

124 창피한 : ①② 액색한

125 , 마침~것이다. : ①② 무색햇섯다.

하니 재미가 있어서도 웃고, 그저 우스워서도 웃을밖에 없던 것이다.

계봉이가 그처럼 웃는 것을 보고 승재는 겨우 안심은 했으나 꾀에 넘어가서 사뭇 쩔쩔맨[126] 것이, 이번에는 점직했다.

"원, 사람두…… 나는 정말 노여서 그리는 줄 알구 깜짝 놀랬구면!"

"하하하…… 그렇지만 꼭 장난으루만 그린 건 아니우, 괜히."

"네에, 잘 알었습니다."

"그런데에……."

계봉이는 문제된 오 원짜리 지전을 내려다본다. 아무리 웃고 말았다고는 하지만 그대로 집어 들고 들어가기가 좀 안되었다. 그러나 그렇다고 종시 안 가지고 가기는 더 안되었다. 잠깐 망설이다가 할 수 없이 그는 돈을 집어 든다.

"……그럼 이건 어머니한테 갖다 디리께요?"

고개를 까땍 하면서 돌아서서 가는 계봉이를 승재는 다시 한 번 바라다본다.

엄부렁하니 큰 깐[127]으로는 철이 안 나서 늘 까불기나 하고, 동생들과 다투기나 하고, 할 말 못 할 말 함부로 들이대기나 하고, 이러한 털팽이[128]요 심술꾸러기로만 계봉이를 여겨 온 승재는 오늘이야 계봉이가 엉뚱하게 속이 깊고, 깊은 속을 곧잘 표시할 수 있는 지혜와 영리함이 있음을 알았던 것이고, 따라서 탄복스럽던 것이다[129].

그것은 계봉이도 마찬가지로 승재를 한 번 더 다르게 볼 수가 있었다.

---

126 쩔쩔맨 : ③ 쩔맨　　④ 쩔 맨

127 깐 : '한 것 치고는'의 뜻으로, 당연히 그러할 것으로 짐작했던 것과 사실이 다름을 나타내는 말.

128 털팽이 : 성질이 침착하지 못하고 덤벙거리는 사람.(임)

129 알았던~것이다 : ①② 알엇다

그래서 둘이는 마음이 훨씬 더 소통이 되고 친해질 수가 있게 되었다.

한밥[130]이 잡힌 누에들이 통으로 주는 뽕잎을 가로타고[131], 기운차게 긁어 먹는 잠박(蠶箔)[132]처럼, 안방에서는 다섯 식구가 제각기 한 그릇 밥에 국을 차지하고 앉아 째금째금[133] 후루룩후루룩 한참 맛있게 밥을 먹고 있다. 모처럼 얻어걸린 밥이니 그렇지 않을 수도 없는 것이다.

"계봉이는 어디 갔느냐?"

그래도 여럿이 먹다가 한 사람이 죽을 지경은 아니었던지, 정 주사가 이편 밥상을 건너다보고 찾는다.

"아랫방 자리끼 숭늉 내다 주러 갔어요."

초봉이가 역시 이 애는 무얼 하느라고 이리 더딘고 궁금해하면서 대답을 한다.

"가서 또 쌔왈거리구[134] 까부느라구 그러지, 그년이……."

유 씨는 계봉이 제 말마따나, 어디라 없이 계봉이가 미운 게 사실이어서, 은연중 말이 곱지 않게 나오는 때가 많다.

"거, 너는 왜 밥을 반 그릇만 가지구 그러느냐? 밥이 모자라는 거로구나?"

정 주사가 초봉이의 밥그릇을 넘겨다보다가 걱정을 한다.

"……그렇거들랑 이 밥 더 갖다 먹어라!"

---

130 한밥 : 누에의 마지막 잡힌 밥.

131 가로타고 : [1][4] 가루타고   [2] 가르타고
    : 길 따위를 가로질러 가다. 몸을 모로 하고 가다.

132 잠박(蠶箔) : [1][2] 식성
      : 누에를 치는 데 쓰는 도구. 싸리나 대나무 따위로 얽어서 긴 네모꼴로 만든다. 누에 채반.

133 째금째금 : 입맛을 짝짝 다시며 맛있게 먹는 소리.(임)

134 쌔왈거리다 : 자꾸 쌔와리다. '쌔와리다'는 '실없는 말을 주착없이 함부로 지껄이다.'(임)

집어 드는 건 밥상 옆에 옹근 채[135] 내려놓은 병주의 밥그릇이다.

제 밥은 아껴 두고 부친의 밥을 뺏어 먹고 있던 병주는 밥 먹던 숟갈을 둘러메면서[136] 발버둥을 친다.

"어머니! 어머니!"

거푸 부르면서 그제야 계봉이가 식구들이 밥을 먹고 있는 안방으로 달려든다.

"……저어, 나아, 돈 오십 전만 주믄, 돈 오 원 어머니 디리지?"

식구들은 그게 웬 소린지 몰라 밥을 씹던 채, 숟갈로 밥을 뜨던 채, 혹은 밥숟갈이 입으로 들어가다 말고 모두 뚜렛뚜렛하면서 계봉이를 치어다본다.

이윽고 유 씨가 시쁘다고 눈을 흘기면서,

"네년이 돈이 오 원이 있으면, 나는 백 원이 있겠다!"

"정말? 내가 오 원을 내놓을 테니깐 어머닌 백 원을 내놔요?"

"저년이 한참 까부는구만? 남 서방이 딜여보내는 돈일 테지, 제가 돈이 어디서 생겨!"

"해해해해, 자요, 오 원. 인제는 어머니두 백 원 내노시우?"

기연가미연가하고[137] 있던 식구들은 모두들 놀란다. 초봉이는 비로소 아까 승재가 마당에서 포켓에 손을 넣고, 무슨 말을 할 듯이 우물우물하던 속을 안 것 같았다.

"이년아, 이게 네 돈이더냐? 바루 남의 돈을 가지구 생색을 내려 들어!"

유 씨가 돈을 받으면서 핀잔을 주는 것을,

"그래두 내가 퇴짜를 놨어 보우! 괜히……."

계봉이는 지지 않고 앙알거리면서[138] 밥상 한 모서리로 앉는다.

---

135 옹근 채 : ③ 옹근째   ④ 옹군채
136 둘러메다 : 내둘러서 어깨 위에 놓다.
137 기연가미연가하다(其然-未然---) : 그런지 그렇지 않은지 분명하지 않다. 긴가민가하다.

"그년이 점점 더 희떠운[139] 소리만 허구 있어! 왜 남이 맘먹구 주는 돈을 마다구 해?"

"아무려나 거 그 사람이 웬 돈을 그렇게…… 거 원!"

정 주사가 한마디 걱정을 하는 것을 유 씨는 받아서……

"아침에 밥 못 해 먹은 줄을 알았던 게지요, 매양……."

"그러니 말이야. 방세두 이달 치를 지난달에 벌써 내잖었수?…… 그런 걸……."

"허긴 나두 허느니 그 걱정이오!"

"거 원, 그 사람두 넉넉지는 못한 모양인가 부던데 내가 그렇게 신세를 져서 원……."

정 주사는 쓰지도 않은 입맛을 쓰게 다신다.

병주가 돈과 부친의 얼굴을 번갈아 가면서,

"아버지? 아버지……."

불러 놓고는 냅다 속사포 놓듯 주워 꿰는 것이다.

"……내 양복허구, 내 모자허구, 내 구두허구, 내 자전거허구, 그리구 빠 나나랑 미깡[140]이랑 사주어, 잉? 아버지."

"저 애는 밤낮 그런 것만 사 달래요……."

저도 한몫 보자고, 형주가 뚜우해서[141] 나선다.

"……남 월사금[142]도 못 타게! 어머니 나 지난달 치허구 이달 치허구 월 사금!…… 그리구 산술 공책허구."

---

138 앙알거리다 : 윗사람에 대하여 조금 원망스럽게 자꾸 입속말로 군소리를 하다.

139 희떱다 : 말이나 행동이 분에 넘치며 버릇이 없다.

140 미깡(蜜柑) : みかん. 귤.

141 뚜우하다 : 뚜하다. 말이 없고 언짢아하는 기색이 있다.

142 월사금(月謝金) : 다달이 내는 수업료.

"깍쟁이! 망할 자식!"

밥 먹던 숟갈을 연신 들어메면서 병주가 도전을 한다.

"왜 날더러 깍쟁이래? 이따가 너 죽어 봐. 수원 깍쟁이 같으니라구."

"저놈!"

정 주사가 막내둥이의 편역[143]을 들어 형주를 꾸짖는다. 막내둥이의 편역이 아니라도, 정 주사는 유 씨가 계봉이를 괜히 미워하듯이 형주를 미워하던 것이다.

"어머니, 나 월사금 주어야지, 머 나두 몰라! 머."

이번에는 계봉이가 형주를 '반박'한다.

"이 애야 월사금은 너만 밀렸니? 나두 두 달 치 밀렸다…… 어머니, 아따 월사금은 그믐께 주구, 나 위선[144] 오십 전만 주우? 우리 회람 문고(回覽文庫)[145] 지난달 회비 주게, 응? 어머니."

"월사금이 제일이지 그까짓 게 제일인가? 머."

"월사금은 이 녀석아, 좀 늦게 줘두 괜찮아. 오십 전만 응? 어머니."

"이잉, 깍쟁이가…… 난 월사금, 몰라!"

"아버지 아버지, 내 양복허구, 내 모자허구, 내 구두허구, 빠나나랑 사다 주어 응? 자전거랑."

"오냐 오냐, 허허……."

정 주사는 우두커니 보고 있다가 어이가 없다고 한단 소리다.

"……꼬옥 흥부 자식들이다, 흥부 자식들이야!…… 거 장가 딜여 달라구 조르는 놈만 없구나!"

"그리구 당신은 꼬옥 흥부 같구요?"

---

143 편역(便-) : 옳고 그름에는 관계없이 무조건 한쪽 편을 들어 주는 일. 역성.

144 위선(爲先) : 우선.

145 회람 문고(回覽文庫) : 요즈음의 이동도서관과 비슷한 제도.(우)

"내가 어째서 흥부야? 여편네가 새수빠진[146] 소리만 하구 있네!"

"누가 당신 속 모르는 줄 아시우?"

"내가 어쨌길래?"

"어쩌기는 무얼 어째요? 이놈에서 일 원허구 육 전만 발라서[147] 위선 담배 한 곽 사 피구, 일 원은 두었다가 미두장에 갈 밑천을 할려면서……."

"허허허허……."

정 주사는 속을 보이고는 할 수 없이 웃음으로 얼버무린다.

"……기왕 그런 줄 알았으니, 그럼 일 원허구 육 전만 주구려. 허허……."

<hr>

146 새수빠지다 : 하는 짓이 줏대가 없고 사리에 온당하지 못하다.(임)
　　　　　　　　: 이치에 맞지 않고 소갈머리가 없다.(우)
147 바르다 : 문맥으로 보면 '집어내다' 정도의 의미로 쓰인 것으로 보인다.

4. '……생애(生涯)는 방안지(方眼紙)[1]라!'

조금치라도 관계나 관심을 가진 사람은 시장(市場)이라고 부르고, 속한 (俗漢)[2]은 미두쟁이라고 부르고, 그리고 간판은 '군산미곡취인소(群山米穀 取引所)'라고 써붙인 ××도박장(××賭博場)[3].

집이야 낡은 목제의 이층으로 협수룩하니 보잘것없어도 이곳이 군산의 심장임에는 갈데없다.

여기는 치외법권이 있는 도박꾼의 공동 조계(共同租界)[4]요 인색한 몬테 카를로[5]다. 그러나 몬테카를로 같은 곳에서는, 노름을 하다가 돈을 몽땅 잃어버리면 제 대가리에다 대고 한 방 탕 쏘는 육혈포[6] 소리로 저승에의 삼천 미터 출발 신호를 삼는 사람이 많다는데, 미두장에서는 아무리 약삭 빠른 전 재산을 톨톨[7] 털어 바쳤어도 누구 목 한 번 매고 늘어지는 법은 없으니, 그런 것을 조선 사람은 점잖아서 그런다고 자랑한다던지!

군산 미두장에서 피를 구경하기는 꼭 한 번, 그것도 자살은 아니다.

에피소드는 이렇다.

연전에 아랫녘[全南] 어디서라던지, 집을 잡히고 논을 팔고 한 돈을 만 원가량 뭉뚱그려 전대[8]에 넣어 허리에 차고, 허위단심[9] 군산 미두장을 찾

---

1 방안지(方眼紙) : 모눈종이.

2 속한(俗漢) : 보통 사람을 낮잡아 이르는 말.

3 ××도박장(××賭博場) : 1·2 이 공인도박장(公認賭博場)

4 공동 조계(共同租界) : 공동 거류지. 19세기 후반에 중국의 개항 도시에 있던 여러 외국 인의 공동 거주 지역. 중국 정부와 조약·협정을 맺어 설정한 지역으로, 그 지역 안에서 외국인은 자치적 행정권을 행사할 수 있었다.

5 몬테카를로(Monte Carlo) : 모나코 북동부에 있는 휴양 도시. 국영 카지노와 자동차 경기 로 유명하다.

6 육혈포(六穴砲) : 탄알을 재는 구멍이 여섯 개 있는 권총.

7 톨톨 : '아무것도 남지 않게 털어 내는 모양'이라는 뜻의 '탈탈'의 작은말.

아온 영감님 하나가 있었다.

영감님은 미두란 어떻게 하는 것인지 통히[10] 몰랐고, 그저 미두를 하면 돈을 딴다니까, 그래 미두를 해서 돈을 따려고 그렇게 왔던 것이다.

영감님은 그 돈 만 원을 송두리째 어느 중매점에다 맡겨 놓고, 미두 공부를 기역 니은(미두학 ABC)부터 배워 가면서 일변 미두를 했다.

손바닥이 엎어졌다 젖혀졌다 하고, 방안지의 계선이 올라갔다 내려왔다 하는 동안에 돈 만 원은 어느 귀신이 잡아간 줄도 모르게 다 죽어 버렸다.

영감님은 여관의 밥값은 밀렸고, 고향으로 돌아갈 (면목은 몰라도) 찻삯이 없었다.

중매점에서 보기에 딱했던지, 여비나 하라고 돈 삼십 원을 주었다. 영감님은 그 돈 삼십 원을 받아 쥐었다. 받아 쥐고는 물끄러미 내려다보면서 후유 한숨을 쉬더니 한숨 끝에 피를 토하고 쓰러졌다. 쓰러지면서 죽었다.

이것이 군산 미두장을 피로써 적신 '귀중한' 재료다.

그랬지, 아무리 돈을 잃어 바가지를 차게 되었어도 겨우 선창께로 어슬렁어슬렁 걸어 나가서 강물에다가 눈물이나 몇 방울 떨어뜨리는 게 고작이다. 금강은 백제가 망하는 날부터 숙명적으로 눈물을 받아먹으란 팔자던 모양이다.

미상불 미두쟁이가 울기들은 잘한다.

옛날에 축현역(柚峴驛 : 시방은 상인천역) 앞에 있던 연못은 미두쟁이의 눈물로 물이 고였다고 이르는 말이 있었다.

망건 쓰고 귀 안 뺀[11] 촌샌님들이 도무지 어쩐 영문인 줄 모르게 살림이

---

8 전대(纏帶) : 돈이나 물건을 넣어 허리에 매거나 어깨에 두르기 편하도록 만든 자루. 주로 무명이나 베로 폭이 좁고 길게 만드는데 양 끝은 트고 중간은 막는다.

9 허위단심 : 허우적거리며 무척 애를 씀.

10 통히 : 도무지.

요모로 조모로 오그라들라치면 초조한 끝에 허욕[12]이 난다. 허욕 끝에는 요새로 친다면 백백교[13](白白敎), 돌이켜서는[14][15] 보천교[16](普天敎) 같은 협잡패[17]에 귀의해서 마지막 남은 전장을 올려 바치든지, 좀 똑똑하다는 축[18]이 일확천금의 큰 뜻을 품고 인천으로 쫓아온다. 와서는 개개[19] 밑천을 홀라당 불어 버리고 맨손으로 돌아선다.

그들이야 항우 같은 장사가 아닌지라, 강동(江東)[20] 아닌 고향으로 돌아갈 면목은 있지만 오강(烏江)[21] 아닌 축현역에 당도하면 그래도 비회[22]가 솟아난다. 그래 차 시간도 기다릴 겸 연못가로 나와 앉아 눈물을 흘린다. 한 사람이 그래, 두 사람이 그래, 열 사람 백 사람 천 사람이 몇 해를 두고

---

11 망건 쓰고 귀 안 빼는 사람 있느냐 : 망건을 쓰면 누구나 조금이라도 편하게 귀를 내놓는다는 뜻으로, 돈 버는 일이나 먹는 일을 싫어하는 사람은 없음을 비유적으로 이르는 말.

12 허욕(虛慾) : 헛된 욕심.

13 백백교(白白敎) : 백교도에서 파생된 동학의 유사 종교의 하나. 1923년 차병간(車秉幹)이 유·불·선의 교리를 통합하여 광명세계를 이룩한다는 이름 아래 경기도 가평에서 창건하였는데, 뒤에 교주가 갖은 악행을 저지르면서 경찰의 단속과 세상의 여론으로 자취를 감추었다.

14 돌이켜서는 : ①②④⑤ 디릿겨서는   ③ 들이켜서는

15 돌이켜다 : 지난 일을 다시 생각하다.

16 보천교(普天敎) : 증산교의 교주 강일순의 제자인 차경석(車京錫)이 1916년에 전라북도 정읍에서 창건한 유사 종교. 처음에는 '보화교(普化敎)'라고 하다가 보천교로 고쳤는데, 교주가 죽은 뒤에 사교(邪敎)로 규정되어 해체되었다.

17 협잡패(挾雜牌) : 옳지 아니한 방법으로 남을 속이는 무리.

18 축 : ((명사, 일부 관형사, 어미 '-은', '-는', '-던' 뒤에 쓰여)) 일정한 특성에 따라 나누어지는 부류.

19 개개(箇箇) : 낱낱. 각자 따로. 여기서는 '하나같이' 정도의 의미로 쓰고 있음.

20 강동(江東) : 춘추 전국 시대의 오(吳)나라와 월(越)나라 지역을 달리 이르던 이름. 양자강(揚子江) 동쪽의 땅인 데서 유래하였다. 항우의 고향이다.

21 오강(烏江) : 중국 양자강(揚子江)의 지류. 항우가 한나라 고조에게 패하여 스스로 목숨을 끊은 곳으로 유명하다.

22 비회(悲懷) : 마음속에 서린 슬픈 시름이나 회포.

그렇게 눈물을 뿌리니까, 연못의 물은 벙벙하게[23] 찼다는 김삿갓 같은 이야기다.

오늘이 오월로 들어서 둘째 번 월요일이라, 이번 주일의 첫 장이다. 그러므로 웬만하면 입회[24]가 다소간 긴장이 되겠지만 절기가 그럴 절기라 놔서, 볼썽없이[25] 쓸쓸하다.

그중 큰 매매라는 것이 기지개를 써서[26] 오백 석 아니면 천 석짜리요, 모두가 백 석 이백 석짜리 '마바라[27](잔챙이 미두꾼)'들만 엉켜 붙어서 옴닥옴닥한다.

옛날 말이지, 시방은 쌀값을 최고 최저 가격을 통제해서 꽉 잡아 비끄러매[28] 놓기 때문에 아무리 날고뛰어도 별반 뾰죽한 수가 없고, 다직해서[29] 여름의 농황[30](農況)을 좌우하는 천기 시세[31][天氣相場] 때와 그 밖에 이백십일(二百十日)[32]이나, 특별한 정변(政變)이나, 연전[33]의 동경대진재[34] 같은

---

23 벙벙하다 : 물이 넘칠 듯이 그득히 괴어 있다.
24 입회 : ①② 납회(納會)
   : 입회(立會). 증권거래소 따위에서, 거래하는 사람이나 그 대리인이 일정 시간에 거래소 안에 모여 매매 거래를 맺음. ①②에서 쓰고 있는 '납회(納會)'란 말은 매달 최종 입회일로서 '둘째 번 월요일'이라는 시점과 맞지 않으므로 채만식이 단행본에서 고친 것으로 보인다.
25 볼썽없이 : 어떤 사물의 모습이 보기에 역겹고 보잘것없게.
26 기지개를 써서 : ①② 기껏해야
27 마바라(疎ら, まばら) : 소액 거래를 전문으로 하는 사람들 또는 회사. 우한용은 '마바리'로 잘못 해석하고 있다. '마바리'란 '논 한 마지기에서 두 섬의 곡식이 나는 것' 또는 '짐을 실은 말 또는 그 짐'을 뜻하므로 이 문맥과 맞지 않는다.
28 비끄러매다 : 제멋대로 하지 못하게 강제로 통제하다.
29 다직하다 : 기껏 한다고 하면, 기껏 많게 잡아서, 기껏 많다고 하여야의 뜻으로 쓰는 말.
30 농황(農況) : 농사가 되어 가는 형편.
31 천기 시세(天氣時勢) : 기상 상태에 따라서 바뀌는 가격.
32 이백십일(二百十日) : 일본의 절기로 입춘에서 210일째 되는 날. 9월 1일 경으로 태풍이

천변지이[35](天變地異)나, 이러한 때라야 그래도 폭넓은 진동(大幅振動)이 있고 해서 매매도 활기가 있지, 여느 때는 구멍가게의 반찬거리 흥정을 하는 푼수밖에 안 된다.

그러니까 투기사(投機師)[36]는 ××××[37]가 살인강도나, 옛날 같으면 권총 사건 같은 것이 생기기를 바라듯이, 김만평야[38]의 익은 볏목[39]에 우박이 쏟아지기를 바라고, ××[40]이나 ××[41]이 지함(地陷)[42]으로 돌아 빠지기를 기다린다.

후장 삼절(後場三節)……

아래층의 '홀'로 된 '바다지석[場立席]'에는 각기 중매점으로부터 온 두 사람씩의 '바다지(場立[43] : 중매점의 시장 대리인)'들과 '조쓰게(場附)[44]'라고 역시 중매점에서 한 사람씩 온 서두리꾼[45]들까지, 한 사십 명이나 마침 대기하듯 모여 섰다.

부는 날이 많다.

33 연전(年前) : 몇 해 전.

34 동경대진재(東京大震災) : 1923년 9월 1일, 오전 11시 58분, 일본 간토 지방에서 일어난 지진과 이에 따른 대재해. 이 지진으로 혼란 와중에 우리 동포 수천 명이 일본인에게 학살당하였다.

35 천변지이(天變地異) : 하늘과 땅에서 일어나는 자연계의 여러 가지 변동과 이변.

36 투기사(投機師) : 투기꾼.

37 ×××× : ①② 신문기자

38 김만평야 : 김제평야와 만경평야를 아울러 이르는 말.

39 볏목 : 이삭이 이어진 벼의 위 줄기.

40 ×× : ①② 대판

41 ×× : ①② 경성

42 지함(地陷) : 땅이 움푹 가라앉아 꺼짐.

43 바다지(場立, ばだち) : 증권업자를 대리하여 거래소에 나와 거래하는 점원.

44 조쓰게(場附, じょうつけ) : '보조원'의 일본말.

45 서두리꾼 : 중매꾼. 중매장이.(임)

같은 아래층을 목책으로 바다지석과 사이를 막은 '갸쿠다마리'[46]에는 손님들이 한 백 명가량이나 되게 기다리고 있다.

이 사람들이, 그 중에는 구경꾼이나 하바꾼들도 섞이기는 했지만, 거지 반[47] 미두 손님들이다.

일부러 골라다 놓은 듯이 형형색색이다. 조선옷, 양복, 콩소매[48] 달린 옷, 늙은이, 젊은이, 큰 키, 작은 키, 수염 난 사람, 이발 안 한 사람, 잘생긴 얼굴, 못생긴 얼굴, 이러하되 그들 한 사람 한 사람이 제가끔 한 사람 몫의 한 사람씩인 '저'들이요, 제가끔 김가, 이가, 나카무라, 최가 등속[49]인 노름꾼들이다.

그러나, 본래 '오오테(大手)[50]'라고, 몇 천 석 몇 만 석씩 크게 하는 축들은 제 집에다 전화를 매[51] 놓고 앉아 시세를 연신 알아보아 가면서 오천 석을 방해라[52], 만 석을 사라, 이렇게 해 먹지 그들 자신이 미두장에 나오는 법이 없다.

해서, 으레 미두장의 갸쿠다마리에 주욱 모여 서는 건 하바꾼과 구경꾼과 백 석 이백 석을 붙여 놓고 일 정(一丁 : 일 전) 이 정의 고하를 눈 뒤집어쓰고서 밝히는 '마바라'들이다.

하지만, 또 이 마바라들이야말로 하바꾼들과 한가지로 미두 전장(米豆戰

---

46 갸쿠다마리 : きゃくたまり(客溜り). 고객대기실. 임무출은 '갸쿠다마리(各たまり)='각각의 대기소'의 일본말로 해석하고 있으나 문맥이나 발음이나 신문연재본 삽화로 보아 '고객대기실'이 맞다.
47 거지반(居之半) : 거의 절반.
48 콩소매 : 볼이 축 처지게 지은 넓은 소매. 큰소매.(임)
49 등속(等屬) : (명사 뒤에 쓰여) 나열한 사물과 같은 종류의 것들을 몰아서 이르는 말.
50 오오테(大手, おおて) : (거래소에서) 거액의 매매를 하는 사람[회사]. 큰손. 큰 거래처.
51 매다 : 전화를 가설하다.
52 방하다(放--) : 물건을 내놓고 팔다.

場)의 백전노졸[53]들인 것이다.

그들은 대개가 십 년 이십 년, 시세표(市勢表)의 고하를 그리는 괘선(罫線)[54]을 따라 방안지의 생애를 걸어오는 동안, 수만 금 수십만 금 잡았다가 놓쳤다가 하여서 무수한 번복을 거쳐, 필경은 오늘날의 한심한 마바라나 그보다 더 못한 하바꾼으로 영락한 무리들이다.

그런 만큼 그들은 미두쟁이의 골이 박혀 시세를 보는 눈이 날카롭고 담보는 크건만, 돈 떨어지자 입맛 난다[55]는 푼수로, 부러진 창대를 가지고는 백전노졸도 큰 싸움에는 나서는 재주가 없다.

후장 삼절을 알리느라고 '갤러리[56]'로 된 이층의 '다카바(高場)[57]'에서 따악 따악 따악 딱따기[58] 소리가 나더니 '당한(當限)[59]'이라고 쓴 패가 나와 붙는다.

이것이 소집 나팔이다.

딱따기 소리에 응하여 바다지들은 반사적으로 일제히 다카바를 올려다 보고는 그 길로[60] 장내를 휘휘 돌려다 본다. 그들은 직업적으로 약간 긴장하는 둥 마는 둥하다가 도로 타기만만하다[61].

갸쿠다마리에서는 적이[62] 긴장이 되어 모두들 바다지한테로 시선을 보내나 바다지들 사이에는 종시 매매가 생기지 않는다. 또 손님들 편에서도

---

53 백전노졸(百戰老卒) : 수많은 싸움을 치른 노련한 병사.

54 괘선(罫線) : 가로세로로 그은 선. 주가(株價)의 변동을 모눈종이에 나타낸 선.

55 돈 떨어지자 입맛 난다 : 돈을 다 쓰고 나면 더 간절히 돈을 써서 하고 싶은 일이 많아진 다는 말.

56 갤러리(gallery) : 전시회장. '발코니'의 뜻으로 쓰인 듯함.

57 다카바(高場, たかば) : '문서 기록 따위를 맡아 보는 곳'의 일본말.(임)

58 딱따기 : 서로 마주 쳐서 '딱딱' 소리를 내게 만든 두 짝의 나무토막.

59 당한(當限) : 장기 청산 거래에서 결제 기일이 매매 계약을 한 그달의 말일인 것. 당월한.

60 그 길로 : 이어

61 타기만만하다(惰氣滿滿--) : 게으름이 가득하다.

62 적이 : 꽤 어지간한 정도로.

아무 동요가 일어나지 않는다.

바다지석과 갸쿠다마리 사이의 목책 위에 놓인 각 중매점의 전화들만 끊일 새 없이 쟁그럽게[63][64] 울고 그것을 받아 내느라고 조쓰게들만 분주하다.

갤러리의 한편 구석으로 자리를 잡고 있는 통신사(通信社) 사람들은 전화통에 목을 매달고 각처에서 들어오는 시세를 받느라고, 또 한편으로 그놈을 흑판에다가 분 글씨로 써서 내거느라고 여념이 없다.

다카바에는 딱따기꾼 외에 두 사람의 다카바(高場 : 書記)가 테이블을 차고 앉아 마침 기록을 하려고 바다지들을 내려다보고 있다.

당한에는 바다지들의 아무런 제스처 즉 매매의 도전(賣買挑戰)이 없어, 소위 '데기모(出來不申)[65]'라고, 매매가 없다고 만다.

다카바에서는 다시 딱따기가 울고 '중한(中限)[66]' 패로 갈려 붙는다.

이에 응하여 선뜻 한 사람의 바다지가 손을 번쩍 쳐들면서,

"셍고쿠 야로[67]."

소리를 친다. 대체 이 사람이 쳐든 손은, 언뜻 아무렇게나 쳐든 것 같아도 실상인즉 대단히 기묘복잡함이 있다.

엄지손가락과 식지는 접어 두고 중지와 무명지[68]와 새끼손가락 세 개만 펴서 손바닥은 바깥으로 둘렀다.

하고 보니, 벙어리가 에스페란토[69]를 지껄인 것이랄까, 그것을 번역하면

---

63 쟁그럽게 : [1][2] 쟁그랍게   [5] 재그럽게

64 쟁그럽다 : 쟁그랍다. 보거나 만지기에 소름이 끼칠 정도로 조금 흉하거나 끔찍하다.

65 데기모(出來不申) : 出來申さず(でぎもうさず). (증권 거래소 등에서) 거래가 성립되지 않고 주가도 형성되지 않음.

66 중한(中限) : 청산 거래에서 대금과 현물의 교환을 계약한 달의 말일로 정한 기한.

67 셍고쿠 야로 : せんごくやろ(千石 遣ろ). 천 석 팔아라팔겠다.

68 무명지(無名指) : 약손가락.

69 에스페란토(Esperanto) : 폴란드인 자멘호프가 1887년에 공표하여 사용하게 된 국제어.

이렇다.

끝엣 손가락 세 개를 편 것은 삼(三)이라는 뜻으로 삼 전(三錢)이란 말이고, 손바닥을 바깥으로 두른 것은 팔겠다는 말이고, 그리고

"셍고쿠 야로."

는,

"쌀 천 석 팔겠다."

는 말이다. 그러니까 즉,

"쌀 천 석을 삼 전(三錢 : 삼십 원 삼 전)씩에 팔겠다."

이런 뜻이다.

이 매매가 성립이 되자면 누구나 사고 싶은 다른 바다지가 응하고 나서야 한다.

장내는 조금 동요가 되다가 다시 조용하고 갸쿠다마리에서는 담배 연기만 풀씬풀씬70 올라온다.

삼십 원 삼 전이라는 시세에 바다지나 손님들이나 다 같이,

"흥! 누가 그걸……"

하는 듯이 맨숭맨숭하다.

그래서 시테나시(仕手無)71라는 걸로 중한도 매매가 성립되지 못한다.

본시 한산한 시기에는 당한과 중한에는 매매가 별반 없는 법인데, 더구나 시세가 저조(低調)여서 '매방(買方)72'이 경계를 하는 판이라 전절(前節 : 이 절)보다 일 전이 비싼 삼십 원 삼 전에 팔겠다는 걸, 그놈에 응할 사람이 없을 것도 당연한 일이다.

---

70 풀씬풀씬 : 풀썩풀썩. 연기나 먼지 따위가 조금씩 뭉키어 자꾸 일어나는 모양.
71 시테나시(仕手無) : してなし. 'して(仕手)'란 '투기꾼'을 말하는 것으로서, 이것은 '투자자 없음'이라는 뜻.
72 매방(買方) : 사는 쪽. 투자자.

세 번째 딱따기가 울고 '선한(先限)[73]'패로 갈려 붙는다. 그러자 마침 기다리고 있던 듯이 갸쿠다마리에서 손님 하나가 바다지 한 사람을 끼웃끼웃 찾아 불러내다가는 목책 너머로 소곤소곤 귓속말을 한다.

바다지는 연신 고개를 까닥까닥하면서 말을 듣는 한편, 손에 들고 있는 금절표(金切表)[74]를 활활 넘기고 들여다본다.

이윽고 바다지는 돌아서면서, 엄지손가락 식지 중지 세 손가락을 펴서 손바닥을 밖으로 쳐들고

"고햐쿠 야로[75]."

소리를 친다. 이것은 팔 전(八錢 : 이십구 원 구십팔 전)에 오백 석을 팔겠다는 뜻인데, 그 소리가 떨어지자 장내는 더럭 흥분이 된다.

일 초를 지체하지 않고 저편으로부터 다른 바다지가 팔을 쳐들어 안으로 두르고

"돗다[76]."

소리를 지른다. 그놈을 사겠다는 말이다.

이어서 여기저기서 '얏다[77], '돗다' 소리와 동시에 팔이 쑥쑥 올라오고, 소리는 한데 엉켜 왕왕거리는 아우성 소리로 변한다. 치켜 올린 바다지들의 손과 손들은 공중에서 서로 잡혀진다. 커다란 혼잡이다.

바다지석은 훤화[78] 속에서 뒤끓는다. 다카바들은 눈을 매눈같이 휘두르

---

73 선한(先限) : さきぎり. 선물(先物) 거래에서, 매매 계약에서 상품 인도·인수까지의 기간이 가장 긴 거래.

74 금절표(金切表) : 증권이나 재산에 관한 권리나 의무를 나타내는 문서.(임)

75 고햐쿠 야로 : ごやくやろ(五百 遣ろ). 오백(석) 팔아라팔겠다.

76 돗다 : とった(取った). 잡았다. 땄다.

77 얏다 : やった(遣った). 했다.

78 훤화 : ①② 흥분
　　　 : 훤화(喧譁). 시끄럽게 지껄이며 떠듦.

면서 손을 재게 놀려 기록을 한다.

바다지와 다카바는 매매를 하느라고 흥분이 되고, 이편 갸쿠다마리는 시세 때문에 흥분이다.

그도 그럼직한 일이다.

오늘 아침 '전장 요리쓰케[79](前場寄付)' 삼십 원 십이 전으로 장이 서 가지고는 '전장 도메[80](前場止)' 홑 구 전[81], '후장 요리쓰케(後場寄付)' 홑 칠[82]이, 이절에 가서 오 정(五丁 : 오 전)이 더 떨어져 홑 이 전[83]으로 되더니, 삼절에는 마침내 그처럼 삼십 원대를 무너뜨리고 팔 전——이십구 원 구십팔 전으로 또다시 사 정이 떨어졌던 것이다.

현물이 품귀(品貴)요, 정미도 값이 생해서[84] 기미(期米)[85]도 일반으로 오르게만 된 형세건만, 도리어 이렇게 떨어지기만 해놔서, '쓰요키[86](强派)'들한테는 여간 큰 타격이 아니다.

만일 이대로 떨어져 가기로 들면 '후장 도메'까지에는 다시 사오 정은 더 떨어지고 말 것이고, 한다면 도통[87] 이십 정이 오늘 하루에 떨어지는 셈이다.

표준 미가(標準米價) 이후 하루 동안에 백 정이니 이삼백 정이니 하는 등락은 이미 옛날의 꿈이요, 진폭이 빈약한 오늘날, 더구나 한산한 이 시기에

---

79 전장 요리쓰케(前場寄付) : 전장(前場)의 첫 매매. 즉 오전 증권 시장의 첫 매매.(임)
80 전장 도메(前場止) : 오전 증권 시장의 끝 매매.(임)
81 홑 구 전 : [1][2] 홋구전   [3] 홑구 전   [4] 홋 구전   [5] 홑 구전
   : 홑으로 구 전.
82 홑 칠 : [1][2] 홋칠   [3] 홑칠   [4] 홋 칠   [5] 홑 칠
83 홑 이 전 : [1][2] 홋이전   [3] 홑이 전   [4] 홋 이전
84 생하다 : 문맥상 '비싸다'라는 의미로 쓰이고 있다.
85 기미(期米) : 현물 없이 쌀을 팔고 사는 일. 미두.
86 쓰요키(つよ き) : 이 말은 본래 '강기(强氣)', 즉 '거래에서, 강세(强勢)를 예상함'이라는 뜻이나, 여기에서는 '거래에서, 오름세를 예상하는 쪽의 사람들'의 의미로 쓰이고 있음.
87 도통(都統) : 모두 합하여. 도합.

하루 이십 정의 변동은 넉넉히 흥분거리가 될 수 없는 게 아니던 것이다.

갸쿠다마리의 얼굴들은 대번 금을 그은 듯이 두 갈래로 갈려 버린다.

판 사람들은 턱을 내밀고서 만족하고 산 사람들은 턱을 오므리고서 시치름하고[88], 이것은 천하에도 두 가지밖에는 더 없는 노름꾼의 표정이다.

이처럼 시세가 내리 쏟히자 태수의 친구요 중매점 마루강(丸江)의 바다지인 곱사[89] 형보는 팽팽한 이맛살을 자주 찌푸리면서 손에 쥔 금절표를 활활 넘겨본다.

사각 안에다가 영서[90]로 K자를 넣은 것이 태수의 마크다.

육십 원 증금(證金)으로 육백 원에 천 석을 산 것인데, 인제 앞으로 십 정만 더 떨어져서 이십구 원 팔십팔 전까지만 가면 증금으로 들여논 육백 원은 수수료까지 쳐서 한 푼 남지 않고 '아시(證金不足)[91]'이다.

형보는 잠깐 망설이다가 곱사등을 내두르고 아기작아기작 전화통 앞으로 가더니 옆엣 사람들의 눈치를 슬슬 살펴 가면서 ××은행 군산 지점의 전화를 부른다. 태수한테 기별을 해 주려는 것이다.

그러나 만일 한낱 행원으로 미두를 한다는 소문이 퍼지게 되고 보면, 더구나 모범 행원이라는 고태수로, 그런 눈치를 은행에서 알게 되는 날이면 일이 재미가 적고 한 터라, 이러한 전화는 걸고 받고 하기에 서로 조심을 한다.

××은행 군산 지점 당좌계의 창구멍[窓口]안에 앉은 고태수, 그는 어젯밤을 새워 먹은 작취[92]로 골머리가 땅하니 아프고, 속이 메스꺼운 것을 겨우

---

88 시치름하다 : 짐짓 꽤 태연한 기색을 꾸미다.
89 곱사 : 등이 굽고 큰 혹 같은 것이 불쑥 나온 사람. 곱사등이.
90 영서(英書) : 영어로 쓴 글씨.
91 아시 : あし. '증금부족'에서 '족(足)' 자만을 떼어 약어로 쓴 말. '(다 썼거나 없어져서) 수량이 다한 상태'를 말함.(임)

참고 시간 되기만 기다린다.

세 시 전이니 아직도 한 시간이 더 남았다.

그래, 팔걸이시계[93]를 연신 들여다보고는 하품을 씹어 삼키고 하는 참인데 마침 급사 아이가 와서 전화가 왔다고 알려 준다.

태수가 전화통 옆으로 가서,

"하이(네에)."

나른하게 대답을 하는데,

"낼세, 내야."

하는 게 묻지 않아도 형보다. 태수는 혹시 시세가 올랐다는 기별이었으면 하고 은근히 가슴이 두근거린다.

"왜 그래?"

"뻐게졌네, 뻐게졌어!"

삼십 원대가 무너졌다는 말이다.

태수는 맥이 탁 풀려 그대로 주저앉을 것 같았다.

"음."

태수는 분명치 않은 소리만 낼 뿐, 무어라고 형편을 물어보고 싶어도 옆에서 상관이며 동료들이 듣는 데라, 그야말로 벙어리 냉가슴 앓는 조다.

"팔 전인데, 여보게?"

형보는 딱바라진[94] 음성으로 이기죽이기죽[95] 이야기를 씹는다.

"……팔 전인데, 끊어 버리세?"

"글쎄……."

---

92 작취(昨醉) : 어제 마신 술. 어제 술을 마셔 취함.

93 팔걸이시계 : 팔에 거는 시계. 손목시계.

94 딱바라지다 : 아주 단호하다. 또는, 태도가 딱 끊은 듯이 엄격하다.(임)

95 이기죽이기죽 : 자꾸 밉살스럽게 지껄이며 짓궂게 빈정거리는 모양.

"글쎄구 개×이구 이대루 십 정만 더 떨어지면 아시야 아시! 알어 들어?…… 왜 정신을 못 채리구 이래?"

"그렇지만 인제 와서야 머……."

태수는 지금 그것을 끊는대도 돈이라야 오십 원밖에 남지 않는 것을, 그러구저러구 하기가 도무지 마음에 내키지를 않던 것이다.

애초에 돈 천 원이나 먹을까 하고, 그래서 발등에 당장 내리는 불이나 끌까 하고, 시세가 마침 좋은 것 같아서 쌀을 붙였던 것인데, 천 원을 먹기는 고사하고 본전 육백 원이 다 달아난 판이니 깨끗이 밑창을 보게[96] 두어 둘 것이지, 그까짓 것 꼬랑지로 처진 오십 원쯤 시방 이 살판[97]에 대수가 아니다.

"그리지 말게!…… 소바(投機 : 미두)란 그렇게 하는 법이 아니란 말야…… 그러니 내가 시키는 대루……."

형보가 이렇게 타이르는 말을 태수는 성가신 듯, 버럭 걷질러[98] [99]……

"긴소리 듣기 싫여!…… 그만 해 두구, 내가 어제 맡긴 것 있지?"

"있지."

형보는 어제 저녁때 태수한테서 액면 이백 원짜리 소절수[100] 한 장을 맡았었다. 진출인[101]은 백석(白石)이라고 하는 고리대금업자요, 은행은 태수가 있는 ××은행 군산 지점이다. 형보는 가끔 태수한테서 이러한 부탁을 받는다.

"그걸 오늘 지금 좀, 그렇게 해 주게."

---

96 밑창을 보다 : 밑천을 다 써서 거덜이 나게 하다.
97 살판 : 무시무시하고 스산한 판. 매우 위태롭고 아슬아슬한 지경.
98 걷질러 : ③ 것질러
99 걷지르다 : 말이나 일이 이어지던 것을 중간에서 끊다.
100 소절수(小切手) : 은행에 당좌 예금을 가진 사람이 소지인에게 일정한 금액을 줄 것을 은행 따위에 위탁하는 유가 증권. '수표'로 순화.
101 진출인(振出人) : 어음이나 환(換) 따위를 발행한 사람.

"내일 해 달라더니?"

"아냐, 오늘루."

태수는 전화를 끊고 도로 제 자리로 돌아와서 털씬 걸터앉는다. 인제는 마지막 여망[102]이 그쳐 버리고 어찌할 도리가 없이 되었다.

바로 십여 일 전 일이었었다.[103]

그날 태수는 형보가 있는 중매점 마루강에다가 육십 원 증금으로 육백 원을 내고 쌀 천 석을 '나리유키(成行)[104]'로 붙였다.

그날이 마침 토요일인데 전장 요리쓰케 삼십 원 십칠 전으로 장이 서 가지고는 이절에 이십구 전, 삼절에 삼십육 전, 사절에 사십 전 이렇게 폭폭 솟아 올라갔다.

이 기별을 받은 태수는 마침 기회가 좋은 듯싶어 다음 오절에 사 달라고 일렀다. 전화를 걸어 주던 형보는 위태하다고 말렸으나, 태수의 생각에는 그놈이 그대로 일 원대를 무찌르고도 앞으로 백 정은 무난하리라는 자신이 들었었다. 그때에 날이 마침 가물었기 때문에 모낼 시기를 앞두고 그것이 다소 강재(强材)[105]가 아닌 것은 아니었으나, 매우 속된 관찰이요, 더욱이 백 정이 오를 것을 예상한 것은 터무니없는 제 욕심이었었다.

태수는 그날도 은행 전화라 자세하게 이야긴 할 수도 없거니와 또 그럴 필요도 없어, 그냥 시키는 대로나 해 달라고 형보를 지천[106]을 했었다.

한 삼십 분 지나서 형보가 다시 전화를 걸었다.

"오절에 사십오 전에 샀더니 육절에 또 사 정이 올라 사십구 전일세

---

102 여망(餘望) : 아직 남은 희망.

103 바로~일이었었다 : ⑤에는 이 문장이 빠져 있다.

104 나리유키(成行値段, なりゆきねだん) : 시장의 동향에 따라 정해진 값.

105 강재(强材) : 이롭거나 유리한 재료.(임)

106 지천 : 지청구. 꾸지람.

……. 그렇지만 나는 모르니 알아채려서 하게!"

형보는 여전히 뒤를 내던[107] 것이다.

그날 한 시까지 은행 일을 마치고 나와서 알아보니까, 그놈 육절에 사십 구 전을 절정으로 시세는 도로 떨어져 전장 도메[108] 사십육 전이었었다. 그래도 태수는 약간의 반동이거니 하고 안심을 했었다.

그러나 그 뒤로 시세는 태수를 조롱하듯이 조촘조촘[109] 떨어지다가 오늘 와서는 마침내 삼십 원대를 무너뜨리고 아시란 말까지 나오게 되었던 것이다.

은행 시간이 거진 촉하게[110] 되어서 웬 낯모를 사람이 아까 형보와 이야기하던 소절수를 가지고 돈을 찾으러 왔다. 형보는 태수의 이 심부름을 가끔 해 주기는 해도 제 몸을 사리느라고 언제든지 한 다리를 더 놓지, 제가 직접 오는 법이 없다.

태수는 들이미는 대로 소절수를 받아 장부에 기입을 하고 현금계로 넘긴다. 필적이며 그 밖에 조사 대조해 볼 것을 조사 대조해 볼 것도 없이, 그것은 태수 제 손으로 만들어 낸 백석(白石)이의 소절수인 것이다.

이어 시간이 다 되자, 태수는 사무상[111] 앞을 걷어치우고 은행을 나섰다. 그는 걱정에 애를 못 삭여[112] 짜증이 났다. 누가 보면 어디 몸이 아프냐고 놀랄 만큼 이맛살을 잔뜩 찌푸리고 몸에 풀기[113]가 없다.

그러나 그것도 잠깐이요 기색은 도로 평탄해진다.[114] 그는 무엇이고 오

---

107 뒤를 내다 : 뒷걱정을 하다.(임)
108 도메 : ⑤ 도매(이하 모두 이러함.)
109 조촘조촘 : 어떤 행동이나 걸음 따위를 망설이며 자꾸 머뭇거리는 모양.
110 촉하다(促--) : 시기가 바싹 다가서 가깝다.
111 사무상(事務床) : 사무를 보는 책상.
112 삭여 : ①② 색혀   ④ 삭혀   ⑤ 새겨
113 풀기(-氣) : 드러나 보이는 활발한 기운.

래 두고는 생각하거나 걱정을 하질 않는다. 또 그랬자 별수가 없는 것을 그는 잘 알고 있다.

"걱정하면 소용 있나? 약차하거던 죽어 버리면 고만이지!"

그는 혼잣말로 씹어뱉는 것이다.[115]

그는 일을 저지른 후로 요즈음 와서는 늘 이런 막가는[116] 마음을 먹는다. 그러고 나면 걱정이 되고 속 답답하던 것이 후련해지곤 하던 것이다.

일을 저질렀다는 것은 다름이 아니라, 항용 있는 재정의 파탈[117]로 남의 돈에 손을 댄 것이다.

그는 작년 봄 경성에 있는 본점으로부터 이곳 군산 지점으로 전근해 오면서부터 주색에 침혹하기를[118] 시작했다.

그는 얼굴 생긴 것도 우선 매초롬한[119] 게 그렇거니와, 은연중에 그가 서울서 전문학교를 졸업했고, 집안은 천여 석 하는 과부의 외아들이고, 놀기 심심하니까 은행에를 들어갔던 것이 이곳 지점에까지 전근이 되어 내려온 것이라고, 이러한 소문이 떠돌았었고, 그런데 미상불 그러한 집 자제로 그러한 사람임직하게 그의 노는 본새[120]도 흐벅지고[121], 돈 아까운 줄은 모르는 것 같았다.

그러던 결과, 반년 남짓해서 육십 원의 월급으로는 엄두도 나지 않게 빚

---

114 그것도~평탄해진다. : [1][2]에는 이 문장이 없음.
115 [1][2]에서는 태수의 독백 내용과 이 문장의 순서가 정반대로 되어 있다.
  씹어뱉는 것이다 : [1][2] 씹어 뱃는다
116 막가다 : 앞뒤를 고려하지 않고 막되게 행동하다.
117 파탈(擺脫) : 어떤 구속이나 예절로부터 벗어남.
118 침혹하다(沈惑--) : 무엇을 몹시 좋아하여 정신을 잃고 거기에 빠지다.
119 매초롬하다 : 젊고 건강하여 아름다운 태가 있다.
120 본새(本-) : 어떤 물건의 본디의 생김새. 어떠한 동작이나 버릇의 됨됨이.
121 흐벅지다 : 탐스럽게 두툼하고 부드럽다.

이 모가지까지 찼다.

이러한 억색한[122] 경우를 임시로 메꾸기에, 태수의 컨디션은 안팎으로 좋았다. 지점장의 신임은 두텁고, 은행 내정[123]에는 통달했는데 앉은 자리가 당좌계다.

그래서 작년 겨울 백석이라는 대금업자의 소절수를 만들어 쓰는 것으로부터 그는 '사기'와 '횡령'이라는 것의 첫출발을 삼았다.

큰 대금업자랄지, 그 밖에 예금한 금액이 많고 은행으로 들이고 내고 하기를 자주 하는 예금주들은, 그러하기 때문에 액면이 많지 않은 위조 소절수가 자기네 모르게 몇 장 은행으로 들어가서 '조지리(帳尻[124] : 총계 대조)'가 맞지 않더라도 좀처럼 눈에 띄지를 않는다. 그러므로 그러한 위조 소절수가 은행에 들어오더라도 그게 위조인지 아닌지를 밝혀야 할 당좌계에서 그냥 씻어서 넘기기만 하면 일은 우선 무사하다. 태수는 그 묘리를 알았던 것이다.

그는 은행에서 소절수첩을 빼내 오고, 백석이의 도장을 그대로 새기고 글씨를 본받아 백석이 자신이 발행한 소절수와 언뜻 달라 보이지 않는 것을 만들기에 그리 힘들지 않았다.

그놈을, 믿는 친구라는 형보더러 찾아 달라고 맡기고, 그럴라치면 형보는 다시 다른 사람을 시켜 은행으로 찾으러 보낸다. 은행에서는 태수가 그것을 어엿이 받아 장부에 기입을 해서 현금계로 넘기고, 현금계에서는 아무 의심도 없이 돈을 내주고, 그 돈이 조금 후에는 형보의 손을 거쳐 태수에게로 돌아 들어오고, 이것이다.

그가 처음 그렇게 소절수 위조를 해서 쓸 때에는, 손이 떨리고 며칠 동

---

122 억색하다(臆塞--) : 억울하거나 원통하여 가슴이 답답한 느낌이 있다.
123 내정(內情) : 내부의 사정.
124 조지리(帳尻) : ちょうじり. 장부 기재의 끝 부분. 수지의 최종적 계산.

안은 가슴이 두근거리고 했으나, 차차 맛을 들이고 단련이 되면서부터는 돈이 아쉰 때면 제법 제 소절수를 발행하듯이 척척 써먹었다.

또 범위도 넓혀, 역시 예금이 많고 거래가 잦은 '농산흥업회사'와 '마루나'라고 하는 큰 중매점까지 세 군데치를 두고 그 짓을 계속했다. 한 것이, 작년 세안부터 지금까지 반년 동안 백석이 것이 일천팔백 원, 농산흥업회사 치가 칠백 원, 마루나 중매점치가 이번 것까지 팔백 원, 도합하면 삼천삼백 원이다.

이 삼천삼백 원은 형보가 심부름을 해 줄 때마다 얼마씩 떼어 쓴 사오백 원과, 요릿집과 기생한테 준 행하[125]와 미두 밑천으로 다 먹혀 버린 것이다.

이 짓을 해 놓았으니, 늘 살얼음을 밟는 것같이 마음이 위태위태한 판인데, 지나간 사월 초생부터 그 백석이와 은행 사이에 사소한 일로 등갈[126]이나 가지고, 백석이가 다른 은행으로 거래를 옮기리 어쩌리 하는 소문이 들렸다. 만약 그러는 날이면 예금한 것을 한꺼번에 모조리 찾아갈 것이요, 따라서 태수가 손댄 일천팔백 원이 비는 게 드러날 것이다. 동시에 그날이 태수는 끝장을 보는 날이다.

태수는 어디로 도망을 가거나, 또 늘 입버릇같이 뇌던 자살을 하거나, 두 가지 외에는 별수가 없다.

소문대로 그가 천여 석 추수를 하는 과부의 외아들이기만 하다면야 모면할 도리가 없지도 않다. 그러나 그것은 백줴[127] 낭설[128]이다.

---

125 행하(行下) : 놀이가 끝난 뒤에 기생이나 광대에게 주는 보수.
126 등갈 : ①②⑤ 갈등
　　　 : '갈등(葛藤)'과 같은 뜻의 말로 예전에는 흔히 쓰였다. 칡과 등나무가 서로 얽히는 것과 같이, 개인이나 집단 사이에 목표나 이해관계가 달라 서로 적대시하거나 충돌함. 또는 그런 상태.
127 백줴 : 백주에(白晝-). 드러내 놓고 터무니없게 억지로.
128 낭설(浪說) : 터무니없는 헛소문.

그의 편모(偏母)는 지금 서울 아현(阿峴) 구석의 남의 집 단칸 셋방에서 아들 태수가 십오 원씩 보내 주는 것으로 연명을 해 가고 있다.

태수의 모친은 중년 과부로 남의 집 안잠129을 살고 바느질품 빨래품을 팔아 가면서 소중한 외아들 태수를 근근이 보통학교까지만은 졸업을 시켰었다.

샘130 같아서는 그 이상 더 높은 학교라도 들여보냈겠지만 늙어 가는 과부의 맨손으로는 힘이 자랄131 수가 없고, 그래 태수는 보통학교를 마치던 길로 ××은행의 급사132로 뽑혀 들어갔다.

그는 낮으로는 은행에서 심부름을 하고, 밤으로는 다른 부지런한 동무들이 하듯이 야학을 다녀, 을종 상업학교133 하나를 졸업했다.

아이가 우선 외모가 똑똑하고, 하는 짓이 영리하고, 그런 데다가 을종이나마 학교의 이력과 여러 해 은행에서 치어난 경력과, 또 소속한 과장의 눈에 고인134 덕으로, 스물한 살 되던 해엔 승차해서 행원이 되었다.

본점에서 꼬박 이 년 동안 지냈다. 그 동안 태수를 총애하던 과장(그는

---

129 안잠 : 여자가 남의 집에서 먹고 자며 그 집의 일을 도와주는 일. 또는 그런 여자.

130 샘 : 남의 처지나 물건을 탐내거나, 자기보다 나은 처지에 있는 사람이나 적수를 미워함. 또는 그런 마음.

131 자라다 : 힘이나 능력이 일정한 정도에 이르다.

132 급사(給仕) : 관청이나 회사, 가게 따위에서 잔심부름을 시키기 위하여 부리는 사람.

133 을종 상업학교 : 일제시대에 3년제로 상업을 가르치던 학교.

134 고이다 : 임무출은 '고이다'를 '괴다'로 보고 '특별히 귀여워하고 사랑하다'로 해석하였으며 「순공 있는 일요일」이라는 작품에서 예를 인용하고 있다. 그런데 이 해석에는 두 가지 해결해야 할 의문이 있다. 첫째, 이 의미로 사용되는 '괴다'는 지금의 용법을 기준으로 하면 앞에 '을/를'이 온다. 여기서의 예나 임무출이 들고 있는 예는 모두 '눈에 고이다'의 형태로 나오고 있어 맞지 않는다. 둘째, 이 의미로 사용되는 '괴다'는 일반적으로 '괴다'로만 쓰인다. 이에 비해 '물 따위의 액체나 가스, 냄새 따위가 우묵한 곳에 모이다'라는 의미로 사용되는 '고이다'로 보면 이런 문제점이 해소된다. 이 의미로 사용될 때는 앞에 '에'가 온다. 그렇다면 '눈에 고이다'는 '눈에 머물다'라는 뜻에서 누구를 귀여워하고 사랑한다는 의미로 사용되는 관용구일 가능성도 있다. 결과적으로 해석은 같다.

男×家이었었다)은 태수가 소위 '급사아가리[使童 出身][135]'라서 아무래도 다른 동무들한테 한풀 꺾이는 것을 액색히 생각해서 기회를 보다가 계제를 만나, 작년 봄에 이 군산 지점으로 전근을 시켜 주었다.

태수도 서울 본점에 있을 동안은 탈 잡을 데 없는 모범 행원이었었다. 사무에는 능숙하고, 사람됨이 영리하고, 젊은 사람답지 않게 주색을 삼가고.

그러나 주색을 삼간 것은 그가 급사로 지내던 타성으로 조심이 되어 그런 것이지, 삼가고 싶어 그런 것은 아니다[136].

그랬길래 그가 이 군산 지점으로 내려와서 기를 탁 펴고 지내게 되자, 지금까지는 금해졌던 흥미의 대상인 유흥과 계집이 상해(上海)와 같이 개방되어 있는 그 속으로 맨 먼저 끌려 들어간 것이다. 그는 마치 아이들이 못 보던 사탕을 손에 닿는 대로 쥐어 먹듯이 방탕의 행락을 거듬거듬[137] 집어먹었다.

믿는 외아들 태수가 이 지경이 된 줄 모르고, 그의 모친은 그가 인제는 어서 바삐 장가나 들어 살림이나 시작하면 그를 따라와서 얼마 남지 않은 여생을 편안히 보내려니, 지금도 매일같이 그것만 기다리고 있지, 천석거리[138] 과부란 당치도 않은 소리다.[139]

태수는 지난 사월에 그처럼 사세가 절박해 오자 두루 생각한 끝에 마루나의 육백 원 소절수를 또 만들어 그 돈으로 미두를 해 본 것이다.

---

135 급사아가리(給仕あがり) : '아가리'는 일본말에서 이전에 그 직업이나 신분이었음을 나타내는 접미사이다. 따라서 '급사아가리'는 이전에 급사 신분이었다는 뜻이다. 채만식은 이 말을 '사동 출신'이라고 풀이하여 뒤에 한자 풀이로 '[使童 出身]'을 덧붙였다. '사동(使童)'은 급사와 같은 뜻이다.

136 아니다 : ⑤ 아니었다

137 거듬거듬 : 흩어져 있거나 널려 있는 것들을 자꾸 대강 모으는 모양.

138 천석거리(千石--) : 곡식 천 석을 거두어들이는 재산.

139 천석거리~소리다. : ①②에는 이 문장이 없다.

전에도 가끔 오백 석이고 삼백 석이고 미두를 했고, 그래서 번번이[140] 손[141]을 보았지만, 천 석은 처음이다.

그는 그놈에게 돈 천 원이나 먹으면 어떻게 백석이 것 일천팔백 원을 채워 가지고 백석이한텔 가서 무릎을 꿇고 사정을 하든지, 본점에 있는 그 과장이라도 청해다가 백석이를 위무해서 일을 모면하려던 그런 계획이었다.

그러나 그 돈 천 원이 생기기는 고사하고 밑천 육백 원까지 물고 달아났으니 게도 잡지 못하고 구럭[142]까지 놓친 셈이다[143].

오직 그동안, 백석이가 말썽 부리던 것이 너끔하고[144] [145], 그래 다른 은행으로 거래를 옮기는 눈치가 보이지 않는 것이 천만다행이다. 그러나 그것도 우선 위급을 면한 것이지, 아무래도 받아 논 밥상[146]인 것을 언제 어느 구석에서 일이 뒤집혀 날지 하루 한시인들 앞일을 안심할 수가 없다. 그래서 그는 육장 입버릇같이,

"죽어 버리면 고만이지."

이 소리를 하고, 할라치면 순간순간은 아무것이고 무섭지도 않고 근심도 놓이고 하던 것이다.

태수는 거리로 나와서, 어디로 갈까 하고 잠깐 망설인다.

---

140 번번이 : ①②④⑤ 번번히

141 손(損) : 손해.

142 구럭 : 새끼 등으로 그물처럼 떠서 물건을 넣게 만든 것.

143 게도 잡지 못하고 구럭까지 놓친 셈 : 얻기는 고사하고 가진 것마저 잃었다는 말.

144 너끔하고 : ⑤ 뜨끔하고

145 너끔하다 : 누꿈하다. (돌림병이나 해로운 벌레 따위의) 심하게 퍼져 나가던 기세가 조금 숙어지고 뜸하다.(임)

146 받아 논 밥상 : 밥상을 받아 놓고 그냥 물리지도 못하고 그렇다고 먹을 수도 없다는 뜻으로, 이러지도 못하고 저러지도 못하는 경우나 처지를 비유적으로 이르는 말.

이런 때는 어떤 조용한 데, 가령 서울 같으면 찻집 같은 데로 가서, 혼자 우두커니 시간 가는 줄 모르게 앉아 있었으면 좋을 것 같았다. 그렇게 생각하니 서울서는 별반 다녀 보지도 못한 찻집이 불현듯이 그리웠다.

그러나 이곳에는 그런 기분이 가라앉는 순수한 찻집이 없으니 소용없는 말이고, 그냥 선창이나 공원으로 거닐까 생각해 보았으나 그것은 어제 밤을 새워 술을 먹은 몸이 고단해서 내키지를 않는다. 그러다가 문득, 제중 당으로 초봉이나 만나 보러 갈까 해 본다. 어제 낮에 들렀더니 요전번 전화할 때의 말대로 알기는 알겠는지, 얼굴이 발개 가지고 대응하는 게 달랐고, 그것이 태수한테는 퍽 유쾌했다.

태수는 초봉이를 두고 생각하면 할수록 절로 입이 벙싯벙싯[147] 벌어진다. 그는 초봉이가 이 세상에 있다는 것 그것 하나만도 견딜 수 없이 기쁘다.

그는 어떻게 해서든지 초봉이와 결혼이나 해서 단 하루나 이틀이라도 좋으니, 재미를 보기가 마지막 소원이요, 그런 다음에는 세상 아무것에 대해서도 미련이 없을 것 같았던 것이다.

태수는 발길이 절로 정거장 쪽으로 떼어 놓여진다.

그러나 바로 어제 들러서 인단[148]이야 포마드[149]야를 더금더금[150] 사왔는데, 오늘 또 채신머리[151]없이[152] 가고 보면 초봉이라도 속을 들여다보고 추근추근하다고 불쾌하게 여길 듯싶어 재미가 덜할 것 같았다.

태수는 섭섭하나마 가던 발길을 돌려 개복동으로 들어선다.

---

147 벙싯벙싯 : 입을 조금 크게 벌리며 소리 없이 거볍고 부드럽게 슬쩍슬쩍 자꾸 웃는 모양.
148 인단 : 은단과 비슷한 상품의 이름.
149 포마드(pomade) : 머리털에 바르는 반고체의 진득진득한 기름. 머리를 매만져서 다듬기 위하여 주로 남자가 사용한다.
150 더금더금 : 어떤 것에 조금씩 자꾸 더하는 모양.
151 채신머리 : ③ 체신머리   ⑤ 치신머리
152 채신머리없이 : (속되게) 처신이 바르지 않게.

개복동 초입에 있는 행화의 집은 아무라도 오라는 듯이 대문이 활짝 열려 있다. 태수는 대문간으로 들어서면서, 지금 초봉이한테를 이렇게 임의롭게[153] 다닌다면 작히나[154] 좋으려니 싶었다.

안방에서는 행화가 흥얼거리는 목소리로 부르던 육자배기[155]를……

"해느은 지이이이고오……."

하면서 귀곡성[156]을 질러 올렸다가

"……저문 날인데, 편지 일장이 도온절[157]이로구나아 헤."

없는 시름이라도 절로 솟아나게 끝을 다뿍[158] 하염없이 흐린다.

"좋다."

형보의 소리다. 먼저 와서 기다리고 있던 것이다. 두 사람은 별로 장소를 달리 정하지 않았으면 요새는 여기서 만날 줄 알고 있다.

신발 소리에 행화가 꺄웃하고 내다보다가 웃으면서, 흐르는 옷허리를 걷어잡고 마루로 나선다.

태수가 방으로 들어서니까, 형보는 아랫목 보료[159] 위에 사방침[160]을 얕게 베고 누운 채 고개만 드는 시늉 하면서……

---

153 임의롭다(任意--) : 서로 친하여 거북하지 아니하고 행동에 구애됨이 없다.

154 작히나 : '작히'('어찌 조금만큼만', '얼마나'의 뜻으로 희망이나 추측을 나타내는 말)를 강조하는 말.

155 육자배기(六字--) : 남도 지방에서 부르는 잡가(雜歌)의 하나. 가락의 굴곡이 많고 활발하며 진양조장단이다.

156 귀곡성(鬼哭聲) : 귀신의 울음소리. 여기서는 그런 울음소리를 내는 창법을 말한다.

157 도온절 : 돈절(頓絶). 편지나 소식 따위가 딱 끊어짐.

158 다뿍 : 분량이 다소 넘치게 많은 모양.

159 보료 : 솜이나 짐승의 털로 속을 넣고, 천으로 겉을 싸서 선을 두르고 곱게 꾸며, 앉는 자리에 늘 깔아 두는 두툼하게 만든 요.

160 사방침(四方枕) : 팔꿈치를 괴고 비스듬히 기대어 앉게 된 네모난 베개. 길이가 한 자쯤 되는 널조각으로 여섯 면이 되게 짜고 겉에는 모양 있게 꾸민 형겊을 씌운다.

"인제 오나?"

"날이 좋은데!…… 은적사(恩積寺)나 나갈까 부다."

태수는 모자를 쓴 채로 방 가운데 털씬 주저앉으면서 혼잣말같이 두런거린다. 그는 조금 아까부터 그 생각이다. 우선 날이 좋으니 절에라도 나가서 펑청161거려162 가면서 놈직도 하고, 또 그 밖에는 이 쭈루투룸한163 164 심사를 어찌할 수 없을 것 같았다.

"거 조오치!"

형보가 맞장구를 친다. 태수는 그러나, 이어 딴생각을 하느라고 그냥 우두커니 앉았다가 '몇 전 도메'냐고 묻는다. 단념은 했어도, 그래도 조금 남은 미련이 있어, 그놈이 잊자고 해도 강박관념같이 주의를 끌던 것이다.

"구 전…… 육 전까지 갔다가 구 전 도메."

태수는 다시 말이 없다. 형보는 귀밑까지 째진 입에 담배 꽂은 상아 빨쭈리165를 옆으로 물고 누워 태수의 숙인 이마를 곰곰이 올려다본다. 그의 퀭하니 광채 있는 눈은 크기도 간장 종지166 한 개만큼씩은 하다.

이 사람을 목간통에서 보면 더욱 기괴하다.

고릴라의 뒷다린 듯싶게 오금167이 굽고 발끝이 밖으로 벌어진 두 다리 위에, 그놈 등 뒤로 혹이 달린 짧은 동체(胴體)168가 붙어 있고, 다시 그 위

---

161 펑청 : ⑤ 펑청

162 펑청거리다 : 핑청거리다. 흥에 겨워서 마음껏 놀다. 또는, 넉넉하여 무엇이나 아끼지 않고 잇달아 함부로 쓰다.(임)

163 쭈루투룸한 : ①② 울적한

164 쭈루투룸하다 : 언짢거나 시틋하여 토라진 기색이 있다. 들뜨다.(임)

165 빨쭈리 : 물부리. 담배를 끼워서 빠는 물건.

166 종지 : 간장 고추장 따위를 담아서 상에 놓는 작은 그릇.

167 오금 : 무릎의 구부러지는 오목한 안쪽 부분.

168 동체(胴體) : 사람이나 동물의 몸에서, 목 팔 다리 날개 꼬리 따위를 제외한 가운데 부분.

로 모가지는 있는 둥 마는 둥, 중대가리[169]로 박박 깎은 박통[170]만 한 큰 머리가 괴상한 얼굴을 해 가지고는 척 올라앉은 양은, 하릴없이 세계 풍속 사진 같은 데 있는 아메리카 인디언의 '토템'이다.

그는 체격과 얼굴이 그렇기 때문에 나이는 지금 삼십이로되 사십도 더 넘어 보인다. 부모처자도 없고 인천이며, 서울이며, 안동현이며, 이런 투기 시장으로 굴러다니다가 태수보다 조금 앞서 군산으로 왔었다. 두 사람이 알기는 서울서부터지만 이렇게 단짝이 되기는 태수가 군산으로 내려와서 외입판[171]에 첫발을 들여놓을 때에 병정[172]을 서 주면서부터다.

그러나 태수는 형보를 미덥고 절친한 친구로 여기지 결코 병정으로 알지는 않는다. 그래서 그는 의리를 지킬 각오까지도 있다. 형보도 표면으로만은 그러하다. 그래서 노상 태수의 일을 걱정하고 충고를 하는 체한다.

남녀 세 사람은 형보와 행화까지 태수의 침울해지려는 기분에 섭슬려 한동안 말이 없다가, 형보가 이윽고 긴하게[173]

"그런데 여보게 태수?"

하더니 발딱 일어나서 도사리고 앉는다.

"……좋은 수가 있기는 하나 있는데, 자네 내가 시키는 대루 할려나?"

"수?…… 글쎄……."

은행의 돈 범포[174] 낸 그 일에 대한 것인 줄 태수는 알아듣고도, 뭐 그저

---

169 중대가리 : 중처럼 빡빡 깎은 머리.
170 박통 : 쪼개지 아니한 통째로의 박.
171 외입판 : ⑤ 오입판
　　　 : '오입판'을 'ㅣ' 모음 역행동화 현상을 반영하여 구어 식으로 발음한 것.
172 병정(兵丁) : 조방꾸니(助幇--. 오입판에서, 남녀 사이의 일을 주선하고 잔심부름 따위를 하는 사람) 노릇을 해주는 사람을 비유적으로 이르는 말. 주로 돈 있는 사람을 따라다니며 잔시중을 들고 공술을 얻어먹는다.
173 긴하다 : 매우 간절하다.

수라께 강낭옥수수겠지[175] 하는 생각에 그다지 내켜하지도 않는다.

"자네, 대체 어쩔 셈으루 이리나?"

형보는 태수가 당겨하지를 않으니까, 이번에는 짐짓 걱정조로 캐자고 나선다.

"아무 도리두 없지 머……."

태수는 두 팔을 뒤로 짚고 퍼근히[176] 다리를 뻗고 앉아서 담배만 풀씬풀씬 피운다.

"그러면 잔말 말구, 어쨌든지 나 하라는 대루 하게, 응?"

"어떻게?"

"지금 백석이까지……."

말을 꺼내는데 태수가 눈을 끔적끔적한다. 형보는 알아차리고서 행화를 돌려다본다.

"행화, 미안하지만 건넌방으루 잠깐만 가서 있게그려나, 응?"

경대 앞에서 심심파적[177]으로 눈썹을 다스리고 있던 행화가 세수수건을 집어 들고 일어선다.

"난두 세수하러 나갈라던 참이요…… 와? 무슨 수가 생기오?"

"응, 단단히 수가 생기네."

"하아, 오래간만에 장 주사 덕분에 술 한잔 얻어묵나 부다……. 인제 수 생기거던 아예 내 모가치[178] 잊지 마소, 예?"

"아무렴!…… 또 내가 잊어버리더래두 다아 이 고 주사가 있잖나!"

---

174 범포(犯逋) : 국고(國庫)에 낼 돈이나 곡식을 써 버림.

175 수라께 강낭옥수수겠지 : 수라고 해봤자 강낭콩, 옥수수 정도로 별것 아니겠지

176 퍼근히 : 다리를 뻗어 느긋하고 편안하게.(임)

177 심심파적(--破寂) : 심심풀이.

178 모가치 : 몫으로 돌아오는 물건.

"아무레나 나는 모르겠다. 수나 드북하니[179] 잡소, 들……."

행화는 웃음 섞어 이런 소리를 하면서 마루로 나간다.

"그래, 세 군데니 말이야……."

형보는 행화가 다 나가기를 기다려 소곤소곤 이야기를 다시 내놓는다.

"……세 군데서 삼천 환씩 한 만 환가량만 뽑아내면 일은 되는데……?"

태수는 벌써 고개를 흔들고 시원찮아하다가,

"만 원을 가지구 어떡허게?"

"응, 그놈 만 원을 가지구서 나하구 둘이서 서울루 가거던…… 자네 혼자 가기가 적적하거들랑 저 애 행화나 데리구."

"흥!"

"하아따! 지레 그리지 말구 끝까지 들어 봐요…… 그렇게 서울루 가서, 자넬라컨[180] 문 밖에 아무 데나 깊숙이 들어앉아 있으란 말야, 삼 년 아니면 다직해야 사 년……."

"공금 횡령해 가지구 도망갔다가 잽히잖는 놈 못 봤네…… 제기, 상해나 북경 같은 데루 뛰었다두 잽혀 와서 콩밥을 먹는데, 황차[181] 서울!"

"그야 저 하기 나름이지. 조심을 안 하니깐 붙잽히지, 죽은드끼 들어앉어만 있으면 십 년 가두 일없어요."

태수는 말이 없이 혼자서 고개만 가로 흔든다. 그는 잡히고 안 잡히고 간에, 하루 이틀도 아니요 삼사 년을 그처럼 답답하게 처박혀서 숨어 지낸다는 것은 생각만 해도 진저리가 날 일이다.

돈을 마음대로 쓰고, 돌아다니면서 즐겁게 노는 그런 움직이는 생활이 아니고는 차라리 죽음만도 못한 것이다. 그러니까 그는 일이 탄로 나는 마당

---

179 드북하다 : (분량이) 범위에 넘칠 정도로 그득하다.(임)
180 라컨 : 랑은.
181 황차(況且) : 하물며.

에 이르러서도, 자살로써 감옥 가기를 피하려는 각오를 하고 있는 것이다.

이러한 속도 모르고 형보는 연신 제 계획 설명이다.

"그러니깐 아무 염려 말구, 한 삼 년 그렇게 참구 있으면, 그동안 나는 그놈 만 환을 가지구 앉아서 쓱 돈장수[182]를 한단 말야! 응? 돈장수."

"돈장수라니?"

"응, 돈장수!…… 수형[183] 할인 띠어먹는 것 말인데, 자세한 것은 종차 이야기하겠지만, 그렇게 만 환을 가지구 종로 바닥에 앉아서 재빠르게만 납디면[184] 삼사 년 안에 한 사오만 환쯤은 넉넉 잡네!"

"허황한 소리!"

"이건 속두 모르구 이래! 해만 보아요…… 아, 그래서 한 사오만 환 잡히거들랑 그때는 자네가 자포[185] 낸 본전 일만 삼천 환을 가지구 도루 와서, 자아 돈을 가져왔으니 용서해 주시오, 한단 말야. 비는 장수 목 벨 수 없다구[186], 그렇게 돈을 물어내 놓구 빌면 징역은 면할 테니깐…… 그리구 나서는 그 돈 나머질 가지구 자네허구 나허구 다시 장사를 하면 버엿하잖어[187] [188]? 어때?"

"글쎄…… 그것두 자네가 친구를 생각하는 맘으루 그러는 것이니 고맙기는 고마워이. 그러니 종차 생각해 보세마는……."

---

182 돈장수 : [5] 돈장사(이하 모두 이리함.)
　　　　　 : 돈놀이를 업으로 하는 사람.

183 수형(手形) : '어음'의 예전 용어.

184 납디다 : 납뛰다. 날뛰다. 어떤 일에 골몰하여 몹시 바쁘게 돌아다니다.

185 자포(自逋) : 스스로 낸 범포.

186 비는 장수 목 벨 수 없다 : 잘못을 뉘우치고 사과하면 용서하게 된다는 말.

187 버엿하잖어 : [1][2] 어엿하잔허

188 버엿하다 : 버젓하다(=남의 축에 빠지지 않을 정도로 번듯하다). 또는, 어엿하다(=행동이 거리낌 없이 아주 당당하고 떳떳하다).

"자네가 그렇게 내 속을 알어주니 말이지, 그게 내한테두 여간만 위태한 일이 아닐세! 잘못하다가는 나두 콩밥이 아닌가?…… 그렇지만 하두 자네가 사정이 딱하니깐 친구루 앉어서 그냥 보구 있을 수가 없구 해서 그리는 것이지. 그러니깐 자네두 생각하려니와 내 일을 내가 생각해서라두 여간한 조심할 배가 아니어든189……."

그러나 형보는 태수를 위해서 그런다는 것은 생판 입에 발린 소리요, 또 그렇게 만 원을 빼준대도 지금 이야기한 대로 행할 배짱은 아니다.

형보는 늘 두 가지의 엉뚱한 계획을 품고 지낸다.

첫째, 그는 제가 제 손수 무슨 농간을 부리든지, 혹은 누구를 등골을 쳐서든지, 좌우간 군산을 떠나 북쪽으로 국경을 벗어날 그 시간 동안만 무사할 돈이면, 돈 만 원이고 이삼만 원이고 상말로 왕후190가 망건 사러 가는 돈이라도 덮어놓고 들고 뛸 작정이다.191

뛰어서는, 북경으로 가서 당대 세월 좋은 금제품 밀수(禁制品密輸)를 해먹든지, 훨씬 더 내려앉아 상해로 가서 계집장사나 술장사나, 또 두 가지를 겸쳐192 해 먹든지 하자는 것이다.

그는 재작년 겨울, 이 군산으로 옮기기 전에 한 반년 동안이나 상해로 북경으로 돌아다닌 일이 있었고, 이 '영업 목록'은 그때에 얻은 '현지 지식(現地知識)'이다.

그래서 그는 어떻게 하면 돈 만 원이나 올가미를 씌울까, 육장 궁리가 그 궁리인 것이다.

---

189 조심할 배가 아니어든 : ⑤ 조심할 때가 아니거든
190 왕후 : ①② 임금마누라
191 왕후가 망건 사러 가는 돈이라도 덮어놓고 들고 뛸 작정이다 : 어떤 어려운 돈이라도 쓴다는 뜻. '급하면 임금 망건 사러 가는 돈이라도 쓴다, 나라님 망건 값도 쓴다, 상감님 망건 사러 가는 돈도 써야만 하겠다'와 같은 속담이 있다.
192 겸치다(兼--) : 두 가지 일을 겸하여 하다.

또 한 가지는 그처럼 형무소가 덜미를 쫓아다니는 위태한 것이 아니라 썩 합법적인 수단인데.

눈치를 보아 어수룩한 미두 손님 하나를 친하든지, 엎어삶든지[193] 해서 계제를 보아 쌀을 한 오백 석이고 천 석이고 붙여 달라고 한다. 아직도 미두장 인심이란 어수룩한 데가 있어서 그게 노상 그럴 수 없으란 법은 없다.

그렇게 쌀을 붙여 주면 그놈을 시세를 보아 가면서 눈치 빠르게 요리조리 되작거린다[194].

만일 운이 트이기만 하려 들면 한 일이 년 그렇게 주무르는 동안에 돈이나 한 오륙천 원 만들기는 그다지 어려운 노릇이 아니다.

그놈이 그처럼 여의해서[195] 이삼 년 내에 오륙천 원이 되거들랑 그때는 미두장에서 손을 싹싹 씻고 서울로 올라간다. 올라가서 그놈을 밑천 삼아 일이백 원, 이삼백 원, 기껏 커야 사오백 원짜리로, 이렇게 잔머리만 골라 '수형 할인'을 떼어먹는다. 이것도 착실히만 하면, 한 십 년 후에 가서 몇 만 원 잡을 수가 있다. 몇 만 원 가졌으면 족히 평생이다.

그래야지, 만일 미두장에서만 어물어물하고 있다가는 피천[196] 한 푼 못 잡고, 근처의 수두룩한 하바꾼 신세가 되기 마침이다−는 것이다[197].

이렇게 그는 투기사답지 않게 염량을 차리고, 그러한 두 가지 계획을 품고서 늘 기회를 엿보던 차에, 언덕이야 싶게[198] 다들린[199] 게 태수의 일이다.

---

193 엎어삶다 : 그럴듯한 말로 남을 속이어 자기의 뜻대로 되게 하다.

194 되작거리다 : 이리저리 이모저모 살펴보다.

195 여의하다(如意−−) : 일이 마음먹은 대로 되다.

196 피천 : 노린동전. 매우 적은 액수의 돈.

197 마침이다−는 것이다 : ①② 마침이다   ⑤ 알맞다는 것이다

198 언덕이야 싶게 : 좋은 기회다 싶게.

199 다들리다 : 닥뜨리다(닥치어 부딪다. 닥쳐오는 일에 직접 당하다).(임) 여기서는 '맞이하다' 정도의 뜻으로 쓰임.

그는 태수가 만일 말을 들어 돈을 만 원이고 둘러 빼만 주면, 태수야 어떻게 되거나 말거나, 저 혼자서 그 돈을 쥐고 간다 보아라, 북경 상해 등지로 내뺄 뱃심이다.

그래, 사뭇 침이 넘어가게 구미가 당기는 판이라, 벼르고 있다가 실끔[200] 말을 내던진 것인데, 의외로 이건 도무지 맹숭맹숭, 좋은 말로 어물쩍하려고 하니 시방 속으로는 태수가 까 죽이고 싶게 미워서 견딜 수가 없다.

'요놈의 새끼, 네가 영영 내 말을 안 들어만 보아라. 아무 때고 한번 골탕을 먹여 줄 테니.'

형보는 마침내 이런 앙심을 먹고 말았다.

이야기가 흐지부지해서 둘이는 시무룩하고 앉았는데, 행화가

"천 냥 만 냥 다아 했소?"

하고 얼굴을 씻으면서 방으로 들어온다.

형보는 속이 좋잖은 끝이라……

"다아 했다네."

"어찌 미잉밍한[201] 게 술 얻어묵을 것 같잖다!"

행화는 경대 앞으로 앉아 단장을 시작한다.

"어디 지휘[202] 받았나?"

"아니."

"그런데 웬 세수를 벌써?"

"나두 영업인데…… 이렇게 마침 채리고 있다가 인력거가 오거든 힁하

---

200 실끔 : 넌지시 슬쩍.(임)
201 미잉밍하다 : 밍밍하다. 마음이 몹시 허전하고 싱겁다.
202 지휘 : ⑤ 지회
   : 지회(指揮). 손님이 요릿집을 예약하면서 기생을 불러오도록 지시하는 일을 속되게 이르는 말.

니 쫓아가야지!⋯⋯ 그래야 한 푼이라두 더 벌지 않능기요!²⁰³”

“치를 떠는구나²⁰⁴.”

하다가 형보가 그 말끝에 생각이 나서 태수게로 대고⋯⋯

“그런데 여보게 이 사람! 저것은 어떡헐려나?”

쌀 붙인 것 말이다.

“내버려 두지, 머!”

태수는 담배만 피우고 앉았다가 겨우, 봉했던 입같이 떨어진다.

“내버려 두다니? 오륙십 원은 돈 아닌가?⋯⋯ 그러느니 차라리 날 주게?⋯⋯ 잘 되작거려서 담뱃값이나 뜯어 쓰게시니.”

“쯧! 제발 그러게그려!”

태수는 성가신 듯이 얼핏 승낙을 한다. 그는 꺼림칙하게 꼬리를 물려 놓고서, 아주 끊어 버리기도 싫고 그런 것을 형보가 이렇다거니 저렇다거니 조르는 게, 그만 머릿살이 아프게 귀찮았던 것이다.

그러나 태수나 형보나 다 같이 그 끄트머리²⁰⁵가 그 이튿날부터 크게 조화를 부릴 줄은 꿈에도 생각을 못한 것은 물론이다.

“고마워이!”

형보는 태수의 승낙을 받고 싱글벙글 좋아한다. 어쩌면 내일로 닥쳐오는 그 쌀 천 석의 운명을 미리 짐작하고서 좋아하는 것같이도 되었다.

아닌 게 아니라, 그러니까 노름이란 도깨비 살림²⁰⁶이라지만, 그놈이 바로 그 다음날 가서 형보가 미처 끊을 겨를도 없이 한목 이십 정(二十丁 : 二十錢)이 푹 올라간 것이며, 그것을 계제 좋다고 잡아 끊었다가, 그놈으로

---

203 더 벌지 않능기요! : ①② 더 벌지

204 치를 떨다 : 매우 인색하여 내놓기를 꺼리다.

205 끄트머리 : ①② 끈터리　⑤ 끄트러미

206 도깨비 살림 : 있다가도 별안간 없어지는 불안정한 살림살이.

들거리[207]를 삼아, 다시 쌀을 몇 백 석 붙여 놓고 요리조리 되작거려서 반 년 후에는 돈 천 원이나 잡은 것이며, 다시 일 년 남짓해서는 형보의 곡진한[208] 포부대로 오륙 천의 밑천을 장만한 것이며, 이러한 것은 태수는 물론 형보도 그 당장에야 상상도 못했던 일이다.

형보는 그 이튿날 당장 시세가 그처럼 이십 정이나 올라서 우선 이백 원 가까운 이익을 보았다는 것이며, 그 뒤로도 부엉이살림[209]같이 차차로 늘어 간다는 것을 꽉 숨겨 버렸었다.

그러나 아무튼 그것은 그날이 밝는 그 다음날부터의 일이지, 이 당장에서 형보가 그것을 미리 짐작하고 그래 좋아하는 것은 아니다. 혹시 귀신이 씌어 대었다는 말이나 거기에 맞을는지, 그래서 형보는 저도 모르고 좋아한 것인지는 몰라도……

"제엔장…… 세사는 여반장이요, 생애는 방안지라(世事如反掌, 生涯方眼紙)[210]!"

형보는 끙! 하고 일어나 쪼글트리고[211] 앉으면서, 미두꾼들이 좋은 때고 언짢은 때고 두루 쓰는 이 타령을 한바탕 외다가 갑자기

"아차! 내가 깜박 잊었군!……"

하더니, 추욱 처진 조끼 호주머니에서 불룩한 하도롱[212] 봉투 하나를 꺼내

---

207 들거리 : 장사나 영업의 기초가 되는 돈이나 물건. 밑천.
208 곡진하다(曲盡--) : 매우 정성스럽다. 매우 자세하고 간곡하다.
209 부엉이살림 : 자기도 모르는 사이에 부쩍부쩍 느는 살림을 비유적으로 이르는 말.
210 세사는 여반장이요, 생애는 방안지라 : 세상일은 손바닥 뒤집듯이 쉬운 일이고, 인생은 미두장의 시세 등락을 알리는 모눈종이에 달려 있다.
211 쪼글트리다 : '쪼그라트리다'의 준말. 쪼그라뜨리다. 표준국어대사전에는 '쪼그라뜨리다'가 '팔다리를 오그려 몸을 세게 옴츠리다'는 뜻의 북한어로 되어 있음.
212 하도롱(hard rolled) : 하도롱지. 화학 펄프를 사용한 다갈색의 질긴 종이. 포장지나 봉투를 만드는 데에 쓴다.

어 태수게로 던진다. 아까 은행에서 찾아온 돈 이백 원이다.

"……거기 그대루 다아 있네."

실상, 잊었던 것이 아니라 그대로 저한테 두어 두고 눈치를 보아 몇 십 원 꺼낸 뒤에 태수를 주려고 했던 것이지만, 인제는 미두하던 끄트머리를 얻어 가졌으니 이 돈에까지 손을 댈 염치는 없었던 것이다.

태수는 형보가 미리서 손을 대지 않고 그대로 고스란히 두었다가 주는 것이 도리어 이상했으나 말없이 받아 봉투를 찢는다.

"보이소 고 주사, 예?"

돌아앉아서 단장을 하던 행화가 태수가 너무 말이 없이 시춤하고만[213] 있으니까, 그렇다고 그게 무슨 걱정이 되는 건 아니지만 그저 심심삼아 말을 청하던 것이다.

"응?"

태수는 행화한테 주려고 돈 백 원을 따로 세면서 건성으로 대답을 한다. 그는 한 일주일 전에 오입을 하고 이내 다니면서 아직 인사를 치르지 못했었다.

"글쎄 고 주사아!"

"왜 그래?"

"와 그르케 코가 쑤욱 빠졌소? 예?…… 물 건너 첩장인 죽었소[214]?"

"망할 것!"

"아니, 첩장인이면……."

형보가 거들고 내달으면서……

"……첩장인이면 행화 아버지?"

---

213 시춤하다 : 시치름하다. 시치미를 떼고 꽤 태연한 태도로 있다.
214 물 건너 첩장인 죽었소 : 건너 동네 첩의 아버지가 죽었느냐는 뜻으로 걱정이 큰 듯이 기가 죽은 사람을 우스개로 일러 하는 말.(우)

"우리 아배는 발써 옛날에 옛날에 천당 갔소!"

"기생 아범두 천당 가나?"

"모르제! 그래도 갔길래 펜지가 왔제?"

"그건 지옥에서 온 걸 잘못 본 거다!"

"아니, 천당이락 했던데[215]? 아이고 몇 번지락 했더라?…… 번지두 쓰고 천당 하나님 방(方)[216]이락 했던데?"

"아냐, 그건 지옥에서 문초[217] 받으러 잠깐 불려 갔던 길일세!"

"여보게 행화?"

별안간 태수가 졸연찮게[218] 행화에게로 버썩 돌아앉으면서……

"……자네 그럼 나하구 천당 좀 갈려나?"

"천당요?…… 갑시다!"

"정말?"

"이 사람 그러다가는 천당으루 못 가구 지옥으루 따러가네!"

형보가 쐐기를 박는데, 행화는 그대로 시치미를 따고 앉아서……

"정말 아니고? 금세[219]라두 갑시다."

행화나 형보나 다 농담이다. 농담 아니기는 태수다.

태수는 행화의 얼굴을 끄윽[220] 돌여다본다. 여느 때도 독해 보이는 그의 눈자는 매섭고 광채가 난다. 그는 시방 들여다보고 있는 행화의 얼굴에서

---

215 천당이락 했던데 : ①② 천당이든데

216 방(方) : '~앞', '~에게'의 뜻을 나타내는 말.

217 문초(問招) : 죄나 잘못을 따져 묻거나 심문함.

218 졸연찮다(猝然--) : '졸연하다'는 '어떤 일의 상태가 갑작스럽다'라는 뜻이 있다. '졸연찮다'는 '졸연하지 아니하다'가 준 것으로 볼 수 있으므로 반대의 뜻이 되어야 한다. 그렇지만 문맥으로 보면 '졸연하다'와 같은 의미로 사용된 것으로 보인다.

219 금세 : ⑤ 금새

220 끄윽 : 넌지시 슬쩍 행동하는 모양.(임)

행화의 얼굴을 보는 게 아니라 초봉이의 얼굴을 보고 있는 것이다.

그는 계집과 둘이서 천당을 간다는 말에서 '정사(情死)'라는 것을 암시를 받았고, 그놈이 다시

'초봉이와의 정사!'

라는 데까지 번져 나갔던 것이다.

문득 생각한 것이나 그는 무릎이라도 탁 치고 싶게 신기했고, 장차 그리할 것이 통쾌했다.

태수는 이윽고 혼자서 싱긋 웃더니 갑자기

"에라 모르겠다!"

소리를 치면서 벌떡 일어선다. 형보와 행화는 질겁하게 놀라서 한꺼번에 태수를 올려다본다.

"……자아, 일어들 나게. 자동차 불러 타구 소풍 삼어 은적사루 놀러 가세."

"은적사 조오치!"

형보는 선뜻 맞장구를 치고 좋아하고, 태수는 손에 여태 쥐고 있던 돈 백 원이 그제야 생각이 나서, 행화의 치마폭에다가 떨어뜨려 준다.

"어서 얼핏, 옷 갈아 입엇!"

"아이갸! 이리 급해서!"

행화는 돈에는 주의도 하지 않고 입술에다가 루주[221] 칠만 한다.

"빨리 빨리!"

"서두는 게 오늘 밤에 또 울어 뒀다, 고 주사."

"미쳤나! 내가 울긴 왜 울어?"

"말두 마이소. 대체 그 초봉이락 하능 기 뉘꼬?…… 예? 장 주사는 알지

---

221 루주 : rouge(프랑스어). 립스틱.

요?"

"알기는 아는데 나두 상판대기는 아직 못 봤네."

행화는 제중당에 있는 그 여자가 초봉인 줄은 모른다. 모르고 어느 기생으로만 알고 있다.

"오늘 좀 불러 봤으면 좋겠다!…… 대체 어느 기생이길래 고 주사가 그리 미망[222]이 져서 울고불고 그 야단을 하노?"

"허허허허."

형보는 행화가 초봉이를 이름이 그럴듯하니까 기생인 줄만 알고 그러는 것이 우습대서 껄껄거리고 웃는다. 태수도 쓰디쓰게 웃고 섰다.

"예? 고 주사…… 난두 기생이니 오입쟁이로 내 혼자만 차지하자꼬마는, 그러니 강짜를 하는 게 아니라아 고 주사가 구만 하두우 미망이 져서 날로 붙잡고 초봉이, 초봉이 카문서 우니· 말이오."

"잔말 말앗!"

"앙이다! 그라지 말고오, 오늘은 어데 어떻기 생긴 기생인지 좀 구경이나 합시다, 예?"

"까불지 말래두 그래!"

"하아! 내 이십 평생에 까분단 말이사 첨 듣소…… 예? 고 주사, 오늘 데리구 같이 갑시다. 어느 권반[223]이오?"

"기생 아니야! 괜히 그런 소리 하다가는……."

"하아! 기생 아니고, 그럼 신흥동(新興洞 : 유곽) 갈보라요?"

"이 자식!"

---

222 미망(迷妄) : 사리에 어두워 갈피를 잡지 못하고 헤맴. 또는 그런 상태.

223 권반(券班) : 권번(券番). 일제 강점기에, 기생들의 조합을 이르던 말. 노래와 춤을 가르쳐 기생을 양성하고, 기생이 요정에 나가는 것을 감독하고, 화대(花代)를 받아주는 따위의 중간 구실을 하였다.

태수가 때릴 듯이 엄포를 하고, 행화는 까알깔 웃으면서 방구석으로 피해 달아난다.

"잘한다! 잘한다!"

형보가 아랫목에서 제풀에 곱사춤을 춘다.

형보의 몫으로 기생 하나를 더 불러, 네 남녀가 탄 자동차는 길로 먼지를 하나 가득 풍기면서 공원 밑 터널을 빠져 '불이촌(不二村)²²⁴' 앞을 달린다.

바른편으로는 바다에 가까운 하구의 벅찬 강물에 돛단배들이 담숭담숭²²⁵ 떠 있고, 강 건너 충청도 땅의 암암한²²⁶ 연산(連山)들 봉우리 너머로는 오월의 창공이 맑게 기울어져 있다.

곱게 내리는 햇볕에 강 위의 배들이고 들판의 사람들이고, 모두 움직이건만 조는 것 같다.

태수는 그러한 풍광보다는 이 길이 공동묘지로도 가는 길이니라 생각하면, 나도 오래지 않아 죽어서 시체만 영구차(靈柩車)에 실리어 이 길을 이렇게 달리겠거니, 그리고 오늘처럼 돌아오지 못하고 빈 영구차만이 이 길을 돌아오겠거니 생각하는 동안, 저도 모르게 눈가가 매워 왔다.

그러나 그 슬픔에는 초봉이로 더불어 죽어 더불어 묻히고, 더불어 돌아오지 못하니 차라리 즐겁다는 기쁨이 없지도 않았다.

일행은 은적사로 나가서 술 섞어 저녁을 먹고 훨씬 저문 뒤에 시내로 들어왔다. 시내로 들어와서는 다시 요릿집에 들어앉아 자정 후 두 시가 지나도록 술을 먹고서야 파하고 헤어졌다.

---

224 불이촌(不二村) : '불이농장'은 일본이 식민지 수탈을 위해 설립한 동양척식주식회사의 산하기관으로 현재의 군산시 산북동 일대에 넓은 간척 농지를 만들어 일본인들을 집단 거주케 했다. 이 일본인 집단 거주지가 '불이촌'이다.

225 담숭담숭 : ② 담숭담숭
　　　 : 간격이 촘촘하지 못하고 조금 드문드문한 모양.

226 암암하다(巖巖--) : 산이나 바위가 높고 험하다.

태수는 술을 많이 먹느라고 먹었어도 종시 취하지를 못하고, 몸만 솜 피듯 피로했지, 취하자던[227] 정신은 끝끝내 초랑초랑했다[228].

그는 자동차를 타고 오다가 개복동 어귀 행화 집 앞에서 행화와 갈렸다. 행화는 기왕 늦었으니 제 집으로 들어가자고 권했고, 태수도 그리하고는 싶었으나 좋게 물리쳤다. 너무 여러 날 바깥 잠만 자고 제 방을 비워 두어서는 안 될 '의무' 한 가지가 있던 것이다.

태수는 바깥주인 탑삭부리 한 참봉이 차라리 첩의 집에 가지 않고 큰집에서 자고 있기나 했으면 되레 다행이겠다고 생각하면서, 지쳐만[229] 둔 대문을 살그머니 여닫고, 마당을 무사히 지나 뜰아랫방[230]인 제 방으로 들어갔다. 그러나 마악 양복저고리를 벗었을 때에, 신발 끄는 소리와 연달아 방문이 열리면서, 안주인 김 씨가 눈이 샐쭉해 가지고 말없이 들어서더니, 다짜고짜로 와락 달려들어 태수의 팔을 덥석 물고 늘어진다.

---

227 피로했지, 취하자던 : [4] 피로했지 취하자던   [5] 피로했고
228 초랑초랑하다 : 정신이나 목소리가 맑고 또렷또렷하다.
229 지치다 : 문을 잠그지 아니하고 닫아만 두다.
230 뜰아랫방 : 안뜰을 사이에 두고 몸채의 건너편에 있는 방.

5. 아씨 행장기(行狀記)[1]

김 씨가 이럴 제는 탐삭부리 한 참봉은 첩의 집에 가고 없는 게 분명했다. 줄 맞은 병정이라[2], 태수는 마음 놓고,

"아이구 아얏!"

허겁스럽게[3] 소리를 지르면서 방구석께로 피해 들어간다.

김 씨는 물었던 것을 놓치고서 새액색 기어들고, 태수는 방구석에 가 박혀 서서 두 손을 내밀어 김 씨를 바워낸다[4].

"다시는 안 그럴게, 다시는……."

태수는 어리광을 떨면서 빌고, 김 씨는 약 올랐던 것이 사그라지기 전에 웃음이 나오려고 하는 것을 억지로 참을 겸 입을 따악 벌리고 연신 덤벼든다.

"아, 안 돼. 아, 안 돼."

"다시는 안 그러께요. 거저 다시는 안 그러께요!"

태수는 지친 몸을 지탱하다 못해 펄씬 주저앉아서 두 손바닥을 싹싹 비빈다.

김 씨는 태수가 그러면 그럴수록 꼬옥 한 번만 더 물고 싶어 죽는다. 인제는 밉살스러워서 그런 것이 아니라, 이뻐서 물고 싶다.

김 씨는 물기를 무척 좋아한다. 그는 태수가 이뻐도 물고, 미워도 문다. 물어도 그냥 질근질근 무는 것이 아니라, 사정없이 아드득 물어뗀다. 이렇

---

1 행장기(行狀記) : 일생의 행적을 적은 기록.

2 줄 맞은 병정이라 : 대오에 들어서서 줄을 맞추어 구령에 따라 하라는 대로 하라는 병정
  이라는 뜻으로, 조금도 어긋남이 없이 하라는 대로 고분고분 움직이는 대상을 비유적으
  로 이르는 말.

3 허겁스럽다(虛怯---) : 야무지거나 당차지 못하고 겁이 많은 데가 있다. 여기서는 '호들
  갑스럽다'에 가까운 뜻으로 쓰이고 있음.

4 바우다 : '소화해서 상대하다. 감당하다. 피하다.'라는 뜻의 전남 방언.

게 물어 떼는 맛이란, 잇념5 속이 근질근질, 몸이 금시로 노그라지는 것 같아 세상에도 꼭 둘째가게 좋지, 셋째도 가지 않는다.

그 덕에 태수는 양편 팔로 어깨로 젖가슴으로 사뭇 이빨자국투성이다.

처음 시초는, 소리를 내서 티격태격하기가 조심이 되니까, 소리 안 나는 싸움을 하느라고 물고 물리고 했던 것인데, 시방 와서는 그것이 둘 사이에 없지 못할 애무(愛撫)가 되고 말았다.

무는 김 씨는 말할 것도 없거니와 물리는 태수도 아프기야 아프지만, 그놈 살이 떨어질 듯이 아픈 맛이란, 약간 안마(按摩) 못지않게 시원하다.

김 씨는 태수가 젊고, 다 그 밖에도 여러 가지로 좋은 데가 있어서 좋아하는 것이지만, 이렇게 물어 뗄 수 있는 것이 더욱 좋았다.

그는, 언젠가 남편이 첩의 집에 가지 않고 큰집에서 같이 자던 날 밤인데, 아쉰 깐에 태수한테 하던 버릇만 여겨, 그다지 기름지지도 못한 남편의 젖가슴을 텁석 물어뗐었다.

했더니, 탑삭부리 한 참봉은 경풍하게 놀라,

"아니, 이 여편네가 이건 미쳤나!"

고함을 지르면서 김 씨의 볼때기를 쥐어 박질렀다. 그런 뒤로부터는 김 씨는 남편과 잘 때면 조심을 하느라고 애를 쓰곤 했었다.

김 씨는 종시 입을 따악 벌리고,

"아…… 한 번만 더 물자. 아."

하면서 자꾸만 태수 앞으로 고개를 파고든다.

"아퍼 죽겠구만!"

태수는 먼저 물린 자리를 만지면서 바로 응석을 부린다.

"그래두. 그새 죄진 벌루다가…… 아, 한 번만 더. 아."

---

5 잇념 : '잇몸'의 전북 방언.

"싫여이!"

"요것아!"

물기도 이골[6]이 나서 어느 결에 들이덤볐는지, 태수의 어깨를 덥석 물고 몸을 바르르 떤다. 으응! 소리가 사뭇 징그럽다.

"아이구우! 이놈의 늙은이가 인전 날 영영 죽이네에!"

태수는 방바닥에 나동그라져 우는 시늉을 하면서 물린 어깨를 손바닥으로 비빈다.

"아프냐?"

김 씨는 좋아서 태수의 얼굴을 갸웃이 들여다보다가, 머리를 안아 올려 무릎을 베게 해준다.

"응, 아퍼 죽겠어!"

"아이 가엾어라! 내 새끼…… 자아 그럼 쎄쎄 해주께, 응?"

김 씨는 태수의 어깨를 손바닥으로 싹싹 비비면서……

"쎄쎄 쎄쎄, 까치야 까치야, 우리 애기 생일날…… 아이 술 냄새야! 술을 또 퍼먹었구나?"

"응, 아주 많이……."

"왜 그렇게 술을 몹시 먹구 다녀! 그대지 일러두?"

"속이 상해서!"

"속이 왜 상허구, 또 속상헌다구 술만 먹구 다녀선 쓰나? 몸에 해룹기나 허지. 무엇 밀수(蜜水)나 좀 타다 주까?"

태수는 고개만 살래살래 흔들고 눈을 스르르 감는다. 얼굴에는 수심이 가득하다.

태수의 얼굴을 내려다보던 김 씨도 역시, 태수만 못지않게 얼굴에 수심

---

6 이골 : 아주 길이 들어서 몸에 푹 밴 버릇.

이 드러난다.

"아무래두! 아무래두……."

김 씨는 가볍게 한숨을 내쉬면서 탄식하듯 혼잣말로 뇌사린다.

"……너를 장가나 딜여서 맘을 잡게 해야 할까 부다! 아무래두."

"장가? 흥! 장가아!……"

태수는 시쁘듬하게7 제 자신더러 하는 듯 이런 조소를 하다가 다시……

"……혹시 우리 초봉이라면!8……"

"건 안 될 말이다!"

김 씨는 시방까지 추렷하고 상냥스럽던 얼굴과는 딴판으로, 더럭 표독스럽게 잡아뗀다.

"대체 어째서 초봉이라면 그렇게 치를 떨우?"

태수는 열이 나서 벌떡 일어나 앉아 눈을 찢어지게 흘긴다.

"……초봉이가 당신네 신주단지요?"

"네게는 과분해."

김 씨는 아까 낯꽃9 변했던 것을, 태수한테 띄지 않고 얼핏 고쳐, 천연스럽게 갖는다.

"내, 오기루라두 기어코 초봉이허구 결혼하구래야 말걸?……"

태수는 씹어 뱉듯이 두런거리면서 아무 데나 도로 쓰러진다.

"내가 방해를 놀아두?"

"그게 원 무슨 놈의 갈쿠리 같은 심청10이람!…… 그래, 우리가 언제까지

---

7 시쁘듬하다 : 시쁘둥하다(마음에 차지 아니하여 시들한 기색이 있다. 매우 대수롭지 아니한 기색이 있다).

8 ①②에는 느낌표 대신 물음표가 있고, ⑤에는 느낌표 자체가 없다.

9 낯꽃 : 감정의 변화에 따라 얼굴에 드러나는 표시.

10 심청(心-) : 마음보. 심술. 표준국어대사전에는 또한 '마음보'와 '심술'의 북한어라고도 되어 있음.

구 이렇게 지내다가는 못쓰겠으니 갈려야 하겠다구, 뉘 입으루 내논 말야?…… 뭐 또, 날더러 맘을 잡으라구, 다아 그렇게 하자면 역시 장가를 들어야겠다구 한 건 누구야? 내가 장가를 가겠다면 중매 이상으루 가진 뒷수발 다아 들어 주겠다구는 뉘 입으로 한 말야?"

"그래 글쎄! 내가 중매까지 서구, 말끔 대서 장간 딜여 줄 테야!"

"그런데 왜 내가 좋다는 초봉인 훼방을 놀려구 들어?"

"초봉인 안 된다! 네게루 가면 그 애가 불쌍해. 천하 건달 부랑자한테루 그 애가 시집을 가서 신세를 망친대서야 될 말이냐?"

"별 오라질11 소리두 다아 허구 있네!"

태수는 골딱지12가 나서 벽을 안고 누워 버린다.

태수는 그래서 골을 내는 것이지마는 김 씨는 김 씨대로 노여움이 없지 못하다. 노여움 끝에는 자연 일의 시초가 여자답게 뉘우쳐지기도 한다.

태수가 여관에서 묵다가 아는 사람의 반연13으루14 이 집으로 하숙을 잡아들기는 작년 여름이다.

제 밥술이나 먹는 탑삭부리 한 참봉네가 무슨 우난 이문을 바라서 그런 건 아니고, 기왕 뜰아랫방이 비어 있으니 비어 내던져 두느니보다 점잖은 손님이라도 치고 싶다고 김 씨가 이웃에 말을 냈던 것이 계제에 염집15을 구하던 태수한테까지 발이 닿았던 것이다.

---

11 오라지다 : 우라지다. 오라를 지는 것처럼 잘못 되거나 나쁘게 된다는 뜻으로, 몹시 마음에 맞지 아니함을 비속하게 이르는 말.

12 골딱지 : '골(=비위에 거슬리거나 언짢은 일을 당하여 벌컥 내는 화)'을 속되게 이르는 말.

13 반연(絆緣) : 얽히어 맺어지는 인연.

14 반연으로 : ①② 발련을 어더   ④ 발련으로   ⑤ 발련으로 인해

15 염집 : '여염(閭閻)집'의 준말. 일반 백성의 살림집.

본시야 서로 코가 어디 가 붙었는지도 모를 생판 남이지만, 한 번 주객이 되고 보매 둘[16] 사이는 매삭 이십오 원이라는 밥값을 주고받는다는 거래를 떠나서 서로 마음이 소통되게끔 사정이 마침 맞았다.

태수는 생김새도 흉치 않거니와 성품도 사근사근하니 정이 붙게 하는 데가 있어 탑삭부리 한 참봉더러도 아저씨 아저씨 하고 정말 일가뻘이나 되는 조카처럼 따르고 더러는 맛좋은 정종병도 들고 들어와서 적적한 밥상머리에 앉아 반주도 권해주고 하는 짓이 수월찮이[17] 밉지 않게 굴었다.

탑삭부리 한 참봉은, 그것도 자식 없는 사람의 약한 인정이라, 태수가 그래 주는 것이 적잖이 위로가 되고, 그러는 동안에 정이 들어, 지금 와서는 어느 때는 태수가 꼭 자기의 자식이나 친조카같이 생각되는 적도 있었고, 그래서 그는 늘 태수의 밥상 같은 것에도 마음을 쓰고, 아내[18]더러 도미를 사다가 찜을 해주라고까지 하게끔 되었던 것이다.

'모르는 건 놈팽이뿐.'

이런 물 건너 속담도 있거니와, 물론 그는 아내와 태수 둘이서 그런 짓을 하고 지내는 줄은 꿈에도 모르고 있다.

여자라는 것은 무슨 정이고 간에 정이 들기가 남자보다 연한 편이다.

김 씨는 태수가 아주머니 아주머니 하면서 상냥하게 굴고 하는 서슬[19]에 그가 주인 정해 온 지 석 달이 채 못해서, 남편이 일 년 가까이 된 요새 겨우 태수한테 든 정 고만큼, 도타운 정이 그때에 벌써 들었었다. 김 씨는 그래서 그때부터, 조카같이 오랍동생같이 나이를 상관 않고 자식같이 귀애했

---

16 둘 : ①②③④⑤ 두

17 수월찮다 : 꽤 많다.

18 아내 : ①②③④ 안해(이하 모두 이러함.)
   : 표준국어대사전에는 '안해'가 '아내'의 북한어 또는 옛말이라 되어 있음.

19 서슬 : 강하고 날카로운 기세.

고[20], 귀애하기를 남편 한 참봉만 못지않게 귀애했다.

그리하던[21] 중……

작년 시월 초생, 음력으로 보름께였던지, 달이 휘영청 밝고 제법 산들거리는 게 젊은 사람은 객회[22]가 남직한 밤이었었다.

그날 밤 태수는 주인집의 저녁밥도 비워때리고[23] 요릿집에서 놀다가 자정이 지나서야 돌아오는 길이었다.

술이야 얼근했지만, 밤이 그렇게 마음 출출하게[24] 하는 밤이니, 다니는 기생집도 있고 한 터에 그냥 돌아오지는 않았겠지만, 어찌어찌하다가 서로 엇갈리고 헛갈리고 해서 할 수 없이 혼자 동떨어진 셈이었었다.

그는 술을 먹고 늦게 돌아왔다가 탑삭부리 한 참봉한테 띄면 으레껏 붙잡혀 앉아서 술을 먹지 말라는 둥, 사내가 어찌 몇 잔 술이야 안 먹을꼬마는 노상 두고 과음을 하면 해로운 법이라는 둥, 이런 제법 집안 어른 노릇을 하자고 드는 잔소리를 듣곤 하기 때문에 그것이 성가시어, 살며시 제 방으로 들어가려고 했었다.

태수는 그래서 사푼사푼 마당을 가로질러 뜰아랫방으로 가노라니까 공교히 안방에서

"고 서방이우?"

하고 기척을 내는 김 씨의 음성에 연달아 앞 미닫이가 열렸다.

"네에, 납니다……. 여태 안 주무세요?"

태수는 할 수 없이 안방 댓돌로 올라섰다. 김 씨는 흐트러진 풀머리[25]에

---

20 귀애하다(貴愛--) : 귀엽게 여겨 사랑하다.
21 그리하다 : 그렇게 하다.
22 객회(客懷) : 객지에서 느끼게 되는 울적하고 쓸쓸한 느낌.
23 비워때리다 : 비워 없애다.(임)
24 출출하다 : 배가 조금 고픈 느낌이 있다.

엷은 자릿적삼[26]으로 앞을 여미면서 해죽이[27] 웃고 내다보던 것이다.

남편의 마음이 변한 것이야 아니지만, 그래도 시앗[28]을 본 젊은 여인이라, 더위 끝에 산산히[29] 스미는 야기(夜氣)[30]에 잠을 설치고 마음이 싱숭거려, 이리저리 몸을 뒤치고 있던 참이다.

"늦었구려? 저녁은 어떻게 했수? 자서예지?"

"먹었어요……. 아저씬 주무세요?"

"저 집에 가셨지."

"하하하, 나는 글쎄 술을 한 잔 먹었길래, 아저씨한테 들킬까 봐서 그대루 슬쩍 들어가 버릴 양으루 그랬지요. 하하하……. 그럼 좀 놀다가 잘까?……"

태수는 아무 거리낌 없이 마루로 해서 안방으로 성큼 들어선다.

이거야 탑삭부리 한 참봉이 있건 없건, 밤이고 낮이고 안방에 들어가서 놀고 누워 뒹굴고 하던 터이라, 이날 밤이라고 그것을 허물할 바는 아니었었다.

그러나 이날 밤사 말고[31], 태수는 김 씨의 잠자리에서 나온 그 흐트러진 자태에 전에 없던 운치스러움을 느끼지 않은 것도 아니다. 하지만, 그렇다고 또 어떤 무엇을 분명하게 계획한 것은 물론 아니요, 그저 그 당장에 문득인 흥(興), 단지 그 흥에 지나지 않던 것이다. 적어도 시초만은 그러했다.

이 흥은 김 씨도 일반이다. 그는 태수가 그대로 돌아서서 제 방으로 가

---

25 풀머리 : 머리털을 땋거나 걷어 올리지 아니하고 풀어 헤침. 또는 그런 머리 모양.
26 자릿적삼 : 잠잘 때 입는 적삼. '적삼'은 '윗도리에 입는 홑옷.'
27 해죽이 : 만족스러운 듯이 귀엽게 한 번 살짝 웃는 모양.
28 시앗 : 남편의 첩.
29 산산하다 : 시원한 느낌이 들 정도로 사늘하다.
30 야기(夜氣) : 밤공기의 차고 눅눅한 기운.
31 이날 밤사 말고 : 이날 밤이야말로.

려고 했더라면 놀다가 가라고 자청 불러들이기라도 했을 것이다.

태수는 윗미닫이로 해서 안방으로 들어서고 김 씨는 엽렵스럽게도[32][33]

"아이머니!"

질겁을 하면서, 그러나 엄살을 하는 깐으로는 서서히, 자줏빛 누비처네[34]를 끌어다가 홑껍데기 하나만 입은 아랫도리를 가리고 앉는다.

"미안합니다! 난 또 아직 눕잖으신 줄 알았지."

"아냐 괜찮아! 일루 앉어요. 어떤가? 머, 늙은 사람이…… 자아 앉어요."

태수가 도로 나올 듯이 주춤주춤하는 것을 김 씨는 붙잡아 앉히기라도 할 것같이 반색을 한다.

둘이는 태수가 술 먹은 이야기를 몇 마디 주고받고 하다가 말거리가 없어 슴슴했다[35][36]. 전에는 이런 일은 통히 없었다.

"고 서방두 인제는……."

어색하리만치 말이 없다가 김 씨가 겨우 이야깃거리[37]를 찾아내던 것이다.

"……장갈 들어서 살림을 해예지! 늘 이렇게 지내느라구 고생허구……, 적적하긴들 오죽해여!"

"아즈머니두! 색시가 있어야지 장갈 가지요?"

"온 참! 고 서방 같은 이가 색시가 없어서 장갈 못 들어? 과년찬 색시들

---

32 안방으로~엽렵스럽게도
  : [1][2] 그러케 드러서니까 김 씨는   [3] 안방으로~엽엽스럽게도   [4][5] 안방으로~영녁스럽게도

33 엽렵스럽다(獵獵---) : 슬기롭고 민첩한 데가 있다.

34 누비처네 : 누벼서 만든 처네. '처네'는 '이불 밑에 덧덮는 얇고 작은 이불.' 겹으로 된 것도 있고 솜을 얇게 둔 것도 있다.

35 슴슴했다 : [3] 심심했다

36 슴슴하다 : 심심하다.

37 이야깃거리 : [1][2] 이얘기거리   [3] 이야기거리   [4] 이야기꺼리   [5] 이야기

이 사뭇 시령 가래다가 목을 맬려구 들 텐데, 호호."

"아녜요, 정말 하나두 걸리는 게 없어요. 이러다간 총각귀신 못 면할까 봐요!"

"숭헌 소리두 퍽두 허구 있네!…… 아, 고 서방이 장가만 가구 싶다면야 내 중매 안 서주리?"

"정말이요?"

"그래애!"

"거 참 한자리 마땅한 데 좀 알아봐 주시우. 내 술은 석 잔 말구 삼백 잔 이라두 내께."

"그래요!…… 그렇지만 인제 고 서방이 장갈 들면 따루 살림을 날 테니 우리 내원 섭섭해서 어떡허나? 호호, 우리 욕심만 채리구서 그런 말을 다 아 허구 있어요! 하하하하."

"허허, 정 그러시다면, 그대루 저 뜰아랫방에서 살림을 하지요, 허허."

"호호……."

김 씨는 간드러지게 웃다가 낯빛을 고치고 곰곰이,

"……아이 나두 고 서방 같은 아들이나 하나 두었으면 오죽이나!"
말을 못 맺고 한숨을 내쉰다.

"인제 애기 나실 걸 머…… 저렇게 젊으신데!"

"내가 젊어?……"

김 씨는 짐짓 눈을 흘기다가 다시 고개를 흔든다.

"……내야 늙구 젊구간이, 안 돼!"

"왜요?"

"우리집 영감님이 아주 제바리38야! 그새 첩을 네엔장 몇씩 갈아딜이두

---

38 제바리 : '젬병(-餠)'이 변한 말로 보임. '젬병'은 '전병(煎餠)'이 변한 말로 '일이나 물건이

아이를 못 낳는 걸 좀 보지?"

"허긴 그래요! 남자가, 저어 그래설랑…… 아일 못 낳기두 하니깐……."

"그러니 우리 집안은 자손 보기는 영 글렀지!…… 젠장맞을, 여편네 혼자서 아이 낳는 재주 없나!"

김 씨는 해쭉 웃고, 태수도 같이서 빙긋이 웃는다.

김 씨는 아이를 낳지 못해서 슬하가 적막하기도 하거니와, 장래가 또한 걱정이었다.

만일 김 씨 자기가 영영 아이를 낳지 못하고 그 대신 첩의 몸에서 무엇이 되었든지 간에 하나 낳는 날이면, 남편의 정이며 또 재산은 그 아이와 그 아이의 어미한테로 달칵 기울고 말 것이었다.

그러는 날이면, 김 씨는 내 신세가 간데없을 테라 해서 연전부터 그는 남편한테 돈을 한 오백 원이나 얻어 가지고 그것을 따로 제 몫을 삼아 사사 전당39도 잡고, 오 푼40 변41 돈놀이도 한 것이 시방은 돈 천 원이나 쥐고 주무르는데, 이것은 장차 그렇게 될 날을 혹시 염려하고, 즉 말하자면, 늙은 날의 지팡이를 장만하는 셈이었다.

이러한 불안이 있으므로 김 씨는 내 몸에서 아이를 낳기를 간절히 바랐다. 그는 그가 한 말대로 여자 혼자서 아이를 날 수가 있다면, 그 수가 무엇이 되었든지 간에 가리지 않을 만큼 간절히 아이를 바랐었다.

그러나 그렇다고 다른 남자에게 정조를 개방하리라는 결단이 동시에 서서 있느냐 하면 그런 것은 아니고, 그것은 옳고 그른 시비보다도 우선 거

제대로 되지 아니하였거나 아주 잘못된 것을 비유적으로 이르는 말. 전병을 납작하게 지져 놓아 볼품없이 된 모양에 빗대어 나타낸 말이다.

39 사사 전당(私私典當) : 사사로이 물건을 잡아 놓고 돈을 꾸어 주는 것.

40 푼 : 비율을 나타내는 단위. 1푼은 전체 수량의 100분의 1로, 1할의 10분의 1이다.

41 변(邊) : 변리(邊利). 남에게 돈을 빌려 쓴 대가로 치르는 일정한 비율의 돈.

기까지는 생각이 미치지를 않았었다.

태수와 사이의 사단[42]이, 좌우간 마음 성가시게 된 요새 와서는 김 씨는 '자식이나 하나 보겠던 것이!' 하는 후회를 혼자 앉아 가끔 하곤 한다. 그러나 그것은 저로써 저를 속이자는 괜한 억지이던 것이다[43].

미상불 태수와 그렇게 된 그 이튿날부터도 아기를 바랐고, 시방도 바라는 것은 사실이다. 그러나 그는 아기를 바라느라고 태수와 그렇게 한 것은 아니었었다. 기왕 그리 되었으니 아기나 하나 낳았으면 좋겠다는 욕심, 이게 정말이던 것이다.

탑삭부리 한 참봉은 비록 자손을 보겠다고 첩을 얻고 지내지만, 마음으로는 아내 김 씨한테 노상 민망해한다. 십오 년 동안이나 쓴맛 단맛 같이 맛보아 가면서, 게다가 이만한 전장[44]까지 장만하느라고, 동고동락으로 늙어 온 아내다. 자식을 낳지 못하는 것 하나가 흠이지, 정이야 깊을 대로 깊고 해서 알뜰한 생애의 길동무인 것이다.

그렇지만 한 참봉은 김 씨보다 나이 열세 살이나 더해서 이미 늙발[45]에 들어앉은 사람이다.

그러한데다 한 달이면 삼사 일만 빼놓고 육장 첩의 집에 가서 잠자리를 하곤 하니, 가령 마음은 변하지를 않았다 하더라도 옛날같이 다 구격[46]이 맞는 남편이 될 수는 없었다.

한편 김 씨도 남편이 마음이 변하지 않았고, 미더워하며 소중히 여겨 주는 줄은 잘 알고 있었다. 또 김 씨 자신도 의가 좋게 반생[47]을 같이 살아온

---

42 사단(事端) : 사달. 사고나 탈.

43 저로써~것이다 : [1][2] 거짓말이다

44 전장(田莊) : 개인이 소유하는 논밭.

45 늙발 : '늙바탕'의 뜻. 늙어서 노인이 된 처지. 늙어버린 판.

46 구격(具格) : 격식을 갖춤. 또는 격식에 맞음.

남편이니, 그에게 정도 깊거니와 의리도 큼을 모르는 바 아니었었다.

그런지라 그는 남편이 갑자기 싫어졌다거나, 그래서 배반할 생각이 들었다거나 한 것은 아니었었다.

단지 그것은 그것이고, 이것은 따로 이것이라, 시장하기도 한데 냉면도 구미가 당겼던 그런 셈쯤 되었었다.

그럼직도 한 것이, 김 씨는 젊었다. 나이보다도 또 더 젊었다. 그런데 바로 눈앞에서 알찐거리는[48] 태수는 늘 아주머니 아주머니 하면서 곧잘 보비위[49]를 해주고 싹싹히 굴어 오랍동생같이 조카같이 자식같이 따르는 귀동[50]이요, 그런 만큼 다뤄 보기에 호락호락하기도 했었다.

그 만만하게 다룰 수 있는 귀동이는, 그런데 또 보매도 씩씩한 젊은 사내이어서 셰퍼드답게 세찬 매력을 가졌었다.

진실로, 삼십을 가제[51] 넘은, 시앗을 본 여인의 바로 무릎 앞에서, 그리하여 그놈 셰퍼드가, 초가을의 산산한 야기에 포옹이 그리운 밤과 더불어, 쭈그리고 앉아 있는 게 그 밤의 핍절한[52] 정경이었었다.

피가 뜨겁게 머리로 치밀고 숨이 차왔다. 그러자 마침 땡땡 마루에서 두 시를 쳤다.

시계 소리에 태수는 그만하고 일어설까 했으나 엉덩이가 떨어지지를 않았다. 어느 결에 흠씬 무르익어버린 이 흥을 이대로 깨뜨리기가 섭섭했던 것이다.

---

47 반생(半生) : 한평생의 반. ≒반생애.
48 알찐거리다 : 남의 비위를 맞추려고 가까이 붙어서 계속 아첨하다.
49 보비위(補脾胃) : 남의 비위를 잘 맞추어 줌. 또는 그런 비위.
50 귀동(貴童) : 특별히 귀염을 받는 아이.
51 가제 : '갓'의 방언형.
52 핍절하다(逼切--) : 진실하여 거짓이 없고 매우 간절하다.

"고 서방, 우리 화투나 칠까?"

김 씨가 약간 떨리는 음성을 캐액캑 가다듬어 겨우 말을 내던 것이다.

"칩시다."

태수는 선선히 대답을 하고 일어서더니, 잘 아는 장롱서랍을 뒤져 화투목[53]을 꺼내다가 착착 치면서 김 씨 앞으로 바투 다가앉는다.

"고 서방 고단할걸?"

"뭘! 괜찮어요."

"그러면 '놉빼꾸' 한판만…… 그런데 내기야?"

"좋지요. 무슨 내기를 할까요?"

"글쎄…… 무슨 내기가 좋꼬?…… 고 서방이 정허구려."

"나는 아무래도 좋아요. 아주머니 하자는 대루 할 테니깐 맘대루 정하시우."

"무슨 내기가 좋을지 나두 모르겠어!…… 고 서방이 정해요."

"그럼 팔 맞기?"

"승거워!"

"그럼 무얼 하나!"

"아이! 정허구서 해예지!"

김 씨는 태수가 내미는 화투를 상보기[54]로 떼어 보고, 태수도 떼어 보면서……

"내가 선이로군…… 그럼 이렇게 합시다? 이기는 사람이 시키는 대루 내기 시행을 하기루?"

"그래그래, 그럼 그렇게 해요? 무얼 시키든지 시키는 대루 하기야?…… 고 서방 또 도화 불르면 안 돼?"

---

53 목 : '꿰미'의 옛말. '꿰미'는 '((수량을 나타내는 말 뒤에 쓰여))끈 따위로 꿰어서 다루는 물건을 세는 단위.'

54 상보기 : 윷놀이, 화투 따위의 놀이에서 누가 먼저 시작하는가를 따지는 일.

"염려 마시구, 아즈머니나 떼쓰지 말구서 꼭 시행하시우!"

토닥토닥 화투를 치기 시작은 했으나, 둘이는 다 화투에는 하나도 정신이 없다. 싫증이 나서 홍싸리로 흑싸리를 먹어 오기도 하고, '시마[55]'를 빼놓고 세기도 했다.

누가 이기고 누가 져도 상관없을 것이지만, 그래도 승부는 나서 태수가 졌다.

"자아, 인전 졌으니 내기 시행해요!"

"하지요. 무어든지 시키시오."

"가만있자…… 무얼 시키나아?"

"무어든지…….."

"무엇이 조꼬?……"

김 씨는 까막까막 생각하는 체하다가 별안간,

"아이! 난 모르겠다!"

하면서 자리에 가 쓰러져 버린다.

"승겁네!"

"그럼 말야아, 응?"

김 씨는 도로 발딱 일어나더니, 얼른 태수의 귀때기를 잡아다가 입에 대고

"……저어, 나아 응? 애기 하나만……."

하면서 한편 팔이 태수의 어깨를 감는다.

그날 밤 그렇게 해서 그렇게 된 뒤로부터 둘이는 그대로 눌러 오늘날까지 지내 왔다. 여덟 달이니 장근 일 년이다.

탑삭부리 한 참봉이야 육장[56] 첩의 집에 가서 자곤 하니까, 태수가 달리

---

55 시마 : 화투 놀이에서 상대방에게 20점을 받는 하나의 규칙. 풍시마, 초시마, 비시마의 세 가지가 있음.

56 육장 : [1][2]늘

오입을 하느라고 바깥잠을 자는 날만 빼면, 그래서 한 달 두고 보름은 둘이의 세상이다.

식모나 심부름하는 아이년도 돈이며, 옷감이며, 다 후히 얻어먹는 게 있어, 밤이면 태수를 바깥주인 대접을 할 줄로 알게쯤 되었기 때문에 둘이는 아주 탁 터놓고 지낼 수가 있었다.

그것은 마치 한 참봉이 첩을 얻어 두고 어엿이 다니는 것과 일반으로, 김 씨도 태수를 남첩(男妾)으로 집안에다 두어 두고 재미를 보던 것이다.

태수가 작년 여름에 이 집으로 주인을 잡고 올 때에는 인조견 이부자리 한 벌과, 낡은 트렁크 한 개와, 행담 한 개와 도통 그것뿐이었었다.

그러던 것이, 김 씨와 그렇게 되던 사흘 만에는 단박 푹신푹신한 진짜 비단 이부자리에 방석까지 껴서 들여놓고, 연달아 양복장이야, 책상이야, 요강, 재떨이, 체경57 이런 것으로 그의 방은 혼란스럽게 차려졌다.

그 밖에 철철이 갈아입을 조선옷이며, 보약이며, 심지어 담배까지도 해태표58로만 통으로 두고 피웠다.

이러한 비발59은, 김 씨가 말끔 제 돈을 들여서 해주되, 남편한테는 눈치로든지 말로든지, 태수가 돈을 내놓아 그 부탁으로 심부름을 해주는 체하기를 잊지 않았다.

밥값은, 처음에 이십오 원에 정한 것을 오 원씩 더 내서 삼십 원씩이라는 핑계로 언제나 밥상은 떡 벌어졌다. 그러나 태수는 처음 석 달 동안만 이십오 원씩 밥값을 치렀지, 그 뒤로는 피차에 낼 생각도, 받을 생각도 하지를 않았다.

---

57 체경(體鏡) : 몸 전체를 비추어 볼 수 있는 큰 거울. 늑몸거울.
58 해태표 : 고급 담배인 것으로 짐작된다. 이 상표는 앞서 이 작품의 서두에 나온 '마코'라는 싸구려 담배와 대비된다.
59 비발 : 비용(費用).

그 동안 김 씨는 남편이 어느 첩한테서 긴치 않게 전염을 받은 ××을 나누어 가졌다가, 그놈을 다시 태수한테 모종을 해주었다.

그 덕에 태수는 단단히 고생을 했고, 치료는 했어도 뿌리는 빠지지 않고 만성이 되어, 요새도 술을 과히 먹거나 실섭[60]을 하면 도로 도져서 병원 출입을 해야 했었다.

태수는 화투의 승부로 그날 밤에 짊어진 내기 시행 가운데, 여벌치[61] 한 대목은 아직도 시행을 하지 못했다. 웬일인지, 김 씨는 포태(胞胎)[62]하는 기색이 보이지를 않았다.

"나는 아마 팔자가 그런가 봐!"

김 씨는 생각이 나면 태수를 붙잡고 불평 삼아, 탄식 삼아 가끔 이렇게 뇌살거린다[63].

그러나 일변 둘이 사이에 정은 수월찮이 물크러졌다[64].

태수는 한편으로, 호화스러운 맛에 전과 다름없이 기생 오입도 하고 지내고, 또 요새 와서는 초봉이한테 정신이 쏠려 그와 결혼을 하려고 애를 쓰고 하기는 해도, 그런 것과는 달리 김 씨와 사이에는 소위 색정이라는 것이 자못 깊었다. 김 씨는 더했다.

그러나 아무리 정이 들고 서로 좋고 해도, 애초부터 아무 때고 떨어져야 한다는 말없는 조건이 붙은 둘 사이의 관계이었었다.

김 씨는 수월찮이 영리하기도 한 여자이었었다. 그는 한때의 손짭손[65]으

---

60 실섭(失攝) : 몸조리를 잘 하지 못함.

61 여벌치 : 본래 소용되는 것 이외의 것. '-치'는 '물건'의 뜻을 더하는 접미사.

62 포태(胞胎) : 임신(姙娠).

63 뇌살거리다 : 혼잣말처럼 되풀이하여 자꾸 말하다.(임)

64 물크러지다 : 너무 무르거나 풀려서 본 모양이 없어지도록 헤어지다.

65 손짭손 : 좀스럽고 얄망궂은 손장난.

로 일생을 그르칠 생각은 없었다.

만일 태수와 이렇게 오래오래 두고 지내다가는 필경[66] 파탈이 나서, 큰 풍파가 일고라야 말 것을 그는 잘 알고 있다.

그래서 그는 지나간 삼월부터는, 인제는 웬만큼 해두고 일을 수습할 궁리를 하기 시작했다.

하기야 태수와 떨어질 일을 생각하면, 생각만 해도 섭섭하기란 다시없었다. 또 기왕 내친걸음이니, 바라던 자식이나 하나 뺄 때까지 그렁저렁 밀어가고도 싶었다.

그러나 올 삼월, 그때만 해도 벌써 배가 맞아 지낸 지가 반년인데, 반년이나 두고 그렇게 지냈어도 가져지지 않던 아이가 앞으로[67] 더 지낸다고 별안간 생겨질 것 같지도 않고, 그뿐 아니라, 남편을 더 오래 속일수록 위험은 더 많이, 그리고 더 가까이 닥뜨려[68] 오게[69] 하는 것이어서 차차로 겁이 더 나기도 했었다.

한 번 이렇게 위험을 느끼고 나매, 그는 그새까지는 어쩌면 그렇듯 마음을 턱 놓고 지냈던가 싶을 만큼 자꾸만 초조와 불안이 생기기 시작했다. 뿐 아니라 앞으로 가령 위험이 없다고 하더라도, 그렇더라도 태수를 한평생 옆에 두고 지내진 못할 바이면, 역시 차라리 선뜻 떨어지는 게 수거니 싶었다.

그러나 생각만 그렇지, 생각 먹은 대로 되지는 않았고, 해서 그러면 생으로 잡아떼느니보다 태수를 장가를 들여서 할 수 없이 떨어지도록 하는 도리가 옳겠다고, 드디어 태수를 장가를 들일 결심을 했던 것이다. 하고서,

---

66 필경(畢竟) : 끝장에 가서는.

67 앞으로 : ⑤ 갓으로

68 닥뜨리다 : 닥쳐오는 사물에 부딪다. 함부로 일이나 말을 재촉하다.

69 닥뜨려 오게 : ⑤ 닥들여오게

태수더러 그 이야기를 하고 그렇게 하자고 하니까, 태수는 갈리는 거야 형편대로 할 것이지만 장가는 갈 생각이 없다고 내내 콧방귀만 뀌었다.

그래서 하루 이틀, 그 짓을 그대로 미룸미룸[70] 밀어 내려오던 참인데, 그러자 이러한 일이 있었다.

사월 바로 초생이니까 달포 전이다.

태수가 오후에 은행에서 돌아와 바깥 싸전가게에 나가서 탑삭부리 한 참봉과 한담을 하고 있노라니까, 웬 여학생인지, 차림새는 초라해도 얼굴이며 몸맵시가 단박 눈에 차악 안기는, 그런 여학생 하나가 가게 앞으로 지나가고 있었다. 태수는 그 여학생의 차림새가 너무 조촐하고 더욱 트레머리[71]에 통치마[72]는 입었어도 고무신에 버선을 신은 것이, 혹시 공장이나 정미소에 다니는 여직공이 아닌가 했다.

그렇다면 더욱 인물이 아깝다고, 그래서 태수는 황홀하게 그를 바라보는 참인데, 마침 탑삭부리 한 참봉을 보더니 사뿟이 허리를 굽혀 인사를 하는 것이었었다.

초봉이었었다.

"어이, 아버지 안녕하시구?"

탑삭부리 한 참봉은 이렇게 아주 친숙히 인사 대답을 했다.

"네에."

초봉이의 대답은 들리는 둥 마는 둥 했지만, 방긋이 웃는 입을 보고서 태수는 그만 엎으러지게 흠탄[73]을 했다.

---

70 미룸미룸 : ③④⑤ 미룩미룩
　　　　　　: 일을 자꾸 미루어 시간을 끌어가는 모양.
71 트레머리 : 가르마를 타지 아니하고 뒤통수의 한복판에다 틀어 붙인 여자의 머리.
72 통치마 : 양쪽 선단이 없이 통으로 지은 치마. 생활한복 치마나 양장 치마의 대부분이 이것에 해당한다.
73 흠탄(欽歎) : 아름다움을 감탄함.

초봉이가 지나가기가 무섭게 태수는 탑삭부리 한 참봉더러

"거 누구예요?"

하면서 사뭇 숨이 차게 다급히 묻던 것이다.

"왜?……"

한 참봉은 히쭉이 웃다가……

"……저 너머 둔뱀이 사는 우리 아는 사람의 딸인데…… 학교 졸업하구서 시방 저기 제중당이라는 양약국에 다닌다지……. 그래 맘에 들어?"

그는 연신 수염 속에서 내숭스럽게 웃는다.

"아네요, 거저……."

태수는 너무 덤빈 것이 점직해서 뒤통수를 긁는다.

"흐응! 맘에 드는 모양이군그래?…… 워너니[74] 똑똑하겐 생겼지. 저엉 맘에 들거들랑 집엣사람더러 중맬 서달라지? 저 너머 둔뱀이 정 주사네 맏딸 초봉이라면 나보다 더 잘 알 테니."

"아네요, 아저씬 괜히."

그날 밤부터 태수는 그새까지 시쁘하던[75] 장가를 급작스레 들겠노라고, 그러니 초봉이한테 중매를 서달라고 김 씨를 졸랐다.

초봉이란 말에 김 씨는 도무지 전에 없던 일로 별안간 강짜가 나고, 나되 사뭇 앞이 캄캄하고 몸이 떨려 어쩔 줄을 몰랐다.

김 씨는, 자청해서 태수더러 결혼을 하라고 했고, 종차 나서서 규수를 골라 내 손으로다가 뒤받이를 들어 혼사를 치러 줄 염량까지 했고, 그러면서도 조금도 질투 같은 것은 몰랐고, 한 것은 무릇 그 여자, 즉 태수의 배필인 동시에 질투의 대상 인물이 실지의 인물로서 아직 드러나지 않았기

---

74 워너니 : [5] 워느니
　　　　 : '워낙. 본디부터. 원래'의 방언.
75 시쁘하다 : 마음에 차지 아니하여 시들하게 생각하다. 별로 대수롭지 않게 여기다.

때문이었었다.

그러다가 마침내 초봉이라고 하는, 자알 아는 계집애, 그때의 최근으로 는 작년에 본 것이 마지막이지만, 썩 아담스럽게 생긴 그 계집애 초봉이가, 이건 시방 당장 내 애물인 태수를 차지를 해가다니! 아 그 계집애가! 이러 해서 계제와 대상을 만나 질투는 피어올랐던 것이다. 그러한 딴 속을 두어 두고, 그는 태수더러는 초봉이가 너한테는 과분하다는 핑계를 해가면서, 그의 소청을 들어주지 않으려고 드는 것이었었다.[76]

그러나 그는 마침내 마음을 돌리지 않을 수가 없었다.

---

76 그러다가~것이었었다.(이 단락 전체)
: [1][2] 그러나 그 이뿌디 이쁜 초봉이가 현재 김 씨자기의 애물인 태수를 장차 차지하 게될 것을 실지로 생각할때에는 치가 부르르 떨리고 초봉이가 이쁘면 이뿔수록 그러 한 속을 두어두고 그는 태수더러는 초봉이가 태수한테는 과분하다고 핑계를 해가면 서 그의 소청을 들어주지 아니하려 드는 것이다.   [5] 그러다가~것이었다.

6. 조그마한 사업(事業)

언덕 비탈을 의지하여 오막살이들이 생선 비늘같이 들어박힌 개복동, 그 중에서도 상상[1]꼭대기에 올라앉은 납작한 토담집.

방이라야 안방 하나, 건넌방 하나 단 두 개뿐인 것을 명님(明姙)이네가 도통 오 원에 집주인한테서 세를 얻어 가지고, 건넌방은 따로 '먹곰보'네한 테 이 원씩 받고 세를 내주었다.

대지가 일곱 평 네 홉[2]이니, 안방 세 식구, 건넌방 세 식구, 도합 여섯 사람에 일곱 평 네 홉인 것이다.

건넌방에는 시방 먹곰보도 없고, 그의 아낙도 없고, 아랫목에는 제 돌잡이[3][4] 어린것이 앓아누웠고, 윗목에서는 경쟁이가 경을 읽고 앉았다.

방안은 불을 처질러 놓아서, 퀴퀴한 빈취(貧臭)[5]가 더운 기운에 섞여 물 큰 치닫는다.

어린것은 오랜 백일해[6]로 가시같이 살이 밭고, 얼굴은 양촛빛이다. 그런 것이 입술만 유표하게[7][8] 새까맣게 탔다. 폐렴을 덧들였던[9] 것이다.

---

1 상상 : ⑤ 산상
　　　 : 상상(上上). 가장 높은.
2 홉 : 땅 넓이의 단위. 1홉은 1평의 10분의 1이다.
3 제 돌잡이 : ①②④ 제돌잽이　　③ 제돐잡이　　⑤ 제 돌쟁이
4 돌잡이 : 돌쟁이. 첫돌이 된 아이. 또는 그만한 시기의 아이.
5 빈취(貧臭) : 가난한 냄새. 여기서는 '가난한 집에서 나는 악취(惡臭)'를 뜻함.
6 백일해(百日咳) : 경련성의 기침을 일으키는 어린이의 급성 전염병. 3~6세의 어린이들 이 잘 걸리며 특히 겨울부터 봄에 걸쳐 유행하는 전염성이 강한 병으로, 병에 걸리면 경 과가 백 일 가까이 걸린다. 오래되면 끈끈하고 반투명한 가래가 나오며 기관지염 폐렴 따위를 일으키기 쉬우나, 한번 걸리면 일생 면역이 된다.
7 유표하게 : ⑤ 유파하게
8 유표하다(有表--) : 여럿 가운데 두드러진 특징이 있다.
9 덧들이다 : 병 따위를 덧나게 하다.

눈 따악 감은 얼굴이며, 꼼짝도 않는 사족에는 벌써 사색(死色)이 내려 덮었다. 목숨은, 발딱발딱 가쁜 숨을 쉬는 때마다[10] 달싹거리는 숨통에만 겨우 걸려 있다. 몇 분도 아니요, 초(秒)를 가지고 기다릴 생명이다.

경쟁이는 갓을 쓰고, 두루마기를 입고, 윗목[11]으로 벽을 향하여 경상[12] 앞에 초연히[13] 발을 개키고 앉아 경만 읽는다.

경상으로 모서리 빠진 소반[14] 위에는, 밥이 한 그릇에 콩나물 한 접시, 밤 대추 곶감을 얼러서 한 접시, 북어가 세 마리 이렇게가 음식이요, 돈이 일 원짜리 지전으로 두 장, 쌀이 두 되는 실히 되겠고, 소지(燒紙)[15]감으로 접은 백지가 석 장, 일 전짜리 양초에 불을 켜서 꽂아 놓은 사기접시, 그리고 소반 옆으로는 얼멍얼멍[16]한 짚신이 세 켤레, 대범[17] 이와 같이 차려 놓았다. 병자한테 붙어 있는 귀신더러 이 음식을 먹고, 이 짚신을 신고, 이 돈으로 노수[18]를 해서 딴 데로 떠나라는 것이다.

이렇게 차려 놓은 경상 앞에 가서 경쟁이는 자못 엄숙하게 북을 차고 앉아 경을 읽는데……

북을 얄게 동당동당 동당동당 울리면서 청도 북대로[19] 고저와 박자를 맞추어 나직하고 느릿느릿

---

10 쉬는 때마다 : ①②③④ 쉬는마다
11 윗목 : ③⑤ 웃목
12 경상(經床) : 경을 올려놓는 책상.
13 초연하다(超然--) : 어떤 현실에서 벗어나 그 현실에 아랑곳하지 않고 의젓하다.
14 소반(小盤) : 자그마한 밥상.
15 소지(燒紙) : 부정(不淨)을 없애고 신에게 소원을 빌기 위하여 흰 종이를 태워 공중으로 올리는 일. 또는 그런 종이.
16 얼멍얼멍 : 실이나 털 따위로 짠 물건이 바닥이 존존하지 않고 거친 모양.
17 대범(大凡) : 무릇. 대체로 헤아려 생각하건대.
18 노수(路需) : 노자(路資). 먼 길을 떠나 오가는 데 드는 비용.
19 청도 북대로 : 목청도 북소리에 따라.

"해애동조오선 전라아북도 군산부우산사앙 정 권씨이 댁……."

무엇이 어쩌구저쩌구 한바탕 주욱 외우다가는, 목소리를 일단 위엄 있이

"오방신자앙[20]"

처억 불러 놓고서 이어, 북도 빨리, 청도 빨리 몰아 들입다 귀신을 불러 대는데, 아마 세상 귀신이란 귀신은 있는 대로 죄다 나오는 모양이다. 게다가 계급도 가지각색이요,[21] 개명을 톡톡히 한 경쟁이든지, 심지어 '한강철교 연애하다가 빠져 죽은 귀신'까지 불러 댄다.

대체 이렇게 숱해 많은 귀신들이, 한 부대(一個部隊)는 넉넉한가 본데,[22] 겨우 그 앞에 차려 놓은 것만 가지고 나누어 먹자면 대가리가 터지게 싸움이 날 텐데, 본시 귀신이란 형체가 보이지 않는 것이라 그런지 저희끼리 오쟁이를 뜯는[23] 꼴은 볼 수 없다.

아무튼 그렇게 귀신 대중(大衆)을 불러 놓더니, 그 담에는 갑자기 북소리와 목청을 맹렬하게 높여, 그러느라고 발 개킨 엉덩이를 들썩들썩, 팔을 번쩍번쩍 쳐들면서 크게 꾸짖어 가로되,

"너 이 귀신들!…… 빨리 운감[24]을 하고, 당장에 물러가야 망정이지, 그러지 안할 양이면, 신장을 시켜 모조리 잡아다가, 천 리 바다 만 리 바다 쫓어 보내되, 평생을 국내 장내[25]도 못 맡게 하리라아."

고, 냅다 풍우를 몰아치듯 추상같은[26] 호령을 하는 것이다.

---

20 오방신자앙 : 오방신장(五方神將). 다섯 방위를 지키는 다섯 신. 동쪽의 청제(靑帝), 서쪽의 백제(白帝), 남쪽의 적제(赤帝), 북쪽의 흑제(黑帝), 중앙의 황제(黃帝)이다.

21 게다가 계급도 가지각색이요. : 1 2 에는 이 구절이 없다.

22 , 한 부대~본데, : 1 2 에는 이 구절이 없다.

23 오쟁이를 뜯다 : 서로 가지려고 헐뜯으며 다투다. 여기서 '오쟁이'는 짚으로 엮어 만든 작은 그릇으로, 곡식을 담는 데 쓰임.

24 운감(殞感) : 제사 때에 차려 놓은 음식을 귀신이 맛봄.

25 국내 장내 : 국 냄새와 장 냄새.

이렇게 한 대문을 걸지익하게[27] 읽고 나서 다시 처음부터 시작을 하고, 그러자 마침 먹곰보네 아낙 숨이 턱밑까지 차서 허얼헐 판자문 안으로 들어선다.

그의 등 뒤에서는 승재가 낡은 왕진가방을 안고 따라 들어오고, 또 그 뒤에는 명님이가 따라섰다.

주인과 승재가 방으로 들어서도, 경쟁이는 모른 체 그냥 앉아 경만 읽는다.

"아가아, 업동아!"

먹곰보네 아낙은 방으로 들어오기가 무섭게 어린것의 얼굴 위에 엎드려 끌어안을 듯이 들여다본다.

어린것한테서는 싸늘하니 아무런 반응도 없다. 눈을 떠본다든지, 입술을 달싹거린다든지, 하다못해 손끝을 바르르 떤다든지.

승재는 대번 보고서 짐작은 했지만, 아무려나 이왕 온 길이니 청진기를 꺼내서 귀에 걸고 다가앉는데, 먹곰보네는 그제서야 놀란 눈을 홉뜨고[28]

"아이구머니 이것이 죽었나베!"

하면서 당황히 서둔다.

승재는 어린것의 앙상한 가슴을 헤치고 청진기로 들어보는 것이나 가느다랗게 담 끓는 소리만 들리는 둥 마는 둥, 맥은 아주 그치고 말았다.

승재는 청진기를 떼고 물러앉으면서 이마를 찡그린다.

"아직 살었나봐유!……"

먹곰보네 아낙은 어린것의 가슴에 손을 대보다가 아직 따뜻한 온기가 있으니까, 그것이 되레 안타까워 미칠 듯이 납뛴다.

---

26 추상같다(秋霜--) : 호령 따위가 위엄이 있고 서슬이 푸르다.
27 걸지익하다 : 걸직하다. 걸쭉하다. 노래 따위가 매우 구성지고 분위기에 어울리는 데가 있다.
28 홉뜨다 : 눈알을 위로 굴리고 눈시울을 위로 치뜨다.

"……네? 아직 살았나봐유? 어서 얼른 좀…… 아가 업동아? 업동아? 엄마 왔다, 엄마…… 젖 먹어라. 아이구 이걸 어떡해유! 어서 손 좀 대주세유!"

"소용없어요, 벌써 숨이 졌는걸!"

승재는 죽은 자식을 놓고 상성할[29] 듯 애달파하는 정상[30]이 불쌍한 깐으로는, 소용이야 물론 없을 것이지만, 당장이나마 원이라도 없으라고 강심제[31] 한 대쯤 주사를 놓아 주고 싶지 않은 것도 아니었으나, 그러나 우선 인정에 못 이겨 그 짓을 했다가는 뒤에 말썽이 시끄러울 것이니 차라리 눈을 지그시 감고 모른 체하느니만 같지 못하다고 생각했다.

처음 한동안 승재는 부르는 대로 불려가서, 아무리 목숨이 경각[32]에 달린 병자라도 가족들이 붙잡고 매달리면 효과야 있건 없건 구급주사를 꾸욱꾹 놓아 주곤 했었다. 그러나 대개가 시기를 놓친 병자들이라 살아나지를 못하고 주사 기운이 없어지면 그만이곤 하는데, 그럴라 치면 개개 주사가 생사람을 잡았다고 승재를 칭원[33]하고 심한 사람들은 승재게로[34] 쫓아와서 부르대기까지[35] 한다.

그러던 끝에 달포 전에는 필경 멱살을 따들려 경찰서까지 간 일이 있었다.

그때 승재는 유치장에서 하룻밤을 자고, 이튿날 병원 주인인 달식이의 주선으로 놓여나오기는 했으나, 석방이 아니라 불구속(不拘束) 취조라는 것이었었다.

---

29 상성하다(喪性--) : 본래의 성질을 잃어버리고 전혀 다른 사람처럼 되다.

30 정상(情狀) : 딱하거나 가엾은 상태.

31 강심제(強心劑) : 쇠약해진 심장의 기능을 회복시키는 약. 디기탈리스, 디기톡신, 캠퍼, 아드레날린 따위가 있다.

32 경각(頃刻) : 눈 깜빡할 사이. 또는 아주 짧은 시간.

33 칭원(稱冤) : 원통함을 들어서 말함.

34 게로 : '에게로'의 준말.

35 부르대다 : 남을 나무라거나 하는 듯이 거친 말로 떠들어대다.

그 뒤에 일은 아주 무사했으나, 그 일을 겪고 나서부터 승재는 인제 의사면허를 얻기까지는 되도록 절망상태인 듯싶은 병자한테는 가기를 피하고, 혹시 마지못해 불려가기는 한다더라도 아예 함부로 손은 대지 않기로 작정을 했었다.

그러던 터인데, 오늘도 병원에서 일곱 시나 되어 돌아오니까, 명님이가 먹곰보네 아낙과 같이 와서 기다리고 있었다. 명님이는 집을 가리켜 주느라고 같이 왔던 것이다.

승재는 먹곰보네 아낙한테 아이가 백일해 끝에 한 사날 전부터 딴 증세가 생겨가지고 몹시 보채더니, 인제는 마디숨[36]을 쉬고 담이 끓는다는 말을 듣고 벌써 일이 그른 줄 짐작했었다. 그래서 따라오지 않을 것이지만, 울상으로 사정사정하는 바람에 무어라고 꾀를 쓰지 못하고 와보기는 와보았던 것이다.

와서 보니 경을 읽고 있는 꼴이 우선 비위가 상하는데, 아이는 벌써 죽었고, 해서 만일 경을 읽힐 정성으로 이틀만 미리다가 서둘렀어도 이 가엾은 생명을 구할 수가 있었을 것을 생각하면, 자식을 죽이고 애처로워하는 어머니가 불쌍하기보다도 밉살머리스러워서 못했다.

"그래두 저 거시키……."

먹곰보네 아낙은 또다시 어린것의 시체에다가 손을 대보고 부르고 하다가 승재한테 애걸을 한다.

"……주사라더냐 하는, 침을 노면 살아난다는데유?"

"인전 소용없어요!"

"그래두 남들은 그렇게 해서 죽은 것을 살렸다구 그러든데유? 제발 좀 살려주세요!…… 이걸 죽이다니, 아이구머니 이것을 죽이다니!…… 네? 제

36 마디숨 : 마디지게 몰아쉬는 숨.

발 좀……."

"소용 없대두 그래요!"

승재는 듣는 사람이 깜짝 놀랄 만큼 볼먹은37 소리로 지천을 한다.

"……왜 진작 나한테루 오든지 하질랑 않구서, 이게 무어람? 자식을 생으로 죽여 놓구는…… 인전 편작38이라두 못 살려놓아요!"

승재는 골이 나는 대로39 해 부딪고, 왕진가방을 집어 들고 마루로 나선다.

먹곰보네 아낙은 어린것의 시체를 걸싸안고40 41 울음 섞어 넋두리를 시작한다.

경쟁이는 하늘이 무너져도 꿈쩍 안 할 듯 여전히 초연하게 앉아 경만 읽는다.42

"그년의 경인지 기급인지 고만둬요!"

먹곰보네 아낙이 눈이 뒤집혀 가지고 악을 악을 쓴다.43

"네?……"

경쟁이는 선뜻 경 읽던 것을 멈추고 고개를 돌린다. 그렇게 선뜻 알아듣는 것을 보면, 옆에서 벼락을 쳐도44 모른 체 일심으로 경을 읽던 것은 실

---

37 볼먹다 : 볼메다. 말소리나 표정에 성난 기색이 있다.

38 편작(扁鵲) : 중국 전국 시대의 의사(?~?). 성은 진(秦). 이름은 월인(越人). 임상 경험을 바탕으로 치료하였다. 장상군(長桑君)으로부터 의술을 배워 환자의 오장을 투시하는 경지에까지 이르렀다고 전한다.

39 골이 나는 대로 : [1][2] 이러케

40 걸싸안고 : [1][2] 것어안고   [4] 걸사안고   [5] 얼싸안고

41 걸싸안다 : '걸싸다'는 '일이나 동작 따위가 매우 날쌔다'라는 뜻이므로, '매우 날쌔게 끌어안다'라는 뜻.

42 경쟁이는~읽는다. : [1][2] 경은 여전히 그대로 읽는다. 먹곰보네아낙은 겨우 경읽는소리를 알어듯고

43 먹곰보네~쓴다. : [1][2] 소리를친다.

44 옆에서 벼락이 쳐도 : [1][2] 사람이 드나들어도

상은 건성이요, 속은 말짱했던 모양이다.

"……그만두라면 그만두지요!……"

끙 하고 북채를 놓더니 혼자서 무어라고 두런두런, 돈을 비롯하여 소반에 차려 놓았던 것을 견대[45]에다 주워 담는다.

"……죽는 것두 다아 제 명이지요! 인력으루 하나요. 끙!"

"오라지는[46] 건 어떻구?…… 왜 제 명대루 죽을 것을, 경을 읽으면 꼭 낫는다구는 했어?"

먹곰보네 아낙의 악쓰는 소리를 등 뒤로 들으면서 승재는 침울하게 그 집 문간을 나섰다.

승재는 효험이야 있거나 말거나 간에, 또 뒷일이야 아무렇든 간에, 자식을 잃고 애통하는 어머니를 위로하는 뜻으로, 소원하는 주사라도 한 대나마 놓아 주는 시늉을 하지는 않고서 되레 타박을 한 것이 후회가 났다.

이 사람들도 자식을 위해 애쓰는 정성은 매일반이다. 결과야 물론 자식을 죽이고 살리고 하는 것을 좌우하게 되지마는, 그야 무지한 탓이지 범연해서[47] [48] 그런 것은 아니다.

그러고 보니 가난과 한가지로 무지도 그 사람들을 불행하게 하는 큰 원인이요, 그래서 그 사람들에게는 양식과 동시에 지식도 적절히 필요하다.

승재는 생각을 하면서 절절히[49] 그것을 여겨 고개를 끄덕거린다.

네 살에 고아가 되어, 생판 남과도 진배없는[50] 친척에게 거둠을 받아 자

---

45 견대(肩帶) : 전대(纏帶).
46 오라지다 : ((주로 '오라질', '오라지게' 꼴로 쓰여))상당히 마음에 맞지 아니함을 비속하게 이르는 말.
47 범연해서 : ①② 소홀해서
48 범연하다 : 차근차근한 맛이 없이 데면데면하다.
49 절절히 : ⑤ 적절히
50 진배없다 : 그보다 못하거나 다를 것이 없다.

라났으니, 역경이라면 크게 역경일 것이다. 그러나 역경은 역경이면서도, 승재의 지나오던 자취에는 일변 단순함이 없지 않았었다.

그는 세상이라는 것을 별반 볼 기회가 없었다. 인간 감정의 복잡한 갈등이나 생활과의 심각한 단판씨름 같은 것을 스스로 경난[51]은 물론 구경할 기회조차 없었다.[52]

그는 다만 병원에 앉아 검온기[53](檢溫器)를 통해서, 맥박(脈搏)의 수효나 청진기(聽診器)를 통해서, 뢴트겐(X光線)이나 타진[54](打診)을 통해서, 주사기를 들고, 처방전을 들고, 카르테를 들고…… 이렇게 다만 병든 인생만을 대해 왔었다.

그래서 병이라는 것이 인생의 큰 불행임을 알았다. 단지 그것뿐이었었다. 그러므로, 그의 인생이라는 것은 서로 아무런 상관이 없이 하나하나 떨어진, 그리고 생리적인 인생을 의미한 것이었었다.[55]

그러다가 그가 군산으로 와서 있으면서 비로소 조금 분간 있이 인생을 보게 되었다.

서울의 옛주인에게 있을 때에는 치료비 없이 왔다가 도로 쫓겨가는 병자들을 그리 보지 못했었다. 그러나 이 군산의 금호의원으로 와서는 그러한 정상을 가끔 보았다.

---

51 경난 : ④⑤ 격난
  : 경난(經難). 어려운 일을 겪음. 또는 그 어려움.
52 인간 감정의~없었다. : ①② 인간의 복잡하게 얼키는 생활도 그대지 구경하지 못햇다.
53 검온기(檢溫器) : 체온계.
54 타진(打診) : 환자의 신체를 두드려서 진찰하는 방법. 타진기나 손가락 끝으로 가슴, 등, 관절 따위를 두드릴 때에 나는 소리나 보이는 반응으로 병의 증세를 살핀다. '두드림 진단'으로 순화.
55 그래서~것이었었다.(이 단락 전체)
  : ①② 그래서 그는 병이라는것이, 인생의 생활과행복의 대적임을 알엇섯다. 그러나 그의 인생이라는 것은 아무런 분별도 업는 막연한 덩치엇섯다.

승재는 울기까지 한 적이 있었다. 병이 큰 고통인데, 그것을 치료하지도 못하는 사람들의 불행…… 인간 세상의 한구석에는 이러한 불행이 있다는 것이, 그는 통분했던[56] 것이다.

그러던 끝에 하루는, 설하선염(舌下腺炎)[57]으로 턱과 얼굴이 팅팅 부은 소녀 하나가, 부친인 성싶은 중년의 노동자와 같이 병원의 수부[58]에 와서 치료비가 얼마나 들겠냐고 물어보더니, 십 원이 넘겨 먹겠단 소리에 다시 두말도 없이 실심하고 돌아서는 것을 승재는 보았다. 그들이 지금의 명님이와 그의 부친 양 서방이었었다.

승재는 그들이, 다른 돈 없이 온 병자들처럼, 돈이 없으니 그냥 치료를 해달라거니, 이 다음에 벌어서 갚겠거니 이렇게 조르고 사정을 하고 하지도 못하고, 겨우 얼마나 들겠느냐고 물어만 보고서 큰돈 십 원이 넘겠다고 하니까, 낙심이 되어 추렷이 돌아가는 양이 어떻게나 가엾던지 그대로 보고 있을 수가 없었다. 그는 병원 문 밖으로 그들을 따라 나와서 집이 어디냐고, 번지와 골목을 잘 알아두었다.

저녁때, 승재는 우선 병원에 있는 기구 중에서 간단한 수술기구와 약품 같은 것을 빌려 가지고 명님이네를 찾아가서 수술을 해주었다.

그는 마침 병원에서의 거처를 그만두고, 방을 얻어 따로 있기 시작한 때였기 때문에 밤저녁의 행동은 자유로웠다. 그래서 그는 계제에 결심을 하고, 왕진기구 일습[59]과 약품을 장만해 가지고 본격적으로 야간개업(夜間開業)을 시작했던 것이다. 물론 치료비나 약값은 받지를 않고, 가난한 제 낭

---

56 통분하다(痛憤--) : 원통하고 분하다.
57 설하선염(舌下腺炎) : 혀의 아래 끈끈막의 밑에 있는 침샘에 생긴 염증.
58 수부(受付) : '접수(接受)'로 순화된 말. 여기서는 '접수처(接受處=처리할 문서나 금품 따위를 받는 사무를 맡아보는 곳)'의 뜻으로 쓰고 있음.
59 일습(一襲) : 옷, 그릇, 기구 따위의 한 벌. 또는 그 전부.

탁60을 기울여 가면서…….

이 노릇을 승재는 스스로 조그마한 사업으로 여겨 거기서 기쁨과 만족을 느끼되, 무심했지 달리 그것을 평가를 하거나 자성(自省)함이 없었다.

하다가 오늘 마침 먹곰보네 집에를 불려와, 그렇듯 경이나 읽히면서 자식을 갖다가 생으로 죽이고 마는 미련스런 인간들을 보자니 그만 보도록새61 짜증이 나서, 전에 없이 골딱지를 냈던 것인데…….

그러나 그것도 무슨 정성이 미흡한 탓이 아니요 무지한 소치라면야 그만이겠지만, 그러니 그들이 그렇듯 무지한 이상 시료병원(施療病院)62이 거리마다 늘비하다고63 하더라도 별수가 없겠거니 싶고, 그 무지라는 것을 생각하면 어느 결에 승재 제 자신이 길을 걸어가다가 어떤 거대한 장벽에 가서 딱 닥뜨린64 것같이 가슴이 답답하고 어찌할 줄을 모를 것 같았다.

그 끝에 가면, 시방 제가 여태까지 재미를 붙여 해오던 이 노릇이, 그만 신명이 뚝 떨어지고 흥이 하나도 나지를 않는 것이었었다.65

승재가 다뿍 풀이 죽어서 문간으로 나가는데 명님이는 벌써 문 밖에서 기다리고 있다.

---

60 낭탁(囊橐) : 주머니와 전대를 아울러 이르는 말.

61 보도록새 : 볼수록.

62 시료병원(施療病院) : 무료병원.

63 늘비하다 : 질서 없이 여기저기 많이 늘어서 있거나 놓여 있다.

64 닥뜨린 : ④ 다들린   ⑤ 닥드린

65 이 노릇을~ 것이었었다.(4단락)
  : ①② 그래서 오늘날까지 그는 비교적 그의 조고만한 사업에대하야 비판을 가질기회 도업고 다만 만족햇섯는데 지금 먹곰보네집에서 그일을 당하고나서는 다소간 우울하지 아니할 수가 업시되엇다. 그가 보기에는 그들이 그처럼 무지한이상 가령 돈이잇고 문전마다 병원이 한개씩 잇더래도 그들은 완전하게 병을 정복하지 못하리라 십헛다.
  그러니 역시 그들은 지식이 필요한데 그러나 그일을 생각하면 창창해서 손도일수 대가 업슬것가텃다.

"여기 있었니?……"

승재는 마음이 산란한 중에도 명님이가 귀엽고 반갑던 것이다.

"……둘러봐두 없길래 어디루 갔나? 했지…… 어머니랑 아버지랑 다아 안 계시드구나?"

"네에……."

명님이는 배식이 웃으면서 손을 내민다.

"……인 주세요, 제가 들어다 디리께."

명님이는 지금 저한테 끔찍이 고맙고, 또 노상 살뜰하게 귀애해 주는 이 '남 서방 어른'이 저의 집에를 온 것이 언제나 마찬가지로 좋았고, 게다가 가방을 들어다 주기는 더욱 좋았던 것이다. [66]승재는 괜찮다고 물리치다가, 명님이의 그러한 마음성을 아는 터라 이내 가방을 제 손에다가 들려준다.

"그럼 요기, 요 아래까지만……?"

"네에."

명님이는 좋아라고 가방을 들고 앞을 서서, 깔끄막진[67] 언덕길을 내려간다.

"아버진 일 나가셨니?"

"네에."

"어머닌?"

"빨래해 주려 가시구요."

"그럼 요샌 밥 잘 해먹겠구나?"

"네에…… 아침에는 밥 해먹구, 저녁에는 죽 쑤어 먹구 그래요."

"으응, 그나마라두…… 그렇지만 즘심[68]은?"

"안 먹어요. 그래두 먹구 싶잖어요."

---

66 [1][2]는 이 부분에서 연재 회차가 바뀌어 단락 구분이 되어 있다.

67 깔끄막지다 : 가풀막지다. 산이나 길이 몹시 비탈지다.

68 즘심 : [1][2] 점심

눈치가 빨라서 승재가 그 다음에 물을 말까지 지레 대답을 하던 것이다.

"먹구 싶잖을 리가 있나! 배고프지?…… 요새 해가 퍽 긴데……."

"그래두 배는 안 고파요."

"명님이 좋아하는 청국만두 사주까? 시켜 보내 주까?"

"아이, 싫여요! 괜찮아요!"

명님이는 깜짝 반색을 하면서 가던 길을 멈추고 돌아선다.

승재는 전엣 일이 문득 생각나서 중국만두라고 했던 것이다. 승재가 처음 명님이네 집을 찾아가서 수술을 해주고, 그 뒤에도 매일 다니면서 심을 갈아 주곤 했는데, 거진 다 나아갈 때쯤 된 어느 날인가는, 중국만두가 먹고 싶다고 저의 부모를 조르다가 지천을 듣는 것을 마침 보았었다. 어린애요 살앓이[69]를 하던 끝이라, 입이 궁금해서 무엇이고 두루 먹고 싶을 무렵이었었다.

승재는 잠자코 있다가 나와 중국 우동집에 부탁해서 만두를 세 그릇 시켜 보내주었다. 했더니, 그 이튿날 또 갔을 때, 명님이네 부모의 치하도 치하려니와 명님이가 좋아하는 양은 절로 미소가 나오게 했었다.

명님이는 제 병이 아주 나은 뒤에는 가끔가끔 승재를 찾아와서 무엇 내의고, 양말짝[70]이고, 벗어 놓은 것이 없으면[71] 조르다시피 뺏어다가는 저의 모녀가 잘 빨아서 꿰맬 데 꿰매고, 기울 데 기워서 차곡차곡[72] 챙겨다 주곤 했다. 이것이 명님이네 식구가 승재를 위하여 애써 줄 수 있는 다만 한 가지 정성이던 것이다.

---

69 살앓이 : [1][2] 살아리   [4][5] 살알이
        : 살을 앓는 일. 명님이가 설하선염을 앓은 것을 말한다.
70 양말짝 : [1][2][4] 양말자박
71 없으면 : [1][2] 잇스면   [5] 있으면
72 차곡차곡 : [1][2][4][5] 재곡재곡

그러한 근경[73]인 줄 아는 승재는 차차 그것을 기쁘게 받고, 그 대신 간혹 명님이네 집에를 들렀다가 끼니를 끓이지 못하고 있는 눈치가 보이면 다만 양식 한 되 두 되 값이라도 내놓고 오기를 재미삼아서 했다. 승재가 끓어다 주는 노란 저고리나, 새파란 치마도 명님이는 더러 입었다.

승재는 명님이가 명님이답게 귀여우니까 귀애하기도[74] 하는 것이지만, 명님이는 일변 승재의 기쁨이기도 했다.

그것은 승재의 그 '조그마한 사업'의 맨 처음의 환자가 명님이었던 때문이다. 승재는 병원에서 많은 사람을 치료해 주었고, 그 중에는 생사가 아득한 중병환자를 잘 서둘러 살려내기도 한두 번이 아니었었다. 그러나 그다지 중병도 아니요, 수술하기도 수나로운[75] 명님이의 설하선염을 수술해 주던 때, 그리고 그것이 잘 나았을 때, 그때의 기쁨이란 도저히 다른 환자의 치료에서는 맛볼 수 없이 큰 것이었었다.

그렇듯 명님이는 승재의 기쁨이기는 하지만, 한편 또 명님이로 해서 슬픔도 없지 않았다[76].

명님이네 부모가 명님이를 기생집의 수양녀로 주려고 하는 것을 알고 나서부터다.

승재는 명님이가 장차에 매녀[77](賣女)의 몸이 될 일을 생각하면, 마치 친누이동생이나가 그러한 구렁으로 굴러 들어가는 것같이 슬프고 안타까워했다. 그래서 승재는 명님이를 만나면 그 일을 안 뒤로는, 겉으로 반가움이 솟아나서 웃는 한편, 속에서는 그 반가움 못지않게 슬픔이 서리곤 했다[78].

---

73 근경 : '마음 씀' 정도의 뜻.
74 귀애하기도 : [1][2][4] 귀여하기도
75 수나롭다 : 무엇을 하는 데 어려움이 없이 순조롭다.
76 명님이로~않았다 : [1][2] 슬흠이기도하다
77 매녀(賣女) : 여자를 팖. 또는 기생집에 팔려가는 여자.

이러한 갈피79로 해서 명님이는 일변 승재로 하여금 은연중에, 그가 인생을 살피는 한 개의 실증(實證)80이요 세상을 들여다보는 거울이기도 했다81. 그것은 그새까지도 그러했거니와, 이 앞으로도 그러할 형편이었었다.

승재는 앞서서 비탈길을 내려가는 명님이의 뒤태를 눈여겨보면서 무심코 한숨을 내쉰다.

"벌써 열세 살!……"

그의 등 뒤에서는 유난히 긴 머리채가 치렁거려 제법 계집애 꼴이 박혀 보인다.

승재는 이 애가 이렇게 매초롬하니 장성하는 것이 새삼스럽게 불안스러워82 견딜 수가 없었다83.

"명님아?"

부르는 소리에 명님이는 대답 대신 해뜩 돌려다본다.

"요새두 어머니 아버지가 저어, 거시기 음!…… 그 집으루 가라구 그리시든?"

승재는 좀 거북해하면서 떠듬떠듬 물어본다. '그 집'이란 팔려 갈 기생집 말이다.

"네에…… 그래두……"

명님이는 고개를 숙이고, 조그맣게 대답을 한다.

---

78 반가움 못지 않게 슬픔이 서리곤 했다 : ①② 기쁨 못지아니한 설움이 서리군한다
79 갈피 : ①② 관계
80 실증(實證) : 확실한 증거.
81 일변~거울이기도 했다
　　: ①② 승재의 외로운 감에대하야뿐아니라 그가 인생을 삶히는 한 개의 표본이엇고 세상을 디려보는 거울이엇섯다
82 불안스러워 : ③ 불안스레　　④ 불안스리
83 새삼스럽게~없었다 : ①② 답답하기까지햇다

"흐응…… 그래서?"

"지가 싫다구 그랬지요, 머."

"흐응…… 그러니깐 무어래시지?"

"그럼 죄꼼 더 크거던 가라구 그래요."

"그럼 명님인 어머니 젖 먹구퍼서 싫다구 그랬나?"

"아녜요! 아이 참……."

명님이는 승재가 혹시 농담으로 그러는 줄 알고서……

"……놀리실려구 그리시느만, 머."

"아냐, 놀리는 게 아니구……."

"그렇지만 머, 어머니 보구퍼서 남의 집에 어떻게 가서 있나요?"

"그럼 더 자라면 어머니 보구 싶잖은가?"

"그렇다구 그러든데요? 어머니두 그리시구, 아버지두 그리시구…… 그러니깐 인제 죄꼼 더 자라거던 가라구."

"흐응, 더 자라거던!"

승재는 먼눈[84]을 팔면서 혼자 말하듯이 중얼거린다.

승재는 속으로[85] 촌사람들이 돼지새끼나 송아지를 팔래도 너무 어리고 젖이 떨어지지 않아서 어미를 찾고 소리를 지르니까, 아직 좀 더 자라게 두어두고 기다리는 것 같은 그러한 정상을 명님이네 집에다 빗대보던 것이다.

돼지새끼나, 혹은 송아지나 그놈이 조금만 더 자라 제풀로 뛰어다니면서 밥도 먹고, 꼴도 먹고, 그래 젖이 떨어지면 장에 내다가 팔려니 하고 기다리는 촌사람이나, 일변 딸자식이 철이 좀 더 들어서 부모도 그려 않고,

---

84 먼눈 : ①② 한눈

  : 먼 곳을 바라다보는 눈.

85 속으로 : ①②에는 이 말이 없음.

그 동안에 가슴도 좀 더 볼록해지고, 키도 좀 더 자라고 하면, 기생집에다가 수양딸로 팔아먹으려니 하고, 매일같이 고대고대 기다리고 있는 명님이네 부모나 별반 다를 게 없을 것 같았다.

승재는 이마를 찡그리면서, 무심결에 캐액 하고 침을 뱉는다.

그러나 이어, 그들 양순하디양순한 명님이네 부모의 얼굴을 생각하면, 고약스럽다는 반감보다도 불쌍한 마음이 앞을 섰다[86].

승재는 명님을 돌려보내고, 콩나물고개로 해서 초봉이네 집으로 돌아왔다.

안방에서들은 마침 저녁을 먹는지 대그락거리는 수저 소리가 들리고, 승재 방에는 자리끼 숭늉이 문턱 안에 들여 놓여 있었다.

이 한 그릇 자리끼 숭늉은, 계봉이가 하던 말마따나 소중한 생명수이었었다.

승재는 갈증도 나지 않았지만, 물그릇을 집어 들고 후루루 들여마신다. 물은, 물을 마셨다느니보다 초봉이로 연하여 가득 넘치는 행복을 들여마시는 것 같았다.

이튿날 아침.

진작부터 일어나 책상 앞에 앉아서 『성층권(成層圈)의 연구(研究)』라고 하는 신간을 읽고 있던 승재는 사발시계[87]가 저그럭저그럭 가다가 일곱 시 반이 되자, 읽던 책을 그대로 펴놓은 채 푸시시 일어선다. 일곱 시 반은 병원에 출근하는 시간이다. 인제 가서 소쇄[88]를 하고 조반을 먹고 나면 여덟 시 반, 여덟 시 반부터는 진찰실에 나가 앉아야 한다.

승재는 버릇대로 낡은 소프트를 내려 쓰고 툇마루로 나앉아서 구두를

---

86 고약스럽다는~앞을 섰다 : [1][2] 그러케 반감도 가저지지아니햇다
87 사발시계(沙鉢時計) : 사발 모양의 둥근 탁상시계.
88 소쇄(掃灑) : 비로 먼지를 쓸고 물을 뿌림.

신노라니까, 문 밖에선지 왁자하니 사람 떠드는 소리가 들렸다.

그러거나 말거나, 승재는 무심히 구두를 신고 마당 한가운데로 걸어 나가는데, 그러자 별안간 지쳐 둔 일각문을 와락 열어젖히면서 '먹곰보'가 문간 안으로 쑥 들어서는 것이다.

승재는 대번, 이건 또 말썽이 생겼구나 생각하면서 주춤하니 멈춰선다. 그는 명님이네 집을 자주 다니기 때문에 먹곰보의 얼굴을 익히 알던 것이다.

술속[89] 사납고, 싸움 잘하기로 호가 난[90] 줄도 잘 알고…….

먹곰보의 뒤에는 그의 아낙이 따랐고, 먹곰보가 떠드는 바람에 지나가던 사람도 두엇이나 일각문으로 끼웃이 들여다본다.

"이놈, 너 잘 만났다!"

먹곰보는 승재를 보자마자, 황소 영각[91]하듯 외치면서, 눈을 부라리면서, 쏜살같이 달려들면서 승재의 멱살을 당시랗게 훑으려[92] 잡는다.

세모지게 부릅뜬 눈하며, 본시 검은데다가 술기와 홍분으로 검붉어, 썩은 생선빛으로[93] 질린 곰보 얼굴을 휘젓고 들이미는 양은 우선 흉하기 다시없었다.

놀란 것은 승재요, 그는 설마 이렇게야 함부로 다그칠[94] 줄은 몰랐기 때문에 어마지두[95] 쩔매는데, 그러자 먹곰보는 멱살을 움켜쥐기가 무섭게,

"이놈!"

소리와 얼러, 철썩 뺨을 한 대 올려붙인다.

---

89 술속(術-) : 꾀를 쓰는 속이라는 뜻으로, 의심스러운 마음의 속내를 이르는 말.
90 호(號)가 나다 : 세상에 널리 이름이 나다.
91 영각 : 소가 길게 우는 소리.
92 훑으려 : [1][2] 훔크려   [5] 후뚜려
93 썩은 생선빛으로 : [1][2] 무른 대추비츠로
94 다그칠 : [1][2][4] 다굿을   [5] 다구슬
95 어마지두 : ((흔히 '어마지두에' 꼴로 쓰여))무섭고 놀라서 정신이 얼떨떨한 판.

승재는 아프기보다도 정신이 얼떨떨해서 더욱 당황해한다.

"아이구머니! 저를 어째애!"

계봉이가 마침 학교에 가느라고 책보를 안고 대뜰로 내려서다가 그만 질겁하게 놀라, 동당거리고 외친다. 안방에서 식구들이 우 하고 몰려나온다.

"그래 이놈!"

상관 않고 땅땅 어르면서 먹곰보는 수죄(數罪)[96]를 하는 것이다.

"……네가 이놈, 침대롱깨나 가지면 김 생원 한다더라구, 그래 네가, 의술깨나 한다는 놈이, 남의 어린 자식이 방금 죽는다는 것을 보구서두 약한 봉지를 써주지를 않구 침 한 대 놓아 달라구 애걸복걸을 해두 그냥 말었다니…… 그래서 필경 내 자식을 죽여 놓아?…… 이놈!"

이를 부드득 갈면서 승재의 맷집 좋은 따귀를 재차 본새 있게[97] 올려붙인다.

승재는 하도 어이가 없어 말도 못 하고 뻐언하니 마주 보기만 한다.[98]

먹곰보네 아낙이 슬금슬금 들어와서 사내의 팔을 잡고, 좋은 말로 하지 왜 이러느냐고 말리는 시늉을 한다. 그러기는 해도, 승재가 얻어맞는 것이 고소한 눈치다.

뒤늦게 정 주사가 신발을 끌고 허둥지둥

"원 이게, 웬 행패란 말인고!…… 너 이 손! 이걸 놓지 못할 텐가!"

내려오면서 호령호령한다.

먹곰보는 힐끔 돌려다보더니 꾀죄한 정 주사의 풍신[99]이 눈에도 차지 않는다는 듯이 아래로 한 번 마슬러보다가[100]……

---

96 수죄(數罪) : 여러 가지의 범죄. 범죄 행위를 들추어 세어 냄.

97 본새 있게 : '제대로' 정도의 의미.

98 ①②에는 이 부분에 다음과 같은 문장이 삽입되어 있다.
: 그는 뺨을마저 아푼것보다도 얼굴로 물쿤물쿤 뿜기는 술냄새에 비위가뒤집혀 견델수가업다.

99 풍신(風神) : 풍채(風采). 드러나 보이는 사람의 겉모양.

"이건 왜 나서서 이 모양이야! 꼴같잖게!·····"

유 씨와 초봉이는 벌벌 떨고만 섰고, 계봉이는 휘휘 둘러보다가 부엌으로 뛰어 들어간다.

"······이놈, 경찰서루 가자. 너 같은 놈은 단단히 법을 좀 가르쳐야 한다."

먹곰보는 을러대면서[101] [102] 멱살을 잡은 채로 잡아 낚아챈다. 바로 그때다, 픽 소리와 같이 장작개비가 먹곰보의 옆구리를 옹골지게[103] [104] 후려갈긴다. 계봉이의 짓이었었다.

계봉이는 이를 악물고 억척으로, 이번에는 팔뚝을 후려갈기려는 참인데, 아 저런 년 보았느냐고, 정 주사가 나무라면서 떠밀어 버린다.[105]

지나가던 사람이 여럿 문간으로 끼웃거리다가 몇은 슬금슬금 마당으로 들어서서 구경을 한다.

정 주사는 달려들지는 못하고 돌아가면서[106] 연신 호통만 하고 있고, 계봉이는 분에 못 이겨 새액색 어쩔 줄을 몰라 한다.

"헤에, 참 내!·····"

승재는 뒤를 돌려다보면서 누구한테라 없이 바보처럼 한 번 웃더니, 그러다가 어찌 무슨 생각으로, 먹곰보가 멱살을 잡고 버팅긴 팔목을 슬며시 훑으려 쥐고[107] 불끈 잡아 비튼다.

---

100 마슬러보다 : 샅샅이 살펴보다.

101 을러대면서 : ①②③④ 얼러대면서   ⑤ 으르대면서

102 을러대다 : 위협적인 언동으로 을러서 남을 억누르다.

103 옹골지게 : ①②에는 이 말이 없다.   ③ 옹글게   ④ 옹굴지

104 옹골지다 : 실속이 있게 속이 꽉 차 있다.

105 계봉이는~떠밀어 버린다. : ①② 그는 이를 악물고 재쳐 후려갈기려다가 부친한테 떠밀려 물러선다.

106 달려들지는 못하고 돌아가면서 : ①②에는 이 구절이 없다.

107 훑으려 쥐다 : 이것저것 가리지 않고 닥치는 대로 마구 쥐다.

먹곰보는 하잘것없이[108] 주먹을 편다.[109] 다 같은 장정이라도 승재가 원력[110]이 솟고[111], 한데다가 먹곰보는 술이 취해 놔서 그다지 용을 쓰지 못하던 것이다.

승재는 부챗살같이 손가락을 쫙 편 먹곰보의 비틀린 팔목과 얼굴을 한참이나 번갈아 들여다보다가, 그의 아낙한테로 밀어 제친다.

"……데리구 가요!…… 내가 죽였수? 당신네가 죽였지."

먹곰보는 나가동그라질 뻔하다가 겨우 버팅기고 선다.

"오냐, 이놈 보자, 적반아장[112](賊反荷杖)두 유분수가 있지, 이놈 네가 되레 사람을 치구……."

먹곰보가 끄은히[113] 왜장을 치면서[114] 비틀거리고 도로 덤벼드는 것을 그의 아낙이 뒤에서 허리를 그러안고 늘어진다. 그러자 마침 양 서방이 명님이를 뒤세우고 헐러덕벌러덕 달려든다.

"이 사람이 환장을 했나? 이건 어디라구……."

양 서방은 들어단짝[115] 지천을 하면서, 먹곰보를 사정없이 떠밀어 박지른다.[116]

---

108 하잘것없이 : 본래는 '시시하여 해 볼 만한 것이 없이, 또는 대수롭지 아니하게'의 뜻이나, 여기서는 '하릴없이', 즉 '달리 어떻게 할 도리가 없이'의 뜻으로 쓰고 있음.
109 먹곰보는~편다. : ①②에는 이 문장이 없다.
110 원력 : ③ 완력
   : 원력(原力). 본디부터 가지고 있는 기운.
111 솟고 : '낫고' 또는 '세고'의 의미로 쓰고 있음.
112 적반아장 : ⑤ 적반하장
   : 먹곰보가 문자를 쓴답시고 말하면서 '적반하장'을 잘못 알고 말한 것.
113 끄은히 : 끈히. 질기도록 끈기 있게.
114 왜장치다 : 쓸데없이 큰 소리로 마구 떠들다.
115 들어단짝 : 들이단짝. 들이대고 다짜고짜.(임)
116 양 서방은~떠밀어박지른다. : ①② 나무래면서 사정업시 떠밀어데친다.

"아, 성님!117……"

"성님118이구 지랄이구 저리 물러나! 당장, 팬시리……"

양 서방은 먹곰보를 한 번 떠밀어 내던지고, 승재 앞으로 가까이 와서, 술 먹은 개라니, 저 녀석이 시방 자식을 죽이고 환장을 해서 그러는 거니, 참고 탄하지 말라고, 제 일같이119 사정을 한다. 승재가 멱살잡이에 따귀까지 두 대 얻어맞은 줄은 모르고서 하는 소리다.

승재는 별 말 안 하고, 어서 데리고 가라고 흔연히120 대답을 한다.

먹곰보는 더 덤비려고는 안 하고, 몸을 휘청거리면서 승재더러 욕만 거판지게121……122

"이놈아, 네가 명색 의술을 한다는 놈이 그래 이놈, 내 자식이 죽은 것을 보고두 모른 체해야 옳아? 그리구서 왜 진작 뵈잖었느냐구 내 여편네게 호령을 해? 이놈 당장 목을 쓸어 죽일 놈, 이놈. 이노옴! 내 자식 내놔라. 이놈."

"업동 아버진 괜히 생떼를 써요……."

명님이가 진작부터 나설 듯 나설 듯하다가 그제서야,123 얼굴이 새빨개 가지고 여러 사람더러 들으라는 듯이 먹곰보를 몰아센다124.

"……다아 죽어서 아주 숨도 안 쉬구 그랬어요. 그런 걸 주사를 놓는다구 죽은 애기가 살아나나요?…… 괜히, 죽은 송장한테 주사를 났다가 정말 죽였다구 애맨 소리 듣게요?…… 생으로 어거지를 쓰믄, 본 사람두 없나,

---

117 성님! : 1 2 형님
118 성님! : 1 2 형님
119 제 일같이 : 1 2 에는 이 말이 없음.
120 흔연하다(欣然--) : 기쁘거나 반가워 기분이 좋다.
121 거판지다 : 매우 푸지다.(임)
122 거판지게…… : 1 2 해퍼붓는다.　　4 거판디게…….　　5 걸판지게,
123 진작부터~그제서야, : 1 2 에는 이 구절이 없다.
124 몰아세다 : '몰아세우다'의 준말.

머……."

정 주사는 대개 그러한 곡절이려니 짐작도 했지만, 명님이가 앙알앙알 앙알거리는 말을 듣고 나서는 쾌히 속은 알았다. 속을 알고 보니 먹곰보가 더욱이 괘씸했다.

그러나 그보다 더 괘씸하기는, 아까 자기를 보고 근육질을 하던 것이다. 과연 생각한즉 분하기도 하고, 계제에 먹곰보가 인제는 한풀 죽었는지라 기운이 불끈 솟았다.

"거 고현[125] 손[126]이로군!……"

정 주사는 노랑 수염을 거슬려가면서 눈을 깜작깜작, 음성은 위엄을 갖추어 준절히[127] 꾸짖기 시작했다.

"……그게, 그 사람이 돈을 받고 하는 노릇도 아니요, 다아 동정심으로 그리는 것인데, 그러니 가서 보아 준 것만이라두 감사할 것이지, 그래 오죽 잘 알아보구서 손두 대지 않았으리라구!…… 네끼 고현 손 같으니라구!…… 아무리 무지막지한 모산지배[128]기루서니 어디 그럴 법이 있나!"

호령이 엄엄한[129] 푼수로는 당장 무슨 거조가 날 것 같으나, 오직 발을 구를 따름이다.[130]

승재와 양 서방은 한편으로 비껴 서서, 승재는 어제 겪은 일을, 양 서방은 먹곰보가 아이를 나서는 잃고, 나서는 잃고 하다가 사십이 넘어 마지막

---

125 고현 : 고얀. 성미나 언행이 도리에 벗어나는.

126 손 : 손아랫사람을 '사람'보다는 낮추고 '자'보다는 좀 대접하여 이르는 말. 지방에 따라서는 한집안에서 손아랫사람의 택호 아래에 쓰기도 한다.

127 준절하다(峻截--) : 산을 깎아 세운 듯이 높고 험하다. 매우 위엄이 있고 정중하다.

128 모산지배(謀算之輩) : 꾀를 내어 이해타산을 일삼는 무리.

129 엄엄하다(嚴嚴--) : 매우 엄하다.

130 호령이~따름이다. : [1][2] 여기까지 꾸중을 하는동안에 정 주사를 긴기침도 여러번햇고 눈은 수업시 깜짝어렷다.

같이 또 하나를 낳아 가지고 금이야 옥이야 하던 참인데, 그렇게 죽이고 보니 눈이 뒤집히는데, 간밤에 그의 아낙이 말을 잘못 쏘삭여서[131] 그래 더구나 환장지경이[132] 된 것이라고, 서로 이야기를 하고 있다.

먹곰보는 인제는 기운을 차리지도 못하고, 땅바닥에 퍼근히 주저앉아서 무어라고 게걸거리기만[133] 한다.

정 주사는, 승재가 그 동안 역시 이러한 일로 여러 번 봉변을 했고, 급기야 한 번은 경찰서에 붙잡혀가기까지 했었으나, 다 옳은 일을 한 노릇이기 때문에 무사히 놓여나왔다고 구경꾼들더러 들으라는 듯이 일장 설명을 한다.

그러고는 다시 한바탕 먹곰보를 꾸짖어 가로되……

"너 이 손, 그 사람이 맘이 끔찍히 양순했기 망정이지, 만일 조금만 무엇한 사람이면, 자네가 당장 죽을 거조를 당했을 테야!…… 내라두 한 나이나 더얼 먹었으면, 자네를 잡어 엎어 놓고 물볼기를 삼십 도는 치구래야 말았지, 다시는 그런 버릇을 못 하게…… 어디 그럴 법이 있나! 고현 손이지…… 이 손! 그래두 냉큼 물러가지를 못해?!"

마지막 정 주사는 푸달진 노랑 수염을 잔뜩 거슬리면서 소리를 꽥 지른다.

그러나 그 호령은 역시 큰 효험이 없고, 먹곰보네 아낙과 양 서방이 양편에서 부축하다시피, 겨우 일각대문 밖으로 '고현 손'을 끌고 나간다.

초봉이는 비로소 안심을 하고 절로 가슴을 만진다.

계봉이는 부친의 말마따나 그 '고현 손'을 잡아 놓고 물볼기를 때리든지 하는 게 아니라, 그대로 좋게 돌려보낸다고 그만 암상이[134] 나서,

---

131 쏘삭이다 : 경박스럽게 함부로 들추거나 뒤지거나 쑤시다.
132 환장지경(換腸之境) : 환장할 지경. '환장'이란 '마음이나 행동 따위가 비정상적인 상태로 달라짐'을 뜻함.
133 게걸거리다 : 상스러운 말로 소리를 지르며 불평스럽게 자꾸 떠들다. 늑게걸대다.
134 암상 : 남을 시기하고 샘을 잘 내는 마음. 또는 그런 행동.

"저 녀석을! 저 녀석을 거저……"

사뭇 안달을 하더니, 휘휘 둘러보다가 장작개비를 도로 둘러메고 나선다.

"이년!"

정 주사는 장작개비를 뺏어 부엌으로 들이뜨리면서……

"……계집애년이 배운 데 없이, 거 무슨 상스러운 짓인고!"

"그래두 그 녀석을!…… 그 녀석이 우리 남 서방을, 마구……"

계봉이는 분을 못 참아 쫑알거리면서 발을 동동 구르다가, 금시로 굵다란 눈물이 방울방울 떨어진다. 그러자 마침 승재가 땅바닥에 떨어진 모자를 집어 털고 섰는 것을, 별안간 우르르 그 앞으로 쫓아가더니, 두 주먹을 발끈 쥐고 승재의 가슴패기를, 마치 다듬이질을 하듯이 동당동당 두들기면서, 지천에 새살[135]에,[136]

"바보! 남 서방 바보야. 그간 녀석한테 따구를 두 번씩이나 얻어맞구서두 왜 잠자쿠 있어?…… 왜 그래? 왜 그래?…… 이잉, 난 몰라! 남 서방 미워!![137]"

그래도 시원찮은지 물러서서 쌀쌀 몸부림을 친다.[138]

정 주사와 유 씨는 서로 치어다보고 피쓱 웃어 버린다. 초봉이는 가슴속이 뿌듯하고, 하다못해 눈물이 솟아 고개를 숙인다.

승재도 감격했다. 그는 계봉이의 하는 양이 꼬옥 친누이동생의 응석같이 재롱스러워서 등이라도 다독다독 해주고 싶었다.

"괜찮아요! 좀 맞으믄 어떤가? 나 아프잖어. 어여 학교 가요, 응?"

"누가 아파서 말인가! 머……."

---

135 새살 : 다른 사람에게 잔소리를 하거나, 어떤 사정을 길게 늘어놓는 일(전북, 평안 방언).
136 그러자~새살에, :
  : ①② 그러다가 승재가 뻐언하고 서서잇는 아프로 우루루 달려가서는 두주먹을 발끈 쥐고, 마치 다듬이질을하듯이, 승재의 복장을 동당동당 두들기면서
137 난 몰라! 남 서방 미워! : ①② 나는몰라 나는…
138 그래도~친다. : ①② (단락 구분 없이)하다가 마주막 쌀쌀 몸부림을 친다.

계봉이는 주먹으로 눈물을 씻으면서 타박을 준다.[139]

---

139 [1][2]에서는 이 부분에 다음과 같은 문장이 이어진다.
   : 미상불 아프지안타고 달래기에는 계봉이는 '애기'가 넘우 크다.

7. 천 냥 만 냥(千兩萬兩)[1]

"내가 네깐놈의 데를 다시는 발걸음인들 하나 보아라."

정 주사가 제 무렴에 삐쳐, 미두장께로 대고 눈을 흘기면서 이런 배찬[2][3] 소리를 한 것도 실상은 그 당장뿐이요, 바로 그 이튿날도 갔었고, 그 뒤에도 매일 가서 하바도 하고, 어칠비칠[4]하기도 했고, 그리고 오늘도 역시 미두장에서 돌아오는 길에 시방 탑삭부리 한 참봉네 싸전가게에 들른 참이다.

탑삭부리 한 참봉네 싸전가게야 쌀 외상을 달라고 혀 짧은 소리나 하려면 몰라도, 묵은셈을 졸릴까 무서워 길을 돌아서까지 다니지만, 오늘은 우정 마음먹고 들렀던 것이다.

초봉이는 내일 모레면 서울로 간다고 모녀가 들어서 옷을 새로 하네, 어쩌네 들이 서둘고 있다. 그거야 가장(家長)이요 부친 된 사람의 위엄으로 가지 못하게 막자면야 못 할 것은 없다(⋯⋯고 정 주사는 생각한다). 그러나 그러고저러고 하느니보다 혼처나 어디 좋은 자리가 선뜻 나서서 말이 오락가락하면, 그것을 핑계 삼아 서울도 가지 못하게 하려니와 무엇보다도 어서어서 혼인을 했으면 일이 두루 십상일 판이라, 요전에 탑삭부리 한 참봉네 아낙이 그다지도 발을 벗고 중매를 서겠다고 서둘렀으니, 무슨 기미가 있어도 있겠지 싶어, 어디 오늘은 눈치나 좀 보아야지 이렇게 염량을 하고 쓱 들러보았던 것인데, 아니나 다를까⋯⋯.

---

1 ①②에서는 아직 장이 바뀌지 않은 채 〈조그만한 事業〉(8)로 되어 있다. 그러나 다음 장인 〈千兩萬兩〉이 (2)회부터 시작되고 있고 내용상으로도 앞부분과 전혀 다른 장면으로 전환되는 점 등으로 보아 이 회차의 제목도 단행본의 경우처럼 〈千兩萬兩〉(1)로 되는 게 합리적이며, 아마 작가의 애초 의도도 그러했으리라 짐작된다.

2 배찬 : ①② 배챈　④ 뱃찬

3 배차다 : (다짐이나 결심으로 하는 말이) 매우 자신 있다.(임)

4 어칠비칠 : 쓰러질 듯이 자꾸 비틀거리는 모양.

김 씨는 마침 가게에 나와서 있다가 반겨하면서, 낮에 전위해[5] 정 주사네 집에까지 가서 유 씨만 만나 우선 대강 이야기는 했다고, 그래도 미흡한 것 같아 이렇게 정 주사가 지나가기를 지키고 있었노라고, 선뜻 혼담을 내놓던 것이다.

정 주사는 처음 ××은행 군산 지점의 고태수라는 말을 듣고, 며칠 전 미두장 앞에서 봉변을 할 때에 그 사람이 내달아 말려 주던 일이 생각나서 혼자 얼굴이 붉으려고 했다. 그러나 한편, 사람의 인연이라는 것이 이러한 것이로구나 하는 신기한 생각도 없지 않았다.

"글쎄 그이가요!……"

김 씨가 연달아 참새같이 재잘거리기 시작한다.

"……근 일 년 짝이나 우리 집에서 기식을 허구 있지만, 두구 본다 치면 볼수록 얌전하겠지요! 요새 젊은이허군 그런 이가 있기두 쉽지 않을 거예요!"

"네에, 내가 보기에두 과히 사람이 상스럽지는 않을 것 같드군요."

정 주사는 태수의 차악 눈에 안기는 모습을 다시 한번 머릿속에 그려 보면서 미상불 그럴듯하다고 했다.

"그이 말두 그래요…… 정아무개 씨라구 그리니깐, 아 그러냐구, 그 어른 같으면 인사는 못 이뤘어두 가끔 뵈어서 안면은 익혀 안다구……."

"그러나저러나 거, 근지(根地)[6]가 어떤지?"

"원이 서울이래요. 과부댁 외아들인데, 양반이구. 그래서 지끔두 재갸네[7] 본댁에서는 솟을대문을 달구, 안팎으루 종을 부리믄서 이애 여봐라 허구 그런대나요, 재산두 벼 천이나 허구…… 그래서 그이가 월급 받는 건 담뱃

---

5 전위하다(轉位--) : 자리를 옮기다.
6 근지(根地) : 사물의 본바탕. 자라 온 환경과 경력을 아울러 이르는 말.
7 재갸네 : ⑤ 자기네(이하에서 모두 '재갸'라는 방언 표현을 '자기'로 고쳐 놓고 있음.)

값이나 허지, 다달이 재갸네 본댁에서 돈을 타다 쓰군 해요. 그건 나도 가끔 각지편지[爲替書留][8]가 오는 걸 보니깐요, 그리구 은행에 다니는 것두, 인제 크게 무얼 시작할 양으루 일 배울 겸 소일삼아서 그러는 거래요······ 이런 이야기야 그이가 어디 재갸 입으루 하나요? 그이 친구헌테 들엄들엄 들은 소문이지."

"나이는 몇이라지요? 스물육칠 세 되었지?"

"스물여섯······ 그러니깐 갑진 을사, 을사생(乙巳生)[9]이지요. 재작년 봄에 경성서 전문대학교를 졸업허구, 그 은행에 들어갔다가 작년에 일러루 전근이 돼서 내려왔대요."

"네에!"

정 주사는 잠깐 딴생각을 하느라고 건성으로 대답을 했다.

대체 그만큼 기구가 좋은 집안의 자제로 외양도 반반하겠다,[10] 한데 어째 스물여섯이나 먹도록 장가를 가지 아니했나? 혹시 요새 젊은 아이들이 항용 그렇듯이 제 집에 구식 본처를 두어 두고, 또는 이혼을 하고 다시 신식결혼을 하려고 하는 것은 아닌가?

이러한 미심스러운 생각이 들고, 그래서 어떻게 그것을 좀 파고 물어 보았으면 싶었다.

그러나 그는 얼핏 그만두었다. 그는 혹시라도 그것이 사실이기를 저어하여[11] 물어보기가 겁이 나던 것이다.

---

8 각지편지[위체서류(爲替書留)] : 환(換)과 등기(登記)의 서류. 여기서, '환'은 멀리 떨어진 곳에 송금할 때 현금 대신 작성하는 어음이나 증서. '등기'는 발송인에게 발송증을 주고, 수취인에게서 수취 확인을 받아 두는 우편물의 한 가지.

9 을사생(乙巳生) : 1905년생. '을사늑약'이 체결된 해이다. 태수가 1905년생인데 스물여섯 살이므로 이 장면의 시간 배경이 1930년도임을 알 수 있다.

10 외양도 반반하겠다, : [1][2]에는 이 구절이 없다.

11 저어하다 : 염려하거나 두려워하다.

'아무런들 그럴 리야 없겠지…… 그렇기야 할라구.'

그는 짐짓 이렇게 씻어 덮어 버렸다. 그래도 마음 한 귀퉁이에서 찜찜해하니까, 그는 다시 마음을 다독거리는 것이다.

'아무리 허물없는 중매에미한테기로니, 그런 말을 까집어 놓고 묻는 법이야 있나?…… 차차 달리 알아볼지언정.'

[12]"원……."

그는 마침내 김 씨더러 자기 의견을 대답하되, 고태수라는 사람이 외양이 그만큼 똑똑하고, 또 지금 듣자하니 학식이며 문벌이며 다 상당하니까 그 말을 믿기는 믿겠다, 따라서 나도 가합하다[13]고 생각한다, 그러나……

"……그러나 아시다시피 내 집 형편이 너무 구차[14]해서 그런 좋은 혼처가 있어두 섬뻑 엄두가 나지를 않습니다그려! 허허……."

어쩐지 일이 묘하게 척 들어맞는 성싶어, 슬쩍 한번 넘겨짚느라고 해본 소린데, 아니나 다를까! 김 씨는 기다리고 있던 듯이, 사뭇 속이 후련하게시리……

"내애 내, 그리잖어두 그 말씀을 지금 하려던 참이에요…… 그건 아무 염려 마세요. 벌써 내가 정 주사 댁 형편 이야길 대강 했더니, 그러냐구, 그러면 어려운 댁에 괴롬 끼칠 게 없이, 재갸가 말끔 다아 대서 하겠다구, 그리는군요!…… 그런 걸 보아두 사람이 영리하구 속이 티이구 헌 게 아녜요? 호호."

"허허, 그렇지만 어디 그럴 법이야 있나요! 아널 말루 내가 몇 끼 밥을 굶구서 혼수를 마련할 값에[15]……."

---

12 [1][2]는 여기서부터 〈천량만량〉 장이-(2)절로부터-시작되고 있으나 앞서 말한 바와 같이 이는 잘못된 편집 때문인 것으로 보인다.

13 가합하다(可合--) : 무던히 합당하다.

14 구차(苟且) : 살림이 몹시 가난함. 말이나 행동이 떳떳하거나 버젓하지 못함.

정 주사는 시방 속으로는 희한하고도 굴져서[16][17] 입 저절로 흐물흐물 못 견딜 지경이다.

"온! 정 주사도 별 체면을 다 채리시려 드셔!"

김 씨는 반색을 하면서, 그런 걱정은 조금치도 하지 말라고 다시금 설명을 주욱 늘어놓는다.

결혼식은 예배당이나 공회당에 가서 신식으로 할 테니까, 또 혼인잔치도 요릿집에 가서 할 테니까, 집에서는 국수장국 한 그릇 말지 않아도 된다. 그런 것뿐 아니라 태수의 말이, 저의 모친은 규수고 결혼식이고 전부다 네 맘대로 정한 뒤에 성례 날이나 기별하면 그날 보러 내려오겠다고 한다고 한다. 부잣집 과부의 외아들인 만큼 어려서부터 저 하고 싶은 대로 하게 했고, 그래서 혼인까지도 상관을 않고 제가 하는 대로 내맡겨 둔다는 것이다. 그래서 제 말이, 인제 혼인을 하게 되면 아저씨(탑삭부리 한 참봉)와 아주머니(김 씨)한테 범백[18]을 미룰 테니 잘 알아서 해달라고 부탁을 해오던 참이다. 그러니 혼인을 하게 되면, 범절은 우리 두 집안이 상의껏 치르게 될 것이다, 한즉 퍽 순편할[19] 모양이다.

"그리구……"

김 씨는 이야기하던 음성을 일단 낮추어, 더욱 의논성 있게 소곤거리는 것이다.

"……이것은 내가 지금 말씀을 않더래두 차차 아시겠지만, 기왕이니 들

---

15 -ㄹ 값에 : '-더라도', '-ㄹ지언정'. 따라서 '마련할 값에'는 '마련하더라도', '마련할지언정'이라는 뜻.

16 굴져서 : ①② 느긋해서

17 굴지다 : 마음이 느긋하고 만족스럽다.

18 범백 : ①② 범사
    : 범백(凡百). 갖가지의 모든 것.

19 순편하다(順便--) : 마음이나 일의 진행 따위가 거침새가 없고 편하다.

어나 두세요. 그이가요…… 그 말두 혼수 비용을 재갸가 말끔 대서 하겠다는 그 말끝에 한 말인데…… 아 그 댁이 지내시기가 그렇게 어렵다니 참 안됐다구, 더구나 정 주사 어른이 별반 생화두 없으시다니 거 그래서 쓰겠나구 걱정을 해요. 하던 끝에, 그러면 재갸가 인제 혼인이나 치르구 나서 형편을 보아서 장사나 허시라구 얼마간 밑천을 둘러 디려야 허겠다구 그리겠지요!…… 글쎄 젊은이가 으쩌믄 그렇게 맘 쓰는 게 요밀조밀합니까! 온……."

이 말까지 듣고 난 정 주사는 혼자 속으로 참고 천연덕스럽게 있기가 어려울 만큼 흐흐흐흐 한바탕 웃어 젖히든지, 춤을 덩실덩실 추든지 하고 싶게 몸이 근지러워났다[20].

저편짝에서 한동안 쌀을 파느라고 분주히 서둘던 탑삭부리 한 참봉이 가게가 너끔하니까, 손바닥을 탁탁 털면서 이편으로 가까이 온다.

"정 주사, 그 혼인 꼬옥 허시우. 내가 보기에두 사람은 쓸 만합디다…… 술잔 먹기는 허나 봅디다마는……."

탑삭부리 한 참봉은 태수가 장가를 가는 것이 마치 며느리를 보게 되는 것같이 좋아서 하는 말은 말이나[21] 고정한 치가 돼서 사실대로 털어놓고 권을 하던 것이다

"그이가 무슨 술을 먹는다구 그래요!"

김 씨는 기를 쓰고 나서서 남편을 지천을 한다.

"허어! 왜 저러꼬?"

"귀성없는[22] 소릴 하니깐 그리지요!"

"먹는 건 먹는다구 해야 하는 법이야! 또오, 젊은 사람이 술을 좀 먹기루

---

20 근지러워났다 : '근지러워졌다'의 뜻으로 쓰고 있음.
21 말이나 : [5] 아니나
22 귀성없다 : 듣기에 그럴 듯한 맛이 없다.

서니 그게 대순가? 정주산 그런 건 가리잖는 분네야, 그렇잖수? 정 주사
……."

"허허, 뭐……."

"아녜요, 정 주사…… 그인 술 별루 먹잖어요. 난 먹는 걸 못 봤어요."

"뭐, 그거야 먹으나 안 먹으나……."

"그래두 안 먹는걸요!"

"난 보니깐 먹던데?"

"언제 먹어요?"

"요전날 밤에두 장재동 골목에서 취한 걸 본걸?"

정 주사는 실로(진실로 그렇다) 태수가 술은 백 동아리²³를 먹어도 괜찮
다고 생각하면서, 탑삭부리 한 참봉네 싸전가게를 나섰다.

그는 김 씨더러 집에 돌아가서 잘 상의도 하고, 또 아무려나 당자인 초
봉이 제 의견도 물어 보고, 그런 뒤에 다 가합하다고 하면, 곧 기별을 해주
마고 대답은 해두었다.

그러나 그런 건 인사삼아 한 말이지 아무래도 상관없었다.

그 당장에서 정혼²⁴을 해도 좋았을 것이었었다.

미상불 그는 선 자리에서, 여보 일 잘되었소, 자 그 혼인 합시다, 사주단
자²⁵에 택일(擇日)까지 아주 합시다. 책력²⁶ 이리 가져오시오, 이렇게 쾌히
요정²⁷을 지어 버리고 싶기까지 했었다.

---

23 동아리 : '동이'의 방언 또는 구어. '동이'는 물 따위를 담는 질그릇, 또는 그것에 담아 그
  분량을 세는 단위.
24 정혼(定婚) : 혼인을 정함.
25 사주단자(四柱單子) : 혼인이 정해진 뒤 신랑 집에서 신부 집으로 신랑의 사주를 적어서
  보내는 종이.
26 책력(冊曆) : 일 년 동안의 월일, 해와 달의 운행, 월식과 일식, 절기, 특별한 기상 변동
  따위를 날의 순서에 따라 적은 책.

아무것도 주저하거나 거리낄 것이 없었다. 김 씨의 말이, 자기 부인 유
씨도 이야기를 다 듣고 나서 가합한 양으로 말을 하더라니까, 그러면 되었
고, 당자 되는 초봉이가 혹시 어떨는지 모르지만, 가령 제가 약간 싫은 일
이라도 그애는 부모가 시키는 노릇이면 다 그대로 좇는 아인즉슨, 또한 성
가실 일이 없을 터였었다.

그러나마 사람 변변치 못한 것을 제 배필로 골랐을세 말이지, 고태수 그
사람이 오죽 도저한가![28] 도리어 과한 편이지.[29]

처음 김 씨가 혼담을 내놓았을 때에 정 주사의 머릿속에 그려지는 태수
의 정체는, 시방처럼 선명한 자격은 보이지 않았고, 매우 막연한 것이었었
다[30].

그렇던 것이 김 씨가 이야기를 한 가지씩 한 가지씩 해가는 대로 차차
선명하게 미화(美化)되어 가기 시작했었다.

그것은 마치 캔버스 위에서 화필(畵筆)이 노는 대로 그림의 선과 색채가
한 군데씩 두 군데씩 차차로 뚜렷해지다가, 마침내 훤하게 인물이 나타나
는 것과 같았다.

정 주사의 머릿속에서 조화를 부리기 시작한 태수의 영상은, 그가 '전문
대학'을 졸업했다는 데 이르러서 비로소 선명해졌고, 다시 정 주사한테 장
사 밑천을 대준다는 데서 완전히 미화되어 버렸었다.

---

27 요정(了定) : 결판을 내어 끝마침.
28 도저하다(到底--) : 학식이나 생각, 기술 따위가 아주 깊다. 행동이나 몸가짐이 빗나가
   지 않고 곧아서 훌륭하다.
29 도리어 과한 편이지.
   : [5]만 여기서 단락을 구분하고 다음과 같이 인용문으로 바꿔서 표현하고 있다.
   "도리어 과한 편이지"
30 정체는,~것이었었다 : [1][2] 모습은 그리 투철한 인물이아니고 매우 히미한 영상(映像)
   이엇섯다

골고루 골고루, 대체 요렇게 마침감으로 똑 떨어진 신랑감이 어디 가서
다른 집 몰래 파묻혔다가 대령하듯이 펄쩍 뛰어나왔는고, 생각하면 자꾸만
꿈인가 싶어진다[31].

그는 이 혼인을 하기로 마음에 작정을 하고 나서는, 한번 돌이켜, 마치
시관[32](試官)이 주필[33]을 들고 글을 끊듯이[34] 사윗감인 태수를 끊는다.

자자에[35] 관주[36]다.

태수의 눈찌[37]가 좀 불량해 보이는 것이랄지, 사람이 반지빠르고[38] 건방
져 보이는 것이랄지, 더욱 무엇보다도 마음 찜찜한 구석은, 그가 조건 붙은
새장가를 들려고 하는 것이 아닌가 미심다운 것, 이런 것들은 다 모른 체
하고 슬슬 넘겨버린다.[39]

죄다 관주를 주어놓고서, 정 주사는 어떻게 해서 누가 준 관주라는 것은
상관 않고, 사윗감이 관주인 것만을 기뻐한다.

아들놈이 여느 때에 공부를 잘못하는 줄을 알면서도, 통신부[40]의 성적이
좋으면 기뻐하는 게 부모다. 이거야 선량한 어리석음이구나 하겠지만, 정
주사는 그러한 인정이라 하기도 어렵다.

---

31 생각하면 자꾸만 꿈인가 싶어진다 : ①② 하고 고개가 절로 끄덕끄덕 해젓다
32 시관(試官) : 조선 시대에, 과거 시험에 관계되는 관원들을 통틀어 이르던 말.
33 주필(朱筆) : 붉은 먹이나 붉은 잉크를 묻혀 쓰는 붓. 또는 그것으로 쓴 글.
34 끊다 : 잘잘못을 따져서 평가하다.
35 자자에(字字-) : 글자마다.
36 관주(貫珠) : 예전에, 글이나 시문(詩文)을 하나하나 따져 보면서 잘된 곳에 치던 동그라미.
37 눈찌 : ①②④ 눈짜   ⑤ 눈자위
       : 흘겨보거나 쏘아보는 눈길.
38 반지빠르다 : 말이나 행동 따위가 어수룩한 맛이 없이 얄미울 정도로 민첩하고 약삭빠르다.
39 이 부분에서 ①②에는 독립된 단락으로 다음과 같은 문장이 삽입되어 있다.
       : 학과시험 잘못치룬놈이 선생 술대접하고 일공공(滿點)맞듯이 태수도 지리 관주를 마
       텄다.
40 통신부(通信簿) : '생활 통지표'의 전 용어.

아무튼 그래서 정 주사는 시방 크게 만족하여 가지고 콩나물고개를 넘어가고 있다.

그는 바로 며칠 전에 이 콩나물고개를 이렇게 넘어가면서 초봉이의 혼인과 및 그 결과에 대해서 공상을 했었고, 하던 그대로 모든 일이 맞아떨어진 기쁨을 안고서 오늘은 이 고개를 넘느니라 생각하면, 이놈 콩나물고개란 놈이 신통한 놈이로구나 싶어, 새삼스럽게 좌우가 둘러 보이는 것이다[41].

"자아, 그래서 돈이 생기면……."

느긋하게 궁리를 하면서, 정 주사는 천천히 집을 향하고 걸어간다.

대체 얼마나 둘러 주려는고? 한 오륙백 원?…… 오륙백 원쯤 가지고야 넘고 처져서 할 게 마땅찮고…… 아마 돈 천 원은 둘러주겠지. 혹시 몇 천 원 척 내놓을지도 모르고.

한데, 무슨 장사를 시작한다?…… 싸전? 포목전? 잡화전?…… 그런 것은 이문이 박해서 할 것이 못 되고…….

가만히 미두를 몇 번 해보아? 그래서 쉽게 한밑천 잡아?

에잉! 그건 못쓰지. 그랬다가 만약 실수나 하고 보면, 체면도 아니려니와 모처럼 잡은 들거린[42]데 방정을 떨어서야…….

그러면 무얼 해야만 하기도 수나롭고 이문도 박하잖고 두루 괜찮을꼬? [43]

초봉이는 가게 일로 아직 돌아오지 않았고, 계봉이와 형주는 건넌방으

---

41 기쁨을~것이다
　: [1][2] 것을 하눌이 씨어대는 노릇이기도 한듯시퍼 못내 히한햇고 일이그러케 히한한
　　만큼 기쁨도 생각하면 할수록 더 커갓다
42 들거리 : 장사나 영업의 기초가 되는 돈이나 물건.(임)
43 [5]만 이 부분에서 줄 간격을 띄지 않고 있다. [1][2]는 회차가 바뀌고 있다.

로 쫓고, 병주는 저녁 숟갈을 놓던 길로 떨어져 자고, 시방 정 주사 내외가 단둘이 앉아 초봉이의 혼담 상의에 고부라졌다.

"나두 한 참봉네 집에서 두어 번이나 보기는 했수마는……."

유 씨는 삯바느질로 하는 생수⁴⁴ 깨끼적삼⁴⁵을 동정⁴⁶을 달아가지고 마침 인두를 뽑아 들면서, 문득 이런 말을 비집어 낸다.

"……외양두 다 똑똑허구 허긴 헌데, 어찌 눈짜가 좀 독해 뷕디다아?"

"아냐, 거 그 사람의 눈이 독한 눈이 아니야……. 그러구저러구 간에, 여보! 그렇게까지 흠을 잡아낼래서야 사웃감을 깎아 맞춰야 하지, 어디……."

정 주사는 발을 따악 개키고 몸뚱이를 좌우로 흔들흔들, 양말 벗어던진 발샅⁴⁷을 오비작오비작⁴⁸ 후비고⁴⁹ 앉아서, 누구와 구누⁵⁰나 하는 듯이⁵¹ 연신 눈을 깜작깜작, 자못 유유한 태도다⁵².

"글쎄, 나두 그것이 무슨 대단한 흠이라는 것이 아니라, 그렇단 말이지요, 머…… 아무튼지 사람은 그만하면 괜찮겠습디다."

"괜찮구말구! 그만하면…… 그런데 거, 그 사람이 술을 좀 먹는 모양이지?"

이번에는 정 주사가 탈을 잡는 체한다. 한즉은 유 씨가 이번에는 차례

---

44 생수(生手) : 품질이 좋은 비단의 하나인 생소갑사(生素甲紗).(임)

45 깨끼적삼 : 안팎 솔기를 발이 얇고 성긴 깁을 써서 곱솔로 박아 지은 적삼.

46 동정 : 한복의 저고리 깃 위에 조붓하게 덧대어 꾸미는 하얀 헝겊 오리.

47 발샅 : 발가락과 발가락의 사이.

48 오비작오비작 : 좁은 틈이나 구멍 속을 자꾸 함부로 파내는 모양.

49 후비고 : ⑤ 우비고

50 구누 : '서로 눈짓이나 말 따위로 몰래 연락함. 또는 그런 신호.'라는 뜻의 '군호(君號)'가 변한 말로 보인다.

51 누구와 구누나 하는 듯이 : ①② 누구와 구늬나 하는드끼   ④ 누구와 구누나 하는드끼 ⑤에는 이 구절이 아예 누락되어 있다.

52 자못 유유한 태도다 : ①② 천연덕스럽게 태수를 싸고돈다

돌림이나 하듯이 부리나케 그것을 발명하기를……

"당신두 원 별소리를 다아 하시우!…… 시체 젊은애들치구 술잔 안 먹는 사람이 백에 하나나 있답디까? 젊은 기운이구 허니 술 좀 먹는 것두 괜찮아요! 많이 먹어야 낭패지."

"것두 미상불 그렇기는 그래!…… 사내자식이 너무 괴타분한[53] 것보담은 술잔 먹구 다아 그러는 데서 세상 조화두 부리구 하는 법이니깐."

"거 보시우……."

유 씨는 돋보기 너머로 남편을 흘끗 넘겨다보면서 한바탕 구박이 나온다.

"……당신두 인제야 그런 줄 아시우?…… 세상에 당신같이 괴탑지근한 이가 어디 있습디까?…… 담보 있게 술 한 잔 먹어 볼 생각 못해보구, 그래 그렇게 늘 잔망스럽게[54] 살아왔으니 어떻수? 만래[55]가 요지경이 아니우?"

정 주사는 할 말이 없으니까 한바탕 꺼얼껄 웃더니, 여태 발살 후비던 손가락을 올려다가 못생긴 코밑수염을 양편으로 싸악싹 꼬아 올린다. 암만 그래도 그놈이 카이젤수염은[56] 되지 못하고 죽지가 처지는 것이고.

"아, 그런데 말야!…… 그애가……."

정 주사는 무렴[57] 끝에 서시렁주웅하고[58] 이야기를 내놓는 모양인데, 그는 벌써 태수를 '그애'라고 애칭(愛稱)을 한다.

---

53 괴타분하다 : 고리타분하다.

54 잔망스럽다 : 보기에 태도나 행동이 자질구레하고 가벼운 데가 있다.

55 만래 : 1 2 4 말래   5 말로
  : 만래(晚來). 늦은 뒤. 노래(老來).

56 카이젤수염 : 카이저수염(Kaiser鬚髥). 양쪽 끝이 위로 굽어 올라간 콧수염. 독일 황제 빌헬름 이세의 수염 모양에서 유래한다.

57 무렴 : 5 무렁

58 서시렁주웅하고 : '능치면서', 즉 '어떤 행동이나 말 따위를 문제 삼지 않고 넘기면서' 정도의 뜻으로 쓰이고 있음.

"……글쎄 우리 초봉이를 벌써 지난 초봄부터 알았다는구려?…… 그래 가지굴랑은⁵⁹ 저 혼자만 애가 달아서, 머 여간 아니었다더군 그래! 허허."

"시체 사람들은 다아 그렇게 연앨 해야만 장가를 온다우. 우리 애가, 너무 내차기만 허구, 그래서 남의 집 젊은 사람이라면 눈두 거듭떠보질 않지만…… 그러나저러나 간에 나는 그 사람 재갸네 집에서, 어쩌면 그렇게 통히 당자한테 내맽기구 맘대루 하게 한다니, 그 속 모르겠습디다! 신식이요 개명한 집안이면 다아 그렇기는 하답디다마는……."

"아 여보, 그럴 게 아니오?…… 과부의 외아들이겠다, 제 집안이 넉넉하겠다, 허니 자연 조동⁶⁰으루 자랐을 것이요, 그래서 입때까지 장가두 들지 않구 있었던 게 아니오? 그러니깐 장가를 가더라두 제 맘대루 골라서 제 맘대루 갈려구 할 것이고, 저의 집에서두 기왕 그래 오던 것이니, 쯧! 모르겠다, 다아 네 마음대로 해라, 맘대루 해서 하루바삐 장가나 가거라, 이럴 게 아니오? 사리가 그러잖소?"

두 내외의 태수의 위인이랄지, 또 혼인하기에 꺼림칙한 점이랄지는 짐짓 말 내기를 꺼려했고, 혹시 말이 나오더라도 서로 그것을 싸고돌고 안고 돌아가고 하느라고 애를 썼다. 마치 자리 잡은 부스럼이나 동티⁶¹나는 터줏대감⁶² 건드리기를 무서워하듯.

그들은 진실로 이러하다. 그들은 딸자식 하나를 희생을 시켜서 나머지 권솔이 목구멍을 도모⁶³하겠다는 계책⁶⁴을 적극적으로 세우고 행하고 할

---

59 …… 그래가지굴랑은 : ①② 그래가지구서는
60 조동(躁動) : 조급하고 망령되게 움직임. 경거망동.
61 동티 : 땅, 돌, 나무 따위를 잘못 건드려 지신(地神)을 화나게 하여 재앙을 받는 일. 또는 그 재앙. 건드려서는 안 될 것을 공연히 건드려서 스스로 걱정이나 해를 입음. 또는 그 걱정이나 피해를 비유적으로 이르는 말.
62 터줏대감(-主大監) : 집단의 구성원 가운데 가장 오래된 사람을 이르는 말.
63 도모(圖謀) : 어떤 일을 이루기 위하여 대책과 방법을 세움.

담보는 없다. 가령 돈 있는 사람을 물색해내서 첩으로 준다든지, 심하면 기생으로 내앉히거나, 청루(靑樓)[65]에다가 팔거나 한다든지 그렇게 하지는 못한다.

비록 낡은 것이나마 교양이라는 것이 있어서 타성적으로 그놈한테 압제를 받기 때문이다.

교양이 압제를 주니 동물적으로 솔직하지 못하고 인간답게 교활하다.

해서, 정 주사네는 시방 태수와 이 혼인을 함으로써 집안이 셈평을 펴게 된 이 끔찍한 행운을 당하여 한걸음 뒤로 물러서서, 이 혼인이 장차에 딸자식을 불행하게 하지나 않을 것인가 하는 의구[66]를 일으켜 가지고 그 의구가 완전히 풀리기까지 두루 천착을 해보기를 짐짓 그들은 피하려 든다. '사실'이 무섭고 무서운 소치는 너무도 '사실'이 뚜렷하고 보면 차마 혼인을 못 할 것이므로다.[67]

그리하여 그들은 이미 악취가 나는 것도 그것을 번연히 코로 맡고 있으면서 실끔 외면을 하고는, 하나가 혹시,

"어찌 좀 퀴퀴하우?"

할라치면, 하나가 얼른 내달아,

"아냐, 구수한 냄새를 가지고 그리는구려."

하고 달래고, 그러다가 또 하나가,

"그런데, 어쩐지 좀 상한 냄새가 나는 것 같군!"

할라치면, 하나가 서슬이 시퍼래서,

---

64 계책(計策) : 어떤 일을 이루기 위하여 꾀나 방법을 생각해 냄. 또는 그 꾀나 방법.
65 청루(靑樓) : 창관(娼館). 창기(娼妓)나 창녀들이 있는 집.
66 의구(疑懼) : 의심하고 두려워함.
67 '사실'~ 것이므로다.
    : ⒈⒉ 제마음을 속이는동시에 혹시 남편이, 또는 안해가, 실랑될사람의 흠집을 따들고 나서서, 캘려고할가바 실로 전전긍긍하기를 마지아니햇섯다.

"향긋허구면 그리시우!"

하고 새수빠진 소리를 하는 것을 지천을 하던 것이다.[68]

이렇듯 사리고 조심하여 눈을 가리고 아웅한 덕에, 내외의 의견은 더 볼 것도 없이 맞아떨어졌던 것이다.[69]

정 주사는 아랫동네의 약국으로 마을을 내려가려고 벗었던 양말을 도로 집어 신으면서 유 씨더러, 초봉이가 오거든 우선 서울은 절대로 보내지 않을 테니 그리 알고, 겸하여 이러저러한 곳에 혼처가 났으니, 네 의향이 어떠냐고 물어보라는 말을 이른다.

"성현두 다아 세속을 쫓는다는데, 그렇게 제 의향을 물어 보는 게 신식이라면서?"

정 주사는 마지막 이런 소리를 하면서 대님[70]을 다 매고 일어선다.

"그럼, 절더러 물어보아서 제가 싫다면 이 혼인을 작파하실려우?"

유 씨는 그저 지날말같이 웃음엣말같이 한 말이지만, 은연중에 남편을 꼬집는 속이다. 그러나 그것은 일변 유 씨가 자기 자신한테도 일반으로 마음 결리는[71][72] 데가 없지 못해서 말이다[73].

"제가 무얼 알아서 싫구 말구 할 게 있나?⋯⋯ 에미 애비가 조옴 알아서 다아 제 배필을 골랐으리라구."

---

68 그리하여~하던 것이다.(6단락)
　: 이 내용은 [1][2]에는 없는 것이다.
69 이렇듯~맞아떨어졌던 것이다.
　: [1][2] 그래서 새리고 조심하고 한 덕으로 내외의 의견은 잘 마저 떠러젓다.
70 대님 : 한복에서, 남자들이 바지를 입은 뒤에 그 가랑이의 끝 쪽을 접어서 발목을 졸라매는 끈.
71 결리는 : [5] 걸리는
72 결리다 : 표준국어대사전에는 '마음에 꺼리어 맺히다'라는 뜻의 북한어로 되어 있음.
73 일반으로~말이다 : [1][2] 조지는말이다

"그린 걸, 제 뜻을 물어 보랄 건 무엇 있소?"

"대체 여편네하구는, 잔소리라니!…… 글쎄 물어 보아서 저두 좋아하면 더할 나위 없는 것이고, 만약에 언짢아하거들랑 알아듣두룩 깨우쳐 일르지?"

"그걸 글쎄 낸들 어련히 할까봐서 그리시우?…… 잔소린 먼점 해놓구설랑…… 어여 갈 데나 가시우."

정 주사는 핀잔을 먹고서야 그만 해두고 마루로 나간다.

마침 대문 여는 소리가 들렸다. 유 씨는 초봉이가 돌어오나 하고 귀를 기울였으나 마당에서 정 주사와 인사를 하는 승재의 음성이다.

'오오, 승재가!……'

유 씨는 새삼스럽게 승재한테 주의가 가던 것이다. 그럴 내력[74]이 있었다.

유 씨는 실상인즉 진작부터서 초봉이가 승재한테 범연치 않은 기색을 눈치 채고 있었다.

그래서, 꼭이 그래서뿐만 아니지만, 그첨저첨해서[75] 그는 승재를 맏사윗감으로 꼽고서 두루 유념을 해왔던 것이다.

말이 많지 않고, 보매는 무뚝뚝한 것 같아도 맘이 끔찍이 유순하고 인정이 있는 것이 무엇보다도 유 씨의 마음에 들었다.

한번 그렇게 마음에 들고 나니 그 담엣 것은 다 제풀로 좋게만 보였다.

그의 듬직한 성미는 사람이 무게가 있는 것같이 미더운 구석이 있어 보였다.

그가 지금은 다 그렇게 궁하게 지내지만, 듣잔즉 늘잡아서[76] 내년 가을이면 옹근 의사가 된다고 하니, 의사가 되기만 되는 날이면 돈도 벌고 해

---

74 내력(來歷) : 지금까지 지내온 경로나 경력. 일정한 과정을 거치면서 이루어진 까닭.

75 그첨저첨해서 : 그참저참해서. '겸사겸사해서'의 전라도 방언.

76 늘잡다 : 기한이나 길이 따위를 넉넉히 늘려 잡다.

서 거드럭거리고 지낼 거야 묻지 않아도 빤히 알 일이요, 그러니 그때 가서는 마음 턱 놓고 딸을 줄 수가 있을 것이었었다.

하기야 한 가지 마음 걸리는 데가 없지도 않았다.

승재는 부모도 없고 친척도 없이 무 대가리같이 굴러다니는 사람인 걸, 도대체 근지가 어떠한지 알 수가 없었다.

옥에 티라고나 할까, 이것 한 가지가 유 씨의 승재에게 대한 불안이었다.

그러나 궁하면 통한다는 묘리대로, 그것 또한 변법[77]이 없으리라는 법은 없었다.

'지금 세상에 근지가 무슨 아랑곳 있나?'

'양반은 어디 있으며, 상놈이 어디 있어?'

'저 하나 잘나고 돈만 있으면, 그게 양반이지.'

이렇게 유 씨는 이녁[78]의 편리를 위하여 승재의 근지 분명치 못한 것을 관대하게 처분을 내렸었다.

그러나 그렇다고, 명년 가을에 승재가 의사가 되기를 기다려 그를 사위를 삼겠다고 정녕코 작정을 한 것은 아니었었다. 역시 사윗감으로 좋게 보고서 눈여겨두었을 따름이지.

유 씨는 그러했지만 정 주사는 결단코 그렇지 않았었다. 그는 승재 따위는 애당초 마음도 먹어본 일이 없었다.

물론, 승재가 생김새와는 달라 인정이 있고, 행동거지가 조신한[79] 것은 정 주사 자신도 두고 겪어 보는 터라 모르는 바는 아니었었다.

그러나 당장 눈앞에 보이는 초라한 승재, 그가 의사가 되어가지고 돈도

---

77 변법(辯法, 辨法) : 어떤 일에 대처하는 방법.

78 이녁 : ①② 자기
    : 듣는 이를 조금 낮추어 부르는 이인칭 대명사. 하오할 자리에 쓴다.

79 조신하다 : 몸가짐이 조심스럽고 얌전하다.

많이 벌고 의표[80]도 훤치르르하고, 이렇게 환골탈태해서[81] 척 정 주사의 눈앞에 현신[82]을 한다면, 그때 가서야 정 주사의 생각도 달라지겠지만, 시방의 승재로는 간에도 차지를 않았다[83]. 그는 유 씨처럼 승재가 일후[84] 잘 되게 되는 날을 미리 생각해보려고를 않던 것이다.

그러므로 만약 초봉이가 승재한테 무슨 다른 기색이 있는 눈치를 안다거나, 또 유 씨라도 승재를 가지고, 자, 약시[85] 이만저만하고 이만저만해서, 나는 이 사람을 초봉이의 배필로 마땅하다고 생각하는데 당신은 어떻게 생각하시오, 이렇게 상의를 한다면 정 주사는 마구 훌훌 뛸 것이었었다.

대체 어디서 굴러먹던 뉘 집 뼈다귄지도 모르는 천민(賤民)을 가지고 어엿한 내 집 자식과 혼인을 하다니 그런 해괴망측한 소리가 있더란 말이냐고, 그 노랑 수염을 연신 꼬아 추키면서 냅다 냉갈령[86]을 놓았을 것이었었다. 그 끝에 유 씨한테 듭신 지천을 먹기도 하겠지만.

아무튼 그래서 유 씨는, 남편의 그러한 솔성[87]을 잘 아는 터라, 아예 말눈치[88]도 보이지 않고 그저 그쯤 혼자 속치부[89]만 해두고 오늘날까지 지내왔었다.

---

80 의표(儀表) : 몸을 가지는 태도. 또는 차린 모습.
81 환골탈태(換骨奪胎) : 뼈대를 바꾸어 끼고 태를 바꾸어 쓴다는 뜻으로, 사람이 보다 나은 방향으로 변하여 전혀 딴사람처럼 됨.
82 현신(現身) : 아랫사람이 윗사람에게 처음으로 자신을 보임.
83 달라지겠지만,~않았다 : [1][2] 달러질터이지만 지금 안저서는 문제도 되지아니한다
84 일후(日後) : 뒷날.
85 약시(若是) : 이러함.
86 냉갈령 : 몹시 매정하고 쌀쌀한 태도.
87 솔성 : [1][2] 심정
　　　 : 솔성(率性). 타고난 성질. 천성을 좇음. 본성.
88 말눈치 : 말하는 가운데에 은근히 드러나는 어떤 태도.
89 속치부(-置簿) : 잊지 아니하고 마음속에 새겨 둠.

그러자 오늘 별안간, 고태수라는 신랑감이 우선 외양도 눈에 차악 낄 뿐만 아니라, 천하에도 끔찍한 이바지[90]를 가지고서 선뜻 눈앞에 나타났던 것이다.

유 씨는 태수가 나타나자 그의 외양과 들이미는 소담스런 이바지에 그만 흠탁[91]해서 여태까지 유념해 두고 지내던 승재는 미처 생각할 겨를도 없이 태수 하나만 가지고 여부없이[92] 작정을 해버렸던 것이다. 태수는 혼자 가서 첫째를 한 셈이다.

유 씨는 그렇게 작정을 하고 나서 그러고도 종시 승재라는 존재를 잊어버리고 있는데, 마침 승재의 음성이 들리니까 비로소 주의가 갔던 것이다.

유 씨는 그제서야 승재를 태수와 대놓고 보았다. 그러나 그것은 마치 쌍으로 선 무지개처럼, 빛이 곱고 선명하니 가깝게 있는 며느리 무지개는 태수요, 뒤로 넌지시 있어 희미한 시어머니 무지개는 승재인 양, 도시[93] 이러니저러니 할 것도 없을 성싶었다.

태수가 그처럼 솟아 보이는 것이 흡족해서, 유 씨는 무심코 빙그레 웃기까지 한다.

그러나 그 끝에 문득, 그만큼이나 무던하다고 본 승재를 그대로 놓치게 되는가 하면 일변 아까운 생각도 들었다.

이 아깝다는 생각에는, 그보다 앞서서 욕심 하나가 돋쳐[94] 나왔었다. 그는 승재를 그냥 놓아버릴 게 아니라 작은딸 계봉이의 배필로 붙잡아 두고

---

90 이바지 : 힘들여 음식 같은 것을 보내줌. 또는 그 음식.
91 흠탁 : 우한용은 '欽歎과 같은 뜻. 흠탄은 아름다움을 탄상하는 것. 여기서는 지극히 만족하다의 뜻'이라 풀고 있다. 표준국어대사전에는 이 말이 등재되어 있지 않다.
92 여부없다(與否--) : 조금도 틀림이 없어 의심할 여지가 없다.
93 도시(都是) : 도무지.
94 돋치다 : 돋아서 내밀다.

싶던 것이다.

지금 스물다섯 살이라니까 계봉이와는 나이 좀 층이 지기는 해도, 여덟 해쯤 대사가 아니었었다. 그러니 아무려나 승재는 그 요량으로 유념해 두고서 후기[95]를 보기로 작정했다. 하고 본즉 유 씨는 하룻밤에 한 자리에 앉아서 큰사위 작은사위를 다 골라 세운 셈이 되고 말았다.

아홉 시나 되었음직해서 초봉이가 돌아왔다.

유 씨는 들어오는 초봉이의 얼굴을 보자마자 깜짝 놀란다.

"너 어디 아프냐?"

눈이 폭 갈리고 해쓱한 얼굴이며 더구나 핏기 없는 입술이, 결코 심상치가 않았던 것이다.

"아니."

초봉이는 대답은 해도 말소리에 신명이 하나도 없고, 방으로 들어서자 접질리듯[96] 주저앉는 몸짓에도 완구히 맥이 없어 보인다.

유 씨는 바느질하던 것도 내려놓고 성화스럽게 딸을 바라본다.

"아니라께? 응?…… 저녁은 아까 형주가 날라 갔지? 먹었니?"

"네에."

"그럼 늦게 일을 해서, 시장해서 그리나 보구나?"

"아니."

"그럼 왜 신색[97]이 저러냐?…… 어디가 아픈 게루구면? 분명히 아픈 게야!"

"아이, 어머니두!……"

초봉이는 강잉해서[98] 웃으려고 하는 모양이나, 웃는다는 게 웃는 것 같

---

95 후기(後期) : 뒷날의 기약.
96 접질리다 : 심한 충격으로 지나치게 접혀서 삔 지경에 이르다.
97 신색(身色) : 몸의 표면에 나타나는 빛깔.

지도 않다.

"……내가 어쨌다구 그리시우? 난 아무렇지두 않은데."

"아무렇지도 않은 게 다아 무어냐? 사람이 꼬옥 중병 치르구 난 것처럼 신색이 틀렸는걸…… 어디가 아파서 그러거던 아프다고 말을 해라! 약이라두……."

"아프긴 어디가 아프우 ? 아무렇지두 않다니깐."

초봉이는 성가신 듯이 이마를 가늘게 찌푸린다.

초봉이는 아까 아침에 나갈 때만 해도 넘치게 명랑했었다.

오늘은 저녁때부터 새 주인한테 가게를 아주 넘겨주고 내일 하루는 집에서 쉬고 모레는 밤차로 서울로 가고 한다고, 사람이 본시 진중하니까99 사뭇 쌔왈거리거나 하지는 않았어도, 혼자 속으로 좋아서 못 견디어하는 눈치는 완연했었다.

그는 그새도 늘 어머니만 믿으며 어쨌든지 아버지가 못 가게 막지 못하도록 가로맡아100 주어야 한다고, 모녀가 마주앉기만 하면 뒤를 누를 겸 신신당부를 했고, 오늘 아침에 나갈 적에도 모친을 가만히 부엌으로 불러내어 그 말을 하면서, 모친이 염려 말라고 해주니까, 그저 입이 벙싯벙싯하는 것을 손등으로 가리고 나가기까지 했었다.

그랬었는데 지금 저녁에는 갑자기 신색이 말이 아니게 틀려가지고 맥이 없이 들어오니까, 유 씨는 처음에는 필경 몸이 아파서 그러는 줄로만 애가 쓰여서 그다지 성화를 한 것이다.

그러나 차차 보니, 제 말대로 역시 몸이 아픈 것은 아니고 무엇을 걱정하는 것 같은, 낙담한 것 같은 그런 기색이 보였다.

---

98 강잉하다(强仍--) : 억지로 참다. 또는 마지못하여 그대로 하다.
99 진중하다 : 무게가 있고 점잖다.
100 가로맡다 : 남의 할 일을 가로채서 맡거나 대신해서 맡다.

그러면 혹시 가려던 서울을 못 가게 되어서 그런 것이나 아닌가. 물론 집안엣 일을 제가 그새 벌써 알았을 이치는 없고, 그렇다면 달리 무슨 곡절[101]이 생긴 모양인데…… 대체 어찌 된 까닭인고?…… 유 씨는 이렇게 두루 생각을 해보느라고 잠잠히 손끝의 바늘만 놀리고 있다.

초봉이는 잠자코 한동안 말이 없이 앉았다가 문득,

"어머니, 난 서울 못 가게 됐다우!"

하는 게, 마치 성가신 남의 말을 겨우 전갈하듯 한다.

"으응? 왜?"

유 씨는 속으로는 그런 것 같더라니 하고서도 짐짓 놀란다. 그는 짐짓 놀라는 체했지, 속으로는 그거 일은 실없이 잘되었다고 마음에 썩 다행스러웠다.

유 씨는 방금 오늘 아침까지도 딸더러 부친이 막는 것은 가로맡을 테니 염려 말라고 장담을 하면서 서울로 가라고 해왔었다.

그러던 것을 그날 하루가 다 못 가서 같은 그 입을 가지고, 이애 너 서울 못 간다, 이 말을 하기는 아무리 모녀지간이요, 또 갑자기 좋은 혼처가 나선 때문이지만, 그래도 낯간지러운 노릇이었다.

그런데 계제에 제가 먼저 서울을 가지 못하게 되었단 말을 하고 보니 유 씨는 이런 순편할 도리가 없던 것이다.

초봉이는 제가 한 말이고 모친이 묻는 말이고를 다 잊어버린 듯이 우두커니 앉아 있다가 겨우 내키지 않게……

"아저씨가 오지 말래요."

"아저씨? 제호 말이지?"

"네에."

---

101 곡절(曲折) : 순조롭지 아니하게 얽힌 이런저런 복잡한 사정이나 까닭.

"왜? 어째서?"

물어도 초봉이는 고개를 숙이고 대답이 없다.

"아니, 글쎄……."

유 씨는 서슬을 내어 성구려 든다.

"……제가 자청을 해서 가자구 해놓구는 인제는 또 오지 말란다니, 그건 무슨 놈의 변덕인구?…… 그런 실없은 일이 어딨다더냐?"

물론 이편은 버젓한 혼인을 하게 된 고로, 그렇지 않아도 일을 파의[102]시켜야 할 판이었고, 그러니 절로 파의가 된 것이 다행이기도 하지만, 그건 그것이고 이건 이것이지, 생각하면 괘씸하고 도무지 경우가 그른 짓이다.

일껏 제 입으로 가자고 가자고 해서 다 말 짜듯이 짜놓고는, 인제 슬며시 오지 말라고 한다니, 그래서 남의 집 어린 자식을 저렇게 신명이 떨어져서 죽을 상 되게 하다니.

요행 보내지 않기로 조금 전에 작정을 했기에 망정이지, 그렇지 않았다면 유 씨는 단박 두 주먹을 불끈 쥐고 쫓아가서 속이라도 시원하게 시비를 가리자고 들 그의 승벽이다.

사실 그는 당장에 초봉이가 가엾은 깐으로는 그대로 부르르 달려가서 제호의 턱밑에다 주먹을 들이대고, 자, 무슨 일로 그랬습나? 그런 경우가 어딨습나? 그만두소, 그까짓 놈의 서울 안 보내도 좋읍네, 보아란 듯이 버젓한 신랑감을 골라서 혼인을 하겠읍네, 이렇게 콧구멍이 빼언하도록 몰아세워 주고 싶기도 했다.

"글쎄 우릴 만만히 보구서 그러는 게 아니냐? 대체 어째서 가자구 했다가 이제는 오지 말란다더냐?…… 답답하다. 속이나 좀 알자꾸나?"

"나도 몰르겠어요…… 그냥 오지 말라구 그리니깐……."

---

102 파의(罷議) : 의논을 그만둠.

초봉이는 곧은 대답을 않고 있다가 종시 모른다고 하고 만다.

그는 아까 저녁때 당하던 그 일을 모친한테고, 남한테고, 제 낯이 오히려 따가워서 말하기조차 창피했다.

저녁때 다섯 시가 얼마 지나서다.

바쁜 일이 없어도 바쁘게 돌아다니는 제호지만, 요새 며칠은 정말 바빠서, 오늘도 아침부터 몇 번째 그 긴 얼굴을 쳐들고 분주히 드나들던 끝에 잠깐 앉아 쉬려니까 그나마 안에서 윤희가 채어[103][104] 들여갔다.

제호가 안으로 들어가고 조금 있더니 큰소리가 들려 나오기 시작했다.

이틀에 한 번쯤은 내외간에 싸움을 하는 터라, 초봉이는 그저 또 싸움을 하나 보다 했지, 별반 귀여겨듣지도[105] 않고 있었다.

"그래, 기어코 그 계집애를 데리구 갈 테란 말이야?"

윤희의 쟁그럽게 악을 쓰는 목소리가, 마치 초봉이더러도 들으라는 듯이 역력히 들려왔다. 초봉이는 귀가 번쩍 띄었다.

"글쎄 데리구 가면 어째서 그리는 거야?"

이것은 약간 거칠게 나오는 제호의 음성이다.

"어째서라니? 내가 그 속 모를까봐서?"

"속은 무슨 속이란 말이야?"

"말은 못 하나?…… 계집애가 밴조고름하게[106] 생겼으니깐 음충맞게[107] 딴 배짱이 있어가지구설랑……"

이렇게 들려오는 윤희의 발악 소리에, 초봉이는 얼굴이 화틋[108] 달아

---

103 채어 : ④⑤ 새여
104 채다 : 갑자기 세게 잡아당기다.
105 귀여겨듣다 : 정신 차려서 주의 깊게 듣다.
106 밴조고름하다 : 반주그레하다. 겉으로 보기에 생김새가 깜찍하게 반반하다.(임)
107 음충맞다 : 음충하다. 마음이 불량하고 음흉하다.

올랐다. 그는 마침 배달하는 아이도 없이 혼자 가게에 앉아 있으면서도 고개를 들 수가 없었다.

그는 깨끗한 처녀의 마음자리에 진흙을 끼얹은 것 같아 일변 분하기도 했다.

"나잇값이나 좀 해요!······"

제호가 나무라듯 비웃듯 씹어뱉는다.

"······인전 그만하면 철두 들 때두 됐는데, 왜 점점 갈수록 고 모양이야?······ 원 내가 아무리 계집에 걸신이 들렸기루서니, 그래, 나이 자식 연갑[109]이구, 더구나 믿거라 허구서 갖다 맡기는 친구의 자식한테 손을 댈까 봐서?······ 원 히스테리두 분수가 있구, 강짜두 택이 있어야지!"

"아이구! 저 꽝우리구멍[110] 같은 아가리루다가 말은 이기죽이기죽 잘두 하네!······ 아뭏던지 말루만 이러네 저러네 해야 소용 없구, 자아, 데리구 갈 테야? 안 데리구 갈 테야? 응?"

"데리구 갈 테야!"

"정말?"

"그래."

"그럼 나두 나 하구 싶은 대루 할 테야······"

윤희의 한결 더 독살스러운[111] 소리가 잠깐 그치더니, 조금 있다가 다시······

"······자아 이거 알지? 이건 빙초산[112]이구, 이건 ××가리(××加里)······ 빙

---

108 화틋 : 확. 화끈. 갑자기 달아오르거나, 몹시 뜨거운 느낌이 일어나는 모양.
109 연갑(年甲) : 비슷한 또래의 나이. 또는 그런 사람.
110 구멍 : ⑤ 구엉
111 독살스럽다(毒煞---) : 성품이나 행동이 살기가 있고 악독한 데가 있다.
112 빙초산(氷醋酸) : 수분이 거의 섞이지 아니한 순수한 아세트산. 수분의 함유량이 5% 이

초산은 위선 그 계집애 낯바닥에다가 끼얹어 주구, 그리구 나서 ××가릴랑은 내가 먹구…… 어때? 그랬으면 시언상쾌하겠지?"

빙초산을 그 계집애 얼굴에다가 끼얹는다는 소리가 들릴 때, 초봉이는 오싹 소름이 끼치고 수족이 떨렸다.

안에서는 연달아 쾅당거리는 소리, 외치는 소리가 들리고, 그 소리가 가게께로 가까워질 때에는 초봉이는 벌써 길로 뛰어나왔었다.

그러자, 길로 뛰어나오기는 했어도, 어마지두 어떻게 할지 분간이 선뜻 나지 않아서 주춤주춤하는데, 제호가 양편 손에 약병 하나씩을 갈라 들고 씨근버근[113] 가게로 나오는 것이다.

안에서는 윤희가 아이고 대고 목을 놓고 울음을 울고, 제호는 두리번거리다가 길 가운데 가 서서 있는 초봉이더러 들어오라고 손짓을 하면서 기다란 얼굴을 끄덕거린다.

초봉이는 서먹서먹하기는 해도 가게로 들어갔다.

"이런 제기할 것!……"

제호는 들고 나왔다가 테이블 위에 놓았던 빙초산과 ××가리 병을 도로 집어 들고 들여다보면서 두덜거린다[114].

"……글쎄, 그놈의 원수가 이건 어느 결에 도독질을 해다 두었드람? 거참…… 하마트면 큰일날 뻔했지! 제기할 것…… 이거 아무래두 내가 ××가리래두 들이 마시구 죽어 버려야 할까 봐!…… 건데 초봉이?"

불러놓고도 그는 난처해 차마 머뭇거리다가 겨우 말을 잇는다.

"……이거 참 미안하게 됐는데 말이야, 응?…… 저어 이번에 말이야, 서울 같이 못 가게 될까 봐?……그러니 집에 있으라구, 집에 있으면, 내 인제

하이며, 16℃ 이하의 온도에서 얼음 모양의 결정을 이룬다.
113 씨근버근 : 숨이 몹시 차서 시근거리며 헐떡거리는 모양.
114 두덜거리다 : 남이 알아듣기 어려울 정도의 낮은 목소리로 자꾸 불평을 하다.

올라오라구 기별하께시니, 응? 초봉인 다아 내 사정 알아 줄 테니간 하는 말이니…… 제기할 것, 이놈의 세상!"

제호는 초봉이의 대답을 차마 듣기가 미안한 듯이, 제 할 말만 다 해놓고는 이내 약병을 집어 들고서 '극약 독약'이라고 쓴 약장 앞으로 가고 만다.

사맥115이 이렇게 된 사맥이고, 했고 보매 초봉이는 그렇듯 창피스런 곡절을 비록 모친한텔 값에 이야기를 하기가 낯이 뜨꺼웠던 것이다.

"그리구저리구 간에……."

유 씨는 굳이 더 캐어물으려고 하지 않고 그쯤서 짐짓 모르쇠116를 해버리면서 비로소 혼인말의 허두를 꺼내 놓되……

"……잘되었다, 그까짓 서울은 간들 실상 말이지 무슨 그리 우난 수가 있다더냐? 밤낮 그 턱이 제 턱이지…… 아주 잊어버려라, 그리구 시집이나 가거라."

초봉이는 그러나 이 끝엣 말은 심상하게 귀넘겨들었다117.

전에도 양친이 늘 마주앉기만 하면, 초봉이가 듣는 데고 안 듣는 데고 어서 시집을 보내야겠다거니 너무 늦어 가서 걱정이라거니, 이런 이야기를 하곤 했기 때문에, 오늘 저녁에도 그저 그런 지날말인 줄만 알았던 것이다.

한편 유 씨는 오늘 저녁에 그 말을 죄다 할까, 또 운만 따고서118 그만둘까 망설이던 참이다.

---

115 사맥(事脈) : 일의 내력과 갈피.
116 모르쇠 : ④ 모르세기   ⑤ 모름세
    : 아는 것이나 모르는 것이나 다 모른다고 잡아떼는 것.
117 귀넘겨듣다 : '귀여겨듣다', 즉 '정신 차려서 주의 깊게 듣다'의 반대말.
118 운(을) 따다 : 운(을) 떼다. 어떤 이야기를 하기 위하여 말을 하기 시작하다.

가자던 서울은 못 가고, 저렇게 풀이 죽어 만사에 경황이 없어하는데 혼인 이야기란 어찌 생각하면 새수빠진 듯하기도 했다.

그러나 일변 생각하면, 그 애가 그럴수록 혼인이 어울린 이야기를 해주어서 거기에다가나 마음을 돌리고 다른 것은 잊어버리도록 하는 것도 계제에 좋을 성싶었다.

그래 우선 그렇게 허두만 내놓고는, 어떻게 할까 하고 다시 한 번 궁리를 하는데 건넌방에 있던 계봉이가 마침 건너와서 살며시 들어앉는다.

그는 오늘 초저녁부터 눈치들이 이상하고 하니까, 필경 형의 혼인 이야기려니 기수[119]를 채고서 궁금증이 나서 견딜 수가 없었다.

"나두 바느질 좀 배워예지, 헤."

계봉이는 도로 쫓겨갈까봐, 아주 이런 소리를 하면서 말긋말긋[120] 눈치를 살핀다.

"여우 같은 년 같으니라구!……"

유 씨가, 누가 네 속 모를 줄 아느냐는 듯이 돋보기 너머로 눈을 흘기면서……

"……네년이 무척 바느질이 배우구 싶겠다?…… 그리다가 짜장[121] 사람 되게?"

"어이구 어머니두…… 바느질 못 한다구 시집갔다가 쫓겨오믄 어머넌 속이 시원하겠수?"

"말이나 못 하나?…… 저년이 주둥아리만 알루 까놨어!"

"해해해…… 그래두 어머니 딸은 어머니 딸이지이?"

"내 속에서 네년 같은 왜장녀[122]가 어떻게 생겨났는지 나두 모르겠다!"

---

119 기수(幾數) : 낌새.
120 말긋말긋 : 생기 있게 맑고 환한 모양. 생기 있는 눈으로 말똥말똥 쳐다보는 모양.
121 짜장 : 과연 정말로.

"그렇지만 어머니, 나는 나 같은 훌륭한 딸이 어떻게 우리 어머니 뱃속에서 나왔는고? 그게 이상한걸?"

"저년이 얄래져서[123] 한참 까불구 있구만!…… 그렇게 까불구 분주하게 굴려거든 저 방으루 건너가아!"

"내애, 그저 다소굿하구 앉아서 어머니 바느질하시는 것만 보겠습니다!"

유 씨는 계봉이를 지천은 해도, 그 애가 건너와서 분배를 놓고[124] 나니까 초봉이와 단둘이서 앉아 있을 때보다는 어쩐지 빡빡하던 것이 적이 풀리고, 그래서 이야기를 하기도 훨씬 수나로워지는 듯싶다.

"이애야 초봉아?"

유 씨는 음성에 정이 간곡하게 부르면서 잠깐 고개를 쳐들고 본다.

초봉이는 모친이 무슨 긴한 이야기가 있길래 음성까지 가다듬어 가지고 그러는고 해서 마주 고개를 쳐든다.

"……너두 벌써 나이가 스물한 살이니……."

유 씨는 이윽고 이렇게 허두를 내놓고는, 그러고는 또 한참이나 잠잠하다가 비로소……

"……흰말이[125] 아니라, 우리가 고향에서 그래두 조석 걱정은 않구서 살던 그때 같은 처지라면야 너를 나이 스물한 살이나 먹두룩 두어 두었을 것이며, 또오 너를 내놔서 그 푸달진 돈벌이를 시키느라고 오늘처럼 박제호 따위가 우리를 호락호락허게 보구서 그런 경우 빠진 짓을 하게 하긴들 했겠느냐?…… 그것이 다아 집안이 치패[126]해서 궁하게 살자니까 범사가 모

---

122 왜장녀(--女) : 몸이 크고 부끄럼이 없는 여자.
123 얄래지다 : 얄망궂게 되다. 얄장궂다 : 성질이나 태도가 괴상하고 까다로워 얄미운 데가 있다.
124 분배를 놓다 : 많은 사람들이 야단스럽게 부산을 떨며 법석이다.
125 흰말 : 헛말. 빈말. 실속이 없는 헛된말.

두 그 지경이로구나!"

유 씨는 이렇게 시초를 잡아가지고, 넉넉 아마 삼십 분 동안은 별별 잔 사설을 늘어놓더니, 급기야, 그러하니 네 나이 한 나이라도 더 들기 전에 마땅한 혼처가 있으면 하루바삐 혼인을 해야겠다, 너의 부친과 앉으면 그 걱정을 하는 참이다고, 겨우 장황스런 서론을 끝마친다.

마치고 나서는 또 한 번 음성을, 이번에는 썩 의논성 있게 가다듬어……

"너 혹시 저 너머, 한 참봉네 싸전집 말이다. 그 집에 기식하구 있는 고 태수라는 사람, 저 아따, 저 ××은행소 다닌다는 사람 말이다. 그 사람 더러 본 일 있느냐?"

유 씨는 고개를 쳐들면서 말을 멈춘다.

초봉이는 고태수라는 이름을 듣자, 앗! 기어코 여기까지 바싹 들이대고 육박[127]을 했구나! 하고 몸을 떨었다.

그 동안 초봉이는 고태수라는 사람의 독하고[128] 세찬 정기가 미묘하게도 심장 속으로 뚫고 들어오는 것을 막으며 밀리며 실로 악전고투를 해 왔었다.

고태수라는 사람의 얼굴을 알아내고, 동시에 그가 이러저러한 속이 있 다는 것을 알던 그날부터 초봉이의 가슴에는 저도 모르게 동요가 시작되 었었다.

초봉이가 맨 처음 그날, 태수의 모습을 머릿속에 그려보다가 승재와 비 교해서 승재가 그만 못하니까, 그것을 시기하여 태수한테 반감이 생긴 것 그것이 벌써 일[129] 심상치 않을 시초였던 것이다.

그 뒤로 늘 태수는 초봉이의 머릿속에 가서 승재의 옆에 가 차악 붙어서

---

126 치패(致敗) : 살림이 아주 결딴남.

127 육박(肉薄) : 바싹 가까이 다가붙음.

128 독하고 : [1][2]에는 이 말이 없음.

129 일 : '일이'에서 조사 '이'가 빠진 것.

는 초봉이가 아무리 눈치를 해도 찰거머리[130]같이 떨어지지를 않았다.

초봉이는 승재를 자꾸만 추켜앉히고 싸고돌고 해도 그럴수록 태수는 자꾸만 더 드세게 파고들었다.

태수는 마치 색채 강렬한 꽃이나 진한 향수처럼 초봉이의 신경을 자극시켰다. 초봉이는 눈이 아프고 콧속이 아려서 그 꽃을 안 보려고, 그 향내를 안 맡으려고 눈을 감고 고개를 두르고 했어도 끝끝내[131] 큰 운명인 것처럼 그것이 피해지질 않았다.

피하려도 피해지지도 않고, 그게 안타깝다 못해[132] 필경 제 마음이 울고 싶게 짜증만 났었다.

그러나 다만 한 가지, 인제 오래잖아 서울로 가는 날이면, 그것도 활활 털어지고 마음 가든하겠지, 이렇게 믿고 일변 안심을 했었다.

이렇듯 초봉이로서는 이 판이 말하자면 아슬아슬한 땅재주를 넘는 살판인데, 별안간 서울 가자던 것이 와해가 돼 단지 서울을 가지 못하는 것 그것만 해도 큰 실망인데, 우황[133] 고태수라니!

마침내 승재를 갖다가 한편 구석으로 밀어젖히고서, 제가 어엿하게 모친 유 씨의 옹위까지 받아가면서 이마 앞으로 바로 다가선 그 고태수![134]

초봉이는 모친이 말을 묻는 것도 잊어버리고, 저 혼자서, 시방 태수라는 사람이 던지는 그물에 옭혀[135] 매어 옴낫[136]하지도 못하면서, 그러면서도

---

130 찰거머리 : ⑤ 찰거미

131 눈을~끝끝내 : ①② 고개를 살래살래 내저엇스나,

132 그게 안타깝다 못해 : ①② 그래서 그는

133 우황(又況) : 하물며.

134 이렇듯~그 고태수!(2단락)
: ①② 그런데 서울을 가지못하게된것도 큰 기쁨을 노처 남심인데 고태수라니!
　그것은 물론 고태수와 결혼을 하라는 그뜻인에, 그러나그것은 어머니의 입에서 나오는 연읫 말이아니라, 고태수 그사람의 무서운 육박이엇섯다.

어느덧 방그레니[137] 웃으면서 그한테 손을 내미는 제 자신을 바라보다가, 깜박 정신이 들어 다시금 몸을 바르르 떤다.

유 씨는 딸의 대답을 기다리지 않고 잠깐 만에 다시,[138]

"그 사람 말이, 너를 안다구 그리구, 너두 재갸[139]를 알 것이라구 그리더란다."

하면서, 이야기를 또 내놓는데, 계봉이가 말허리를 꺾고 나서서 한마디 참견을 하느라고……

"으응, 그 사람?…… 나두 더러 보았지…… 그런데 사람이 어떻게 너무 말쑥한 것 같더라!"

"네깐 년이 무얼 안다구, 잠자쿠 있던 않구서, 오루루[140] 나서? 주제넘게!……"

유 씨는 계봉이를 무섭게 잡도리[141]를 해 놓고서 다시 초봉이더러……

"……그래, 느이 아버지두 그리시구, 또 내가 보기두 사람이 퍽 깨끗허구 똑똑해 뵈더라…… 나이는 올해 스물여섯이구, 서울서 아따 뭣이냐, 전문대학교를 졸업했다구……?"

"어이구 어머니두!……"

욕을 먹을 값에, 계봉이는 제 낯이 따가워서 그대로 듣고 있을 수가 없던 것이다.

---

135 옭다 : 꾀를 써서 남을 함정에 빠뜨리다.
136 옴낫 : ③⑤ 옴나위
　　　　 : 옴나위. 꼼짝할 만큼의 적은 움직임.
137 방그레니 : 방그레하니. 입만 예쁘게 조금 벌리고 소리 없이 보드랍게.
138 유 씨는~다시, : ⑤에는 이 부분이 완전히 누락되어 있다.
139 재갸 : ①② 제갸　　③ 자기
140 오루루 : 오르르. 조그마한 아이나 동물 따위가 한꺼번에 바쁘게 내닫거나 움직이는 모양.
141 잡도리 : 잘못되지 않도록 엄하게 단속하는 일.

"……전문대학교가 어디 있다우? 전문학교믄 전문학교구 대학이믄 대학이지."

"이년아 그럼, 더 높은 학콘 게로구나!"

"어이구 참, 볼 수 없네! 혼인허기두 전에 지레들 반해 가지굴랑…… 난 고런 사내 얄밉더라! 뻔질뻔질한 거……."[142]

"아, 저년이!"

유 씨는 소리를 버럭 지르면서 당장 무슨 거조를 낼 듯이, 돋보기 너머로 계봉이를 흘겨본다. 행여 건드릴세라 사리고 조심하는 아픈 자리를, 마치 들여다보는 듯 공짱나게[143] 칼끝으로 쑤셔낸다고야, 이 당장 같아서는 자식이 아니라 원수요, 쳐 죽이고 싶게 밉던 것이다.[144]

초봉이는 종시 고개를 떨어뜨리고 있고, 유 씨는 계봉이한테 흘기던 눈을 고쳐서 초봉이게로 돌려 한 번 힐끗 기색을 살핀 뒤에, 죽 설명을 늘어놓는다.

"태수는 고향이 서울이요, 양반의 집 과부의 외아들이요, 재산은 천 석 추수나 하고, 지금 은행에 다니는 것은 장차 무슨 큰 경륜[145]이 있어 일을 배울 겸 그리 하는 것이요, 결혼식은 인제 예배당에나 공회당에 가서 신식으루 할 테고 잔치는 돈을 많이 들여 요릿집에 가서 할 테고 우리 집이 가난해서 마음은 있어두 혼인할 엄두를 못 낸다니까, 그렇잖아도 혼인 비용을 전부 제네가 대줄 요량을 하고 있단다고 하고, 그러니 털어놓고 말이지, 시방 이 지경이 된 우리한테 당자가 그만큼 잘나고 집안이 좋고, 그 밖에

---

142 "어이구~ 뻔질뻔질한 거……."
  : 1 2 "어이구 어머니두! 혼인하기두전에 저레 흠탁해가지군~나는 고런사내 얄밉더라"
143 공짱나다 : 남김없이 다 드러나다.(임)
144 유 씨는~ 밉던 것이다.(이 단락 전체)
  : 1 2 유 씨는 돗보기넘어로 눈을흘기기는해도 속으로 일번 결리는데가 업지못했다.
145 경륜(經綸) : 일정한 포부를 가지고 일을 조직적으로 계획함. 또는 그 계획이나 포부.

여러 가지로 구격이 맞은 그런 혼처가 좀처럼 생기기가 어려운 노릇인데 그게 다아 연분이라는 것이니라. 그래서 느이 아버지와 내가 잘 상의를 해 보고 나서 이 혼인을 하기로 아주 작정을 했다. 그러니 너도 그렇게 알고 있거라. 느이 아버지는 너의 의향을 물어 보라고 하시지만 너도 노상이 그 사람을 모르는 배 아니니 물어보나마나 네 맘에도 들 것이다……."

이렇게 유 씨는 이야기를 마치고 잠긴 숨을 내쉬면서 고개를 들어 딸의 기색을 엿본다.

모친의 여러 가지 설명으로 해서 초봉이의 머릿속에 들어 있던 태수의 영상은, 인제는 더할 나위도 없이 찬란해 가지고, 승재의 그러잖아도 뒤로 밀려간 희미한 영상을 더욱 압박했다.[146] 초봉이는 그것이 안타까워 몸부림을 치면서

'나두 몰라요!'

고함쳐 포악[147]이라도 하고 싶었다.

세 모녀가 잠시 말이 없이 잠잠하고 있다가 유 씨가 다시 무슨 말을 하려고 하는데 계봉이가 얼른 내달아, 초봉이한테 의미 있는 눈을 찌긋찌긋,

"언니 참 잘됐구려? 그만하믄 오케(OK)지, 무얼 생각하구 있어? 하하하…… 우리 언니가 인전 다마노고시[148]를 타게 됐단 말이지! 하하하."

웃어 대면서 언중유언[149]의 말로 짓궂게 놀려 주고 있다.

---

146 인제는~압박했다 : ①② 완구히 뚜렷해가지고 승재의영상을 압박햇다

147 포악 : ①② 푸악   ④ 푸학   ⑤ 포함
  : 포악(暴惡). 사납고 악함.

148 다마노고시 : ③ 다네노꼬시   ④ 「다네노꼬시」   ⑤ 다네노코시
  : たまのこし(玉の輿). 귀인이 타는 가마. 따라서 '다마노코시를 타다'란 시집을 간다는 뜻.

149 언중유언(言中有言) : 말 속에 말이 있다는 뜻으로, 예사로운 말 속에 어떤 풍자나 암시가 들어 있음을 이르는 말.

초봉이는 눈을 흘기다가 다시 고개를 숙이고 말이 없다.

"언니, 내일 아침버텀은 밥 내가 하께, 응? 해해…… 척 이렇게 써비슬 해야 한단 말이야…… 그 대신 인제 언니 결혼하구 나서 혹시 서울루 가게 되거들랑 나 공부 좀 시켜 주어야 해? 응?"

"……"

"아이, 왜 대답을 안 해?…… 난 많이두 바라지 않구, 자그만치 의학전문이나 약학전문 하나만 마쳐 주믄 그만이야."

계봉이는 이 자리에서는 형을 놀리느라고 장난삼아 하는 말이지만, 그가 의학전문이나 약학전문을 다녀, 한 개 버젓한 기술을 캐치하고 싶어 하는 것은 노상 두고 하던 말이요 진정이었었다.

"온…… 같잖은 년이!……"

유 씨가 계봉이를 타박을 하는 것이다.

"……이년아, 네 따위가 공분 더 해서 무얼 하니?…… 사람 으젓잖은 것 공부시키기 공력만 아깝지!"

"어이구 어머니두…… 그래두 나두 언니 덕 좀 볼걸…… 어머니 아버지두 인제 부자 사위한테 단단히 덕 볼려믄서……"

"저년을, 주둥아리를……"

유 씨는 그만 펄쩍 뛰면서 계봉이를 때릴 듯이 벼른다.

"안 그러께요 어머니! 다신 안 그러께요…… 그렇지만 어머니?…… 저 거시키 조사나 잘 좀 해보았수?"

"아 이년아, 조사가 무슨 조사야?"

"그 사람이 부자요, 다아 양반이요, 그리구 어머니 말대루 전문대학교를 졸업하고, 그리구 또……"

"그년이 곤달걀 지구 성 밑엔 못 가겠네[150]."

"하하하하…… 그럼 언니가 곤달걀 푼수밖에 안 되나?"

"저년을 거저!…… 아 이 계집애년아, 느이 아버지하면 내면 다아 오죽
알아서 할라구, 네년이 나서서 건방지게 쏘옥쏙 참견을 하려 들어?"

"내애, 다아 그러시다면야…… 나두 다아 언닐 생각해서 그런 거랍니다."

"이년아, 고양이 쥐 생각이라구나 해라!"

"내애, 언니가 아까는 곤달걀이라더니, 인전 또 쥐라!…… 오늘 저녁에
울 언니가 둔갑을 많이 하는군!"

"저년을! 네 요년……."

유 씨는 을러메면서 옆에 놓았던 침척[151]을 집어 들고, 계봉이는 얼른 날
쌔게 마루로 해서 건넌방으로 달아난다.

"……이년 인제 보아라. 등줄기에서 노린내가 나게시리 늑신 두들겨 줄
테니…… 사람 못된 년 같으니라구!"

유 씨는 부아는 났어도 일변, 계봉이가 건넌방으로 가고 없는 것이 다행
했다. 그는 인제 마지막으로 초봉이한테 하려는 그 말은 '여우 같은 그년'
계봉이가 있는 데서는 내놓기가 겁이 났었다[152]. 보나 안 보나, 그 주둥아
리에 또 무어라고 말참견을 해서 속을 상해 줄 테니까(……가 아니라 실상
은 계봉이가 무서워서).[153]

유 씨는 부아를 삭이느라고 한동안 잠자코 바느질만 하다가 이윽고 목
소리를 훨씬 보드랍게 이야기를 꺼내 놓는다.

"그리구 이런 말이야 아직 네한테까지 할 건 없지만, 기왕 말이 난 길이

150 곤달걀 지고 성 밑에 못 가겠다 : 이미 다 썩은 달걀(곯은 달걀)을 지고 성 밑으로 가면
　　서도 성벽이 무너져 달걀이 깨질까 무서워 못 간다는 뜻으로, 무슨 일을 지나치게 두려
　　워하며 걱정함을 비유적으로 이르는 말.
151 침척(針尺) : 바느질자.
152 내놓기가 겁이 났었다 : ①② 하고십지아니햇섯다
153 보나 안 보나,～(～무서워서).
　　: ①② 종차 초봉이가 계봉이한테 그런이얘기를 다 하게될줄은 모르고서.

니…… 그 사람이 이렇게 하기로 한다더라…… 혼수 비용을 재갸[154]가 말끔 대서[155] 하기두 하려니와, 또 우리가 이렇게 간구하게[156] 지낸다니까, 원 그래서야 어디 쓰겠냐구, 그럼 인제 혼사나 치르구 나서 재갸[157]가 돈을 몇천 환[158]이구(유 씨는 몇 천 환[159]이라고 분명히 말했다) 대디리께시니, 느이 아버지더러 무어 점잖은 장사나 해보시란다구 그런다드구나!…… 그렇다구 너라두 혹시 에미 애비가 사우 덕에 호강을 할려구 딸자식을 부둥부둥[160] 우겨서 부잣집으로 떠실어 보낼려구 하지나 않는고 싶어, 어찌 생각이 들는지는 모르겠다마는, 어디 설마한들 백만금을 준다기루서니, 당자 되는 사람이 흠이 있다던지, 또 께렴직한 구석이 있다면야 마른하늘에서 벼락이 내릴 일이지, 어쩌면 너를 그런 데루다가 이 에미 애비가 보낼 생각인들 하겠느냐? 그저 첫째루는 너를 위해서 하는 혼인이요, 그래 네가 가서 고생이나 않구 호강으루 살기두 하려니와, 또 그 사람이 밑천이라두 대주어서 장사라두 하면, 그게 그대지 나쁠 일이야 없지 않느냐?"

유 씨는 바늘귀를 꿰는 체하고 잠깐 말을 멈추고 딸의 기색을 살핀다.

"글쎄 이애야!……"

유 씨는 다시 바늘을 놀리면서 음성은 별안간 처량하다.[161]

---

154 재갸 : ③⑤ 자기
155 말끔 대서 : 말끔히. 티 하나 없이 깨끗하게.
156 간구하다(艱苟--) : 가난하고 구차하다.
157 재갸 : ③⑤ 자기
158 환 : ③⑤ 원
　　 : 대한제국 때의 화폐 단위. 유 씨는 과거 대한제국 때의 화폐 단위로 돈 액수를 말하고 있다.
159 환 : ⑤ 원
160 부둥부둥 : 억지를 쓰며 마구 우기는 모양.
161 유 씨는~처량하다.
　　 : ①② 유 씨는 이윽고 다시 바눌을 놀릴라면서 하는말이다.

"……너두 노상 그런 걱정을 하지만, 느이 아버지 말이다…… 그게 허구 다니는 꼬락서니가 그게 사람 꼴이더냐? 요전날 저녁에두 글쎄 두루매기 고름이 뜯어진 걸 다시 달아 달라구 내놓더구나! 아마 누구한테 멱살잽일 당한 눈치더라, 말은 안 해두…… 아이구 그 빈차리[162]같이 배싹 야왜가지 군 소 갈 데 말 갈 데 안 가는 데 없이[163] 다니면서 할 짓 못 할 짓 다아 하구, 그런 봉욕이나 당하구, 그리면서두 한 푼이라두 물어다가 어린 자식 들 먹여 살리겠다구…… 휘유! 생각하면 애차럽구 눈물이 절루 난다[164]!"

눈물이 난다는 유 씨는 그냥 맹숭맹숭하고, 초봉이가 고개를 숙인 채 눈물이 좌르르 쏟아진다. 그것은 부친을 가엾어 하는 눈물이기도 할 것이다. 그러나 노상 그것만도 아니다.

그는 모친에게서 결혼을 하고 나면 태수가 장사 밑천으로 돈을 몇 천 원 대주어서 부친이 장사 같은 것을 하게 한다는 그 말을 듣고는 다시는 더 여부없이 태수한테로 뜻이 기울어져 버렸다.

그거야 태수가 미리서 마음을 동요시킨 것이 없었다고 하더라도, 그만 한 조건이고 보면 필연코 응낙을 않던 못할 초봉이다.

그러나 시방 초봉이는 제 마음의 한편 눈을 감고서라도 태수한테 뜻이 있어서가 아니요, 그 유리한 조건 그것 한 가지 때문이라고 해서나마, 안타 까운 제 심정의 분열을 짐짓 위로하고 싶으리만큼 일변으로는 승재한테 대하여 커다란 미련과 민망스러움이 간절했다.

그러나 가령 그렇듯 박절하게[165] 옹색스런 회포[166]를 짜내지 않더라도

---

162 빈차리 : 가냘프고 허약한 사람. 비리비리한 사람(전라도 방언).
163 소 갈 데 말 갈 데 안 가는 데 없다 : 아무데나 돌아다님을 이르는 말.
164 애차럽구 눈물이 절루 난다 : ①② 눈물이난다
165 박절하다(迫切--) : 인정이 없고 쌀쌀하다.
166 회포(懷抱) : 마음속에 품은 생각이나 정(情).

아무려나 아직까지는 그게 첫사랑의 싹이었던 걸로 해서 태수한테보다는 승재한테로 정은 기울어 있었던 게 사실이매, 그만한 미련의 상심(傷心)은 아무튼지 없지 못했을 것인데, 마침 겹쳐서 모친 유 씨의 그 눈물만 못 흘리지 비극배우 여대치게[167] 능청스런 '세리후[168]'가 있어 놓으니, 또한 비감(悲感)의 거리가 족했던 것이요, 게다가 또다시 한 가지는, 그러한 부친과 이러한 집안을 돕기 위하여 나는 나를 희생을 한다는 처녀다운 감격[169]…… 이렇게나 모두 무엇인지 분간을 못하여 뒤엉켜 가지고 눈물이라는 게 흘러내리던 것이다.[170]

닷새가 지나, 오늘은 양편이 탑삭부리 한 참봉네 안방에 모여서 초봉이와 태수가 경사로운 약혼을 하는 날이다.

태수 편에서는 다 그럴 내력이 있어서 혼인을 급히 몰아친 것이요, 정주사 편에서도 역시 하루바삐 '장사'를 할 밑천이 시각이 급해,[171] 그저 하자는 대로 응 응 하고 따라갔던 것이다.

신부 편에서는 규수 초봉이와 정 주사와 형주가 오고, 신랑 편에서는 태

---

167 여대치다 : 뺨치게 낫다. 능가하다. 더 낫다.

168 세리후 : ③⑤ 세리프
   : 임무출은 '세리프(serif) 혼자 말하는 사설'이라고 풀이하고 있으나 이는 잘못이다. 이 말은 일본어 고유어로서 연극의 '대사(台詞, せりふ)'를 뜻한다.

169 감격 : ⑤ 개격

170 그러나 시방 초봉이는~흘러내리던 것이다.(2단락)
   : ①② 그래서 그는 담박 이결혼을 하기로 마음을 작정했다.
   작정을 하고나니 가든하기는해도 일변 승재한테대해서 원 그동안 이러케도 마음이 갓든가하고 놀랠만치 묵어운 미련이 생겻다.
   그래저래해서 저윽히 감회도나고 게제에 부친의 그런 가엽슨꼴을 생각하매 불상하기도하고 그러나 그러한부친과 이러한 집안을위하야 저를 희생한다는것이 감격하기도 하고 이처럼 여러가지 미묘한 감정에서 울어나온 눈물이다.

171 밑천이 시각이 급해, : ①② 미천을엇고십허서

238   탁류(濁流)

수가 가장 친하다는 친구 형보를 청했고, 탑삭부리 한 참봉네 내외는 주인 겸 신랑 편이다.

다섯 시에 모이자고 했는데 여섯 시에야 수효가 정한 대로 겨우 들어섰다.

형보는 오늘 이 자리에서 처음으로 보는 초봉이를 보고는 깜짝 놀란다.

그는 절절히 탄복하면서,

'아, 요놈이!'

하고, 샘을 더럭 내어 태수를 쳐다보았다.

형보의 눈에 보인 대로 말하면, 초봉이는 청초하기 초생의 반달 같고 연연하기[172] 동풍에 세류[173] 같았다. 시방 형보가 초봉이를 탐내는 품은 태수가 초봉이한테 반한 것보다 훨씬 더했다.

'고걸, 고걸 거저, 손아구에다가 꼭 훑으려[174] 쥐고서 아드득 비어 물었으면, 사뭇 비린내두 안 나겠다!'

형보는 정말로 침이 꿀꺽 삼켜졌다.

'고것 오래잖아 콩밥 먹을 놈 주긴 아깝다! 아까워, 참으로 아까워!'

형보는 퀭하니 뚫려 가지고는 요기(妖氣)[175]조차 뻗치는 눈망울을 굴려 초봉이와 태수를 번갈아 본다.

그는 지금부터라도 제가 슬그머니 뒤로 나서서 태수의 뒤밑[176]을 들추어 내어 이 혼인이 파의가 되게시리 훼방을 놀아 볼까 하는 생각을 두루두루 해보기까지 했다.

마침 음식 분별이 다 되었던지, 그새 안방과 부엌으로 팔락거리고 드나

---

172 연연하다(軟娟--) : 섬약하다.

173 세류(細柳) : 세버들.

174 훑으려 : ① 홀트려   ② 홀트러   ④ 홀트려   ⑤ 후뚜려

175 요기(妖氣) : 요사스러운 기운.

176 뒤밑 : 겉으로 드러나지 않은 속내.

들던 김 씨가 행주치마에 가뜬한 맵시로 앞 쌍창을 크게 열더니, 방 안을 한 번 휘휘 둘러본다. 음식상을 어떻게 들여놓을까 하는 참이다.

태수는 약혼반지 곽을 꺼내서 주먹에 숨겨 쥐고 김 씨한테 흔들어 보인다.

약혼을 한다고 모여 앉기는 했지만, 무엇을 어떻게 해야 약혼인지 알 사람도 없거니와 분별을 할 사람도 없어, 음식상이 들어오도록 약혼반지는 태수의 포켓 속에 가서 들어 있었다.

그도 그럴 것이, 가령 결혼식이라면 명망가라는 사람을 청해 오든지 목사님을 모셔오든지 했겠지만, 그럼 약혼식이니 명망가의 다음가는 사람이나 부목사를 불러올 것이냐 하면, 그건 그럴 수야 없는 노릇이다.

그래서 일은 좀 싱거웠고, [177]일이 싱거운지라 자리가 또한 싱거워 놔서, 전원이 모여 앉은 지는 한 시간이로되, 초봉이는 너무 오랫동안 고개를 숙이고 앉았기 때문에 충혈이 되어서 얼굴이 아프고, 형주는 장난을 못 해서 좀이 쑤시고, 태수는 장인영감이 될 정 주사의 앞이라서 담배를 못 피워 입 안이 텁텁하고, 정 주사는 인제 혀가 갈라진 줄도 모르고 귀한 해태표를 연신 갈아 피우면서 탑삭부리 한 참봉더러, 옛날 우리 조선[178] 사신이 상국(上國 : 송·명)에 갔다가 글재주와 꾀로써 거기 사람을 혼내 주었다는 이야기를 하고 있으되, 자리가 자리인 만큼 탑삭부리 한 참봉이 거 묵은 셈 조간[179]을…… 이런 소리를 하지 못하는 그 속이 고소했고, 탑삭부리 한 참봉은 이렇게 심심하게 앉아 있으니 아이놈한테 맡겨 놓고 들어온 가게나 나가 보든지, 정 주사와 장기를 한판 두든지 하고 싶었고, 김 씨는 아랫목에 태수와 나란히 앉아 있는 초봉이를 보니 일찍이 내가 태수와 누렸던 자리에 인제는 네가 앉아 있구나 하는 시새움과 감개가[180] 없지 못했으나,

---

177 [1][2]는 이 부분에서 연재 회차가 바뀌고 있다.
178 우리 조선 : [1][2] 우리나라
179 조간 : 이야기. 말씀.(임)

일변 안팎으로 드나들기에 정신이 없었고, 그리고 형보는……

형보는 처음에는 와락 이 혼인을 훼방을 놀아볼까 하는 궁리도 해보았지만, 훼방을 놀기가 어려운 것이 아니라, 그게 자는 호랑이를 불침 놓는 일이겠어서 생각을 돌려먹었다.

만일 태수와 파혼이 되고 보면, '이 계집애'는 도로 처녀로 제 부모한테 매여 있을 테요, 장차 어느 딴 놈의 것이 될지언정 형보 제가 손을 대기는 제 처지로든지 연줄로든지 어느 모로든지 지난한 일이나, 그러나 태수와 그대로 결혼을 하고 보면, 얼마든지 기회도 있고, 조화도 부릴 수가 있으리라 했던 것이다.

'오냐, 우선 너이끼리 시집가고, 장가들고 해라. 해놓고 나서 서서히 보자꾸나.'

형보는 아주 이렇게 늘어진 배포를 부리기로 했다. 그는 꼭 이 처녀래야만 한다는 것은 아니었었다.

하고 나서, 그는 시치미를 뚜욱 떼고 앉아, 들은풍월[181]로 강 건너 장항(長項)이 축항까지 되면 크게 발전이 될 테고, 그러는 날이면 이쪽 군산이 망하게 된다고 태수한테 그런 이야기를 씨부렁거리고 있고…….

모두 이렇게 갑갑하기 아니면 심심한[182] 참이었었다.

그런 중 김 씨 하나가, 아무려나 처음부터 나서서 좌석도 분별하고, 이야기도 붙이고, 말하자면 서두리꾼[183] 노릇을 하느라고 했는데, 반지 조건은 총망[184]중에 깜박 잊고 있었다. 그러나 마침내 그놈 반지가

---

180 시새움과 감개가 : [1][2] 감개도
181 들은풍월(--風月) : 남에게서 얻어들어 알게 된 변변치 않은 지식을 이르는 말.
182 승승한 : [3] 심심한
183 서두리꾼 : 서드래꾼. '서두리' 또는 '서드래'는 '뒷바라지'라는 뜻의 전라도 방언.
184 총망(恩忙) : 매우 급하고 바쁨.

'여보, 나도 한몫 봅시다!'

하는 듯이 출반주[185]를 하던 것이다.

김 씨는 섬뻑 어찌할 바를 몰라 어릿어릿한다. 그러나 그건 잠깐이요, 그는 혼잣말을 여럿이 알아듣게,

"아따, 아무려면 어떨라구!"

하면서 척척 걸어들어와 태수의 손에서 반지 곽을 툭 채어 가지고 (참말 아무래도 괜찮은 듯이) 처억 반지를 꺼내더니, 마치 요술 부리는 사람처럼 좌중에게 한 번 높이 쳐들어 보이면서······

"자아, 이게 약혼반지예요······."

이렇게 통고를 한 후에 다시,

"······자아, 내가 끼워 주어요!······"

선언을 하고는 초봉이의 왼손을 잡아당겨 무명지 손가락에다가 쏘옥 반지를 끼워 준다. 빨간 루비를 박은, 몸 가느다란 십팔금 반지가 초봉이의 희고 조그마한 손에 예쁘게 어울린다.

초봉이의 손은, 일제히 그리로 쏠려 가지고 제각기 감회가 다르게 바라보는 열두 개의 눈앞에서 바르르 가늘게 떨린다.

김 씨는 반지를 끼워 주고 나니, 그래도 원 약혼이라는 게 이렇게 싱거울 법이 있으랴 싶었던지 잡았던 초봉이의 손목을 그대로 한 번 더 번쩍 치들고,

"자아 인전 약혼이 다 됐어요!"

하면서 좌중을 둘러본다. 권투장에서 심판이 이긴 선수한테 하는 맵시 꼴이다.

---

185 출반주 : ⑤ 춤반주
 : 출반주(出班奏). 여러 사람이 모인 자리에서 맨 먼저 말을 꺼냄.

이렇게 해서 약혼이 되고, 이튿날인 오늘 아침에 정 주사네 집에서는 태수의 기별이라면서 탑삭부리 한 참봉네가 보내는 돈 이백 원에다가 간단한 옷감이 들어 있는 혼시함(婚時函)을[186] 받았다.

오늘부터 이 집은 그래서 단박 더운 김이 치닫게 우꾼우꾼[187]한다. 식구들은 초봉이만 빼놓고, 누구 하나 싱글벙글 웃기 아니면 빙긋이라도 안 웃는 사람은 없다.

바느질이 바쁘게 되었다. 혼인날은 단 엿새가 남았는데, 옷은 신부 것을 말고라도 집안 식구가 말끔 한 벌씩 새로 해 입어야겠으니 여간이 아니다.

그래서 저녁부터는, 그새까지는 남의 삯바느질을 하던 이 집에서, 되레 삯바느질꾼을 불러온다, 재봉틀을 세를 얻어 온다, 광목을 찢어라, 솜을 두어라, 모시를 다뤄라, 마구 게야단법석[188]으로[189] 바느질을 몰아친다.

그리고 계봉이는 아랫방 문 앞에 서서 승재더러 닭 쫓던 개는 지붕이나 치어다보라고 지천을 하고 있고…….

---

186 혼시함(婚時函) : 혼인할 때 드는 물건을 담은 함.
187 우꾼우꾼 : 여러 사람이 일시에 자꾸 우겨대거나 기세를 올리는 모양.
188 게야단법석(-惹端--) : 몹시 어수선하고 소란스러운 일.
189 마구 게야단법석으로 : [1][2] 이러케 야단법석으로

8. 외나무다리에서

계봉이는 형 초봉이가 승재를 떼쳐 놓고 달리 결혼을 하는 것이 그리 달갑지가 않았다.

더구나 형과 결혼을 하게 된 그 사람 고태수한테는 웬일인지 좋게 생각이 가지 않았다.

그러면서도 그는 승재가 저 혼자 외따로 떨어진 것이 무엇인지 모르게 마음이 놓이는 것 같았다.

그러나 그렇기는 하면서도 일변 그것과는 따로 승재가 불쌍하기도 했다. 제 애인이 시집을 가게 되어 약혼까지 다 해놓고, 그래서 안에서는 시방 혼인 바느질을 하느라고 생법석인데, 이건 그런 줄도 모르고 여전히 아랫방 구석에 그대로 끄먹끄먹 앉아 있다니!⋯⋯

계봉이는 승재가 불쌍하기도 하거니와, 제일 딱해 볼 수 없었다. 그런 깐으로는 어디로든지 없어지고 혼인 분비[1]에[2] 꼴을 보이지 않았으면 싶었다.

저녁 후에 계봉이는 책을 빌리러 나온 체하고, 이런 이야기 저런 이야기 하면서 우선 정말 모르고 있나, 혹시 알고도 위인이 의뭉[3]꾸러기[4]라 짐짓 모른 체하고 있나, 그 눈치를 떠보았다. 했으나 역시 아무것도 모르고 깜깜속이었다.

그래 계봉이는 슬끔 이렇게 말을 비쳐보았다.

아 참, 우리 언니가 이번 스무 사흗날 ××은행에 다니는 고태수라는 사람

---

1 혼인 분비 : 우한용은 '혼인 잔치. 奮臂는 팔뚝을 걷어붙이며 뽐냄을 일컬음. 혼인함을 자랑함.'이라고 설명하고 있으나 이는 문맥에 비춰볼 때 자연스럽지 않다. '분비'는 '분주하게 준비함奔備'에 가까운 의미로 보인다.
2 분비에 : [3] 분비의   [5] 준비의
3 의뭉 : 겉으로는 어리석은 것처럼 보이면서 속으로는 엉큼함.
4 의뭉꾸러기 : [1][2] 내숭꾸레기

과 공회당에서 결혼식을 하게 되었는데, 그날은 병원을 하루 빠지고라도 꼬옥 참례5를 해야 한다고.

그러니까 승재는 대번 알아보게 흠칫 놀라더니, 그러나 그것은 일순간이요, 이어 곧 시침해6 가지고 대답이, 아 그러냐고, 그날 형편 보아서 그렇게 해도 좋지야고 하는 것이 아주 조금도 무엇한 내색이 없이 심상했다.

계봉이는 승재가 좀 더 놀라기도 하고, 당황해하기도 하고, 실망 낙담도 하고 이랬으면 동정하는 마음도 더할 뿐더러, 저도 같이서 긴장도 되고 해서 좋았을 텐데, 저편이 뎁다7 그렇게 밍밍하고 보니 이건 도무지 싱겁기란 다시없었다.

계봉이는 그래서, 마치 솜뭉치로 사람을 때려 주는 것처럼 헤먹고8, 인제는 불쌍하다는 생각은 열두째요 밉살스러운 생각이 더럭 나서, 그래 마구, 닭 쫓던 개는 지붕이나 치어다보라고, 지천에 잡도리를 하고 있는 참이다.

"아이유! 어쩌믄 조렇게두!……"

계봉이는 손가락질을 해 가면서 혀를 끌끌 차며……

"……그래, 애인이 딴 데루 시집을 가는 줄두 모르구서 저렇게 소처럼 끄먹끄먹 앉었기만 허구…… 그리구 일껀 아르켜 줘두…… 아이유! 흘게9 빠진…… 정말이지 번죽10이 아깝지!"

---

5 참례(參禮) : 예식, 제사, 전쟁 따위에 참여함.
6 시침하다 : 짐짓 태연한 기색을 꾸미다.
7 뎁다 : 뎁데. '도리어'의 전라도 방언.
8 헤먹다 : 표준국어대사전에는 '사람의 성질이 야무지지 못하고 헤실바실하다'라는 뜻의 북한어라고 되어 있음.
9 흘게 : ①②③④ 흘개
  : 매듭 사개 고동 사복 따위를 단단하게 조인 정도나, 어떤 것을 맞추어서 짠 자리.
10 번죽 : '번죽거리다'의 어근.
  번죽거리다 : 번번하게 생긴 사람이 매우 얄밉게 이죽이죽하면서 느물거리다.

들이[11] 몰아세워도 승재는 종시 아무렇지도 않은 듯이 히죽이 웃기만 한다.

"누가 웃졌어?…… 꼴에 연애? 옜수, 연애?…… 애인이 시집가는 줄두 모르는 연애?…… 조 모양이니 애인이 딴 데루 시집을 안 가?"

"쯧!…… 할 수 없지!……"

승재는 시치미를 떼던 것을 잊고서 계봉이 설레에 무심코 변명을 하는 것이다.

"……몰라두 할 수 없구, 알아두 할 수 없구, 다아…… 거저."

사실 승재는 모르고 알고 간에, 그 일을 가지고 무얼 어떻게 할 내력도 없으며 주변도 없었다.

초봉이와 둘이서 터놓고 연애를 했던 것도 아니요, 결혼을 하자는 약속 같은 것이 있었던 것도 아니다. 그러니, 가사[12] 그랬다손 치더라도 저편이 변심이 되었다거나, 혹은 달리 무슨 사정이 있어서 그리하는 것일 터인즉, 승재로 앉아서야 별수가 없을 것이거늘, 하물며 조금 얼쩍지근했다면[13] 했다고 할 수 있지만, 아무렇지도 않았다면 역시 아무렇지도 않았다고 할 수 있는 둘이의 사이리요.

하기야 승재도 우렁잇속 같은 속은 있어서 비록 겉으로는 내색을 안 할망정 지금 여러 가지로 감정이 착잡하게 엉클어지지 않는 것은 아니다.

애초에 방을 세 얻어서 오니까, 나이 찬 안집 딸이, 즉 초봉이가 첩경[14] 눈에 띄었고, 그 뒤로 차차 두고 보노라니, 눈 한 번 거듭 뜨는 것이며, 얼굴 한 번 돌이키는 거랄지, 또 어찌어찌하다 지나가는 것처럼 한두 마디씩

---

11 들이 : ⑤ 둘이
12 가사 : 가령.
13 얼쩍지근하다 : 살붙이의 관계나 알음알음의 인연이 꽤 있는 듯하다.
14 첩경(捷徑) : 본래는 '지름길'이라는 뜻이나 여기서는 '틀림없이 흔하거나 쉽게'라는 뜻의 부사.

하는 말이라든지 그 밖에 무엇이고 유상무상[15]간에 범연한 게 없이 특별한 관심과 호의를 보이는 것 같았고, 그것이 초봉이만 그러는 것이 아니라, 승재 자신도 초봉이한테 그래지는 것을 그는 이윽고 알게 되었었다.

그러다가, 금년 이월부터는 초봉이가 제중당에 가서 있게 되고, 마침맞게 제중당은 금호의원에 약품을 대는 집이라, 약을 주문하는 간단한 전활 망정 하루에 한두 번쯤은 초봉이와 이야기를 하곤 하는 것이 승재 저도 모르게 즐거운 일과였었다.

그랬는데 며칠 전에는 웬 사람이 찾아와서 제중당을 제가 맡아 하게 되었으니 앞으로도 전대로[16] 많이 거래를 시켜 달라고 인사를 하고, 그래 전화를 걸어 보았더니 초봉이는 통히 나오지를 않고 해서 그러면 주인이 갈리는 바람에 가게를 그만두었나 보다고 짐작은 했으나, 섭섭하기란 이를 데가 없었다.

그래 일변, 그렇다면 다시 어떻게 취직을 해야 하지 않나…… 혹 우리 병원에 간호부 자리라도 한 자리 나면…… 제 딴에는 이런 걱정까지 하던 참인데, 천만뜻밖에 계봉이가 나와서 그런 이야기를 하던 것이다.

선뜻 그 이야기를 듣는 순간 승재는 제 스스로도 의외로워할 만큼 가슴의 격동이 대단했고, 그것이 자연 얼굴에까지 나타나지 않질 못했다.

그렇듯 격동을 받아 놀라다가, 그는 이다지도 놀랄까 싶어, 그것이 또한 놀랍기도 했거니와 퍼뜩 다른 생각이 들면서 그만 계봉이를 보기에도 점직해, 얼른 기색을 숨기고 아무렇지도 않은 듯이 시치미를 뗐던 것이다.

이것은 그러나, 그가 별안간에 의지력이 굳센 초인(超人)이나 어진 성자(聖者)가 된 때문도 아무것도 아니다.

---

15 유상무상(有象無象) : 우주에 존재하는 모든 물체.
16 전대로 : 이전처럼.

그는 계봉이가 흘게가 빠졌다고 지천을 하는 꼭 그대로, 주변성도 없고 저를 떳떳이 주장하지도 못하고 일에 겁(怯[17] : 內省[18])부터 내는 솜씨라, 가령 오늘 밤만 하더라도 선뜻, 아뿔싸! 내가 남의(초봉이의) 마음을 알지도 못하고서…… 괜히 속없는 요량을…… 이런 망신이라니! …… 이 생각이었던 것이다.

——초봉이는 나한테 아무 뜻도 있었던 게 아니요, 단지 그저 사람됨이 착하고 상냥해서 보이기를 그렇게 보였던 것이다. 실상 말이지, 무엇을 가지고 초봉이가 나한테 향의[19]가 있었다는 것을 주장을 할 테냐? 요전날 밤에 계봉이가 자리끼 숭늉을 가지고 나와서 쌔왈거리던 말도, 짐짓 나를 놀려먹느라고 한 소리가 아니면, 저도 잘못 짐작을 하고서 그런 것일 게다. 글쎄 그런 것을 나 혼자서만 건성 김칫국을 마시듯이 물색없이[20] 좋아하다니! 그리고서 그가 결혼을 한다니까 후닥딱 놀라다니!

참말로, 큼직한 보자기가 있었으면 좋겠는 이 무렴을 끄느라고, 그는 계봉이가 보는 데서는 아무렇지도 않은 체, 그다지 능란하지도 못한 연극을 하느라고 한 것이다.

계봉이는 저 하고 싶은 대로 실컷 더 구박을 하다가 들어갔고 책상에 팔을 얹어 턱을 괴고 우두커니 앉아 있는 승재는 마음이 세 갈래 네 갈래로 흐트러져, 시간이 가고 밤이 깊고, 다시 날이 밝는 것도 몰랐다. 제 몸뚱어리를 송두리째 어디다가 잃어버린 것 같은 헛헛함, 비로소 느껴지는 고독, 드세게 머리를 쳐들고 일어나는 초봉이에의 애착, 그러한 초봉이를 장차 차지할 고태수라는 미지의 인물에 대한 맹렬한 질투…… 승재로는 일찍이

---

17 怯 : ⑤性
18 내성(內省) : 자신을 돌이켜 살펴봄.
19 향의(向意) : 마음을 기울임. 또는 그 마음.
20 물색없다 : 말이나 행동이 형편에 맞거나 조리에 닿지 아니하다.

겪어보지도 못한 번뇌였었다.

　꼬박 뜬눈으로 앉아서 밤을 새웠고, 훤하니 밝은 마당으로 내려섰을 때는 이 집이 감개도 깊거니와 일변 등 뒤에서 누가 손가락질이나 하는 것만 같아, 도망하듯 문간 밖으로 나왔다. 다시는 얼굴을 쳐들고 이 집에는 들어서지 못할 듯싶었다.

　뚜벅뚜벅 비탈길을 내려오면서 승재는 생각이다.

　아무래도 어디 딴 데로 방을 구해서 옮아가는 게 좋겠다, 물론 갑자기 이사를 한다면, 계봉이는 물론 온 집안 식구가 속을 몰랐던 사람까지 되레 눈치를 채기 십상이요, 그래서 용렬한[21] 사내자식이라고 삐쭉거릴 것, 그러니 그도 난처는 하다, 그렇지만 그게 난처하다고 그냥 눌러 있자니 그건 더 못 할 노릇이다, 누가 아무려거나 역시 옮아 버리는 게 상책이겠다……

　승재는 이렇게 작정을 하고서 병원에 당도하던 길로[22] 아범(인력거꾼)을 시켜, 병원 근처로 몇 집을 우선 돌아다녀 보게 했다.

　마침 병원에서 정거장 쪽으로 얼마 안 가노라면 '스래[京浦里]'로부터 들어오는 큰길과 네거리가 된 바른편 모퉁이에, 영감네 내외가 벌여 놓고 앉은 고무신 가게가 있고, 그 안으로 삼 조[23]짜리 다다미방 하나가 빈 게 있어서 그놈을 두말 않고 빌리기로 했다.

　방은 뒤로 구석지게 붙었고 따로 쪽대문이 있어서, 주인네와는 상관없이 출입을 할 수 있게 되었다. 그래서 밤에 조용히 앉아 공부를 한다든지, 불려 다닌다든지 하기에 십상인 품[24]이, 되레 초봉이네 아랫방보다도 방만

---

21 용렬하다(庸劣--) : 사람이 변변하지 못하고 졸렬하다.

22 길로 : ①②④⑤ 멀로

23 조(畳) : じょう. 1.8m×0.9m, 즉 0.5평짜리 다다미 1장이 1조(우리말 한자어 발음은 '첩')이다. '다다미'는 마루방에 까는 일본식 돗자리로. 속에 짚을 5cm가량의 두께로 넣고, 위에 돗자리를 씌워 꿰맨 것.

24 품 : 본래는 '행동이나 말씨에서 드러나는 태도나 됨됨이'라는 뜻이나, 여기서는 '일상생

은 마음에 들었다.

오후 네 시가 좀 지나서 승재는 새로 얻은 방을 닦달을 하려고[25] 나서다가 마침 환자가 왔기 때문에 그대로 붙잡혔다.

환자는 처음 온 환자인데 처음 오는 환자는 주인 달식이가 초진을 하는 시늉을 하지만, 왕진을 나갔든지 해서 없으면 승재가 그냥 진찰을 한다.

환자는 간호부의 지휘로 벌써 진찰실 한옆에 차려 놓은 진찰탁(診察卓) 옆의 둥근 걸상에 가 단정히 걸터앉았고, 승재는 벗었던 가운을 도로 꿰면서, 직업적으로 환자를 한 번 훑어본다.

역시 어떠한 환자나 일반으로, 사람처럼 생긴 사람이요, 그러나 양복과 신수가 멀쩡하니 이건 갈데없이 화류병(花柳病)[26] 환자요, 하는 외에는 더 특별한 인상도 주의도 안 했고 또 그게 의사로서 보통인 것이다.

"성함이 누구시지요?"

승재는 환자와 무릎이 서로 닿을 만큼 바싹 놓여진 진찰탁 앞의 회전의자에 걸터앉아 카르테[27]를 펴놓고 잉크 찍은 철필 끝을 들여다보면서, 종시 직업적으로 무심히 묻는 말이다.

그러나 천만의외지, 환자의 입으로부터 나오는 대답이……

"네, 고태수라고 합니다."

승재는 하릴없이, 별안간 누가 면상에다가 물이라도 쫙 끼얹은 것처럼 소스라치게 놀라, 반사적으로 쳐든 얼굴로 뚫어지라고 태수의 얼굴을 건너다본다.[28]

활 형태' 정도의 의미로 쓰고 있음.
25 닦달하다 : 물건을 손질하고 매만지다.
26 화류병(花柳病) : 성병(性病).
27 카르테 : [5] 카르텔
　　 : 카르테(Karte). (의사의) 진찰 기록부. 진료부(診療簿).

'으응! 이 사람이 바로 그 사람이라!'

승재는 이윽고 두근거리던 가슴을 진정하고서, 무엇을 의미하는 것인지 실상은 저도 모를 소리를 속으로 뇌느라고[29] 고개를 가볍게 끄덕거리는 것이다.[30]

사실 그는 생각도 안 했다가, 별안간 고태수라는 그 사람과 섬뻑 만나 놓고 보니, 미처 무엇이 어떻다고 할 수가 없고, 어안[31]이 벙벙할[32] 따름이었다.

그는 제 직업도 잊어버리고, 그대로 태수의 얼굴을 건너다보고 있다.

해맑은 얼굴이 갸름하되 홀쭉하지 않고, 볼때기가 도독한[33] 것이며, 이목구비가 모두 골라서 미남자로 생긴 태수의 모습사리[34]가 승재는 단박 판에 새긴 부각(浮刻)[35]처럼 똑똑하게 머릿속으로 들어박히고, 그것이 백 년

---

28 환자는 간호부의 지휘로~ 건너다본다.(7단락)
: ①② 승재는 벗었든 까운을 도루 걸치고 진찰실 한여프로 채려노흔 진찰탁(診察卓)여페 걸터안저 '칼테'를 내노코 철필에 잉크를 찍엇다.
환자는 무릎이 서로 다을만치 그의여페가 동근 걸상을타고 안젓다. 승재는 그러나 노상 하는노릇이라, 위선 환자한테는 별반 주의도 하지아니하고 고개를숙인채 철필끄틀 내려다보면서
"성함이 누구십니까?"
이러케 직업적으로 물엇다. 그러나 그 환자가
"고태수라고합니다"
하는대답은 전기로 지진것처럼 승재를 놀래어주엇다. 그는 고개그 번ㅅ적처들고 뚤어지라고 태수의얼굴을 디려다본다.

29 뇌다 : 지나간 일이나 한 번 한 말을 여러 번 거듭 말하다.

30 승재는~ 것이다.(이 문장 전체)
: ①② 승재는 두군거리는가슴을 겨우 진정하고 이런 막연한 생각을하면서 속으로 고개를 끄덕어렷다.

31 어안 : 어이없어 말을 못 하고 있는 혀 안.

32 어안이 벙벙하다 : 뜻밖에 놀랍거나 기막힌 일을 당하여 어리둥절하다.

33 도독하다 : 조금 두껍다.

34 모습사리 : 생긴 모양새.

을 가도 잊힐 것 같지 않았다.

'흐응! 네가 고태수라아!'

일단 더 정리가 된 적의(敵意)로부터 우러나오는 마음속의 세리후[36]다.

승재는 시방, 이 사나이를 이렇게 만난 것이 어쩐 일인지 반가운 것 같은, 재미있는 것 같은, 그러면서 한옆으로는 해사하니[37] 이쁘게 생긴 그의 얼굴을 무얼로다가 들이 으깨 주고 싶은 충동도 일어났다.

무례하다 하리만큼 얼굴을 똑바로 건너다보면서 기색이 심상치 않은 의사란 자의 태도에 태수는 마침내 이마를 찡그리고 낯꽃이 좋잖아진다.[38]

"왜? 나를 아시나요?"

누가 태수라도 따지자고 할밖에……[39]

"네, 아 아니요!"

승재는 그제서야 정신이 들어, 얼른 고개를 수그리고 펜을 놀린다.

태수는 이 괴한(怪漢)이 여간만 불쾌한 게 아니다.

그는 며칠 전부터 ××이 도졌고, 그래서 그새 줄곧 병원에 다녔는데, 그게 한 번 도지면 좀처럼 낫지를 않는 줄은 번연히 알면서도 첫째 아파서 견딜 수가 없었고, 또 혼인날도 며칠 남지 않았고 해서, 혹시나 무슨 별 도리가 없을까 싶어, 마침 병원이 지금까지 다니던 그의 단골 병원보다 낫다

---

35 부각(浮刻) : 어떤 사물을 특징지어 두드러지게 함.

36 세리후 : ③⑤ 세리프

37 해사하다 : 얼굴이 희고 곱다랗다. 표정, 웃음소리 따위가 맑고 깨끗하다.

38 '흐응! 네가 고태수라아!'~좋잖아진다.(4단락)
  : ①② '흐응! 네가 고태수라…'
    재우처 이러케 속으로 외엇다.
    이처럼 불쾌하리만치 얼굴을 드려다보면서 기색이 심상치아니한 승재의태도에 태도는 이마를찌푸리고 낯꼴이 좃찬허진다.
  : ②는 '태도는'을 '태수는'으로 잘못 쓰고 있다.

39 누가~ 할밖에……. : ①②에는 이 문장이 없다.

는 소문이 있고 하니까, 오늘은 시험 삼아 이 금호의원으로 와 본 것이다.

그러나 와서 본즉, 병을 보아 주겠다고 처억 나서는 위인이 우선 정나미가 떨어졌다. 태수가 보기에는 의사라고 하기보다는 기껏해야 제약사[40]요, 그렇잖으면 병원 고즈카이[41] 푼수밖에는 못될 성싶었다. 더구나 체격이며 얼굴 생김새는 몸에다가 돈을 지니고 호젓한 데서 만날까 무서울 지경이다. 태수가 승재를 본 첫인상은 이러했다.

그래서 태수는 속이 찜찜한 판인데, 이건 성명을 대주니까, 대체 무엇이 어쩼다구 남의 얼굴을 마구 뚫어지게 치어다보면서 뚱딴지같이 구는 데는, 의사고 무엇이고 한바탕 들이대고 싶게 심정이 상했다.

"어디가 편찮으신가요?"

승재는 이내 고개를 숙인 채, 연령과 주소와 직업을 물어 일일이 제자리에 쓰고 나서 비로소 철필을 놓고 회전의자를 빙그르르 돌려 태수와 마주 앉는다.

그는 이 말을 묻기가 무서웠다. 보나 안 보나 화류병이기 십상인데, 제발 그런 것이 아니고 사람이 착실하여 결혼 전에 건강진단을 하자는 것이었으면 하는 원념[42]으로 다뿍 긴장이 되기까지 했다.[43]

"××인데요……?"

태수는 불쾌하던 끝이나 울며 겨자 먹기로 오히려 점직해하면서 대답을

---

40 제약사 : 채만식 당시의 용어로, 요즘 말로는 약제사.

41 고즈카이 : こづかい(小使). 사환. 사무원.

42 원념(遠念) : 원려(遠慮). 먼 앞일까지 미리 잘 헤아려 생각함.

43 "어디가~"~ 했다.(3단락)
　: 1 2 승재는 그대루 고개를 숙인채 연영 주소 직업을 물어서 일일이 제자리에 쓰더니
　"어데가 편찬흐십니까?"
　하면서 칠필을 노코 회전의자를 빙그르르 돌려 마주안는다.
　그는 이 고태수가 대체 무슨병을 알른지 보아한즉 신색도 나쁘지아니한데 그러면 성병(性病)이 나 아닌가 하는 짐작이들엇다.

한다. 처음도 아니요, 또 의사 앞에서라지만 젊은 간호부까지 대령하고 섰는 데서 부끄럼을 타는 불결한 병을 말하기란 누구나 마찬가지로 거북하고 창피할 밖에 없는 것이다.

"×? ×?"

승재는 짐작은 한 바이지만, 의사답지 않게 소리를 지른다.

……바로 며칠 아니면 초봉이와 결혼을 할, 소중한 그 초봉이와 결혼을 할 네가 천하에 고약하고 더러운 ××을 앓다니!……

승재는 사뭇 치가 떨리는 것 같았다.

태수는 그렇잖아도 점직한 판에 승재가 또 소리를 꽥 지르고 놀라고 해놓으니 더욱 무렴하기도 하거니와, 대관절 이게 의사가 아니고 미친놈이나 아닌가 싶었다.[44]

"언제부터 편찮으셨나요?"

승재는 이윽고 다시 의사가 되어 가지고 손을 내밀면서 묻는다.

"병이 생기기는 벌써 작년 가을인데, 치료해서 낫긴 나았어요, 그랬는데 자꾸만 도지구 해서……."

"근치가 되지를 않았던 게지요, 그런 것을 조심을 안 하시니까…… 그러시면 안 됩니다! 조심을 하셔야지."

승재는 제 요량만 여겨, 시방 초봉이의 남편 될 사람더러 충고하는 것이다. 태수는 그따위 참견은 다 아니꼬웠지만 절에 간 색시라[45],

"글쎄요, 그런 줄이야 다아 알지만, 자연……."

---

44 ---바로 며칠 아니면~싶었다.(3단락)
  : ①② 그는 의사라는것은 제쳐노코
      '아-니 몃칠아니면 초봉이와 결혼을 할 고태수 네가 △△을 알타니!'
    이래서 놀내는것이다. 그러치만 태수야 그런속을 아를택이 업는것이고 그는 그대로 비위가 상해서 이작자가 대관절 웬작자길래 이대지 승거운고 햇다.
45 절에 간 색시 : 남이 시키는 대로 따라 하는 사람을 이르는 말.

하면서 어물어물하다가……

"……그런데 좀 급한 사정이 있는데요?…… 인제 한 사오 일 동안에 치료가 안 될까요?"

승재는 속으로,

'네가 이 녀석 단단히 급했구나!'

이런 생각을 하니 원수를 잡아다가 발밑에 꿇려 앉힌 것처럼 기광[46]이 나는 것 같았다.

"거 안 될 겝니다!……"

승재는 커다랗게 고개를 흔들다가……

"……아무튼 진찰을 해 봐야 알겠지만, 아주 초기라두 어려울 텐테 만성이면 더구나……."

"그래두 사정이 절박해서 그리는데요? 그래 상의를 해 볼 겸, 또……."

"무슨 일이십니까? 여행을 하십니까?…… 여행 같으면 그 병엔 더구나 해롭습니다!"

승재는 짐짓 이렇게, 제 딴에는 태수를 구슬린다는 요량이다.

"아닙니다. 여행이 아니라……"

"그럼?"

승재는 심술궂게 추궁을 하고, 태수는 주저주저하다가,

"결혼을 하게 됐답니다, 헤."

하면서 빙긋 웃는다.

"겨얼혼?"

승재는 허겁스럽게[47] 소리를 지르고 놀라는 시늉을 하면서 설레설레 고

---

46 기광(氣狂) : 극성스레 마구 날뛰는 행동이나 기세.
47 허겁스럽다(虛怯---) : 야무지거나 당차지 못하고 겁이 많은 데가 있다.

개를 흔든다.

"……결혼을 하시다니! 건 안 됩니다. 차라리 혼인날을 넌즈시 물리십시오."

이 말은 의사로서 당연한 권고다. 그러나 승재는 결코 태수를 위해서 권고하자는 뜻이 아니다. 차라리 태수를 끔끔수[48]를[49] 주고 싶어서 하는 말이요, 그보다 더, 그래저래 하다가 이 혼인이 파혼이 되었으면 좋겠다는 막연한 심술로다가 하는 말이다[50].

그러나 태수는 또 태수라, 저도[51] 고개를 쌀쌀 흔든다. 그는 혼인을 물리라다니 천만에 당찮은 수작이었던 것이다.

"그럴 수는 없어요! 절대루……"

"그래두 그래선 안 됩니다! 첫째 환자 당자한테두 해롭구, 또 부인한테두……"

승재는 여기까지 말을 하노라니까, 어느덧 그만 가슴이 뭉클하면서 사뭇,[52]

'아이구우!'

하고 소리쳐 부르짖기라도 하고 싶은 것을 겨우 참는다[53].

그는 초봉이가 이자에게 짓밟혀 더러운 ××까지 전염 받을 일을 생각하면, 방금 신성(神性)이나 모독되는 것 같아서 사뭇 열이 치달아 올랐다. 그는 열이 나는 깐으로 하면, 그저 주먹을 들어 이자를 대가리에서부터 짓바

---

48 끔끔수 : 체면이 깎일 일을 당하여 갖는 부끄러움.
49 끔끔수를 : ①② 구박을
50 막연한~말이다 : ①② 뜻이잇서서 하는말이다
51 또 태수라, 저도 : ①②에는 이 구절이 없음.
52 어느덧~사뭇, : ①② 그만
53 하고~참는다 : ①② 소리쳐 부르짓고십헛다

수어 놓고 싶었다.

눈치를 먹는 줄도 모르고 태수는 앉아서 존다.

"그러니깐 그걸 상의하는 게 아닙니까? 근치되는 거야 어렵다구 하더래두 위선 임시루 아프지나 않구, 또 전염이나 안 되게시니…… 가령 농이 멎게 한다든지……"

"물론 그렇게만이라두 해드렸으면야 생색두 날 것이구 해서 두루 좋겠지만……"

승재는 입맛을 다신다. 그는 태수가 미운 것으로만 하면 이 녀석아 잔말 말라고 따귀라도 한 대 때려서 쫓기라도 하겠지만, 뒤미처 생각할진댄, 역시 울며 겨자 먹기로 제 힘과 재주를 다하여 태수가 청한 말대로 응급 방편이라도 써 보는 게 초봉이를 위한 도리일 성싶었다.

일변 태수는 도로 심정이 상해서 눈살이 장히[54] 아니꼽다[55]. 대체 의사라는 위인이 처음부터 보기 싫게 굴어 비위를 거스르더니[56] 내내 비쌔는[57] 꼴이 뇌꼴스럽고[58] 해서, 그만두어 버리고 벌떡 일어설 생각이 났다.

그는, 지금 이 칼날 위에 올라선 판에 ××쯤 앓는다고, 또 초봉이한테 전염이 되는 게 안 되었다고 그걸 치료하려고 아등바등 애를 쓰는 제 자신이 생각하면 우스웠다.

'세상살이 마주막날을 날 받아 놓다시피 했으면서!…… 초봉이두 그렇구……'

이렇게 속으로 두런거리면서 이 작자가 인제 한 번만 더 같잖게 굴면,

---

54 장히 : 매우. 몹시.

55 장히 아니꼽다 : [1][2] 팽팽하다

56 거스르더니 : [1][2] 거스리더니   [3][4][5] 거슬리더니

57 비쌔다 : 남의 부탁이나 제안에 여간해서 응하지 아니하는 태도를 보이다.

58 뇌꼴스럽다 : 보기에 아니꼽고 얄미우며 못마땅한 데가 있다.

두말 않고 일어서서 나가 버리려니 했다.

"좌우간……"

이윽고 승재는 과단 있게 말을 하면서 일어선다.

"……해볼 대루는 힘껏 다아 해봐 디리지요. 그리구 나서 원……"

승재가 일어서니까 간호부는 벌써 알아차리고서 오십 체체[59](cc)짜리 주사기를 핀셋으로 집어 들고 주사 준비를 시작한다.

"주사를 먼점? 균을 검사할 텐데?…… 머, 주사를 먼점 놓아두 좋겠지
……."

승재는 혼자서 괜히 갈팡질팡하다가 현미경의 초자판(硝子板)[60]을 꺼내 가지고 태수한테로 도로 온다.

간호부는 노랗게 마노[61]빛으로 맑은 트리파플라빈[62] 주사액을 솜씨 있게 주사기로 켜 올리고[63] 있다.

승재는 마치 최면술의 암시에나 걸린 듯이 끄윽 서서 그것을 노려본다. 보는 동안에 양미간이 이상스럽게 찌푸려진다. 발부리[64] 앞에 가서 사지를 뒤틀고 나가 동그라져 민사(悶死)[65]하는 태수의 환영이 역력히 보이던 것 이다.

---

59 체체 : '시시'의 독일어 발음. 의학 용어로 독일어를 흔히 쓰고 있음을 알 수 있다.

60 초자판(硝子板) : 유리판.

61 마노(瑪瑙) : 석영, 단백석(蛋白石), 옥수(玉髓)의 혼합물. 화학 성분은 송진과 같은 규산(硅酸)으로, 광택이 있고 때때로 다른 광물질이 스며들어 고운 적갈색이나 흰색 무늬를 띠기도 한다. 아름다운 것은 보석이나 장식품으로 쓰고, 그 외에는 세공물이나 조각의 재료로 쓴다.

62 트리파플라빈(trypaflavine) : 아크리딘 물감의 하나. 노란색 색소로 그 용액은 기면성 뇌 염에 효과가 있으며, 상처에 바르면 썩는 것을 방지한다.

63 켜 올리고 : ⑤ 올리고

64 발부리 : 발끝의 뾰족한 부분.

65 민사(悶死) : 고민하다가 죽음, 또는 괴롭게 죽음.

하다가, 다시 주사에서 암시를 받아, 저기다가 ××××를 몇 그램만 섞었으면? 이 생각을 하던 참이다.

세상에도 유순한 그의 눈이 난데없는 살기를 띠고 힐끔 태수를 돌려다보는 것이나, 태수는 아무것도 모르고 한눈만 팔고 앉았다.[66]

간호부가 준비된 주사기를 손에 들려 줄 때에야 승재는 제정신이 들어 부질없이[67] 흠칫 놀란다.

주사기를 받아 들고 서서 승재는 태수의 걷어 올린 팔을 내려다본다. 파아란 정맥이 여물게 톡톡 비어진 통통한 팔이다. 살결이 유난스럽게 희다.

이 팔이 가서 초봉이의 그 어여쁜 어깨를 쌍스럽게도[68] [69] 휘감으려니 생각하매, 태수의 팔은 팔이 아니고 별안간 굵다란 구렁이로 보인다. 그만 징그러워서 온 전신에[70] 소름이 쪽 끼치고, 차마 더 볼 수 없어 눈을 스르르 감는다.

눈을 감으니까, 감은 길이니 주사침을 아무렇게나 (아파서 깡충 뛰게시리) 푹 찔렀으면 고소할 것 같아 손이 옴질옴질한다.

알코올 솜으로 자리를 닦아 놓고서 기다리다 못해 간호부가 찔벅거리는[71] 바람에 승재는 눈을 도로 뜨고 가까스로 주사 한 대를 마쳤다.

---

66 승재는 마치 최면술의 ~ 앉았다.(3단락)
: [1][2] 주사액을 켜올리는것을 바라보고잇든 승재는 양미간을 이상하게 찌푸리면서 필요이상으로 그것을 노려본다.
방금 그의 머릿속에는 한가지 l 생각이 번개가티 떠올랐듯것이다. 주사기가 준 암시다.
"저 주사안에다가 ××××를 몇그람 석그면……"
이러케 생각할때에 그의 발 아래에는 사지를 뒤틀고 죽어나가동그라지는 태수의꼴이 력녁히 보엿다.

67 부질없이 : 대수롭지 아니하거나 쓸모가 없이.

68 쌍스럽게도 : [5] 상스럽게도

69 쌍스럽다 : 말이나 행동이 보기에 천하고 교양이 없다. '상스럽다'보다 센 느낌을 준다.

70 전신에 : [3][4] 전신의

71 찔벅거리다 : '집적거리다'의 전라도 방언.

농(膿)을 초자판에다가 받았다. 실상 현미경 검사야 해보나마나 빠안한 것이지만, 그러니까 그것은 환자를 위해서 그런다느니보다, 다 우리 병원에서는 이만큼 면밀하고 친절하오, 하고 내세우는 병원 간판인 것이다.

승재는 농을 받은 유리 조각을 알코올 불에 구워서 메틸렌 브라운으로 착색을 해 가지고 현미경을 구백 배(倍)로 맞추어 들여다본다.

초점을 맞추어 가는 대로 파르스름하게 나타나는 신장형(腎臟型)의 반점은 갈데없이 ×균(×菌)[72]이다.

승재는 오도카니[73] 앉았는 태수를 손짓해서 현미경을 들여다보게 하고 옆으로 비켜선다.

"보입니까? 콩팥같이 생기구, 파르스름한 거……."

"안 보이는데요?…… 아니 무엇이 보이는 것 같은데……."

"이러면?"

승재는 초점을 다시 조절해 준다.

"응응, 네네, 보입니다. 똑똑하게 보입니다. 하하! 그러니깐 이게 빠꾸데리얀가요[74]?"

태수는 신기해하면서 박테리아냐고 묻는 것이나, 승재는 실소하려다 말고,

"그렇지요, 박테리안 박테리아죠. 그게 ××균입니다."

"하하! 이게가[75] 그렇군요!"

태수는 한참이나 더 현미경을 들여다보다가 이윽고 고개를 든다. 그는

---

72 ×균(×菌) : 태수가 앓고 있는 병의 증상으로 보아 '임균(淋菌)'일 것이다. 성병인 임질을 일으키는 병원균. 요도, 자궁, 눈의 점막 따위를 통하여 감염되며, 고름이 되어 요도로 흘러나온다. 1879년에 독일의 나이서가 발견하였다.
73 오도카니 : 작은 사람이 넋이 나간 듯이 가만히 한자리에 서 있거나 앉아 있는 모양.
74 빠꾸데리야 : 고태수가 '박테리아'를 일본어투의 서툰 발음으로 말한 것.
75 이게가 : ⑤ 이게

이렇게 현미경을 들여다보기는 고사하고, 현미경을 구경도 못한 사람이라 두루 희한했던 것이다.

"하하! 그렇구만요!⋯⋯"

태수는 현미경 옆에 가 붙어 서서 고개를 갸웃하다가 밑천이 드러나는 줄을 모르고, 한단 소리가⋯⋯

"⋯⋯그럼 이게 한 십 배나 되나요? 빠꾸데리얀 픽 작은 건데⋯⋯."

"그게 구백 배랍니다!"

"구백 배?⋯⋯아이구! 구백 배⋯⋯ 하하, 네네⋯⋯ 아 원, 고게⋯⋯."

태수는 연신 신기해하다가 도로 현미경을 들여다본다.

승재는 태수가 밉기는 하면서도 그의 하는 양이 어쩌면 어린아이처럼 단순하고 명랑한 것이 일변 귀염성스럽기도 했다.

그러나 이 귀엽다는 생각은 시방 불시로 우러난 것이 아니요, 태수가 초봉이를 뺏어 가는 사람이어서 미운 생각이 와락 치달을 때 그때에 벌써 그 미운 생각과 같은 순간에 배태가 되었던 것이다. 초봉이를 빼앗아 가는 사람이니까 밉지만, 그러나 초봉이의 배필이 될 사람이니까 일변 귀엽던 것이다.

이 귀여운 생각은, 그런데 미운 생각이 너무 강렬했기 때문에 그만 껴눌려 버렸던 것이, 그랬다가 대수롭지 않은 일에 기회를 얻어 의식 위에 떠오른 것이다.

그러기 때문에 귀엽다는 생각은 순간만에 사라지지를 않고, 도리어 무럭무럭 자라났다. 승재는 이 모순된 두 개의 감정에 휘달려[76] 속으로 몸부림을 쳐도 그것을 벗어날 수는 없었다.

망연히[77] 서 있던 승재는 태수가 다시 현미경을 들여다보는 동안, 진

---

76 휘달리다 : 정신을 차릴 수 없을 정도로 몹시 시달리다.

찰실 한옆에 들여세운 책상에서 금자박이[78] 술[79] 두꺼운 책 한 권을 꺼내다가 활활 넘겨 이편 진찰탁 위에 펴놓는다. ×균이 현미경의 원색대로 삽화(揷畵)가 있는 대목이다.

이윽고 태수가 이편으로 오기를 기다려, 승재는 펴놓았던 책의 삽화를 짚어 가면서, ×균의 형상부터 시작하여 그 성장이며, 전염 경로, 잠복, 활동, 번식, 그리고 병리와 ××이 전신과 부부 생활과 제이세랄지 일반 사회에[80] 미치는 해독이며, 마지막 치료와 섭생[81]에 대한 설명을 아주 자상하게[82] 들려준다.

태수는 승재가 다시 한 번 치어다보였다.

태수는 승재의 설명을 듣고 나서 본즉 모두가 그럴듯했다. 그새까지 다니던 먼저 병원에서는 처음 가던 길로[83] 펌프질[沃度銀注入]이나 해 주고 주사나 꾹꾹 찔러 주고 했을 뿐 현미경 같은 것은 보여주지도 않았는데, 자아 이 병원에는 오니까, 의사가 생기기는 고즈카이나 도둑놈 같고 불쾌하게는 굴었어도 척 현미경을 보여 준다, 여러 가지로 자상 분명하게 설명을 해 준다 하는 게 썩 그럴듯했고, 불쾌하던 의사란 작자도 그러는 동안에 차차 인간이 차차 양순해 뵈고 해서 태수가 또한 뒤가 없는[84] 사람이라, '박사'나 되는 것같이, 그리고 오랜 친구와 같이[85] 신뢰하는 마음이 들었다.

---

77 망연하다((茫然--) : 아무 생각이 없이 멍하다.
78 금자박이(金字--) : '금박을 올리거나 금빛 수실로 수를 놓거나 금물로 써서 금빛이 나는 글자(=금자)'가 새겨져 있는 것.
79 술 : 책, 종이, 피륙 따위의 포갠 부피.
80 제이세랄지 일반 사회에 : [1][2] 제이세에
81 섭생(攝生) : 양생(養生). 병의 조리를 잘하여 회복을 꾀함.
82 자상하게 : [1][2] 자세하게
83 길로 : [1][2] 멀로
　　 : 채만식은 '즉시로' 또는 '～하자마자'라는 뜻으로 '멀로'와 '길로'를 혼용하고 있다.
84 뒤가 없다 : 뒤끝이 없다.

승재는 처방을 쓰고 있다.

가루약을 쓰고 그 다음에 물약을 쓰노라니까, 그놈에다가 ××가리를 한 그램만(아니 반 그램만도 족하다) 넣고 싶었다. 그랬으면 오늘 저녁에 식후 두 시간이 지나 물약을 먹을 테요, 먹으면 대번 경련이 일어나고 숨쉬기가 힘이 들어 허얼헐 하고 시큼한 냄새가 나고 두 눈이 퀭해지고 맥이 추욱 처졌다가 삼 분이 다 못해서 숨이 딸꼭⋯⋯.

승재는 그러한 장면을 연상하느라고 잠시 우두커니 앉아 있다가 어깨를 흠칫하면서 도로 철필을 놀린다.

마지막에,

'물 백 그램.'

이라고 쓰고 나니까, 그 위에 조금 빈 데다가 자꾸만,

'××가리 한 그램.'

이라고 쓰고만 싶어 철필 끝이 떨어지질 않는다.

'제약사가 보구서 무어랄까?'

'미쳤다구, 야단이 나겠지!'

'제약사가 마침 없었으면 좋겠는데⋯⋯.'

'가만있자, 내일 어디⋯⋯'

승재는 속으로 이렇게 자문자답을 하면서 내일 보자고 한다. 그러나 그는 오늘 제약사가 없었으면 좋았을 게 아니라, 그 반대로 제약사가 있는 것이 다행스러웠다.

처방을 다 쓰고 나서 승재는 태수한테 여러 가지로 주의를 시킨다. 혼인 전날까지 매일 다니면서 주사를 맞고, 약을 정성들여서 먹고, 찜질을 하고, 주색이나 그런 것은 일체로 끊고, 자극되는 음식이며 과한 운동도 하지 말

---

85 , 그리고 오랜 친구와 같이 : ①②에는 이 구절이 없다.

고, 그렇게 치료와 조섭[86]을 잘하면 혹시 나을는지도 모른다, 그러나 농은 멎었더라도 ×사(×絲)[87]는 그대로 나오는 법인즉 전염이 된다, 그러니 그것은 맨 마지막 날 보아서 무슨 변법이라도 구처[88]해줄 텐즉 우선 그리 알고 있거라, 결혼하는 여자한테 전염을 시켜서는 단연 안 된다, 그것은 죄 없는 여자한테 적악[89]일 뿐 아니라, 생겨나는 자손에게까지도 죄를 짓는 것이니라……

이렇게 순순히 타이르고 있노라니까 승재는 어쩌면 친동생을 훈계나 하는 듯이 다정스런 것 같았다. 사실 태수가 나이는 한 살 맏이라도 앳되고, 승재가 훨씬 노숙해서 그냥 보기에도 승재는 침착한 게 손윗사람 같고, 태수는 어린 수하[90]사람 같았다.

승재는 태수를 돌려보내고 나서, 오늘 새로 얻은 방을 닦달하려고, 비와 털이개와 걸레 등속을 찾아 가지고 그 집으로 갔다.

그는 인제는 태수까지 알았는데, 태수를 저만 알고 시치미를 뚝 떼었으니, 만일 내일이라도 태수가 약혼까지 했다니까, 혹시 초봉이네 집에를 온다든지 해서 섭뻑 만나고 보면 그런 무색할 도리가 없을 것이요, 그런즉 기왕 방까지 구해 둔 바에 오늘 저녁으로 이사를 하는 것이 옳겠다고 했다.

승재는 숱한 먼지를 뒤집어써 가면서 다다미야, 오시이레[91]야, 방 안을

---

86 조섭(調攝) : 조리(調理). 건강이 회복되도록 몸을 보살피고 병을 다스림.
87 ×사(×絲) : 균사(菌絲). 균류의 몸을 이루는 섬세한 실 모양의 세포. 또는 그런 세포로 된 열(列). 흰색으로 엽록소가 없으며 종(種)에 따라 일정한 모양으로 가지 나누기를 하거나 모여서 자실체를 만든다. 늑팡이실.
88 구처(區處) : 사물을 따로따로 구분하여 처리함. 변통하여 처리함. 또는 그런 방법.
89 적악(積惡) : 남에게 악한 짓을 많이 함.
90 수하(手下) : 손아래. 부하(部下).
91 오시이레(押(し)立れ, 押立) : 반침(半寢). 큰 방에 딸린 조그만 방. 여러 가지 물건을 넣어 두는 데에 쓴다.

말끔하게 털어내고 한 뒤에, 다시 병원에 들러 아범더러 끌구루마[92]꾼을 하나 얻어 보내 달라는 부탁을 해 놓고서 둔뱀이로 넘어갔다.

새삼스럽게 반가운 것 같은, 또 슬픈 것 같은[93] 초봉이네 집 문간 안으로 문득 들어서려니까는 어쩐지 등갈[94]이 나 가지고 오랫동안 발을 끊었던 집에를 찾아오는 것처럼 서먹서먹했다.

그러려니 하고 보아서 그런지, 집 안은 안팎이 모두 어디라 없이 두선거리고[95] [96] 들뜬 것 같았다.

부엌에서 계봉이가 웬 낯모를 아낙네와 밥을 하느라고 수선을 피우다가 승재를 보더니 해뜩[97] 웃는다.

조금만 웃는 웃음이라도 시원하니 사심이 없고, 그리고 어떻게 보면 그 웃음이,

'어제 저녁에 그렇게 몰아세우기는 했어도 다아 공중[98] 그런 것이고, 자아 나는 이렇게 반가워하잖우?'

하면서 맞일 해 주는 것이거니 싶었다.

승재는 계봉이가 웃고 반가워하는 것이 살에 배도록 기쁘고 고마웠다[99]. 그러나 (그것이 기쁘고 고맙기 때문에 자연) 이것도[100] 오늘이 마지막이요,

---

92 구루마(車, くるま) : 차륜(車輪). 수레[차](바퀴). '끌구루마'는 '손수레.'

93 새삼스럽게~같은 : ①② 꼭대기까지 올라가서

94 등갈 : ⑤ 동갈

95 두선거리고 : ③ 두런거리고

96 두선거리다 : 겨우 알아들을 수 있는 낮은 목소리로 말을 주고받는 소리가 계속 나다.

97 해뜩 : ①② 해죽   ⑤ 혜뜩

98 공중 : 표준국어대사전에는 '공연히(空然−)'의 북한어로 되어 있음. 아무 까닭이나 실속이 없게. 늑괜히.

99 반가워하는~고마웠다 : ①② 마지해주는것이 새삼스럽게 반가웟다

100 그러나~이것도 : ①② 그러나 이어 곳

꼬옥 동기간의 누이동생인 양 귀애도 하고 응석도 받아 주고 하던 것이 또한 그만이구나 하면, 차마 이 집을 떠나는 회포가 한량없이 애달퍼, 방금 내려덮이는 황혼과 함께 마음 둘 곳을 모르게 슬펐다[101].

마당 가운데로 지나면서는 초봉이와 얼굴이라도 마주치기를 꺼려하는 제 마음과는 정반대로, 마지막 얼굴이라도 한 번 마주쳤으면 싶어 무심결에 안방께로 고개가 돌아간다. 그러나, 이 구석 저 구석 안팎으로 보기 싫게 생긴 아낙네들만 움덕움덕[102] 들끓지, 초봉이는 그림자도 보이지 않았다.[103] [104]

승재가 짐을 꾸리느라고 책을 죄다 책장에서 꺼내서 한 덩이씩 한 덩이씩 따로 동여매고 있는데, 계봉이가 가만가만 나왔다.

"아이유머니나!…… 이게 대천[105] 웬 야단이우?……"

계봉이는 깜짝 놀라서 눈이 휘둥그래진다.

"……왜 책을 죄다 끄내 놓구 그리우?"

"응, 저어……"

승재가 책 동여매던 손을 멈추고 히죽 웃으면서 더듬는 것을, 계봉이는

---

101 동기간의~슬펐다.
　　: ①② 누이동생가티 역이든 너를 귀여하고 엉석을 바더주고 하기도 오늘이 마주막이거니 생각하매, 차마 어쩌케 떠나랴싶허 마음은 방금 내려덥는 황혼과가티 추렷햇다
102 움덕움덕 : 사람, 짐승, 벌레 따위가 떼로 모여 매우 어수선하게 자꾸 움직이는 모양. (임)
103 마당~않았다.(이 단락 전체)
　　: ①② 승재는 초봉이가 눈에 띄이지안는것이 궁금햇다. 그래 마당가운데를 지나면서 이리저리 고개를 돌려보앗스나 안ㅅ방이고 건넌방이고 문은 다 열렷서도 밉게생긴 아낙네들만 들끌치 초봉이는 보히지아니햇다.
104 ①②에는 이 부분에 독립된 단락으로 다음과 같은 내용이 삽입되어 있다.
　　그러면 혹시 태수와 공원하튼데로 단둘이 산보를 나가지 아니햇나하는생각이 문득 들면서 시기가 불끈 치달어올랏다.
105 대천 : '대체'라는 뜻으로 말하고 있음.

그제야 알아채고서 얼른……

"이사허우?"

"응."

"이? 사?……"

계봉이는 얼굴을 찡그릴 듯하다가 별안간 웃음을 가득 흘뜨리면서……

"하하!…… 오오라잇! 우리 남 서방, 부라보……"

승재는 어째서 하는 말인지 몰라 뻐언하고 있고, 계봉이는 상관 않고 고개를 깝신깝신[106]하면서 들이 좋아서……

"……응? 남 서방…… 나두 남 서방이 어디루 가기나 허구 없으믄 좋겠다 그랬는데…… 보기에 하두 딱해서 말이우, 괜히 잘못 알아듣구서 삐칠까 무섭다!…… 그랬는데 아무튼지 잘 생각했수!…… 쇠[牛]는 면했어, 하하하……."

계봉이는 기어코 한마디 조롱을 하고서는 웃어 대다가 다시, 구누나 하는 것처럼 소곤소곤……

"……그리구우, 어디루 가는지 집만 아르켜주믄 내가 인제 찾아갈게, 응?…… 꼬옥 레포할[107] 재료두 있구……."

승재는 종이쪽에다가 이사해 가는 집 번지를 쓰고, 길목이며 드나드는 문간까지 알기 쉽게 대주면서, 앞으로 밤에 급한 병자가 있는 집에서 부르러 오든지 하거든 그대로 잘 가르쳐 주라는 부탁을 얼러서 당부한다.

"내일이라두 봐서 가께? 여섯 시쯤……."

계봉이는 승재가 주소 적어 주는 종이쪽을 받아 들고 훑어보다가 허리춤에 건사를 한다.

---

106 깝신깝신 : 고개나 몸을 방정맞게 자꾸 조금 숙이는 모양.
107 레포하다(report--) : 보고하다. 전하다. 알리다.

"……우리 남 서방 우우라아[108] 하하하하…… 내일 기대리우?"

계봉이는 승재가 저희 집에 그대로 끄먹끄먹 앉아 있지 않게 된 것이 좋기도 했거니와, 그보다도 승재가 딴 데 가서 있으면 놀러 다니기가 임의로 울 테니까, 그래서 더 좋아했다.

이튿날 아침 승재는 병원에 가던 길로 독약 ××××를 조그마한 병에다가 갈라 넣어 포켓 속에 건사해 두고 태수가 오기를 기다렸다. 오더라도 저녁 때나 올 줄 알면서도 그는 아침부터 그 저녁때를 기다린 것이다. 그러나 열한 점[109]쯤 해서는 독약병을 치워 버렸다. 그러나 또, 한 시에는 다시 준비를 했고, 세 시에는 또 치워 버리고서 짜증이 나서 안절부절못하다가 네 시 치는 소리가 들리자 또 장만을 해 두었다. 이번에는 포켓 속에다 건사하지를 않고, 진찰실 안의 약병들 틈에다가 끼워 두었다.

네 시 반쯤 되어서 태수가, 윗입술을 한 편만 벌려 간드러지게 웃으면서 진찰실로 들어왔다.

승재는 반가워서 웃고 맞이했다. 그는 어째서 반가운지는 몰라도 또 그걸 생각해 볼 마음의 여유도 없었으나, 아무튼 태수가 반가웠다.

"그래, 밤새 좀 어떠십니까?"

승재는 태수가 앞에 와서 앉기를 기다려, 의사 된 도리와 습관이 아니라 진정한 관심으로 인사를 한다[110].

"네, 뭐……, 별루 모르겠어요!"

"그럴 겝니다, 아직…… 그렇지만 더하지만 않으면 차차 나어갈 테니까요."

---

108 우우라아 : ①②④ 우-라- ③ 우라- ⑤ 우리
    : 우라. '만세'라는 뜻의 러시아어 감탄사.
109 점 : ①② 시
110 습관이~한다 : ①② 습관으로 인사를 한다

이야기를 하고 있는데 간호부가 주사를 준비하려고 한다. 승재는 미리 생각해 두었던 주사액을 주문하라고, 만일 제중당에 없다거든 다른 데라도 물어보아서 가져오게 하라고 간호부를 저편 전화 있는 낭하[111]로 쫓아 보낸다.

그것은 ××에 놓는 주사라도 피하주사(皮下注射)요, 효력도 신통찮아 근자에는 잘 쓰지 않기 때문에 도리어 구하기가 어려운 약이요, 승재는 그것을 알고 시키던 것이다.

간호부를 쫓아냈으니[112] 이 방에는 승재 저와, 그래서 꼭 필요한 인간 태수와 단 두 사람뿐이다. 이 분이나 삼 분이면 넉넉히 조처를 댈 판이다. 승재는 마침내 일어섰다.

그는 이 제웅[113]이 아무 속도 모르고, 속을 모를 뿐 아니라 오히려 타악 믿고서 무심히 앉아 있는 것이 다시금[114] 귀여웠다.

승재는 간호부가 꺼내 놓고 나간 주사기를 집어 바른손에 들고 트리파 플라빈의 이쁘장스럽게 생긴 유리 단지를 줄로 꼭대기를 쓸어 따낸 뒤에 주사액을 주사기에다가 조옥 켜 올린다[115]. 노오란 주사액이 이십 체체(20cc)까지 올라왔다.[116]

그 다음에는 아까 약병들 틈에다가 숨겨 두었던 독약 ××××를 집어 왼손에 쥔 채 병마개를 뽑는다.

---

111 낭하(廊下) : 복도(複道).

112 쫓아냈으니 : ③④ 쫓아냈으나

113 제웅 : 짚으로 만든 사람 모양의 물건. 음력 정월 열나흗날 저녁에 제웅직성이 든 사람의 옷을 입히고 푼돈도 넣고 이름과 생년을 적어서 길가에 버림으로써 액막이를 하거나, 무당이 앓는 사람을 위하여 산영장을 지내는 데 쓴다.

114 다시금 : ①②에는 이 말이 없음.

115 조옥 켜 올린다 : ①② 다켜올렸다   ③ 쪽 켜올린다   ④⑤ 조옥 켜올린다

116 노오란~올라왔다. : ①②에는 이 문장이 없다.

뽕! 나는 둥 마는 둥 작은 소리건만 승재는 움칫 놀란다. 사실 방 안은 그다지도 교교했었다[117].

승재는 독약병을 기울여 바른손에 든 주사기의 침 끝을 담그고 속대를 천천히 잡아당긴다.

독약은 병 속에서 조금씩 준다. 주사기에는 한 체체(cc), 두 체체(cc), 셋 넷[118] 차차로 독약이 불어오른다.

마침내 이십오 체체(cc)를 가리킬 때에 주사침을 독약병에서 꺼내 든 다.[119]

침 끝에서는 가느다란 물방울이 신경적으로 바르르 떨면서 한 방울 두 방울 떨어진다.

승재는 준비가 다 된 주사기를 멀찍이 쳐들고 서서 한참이나 바라본다.

태수는 승재가 돌아서서 무엇을 하고 있는지 그의 커다란 윗도리가 가리어 보이지도 않았거니와, 도시에[120] 거기에는 주의도 하지를 않고 가만히 앉아 기다린다.

승재는 고개를 돌려, 인해[121] [122] 오도카니 앉아 있는 태수를 바라보다가 주사기를 치어다보고 또 태수를 돌려다보곤 한다.

---

117 교교하다(皎皎--) : 매우 조용하다.

118 셋 넷 : ⑤ ……

119 그 다음에는 아까 약병들~ 꺼내 든다.(5단락)
 : ①② 그리고나서 다시 약병들에다 숨겨두었든 ××××병을 차저내어 병마개를 뽑앗다. 바른손에 들고잇는 주사기의 침끄틀 숙여 병속에 잠그고 외인손으로는 약병을잡곳 기우린다. 주사기의 속대를 천천히 잡어대린다. 약은 병속에서 졸아든다 두사기에는 한체체(1C · C) 두체체(2C · C) 셋넷 다섯 솟아올른다. 이십사체체(24C · C)를 가르킬 때에 주사침을 끄내든다.

120 도시에(都是-) : 도무지.

121 인해 : ⑤ 이내

122 인하다(隣--) : 이웃하다. '인해'는 '곁에'라는 뜻.

'이놈을 고 새파란 정맥에다가 쪼옥[123] 들이밀면⋯⋯.'

'일 분, 이 분, 삼 분이면 안색이 질리면서 가슴을 우디고[124] 몸을 비틀다가 고만 나가동그라져, 그리고 눈을 뒤쓰고 단말마[125]의 고민을 하다가, 이어 딸꼭![126]'

'응!'

사람을 궂히겠다는[127] [128] 순간이면서, 승재는 긴장보다도 얼굴에 가벼운 미소가 떠오른다.[129]

승재가 선뜻 돌아서서 제 옆으로 오는 것을 보고 태수는 와이셔츠 소매를 걷어 팔을 내놓는다.

승재는 왼손에 쥐고 온 알콜 솜으로 주사 자리를 싹싹 씻는다.

"주먹을 꼬옥 쥐십시오."

주의를 시키면서 주사기를 뉘어, 침 끝을 볼록 솟은 정맥 위에다 누르는 듯 갖다 댄다. 침 끝에서 약물이 배어나와 살에 번진다.

인제는 침 끝을 폭 찔렀다가 속대를 뒤로 뽑는 듯하면 검붉은 핏기가 주사기 안으로 배어든다. 그럴 때에 속대를 진득이 밀기 시작하면 그만이다.

승재는 바늘 끝으로 핏대를 누른 채 그대로 잠시 멈추고 있다.

태수는 주사침이 살을 뚫을 바로 직전임을 알고 눈을 스르르 감는다. 언제고 그러하듯이 따끔 아픈 것을 보고 있노라면 속이 간지러워서 못하던

---

123 쪼옥 : ③ 쪼옥   ⑤ 조옥

124 우디다 : '움켜잡다' 정도의 뜻으로 쓰고 있음.

125 단말마(斷末魔) : '임종(臨終)'을 달리 이르는 말. 숨이 끊어질 때의 모진 고통.

126 일 분~딸꼭!(이 단락 전체)
  : ①② 일은 다 된다 발버둥을치고 나가동그라저서⋯ 그리고 얼마잇다가 딸꼭

127 궂히겠다는 : ④⑤ 굳히겠다는

128 궂히다 : 죽게 하다. 일을 그르치게 하다.

129 사람을~떠오른다. : ①②에는 이 문장이 없다.

것이다.

눈을 감은 태수는 인제 시방 바늘 끝이 따끔 살을 뚫고 들어오려니 기다린다.

그러나 암만 기다려도 소식이 없다.

넉넉 삼십 초는 되었을 것이다. 태수는 기다리다 못해 감았던 눈을 뜨고, 승재는 갖다 댄 바늘 끝으로 핏대를 푹 찌르는 것이 아니라, 주사기를 도로 쳐들고 싱겁게 피쓱 웃으면서 허리를 펴고 돌아선다.

태수는 웬일인고 싶어 뻐언히 앉아 승재의 등 뒤를 바라다본다.

승재는 주사기의 뒷대를 눌러 약을 내뿜는다. 은침 같은 물줄기가 이쁘게 뻗쳐 나와 리놀륨130 바닥에 의미 없는 곡선을 그려놓는다.

승재는 미상불 태수를 죽이고도 싶었고, 그래서 죽여 보려고 한 것은 사실이다.

그러나 단지 그는 '죽여 보려'고 했을 뿐이지 죽일 '작정'을 한 것은 아니다.

신경(神經)의 게임(遊戱)이라고나 할는지, 의사쯤 앉아서 사람 한 개 죽이고 살리고 하는 최후의 경계선(境界線) 그것은 오블라토131 한 겹보다도 더 얇게 가를 수 있는 것이다.

이 얇은 한 겹의 이 편쪽까지만을 애초부터 목표로 정하고서 승재는 독약을 준비하고, 그놈을 주사기에다가 켜 올리고, 해 가지고서 찬찬히 쳐들고 서서 제웅의 얼굴과 번갈아 빗대 보고 마침내는 혈관에다 갖다 대고 푹 찌를 듯이 숨을 들이마시고, 이렇게 살인 행위의 계단을 천연덕스럽게 밟

---

130 리놀륨(linoleum) : 아마인유(亞麻仁油)의 산화물인 리녹신에 나뭇진, 고무질 물질, 코르크 가루 따위를 섞어 삼베 같은 데에 발라서 두꺼운 종이 모양으로 눌러 편 물건. 서양식 건물의 바닥이나 벽에 붙이는데 내구성, 내열성, 탄력성 따위가 뛰어나다.

131 오블라토(oblato) : 녹말로 만든 반투명의 얇은 종이 모양의 물건. 맛이 써서 먹기 어려운 가루약이나 끈적거리는 과자 따위를 싸서 먹기 좋게 만드는 데 쓴다.

아 올라왔었다.

그리고 거기까지가 절대의 목적지였었다.

그렇게 살인의 한 계단 두 계단을 밟아 올라오고, 오다가 마침내 그 오블라토 한 겹을 남겨 놓고 우뚝 멈춰 서는 신경의 스포츠, 그것은 적실히[132] 유쾌한 긴장일 수가 있었다.[133]

승재는 주사액이 상한 것 같아서 그랬다고 하는 것을, 태수는 그대로 속았을 따름이고…….

승재가 새 주사기를 꺼내다가 새 주사액을 따서 주사를 놓아주니까, 태수는 이런 것도 다 이 병원이 세밀하고 친절해서 그런 거니 생각하고 무척 좋아한다.

태수는 주사를 다 마치고 나가다가 돌아서더니, 문득 그날 바쁘지 않거

---

132 적실하다(的實--) : 틀림이 없이 확실하다.

133 승재는 바늘 끝으로~ 있었다.(13단락)

: [1][2] 그는 지금 사람을 죽이려는 바루 그찰나에 잇다. 그러나 그의 얼굴에는 긴장은 되엇다면 되엇다고 하겟지만 털끗만큼도 살기도 보이지아니한다. 오히려 숭겁다고할 만큼 아무러치도아니하다.

그는 마침내 바눌끄트로 핏대를 꿰뚫코 독약을 밀어넛는게아니라 피쓱 냉소를하고 허리를 펴면서 도라선다.

태수는 왜이러는고십퍼 삐언하니 승재의 등뒤를 바라다보고잇고 승재는 주사기의 속대를눌러 약을내뿜는다. 은침가튼 물줄기가 뻐더나와 리노리움우에 의미업는곤선을 그려놋는다.

승재는 애초부터 태수를 죽이고십헛고 그래서 죽여보려고 한것이지 아주

(죽인다)

이러케 작정하지는아니햇섯다.

그는 신경(神經)의 유희를 하고십헛다.

죽이고 살리는 최후의경계선(境界線)그것은 오부라트와가티 얇은 한겹사이다. 이 얇은한겹의 이쪽을향하야 독약을준비하고 그놈을 주사기에 켜올리고 그놈을 처들고서 제웅의 얼굴과 번가러 치어다보고 마침내는 혈관에다 갓다대이고 폭찔를드끼 별르고 여기까지 그는 천연덕스럽게 해왓다.

거기까지가 목적지다. 그러니까 그는 얼굴에 살기도 들어나지아니햇다. 다만 신경의 긴장이 유쾌햇슬따름이다.

든 와 달라고 제 혼인날 손님으로 승재를 청을 한다.

승재는 속으로 뜨악해서[134] 선뜻 대답을 못하고 어름어름하고[135] 섰다.

"바쁘시기도 하시겠지만, 잠깐 거저…… 허기야 뭐, 결혼식이라구 숭내만 낼 테면서 오시래기두 부끄럽습니다. 아무튼지 인제 청첩두 보내 드리겠지만 부디 구경이나 와 주세요. 퍽 영광이겠습니다."

"네, 되두룩 가서…… 그날 바쁘지만 않으면……"

승재는 조르는 양이 졸연찮을 눈치 같아서 대답만 그만큼 해 두는 것이다.

승재는 여섯 시가 되기를 까맣게 기다려 병원을 나와서 어젯밤 새로 든 집으로 가다가, 집 모퉁이 가게 앞에서 두리번두리번거리고 있는 계봉이를 만났다.

"남 서방!"

"계봉이!"

둘이는 서로 이렇게 부르면서 마주 웃는다. 그들은 오래 오랜만에 만나는 것같이 반가웠다.

그러나 겨우 어젯밤에 갈리고 났으니 무슨 짙은 인사야 할 말이 없다.

"그래……."

"응……."

둘이는 웃으면서 이런 아무 뜻은 없어도 마음은 통하는 말을 서로 한마디씩 한다.

"잘 왔군!"

"해애."

"들어가자구."

---

134 뜨악하다 : 마음이 선뜻 내키지 않아 꺼림칙하고 싫다.
135 어름어름하다 : 말이나 행동을 똑똑하게 분명히 하지 못하고 자꾸 우물쭈물하다.

"응."

둘이는 앞서거니 뒤서거니, 지쳐 둔 쪽대문을 열고 좁은 처마 밑을 한참
지나 승재의 방 앞에 당도했다.

"일러루 오니까 이렇게 성가시어서……"

승재는 계봉이를 돌려다보고 웃으면서 방문에 채운 자물쇠를 연다.

계봉이는 방으로 들어와서 앉을 생각도 미처 못 하고 방 안을 휘휘 둘러
본다. 책은 벌써 전대로 책장 속에다 챙겨 넣었고, 또 몇 가지 안 되는 홀
아비 세간이지만, 책상 외에는 구접지근한¹³⁶ 것들을 다 오시이레 속에다
가 몰아넣었기 때문에 계봉이 저의 집에 있을 때보다 방안이 한결 조촐하
게 보였다.

방안이 그렇게 침착할 뿐 아니라, 그새까지 어른들이 있고 해서 부지중
조심이 되던 저의 집이 아니고, 이렇게 단출하게 승재와 만날 수 있는 것
이 기쁘기야 하지만 그러나 어쩐지 조심이 되던 저의 집에서처럼은 도리
어 임의롭지가 않고, 무엇인지 모를 어려움이 있는 것 같아 장히 거북스러
웠다.

왜 그럴꼬 하고 그는 생각해 보았으나 아무 그럴 일이 없는 것 같고, 없
는데 그래지는 것이 이상하기만 했다.

"왜 이렇게 섰어?…… 좀 앉질랑 않구서……."

승재가 재촉하는 말을 듣고서야 계봉이는 겨우 배식이 웃으면서 섰던
자리에 그대로 주저앉았다.

승재는 계봉이가 이렇게 온 것이 반가웠고, 다 기쁘기는 해도 별반 할
이야기는 없다.

그야말로 시사를 말한다든지, 학문을 논한다든지야 말도 안 될 처지요,

---

136 구접지근하다 : 좀 너절하고 더럽다.(임)

그렇다면 집안 이야기를 묻는 것밖에 없는데, 집안 이야기도 할 거리라고
는 초봉이의 혼인에 대한 것뿐인 걸, 이편이 불쑥 꺼낼 수는 없는 것이다.

그러나마 계봉이가 그새처럼 농담을 한다든지, 원 까불어 댄다든지 그
랬으면 자연 무엇이고 간에 말거리도 생기고 이 서먹서먹한 기분도 스러
질 텐데, 그 애 역시 가끔 무료하게 미소나 할 뿐, 얌전을 빼고 있어서 여
간 거북스런 게 아니다.

"무어 과실이나 좀 사다가 둘 것을……."

한참 만에 승재는 혼잣말을 중얼거리고 일어선다. 겸사겸사해서 무엇
입 놀릴 것을 사 오는 게 좋겠다고 생각했던 것이다.

"……나 잠깐 다녀올게? 곧……."

"무어? 무얼 사 올려구?…… 아냐, 난 먹구 싶잖어요!"

계봉이는 부여잡을 듯이 일어선다.

"먹구 싶지 않어두 내가 사 주는 거니, 먹어야 하는 법야!…… 그래야 착
하지."

승재가 없는 구변으로 먼저 농을 건네니까, 계봉이도 그제야 어색스럽
던 것이 얼마쯤 풀어져서……

"누굴 마구 위협하려 드나!"

"흐응, 그럼 잘못됐네?…… 그런데 계봉이가 밤새루 갑자기 얌전해진 것
같으니, 거 웬일일꾸?"

"하하하, 남 서방 보게두 그런 것 같수?"

"응."

"아이 어쩌나!…… 글쎄 내가 생각해두 웬일인지 그런 것 같어서 지
금……"

"허어! 정말 그렇다면 야단났게?"

"심청허군!…… 남이 얌전해져서 야단이 나요?"

"응."

"어째서?"

"난 얌전한 계봉이보다두, 까불구…… 아니 까불구가 아니라 장난하구 응석 부리구 그리는 계봉이가 좋아서."

"그럼 난 머, 밤낮 어린애기구 말괄량이구 그러라구?"

계봉이는 승재가 생각하기에는 속을 알 수 없게 뾰롱한다[137].

"애기가 좋잖어?"

"좋긴 무에 좋아? 어룬들[138] [139] 축에도 못 끼는걸."

"어룬이 좋은 게 아냐…… 그리지 말구 이거 봐요, 계봉이?"

"응?"

"저어, 계봉이 말야…… 내 누이동생이나 내자쿠?"

"누이동생? 오빠 누이 그거?"

계봉이는 말끄러미 승재를 올려다보다가 별안간,

"……싫다누!"

하면서 아주 얀정[140]없이 잡아뗀다.

생각잖은 무렴을 보고서 승재는 얼굴이 벌게진다.

"싫여?"

"응, 해애."

계봉이는 그렇게까지 안 해도 좋을 것을 너무 매몰스럽게 쏘아 준 것이 미안했던지, 제라서[141] 배시시 웃는다.

---

137 뾰롱하다 : 뾰로통하다.

138 어룬들 : [1][2] 어룬들하구   [3][4] 어른들

139 어룬 : '어른'의 방언 또는 구어 발음.

140 얀정 : '인정(人情)'을 낮잡아 이르는 말.

141 제라서 : 스스로. 저절로. 자진하여.

"왜 싫으꼬?"

"왜?…… 응, 거저."

"거저두 있나? 이유가 있어야지."

"이유? 이윤…… 응!…… 없어 없어."

"없는 게 아니라, 아마 계봉인 남 서방이 싫은 게지? 그리니깐 누이동생 내기두 싫대지?"

"누가 남 서방이 싫여서 그리나, 머."

"뭘!…… 싫으니깐 그리지."

"아냐!"

"아닌, 뭘!"

"아니래두, 자꾸만!…… 남 속두 모르구서, 괜히……"

계봉이는 필경 암상이 나서, 대고 지청구¹⁴²를 한다.

승재는 다시는 꿈쩍도 못 하고 슬며시 밖으로 나간다.

거리로 걸어가면서 승재는, 계봉이가 소갈찌¹⁴³를 포르르 내면서, 남의 속도 모르고 그런다고 쏘아붙이던 말을 두루 생각을 해 본다.

결코 까부느라고 아무렇게나 한 말이 아니요, 영감같이 속이 엉뚱한 소리던 것이다.

철없이 함부로 굴고 응석을 부리고 하는 계봉이를 동기의 친누이동생인 양 승재는 단순하게 그리고 마음 놓고 사랑했고, 그것을 그대로 길이길이 가꾸고 싶었었다.

그러나 그것은 시방 보고 나온 계봉이로 해서 한낱 전설같이 아득한 것이 되고 말았다.

---

142 지청구 : 꾸지람. 까닭 없이 남을 탓하고 원망함.

143 소갈찌 : 마음이나 속생각을 낮잡아 이르는 말. '마음보'를 낮잡아 이르는 말.

누이동생을 내자고 하니까, 말끄러미 올려다보던 그 눈, 남의 속도 모르고서 그런다고 암상을 떨던 그 눈, 본시 타고난 것이라, 한껏 이지적이기는 하면서도 가릴 수 없는 정열을 흠뻑 머금어, 사뭇 위태위태해 보이던 그 눈을 생각하면 승재는 다시는 계봉이와 똑바로 마주 보지를 못할 듯싶게 그 눈이 무서웠다.

"그렇게도 조달[144]을 하나!"

승재는 혼자서 탄식하듯 중얼거린다.

승재가 과실과 과자를 조금씩 사 가지고 들어왔을 때에는 계봉이는 아까 일은 죄다 잊어버린 듯이 그런 눈치도 안 보였었다. 승재는 그것이 다행하고 안심이 되었다.[145]

"안 먹으면 또 협박을 할 테니깐……."

계봉이는 과자 봉지를 풀어 놓고 승재와 둘이서 마악 먹기 시작하려다가 밑도 끝도 없이 묻는 말이다.

"……남 서방, 그새 퍽 궁금했지요?"

---

144 조달(早達) : 나이는 어리지만 어른같이 보임.
145 거리로 걸어가면서 승재는~안심이 되었다.(8단락)
: ①② 그는 거리로 나와서도 계봉이가 속알지를 내면서
"남의 속도 몰으시구…"
그런다고 쏘아부트든말이 귀밧퀴에 뱅뱅돌고 사라지지 안헛다. 그는 겁이 나는것갓터다.
철업시 까불고 농담을 함부루하고 이런 엉석바지의 계봉이가 그는 그가한말대로 조앗다. 친누이동생가티 사랑스러웟다. 그러고 그대로 기리 사랑하고십헛다.
그러나 그것을 실타고하면서 그이상의짓을 암시하는 계봉이를 비로소 보고나니 인제 나히 겨우 열일곱에 그처럼 조숙한 소녀든가십허 곰곰히 생각할수록 놀라웟다. 그것은 여전히 승재 저는 어룬이고 불작난을 하려고하는 어린아니를 걱정하는 놀냄이다.
그의 눈 한ㅅ것 이지적이면서도 어데라업시 정렬이 흠뻑 담겨잇서 어느때는 사뭇 불안해보이는 계봉이의 눈 그속에 탈이 붓터다고 승재는 생각햇다. 그러케 생각하매 그는 다시는 계봉이와 똑똑히 마주보지 못할것갓닷다.
승재는 과실과 과자를 조금씩 사가지고 드러왓다.

"궁금?"

"응…… 언니 결혼하는 거 말이우."

"으응, 난 무슨 소리라구!…… 머 거저……."

"뭘 그래요! 픽 궁금했으믄서……."

"모르면 어떤가? 다아……"

"글쎄 몰라두 괜찮다믄 그만이지만…… 그런데 말이우, 내 꼬옥 한 가지
만 이야기해 주께, 응?"

"……"

"언니가아, 응? 언니가 말이우, 남 서방을 잊지 못하나 봐!"

"괜헌 소릴!"

승재는 말과는 딴판으로 얼굴이 붉어진다. 그는 울고 싶은 반가움을 미
처 숨길 수가 없었던 것이다.

"아냐, 정말이라우!……"146

계봉이는 우선 그날 밤 초봉이와 같이 앉아 모친한테 듣던 이야기를 그
대로 다 되풀이해서 옮겨놓는다.

승재는 이야기를 듣는 동안에, 태수가 그렇듯 집안이 양반 집안에 재산
이 있고, 얌전하고, 전문학교까지 졸업을 했고 한 버젓한 신랑이란다니, 정
주사네 내외며 당자인 초봉이며, 다 그러한 문벌이랄지 학식이랄지 그런
것에 끌려서 혼인을 하는 것도 무리는 아니겠지 싶었다147.

---

146 "글쎄 몰라두 괜찮다믄~"~"~정말이라우!……"(6단락)
　: ①② "글세 몰라두 갠찬다면 그만이지만 이거바요 언니두 남 서방을 잊지는 못한다
　　구…"
　"그럴리가잇나!"
　승재는 고개를 흔들면서도, 속으로는
　'아! 그랫나 ?'
　시퍼 무척 반가웟다.
　"아니야 정말이야……"

그러나 동시에 한편 구석에서는,

'그렇지만 어디 원!'

하는 반발이 생기고, 자격이 모자라 떠밀렸구나, 뺏겼구나 하매, 저를 잊지 못한단 소리가, 슬프게 반갑던 것은 어디로 가고 마음이 앙앙하여[148] 좋지 않았다.

『장한몽(長恨夢)』[149]의 수일(洙一)이만큼은 아니라도 승재는 아무려나 초봉이가 야속하고 노여웠다.

그것은 그러하고, 일변 미심이 더럭 나는 것이 고태수라는 인물의 정체다.

무엇보다도 그가 전문학교니 대학이니를 졸업했다는 것이, 오늘 본 걸로 하면 종작없는[150] 소리 같았다.

오늘 아까 병원에서는 그의 소위 이력이라는 것을 몰랐고 겸하여 딴 데 정신이 팔려 그냥 귀넘겨들었었지만, 어떤 놈의 전문학곤지 대학인지 졸업을 했다는 사람이 (사실 중등학교만 옳게 다녔어도 그럴 리가 없는데) 데데하게시리[151] 현미경을 요술주머니처럼 신기해하고, 게다가 현미경 검사를 하는 세균을 십 배냐고 묻다니!

정녕 무슨 협잡이 붙었기 쉽고…….

또, 얌전한 사람이요 처신이 조신하거든 ×× 같은 추한 병이 걸렸을 이치도 없거니와, 우연한 불행이나 한때 실수로 그렇다손 치더라도 치료와 조섭을 게을리 않고 조심을 하여 이내 완치를 했을 것이지, 결코 도로 도지

147 싫었다 : ⑤ 싫었던 것이다

148 앙앙하다(怏怏--) : 매우 마음에 차지 아니하거나 야속하다.

149 『장한몽(長恨夢)』: 일본 메이지(明治)시대의 유명 대중소설인 오자키 고요(尾崎紅葉)의 『금색야차(金色夜叉)』를 번안한 작품. 조중환의 작품으로 이수일과 심순애가 그 주인공 이름이다.

150 종작없다 : 말이나 태도가 똑똑하지 못하여 종잡을 수가 없다. ≒종없다.

151 데데하다 : 변변하지 못하여 보잘것없다.

고 도지고 하도록 몸가짐을 난하게[152] 할 리가 없는 게 아니냔 말이다.

필경 주색에 침혹하는 게 분명하고…….

그러고 보니, 다른 것, 가령 문벌이 좋네 재산이 있네 하는 것도 역시 꼭 같은 야바위[153] 속이요, 자칫하면 그 녀석이 계집을 두어두고서 생판[154] 시방 초봉이를……?

이렇게까지 생각을 하고 난 승재는, 이거 큰일이 났다고, 당장 쫓아가서 정 주사더러든지, 제가 보고 짐작한 대로 사실과 의견을 토파[155]하여 혼인을 파의하도록 해야만 할 것 같았다.

그래 마음은 잔뜩 초조한데, 그러나 그러면서도 그를 선뜻 해낼 강단[156]은 또한 나지를 않고 물씬물씬 뒤가 사려진다.

가령 그 짐작이 옳게 들어맞았다고 하더라도 혼인이 파혼이 될는지가 의문인 걸, 황차 정 주사네가 뒷줄로 다시 알아본 결과 (혹은 이미 알아본 걸로) 고태수의 그러한 제반 자격이 적실한 것이고 볼 양이면, 승재 저는 남들한테, 저놈이 초봉이를 뺏기고서 오기에 괜히 고태수를 중상하여[157] 혼인을 훼방을 놀려던 불측한[158] 놈이라고 얼굴에다 침 뱉음을 당하게 될 테니, 그런 창피 그런 망신이 있으며 고태수를 죽이려던 약으로 승재가 죽어야 할 판이다.

더욱이나 제 양심을 향하여, 내가 진실로 초봉이의 불행만을 여겨서 그

---

152 난하다 : 빛깔이나 글씨, 무늬 따위가 깔끔하지 아니하고 무질서하여 어지럽고 어수선하다. 여기서는 '난잡하다(亂雜---=행동이 막되고 문란하다.)'의 뜻으로 쓰고 있음.
153 야바위 : 속임수로 돈을 따는 중국 노름의 하나. 협잡의 수단으로 그럴듯하게 꾸미는 일.
154 생판(生-) : 매우 생소하게.
155 토파(吐破) : 마음에 품고 있던 사실을 다 털어 내어 말함. 토로.
156 강단(剛斷) : 어떤 일을 야무지게 결정하고 처리하는 힘.
157 중상하다(中傷--) : 근거 없는 말로 남을 헐뜯어 명예나 지위를 손상시키다.
158 불측하다(不測--) : 생각이나 행동 따위가 괘씸하고 엉큼하다.

렇듯 서둘고 나서자는 것이지, 은연중일 값에 그 혼인을 방해하고 싶은 욕심은 조금도 없는 것이냐고 물어 볼 때에 그는 제 사심이 부끄러워(결과의 여하는 그만두고) 차마 기운이 나지를 않았다.

그러니, 그렇다고 끄먹끄먹 앉아서 보고만 있을 것이냐?

안타까워 못할 노릇이다.

그러면 들고 나서서 간섭을 해?

그것은 안팎으로 사리는 게 많아 못 할 일이다.

대체 이 일을 그러면 어떻게 한단 말이냐?

해도, 대답은 나오지 않고 사뭇 조바심만 나서 승재는 마치 무엇 마려운 무엇에다 빗댈 형용이다.

"아, 그래서 난 그만 건넌방으로 쫓겨왔는데…… 그런데 글쎄…….''

계봉이는 승재가 하도 저 혼자서 얼굴이 붉으락푸르락, 무엇을 생각을 하느라 입맛을 다시느라 심상치 않으니까, 저도 한동안 앉아 과실만 벗기면서 눈치를 보다가, 이윽고 그 다음 이야기를 계속하던 것이다.

"……그댐버텀 언니가 시추움하니 풀이 죽어가지굴랑 혼자서 한숨을 딜이쉬고 내쉬고 그리겠지!…… 난 글쎄 그날 저녁에 언니가 그 자리에 앉아서 어머니한테 바루 승낙을 한 줄은 몰랐구려!…… 머, 어머니 아버지가 당신네끼리 다아 작정을 해놓구설랑 언니더러 이러구저러구 해서 다아 그렇게 된 거니 그리 알라구 일른 거니깐, 언니 성미에 싫더래두 싫다구 하지두 못했을 거야…… 언니가 글쎄 그렇게 맘이 약허다우…….''

계봉이는 과실을 한쪽 집어 주는 길에 승재의 동의를 묻는 듯이 말을 잠깐 멈춘다. 승재는 주는 과실을 받아 가진 채 그대로 묵묵히 말이 없고, 계봉이는 그 다음을 계속하여……

"……그래 내가 하루는, 그리니깐 그게 바로 약혼을 하던 그 전날 저녁인가 봐…… 언니더러 가만히, 아 그렇게 맘에 없는 것을 아무리 어머니 아버지가 시키는 노릇이라두 싫다구서 내뻗으면 고만이지 왜 억지루 당하믄서 그리느냐구 그리잖었겠수? 그랬더니 언니 말이, 너는 속도 모르구서 무얼 그리느냐구, 내가 그 사람하고 결혼을 하믄, 인제 그 사람이 돈을 수천 원 장사 밑천으로 아버지한테 대준다고 하는데, 내가 어떻게 이 혼인을 마다구 하겠느냐구 그리겠지! 글쎄 그 말을 들으니깐 어떻게 결[159]이 나구 모두 밉살머리스럽던지 마구 그냥 몰아셌지…… 그래 이건 케케묵은『심청전』을 읽구 있나?『장한몽』같은 잠꼬대를 하구 있나…… 그게 어디 당한 소리냐구…… 그리구 일부러 안방에서 어머니와 아버지두 들으시라구, 그럴 테믄 애당초에 뭣 하려 자식을 길러야구, 저 거시키 돼지 새끼나 병아리 새끼를 인제 자라믄 팔아먹을려구 길르는 거나 일반이 아니구 무어냐구…… 마구 왜장을 쳤더니, 아 언니가 손으루다가 내 입을 틀어막구 꼬집구 그리겠지!…… 그래두 안방에서 다아들 듣긴 들었을 거야…… 속이 뜨끔했지 뭐……[160] 해해해."

계봉이는 그날 밤의 일이 다시금 통쾌하대서 마침내 까알깔 웃어젖힌다.

승재는 그러나 마디지게[161] 한숨을 몰아 내쉬고 묵묵히 앞 벽을 건너다본다. 그는 시방, 방금 아까 초봉이의 위태한 결혼을 막지 못해 안타깝게 초조하던 불안도, 또 바로 그전에 초봉이가 못내 야속하던 노염도 죄다 잊어버리고 얼굴은 아주 딴판으로 감격함과 엄숙한 빛이 가득하다.

초봉이는 불쌍한 부모와 동기간을 위하여 제 한 몸이나 제 사랑을 희생시키는 것이라서, 그 혼이 거룩하고 그 심정이 감격했던 것이다.

승재는 개봉동 양 서방네가 딸 명님이를 기생집에 수양딸로 팔아먹으려고 조금 더 자라기를 기다리는 것을(계봉이가 방금 저의 부모더러 들으라

---

159 결 : 결기(-氣). 못마땅한 것을 참지 못하고 성을 내거나 왈칵 행동하는 성미.
160 …… 그래두~뜨끔했지 뭐…… : ①②에는 이 문장이 없다.
161 마디지다 : 마디가 있다.

고 내쏘았다는 그 말대로) 승재 저도 일찍이 그것을, 돼지 새끼나 병아리를
치면서 그놈이 자라기를 기다리는 것이나 다를 게 없다고 생각을 했었다.

그러나 명님이네의 일과 별반 다를 것이 없는(따지고 보면 더 야박하다
고 할 수 있는) 이번의 초봉이의 혼인에 대해서는 그러한 반감 같은 것은
조금도 나지를 않았다. 않았다기보다도 실상은, 계봉이가 짐승의 새끼를
팔아먹는다는 그 비유를 하는 대목에서는, 승재는 벌써 정신을 놓고 다른
생각을 아무것도 하게 될 겨를이 없었던 게 사실이다.

종시 말이 없고 눈을 치며 허공을 보는 승재의 얼굴은 차차로 황홀해 간
다. 그는 시방 눈앞에 자비스런 초봉이가 한가운데 천사의 차림으로 우
렷162이 나타나 있고, 그 좌우와 등 뒤로는 그의 가권들의 가엾은 얼굴들이
초봉이의 후광(後光)을 받아 겨우 희미하게 안식을 얻고 있는 그런 성화(聖
畵)의 한 폭이 보이던 것이다.

"장한 노릇이군!"

더욱 감격하다 못해 필경 눈이 싸아 하고 눈물이 배는 것을, 그러거나
말거나 앉아서 중얼거리듯 탄식을 하던 것이다.

"으음……"

다시 훨씬 만에, 이번에는 입술을 지그시 다물면서 연해 고개를 끄덕거
린다.163

---

162 우렷하다 : 표준국어대사전에는 '눈앞에 보이거나 떠오르는 모양 따위가 좀 희미한 가
   운데 은근하면서도 뚜렷하다'라는 뜻의 북한어로 되어 있음.
163 계봉이는 그날 밤의 일이~끄덕거린다.(10단락)
   : ①② 계봉이는 그날밤의일을 생각하고 재미가나는지 웃어대면서 빨안 혓바닥을 날름
   날름한다.
   　승재는 한숨을 후-하니 내쉬면서 압벽을 건너다본다. 그는 인제는 다시 초봉이한테
   대한 노염이나 야숙한생각이 사라지고 초봉이가 갸륵하고 일변 칙은해서 눈갓이 싸-
   하니 매워올랐다.
   　그는 양 서방네가 딸 명님이를 기생집수양딸로 팔어먹으려고 좀더 자라기를 기대리

164그는 비로소, 아까 초봉이를 야속해하던 생각이며, 그의 혼인을 훼방놓지 못해 초조 불안하던 것이며, 더구나 태수한테 질투와 증오를 갖던 제 자신이, 초봉이의 그렇듯 깨끗하고 아름다운 맘씨에 비하여 얼마나 추하고 부끄러운 소인의 짓이던가 싶었다.

"거룩한 노릇이야!"

승재는 마침내 남의 그렇듯 거룩한 행위에 대한 감격이 적극적인 의욕으로 번져 나가면서, 그리하자면 우선 손쉽게 가령 태수한테라도 그에게 가지던 비열한 마음을 죄다 버리고 일변 그의 병을 정말 지성스런 마음으로 치료를 해주는 것도 바로 그것일 것이고, 하면은 더욱이 초봉이를 위하여 정성을 씀이 되는 것이니 두루 추앙할 일일 것 같았다.

결심을 가지고 나니 승재의 마음은 노곤했던 잠결같이 편안해졌다.

승재가 마치 몽유병자가 된 것처럼 별안간 감격 황홀해져서 있는 것을, 계봉이는 과실과 과자를 서로가람165 집어다 먹어 가면서 우스워 못 보겠다는 듯이 해끗해끗166, 재미있어만 하다가 승재의 거룩한 노릇이라는 두 번째 탄성에는 말끄러미 경멸하듯 올려다보고 있더니 필경,

---

는것은 게봉이가 방금 저의 부모더러 말햇다는말대로 도야지새끼나 병아리새끼를 노코서 자라기를 기대리는거나 일반이라고 생각을 햇섯다.

그러나 명님이의일과 별로히 달을것이업건만 아니 따지고보면 더 잔인하다고할수잇는 초봉이의 이번 혼인에 대해서는 어쩐일인지 그러케는 생각해지지아니햇다.

그는 차라리 자비로운 초봉이가 한가운데 우렷이 나타나잇고 그좌우엽과 등뒤로 그의 가족들의 불상한 얼굴이 초봉이의 후광(後光)을바더 겨우 히미하게보이는 그런 성화(聖畵)와가튼 그림이 연상되엿다.

"아름다운 일이루군!"

승재는 감격하여서 저도 몰으게 탄복하는소리가 흘러저나왓다.

164 연재본에서는 여기서부터 '杏花의 辭' 장이 시작되고 있다.

165 서로가람 : '서로'의 힘줌말.(임)

166 해끗해끗 : 흰 빛깔이 여기저기 나타나는 모양. 또는, 입을 벌려 소리 없이 자꾸 밝게 웃는 모양.

"가관이네…… 아니, 쥐뿔은 어떻구?"

하면서 우선 한마디 쏘아다 부딪는다.[167]

"왜?…… 아름답구 거룩한 거 좋잖아?"

승재는 아직도 꿈을 꾸는 듯 얼띤 얼굴에 허한 음성이다.

"오오라!…… 그럼 남 서방두 인제 딸 나서 자라믄 장사 밑천 얻자구 아무한테나 내주겠구려?"

"허어! 난 그런 것보담두 위선 초봉이 언니의 아름다운 맘씨를 가지구 하는 말인데!"

"아름다운 맘인가? 아주 케케묵은 생각이지!"

"못써요!…… 아름다운 건 아름답게 보아 버릇해야 하는 법야…… 초봉이 언니 맘씨가 오죽 아름다워?"

"못나서 그래요!"

"저거! 하는 소리마다!……"

"괜히 잠꼬대 같은 소리 하지 말아요, 혼내 줄 테니……."

"계봉이 못쓰겠어!"

"흥! 그래두 두구 봐요!……"

"두고 보아야 머 응석받이?"

---

167 그는 비로소, 아까 초봉이를~부딪는다.(6단락)

: 112 승재는 그동안 야비하게, 태수한테 질투를 하고 심지어죽으려고까지 한것이 부끄러웠다.

그는 아프로는 저도 마음을 깨끗이 가지고 아름다운일, 거룩한일을, 몸을 버려가면서라도 해야하겠다고, 초봉이를 우러러보며 재삼 탄복을했다.

"거룩한 일이야!"

승재가 다시 이러케 중얼거리니까, 아까부터 경멸하듯 승재의 얼굴을 빠안히 건너다보고잇든 계봉이가

"쥐뿔은 어어떠쿠?"

하고 톡 쏘아준다.

"암만 응석받이라두 나두 눈치는 다아 있어요…… 이봐요 남 서방……
글쎄 이번에 우리 언니가 그 결혼을 해서 잘 산다구 칩시다…… 그렇더래
두 말이지, 맨 첨에 맘을 먹기를 장사 밑천 얻을 령으루다가 딸을 내놓는
그 맘자리가 그게 고약스럽잖우?…… 그리니깐 아무리 우리 부모라두 난
나쁘다고 할 말은 해요…… 말이야 다아 그럴듯하잖어?…… 사람이 잘나
구, 머 똑똑하구, 전문대학교를…… 하하하하, 글쎄 우리 어머니가 전문대
학교래요! 그래 내가 있다가, 대체 전문대학교가 어딨느냐구 핀잔을 주니
깐, 하는 소리 좀 들어 봐요!…… 아 이년아, 더 높은 학관 게로구나, 이러
겠지? 하하하하, 내 온……"

계봉이가 웃는 바람에 승재도 섭슬려서 웃는다.

"……그래 글쎄, 그렇게 사람이 잘나구 어쩌구저쩌구 해서 너를 위해서
첫째는 이 혼인을 하는 것이라구, 그러구 장사 밑천이야 다아 여벌이 아니
냐구 그리더라나?…… 아이구 거저, 내가 그대루 앉았다가 그런 소릴 들었
더라믄 뾰죽하게 한바탕 몰아세는걸."

"그러면 말이지……."

승재는 계봉이가 어찌하나 본다고……

"……자식이 부모를 위하여 희생하는 게 나쁘기루 치면, 부모가 자식 때
문에, 자식을 모두 길러 내느라구 고생하구 하면서 역시 희생하는 것도 마
찬가지루 나쁜가?"

"아니."

"왜? 그건 어째서?"

"부모는 자식을 제가 독립해서 살아갈 수 있두룩 길러 내구 교육시키구
그럴 의무가 있으니깐, 그러니깐 희생을 해서라두 의무 시행을 해야 옳
지?…… 세납 못 바치믄 집달리[168]가 솥단지나 숟갈 집어 가듯이…… 우리
집에서두 전에 한 번 그 일 당한걸, 하하하."

승재는 인제 겨우 여학교 삼년급에 다니는 열일곱 살배기 계집아이가 대체 어느 결에 어떻게 해서 그런 소리까지 할 줄 알게 되었나 싶어 아까 누이동생 정하기 싫다고 하던 때와는 의미가 다르나 역시 놀랍고 겁이 나는 것 같았다.

이튿날 승재는 태수의 ××을 혼인날까지 기어코 낫우어[169] 줄 딴 도리가 없을까 하고 두루두루 궁리를 해 보면서 혼자 애를 썼다. 그리고 앞으로는 태수를 결코 미워하지 않겠다고, 다시금 제 마음에 맹세를 했다.

그러나 막상 오후가 되어 태수가 척 들어설 때에는 승재의 마음의 맹세는 그다지 힘을 쓰지 못했다.

마음은 그래서 동요가 되었어도, 그는 그것을 억제하면서 밤사이의 증세도 물어 보고, 술을 삼가고 음식을 자극성 없는 것으로 조심해서 가려 먹으라고 두루 신칙[170]하기를 잊지 않았다.

---

168 집달리(執達吏) : '집달관(執達官)'의 옛 용어. 지방 법원 및 그 지원에 소속되어 재판 결과의 집행, 법원이 발하는 서류의 송달 사무, 기타의 사무를 맡아보는 단독제의 독립 기관. 또는 그 기관의 직원.
169 낫우다 : 고치다.
170 신칙(申飭) : 단단히 타일러서 경계함.

9. 행화(杏花)의 변(辯)

[1]치료를 받고 난 태수는 그 길로 개복동 행화(杏花)의 집을 들렀다.

언제나 마찬가지로 오늘도 형보가 먼저 와서, 아랫목 보료 위에 가 사방 침을 베고 드러누웠고, 행화는 가야금을 심심 삼아 누르고 있다.

"자네, 집 장만했다면서 방이 몇인가? 남을 게 있나?"

태수가 마루로 올라서노라니까, 방에서 형보가 이런 소리를 먼저 묻는 다. 형보는 태수가 결혼을 하고 살림을 차리면 비벼 뚫고 들어갈 요량을 대고 있는 참이다.

"염려 말게. 그러잖아두, 다아……."

태수는 방으로 들어서면서 우선 양복 윗저고리를 훌러덩 벗어 들고 휘 휘 둘러보다가 행화가 차고 앉은 가야금 위에다 휙 내던지고 모자는 벗어 서 행화의 머리에다 푹 눌러 씌운다.

"와 이리 수선을 피우노?…… 남 안 가는 여학생 장가나 가길래 이라제?"

행화는 익살맞게 그대로 까딱 않고 앉아서 태수한테 눈을 흘긴다.

"하하하하, 그래그래, 내가 요새 대단히 유쾌해!"

"참 볼 수 없다!…… 그 잘난 제미할 여학생 장가로 못 갈까 봐서 코가 쉰댓 자나 빠져 갖고 댕길 때는 언제고, 저리 좋아서 야단스레 굴 때는 언 제꼬!"

"하 이 사람, 그러잖겠나? 평생 소원을 이뤘으니…… 그렇지만 염려 말 게…… 신정[2]이 좋기루 구정이야 잊을 리가 있겠나?"

"아이갸! 내 차 타고 서울로 가서 한강 철교에 자살로 할라 캤더니, 그럼

---

1 이 곳(이하 4단락)은 연재본 '행화의 변' 장의 (1)회 끝부분에 해당한다.
2 신정(新情) : 새로 사귄 정.

그 말만 꼬옥 믿고 그만두오, 예?"

"아무렴, 그렇구말구…… 다아 염려 말래두 그래!"

시방 행화는 농담으로 농담을 하고 있지만, 태수는 진정을 농담으로 하고 있다.

그는 초봉이와 약혼을 한 그날부터는 근심과 불안을 요새 하늘처럼 말갛게 싹싹 씻어 버렸다.

그새까지는 근심이 되고 답답하고 할 적마다, 염불이나 기도를 하는 것과 일반으로, 뭘! 약차하거든 죽어버리면 고만이지, 하고 그 임시 그 임시의 번뇌를 회피하기는 했지만, 그러면서도 한편으로는 어떻게 일을 좀 모면하고 싶은 마음이 간절하여, 늘 불안과 더불어 그것이 가슴에 서리고 있었다.

하던 것이, 영영 그를 모피[3]하지는 못할 형편인데 일변 한 걸음 두 걸음 몸 바투 다가는 오고 그러자 마침 초봉이와 뜻대로 약혼까지 되고 나니, 그제는 아주 예라! 이놈의 것…… 하고, 정말로 죽어 버릴 결심을 하고 말았던 것이다.

해서, 그 무겁던 불안과 노심으로부터 완전히 해방을 받은 것이다.

—— 제일 큰 소원이던 초봉이한테 여학생 장가를 들어 마지막 원을 푼 다음에야 단 하루라도 좋고 이생에 아무 미련도 없다. 그리고(그래서 장차 어느 날일지는 몰라도 그날에 임하여 종용자약하게[4] 죽음을 자취할[5] 테니) 그러나 그날의 최후의 일순간까지라도 이 세상을 깊이 있고 폭 넓게, 단연코 즐거운 생활을 해야만 한다.

그리하자면 첫째 초봉이로 더불어 맺은 꿈을 최대한으로 호화롭게 꾸며

---

3 모피(謀避) : 피하려고 꾀를 냄. 또는 그렇게 하여 피함.

4 종용자약하다(從容自若--) : 조용하고 보통 때처럼 아무렇지 아니하다.

5 자취하다(自取--) : 잘하든 못하든 자기 스스로 만들어 그렇게 되게 만들다.

야 한다. 그러나 그러면서도 한편으로는 많이많이 뚱땅거리고 술을 마시면서 놀아야 한다. 계집도 할 수 있는껏 여럿을 두고 지내야 한다. 하니까 행화도 그대로 데리고 지낼 테다.

돈도 도적질도 좋고 빚도 좋고 사기횡령 다 좋다. 재주껏 끌어 대면 그만이다.

즐겁고 유쾌하자면 그러므로 몸에 고통이 없어야 한다. 그러니까 병원에를 다니면서 ××도 치료를 받아야 한다.

이렇듯 태수는, 마치 무슨 의식을 거행하는 데 순서를 작정해 논 것처럼, 앞일을 가뜬하고 분명하게 짜 놓았다.

해서 그는 진정으로 유쾌하고 명랑했던 것이지 조금도 억지로 그러는 것이 아니던 것이었다.

태수와 행화가 주거니 받거니 한참 지껄이는 동안, 형보는 제 생각에 골몰해 있다가 이윽고 끙 하면서 일어나 앉더니 태수 앞에 놓인 해태 곽을 집어다가 한 대 피워 물고는, 저도 말에 한몫 끼자고……6

---

6 그는 초봉이와 약혹은~ 한몫 끼자고……(11단락)
: ①② 그는 초봉이와 약혼을한 그날부터는 근심과 우울을 요새 하늘처럼 맑아케, 싹싹 씨처바렷다. 그새까지
"약차하거든 죽어바리면 그만이지"
이러케 그래도 한가드락 깔고 넘어가든것을 한걸음 더나가서 아주 죽기로 장정을했다.
초봉이와 결혼을해서 마주막이요 또 제일큰 원을 푼뒤에는 단 하루만이라도조코 이틀만이라도조코 죽는게 아무 여한이 업슬테라는것이다.
그러니까 장차 어느날일지는 몰라도 그날을임하야 종용자약하게 죽업을 자취할테요 그러나 그날이오는 최후의 순간까지는 근심도아니하고 걱정도아니하고 이세상을 질겁게 지낼요량이다.
그러나리까 되두룩 만히 놀기도하고 게집도 할수만잇스면 여럿을두고 지내고 초봉이를데리고 단꿈을 꿀것은 물론이고 그럴레 즐겁고 유쾌하자면 몸에 고통이없어야겟스니 △△도 치료를밧고…….
이러케 아주 무슨 의식을하는데 순서를 짜노흔것처럼 태수의 압일도 예정을 세워노하바렷다.

"행화가 말루는 아무렇지도 않은 체해두 다아, 속은 단단히 꽁한 모양이지?"

"와?"

"아, 저렇게 이쁜 서방님을 뺏기니깐……."

"하! 고 주사가 이쁘문 거저 이뻤나? 돈을 주니 이뻤제……."

"조건 농담을 해두 꼭 저따우루 한단 말야!"

"와 농담고? 진정인데……."

"그래그래, 말이야 말루 바른말이다…… 그런데, 아무턴 고 주사가 장가를 든다니깐 섭섭하긴 섭섭하지?"

"체! 고 주사가 장가 안 가구 있으문 언제 나한테루 장가온다 카던기요?…… 내는 조강지처 바래지도 않소."

"거저 저건 팔자에 타고난 화류곗 물건이야!"

"아니, 장 주사두 철부지 소리로 하지 않소?……"

더럭 성구는 행화는 그렇다고 흥분한 것은 아니나, 농담하는 낯꽃도 아니다.

"……기생이문 기생답게 돈이나 벌고 다아 그럴끼지, 아이고 무얼 팔자 탄식을 하고, 첩이 싫다고 남의 조강지처나 바라고 하는 거 내 그만에[7] 구역이 나더라, 제에!"

그는 그새까지는
'약차하면 죽어바리면 그만이지'
하기는해도 위안은 순간적이요 애여 마음이 걸리더니 마침내
'죽는다'
고 작정을 해바리니까 도무지 아무것도 거릿기거나 겁할것이 업섯다.
　그덕에 그는 유쾌하고 명낭해젓다.
　태수와 행화가 주거니밧거니 이얘기를 하는동안 형보는 저혼자 제생각에 골몰해서잇다. 그러다가 끙하고 이러나안더니 태수아페노인 해태곽을집어 한대 부처물면서

7 그만에 : '그만'에 '에'를 붙여 강조하는 말투.

"흥!"

"그라제…… 또오, 기생년이 뭣이냐 연애한다고 껍덕대는 거, 내 참 눈이 시여 못 보겠더라."

"아니, 기생이라구 연애하지 말라는 법두 있나? 이 사람 자네 너무 겸손허이!…… 괜히 동무들한테 몽둥이 맞일……."

"기생이 연애가 어데 당한8 거꼬?…… 주제에 연애로 한다는 년도 천하 잡년, 기생년하고 연애하자구 덤비는 놈팽이두 천하잡놈……."

"아니 어째서……?"

여태 싱글싱글 웃고 앉아서 저 하는 양만 보고 있던 태수가, 저도 어디 말을 시켜 본다는 듯이 얼른 거들고 나서던 것이다.

"……이건 내가 되려 행화 말마따나, 차를 타구 서울로 가서 자살을 하던지 해야 할까보이 웅?…… 아, 그래두 난 여태 행화허구 연애를 하거니 하구서, 멋없이 좋아하잖았나!"

"하아! 당신네들이 암만 그란다고, 내 무척 입살9을 탈 내오!…… 아예 말두 마소…… 돈 받고 × ××× 연애라 카오?…… 뭇놈이 디리 주무르던 몸뚱이제, ××이야 매독이 시글시글해서10 그만에 한쪽이 썩어 들어가제, 그런 주제에 연애가 무어 말라죽은 거꼬?"

"허!…… 그래두 난 행화한테 연앨 한 걸?"

"말두 마소?…… 글쎄 고 주사만 해두, 나하구 살로 섞고 지내문서 달리 초봉이라 카는 색시하고 연애로 해서 장가가지 않소?…… 그걸 쥐×도 내가 시기로 하는 기 아니라, 그것만 봐도 기생하고는 연애가 안 되길래 그

---

8 당하다(當--) : 사리에 마땅하거나 가능하다.

9 입살 : 악다구니(=기를 써서 다투며 욕설을 함. 또는 그런 사람이나 행동.)가 세거나 센 입심.

10 시글시글하다 : 물건이 사방에 깔려 있을 정도로 많다(전남 방언).

러는 기 아니오? 이 답답한 되련님, 요!"

"흥! 그래두 난 보니깐……."

태수가 미처 무어라고 대거리를 못 하는 사이에 형보가 도로 말참견을 하고 나서던 것이다.

"……기생들두 버젓하게 연애만 하구, 다아 그러더라."

"그기 연애라요?…… 활량이 오입한 거 아니고? 기생이 오입 받은 거 아니고?…… 오입 길게 하는 걸로 갖고 연애라 캐싸니 답답한 철부지 소리 아니오? 예? 장 주사 나리님!"

"저게 끄은히 날더러 철부지래요! 허어 그거 참…… 그러나저러나 이 사람아, 글쎄 기생두 다아 같은 사람이래서 연앨 해 먹게 마련이구, 그래서 더러 연앨 하기두 하구 하는데 자넨 어찌 그리 연애하는 기생이라면 비상¹¹ 속인가?"

"연애로 하문 다아 사람질¹²하나? 체! 요번엔 저 앞에서 보니 개두 연앨 하던데?"

태수는 형보와 어울려 한참이나 웃다가, 빈 담뱃갑을 집어보고는 돈을 꺼내면서 바깥을 기웃기웃 내다본다.

"와?"

"담배……."

"아무두 없는데!…… 피종¹³ 피우소."

행화는 제 경대 서랍에서 담뱃갑을 꺼내다 놓는다.

---

11 비상(砒霜) : 비석(砒石)에 열을 가하여 승화시켜 얻은 결정체. 거담제와 학질 치료제로 썼으나 독성 때문에 현재는 쓰지 않는다.

12 사람질 : 사람다운 노릇을 하는 일.(임)

13 피종(ピジョン, PIGEON) : 피전. 당시의 담배 종류 가운데 하나. 다소 싼 값의 담배였던 것으로 보임.

"요전날 뭣이냐, 계집애 하나 데려오기루 한 건 어떻게 했나? 참."

태수가 마침 심부름이 아쉽던 끝이라 무심코 생각이 난 대로 지날말같이 물어 보던 것이다.

"응? 계집애?⋯⋯"

형보는 행화가 미처 대답도 할 겨를이 없게시리 딱지를 떼고 덤빈다. 임의롭고[14] 한 행화의 집이니 혹시 제 소일거리라도 생기나 해서⋯⋯.

"⋯⋯웬 거야? 어떻게 생긴 거야?"

"와 이리 안주 없이 좋아하노?⋯⋯ 우리 딸로 데리올라 캤더니 아직 어려서 조꼼 더 크게로 두었소, 자아⋯⋯."

"허 거 참⋯⋯ 그러나저러나 인제 어린것이 딸이라니?"

"하아! 내 나이 한갑 아니오?"

"기생의 한갑?"

"뉘 한갑이거나 인제는 딸이나 길러야 늙밭[15]에 밥이라두 물어다 멕여 살릴 기 아니오?"

"아서라!⋯⋯ 남의 계집애 자식을 몇 푼이나 주구서 사다갈랑은 디리 등골을 뽑아 먹을 텐구?⋯⋯ 쯧쯧!"

"등골은 와?⋯⋯ 다아 제 좋고 내 좋고 하제!"

"대체 몇 푼이나 주구서 사오기루 했던가?"

"하아따, 장 주사는 푼돈 크기 쓰나 보제?⋯⋯ 백 원짜리로 두 푼에 정했소. 정했다가 제도 마단다 하고, 내도 급하잖길래 후제 보자 했소. 속이 씨원하오?"

양 서방네 딸 명님이의 이야기다. 그러나 태수고 형보고, 그들은 명님인

---

14 임의롭다(任意--) : 일정한 기준이나 원칙이 없어 하고 싶은 대로 할 수 있다. 서로 친하여 거북하지 아니하고 행동에 구애됨이 없다.

15 늙밭 : '늙바탕'의 뜻. 늙어서 노인이 된 처지. 늙어버린 판.(임)

줄도 모르고, 또 코가 어디 붙은 계집아인지 알 턱도 없던 것이다.

"집을 도배를 하나? 원⋯⋯."

태수가 혼잣말로 중얼거리면서 방바닥에 놓인 양복저고리를 집어 들고 일어선다.

"좀⋯⋯ 가 보아야겠군."

"어딘데?"

"그전 큰샘거리⋯⋯ 자네두 같이 가세. 오늘 가서 집을 알아뒀다가, 도배 끝나거든 짐짝 떠젊어지구 가서 있게."

"아니 내가 먼점 집을 들어?"

형보는 두루마기를 내려 입으면서 속으로는 어찌하면 일이 이렇게도 군장맞게[16] 잘[17] 맞아떨어지느냐고 좋아한다.

"식모는 벌써 집하구 한꺼번에 구해서 집을 맡겨 뒀는데, 인제 살림을 딜여놓자면 식모만 믿을 수가 없으니까, 자네가 기왕 와서 있을 테고 하니 미리 오란 말이지."

"원 그렇다면 모르거니와⋯⋯."

"행화두 미리서 집알이[18] 겸 가세그려?⋯⋯ 아무래도 또 만나서 저녁이나 먹어야 할 테니 아주 나갈 길에⋯⋯."

태수는 시방 태평으로 집을 둘러보러 가는 것이나, 그와 거의 같은 시각에서 조금 돌이켜, 초봉이도 계봉이와 같이 그 집에를 가게 된 것은 생각도 못한 일이다.

집은 다른 서두리와 마찬가지로, 탑삭부리 한 참봉네 아낙 김 씨가 나서서 얻어 놓았다.

---

16 군장맞다 : (말이나 행동이) 서로 잘 들어맞다.(임)

17 군장맞게 잘 : ①② 구격이맛게

18 집알이 : ①② 집아리   ⑤ 집 알기

태수는 실상 돈만, 같은 솜씨로 소절주 농간[19]을 해서 오백 원을 마련해다가 김 씨한테 내맡겨 버리고 기껏해야 청첩 박이는 것, 식장으로 쓸 공회당이며, 예식집에 전화로 교섭하는 것, 요릿집에다가 음식 맞추는 것, 이런 것이나 누워 떡 먹기로 슬슬 하고 있지, 정작 힘 드는 일은 김 씨가 통가로맡아서 하고 있다.

그러하되 그는 마치 며느리를 볼, 아들의 혼인이나 당한 것처럼 팔을 걷어붙이고 나서서 일을 했다.

돈도 태수가 가져다 준 오백 원은 거진 다 없어졌다. 정 주사네 집으로 현금 이백 원에, 혼수가 옷감이야 무어야 해서 오륙십 원 어치가 가고, 다시 반지를 산다, 신랑의 옷을 한다, 집을 세로 얻는다, 살림 제구[20]를 장만한다…… 이래서 그 오백 원은 거진 다 없어진 것이다.

인제는 돈이 앞으로 얼마가 들든지 제 돈을 찔러 넣어야 할 판이다.

그러나 그는 그것도 아깝지가 않고 도리어 그리할 수 있는 것이 좋아 신이 났다.

집을 얻어 놓고서 그는 정 주사네 집에다가는, 새 집을 사려고 했었으나 마침 마음에 드는 집이 없어서 종차 새로 짓든지 사든지 할 테거니와, 급한 대로 우선 셋집을 이러이러한 곳에다 얻어 놓았다고 혹시 규수가 나올 길이 있거든 마음에 드는지 둘러나 보라고 태수의 전갈로 기별을 했다.

그러자 오늘 마침 초봉이가 계봉이를 데리고 목간을 하러 나가겠다니까, 유 씨가, 기왕 나갔던 길이니 구경이나 하고 오라고 두 번 세 번 신신당부를 했다.

초봉이는 보아도 그만, 안 보아도 그만이라고 생각했지만, 또 기별까지

19 농간(弄奸) : 남을 속이거나 남의 일을 그르치게 하려는 간사한 꾀.
20 제구(諸具) : 여러 가지의 기구.

왔고, 모친도 보고 오라고 해 싸니까, 그런 것을 굳이 안 보려고 할 것도 없겠다 싶어 목간을 하고 오는 길에 들러 본 것이다.

새길[21] 소화통(昭和通)이 뻗어 나간 뒤켠으로 예전 '큰샘거리'의 복판께 가서 바로 길옆에 나앉은 집이다.

밖에서 보기에도 추녀며 기둥이 낡지 않은 것이, 그리 묵은 집은 아니고, 대문으로 들어서면서 장독대가 박힌 좁지 않은 뜰 앞이 우선 시원스러웠다.

좌는 동향한 기역 자요, 대문을 들어서면 부엌이 마주 보이고 부엌에 연달아 안방이 달리고 마루와 건넌방이 왼편으로 꺾여 있다. 그리고 뜰아랫방은 부엌 바른편에 달려 있다.

도배꾼이 셋이나 들끓고, 방이며 마루며 마당이 안팎 없이 종이 부스러기야 흙이야 너절하니 널려 있어 어설프기는 어설퍼도 집은 선뜻 초봉이의 마음에 들었다.

그것은 이 집이 그다지 훌륭한 집인 줄 알아서 그런 것이 아니라, 지금 사는 둔뱀이 집에 빗대어 보면 훤하니 드높고 뚜렷한 게, 속이 답답하지 않은 때문이다.

식모는 먼저 구해 두기로 했다더니 어디로 가고 보이지 않고, 건넌방에서 도배하던 사내들만 끼웃끼웃 내다본다.

초봉이는 그만 하고 돌아서서 나올까 하는데 계봉이가 별안간 반색을 하여

"어쩌믄! 꽃밭이 있어!"

하면서 마당 귀퉁이로 뛰어간다.

아닌 게 아니라, 전에 살던 사람의 알뜰한 맘씨인 듯싶게, 조그마한 화

---

21 새길 : [5] 샛길

단이 무어져²² ²³ 있고, 백일홍과 봉선화와 한련화²⁴가 모두 망울망울 망울이 맺었다. 코스모스도 서너 포기나 한창 자라고 있고, 화단 가장자리로는 채송화가 아침에 피었다가 반일(半日)이 지난 뒤라 벌써 시들었다.

화단은 그러나 주인 없이 집이 빈 동안에 하릴없이 거칠었다. 꽃목이 꺾이기도 하고, 흉한 발자국에 밟히기도 했다. 저편 담 밑으로는 '아사가오'²⁵ 서너 포기가 타고 올라갈 의지가 없어 땅바닥에서 넝쿨²⁶이 헤매고 있다.

초봉이는 마음 깐으로는 지금이라도 꽃들을 추어올리고²⁷, '아사가오'²⁸도 줄을 매 주고 이렇게 모두 손질해 주고 싶은 생각이 간절했으나 차마 못하고 돌아서면서, 집을 들면 그 이튿날 바로 이 화단에 먼저 손을 대 주리라고, 꼬옥 염량을 해 두었다.

초봉이가 마악 돌아서려니까, 대문간에서 뚜벅뚜벅 요란스런 발자국 소리가 들리면서 사람들이 한 떼나 되는 듯싶게 몰려들었다.

태수가 행화와 나란히 서고 형보가 그 뒤를 따라 처억척 들어서던 것이다.

양편이 다 놀란 것은 말할 것도 없다.

초봉이는 고개를 푹 숙이고, 계봉이는 덤덤하니 서 있고, 형보는 히죽이 웃고, 행화는 의아하고, 태수는 어쩔 줄을 몰라 허둥지둥이다.

그는 뒤를 돌려다보다가 초봉이를 건너다보다가, 뒤통수를 긁으려고 하다가 밭은기침을 하다가, 벙끗 웃다가 하는 양이, 보기에도 민망할 지

---

22 무어져 : ⑤ 두어져
23 무어지다 : '뭇다'의 피동형. '뭇다'란 '모아 쌓다'라는 뜻.
24 한련(旱蓮) : 한련과의 덩굴성 한해살이풀.
25 '아사가오' : ①② 강아지꽃(아가사오)　　③⑤ 아사가오
　　　: あさがお(朝顔). 나팔꽃.
26 넝쿨 : ①⑤ 넌출　　② 딘출　　③ 덩굴
27 추어올리다 : 위로 끌어 올리다.
28 '아사가오' : ①② 강아지꽃　　③⑤ 아사가오

경이다.

다섯 남녀의 마음은 다 제각기 다르게 동요가 되었다. 얼굴마다 또렷또렷하게 마음을 드러내 놓는다.

초봉이는 행화가 웬일인고 싶어 이상하기도 했으나, 그런 것을 생각해 볼 겨를 없이 수줍은 게 앞서서 얼굴이 홍당무가 되어 가지고 빗밋이 돌아서 있다.

계봉이는 태수의 얼굴은 알아볼 수 있으나 형보를 보고, 저건 어디서 저런 흉허운[29] [30] 게 있는고[31], 또 태수가 웬 기생을 데리고 다니니 필경 부랑자이기 쉽겠다 하여, 눈살이 꼬옷꼬옷하고 이마를 찡그린다.

형보는 속으로 고소해서 죽는다.

'너 요 녀석, 거저 잘꾸사니야!'

'바짓가랑이가 조옴 캥기리!'

'조롷게 생긴 계집애한테루 장가를 들랴면서 기생년을 뀌어차구 다니니 하눌이 알아보실 일이지.'

'아무려나 초봉이 너는 내 것이니 그리 알아라, 흐흐.'

행화는 초봉이가 초봉인 줄도 모르거니와, 그가 태수하고 결혼을 하게 된 '초봉이'라는 것도 몰랐고, 단지 제중당에서 친한 새악시가 와서 있으니까, 반갑기도 하고 이상하기도 하여 뽀르르 초봉이한테로 달려든다.

태수는 이리도 못하고 저리도 못하고, 그러나 이렇게고 저렇게고 간에 무얼 어떻게 분별[32]할 도리도 없어 필경 울상을 한다.

---

29 흉허운 : ①②④ 숭허운　⑤ 숭어운

30 흉헙다(凶--) : 말이나 행동 따위가 불쾌할 정도로 흉하다. 표준국어대사전에는 '흉업다'의 북한어로 되어 있음.

31 있는고 : ③ 있는가

32 분별(分別) : 어떤 일에 대하여 배려하고 마련함.

행화는 초봉이의 손목이라도 잡을 듯이 흔감[33]스럽게[34],

"아이고, 오래감만이오![35]"

하면서 초봉이의 숙인 얼굴을 들여다본다.

초봉이는 입이 안 떨어져서 인사 대답은 하지 못하고 눈으로만 반가워한다.

"……근데, 웬일이오? 예?"

웬일이라니, 행화 네야말로 웬일이냐고 물어보아야 할 판인데, 그러고 보니, 초봉이는 말은 못하고 이쁘게 웃는 턱 아래만 손으로 만진다.

형보는 제가 나서야 할 때라고, 아기작아기작 세 여자가 서 있는 옆으로 가까이 가더니, 아주 점잔을 빼어……[36]

"아, 이 두 분이 진작 아십니까?"

"아이갸, 알구말구요! 어떻게 친했다고! 하하."

"원 그런 줄은 몰랐군그랴! 허허허허…… 저어 참, 이 행화루 말하면 나하구 그저 참 그저 다아 그렇습니다. 허허…… 그리구 행화, 이 초봉 씨루 말하면 바루 저 고 주사하구 이번에 결혼하실, 응? 알겠지?"

"아이갸아! 원 어쩌문!"

행화는 신기하다고 연신 고개를 끄덕거리다가 태수를 돌려다보면서 눈 하나를 째긋한다.

"거 참, 두 분이 아신다니 나두 반갑습니다. 허허…… 나는 이 사람하구 거기까지 좀 갔다 오느라구 이 앞으로 지나던 길인데 바루 문 앞에서 고

---

33 흔감(欣感) : 기쁘게 여기어 감동함.
34 흔감스럽게 : ②흔감스럽게
35 오래감만이오! : ①②오랫만이오   ⑤오래간만이오!
        : 행화가 경상도 사투리를 쓴다는 것을 표현하기 위해 일부러 이렇게 표기한 것.
36 아주 점잔을 빼어…… : ①②에는 이 구절이 없다.   ⑤에는 말줄임표가 없다.

군을 만났어요."

이만하면 초봉이나 계봉이의 행화에게 대한 의혹은 넉넉히 풀 수가 있다.

그러나 실상 초봉이는 그들이 행화를 데리고 온 것을 계봉이처럼 태수한테다 치의[37]를 하거나 그래서 불쾌하게 여기거나 그러지는 않았고, 좀 이상하게 보고 말았을 따름이다.

초봉이가 겨우 허리만 나풋이[38] 숙여 뉘게라 없이 인사를 하는 체하고 계봉이를 데리고 대문간으로 나가는 것을, 행화가 해뜩해뜩[39] 태수를 돌려다보고 웃으면서 따라 나간다.

태수는 형보의 재치로 일이 무사하게 되어[40] 가슴이 겨우 가라앉는데, 행화가 그들을 따라 나가니까 혹시 무슨 이야기나 할까 봐서 대고[41] 눈을 흘긴다.

"잘 가시요, 예?…… 내 혼인날 국수 묵으로 가께요?"

행화는 바깥대문 문지방을 짚고 서서 작별을 한다.

초봉이는 꼭 와 달라는 말을, 말 대신 웃음으로 대답하면서 고개를 끄덕거린다.

---

37 치의(致疑) : 의심을 둠.
38 나풋이 : [1][2] 납풋　　[4] 납풋이　　[5] 나붓이
　　: 나풋. 나푼. 가볍게 나부시 움직이는 모양. '나부시'는 '작은 사람이 매우 공손하게 머리를 숙여 절하는 모양' 또는 '작은 사람이나 물체가 천천히 땅 쪽으로 내리거나 차분하게 앉는 모양.'
39 해뜩해뜩 : 갑자기 몸을 뒤로 잦히며 자꾸 자빠지는 모양. 갑자기 얼굴을 돌리며 살짝살짝 자꾸 돌아보는 모양.
　　: '경망스럽고 방정맞게 자꾸 행동하는 모양' 또는 '눈알을 깜찍하게 뒤집으며 살짝살짝 자꾸 곁눈질을 하는 모양'이라는 뜻의 북한어.(표준국어대사전)
40 되어 : [1][2] 되여　　[3][4][5] 피어
　　: [4]는 오독에 의한 오식일 것이며, [3]과 [5]는 그 오식을 그대로 옮긴 것으로 보인다.
41 대고 : [1][2] 연신
　　: 무리하게 자꾸. 또는 계속하여 자꾸.

행화는 그대로 오도카니 서서, 초봉이가 계봉이와 나란히 가고 있는 뒤태를 바라보고 있다. (조금 가다가 계봉이가 해뜩 돌려다보더니, 초봉이한테로 고개를 처박고 무어라고 쌔왈거리는 모양인데, 그건 행화 제 말을 하는 것이라고 생각했고……)

행화는 제중당 전방[42]에서 처음 초봉이를 만나던 때부터 어딘지 모르게 그가 좋았고, 그래서 말하자면 서로 터놓고 친해지기 전에 정이 먼저 갔던 것이라고 할 수 있었다.

그러자 어저껜지 그저껜지는 마침 제중당에를 들르니까, 웬 낯선 사람이 있고 그는 보이지 않아서 물어보았더니 며칠 전에 주인이 갈리면서 같이 그만두었다고 해, 그래 심심찮은 동무 하나를 불시에 잃어버린 것 같아서, 적잖이 섭섭했어, 하다가 또, 오늘은 생각도 않은 곳에서 뜻밖에 그를 만나, 만났는데 알고 본즉, 그가 바로 초봉이—태수의 아낙이 될 그 색시가 아니냔 말이다.

행화는 그것이 마치, 모르고 구경했던 구경거리를 속내를 알고 나니까 깜빡 신기하듯이 인제야 비로소 일이 자꾸만 희한스럽고 재미가 나고 했다.

그러나 그는 단지 그렇게 희한스럽고 재미가 나고 하기나 할 뿐이지, 가령 탑삭부리 한 참봉네 안가 김 씨처럼 태수를 놓고 초봉이를 질투하는 그런 마음은 역시 조금치도 우러나지 않았다.

질투가 없을 뿐만 아니라 (그 역, 김 씨가 강짜에 가슴을 쥐어뜯기는 하면서도, 일변 그들의 결혼에 대해서는 도맡아 가지고 일을 성취시켜 주듯이 그러한) 호의나 관심도 또한 생기지를 않았다.

다만 한 가지, 그것도 아주 담담한 정도의 애석한 생각으로 초봉이가 좀 가엾기는 했다.

---

42 전방(廛房): 물건을 늘어놓고 파는 가게.

행화는 보기에 태수라는 사람이 돈냥 있는 집 자식 같기는 해도, 그저 돈이나 있고 생긴 거나 매초롬하고 했지 그 밖에는 별 수 없는 사내였었다.

그렇다고, 그가 태수를 나삐 여기느냐 하면, 그런 것도 아니다. 도대체 행화는 오입판에서 언뜻 만나 잠시 같이 지내는 사내가 하상[43] 좋고 나쁘고가 없었다.

그처럼 두드러지게 좋아하는 것도 아니요 편벽[44]되게 나빠하는 것도 아니요, 그런즉 태수가 별수가 있거나 말거나 또한 행화 저한테는 아랑곳이 없는 일이었었다.

그러해서, 그러므로 결코 태수에게 대한 관심으로서가 아니라, 단지 초봉이 — 제 마음에 좋아서 정이 끌리던 초봉이요, 더구나 저렇듯 손도 댈까 무섭게 애련한[45] 처녀가 이건 마구 주색에 푹 빠져 세월 모르고서 덤벙거리는, 게다가 ××이 부글부글 고이는[46] 천하 난봉이지 별반 취할 것이 없는 그러한 고태수의 아낙이 된다는 것이 그래서 좀 애석하고 가엾다 하는 것이다.

'그래도 할 수 없지!…… 남의 일 내가 와 알아서?…… 쯧! 굿이나 보고 떡이나 얻어묵지…….'

초봉이 아우 형제가 휘어진 길 저쪽으로 사라지고 보이지 않았을 때 비로소 행화는 혼잣말로 중얼거리면서 돌아선다. 마침 태수와 형보가 뭐라고 지껄이던 끝에 킬킬거리고 웃으면서 대문간으로 나온다.

---

43 하상(何嘗) : ((의문문이나 부정을 나타내는 말과 호응하여))근본부터 캐어 본다면.
44 편벽(偏僻) : 한쪽으로 치우쳐 공평하지 못함.
45 애련하다(哀憐--) : 애처롭고 가엾다.
46 고이는 : ①② 고이기나하는   ③ 괴는   ⑤ 꾀는

10. 태풍(颱風)

[1]마침내 태수와 초봉이의 결혼식은 별일이 없이 끝났다. 대단히 경사스럽고 겸하여 원만했다.

다만 청하지 않은 아낙네들 구경꾼이 많이 와서 결혼식장의 번화와 폐를 한가지로 끼쳐 준 대신 온다던 태수의 모친이 오지를 않은 '사건'이 있었을 따름이다.

정 주사네는 중난한[2] 미지의 사부인한테 크게 경의를 준비해 가지고 그를 기다렸던 것인데, 웬일인지 온다던 날짜인 결혼식 그 전날에 까맣게 오지를 않았고, 겨우 당일에야 결혼식장으로 전보만, 다른 축전 몇 장 틈에 끼여서 들이닿았다. 갑자기 병이 나서 못 내려온다는 것이었었다.

태수는 사실 제가 결혼을 한다는 것을, 애오개의 남의 집 단칸 셋방에 오도카니 앉아 있는 저의 모친한테 알리지도 않았었다. 전보는 서울서 그의 친구가 미리 서신으로 부탁을 받고서 그대로 쳐 준 것이다.

정 주사네는 사부인의 그러한 불의의 급병이며 사랑하는 자제의 경사스런 혼인에 참례를 하지 못하는 섭섭할 심경이며를 사부인을 위하여 대단히 심통(心痛)해하는 정성을 표하기를 아까워하지 않았다. 그러나 그것 때문에 결혼식이 무슨 구애를 받을 것은 아니요, 그러므로 대망(大望)의 가장 요긴한 대목의 한쪽이 이지러지거나 할 머리가 없는 것이라 마음은 지극히 편안했었다.

식장에는 승재도 참례[3]를 했다.

승재는 제 가슴의 아픔을 상관 않고 일종 비장한 마음으로, 그 소위 거

---

1 ①②에서는 '杏花의 辯(六)'이 끝나지 않고 이어진다.
2 중난하다(重難--) : 중대하고도 어렵다. 매우 소중하다.
3 참례(參預) : 참여(參與).

룩하다 한 초봉이를 위하여 그의 결혼을 축하하려고 참석을 했던 것이다.

그러나 그의 기대는 어그러져, 다시 새로운 슬픔을 한 가지 안고 돌아오지 않지 못했다. 초봉이가 지극히 슬퍼함을 보았기 때문이다.

흰 의복에, 흰 면사포에, 흰 백합꽃에, 이러한 흰빛만의 맨드리[4]가 흰빛이 지나쳐 창백한 것이며, 단을 향하여 고개를 깊이 떨어뜨리고 천천히 천천히 다만 항거할 수 없는 운명에 이끌리듯, 한 걸음 반 걸음 걸어나가는 그 고요함이라니, 그것은 마치 소리 없는 엘레지[5]인 듯, 승재는 그만 어떻게나 슬프던지, 시방 초봉이는 정녕코 눈물을 흘리지 싫어 승재 저도 눈이 싸아하면서 아프고, 차마 그 다음은 고개를 들어 정시(正視)하지를 못했다.

이게 실상은 옥구구[6]요, 사실 초봉이는 누구나 처녀로 결혼식장에 임하여 경험하듯이, 아무것도 정신을 차리지 못해, 제법 슬퍼하고 기뻐하고 할 겨를이 없었던 것인데, 승재는 부질없이 제 슬픔에 잡쳐 가지고는 그게 초봉이에게서 우러나는 초봉이의 슬퍼함이라는 착각을 일으켰던 것이다.

하고 보니 그 다음에 오는 것은 환멸이다. 물론 그렇다고 승잰들 초봉이가 오늘 결혼식장에서 벙싯벙싯 웃고 명랑하리라고 생각했던 것이야 아니지만, 그러나 초봉이가 슬퍼하리라는 것도 또한 거기까지는 예측을 못했던 일이다.

했다가 초봉이가 신부라고 하기보다도 상청[7]의 젊은 미망인인 듯 초초하고 슬퍼 보여, 그런데 거기에 또 한 가지 생각 못 했던 정경으로는, 초봉이만 빼놓고 그의 가족 전부가 누구 할 것 없이 만족과 기쁨이 싱글벙글

---

4 맨드리 : 옷을 입고 매만진 맵시.

5 엘레지(elegy) : 슬픔을 노래한 악곡이나 가곡.

6 옥구구 : 잘못 생각하여 자기에게 손해가 되는 셈. 옹졸하게 잘못 가지는 생각.

7 상청(喪廳) : '궤연(几筵)'을 속되게 이르는 말. 즉 죽은 사람의 영궤(靈几)와 그에 딸린 모든 것을 차려 놓는 곳.

넘쳐흐르는 얼굴들이다.

이때에, 승재는 전날에 머릿속에서 우러러보던 성화는 전연 반대의 것
으로 바뀌어, 그림의 전면에는 가족들이 살지고 만족한 여러 얼굴들이 웅
기중기[8] 훤하게 드러나고, 초봉이는 저편 뒤로 보일락말락하게 불쌍하게
서서 있던 것이다.

승재는 뜨고 있는 눈에도 선연히 보이는 이 불쾌한 그림을 차마 보지 않
으려고 부지중 스르르 눈을 감았다.[9]

---

8 웅기중기 : 키가 크고 작은 사람들이 여럿이 모여 있거나 일어서는 모양.
9 정 주사네는 사부인의 그러한~ 감았다.(10단락)
: [1][2] 정 주사네는 사부인이될 태수의 모친한테 애낌업는 정의를 준비해가지고 기대
렷는데 온다든날자인 결혼식 그안날에 오지아니햇고 결혼식장으로 전보만, 축전틈에
끼어서 들어다엿다. 갑자기 병이나서 내려오지못한다는것이다.
이것은 태수가 꾸민 야바우다. 그는 결혼을 한다는것조차 그 모친에게 알리지는 아니
햇섯다. 전보는 서울서 그의 친구가 편지로 부탁을밧고 그대로 처준것이다.
정 주사네는 사부인의 그러한 불의지변을 대단 심상(心傷)하엿고 속으로는 섭섭하엿
스나 그때문에 결혼식이 한편이 이즈러지거나 그러지는아니햇섯다.
그날 승재도 참례를햇섯다.
그는 마음을 아퍼하면서 아름다운 축하를하기위하야 참례를햇든것이다.
그러나 그는 다시 새로운슬픔 한가지를 안고 도라오지아니치못햇다. 초봉이가 슯허함
을 보앗기때문이다.
힌 면사포에 힌 백합꼿치며 이런것이 모두 초봉이의 슯흠을 소리업는 노래를 슯이 불
르는것가텃다.
단을향하야 고개를 기피 떠러트리고 천천히 천천히 걸어나가는 그 고요함이 어떠케도
슯흐든지 승재는 지금 초봉이가 눈물을흘리지시퍼 승재 저도 눈갓이 싸아하니 매윗다.
그는 제마음에 슯음이 가득햇기때문에 그러나 그것은 몰으고서 초봉이가 슯허느니라
고 잘못 생각햇다는 것은 깨닷지를 못햇다.
사실 초봉이는 슯허하고 기뻐하고 할 경황이엽섯다. 그는 아무 정신도 채리지못햇다.
그래서 아무튼 단지 거룩하고 아름답게만 여기든 초봉이가 그처럼 슯허하고 초봉이가
그러한대신 그의 가족들의 얼굴에는 누구나업서 만족과 기쁨이 벙싯벙싯 넘처흐르는 것
을 볼때에 승재의 머리속의 성화와가티 백헛든 그 그림은 아주 딴판으로 변하고마럿다.
즉 그림의 전면에는 가족들의 살지고 만족한 여러 얼굴이웅기중기 훤하게 드러나 보
이고 초봉이는 저어편 뒤에가서 보일락말락하게 추렌이 서서잇는것이다.
승재는 그것을 차마 보지아니하려고 눈을 스르르 감엇다.

그러나 눈을 감고 있잔즉 그제는 검은 옷을 입은 '희생(犧牲)의 주신(主神)'이 지팡막대로 앞을 가로막으면서

'나를 알아내야만 이 길을 비켜 주리라.'

고 짓궂이 수염을 쓰다듬던 것이다.

승재는 식이 끝나기가 바쁘게 자리를 빠져 나왔다. 피로연에는 애초부터 가지 않을 요량이었지만, 만약 누가 잡아끌기라도 한다면 버럭 성을 냈을 것이다.

그날 바로 그 순간부터 승재는, 마음 아름다운 초봉이를 거룩하다고만 막연히 탄복하고 있지 못하고, 슬픈 양자[10]로 시집가던 초봉이를 슬퍼하는 마음이 더했다.

그리하면서야 비로소 그는, 이 앞으로 초봉이의 운명이 자못 평탄하지가 못하고 어떠한 불행이 약속되어 있거니 하는 막연한 불안이며, 정 주사 내외의 그 불순(不純)한 정책 혼인에 대한 반감이며가 머리를 들고 일어났다.[11]

[12]아무려나 그렇듯 무사히 혼인을 했고, 다시 무사한 열흘이 지나갔다. 절기는, 유월로 접어들어 여름은 적이 완구해[13] 가기 시작했다. 그러나

---

10 양자(樣姿) : 겉으로 나타난 모양이나 모습.
11 피로연에는(두 단락 위 두 번째 문장)~일어났다.
　: [1][2] 피로연에는 애초부터 가지아니할 요량이엇지만 더욱이나 경황이업섯다.
　　그날 바루 그순간부터 승재는 마음 아름다운 초봉이는 거룩히역여 막연히 탄복하기보다도 슯흔열굴로 시집가든 초봉이를 슯허하는마음이 더햇다.
　　그리하는한편 그는 이아프로 초봉이의 운명이 평탄하지가봇하고 불행스런 바람이 이러나지나 아니할가하는 막연한 불안이 어느구석에선지 몰으게([2] ●●●) 물슴이듯 슴여들어 그를 ●게 시달려주엇다.
12 [1][2]는 여기서 '颱風(一)'이 시작된다.
13 완구하다(完具--) : 빠짐없이 갖추다. 여기서는 '완연하다(宛然-)', 즉 '아주 뚜렷하다'라는 의미로 쓰고 있음.

아침 새벽은 아직도 좋다.

"뚜우."

다섯 시 반 첫 사이렌 소리에 (맞추듯) 초봉이는 친가에 있을 때의 버릇대로 퍼뜩 잠이 깨어, 깨던 말으로[14] 벌떡 일어나 앉는다.

일어나 앉으면서 그는 가벼운 경이의 눈으로 방 안을 둘러본다. 덧문을 닫지 않은 위아래 앞문과 뒤창이 다 같이 희유끄름히[15] 밝으려고 하는데 파아란 덮개를 드리운 전등은 아직 그대로 켜져 있다.

양지[16]로 바른 위에다가 분을 먹여 백지로 덧발라 놓아서, 희기는 희되 가볍지 않고 침착한 바람벽[17], 윗목으로 나란히 놓인 양복장과 삼층장의 으리으리한 윤택, 머릿장[18], 머릿장 위에 들뭇하게[19] 놓인 금침 꾸러미, 축음기 등속 모두가 눈에 생소한 것이면서, 그러나 어젯저녁에 잠이 들기 전에 보았던 그것들 그대로다.

흐트러진 자리옷에 남색 제병 누비이불로 아랫도리를 가리고 앉았는 초봉이 제가, 보아야 역시 저다. 바로 제 옆에서 자줏빛 제병 처네[20]를 걸치고 누워 자고 있는 고태수가, 장히 낯선 사람은 사람이라도 어제 저녁 잠이 들기 전에 보았던 초봉이 제 남편인 채 그대로다.

이, 다 그대로인 것, 잠을 깨서 보니 오늘도 다 그냥 그대로인 것이 번연

---

14 말으로 : 그 길로 바로

15 희유끄름하다 : '희읍스름하다'의 뜻. 깨끗하지 못하고 조금 희다. 빛깔이 맑지 못하고 좀 흰 듯하다.(임)

16 양지(洋紙) : 서양에서 들여온 종이. 또는 서양식으로 만든 종이. 주로 목재 펄프를 원료로 하며 신문용지, 인쇄용지, 필기용지, 포장용지 따위로 나뉜다.

17 바람벽 : 흙, 나무, 돌, 벽돌 같은 것을 쌓아서 둘러막은 방의 둘레.

18 머릿장(--欌) : 머리맡에 놓고 물건을 넣기도 하고 그 위에 쌓기도 하는 단층으로 된 장.

19 들뭇하다 : 넓은 곳에 높이 솟아서 당당하다.

20 제병 처네 : 겉덮는 얇고 작은 제병 이불. '제병'은 '비단'의 한 가지.

한 일이데, 그래도 초봉이는 그것이 이상하고 그리고 신통하기도 한 것이다.

그리하여 그는 잠이 깨고 난 첫 순간에 인식되는 이 현실을, 거진 음성을 내어 중얼거릴 만큼 오늘도 이런가? 하고 가볍게 놀란다.

그러나 그래 놓고는 이어 다음 순간, 오늘도 이런가라니? 그럼 그게 어디로 갔을까 봐? 하고 번연한 노릇을 가지고 그런다고 혼자서 우스워한다.

생각하면 제가 하는 짓이 꼬옥 애기 같고, 그래서 하하하 소리를 내어 웃고 싶다.

잠시 혼자서 웃고 앉았던 초봉이는 이윽고 있다가 이번에는 고개를 깨웃깨웃[21], 그런데…… 그런데 그래도?…… 이상하다고 태수와 저를 번갈아 보고 또 보고 한다.

──결혼이라고 하는 것을 하고서, 어머니 아버지며 동생들은 다 집에 그대로 있는데 나만 혼자 이 집으로 오고, 와설랑은 이 사람──여기서 자구 있는 이 사람──색시 노릇을 하고, 대체 이 사람이 나하고 무엇이길래 나를 가지고 어쩌고저쩌고 하고, 그렇게도 이쁜지 밤이나 낮이나 마구 좋아서 죽고, 그리고 나는 또 그걸 죄다 받아 주고…….

이게 다 무엇 하는 짓인지, 가만히 우습기만 하지, 알고도 모를 일이다.

──나는 저 너머 둔뱀이 사는 초봉인데, 우리 어머니 아버지네 딸이고 계봉이네 언니고 형주 병주네 큰누나고 한 초봉인데, 어째서 초봉이가 이 집에 와서 이 사람하고 이럴꼬?……

암만해도 초봉이 저는 따로 있고, 시방 저는 남인 것만 같다.

──남?…… 그래 남! 나 말고서 남…….

초봉이는, 이 제 자신이 남으로 여겨지는 자의식(自意識)의 분열이 무척

───────────

21 깨웃깨웃 : ③ 꺄웃꺄웃
　　: 고개나 몸 따위를 이쪽저쪽으로 매우 귀엽게 조금씩 자꾸 기울이는 모양.

마음에 들었다.

──그래그래, 나는, 정말 초봉이는 시방도 저 너머 둔뱀이 우리 집에 있다. 맨 먼저 일어나서 시방 몽당빗자루로 토방을 쓴다. 부엌으로 들어가서 밥을 짓는다. 안방에서 병주가 사탕을 사 달라고 아버지를 졸라 댄다. 어머니는 여태 자고 있는 계봉이더러 부엌에를 같이 나가지 않는다고 나무람을 한다. 짜악 소리 없던 뜰아랫방 문 여는 소리가 들리더니 조금 만에 뚜벅뚜벅, 승재의 커다란 몸뚱이가 대문간으로 걸어 나간다. 때르릉 전화가 온다. 몇 번 만에야 이번은 옳게 승재의 음성이다. 나 승잽니다. 나 초봉이에요. 저어, 무슨 무슨 주사 한 곽만…… 네, 시방 곧…… 조금 더 이야기를 해 주었으면 좋겠는데, 저편에서도 역시 그러고 싶은지, 잠깐 말이 없다가야 전화를 끊는다. 삐그덕 대문이 열리면서 승재가 뚜벅뚜벅 들어온다. 얼굴이 마주치고 히죽 웃으면서 고개를 숙인다. 나도 웃으면서 고개를 숙인다…….

환상 가운데의 웃음이 현실로 육체에로 옮아, 방긋이 웃던 초봉이는 문득 옆에서 태수가 잠덧[22]을 하느라고 돌아눕는 바람에 퍼뜩 정신이 든다.

웃던 웃음은 삽시간에 사라지고 별안간 괴로운 고뇌가 좌악 얼굴을 덮는다.

얼마만인지 겨우, 초봉이는 마디지게 한숨을 몰아쉬고는 강잉해 안색을 단정히 고쳐 가지고서 옷을 갈아입기 시작한다.

──부질없다! 잡념이다! 지나간 일이며 지나간 사람은 씻은 듯이 죄다 잊고, 여기로부터서 인제로부터, 새로운 생애를 북돋아 새로운 생활을 장만하자 했으면서…… 그것이 어떻게 되어서 한 결혼이든지 간에 일단 결혼을 하기는 한 것인즉, 앞으로의 생활은, 이미 결혼을 했다는 그 사실──

---

22 잠덧 : 잠이 들었을 때에 자기도 모르게 몸을 뒤척이는 것.(임)

절대로 무시할 수 없는 그 사실──을 근거로 하고서 행동을 가져야 할 것이요, 동시에 그 행동은 추궁된 동기나 미련 남은 과거에게 간섭을 받을 필요가 없는 것이다. 하물며 내 스스로가 고태수한테로 약간의 뜻이 기울었던 계제인데, 마침 그의 힘을 입어 집안이 형편을 펴게 되리라고 했기 때문에 와락 그리로 마음이 쏠려 버렸던 것이 아니냐? 그러했으면서 인제는 완전히 외간 남자인 과거의 사람에게 미련을 가짐은 크게 어리석은 짓일 뿐더러, 전부를 내맡기고 평생을 같이할, 이 남편 되는 사람에게 죄스러운 이심(二心)23이 아니냐?

초봉이는 적이 개운한 마음으로, 제가 덮었던 이부자리를 걷어치운다.

초봉이가 이렇듯 생각이 많기는 오늘이 처음인 것이 아니다. 그는 어제 새벽에도 잠이 깨자 오늘처럼 그러했고, 그저께 새벽에도 또 결혼을 하던 이튿날인 그 다음날부터 줄곧 그래 왔었다. 새로운 객관(客觀)에 무심한 낯가림이던 것이다.

사실 초봉이는 승재를 못 잊어하는 번뇌가 있기는 있으면서 그러나 이 새로운 생활환경이 불만인 것은 아니다. 오히려 한 가지 두 가지 차차로 기쁨이 발견됨을 따라 명랑한 시간이 늘어가고 있다. 제웅이 제가 제웅임을 모르고서, 제단 앞에서 제단의 아름다움에 취해 기뻐하는 양임에 틀림이야 없지만…….

하얀 행주치마를 노랑 저고리에 받쳐 입은 남치마 위로 가뜬하게 두르면서, 초봉이는 윗미닫이를 조용히 열고 마루로 나선다.

바깥은 첫여름의 맑고도 새뜻한 새벽 공기가, 기다렸던 듯 얼굴에 좌악 끼치어 그 상쾌함이 이를 데가 없다.

초봉이는 반사적으로 가슴에 하나 가득 숨을 들이쉬었다가 호오 길게

---

23 이심(二心) : 배반하는 마음. 변하여 바뀌기 쉬운 마음.

내뿜는다. 이어서 또 한 번 두 번 신선한 새벽 공기를 깊이 들이마시는 동안, 밤사이 후텁지근한 방 안에서 텁텁해진 머리와 부자연하게 시달린 몸의 피로가 한꺼번에 다 씻겨 나가는 것 같았다.

문 앞 한길에서는 장사아치[24]들이며 행인들의 잡음도 아직 들리지 않고 집은 안팎이 두루 조용하다. 태수도 그대로 자고 있고, 식모도 여섯 시가 되어야 부엌으로 나온다. 건넌방에서 형보가 잠이 깨어, 쿠욱 캐액 담을 배앝으려면 한 시간은 더 있어야 한다.[25]

---

24 -아치 : '그 일에 종사하는 사람'의 뜻을 더하는 접미사.
25 아무려나 그렇듯 무사히 혼인을 했고 다시 무사한 열흘이 지나갔다.([1][2]에서 '颱風(一)'이 시작되는 곳)~한 시간은 더 있어야 한다.(신문 연재 한 회분 전체)
: [1][2] 혼인한지 열흘이 지나갔다. 절기는 유월로들어 여름은 저윽히 완구해가기 시작했다. 그러나 아침은 아직도 조타.
초봉이는 친가에잇슬때의 버릇대로 뚜우 길게우는 첫 사이렌소리에 맞추듯이 잠이깨여 옷을 갈어입고 마루로나왔다.
마루에 걸어노흔 괘종이 다섯시를친다. 날은 아직도 훤히 밝지아니햇스나 처마넘어로 올려다보이는 하눌은 맑다.
태수는 아직도 자고잇고 건넌방에서도 형보가 쿠욱 캐액 담을 배타틀려면 한시간은 더잇서야한다. 식모도 다섯시반이나 되어야 이러난다. 아직 문압 거리에서 잡소리도 들려오지아니한다 집안도 조용하다.
초봉이는 마루 압기둥에 기대서서 생각하는것업시 생각에 잠긴다. 그는 어제도그랫고 그적게도그랫고 그러햇지만 오늘도역시 가튼 생각을한다.
그는 태수와 결혼이라는 것을 하고 그래서 양친이며 동생들은 집에 그대로잇는데 저혼자 이러케 이집으로 와서잇고 남편이라고하는 태수가 무얼 어쩌구저쩌구하고 그사람의 색시노릇을하고 이러는 것이 이상하기도하고 이게 다 무엇인고하면 일변 웃읍기도햇다.
그리고 무엇보다도 그는 나는 우리어머니아버지의 딸이요 계봉이의 언니요 형주와병주의 누나요 그러한 초봉이지 이런 집에와서 이러고잇는것은 내가 하는일이아니다. 나는 통히 몰으는일이고 그래도 역연 내가하는일은 하는일이라면 꿈일것이다 하는 생각이 나군햇다.
이것은 누구나 고히 자라든 처녀가 별반 연애를 햇다고도 할수업는 남자와 결혼을 하고나서 시집사리고 단가살림이고를 바루 시작한 경우면은 지금 초봉이와가티 대개 낫가림을 하게되는것이다. 시급히 변한 새생활에 심신이 다 터가 잽히지못해서 그러는 예삿일이다.
초봉이는 오늘도 역시 잠이 깨이자 여전히 모두 고지들리지아니하고 생소해서

314   탁류(濁流)

초봉이가 마루 앞 기둥에 등을 대고 잠깐 생각하는 것 없이 생각에 잠긴

―――――――

'오늘두 이런가?'

하는 아주 가벼운 경이를 느꼈다. 그러나 이어 곳

'오늘두라니? 그럼 어데로갓슬가바?'

하고 제가 저더러 우섯다.

이러케하기는 오늘이 처음이다. 이것은 새로운환경과 생활에 길이 들기시작한 시초다.

그러나 그것은 역시 시초일 따름이고 그는 이어서 어제처럼 그리고 그전날처럼 두두 그런 생각을 하고잇다.

이러케 그런생각을 하고잇느라면 그것이 유쾌할것이야 업는일이지만 그러타고 무슨 고민이된다거나 그러치는안타.

그러나 문득 승재가 생각이나면 그의마음은 평온한대로잇지를 못한다.

그는 지금도 승재가 아침이면 일곱시반에 뚜벅뚜벅 마당으로 걸어나가고 저녁때면 그모양으로 걸어들어오고 방으로 들어가서는 끽소리업시 책이나 보고잇고, 그리고 초봉이는 자릿기숭늉을 만들어서 내어보내주고 나지면 전화로

'나 초봉이어요'

'나 승잽니다'

'무슨무슨 주사 한곽만…'

'네, 그럼 지금 곳……'

이러케 이애기를하고 꼭 이러는것갓기만하다.

그래서 거기까지만 생각하면 초봉이는 저도몰으게 방그레니 웃어지고 기쁘다.

그러나 그것은 순간이요 이어 승재의 영상은 등을지고돌아서서 뚜벅뚜벅, 영원히 그러케 뚜벅뚜벅 돌아서서가고잇는것가티 적막해보엿다. 이런때면 그는 눈물이 핑하니 돌고 사뭇 소리를웨처

"날좀 보아여! 날좀 보고 가세요"

하고 불으고십게 안탁갑다.

이런때면 그는 제마음을 나무래기는한다. 그는 기왕 어찌되엇든지 한번 결혼을 한바에야 지내간일이나 지내간사람은 다 이저바리고서 이환경에다가 만족한 마음으로 몸을 내맷기고 그럼으로써 여기서 압날의 행복을 작만하겟다는 각오가이미 서서잇다. 그러고 또한 변함이업다.

그러나 역시 결혼을 하고난지 얼마 아니된탓이겟지만 승재를 생각하기만하면 그는 그처럼 마음이 동요가되군 하는것을 어찌하지못했다.

더구나 승재를두고서 일변으로 태수한테 다소 향의가되엇섯다는것은 승재에게 무슨 큰 죄나 지엇든것가티 마음이아픈 비밀이엇다.

그는 태수가 부친한테 장사미천을 대어준다는 그조건때문에 아무래도 태수와 결혼을 하지 아니치못하두룩 일이 애전에 제물로 작정이 되어잇섯든것이니 그러면 차라리 마음 이나마 승재한테 곤수란히 바치어야할 것인데 그조차 못해준것더욱 민망했다.

동안 날은 차차로 차차로 밝아오다가 삽시간에 아주 훤하니 밝는다.

초봉이는 이끌리듯 신발을 걸치고 마당으로 내려선다. 밤이 아니고 밝는 새벽, 그러나 인적이 없는 정적(靜寂)의 틈을 타서 홀로 마당도 걷고, 화단에 손질도 해주고, 하늘도 우러러보고 하는 것이 결혼 이후로 초봉이에게는 매우 사랑스러운 세계였었다.

"아이머니, 어쩌믄!"

초봉이는 마당으로 내려서면서 무심코 하늘을 우러러보다가 그만 저도 모르게 황홀해 소곤거린다.

그것은 마치, 이따가[26] 한낮만 되면 전부 활짝 필 모란꽃밭의 숱해[27] 많은 꽃망울들과 같다고 할는지.

하늘에는, 갓[28]은 맑게 개었고,[29] 한복판으로 조그만씩 조그만씩한 엷은 수묵색[30] 구름 방울들이 망울망울 수없이 많이 널려 있는 그놈 봉오리 끝이 제각기 모두 볼그레하니[31] 연분홍빛으로 곱게 물들어 있다.

한 말로 그저 좋다고 하기에는 너무도 휘황하고 번화스런 광경이다.

초봉이는, 고개 아픈 줄도 모르고 한참이나 하늘의 모란 꽃망울들을 올려다보다가, 문득 제 꽃밭이 생각이 나서, 조르르 화단 앞으로 달려간다.

화단은 그가 혼인하기 전 집을 둘러보러 왔다가 보고서 유념한 대로, 혼인한 그 이튿날부터 손에 흙을 묻혀 가면서 추어주고[32] 가구어 주고 했었

---

26 이따가 : [4][5] 있다가
27 숱해 : [5] 숱하게
28 갓 : '가'의 방언.
29 하늘에는, 갓은 맑게 개었고, : [3] 하늘에는, 가는 맑게 개었고,　[4] 하늘에는, 갓은 맑게 개었고　[5] 하늘은 맑게 개었고,
30 수묵색 : [4][5] 수먹색
31 볼그레하니 : [3] 불그레하니　[4] 볼쿠레-하니　[5] 볼크레하니
32 추어주다 : 추어올리다. …을 위로 끌어 올리다. 실제보다 높여 칭찬하다.

다. 그러고서 매일 아침저녁으로 온갖 정성을 다하여 손질을 해주곤 하는 참이다.

촉촉한 아침 이슬에 젖은 꽃떨기들은 모두 잎과 가지가 세차고 싱싱하다. 백일홍은 두어 놈이나 망울이 벌어지기 시작한다. 채송화는 땅바닥을 깔고 누워 분홍 노랭이 빨갱이 흰 놈, 벌써 알쏭달쏭33 꽃이 피었다. '아사가오'는34 매 준 줄을 타고 저희끼리 겨룸이나 하는 듯이 고불고불 기어 올라간다.

초봉이는 꽃포기마다 들여다보고 다니면서 밤사이의 인사나 하는 것같이 웃어 보인다. 그는 사람한테 생소한 정을 먼저 꽃한테다가 들이던 것이다.

초봉이는 화단 옆으로 놓여 있는 댓 개나 되는 빈 화분들을 보고, 오늘은 국화 모종을 잊지 말고 꼭 사다 달래야 하겠다고 요량을 하면서 마악 돌아서는데, 방에서 태수의 음성이 들린다.

"여보오?"

태수는 제법 몇 십 년 같이서 늙어 온 영감이 마누라를 부르는 것처럼 아주 구성지다35. 혼인하던 그날 저녁부터 그랬다.

태수가 초봉이를 이뻐하는 양은 형보더러 말하라면, 눈꼴이 시어서 볼 수가 없을 지경이다.

그는 결혼을 했으니 어디 온천 같은 데로 신혼여행을 갔을 것이지만, 만일 여러 날 동안 제 자리를 비워 놓으면, 그 동안 다른 동료가 대신 일을 맡아 볼 것이요, 그러노라면 일이 지레 탄로가 나기 쉬울 테라, 혼인날 하루만 할 수 없이 겨우 빠지고는 바로 그 이튿날부터 출근을 했다.

지점장도 며칠 쉬라고 권고했으나 그는 은행 일에 짐짓 충실한 체하고

---

33 알쏭달쏭 : 여러 가지 빛깔로 된 점이나 줄이 고르지 않게 뒤섞여 무늬를 이룬 모양.
34 '아사가오'는 : 1 2 강아지꼬츤
35 구성지다 : 천연스럽고 구수하며 멋지다.

물리쳤다.

그러나 신혼여행은 가지 못했어도 그 대신 신혼의 열흘 동안을 힘 미치는껏 마음을 들여서 재미있게 즐겁게 지내기를 잊지 않았다.

그는 초봉이와 결혼을 하기는 하더라도 역시 전처럼 술도 먹고 행화한 테도 다니고, 또 되도록이면 다른 기생도 오입을 하고 다 이럴 요량을 하기는 했었다.

그러나 그는 결혼을 하고 나서는 그런 짓을 하나도 시행한 것이 없다.

술 한 잔 먹으러 간 법 없고 행화 집도 발을 뚝 끊었다. 은행의 동료들이 붙잡고서 장가 턱을 한잔 뺏어먹으려고 애를 썼어도 밴들36 피해 버렸다. 그래서 동료들이며 술친구들은 결혼이 태수를 버려 주었다고 탄식했다.

그러거나 말거나 태수는 그저 은행에서 시간만 마치고 나면, 곁눈질도 않고 씽하니 집으로 돌아오곤 한다.

그래저래 곯는 것은 형보다. 그는 태수가 술을 먹으러 다니지 않으니, 달리 술을 먹을 길은 없고 아주 초올촐하다.

그는 전자에 태수가 돈 만 원을 빼돌려 가지고37 도망을 가자는 제 말을 들어주지 않은 것이 시방도 미운데, 또 술을 사 주지 않아서 한 가지 더 미움거리가 생겼다.

그러나 만일 그러한 것만이라면 형보는 잊고 말 수도 있고 그런 대로 참을 수도 있고 하다. 따라서 적극적으로 나서서 태수를 해칠 악심도 생길 기회가 없고 말았을 것이다.

그런 것을, 형보에게 무서운 자극을 주는 게 무엇이냐 하면 초봉이다. 고 마침으로 오도독 깨물어 먹기 좋게 생긴 것을 갖다가 태수가 따악 차

---

36 밴들 : '밴들거리다'의 어근. '밴들거리다'란, 부끄러운 줄 모르고 게으름을 피우며 빤빤스럽게 놀기만 하다.
37 빼돌려 가지고 : ③④⑤ 빼둘러가지고

지를 하고는 밤과 아침저녁으로 갖은 재미를 다 보고 하는 것을, 형보 저는 건탕으로[38] 건넌방 구석에서 처박혀 끙끙 앓아 가면서 듣고 보고 하기라니, 도저히 견디기 어려운 악형을 당함과 같았다.

'조, 묘하게 생긴 조게, 갈데없이 내 것이 될 텐데!'

그는 조석으로도 이런 생각을 하면서 혓바닥으로 입술을 핥는다.

'저, 원수가 얼른 후딱 때가서[39] 콩밥을 먹어야 할 텐데!'

이런 생각을 그동안 몇 번째 했는지 모른다.

사실 그는 가만히 앉았으면, 오늘이고 내일이고, 아니 이따가 저녁때쯤 태수가 경찰서로 붙잡혀 갈 테고, 붙잡혀 가는 날이면 '조것'은 내 것이 될 테라서 그를 기다리고 있었다.

그러나 도무지 하루 한시가 참기는 어려워 가는데 대체 결혼식인들 무사히 치를까 싶던 '원수 녀석' 태수는 이내 멀쩡하고 붙잡혀 가는 기맥이 없다.

만일 이대로 밀려 나가다가는 두세 달이 걸릴지 반 년이나 일 년이 더 걸릴지 누가 알며, 하니 그러다가는 형보 저는 애가 받아[40] 죽든지 급상한[41]이 나서 죽든지 하고 말 것이다.

"안 될 말이다!"

형보는 마침내 어제 그저께부터 딴 궁리를 하기 시작했다.

이 전짜리 엽서 한 장이면 족하다. 은행으로든지 백석(白石)이나 다른 여러 곳 중 어디든지, 사분[42]이 이만저만하고 이만저만하니 조사를 해 보

---

38 건탕으로 : 공연히.

39 때가다 : (속되게)죄지은 사람이 잡혀가다.

40 애가 받다 : 근심, 걱정 따위로 몹시 안타깝고 조마조마하다.

41 급상한(急傷寒) : '상한(傷寒)'은 '예전에, 과도한 성행위나 성욕 억제로 생기는 병을 이르던 말.' 따라서 '급상한'은 '갑작스럽거나 매우 심한 상한'을 뜻함.

아라, 이렇게 엽서에다가 써서 집어넣으면 그만이다. 태수 제야 아무 때 당해도 한 번 당하고 말지만 켯속⁴³이 되어먹은 것, 그러니 내일 당해도 그만이요, 모레 당해도 그만이요, 일 년이나 이태 더 끌다가 당해도 매일반인 것이다. 하기야 태수가 노상 입버릇같이 죽어 버리면 고만이지야고 했으니까, 정말 자살이라도 했으면 더할 나위 없이 좋은 일이다.

자살을 하기만 하면야, 붙잡혀 가서 콩밥이나⁴⁴ 좀 먹고는 몇 해 후에 도로 나와 가지고는, 제 계집을 빼앗아 갔느니 어쨌느니 하는 말썽도 썩히지 않을 것이매, 두 다리 쭈욱 뻗고 초봉이를 데리고 살 수가 있어서⁴⁵ 좋다.

이렇게 따지고 보면, 섣불리 밀고질을 했다가는 일이 별안간에 뒤집혀 가지고, 이놈이 어마지두 책상머리에 앉았던 채 바로 수갑을 차게 할 혐의가 없지 않으니, 일을 그저 어떻게 묘하게 제가 먼저 눈치를 채고서 얼른 자살을 해 버릴 여유가 있도록, 서서히 저절로 탄로가 나야만 천 냥짜리다.

그런데 그놈 천 냥짜리를 꼭지가 물러 저절로 떨어지기를 입만 떠억 벌리고 기다리잔즉, 이건 마구 애가 말라 견딜 수가 없다.

그러니 그렇다면은, 밀고를 하기는 해도 일이 한꺼번에 와락 튕겨지지를 않고 수군수군하는 동안에 제가 눈치를 채도록, 그렇게 어떻게 농간을 부리는 재주가 없을까?

어제로 그저께로 형보의 골똘히 궁리하고 있는 게 이것이다.⁴⁶

---

42 사분 : 여기서는 '사본(事本)'의 의미로 쓰고 있음. 일의 근본. 또는 사건의 근원.
43 켯속 : 일이 되어 가는 속사정.
44 콩밥이나 : ⑤ 콩이나
45 초봉이를~있어서 : ①② 지낼수가잇서서
46 이렇게 따지고 보면~궁리하고 있는 게 이것이다. (4단락)
　　: ①② 이러케 생각을하면 밀고질을해서 일이 갑작히 탈로가나고 그래 어마두지 감옥으로 잽혀가게하느니보담은 차라리 태수 제가 제마음이 내켜 자살을하두룩하는것이 조흘뜻시팟다.
　　애가 바터서 못견데라고 걱정이나 해주는체끼 가끔 위협이나 슬금슬금 해주고 그러태수는 형보의 그러한 험한 보짱[47]이야 물론 알고 있을 턱이 없다. 그는 가끔 무서운 꿈은 꾸어도 깨고 나면 종시 명랑하고 유쾌하다.

오늘 아침에는 그는 자리 속에서 잠이 애벌[48]만 깨어 눈이 실실 감기는 것을, 초봉이가 보이지 않으니까, 보고 싶어서, 여보오 하고 영감처럼 그렇게 구수하게 부르던 것이다.

초봉이는 대답을 하고 신발을 끌면서 올라와서 방으로 들어선다. 바깥은 훤해도 방 안은 아직 어슴푸레하다.

태수는 눈을 쥐어뜯고 초봉이를 올려다보면서 헤벌씬[49] 웃는다. 초봉이는 아직도 수줍음이 가시지 않아서, 태수와 얼굴이 마주치면 부끄럼을 타느라고 웃기 먼저 하면서 고개를 돌린다.

태수도 웃고, 초봉이도 웃고, 이렇게 하고 나면 태수는 볼일은 만족히 끝난다. 눈앞에 초봉이가 보였고, 웃어 주었고, 그래서 태수 저도 웃었고…….

"몇 시지?"

"다섯 시, 반."

"밥 지우?"

"아직…….."

"헤에."

초봉이는 벌써 열흘째나 두고 아침저녁으로 이렇게 속으니까, 인제는

는동안에 어느고패에가서든지 일이 제절로 탈로가나게되면 그때는 태수 저도 미리서 눈치를 알러채리고 평소에 마음먹은대로 자살을 할 여유가잇슬것이고……

꼬옥 일은 이처럼 누추삽두리를하는편이 두루두루 조켓는데 그러자니 꼭지가 물러절루 떨어지라고 입만 떠억 버리고 기대리는맥시라 감칠이나서 견딜수가업다.

그는 그래서 이러케하까 저러케하까 질정을못하고 두루 망서리는참이다.

47 보짱 : 마음속에 품은 꿋꿋한 생각이나 요량.

48 애벌 : 같은 일을 여러 차례 거듭하여야 할 때에 맨 처음 대강 하여 낸 차례.

49 헤벌씬 : 헤벌쭉. 입이나 구멍 따위가 속이 들여다보일 정도로 넓게 벌어진 모양.

길이 들어서 아주 그럴 것으로 알고 있다. 그러나……

"참, 여보?"

초봉이가 마악 돌아서서 나오려고 하는데, 태수가 전에 없이 긴하게 불러 놓더니……

"……그런데…… 저어 거시키, 한 천 원은 있어야겠지?……"

태수는 밑도 끝도 없이 이런 말을 하고, 초봉이는 무슨 소린지 몰라서 뚜렛뚜렛한다[50].

"……아따, 저어 아버지, 저어 장사하실 것 말야……."

초봉이는 비로소 알아듣기는 했으나 그냥 웃기만 한다. 그는 애초에 일을, 하루 세 끼 밥을 먹는 것이나 마찬가지로 당연하게 태수가 그것을 해 줄 것으로 알고 있었기 때문에, 점심을 먹으면서 이따가 저녁을 먹는다는 것을 측량하지 않듯이 별반 괘념[51]을 않고 있었던 참이다.[52]

"……일러루 와서 좀 앉아요. 생각났던 길에 그거 상의나 하게……."

태수는 머리맡에 있는 담뱃갑을 집어다가 피워 물면서 베갯머리께로 오라고 손짓을 한다.

초봉이는 시키는 대로 가서 앉고, 태수는 그의 무릎에다가 팔을 들어 얹는다.

"……한 천 원은 있어야 할 것 같은데, 어떨꼬? 모자랄까?"

"글쎄……."

"글쎄라니! 우리 둘이서 상일 해야지."

---

50 뚜렛뚜렛하다 : 어리둥절하여 눈을 이리저리 굴리다.

51 괘념(掛念) : 마음에 두고 걱정하거나 잊지 않음.

52 초봉이는 비로소~있었던 참이다.(이 단락 전체)
　　: [1][2] 초봉이는 비로소 그말을 알어들엇스나 그냥 웃기만한다. 그는 때가 일르기도 햇거니와 차마 입을벌려 그런말을 먼첨 끄낼수는업섯서도 처분을 바래듯이 기대리고잇든 반가운 말은 반가운말이다.

"그래두……."

초봉이는 사실은 이래라저래라 하고 같이서 말을 하기가 막상 거북했다.

당초에 그러한 조건으로 결혼을 했고, 그랬대서, 저편이 말을 꺼내기가 무섭게 얼른 내달아 콩이야 팥이야 하는 건, 새삼스럽게 제 몸뚱어리를 놓고서 흥정을 하는 것 같으나 불쾌한 생각이 들던 것이다.

또, 천 원이라고는 하지만, 천 원이라는 액수가 초봉이한테는 막연한 숫자라, 그놈이 어느 정도의 돈이지 알 수가 없다.

그리고 또, 전에 들잔즉 몇 천 원을 대주겠다고 했다면서 태수는 지금 천 원이라고 하는 것을 그렇다고, 여보 처음에는 몇 천 원이라고 했다더니…… 이렇게 따지자니[53], 그야말로 몸값 흥정의 상지[54]가 될 판이다.

그러니, 내가 그 일에 말참견을 않는다고 대 주자던 돈을 안 대 줄 이치도 없는 것, 나는 모른 체하고 말려니 굳이 상의를 하고 싶으면 아버지와 둘이서 천 원이고 혹은 몇 천 원이고 좋도록 귀정[55]을 내겠지. 이렇대서 초봉이는 빠져 버리자는 것이다.

태수는 처음 혼인 말을 건넬 때야, 공중 그저 그놈에 혹하기나 하라고 장사 밑천을 얼마간 대 주마고 했던 것이나, 인제 문득 생각하니 그놈 거짓말을 정말로 둘러놓아도 해롭잖은 노릇일 것 같았다.

첫째 기왕 남의 돈에 손을 대어 일을 저지른 바에야 돈이나 한 천원 더 집어낸다더라도 결국 일반일 바이면 다른 일에나 뒤를 깨끗이 해 두는 게 사내자식다운 활협[56]이니, 함직한 노릇이다.

그리고 그렇게 해 놓고 죽으면 제가 죽는 날 불행히 초봉이를 데리구 같

---

53 따지자니 : [4][5] 따지다께

54 상지(相持) : 서로 자기의 의견만을 고집하고 양보하지 아니함.

55 귀정(歸正) : 그릇되었던 일이 바른길로 돌아옴.

56 활협(闊俠) : 남을 돕는 데 인색하지 않고 시원스러움.

이 죽지 못하더라도 초봉이는 그 끈으로 저의 부친을 의지 삼아 그다지 몹쓸 고생은 하지 않을 것이니, 그도 함직한 노릇이다.

그런데 또 보아라! 그 말을 꺼내 놓으니, 초봉이가 사양은 하면서도 저렇게 은근히 좋아하질 않느냔 말이다. 초봉이를 즐겁게 해 줌은 바로 내 즐거움이거든, 이날에 천 원은 말고 만 원도 헗다[57]! 만 원이라도 내게는 종잇조각 하나…… 홍! 만 원은 말고 백만 원을 먹었은들, 어느 누구 시체를 감히 벌할 자 있느냐? 쾌하다! 시원타!…… 오냐, 수일 간 기회를 보아서 몇 천 원이고…….[58]

이것은 물론 일이 뒤집히는 마당이면 정 주사의 장사 밑천도 태수가 대어 준 것이 탄로가 날 것이고, 따라서 도로 다 뺏기게 될 것이지만, 태수는 그것까지는 미처 생각을 못 했던 것이다.

"그래두가 무어야? 우리 둘이서 얘길 해 가지구……."

태수는 초봉이의 무릎을 잡아 흔들면서 조른다.

"……응? 그래야 할 거 아냐?"

"전 모르겠어요!"

초봉이는 그만해 두고 일어서서 뒷걸음질을 친다.

"이잉! 그럼 어떻게 해?"

"저어, 아버지허구…… 아버지허구 상의해 보세요."

"아아, 아버지하구?…… 그건 나두 알지만 말야……."

"그럼 됐지요, 머……."

"그래두 우리 아씨한테 한번 상의는 해야지, 헤헤[59]."

"몰라요!"

---

57 헗다 : '헐하다(歇--)'의 준말. 값이 싸다.
58 그런데 또 보아라!~몇 천 원이고…….(이 단락 전체) : ①②에는 이 내용이 없다.
59 헤헤 : ①② 하하하하

아씨란 말에 잘겁해서[60] 초봉이는 얼굴이 빨개진다.

"아하하하, 그럼 아씨 아닌가?"

"몰라요! 난 나갈 테예요……."

초봉이는 뒤로 미닫이를 열고 나가려다가,

"……오늘은 국화 모중[61] 꼭 사 가지구 오세요?"

"국화 모중[62]? 그래그래, 오늘은 꼭 사 가지구 오께."

"다섯 포기만……."

"겨우?…… 한 여남은 포기 사다가 심지."

"화분이 다섯 개뿐인걸?"

"화분두 사지?"

처억척 대답은 하면서도 태수는, 너는[63] 누구더러 보라고 국화를 심자 하느냐고, 아무 내평도 모르고서 어린아이처럼[64] 좋아만 하는 초봉이가 측은하여 다시금 얼굴이 치어다보였다[65].

초봉이가 부엌으로 내려간 뒤에 건넌방에서 형보가 잠이 깨었다는 통기[66]를 하듯 쿠욱 캐액 담을 배알더니,

"고 주사 기침하셨나?"

하고 소리를 지른다. 일상 하는 짓이라 태수는,

"어어."

---

60 잘겁해서 : ⑤ 질겁해서

61 모중 : ①②⑤ 모종
    : '모종'의 방언 발음.

62 모중 : ①②⑤ 모종

63 너는 : ①②에는 이 말이 없음.

64 모르고서 어린아이처럼 : ①② 몰으고 저렇게

65 측은하여,~ 치어다보였다 : ①② 불상햇다

66 통기(通寄, 通奇) : 기별을 보내어 알게 함.

하고 궁상맞게 대답을 한다.

형보는 속으로, 어디 이 녀석을 오늘은 좀 위협이라도 슬그머니 해 주리라고 벼르면서 유카다[67] 자락을 펄럭이면서 안방으로 건너온다.[68]

부엌에서 형보의 음성을 듣던 초봉이는 저도 모르게 어깨를 오싹한다. 초봉이는 형보가 처음부터 섬뜩하더니 끝끝내 그가 싫고, 마치 커다란 구렁이라도 한 마리 건넌방에 가 사리고 있는 것만 같아 시시로 무서운 생각이 들곤 했다.

그럴 때면 그는 부질없는 생각이라고 저를 타이르고, 물론 겉으로는 흔연대접[69]을 해 왔고 하기는 하지만, 그러나 갈수록 무서움이 더하면 더했지 가시지는 않았다.

그렇다고 초봉이가 형보의 음흉한 속내를 눈치채거나 했던 것은 결코 아니고 다만 그의 외양이 그중에도 퀭한 눈방울이 너무도 무서워 보이기 때문일 것이다.[70]

태수는 회회 감기는 자줏빛 명주 처네를 걸친 채 팔을 내뻗어 불끈 기지개를 쓴다. 형보는 물향내[71]와 살냄새가 한데 섞여 취할 듯 이상스럽게 물큰한 규방의[72] 냄새에 코를 사냥개처럼 벌씬거리면서 너푼[73] 들어앉는다.

---

67 유카다(浴衣, ゆかた) : 목욕을 한 뒤 또는 여름철에 입는 무명 홑옷.
68 어디 이 녀석을~안방으로 건너온다.
　　: ①② '이 녀석을 오늘은 좀…'
　　이런생각을하면서 풀단님에 고의춤을 거더잡고 안ㅅ방으로 건너온다.
69 흔연대접(欣然待接) : 기꺼운 마음으로 잘 대접함.
70 부엌에서 형보의 음성을 듣던 초봉이는~보이기 때문일 것이다.(3단락)
　　: ①②에는 없는 내용이다.
71 물향내 : ①② 향내
72 규방의 : ①②에는 없는 말이다.
73 너푼 : 엷고 넓은 물건이 가볍게 한 번 날리어 흔들리는 모양. 가볍게 너부시 움직이는 모양.

그는 이 냄새를 매일 아침같이 맡곤 하는데, 그러노라면 초봉이의 몸뚱이
가 연상이 되고 하여, 그 흥분이 괴로우면서도 맛이 있었다[74]. 그는 그래
서, 별로 할 이야기가 없더라도, 아침이면 많이 문을 여닫아 그 냄새가 빠
져 버리기 전에 안방으로 건너오곤 한다.

"나는 어제 저녁에 신흥동(유곽) 갔다 왔다, 제기."

"그러느라구 새벽에 들어왔네그려?…… 망할 것!"

"왜 망할 것야? 느이끼리 하두 지랄을 하구 그러니, 어디 견딜 수가 있더
냐?…… 늙두 젊두 않은 놈이 건넌방에 가 처박혀서."

"……면 돈 안 들구 좋았지? 하하하하."

"네라끼!…… 허허허허, 그거 원 참!"

"하하하하."

"허! 그거 참…… 그러나저러나 간에 여보게, 태수?"

형보는 부자연하다 할 만큼 농담하던 것을 쉽게 거두고서 점잖스럽게
기색을 고쳐 갖는다. 태수는 무언고 하고 형보를 바라다보면서 그 다음을
기다린다.

형보는 천천히 담배를 피워 물고는 제법 소곤소곤, 그리고 다정하
게……,

"다아 이건 조용한 틈이길래 하는 말이네마는, 대체 자네는 어쩔 셈으루
다가 이렇게 태평세월인가? 응?"

"무엇이?"

태수는 첫마디에 알아듣고도, 그래서 이 사람이 왜 방정맞게 식전 마
수[75]에 재수 없이 그따위 소리를 꺼낼까 보냐고 얼굴을 찡그리면서, 그래

---

74 하여, 그 흥분이 괴로우면서도 맛이 있었다
　　: ①② 여간만 흥분이되는게 아니엇섯다
75 마수 : 처음에 팔리는 것으로 미루어 예측하는 그날의 장사 운. 마수걸이.

짐짓 못 알아들은 체하던 것이다.

"못 알아들어? 저 거시키, 소 소……."

"으응…… 쯧! 할 수 있나!"

태수는 성가신 듯 씹어 뱉는다.

"할 수 있나라께? 그래, 날 잡아 잡수우 하구 그냥 앉아서 일을 당할 테란 말인가? 그 일을? 그 흉한……."

"당하긴 왜 당해? 괜찮어, 일없어."

"일없다? 안 당한다?"

형보는 가볍게 놀란 제 기색을 얼른 가누면서,

"……아니, 그러면 혹시 어떻게 모면할 도리라두 채려 놨나?…… 그렇다면야 여북[76] 좋겠나!…… 그래 어떻게 무슨 묘책이 있어?"

"쯧! 있다면 있구, 없다면 없구."

태수는 심정이 상하구 귀찮아서 말대꾸가 아무렇게나 나가고 흥이 없던 것인데, 그것이 속을 모르는 형보가 보기에는 태수가 어느 구석인지 타악 믿는 데가 있어 안심을 하고서 아무 걱정을 않는 걸로만 보이던 것이다.

분명 무슨 도리가 있는 눈치다. 대체 그렇다면 요 녀석이 어디를 가서 무슨 꿍꿍이속을 부렸기에? 응?

하하! 오옳지, 옳아, 그랬기가 십상이겠군…….

형보는 속으로 가만히 무릎을 쳤다[77].

그는 퍼뜩 탑삭부리 한 참봉네 아낙을 생각했던 것이다. 그가 태수와 관계가 이만저만찮이 깊었던 것이며, 그런데 그가 돈을 많이 가지고 있다는 것을 형보는 잘 알고 있었다.

---

76 여북 : ((주로 의문문에 쓰여)) '얼마나', '오죽', '작히나'의 뜻으로 정도가 매우 심하거나 상황이 좋지 않을 때 쓰는 말.

77 쳤다 : ⑤ 쳤던 것이다

그런지라, 제 품 안에서 놀던 태수를 제가 서둘러서 그처럼 장가까지 들여 줄 호기가 있는 계집이거드면, 제 돈 몇 천 원을 착 내놓아 애물[78]의 위급을 감장[79]시켜 주었을는지도 모른다는 것이다.

형보는 예까지 생각을 하고 나니 제 일이 그만 낭패라, 그런 것을 모르고서 해망[80]만 하고 있었다니 그럴 데라고는 없다.

그러나 그는 짐짓 무얼 알아맞히겠다는 듯이 고개를 깨웃깨웃, 한참이나 앉았다가……,

"야 이 사람아! 그렇게 어물어물하지 말구서, 이얘길 까놓구 하게그려? 응?…… 궁금해 죽겠구면서두……?"

"무얼 그래?…… 다급하면 죽어 버리는 것두 다아 수가 아닌가!…… 쥐 잡는 약이 없나? 잠자는 약이 없나?…… 강물두 깊숙해서 좋구, 철둑도 선선해서 좋구."

"지랄 마라!…… 자살두 다아 할 사람이 있지, 자넨 못 하네."

"흥, 당하면 못 하리?"

"그럴 테면 세상에 누렁옷 입구 쇠사슬 차구 똥통 둘러메구서 징역살이 할 놈 없게?…… 다아 자살두 제마다 못하길래, 그 고생 그 창피 당해 가면서 징역을 살구 있지!"

"듣기 싫여!"

태수는 버럭 소리를 지르면서 돌아눕는다. 그는 형보가 말하는 대로 제가 방금 누렁옷을 입고 쇠사슬을 차고 똥통을 둘러메고 징역살이를 하고 있는 꼴이, 감옥의 붉은 벽돌담을 배경으로 눈앞에 선연히 보이던 것이다.

형보는 의심이 풀리지 않은 채, 더 물어보지는 못하고 속으로 저 혼자만

---

78 애물(愛物) : 사랑하여 소중히 여기는 물건.

79 감장 : 제 힘으로 일을 처리하여 나감.

80 해망(駭妄) : 행동이 해괴하고 요망스러움. 또는 그런 행동.

궁리가 깊어 간다.

태수는 조반을 먹고 아무렇지도 않게 은행에 출근을 했다. 그러나 아침에 형보가 지껄이던 소리가 자꾸만 생각이 나고, 그것이 마치 식전 마수에 까마귀 우는 소리를 들은 것처럼 꺼림칙했다.

그래서 온종일 마음이 좋지 않아 근래에 없이 이마를 찌푸리고 겨우 시간을 채웠는데, 네 시가 다 되어 이 분밖에 남지 않았을 무렵에 농산흥업회사로부터 전화가 왔다.

농산흥업회사라면 태수가 위조한 소절수로 예금을 축내 주고 있는 그 세 군데 중의 한 군데이다.

농산흥업회사에서 당좌계(當座係)에 있는 사람을 대 달라는 전화가 왔다고 급사가 말하는 소리에 태수는 반사적으로 흠칫 놀랐다. 피는 한꺼번에 심장으로 쏠려 들고 얼굴은 양촛빛같이 해쓱, 등과 이마에는 식은땀이 배어 올랐다.

그러나 이것은 태수의 의사와는 독립하여 다만 근육의 반사일 따름이다.

'기어코 오늘이 왔나!'

당연한 것을 기다리고 있던 양으로, 이렇게 생각이라고 할는지 각오라고 할는지, 마음은 다뿍 시쁘듬했다. 그런 만큼(실상은 그렇기 때문에) 머릿속은 유리같이 맑고 뛰던 가슴이 이내 가라앉았다.

"나를 찾어?"

우정 장부를 걷어치우던 손을 멈추지 않고 아무렇지도 않게 혼잣말로 씹어 본다. 음성은 약간 목이 갈리는 것 같았으나 그다지 유표하진 않다.

"……나를 찾더냐? 당좌곌 찾더냐?"

"당좌곌 대달래요."

"うるさいな[81]!(에잇 성가셔!) 시간두 다아 됐는데…… 왜 그린다던?"

"모르겠어요, 거저 대 달라구만……."

"가만 있자아!"

태수는 추움춤하면서[82] 시계가 네 시를 지나 버리기를 기다려, 급사더러 수통의 냉수를 길어 오라고 쫓아 버리고는 전화통을 집어 든다.

"네에."

하는 대답을 따라 저편에서,

"여기는 흥업회산데요…… 우리 당좌에 조금 미상한 데가 있어서요……."

하는 게, 절박한 힐난[83]이 아니고 정중한 상의다.

태수는 속으로 역시 그렇겠지 하고 생각하면서 음성을 낮추어……,

"네에! 아, 그러세요?…… 에에 또, 에, 당좌계는 시간이 다아 돼서 나가 구 없는데요. 무슨 일이신지요? 웬만하면 내일 아침에 일찍……"

"네에, 그래두 괜찮지만…… 그럼 지점장두 나가셨나요?"

"네에."

"하하하!…… 그럼 내일 다시 걸겠습니다…… 머 별일이야 없겠지만, 조금 미심한 데가 있어서요."

전화 끊는 소리를 듣고 태수도 신호를 울리고서 돌아서려니까, 마침 맞게 급사가 냉수를 가져와 준다.

태수는 냉수 한 고뿔를[84] 맛있게 다 들이켰다. 그러고는 제자리로 돌아와서 잠시 생각을 가다듬는다. 생각이란 다른 게 아니고, 지금부터 나가서 일을 차릴 계획이다.

시방 나가면서 '쥐 잡는 약'을 하나만 사고, 그리고 전처럼 과실과 과자

---

81 うるさいな : ③⑤ 우루사이나

82 추움춤하다 : '춤춤하다'를 늘여서 하는 말인 듯함. 문맥상 '망설이다'와 비슷한 의미로 쓰고 있음.

83 힐난(詰難) : 트집을 잡아 거북할 만큼 따지고 듦.

84 고뿔를 : ⑤ 컵을

를 사서 들고, 흔연히 집으로 돌아간다.

집에서는 초봉이가 웃으면서 맞아 준다. 오후를 초봉이를 데리고 재미
있게 놀고, 저녁 후에는 잠깐 나온다. 행화네 집을 다녀서 김 씨를 찾아간
다. 요행 탑삭부리가 없거들랑 두어 시간 구회[85]를 풀어도 좋다. 그렇다.
신정이 구정만 못하다더니 역시 구정이 그립기는 한 것인가 보다.

옳아! 우리가 서로 약속한 것도 있으니까 그리하는 게 좋겠지. 만약 탑
삭부리가 있으면 그야 할 수 없지. 그저 혼인한 뒤에 처음이니까 수인사
겸 들른 체하고 돌아오지.

빌어먹을 것, 그 여편네꺼정 행화꺼정 다 데리고 초봉이와 넷이서 죽었
으면 십상 좋겠다. 그렇게 했으면 통쾌할 테지만, 괜헌 욕심이고.

김 씨한테 들렀다가 돌아오면서는 정종을 맛좋은 놈을 한 병 사서 들고 집
으로 온다. 초봉이더러는 안주를 장만하라고 시키고 그동안에 소절수를 농간
하던 도장과 소절수첩을 없애 버린다. 없애나마나한 것이지만 기왕이니.

그러고 나서 안주가 되거들랑 초봉이를 술상머리에 앉혀 놓고 한 잔 마
신다. 초봉이도 먹인다. 열두 시까지만 그렇게 놀다가 자리에 눕는다. 세
시만 되거든 다시 일어난다. 일어나서 비로소 초봉이를 일으켜 앉히고 실
토정[86] 이야기를 죄다 한다. 그러고 나서 같이 죽자고 한다.

초봉이가 싫다고 하면?

그러거들랑, 네 속을 보느라고 그랬다고 웃으면서 안심을 시켜 잠이 들
게 하지. 잠이 들거든 무어 허리띠 같은 것으로——.

가만 있자! 영감님 장사 밑천을 마련해 주지 못했지? 좀 안됐다. 돈 천
원이나 빼내서 주었더라면 좋았을 것을, 조금만 돌이켜서 생각이 났어도

---

85 구회(久懷): 오랜 회포.
86 실토정(實吐情): 사정이나 심정을 솔직하게 말함.

좋았지.

그러나 뭐, 인제는 할 수 없는 일이고.

그러면 다 됐나?

아뿔싸! 이런!…… 어머니를! 어머니를 어떻게 한다? 불쌍한 우리 어머니를.

'나는 도적놈이요, 못된 놈이요. 그러고도 불효한 자식!'

태수는 마침내 생각지 못했던 회심에 다들려 후우 길게 한숨을 내쉰다.

'쥐 잡는 약을 사서 포켓 속에 건사를 하고도 태수는 그런 것은 남의 일 같이 천연스럽게 과실 바구니와 과자 꾸러미를 양편 손에다 갈라 들고 허둥지둥[87] 집으로 달려든다.

"여보오?"

그는 대문 문턱을 넘어서기가 바쁘게 초봉이를 부르면서 얼굴에는 웃음을 하나 가득 흩뜨린다. 결코 오늘의 최후를 짐짓 무관심하자고 하는 것이 아니요, 절로 그래지는 것이다.

초봉이는 마침 마당에서 화분들을 벌여놓고 흙을 장만하느라고 손에 어린아이같이 흙칠을 하고 있다. 형보도 옆에서 초봉이와 같이 흙을 주무르느라고 끙끙하고 있다.

초봉이는 발딱 일어나서 웃으면서 태수가 들고 온 과일 바구니와 과자 꾸러미를 받는다.

"고 주사 오늘은 좀 늦으셨네그려?"

"장 주사 수고하네그려?"

태수는, 무릎이 어깨까지 올라오게 쪼글트리고[88] 앉아 있는 형보를 들여

---

87 허둥지둥 : ③ 허둥허둥
88 쪼글트리다 : '쪼그라트리다'의 준말. 팔다리를 오그리어 몸을 작게 움츠리다.(임)

다본다.

"수고랄 게 있나!…… 거, 아주머니가 고운 손에다가 흙을 묻히구 그리 시길래 내가 보기에 민망해서 지금……"

"그럼 나두 해야지."

태수는 팔을 걷으면서 초봉이를 돌려다보고 벙긋 웃는다. 초봉이는 손에 받았던 것을 마루에 가져다 놓고 도로 내려오다가 겨우 국화 모종을 안 사 가지고 온 것을 깨우치고서 흙이 다래다래[89] 묻은 조그마한 손을 태수한테로 내민다.

"국화 모종[90]……"

"아뿔싸!……"

태수는 무릎을 탁 치면서 혀를 날름날름한다. 그는 그런 중에도 시방 제 앞에다가 내미는 초봉이의 손이, 흙이 묻은 것까지도 어떻게나 이쁜지, 형보만 없는 데라면 꼬옥 잡다가 조몰조몰[91] 주물러 주고 싶었다.

"……깜박 잊었어! 어떡허나?"

"차라리 내한테 시키시지?……"

형보가 저도 빠질세라고 한몫 거들고 나선다.

"……그 사람은 그런 심부름 시켜야 개울 건네다가 잊어버린답니다."

"그럼 아재가 내일 오시는 길에 사다 주세요?"

아재란 건 물론 형보더러 하는 말인데, 태수가 그렇게 부르라고 시켰던 것이다.

"아냐, 내일은 꼭 잊잖구서 사 가지구 오께, 허허허허.[92]"

---

89 다래다래 : 1 2 4 5 대래대래
        : 작은 물건이 많이 매달려 있거나 늘어져 있는 모양.
90 모종 : 5 모종
91 조몰조몰 : 작은 손놀림으로 연한 물건을 만지작거리는 모양.

태수는 말을 하다가 그만 꺼얼껄 웃어 버린다. 그러나 아무도 웃는 속을 몰랐고, 형보가 농담을 하는 체······93

"정치게94 효도할려구 드네!"

"네라끼 망할 것!"

"너무 그러지들 말게! 자네들이 너무 정분이 좋은 걸 보면 나는 괜히 심정이 나군 하데."

"아재두 살림하시지요?"

"돈두 없거니와 여편네가 있나요? 어디."

"행화?"

"행? 화?······ 허허허허, 어허허허허."

초봉이는 형보가 과히 웃어 쌓는 것이, 혹시 무슨 실수된 말을 했나 해서 귀밑이 발개진다. 태수는 형보와 마주보지 않으려고 슬쩍 돌아선다.

그때 마침 탑삭부리 한 참봉네 집에 있는 계집아이가 대문 안으로 꺄웃이 들여다보면서 마당으로 들어선다.

"오오, 너 왔니?"

태수가 김 씨가 저를 부르러 보냈겠지야고 짐작을 하고, 그렇다면 막상 잘되었다고 생각했다.

계집아이는 태수와 초봉이더러 인사를 하고 나서, 고 주사 나리 저녁 잡숫고 잠깐 다녀가시란다고, 여쭐 말씀이 있습니다고 전갈을 한다.

"오냐. 참봉 나리가 그러시던?"

"내애."

계집아이는 김 씨가 시킨 가늠이 있는지라 그대로 대답을 한다.

---

92 , 허허허허. : [1][2]에는 이 말이 없음.

93 태수는~농담을 하는 체······(2문장) : [1][2] 태수는 말을하다가 허허하고 웃어바린다.

94 정치게 : 경치게(驚--). 아주 심한 상태를 못마땅하게 여겨 이르는 말.

그래서 초봉이는 그저 그런가 보다고 심상히 여기고 말았을 뿐이지 깊이 유념도 하지 않았다.

실상 또 태수와 계집아이가 그렇게 꾸며 대지를 않았더라도 초봉이는, 그저 김 씨가 할 이야기가 있어서 잠깐 오라는 것이겠지 했을 것이지 그 이상 달리 새김질을 하거나 의심을 하거나 그럴 내력이 없었다.

그러나 형보는 그렇질 않았다.

그는, 오늘 저녁에 김 씨가 분명코, 태수가 돈 범포 낸 그 조건에 대해서 앞일 수습을 상의할 것이고, 혹은 벌써 그동안에 돈 준비가 다 되어서 몇 천 원 착 태수의 손에 쥐어 주기까지 할는지도 모르겠다고 생각을 했다. 아까 아침에 태수가 수상한 눈치를 보이던 일을 미루어 보더라도, 역시 그게 틀림없으리라고, 달리는 더 의심도 하려고 하지 않았다.

'그렇다면은?'

'밑질 건 없으니 칵 질러 버려라!'

형보는 마침내 혼자 물어보고 혼자 대답하면서 연신 고개를 끄떡거렸다.

일곱 시가 조금 지나서 형보는 저녁을 먹던 멀로[95] 볼일이 있다고 힝 나가더니, 여덟 시가 못되어서 도로 들어왔다. 여느 때 같으면 그는 태수가 초봉이와 같이 축음기를 틀어 놓고 일변 먹어 가면서 재미있게 놀고 있으니, 오라고 청을 하거나 말거나 안방으로 덤벙 들어앉아, 저도 한몫 끼었을 판이었었다.

그러나 전에 없이 얼굴빛이 해쓱하여,[96] 기분이 좋지 않다고 건넌방으로 들어가더니 이내 불을 끄고 누워 버렸다.

태수는 저녁을 먹으면서 초봉이더러 싸전집에 잠깐 들러 보고, 마침 또

---

95 먹던 길로 : [1][2] 먹든멀로   [4] 먹던멀로   [5] 먹던 멀로
96 얼굴빛이 해쓱하여, : [1][2]에는 이 구절이 없다.

서울서 친한 친구가 왔으니까 나갔던 길에 찾아보고 올 텐데, 그러자면 자정이 지날지도 모르겠은즉 기다리지 말고 일찌감치 먼저 자라고 미리 일러두었다.

저녁 후에는 전대로 한참 재미나게 놀다가 아홉 시가 되는 것을 보고 유카다를 입은 채 게다를 끌고 집을 나섰다. 집을 나서면서 그는 저녁 먹을 때 초봉이더러 이르던 말을 더 이르기를 잊지 않았다.

행화는 마침 놀음에 불려나가고 집에 있지 않았다. 태수는 그것이 도리어 잘되었다 싶었지 섭섭한 줄은 몰랐다. 그는 기다리고 있을 김 씨의 무르익은 애무가 차라리 마음 급했다.

탑삭부리 한 참봉네 집까지 와서 우선 가게를 살펴보았다. 빈지[97]를 죄다 잠갔고, 빈지 틈바구니로 들여다보아도 캄캄하니 불이 켜져 있지 않았다. 이만하면 가겟방에도 탑삭부리 한 참봉이 있지 않은 것은 알조다.

그래서 안심을 하고 나니까, 그제야 저 하던 짓이 우스웠다.

'왜, 내가 이렇게 뒤를 낼꼬[98]? 다 오죽 잘 알고서 데리러 보냈을까 봐서.'

그러기는 하면서도 웬일인지 모르게 전처럼 마음이 턱 놓이지를 않고, 어느 한구석이 서먹서먹해지는 듯싶은 것을 어찌하지 못했다.

그러기 때문에 그는 안대문께로 돌아가서 지쳐 둔 대문을 밀고 들어서서도,

"헴, 아저씨 주무세요?"

하고 짐짓 기척을 내보았다.

김 씨는 태수의 기척이 들리기가 무섭게 앞 미닫이를 드르륵 열고 연둣빛 처네를 걸친 윗도리를 내놓으면서, 말은 없고 웃기만 한다.

---

97 빈지 : 널빈지. 한 짝씩 끼웠다 떼었다 할 수 있게 만든 문. 흔히 가게에서 문 대신 쓴다.
98 뒤(를) 내다 : 뒷걱정을 하다.(임)

태수는 그의 하고 있는 맵시가 작년 초가을 맨 처음 그날 밤과 꼭 같다고 자못 회포 있어 하면서 성큼 방으로 들어선다.

김 씨는 이내 웃으면서 옆에 와서 앉으라고 요 바닥을 도닥도닥 가리킨다.

태수는 그리로 가서 털 숭얼숭얼한 종아리[99]를 드러내 놓고 펄씬 주저앉는다. 그는 새삼스러운 긴장과 아울러 임의롭기 큰마누라한테 온 것 같이나 마음이 놓임을 스스로 느꼈다.

눈치 빠른 계집아이가 건넌방에서 나오더니, 대문을 잠그고 태수의 게다를 치워 버린다.

"그래, 새루 장가간 재민 좋더냐?"

김 씨는 고개를 앞으로 내밀어 태수의 빙그레니 웃고 있는 얼굴을 들여다보면서 애기 어르듯 한다.

"인전 장가를 갔으니깐 어른인데, 그래두 이랬냐 저랬냐 해?"

"아이고 요것아!……"

김 씨는 손가락으로 태수의 볼때기를 잡아 쌀쌀 흔들다가 그대로 끌어다가는 ×× ×××. 기왕이니 한바탕 깍 물어 떼고 싶은 것을 차마 아직 참던 것이다.[100]

"……장갈 들더니 재롱 늘었구나!"

"헤헤."

"얼굴이 많이 생했구나?[101] 젊은 것들 장갈 딜여 주믄 이래서 걱정이야!…… 그렇지만 너무 그리지 마라, 몸에 해루니라."

"보약이나 좀 지어 보내 주덜랑 않구서!"

---

99 종아리 : [1][2] 종종다리   [4][5] 종다리

100 기왕이니~참던 것이다. : [1][2]에는 이 문장이 없다.

101 생했구나? : [1][2] 생햇구나?   [3][4][5] 상했다가?
   : '상했구나?'를 이렇게 발음한 것. '상하다'는 '몸이 여위어 축이 나다.'

"오냐, 날새[102] 내가 지어 보내 주마. 그렇지만 좀 조심해야 한다!⋯⋯ 그 애가 온 그렇게두 이쁘더냐?"

"응."

"하하하! 고것이야!⋯⋯ 그렇지만 너 오늘 저녁은 내 것이다? 약속 알겠지? 한 달에 두 번은 내한테 오기루 한 거."

"응, 그렇지만 열두 시까지유?"

"이건 누가 쫓겨가더냐?"

"그런데 참, 오늘 저녁에 탑삭부리가 없을 줄은 어떻게 미리 알구서?⋯⋯"

태수는 그것이 궁금했다. 그만큼 그의 마음이 차악 놓이지를 않던 것이다.

"그거?⋯⋯ 그런 게 아니라 오늘이 그년 생일이라나? 그리니깐 여니때두 아니구 갈 건 빠안하잖아? 그래 나두 늦기 전에 미리서 다아 요량을⋯⋯."

"그런 걸 글쎄 난 미심쩍어서 가겔 다아 덜여다 봤지! 헤헤."

"그런 걱정을랑 말구서 맘 놓구 다녀요, 내가 오죽 알아서 할까 봐?"

탑삭부리 한 참봉은 불도 켜지 못하고 가겟방에 웅숭크리고[103] [104] 누워서 지리한 시간을 기다린다.

작은집에서 열 시에 나왔으니, 하마[105] 열한 시는 되었음직한데 종시 시계 치는 소리는 들리지 않는다.

그는 궁금하기도 하고, 불안하기도 하고 또 어찌 생각하면 청승맞은 짓

---

102 날새 : '날사이'의 준말. '날사이'는 '날이 바뀌는 동안'의 뜻으로 하루, 이틀 사이의 짧은 기간.(임)

103 웅숭크리고 : ⑤ 웅크리고

104 웅숭크리다 : 춥거나 두려워 몸을 궁상맞게 몹시 웅그리다. '웅숭그리다'보다 거센 느낌을 준다.

105 하마 : '벌써'의 방언.

을 하고 있느니라 싶어서 우습기도 했다. 그러나 일변 겁이 나기도 했다. 가만히 팔을 뻗쳐 본다. 머리맡에 놓아 두었던 굵직한 다듬이 방망이[106]가 손에 잡힌다. 조금 마음이 든든해진다.

탑삭부리 한 참봉은 아까 저녁때 일곱 시가 마악 지났을 무렵에 이상한 전화를 받았었다.

항용 거저 쌀을 보내 달라는 전화겠거니 하여, 네에 하고 무심히 대답을 하는데, 저편에서는 딱 바라진[107] 음성으로 이상스럽게 다지듯……,

"여보시오, 한 참봉이신가요?"

"네에."

"확실히 한 참봉이시지요?"

"글쎄 그렇단밖에요…… 뉘십니까?"

"네에, 내가 누구라는 건 아실 것 없습니다. 또오 성명을 대 디려두 모르실 게구…… 그렇지만, 나는 한 참봉을 잘 아는 사람입니다."

"네에에……"

한 참봉은 겉목소리[108]로 대답하면서 눈을 끄먹끄먹한다.

그는 선뜻 돈을 어디로 가져오라는 협박을 하는 게 아닌가 하고, 가슴이 더럭 내려앉았던 것이다. 그러나 모르면 몰라도 협박 전화치고서 이렇게 음성이 공손할 리가 없다. 또 그뿐 아니라 한참 당년에 ×××을 모집한다는 ×××들이 사방에서 날뛰던 그런 때라면 몰라도 지금이야 그런 건 옛말이지 눈 씻고 보려야 볼 수 없는 일이다.

"그러면 말씀하지요?……"

저편에서는 목을 한 번 가다듬더니,

---

106 방망이 : [1][2] 방치
107 바라지다 : 갈라져서 사이가 뜨다. 식물이 잎이나 가지 따위가 넓게 퍼져서 활짝 열리다.
108 겉목소리 : 건성으로 하는 말소리.

"……에, 다름이 아니라, 당장 오늘 저녁에 큰 재앙(災怏)이 한 가지 한 참봉 댁에 생기게 된 것을 알으켜 디릴려구 전화를 거는 겝니다……"

"재애앙?"

"쉬위! 떠들지 말구…… 자, 자세히 들으십시오…… 아뿔싸! 지금 가게에 누구 다른 사람은 없습니까?"

"없지요!"

"그럼 맘 놓구서 이야길 하지요…… 헌데 한 참봉 오늘 저녁에 작은댁엘 가시겠다요?"

"네에?"

탑삭부리 한 참봉은 깡충[109] 뛴다.[110]

"하하! 그렇게 놀라실 건 없습니다, 없구…… 에, 이따가 저녁을 자시구 나서 가게를 디린 뒤에…… 자세 들으십시오!…… 아주 천연스럽게 작은댁으루 일단 가신단 말씀이지요. 댁의 하인이나 부인한텔라컨 말루든지 작은댁에 꼭 가시는 체하서야 하십니다, 네?"

"네에!"

대답이 아니라 바로 신음 소리다.[111]

"그래 그렇게 작은댁으로 가셨다가 말씀이지요. 열한 시쯤 되거들랑 어딜 좀 댕겨 오시겠다구 하구서 도루 큰댁으루 오십시오. 오시되, 미리서 가게의 빈지문 하나를 안으루다가 걸지 말구서 고리를 벳겨놨다가는 글러루 들어오시든지, 혹은 아녈 말루[112] 담을 넘어서 들어오시든지 아뭏던 쥐두 새두 모르게 들어오십니다. 아시겠지요?"

---

109 깡충 : ③ 깡충   ⑤ 깜짝
110 탑삭부리 한 참봉은 깡충 뛴다. : ①②에는 이 문장이 없다.
111 대답이 아니라 바로 신음소리다. : ①②에는 이 문장이 없다.
112 아녈 말루 : 아니할 말로.

"네에!"

"그렇게 살끔 들어와서는 그댐엘라컨 가만가만 발자욱 소리두 내지 마시구 안으로 들어가십니다. 들어가서……"

"그으래서요?"

탑삭부리 한 참봉은 어느 결에 다뿍 긴장이 되어 가지고 성미 급하게 재촉을 한다.

"네에…… 그래 그렇게 소리 없이 안으로 들어가설랑은 거저 두말 없이 거저, 안방문을 열어 제치십시오. 그러면 다아 아실 겝니다."

"아아니, 여보시요!"

"글쎄 더 묻지 마십시오. 더는 묻지 마시구, 그렇게 하실랴거든 해부시구, 또 내 말이 곧이들리지 않거들랑 고만 두시는 게구…… 그러나 종차 후횔랑은 마십시요."

"글쎄 여보시요!"

"여러 말씀 하실 게 없습니다. 그리구 또 한 가지…… 나는 이 일에 대해서 조금치두 무슨 이해 상관이 있거나 그런 것은 아닙니다. 그건 참 어찌 생각 마십시요."

여기까지 말을 하고는 저편은 전화를 끊어 버린다. 탑삭부리 한 참봉은 비로소 정신이 들기는 했으나[113] 하도 어이가 없어서 멀거니 전화통에 가 매달린 채 돌아설 줄을 모른다.

이것은 형보가 정거장 앞에 있는 자동전화[114]를 이용한 것임은 물론이다.

형보는 흔히 신문에서 보는, 샛서방[115][間夫]과 계집이 본서방에게 들키

---

113 비로소 정신이 들기는 했으나 : 1 2 에는 이 구절이 없다.

114 자동전화(自動電話) : 자동식전화(自動式電話). 교환원을 통하지 아니하고 자동 교환기에 의하여 전화번호를 누르면 자동적으로 접속되어 통화할 수 있는 전화.

115 샛서방(-書房) : 남편이 있는 여자가 남편 몰래 관계하는 남자.

는 현장에서 한꺼번에 목숨을 빼앗기는 경우와 같은 요행수를, 오늘 밤 일의 결과에다가 기대를 했었다. 그리고 아울러 태수가 제 집을 비워 두는 시간을 넉넉히 이용하여 사전(事前)에 우선 초봉이를 조처해 둘 요량이었었다.

그러했기 때문에 그는, 태수가 김 씨를 찾아가서 그 몇 천 원의 돈을 받으리라는 초저녁 시간을 지정하지 않고, 느직이 열한 시라고 했던 것이다.

오늘 저녁의 일은 가령 허사가 되더라도 태수를 법망에 얽어 넣을 방법이 얼마든지 종차로 있으니까 밑질 게 없지만, 혹시 뜻대로 일이 되어서 태수가 죽기만 한다면 미상불 형보한테는 호박이 절로 떨어지는 판이었었다.[116]

탑삭부리 한 참봉은 이윽고 수화기를 걸고 신호를 울린 뒤에 천천히 돌아섰다.

그는 도무지 맹랑해서 어떻다고 이를 데가 없고, 허황한 품으로는 누구의 장난 같았다. 그러나 장난치고는 너무나 심한 장난이기도 하지만 도대체 그러한 장난을 할 사람이 없었다. 그러니 분명코 장난은 아니고.

그러면, 작은여편네가 어떤 놈하고 배가 맞아서 오늘 저녁에 나를 따돌리려고 꾸며 낸 흉계가 아닌가 하는 생각이 뒤미처 들었다. 이러한 경우에 만만한 건 남의 첩인지 미상불 그럼직하기는 했다.

그러나 실상인즉 작은집에서는, 오늘이 제 생일이라서 제 동무들까지 몇을 청해다가 저녁을 먹고 나서 이어 밤새도록 놀아 젖힐 채비를 차리고 있고, 그래서 조금 전까지 벌써 세 번째나 어멈을 내려 보내서 제발 오늘은 가게를 일찍 드리고[117] 올라오시라고 기별을 했는데야!

---

116 형보는 흔히 신문에서 보는, ~ 떨어지는 판이었었다.(3단락)
　　: ①②에는 이 내용이 없다.
117 드리다 : 물건 팔기를 그만두고 가게 문을 닫다.

그러니 혹시 여느 때라면 몰라도, 오늘 저녁 일로는 작은집에다가 그러한 치의를 할 계제가 되지 못하고.

그 끝에 자연한 순서로 큰댁 김 씨에게 의심이 갈 것이지만, 혹은 평소에 너무 믿음이 도타웠던 탓인지 아직은 미처 그의 생각은 나지도 않고.[118]

'그러면, 은?'

무엇이란 말이냐고, 고개를 두루 깨웃거리나 통히 종작을 할 수가 없었다. 그러나 그렇다고, 모른 체하고 말자니 꺼림칙해서 견딜 수가 없었다.

그게 어떤 놈이길래, 원 어떻게 해서 내 집안 사정이랄지, 또 더구나 오늘 밤에 작은집에를 간다는 것은 아직은 나 혼자만 염량[119]을 하고 있는 터인데, 그것을 제가 알아냈느냐 말이다. 귀신이 아니고는 그렇게 역력히 알아맞히진 못할 것이다.

'귀신!'

아닌 게 아니라 귀신의 장난 같기도 했다. 하다고 생각을 하니, 별안간 몸이 으스스하면서 뒤가 돌려다보였다.

그러나 실상, 장성[120] 센 사람이면 흔히 그러하듯이, 탑삭부리 한 참봉도 젊어서 이래로 귀신이라는 것을 믿지를 않고, 그래서 남들이 귀신을 보았네 귀신이 뭐 어쨌네 하는 소리를 시뻐하고 곧이듣지 않던 사람이다. 오늘 일도 귀신의 작희[121]로 돌리지 않았다.

'에잉! 쯧! 어떤 미친놈이 미친 개소리를 씨월거린[122] 걸 가지구서.'

그는 하다하다 못해, 화풀이 받을 사람도 없는 역정을 내뗠면서, 인제는

---

118 그 끝에~않고. : ①②에는 이 문장이 없다.
119 염량 : ⑤ 엘량
120 장성(壯盛) : '장성하다(壯盛--)'의 어근. '장성하다'는 '기운이 씩씩하고 힘차다.'
121 작희(作戲) : 방해를 놓음.
122 씨월거리다 : 실없는 말을 주책없이 함부로 지껄이다.

그따위 허황한 소리는 생각도 않는다고, 고개를 내흔들고 발을 쿵쿵 굴렀다.

그러나 그는 제정신 말짱해 가지고서 그 괴상한 전화의 최면에 본새 있게 걸려들고 말았다. 우선 여덟 시쯤 되어서 가게를 드릴 적에, 마치 무엇한테 씐 것처럼, 빈지문 고리 하나를 벗겨 놓았으니……

가게를 드리고, 돈 궤짝은 안으로 가지고 들어가서 벽장에다가 넣고 자물쇠를 잠그고 대문을 잘 신칙하라고 김 씨더러 이르고 한 뒤에, 내키지 않는 대로 작은집으로 갔다.

작은집에서는 은근한 젊은 계집들도 많이 모이고, 잔치도 걸어서, 이를테면 꽃밭에 들어앉은 맥이로되 도무지 흥도 나지 않고 술도 맛이 없고, 재앙이라고 전화로 들리던 쨍쨍하니 딱 바라진 그 음성에만 정신이 쏠렸다.

열 시도 못 되어 그는 조바심이 나서 자리를 일어섰다. 열한 시라고 했지만, 차라리 미리서 가서 숨어 앉아 기다리자던 것이다.

작은집은 물론이고, 취한 계집들이 모두 붙잡는 것을 스래[123]까지 갔다가 열두 시에 도로 오마고, 그리고 문득 그게 좋을 것 같아서 요새 미친개가 퍼져서 조심이 된다고 둘러대고는, 다듬이방치[124] [125] 하나를 손에 쥐고 나섰다. 첫째 몸이 허전했고 겸하여 만약 거동이고 눈치고 수상한 놈이 어릿거리든지[126] 하거든 우선 어깻죽지고 웅치고[127] [128] 한 대 갈겨 놓고 볼 작정이던 것이다.

그는 혹시 누구한테 떨까 하여, 조심조심 큰집으로 내려와서 집 바깥을

---

123 스래 : ⑤ 스레
124 다듬이방치 : ③ 다듬이 방망이　　⑤ 다듬잇방망이
125 방치 : '다듬잇방망이'의 방언.
126 어릿거리다 : 어렴풋하게 자꾸 눈앞에 어려 오다.
127 웅치고 : ③⑤ 엉치고
128 웅치다 : 욱대기다. 난폭하게 윽박질러 위협하다. 억지를 부려 우겨서 제 마음대로 해내다.

휘익 한 바퀴 둘러보았다. 대문은 잠겼고, 안에서도 아무 기척이 없고, 집 바깥으로도 별반 수상한 기척이 보이지 않았다.

우선 안심을 하고는, 가게 앞으로 돌아 나와서 고리를 벗겨 둔 빈지문을 살그머니 열고 들어섰다. 어둔 속에서 방금 무엇이 튀어나오는 것 같아 간이 콩만 했다.

겨우 어둔 속에서 더듬더듬 기다시피 가겟방으로 들어가서 앉고 나니 어쩐지 한숨이 내쉬어졌다.

그러고는 시방 눈을 끄먹끄먹, 시간을 기다리고 있는 참이다.

탑삭부리 한 참봉은 음풍[129]이 도는 듯 텅 빈 가게의 캄캄 어둔 방에서, 더듬는 손에 방치가 잡히는 것이 조금 든든하기는 했으나, 시방 자꾸만 더 해 가는 불안과 공포와 초조한 마음은 그만 것으로는 가실 수가 없었다.

곤란한 것은 마음뿐이 아니다. 방이 추운 것은 아니지만, 그만해도 벌써 오십객[130]인데 까는 요도 없이 맨 구들[131]바닥에 가서 누워 있자니, 뼈가 배기고 찬 기운이 올라와서 견딜 수가 없다.

시계는 밉살머리스럽게도 칠 줄은 모르고서 또옥 뚜욱 뚜욱 따악, 한껏 능장을 부린다.

눈을 암만 크게 떠야 보이는 것은 없고, 땅속 같은 어둠뿐이다. 이런 때는 담배라도 한 대 피웠으면 좋겠는데, 성냥을 그으면 불빛이 샐 테니 그도 못 한다.

---

129 음풍(陰風) : 흐린 날씨에 음산하고 싸늘하게 부는 바람.
130 -객(客) : '손님' 또는 '사람'의 뜻을 더하는 접미사.
131 구들 : 고래를 켜고 구들장을 덮어 흙을 발라서 방바닥을 만들고 불을 때어 난방을 하는 구조물.
　　고래 : 방고래(房--). 방의 구들장 밑으로 나 있는, 불길과 연기가 통하여 나가는 길.

먹고 싶은 담배도 맘대로 못 먹는 일을 생각하면 슬며시 부아[132]가 난다.

'이놈! 어쨌든지 도적놈이기만 해 봐라, 이놈을……'

담배 못 피운 화풀이까지 할 작정으로 별러 댄다.

그러나 떼어 놓고 도적이려니 해 본 것이나 암만해도 도적놈은 아닌 것 같다. 가령 도적이 들기로 한다면 가게로 들 것이지 안방이 무슨 상관이며, 하기야 안방에도 마누라의 패물이야 돈냥 없는 건 아니지만, 그렇다면 안방을 앉아서 지키랄 것이지, 생판 아무도 모르게 숨어 들어와설랑은 열한 점에 안방 문을 열어젖히라니, 이건 바로 샛서방을 잡는 수작이란 말인가?

'샛서방? 샛서방?'

'원, 그게 어디 당한 소리라고!'

그는 비로소 아낙 김 씨에게로 그러한 치의가 가는 것을, 그만 펄쩍 뛰면서 당치도 않다고 얼른 생각을 돌린다. 그는 그만큼 아낙을 믿어왔고, 따라서 그러한 의심이 나는 것만도 몸이 떨리게 무서웠다.

그러나 생각을 말자면서도 생각은 자꾸만 그리로 쏠린다. 늙은 남편, 첩살림, 젊은 아낙, 샛서방, 과연 어째 지금이야 생각해 냈는고 싶게 근리하다.

'그래도 설마하니 원……'

제일 근리한 짐작인데 그러나 제일 싫고 제일 상서롭지[133] 않은 일이라서 부득부득[134] 아니라고 하고 싶어 애를 쓴다.

'설마야 우리 여편네가……'

천하의 계집이 다 그러더라도 우리 여편네만은 없을 테라는 것이다.

'옳아! 그자 말이 재앙이라고 하지를 않았나?'

재앙, 그렇다면 어떤 놈이 혹시 겁탈이라도 하려는 것을 알려 주자는 것

---

132 부아 : ④⑤ 부화

133 상서롭다(祥瑞--) : 복되고 길한 일이 일어날 조짐이 있다.

134 부득부득 : ④⑤ 부둥부둥

인지도 모른다.

그러나 그것도 사리가 닿지 않는 것이, 그렇다면 조심을 하라든지 역시 안방을 지키라고 할지언정, 열한 시에 아무도 몰래 방문을 열어젖히라니.

별안간 목구멍이 간질간질하면서 기침이 나오려고 한다.

그놈을 꾸욱 삼키고 있노라니까, 이번에는 아주 밉상으로 콧속이 짜릿하면서 재채기가 터져 올라온다. 이놈만은 영 참을 수가 없어,

"처."

하고 겨우 조금만 내쏟는다. 아무래도 감기가 오는 모양이다.

가게 밖으로 마침 쿵쿵쿵 누군지 발자국[135] 소리가 요란히 들린다.

혹시 하고 귀를 바싹 기울인다. 그러나 발자국[136] 소리는 그대로 콩나물 고개로 사라진다. 그 끝에 문득, 이건 어느 몹쓸 놈이 정말로 장난을 한 것을 시방 내가 이렇게 병신 짓을 청승스럽게 하고 있는 게 아닌가, 그렇다면 그놈이 시방쯤은 허리를 잡고 웃고 있을 텐데, 이런 생각이 들고 혼자 있기도 점직한 것 같다.

그러나 그 끝에는 다시, 남의 우스개가 되어도 좋으니 제발 어떤 놈의 실없는 장난에 넘어간 것이었으면 하고 마음에 간절히 바라진다.[137]

겨우겨우, 가게에서 낡은 괘종이 씨르륵 목 쉰 기침을 하더니 떼엥 뎅, 늘어지게 열한 번을 친다.

우선 죽다가 살아난 것만큼이나 반가워 한숨이 몰려나온다.

그는 살금살금 가게 바닥으로 내려서서 신발은 신지 않고 우뚝 일어섰다. 가게 앞으로 사람 지나가는 발자국 소리만 들릴 뿐 아무 기척도 없다.

방치[138]를 바른손에다 단단히 훑으려 쥐고서 발 앞부리로 가만가만 걸어

---

135 발자국 : [1][2][3][4] 발자죽
136 발자국 : [1][2][3][4] 발자죽
137 재앙, 그렇다면~간절히 바라진다.(8단락) : [1][2]에는 이 내용이 없다.

안으로 난 판자문께로 다가선다.

이놈이 소리가 나고라야 말리라고 걱정을 하면서 조금씩 조금씩 밀어 본다.

아니나 다를까, 처음에는 곧잘 말을 듣더니 필경 삐꺽 하면서 대답을 한다. 움찔 놀라 손을 움츠리고 귀를 기울인다. 한참 기다려도 아무렇지도 않다. 다시 문틈을 비집기 시작한다.

그놈을 몸뚱이 하나 빠져나갈 만하게 열기까지에는 이마와 등에서 땀이 배어 올랐다.

그는 우선 고개만 문틈으로 들이밀고 휘휘 둘러본다. 안방이고 건넌방이고, 다 불은 켰어도 짝 소리도 없다. 마당도 어둡기는 하나 별다른 기척이 없다.

그는 가슴이 두근거리는 것을 참고 마당으로 들어섰다. 또 한 번 휘휘 둘러본다. 역시 아무 이상도 없다.

사풋사풋[139] 안방 대뜰로 올라섰다. 희미한 속에서도 마누라의 하얀 고무신이 달랑 한 켤레 놓인 것이 보인다.

그는 마누라가 혼자서 외로이 꼬부라트리고 잠이 들어 있을 것을 문득 생각하고,

'어허뿔싸! 이건 내가 정녕 도깨비한테 홀려 가지고 괜한 짓을……'

아무래도 부질없고 쑥스런 짓인 것 같아 그대로 돌아서서 나가 버릴까 한다. 제일에[140] 아무것도 모르고, 혼자 자고 있는 마누라한테 미안해 못할 노릇이다.

---

138 방치 : [3][5] 방망이

139 사풋사풋 : 소리가 거의 나지 않을 정도로 발걸음을 가볍게 자꾸 옮기는 소리. 또는 그 모양. '사붓사붓'보다 거센 느낌을 준다.

140 제일에 : [5] 제 일에

그러나, 그러면서도 그는 기왕 이렇게까지 해 놓고서 그냥 돌아서기는 싫었다. 그는 한 걸음 섬돌[141]로 올라선다.

기왕 내친걸음이니 영영 속은 셈 대고 시키던 대로 다 해 보아야 속이 후련하지, 그러잖고는 아예 꺼림칙할 것 같았다.

또 지금 나간댔자 잠그지 못하는 가게를 비워 놓고서 작은집으로 갈 수가 없으니 가겟방에 누워서 하룻밤 고생을 해야 하겠은즉, 그도 못할 노릇이다.

그는 마침내 마루로 올라가서 윗미닫이의 문설주[142]에 가만히 손끝을 댄다. 그 손이 바르르 떨렸으나 감각은 못했다.

'두말없이 그저 안방 문을 열어젖히십시오!'

이렇게 하던 말이 역력히 귀에 울리면서 머리끝이 쭈뼛한다. 그 서슬에 무심코 그는 방치[143]를 든 바른손 손아귀에 불끈 힘을 준다. 이것은 제 자신이 의식치는 못했어도 몸과 마음이 다 같이 적을 노리는 체세[144]였었다.

가슴 두근거리는 것을 진정하느라고 숨을 한 번 깊이 들이쉬고 나서, 마침내 드르륵 미닫이를 열어젖혔다. 열어젖히면서 불쑥 머리를 들이미는데, 아랫목으로는 당연한 의외의 광경이 벌어져 있는 것이다.

낭자하던 향락의 뒤끝을 수습치 않은 채, 고단한 대로 풋잠이 든 두 개의 반나체(半裸體). 얼기설기 서로 얼크러진 두 포기씩의 다리와 다리, 팔과 팔······.

탑삭부리 한 참봉은 이것을 보고, 알아내고, 분노가 치밀고 하기에 반 초의 시간도 필요치 않았다.

---

141 섬돌 : 집채의 앞뒤에 오르내릴 수 있게 놓은 돌층계.
142 문설주(門-柱) : 문짝을 끼워 달기 위하여 문의 양쪽에 세운 기둥.
143 방치 : ③⑤ 방망이
144 체세(體勢) : 몸을 가지는 자세.

움칫 멈춰 서던 것도 같은 순간이요,

"으응!"

떠는 듯, 황소 영각 같은 소리를 치면서, 손에 쥐었던 방치[145]는 어느 결에 머리 위로 번쩍 치들고 아랫목을 향하여 우뢰[146]같이 달려든다. 그 덤벼드는 위세의 맹렬함이란 하릴없이 선불[147]을 맞은 멧돼지다. 그게 그런데 숱한 수염이 하나 가득 곤두서고, 불길이 뻗쳐 나오는 두 눈은 획 뒤집히고 한 얼굴이니, 이 앞에서야 우선 떨지 않고 배길 자 없을 것이다.

[148]피곤한 끝에 가냘피 들었던 잠이 먼저 깬 것은 김 씨다. 잠이 깨고 눈을 뜨는 그 순간 겁에 질리어 벌떡 일어나 앉았을 뿐이지, 그 이상은 더 아무 동작도 가질 여유가 없었다.

한 초쯤 늦게 일어난 것으로 해서 태수는 겨우 머리칼 한 오라기만한 여유를 얻기는 했다고 할 것이다.

산이라도 떠받을 무서운 힘과 분노의 덩치가 바윗더미 쏠리듯 달려들면서,

"이히년!"

사나운 노호[149]와 동시에 벼락 치듯,

"따악."

골통을 내리갈긴다.

김 씨의 골통이다.

---

145 방치 : ③⑤ 방망이
146 우뢰 : ⑤ 우레
147 선불 : 급소에 바로 맞지 않은 총알.
148 ⑤는 이 부분에서 단락 구분을 하지 않고 있다.
149 노호(怒號) : 성내어 소리를 지름. 또는 그 소리. 바람이나 파도 따위가 세찬 소리를 냄.
   또는 그 소리.

"아이머닛!"

하는 소리도 미처 다 지르지 못하고,

"캑!"

하면서 그대로 폭 엎드러진다.

태수는 김 씨보다 아랫목으로 누워 있었고, 또 일 초만 더디게 일어난 것으로 해서 탑삭부리 한 참봉의 최초의 일격이 우선 김 씨의 머리 위로 내리는 순간을 탈150 수가 있었다.

"따악."

방치151가 김 씨의 머리를 내리치는 순간, 태수는 나는 듯이 몸을 뛰쳐, 열린 윗미닫이로 돌진을 한다. 그것이 만일 트랙에서라면 최단거리의 세계 기록을 깨뜨리고도 남을 초인적(超人的) 스타트라고 하겠다.

돌진을 하여 탑삭부리 한 참봉의 팔 밑을 빠져 마루로 솟쳐 나가는 태수는,

"사람 살리우우"

하면서 짜내듯 외친다. 몇 시간 뒤에는 자살을 할 그가 진실로 사람 살리라고 외치던 것이다. 그는 미처 그것을 생각할 겨를도 없었거니와, 설사 생각했다 하더라도 역시 그와 같이 몸을 피할 것이요, 사람 살리라고 외쳤을 것이다. 그러나 그것은 또 이 창피한 죽음을 벗어나 명예로운 자유의 자살을 하려는 의사냐 하면 그런 것도 아니요, 오직 동물적 본능인 것이다.

우선 몸을 빼쳐서 나왔으나 이어 등 뒤로부터 무거운,

"이히놈!"

소리가 뒤통수를 바투 덮어 누를 때, 태수는 방에서 솟쳐 나오는 여세

---

150 타다 : 어떤 조건이나 시간, 기회 등을 이용하다.
151 방치 : ③⑤ 방망이

(餘勢)로 하여, 몸을 바른편으로 돌려 마당으로 피할 여유를 갖지 못하고서 그냥 다급한 대로 건넌방 샛문을 향해 돌진을 계속한다. 미닫이의 가느다랗게 성긴 문설주가 몸뚱이로 떠받으면 만만히 뚫어지리라는 것, 그리고 건넌방에는 사람이 있다는 것, 이 두 가지의 절박한 여망이던 것이다. 그러나, 건넌방 샛문을 옳게 떠받자면, 그래도 삼십 도(三十度)가량은 바른편쪽으로 몸을 더 틀었어야 할 것인데, 세찬 타성이 말을 듣지 않았다. 그리하여 그는, 건넌방 그 샛문의 왼편에 놓여 있는 육중한 뒤주152 모서리를 번연히 제 눈으로 보면서도, 어찌하지를 못하고 앙가슴153으로다가 우지끈 들이받았다.

들이받으면서,

"어이쿠!"

소리를 지르면서, 상반신이 앞으로 와락 솟쳤다가는 이어 뒤로 쿵 마룻바닥에 주저앉는다.

이만만 했어도, 태수는 집에다가 사다 둔 '쥐 잡는 약'을 먹을 필요가 전연 없었을 터인데 뒤미처,

"이놈!"

하더니 방치154는 연달아 그를 짓바수기 시작한다.

"이놈!"

하고,

"따악."

하면,

---

152 뒤주 : 쌀 따위의 곡식을 담아 두는 세간의 하나. 나무로 궤짝같이 만드는데, 네 기둥과 짧은 발이 있으며 뚜껑의 절반 앞쪽이 문이 된다. =뒤주창고.

153 앙가슴 : 두 젖 사이의 가운데.

154 방치 : ③⑤ 방망이

"어이쿠!"

하고,

"이놈!"

하고,

"퍼억."

하면,

"아이쿠!"

하고, 그래서,

"이놈!"

"따악, 퍼억."

"어이쿠!"

이 세 가지 소리가 수없이 되풀이를 한다.

건넌방에서는 식모와 계집아이가 문을 반만 열고 서서 겁에 질려 와들와들, 아이구머니 소리만 서로가람[155] 외친다.

안방의 그 이부자리 위에서는, 앞으로 엎어진 김 씨의 몸뚱이가 쭈욱 펴진 채 손끝 발끝만 가느다랗게 바르르 떤다. 치달아 오르는 극도의 분노가 모질게 맺힌, 최초의 일격은 그놈 하나로 넉넉히, 배반한 아내의 골통을 바숴뜨리기에 족했던 것이다.

피는 홍건히 흘러, 즐거웠던 자리를 부질없이 싱싱하게 물들여 놓는다.

문경 새재 박달나무는 홍두깨 방치로 다 나간다는 아리랑의 우상(偶像)은, 그러나 가끔가다 피의 사자(使者) 노릇도 하곤 한다.

아닌 밤중에 여자들의 부르짖는 비명과 남자의 거친 노호 소리는 지나가는 사람들의 주의를 끌었다.

---

155 서로가람 : [4][5] 서루가람

처음이야 구경 삼아 한두 사람이 모인 것이나, 이어서 셋 넷, 이렇게 여럿이 모이자, 그들은 집안의 형세가 좋연치 못한 것을 알고는 단순한 구경꾼으로부터 한 걸음 더 나아가지 않지 못했다. 그들은 무언의 동맹을 맺었다. 잠긴 대문을 흔들었다. 마침내 소리를 쳤다.

대문이 요란히 흔들릴 때에야, 탑삭부리 한 참봉은 비로소 정신이 들어 방치질[156]을 멈췄다. 그러고는 다시금 정신이 나는 듯이, 발아래에 나가동그라진 태수의 몸뚱이를 내려다본다.

태수는 모로 빗밋이 쓰러져서 꽁꽁 마디숨만 쉬고 있지, 몸뚱이며 사지는 꼼짝도 않는다. 얼굴로 유카다로 역시 피가 흥건히 흐르고 젖고 했다.

탑삭부리 한 참봉은 이상하다는 듯이 한참이나 태수의 그 꼴을 들여다보다가, 몸을 돌이켜 우르르 안방으로 들어간다.

안방에 엎으러진 김 씨의 몸뚱이는 인제는 손끝 발끝을 가늘게 떨던 것도 그만이고, 아주 시체다.

탑삭부리 한 참봉은 김 씨의 시체 옆으로 가까이 가서, 이윽고 들여다보더니 차차로 눈을 흡뜬다[157].

그는 단지,

'이렇게 되었나!'

하고 이상해하는 양이다.

당장 눈앞에 송장이 두 개나 나가동그라져 있고, 그리고 제 손으로다가 죽이기는 죽였으면서, 그러나 지금 마음 같아서는 아무리 해도 제 자신이 저지른 일인 성싶지가 않던 것이다.

---

156 방치질 : ③⑤ 방망이질
157 흡뜨다 : 흡뜨다. 채만식은 앞에서 '흡뜨고'라는 말을 썼는데 여기서는 '흡뜬다'라는 말을 쓰고 있다. 채만식 당시에 두 말을 혼용했다고 짐작해볼 수 있다. 표준국어대사전에는 '흡뜨다'가 '흡뜨다'의 북한어라고 되어 있다.

그는 손에 쥐고 있던 피 묻은 방치[158]를 힘없이 떨어뜨리면서 넋을 잃고 우두커니 서서 있다. 그리고 미구에[159] 순사가 달려와서 고랑을 채울 때까지도 그렇게 서서 있었다.

한편 형보는……

그처럼 전화로 탑삭부리 한 참봉한테 고자질을 하고는, 시치미를 뚜욱 떼고 제 방으로 들어가서 누웠노라니까 가슴은 좀 두근거려도, 오래 끌던 일이 아무려나 인제는 끝장이 나나 보다고 속이 후련했다.

그는 안방에서 태수와 초봉이가 재미나게 놀고 있는 것을 귀로 들으면서,

'오냐, 마지막이니, 맘껏 놀아라.'

하고 싱그레 웃었다.

아홉 시가 되어 태수가 게다를 딸그락거리고 나가는 것을 그는,

'이 녀석아, 그게 바로 지옥[160]으로 난 길이다.'

하고 또 웃었다.

태수를 따라 나갔던 초봉이가 대문을 잠그고 들어오는 소리가 들렸다. 형보는 어둔 속에서 혼자 싱글벙글 웃으면서, 저 혼자 속으로 주거니 받거니 야단이다.

'인제는 네가 처억 내 것이란 말이지?'

'아무렴, 그렇구말구.'

'그러면…… 오늘로 아주 내 것이 될 테라?'

'물론 오늘 저녁으로 조처를 대야지…… 그래서 인감증명을 내놓아야, 딴 놈이 손도 못 댄단 말이었다.'

---

158 방치 : ③⑤ 방망이
159 미구에(未久-) : 얼마 오래지 아니하여.
160 지옥 : ①② 감옥

미리서 계획이 없다고 하더라도, 그는 제 말대로 이미 제 것이 되어 있는 초봉이를 바로 안방에다가 혼자 두어 두고서 그냥은 견디기가 어려웠다.

그는 초봉이가 잠이 들기를 기다렸다. 시간을 기다리자니 무던히 지리하기는 했어도, 그는 끄윽 참고 기다렸다.

아홉 시가 지나고 다시 열 시를 치는 소리가 들리자, 이만하면 초봉이가 잠도 들었으려니와 가령 태수가 오늘 밤에 무사해서 돌아온다더라도 한 시간은 여유가 있겠은즉, 꼬옥 좋을 때라고 생각했다.

'불시로 돌아오면?…… 또 나중에 알고 지랄을 하면?'

'이놈! 꿈쩍 마라, 이렇게 엄포를 해주지?…… 오늘 저녁에 무사히 돌아온대도, 내일 아니면 모레는 때갈 텐데.'

형보는, 태수가 설혹 잡혀가서 문초를 받더라도 소절수 심부름을 해준 형보 제 이름은 결단코 불지 않으려니 하고, 그의 처음 다짐한 말도 말이거니와 의리를 믿고서 의심을 않는다.

이런 것을 보면 그는 악독할지언정 둔한 편이지, 결코 영리하거나 치밀하진 못한 인물이다.

그래 아무튼 만사태평으로 유카다 앞을 여미면서 살그머니 문을 열고 나선다. 조용하다.

"아즈머니 주무시우?"

막상 몰라 나직한 목소리로 불러 본다.

아무 대답이 없는 것을 보고는 살금살금 걸어서 안방 미닫이 앞으로 간다. 귀를 기울여 본다. 고요한 방 안에서 확실히 잠든 숨소리가 사근사근 들려온다.

형보는 약간 가슴이 두근거리는 것을 어찌하지 못하고 살그머니 미닫이를 열고서 우선 고개만 들이민다.

오십 와트의 전등을 연초록 덮개로 가린 은근한 불빛 아래, 흐트러진 타월 자리옷과 남색 제병 누비이불 위에다가 아낌없이 내던진 하얀 넓적다리며, 머리칼이 몇 낱 흐트러져 내린 평화로운 잠든 얼굴, 이것을 구경하는 것만도 형보한테는 우선 중값[161]이 나가는 향락이다.

초봉이는 초저녁에 태수가 나간 뒤로 바로 잠이 들었었다. 그는 오래간만에 혼자 자리에 누워 보니, 사지가 마음대로 뻗어지고, 후텁지근하지 않고 한 것이 어떻게나 편한지[162] 몰랐다. 그래서 그는 마음 놓고 편안히 잠이 들었던 것이다.

억척이요 얌전하다는 그의 모친 유 씨는 딸을 학교에 보내는 승벽은 있어도, 딸더러 시집을 가서 남편 없이 있을 때는 어떻게 하고 잠을 자야 한다는 것은 가르칠 줄을 몰랐었다.

형보는 이윽고 싱긋 웃고는 방으로 들어서서 미닫이를 뒤로 소리 없이 닫는다. 초봉이가 깨서 앙탈을 하더라도 그것을 막이할 준비는 되어 있지만, 그래도 그는 조심조심 걸어 내려가서 전등 스위치를 잡는다.

그는 아까운 듯이 한 번 더 초봉이의 잠든 맵시를 내려다보다가는 딸깍 전등을 꺼버린다.

....

....

초봉이가 경풍이 나게 놀라 몸을 뒤틀면서 소리를 지르려고 할 제는 억센 손바닥이 입을 틀어막았다. 그러고는 바로 귓바퀴에서 재빠른 소리로 숨가쁘게……,

"쉿! 떠들면 태수가 죽어…… 태수는 시방 싸전집에서, 그 집 여편네하구 자구 있으니깐……, 그리니깐 내가 나가서 한마디만 쑤시면 태수는 남

---

161 중값(重-) : 비싼 값.
162 편한지 : [1][2][3] 편하든지   [4] 편하던지   [5] 편안하던지

편 한가한테 맞아죽는단 말이야. 태수를 죽이잖으려거든 괜히 꼼짝 말구 가만히 있어야 해!"

초봉이는 경황 중이라, 이 말을 조곤조곤 새겨서 그 진가[163]를 분간할 겨를은 없으면서도, 그러나 거듭쳐 놀라운 것만은 사실이어서 다만 정신이 아찔했다. 하는 동안에 형세는 여전하고 조금도 여축[164]이 없다.

대체 이러한 경우에는 어떻게 해야 하는 것인지 전연 할 바를 알 수가 없다.

그는 다급한 나머지,

'어머니는 이런 것도 아시련만!'

하는 생각이 언뜻 났으나 물론 아무 소용도 없었다.

아무리 용을 썼자 일은 그른 줄 알면서도 그는 몸을 뒤틀어 댄다. 그러나 종시 꼼짝도 할 수가 없다.

소리는 어쩐지 지르기가 무섭기도 하려니와, 지르자 해도 입이 막혔다.

원 세상에 이럴 도리가 있을까 보냐고 안타깝다 못해 죽을힘을 다 들여 가까스로 몸을 한 번 비틀면서,

"으으응."

소리를 쳤으나, 미처 힘도 쓰다가 말고 고만 그대로 까무러쳐 버렸다.

초봉이가 다시 정신이 들었을 때에는 마침 열두 시를 쳤다. 그는 아까 일이 꿈결같이 아득하여 도무지 정말인가 싶지 않았다.

그렇게 생각하면 허망하다 못해 혹시 정말로 꿈이나 아니었던가 하여 새삼스럽게 정신이 드는 것이지만, 그러나 아득할 따름이지 분명히 꿈은 아니요 어엿한 생시다. 생시여서 몸은 그렇듯 (허망한 게 곧잘 미덥지도

---

163 진가(眞假) : 진짜와 가짜를 아울러 이르는 말.
164 여축 : ④⑤ 유축
　　　 : 여축(餘蓄). 쓰고 남은 물건을 모아 둠. 또는 그 물건.

않은 순간의 소경사이었음에 불구하고 결과 되어 나타난 사실은 너무도 똑똑하여) 절대로 무시해 버리거나 씻어 버리거나 하지를 못할 영원한 더러운 것이 되고 말았다.

초봉이는, 어둠 속에서도 제 몸뚱이가 내려다보이는 것 같아 오싹 진저리를 친다. 더럽고 꺼림한 게 사뭇 구역이 나는 것 같았다.

그는 가마솥의 쩌얼쩔 끓는 물에다가 몸뚱이를 양잿물이라도 두어 가면서 푹푹 삶아 냈으면 한다. 아니 그것도 시원칠 않으니, 드는 칼로 어디를 싹싹 도려냈으면 한다.

그러나 생각하면 가사 그 짓을 한다고 한들 엎지른 물이 도로 담아질 것이 아니요, 하니 속 후련할 것은 없을 노릇이다.

'그러면 대체 어떻게 하는고?'

조지듯165 스스로 묻는 말에, 기다리고 있던 듯이 대번 서슴지 않고 나오는 것이,

'죽어야지!'

하는 대답이다.

죽어야 하겠고, 죽어서 잊어버리기나 하지 않고는 도저히 마음을 견뎌낼 수가 없을 것 같았다.

이것은 한 개의 순수한 결벽이다. 이 결벽으로 하여 죽음을 뜻한 초봉이는, 죽어야 할 또 하나의 다른 이유를 깨닫고,

'옳다! 죽어야 한다!'

하면서 아랫입술을 지그시 문다. 그제야 정조라는 것——남의 아낙으로서 정조를 더럽혔다는 것——을 생각하게 되었던 것이다.

초봉이는 손으로 어둔 발치를 더듬더듬, 벗어 놓았던 옷을 걸어 입고,

---

165 조지다 : 일이나 말이 허술하게 되지 않도록 단단히 단속하다.

도사리고 앉아 한 팔로 턱을 괸다.

죽기로(결심이 아니라, 죽어야 한다고) 하고 나니 비로소 뭇 생각과 감정이 복받쳐 오른다.

분하기가 이를 데 없다. 그 생김새부터 흉악한 저놈 장 가 놈한테 이 욕을 보다니, 그리고서 속절없이[166] 죽다니, 당장 식칼이라도 들고 쫓아가서 구렁이같이 징그럽고 미운 저놈을 쑹덩쑹덩 썰어 죽이고 싶은 생각이 물끈물끈[167] 치닫는다.

그렇지만 만약에 그랬다가는 내 부끄러운 것이 내가 죽은 뒤에라도 드러나고 말 테니, 또한 못할 노릇이다. 속 시원하게 원수풀이도 못 하다니 가슴을 캉캉[168] 찧고 싶다.

대체 이이는 어떻게 된 셈인고? 장가 놈이 말한 대로 한 참봉네 집엘 가서 정말 그렇게 하고 있는가?

설마 그럴라구? 장 가 놈이 괜히 꾸며 댄 허튼 소리겠지. 그렇다면 어째서 그따위 소리에 가뜩이나 기가 질려 가지고는 맘껏 항거라도 해 대질 못했던고!

분한지고! 이 원한을 못 풀고 그대로 죽다니. 내가 소리 없이 이렇게 죽어 버리면 어머니 아버지며 동생들은 오죽 놀라고 설워하리.

어느 결에 눈물이 맺혀 내리고 절로 울음이 솟아쳐 나오는데, 그럴 때에 마침 요란히 대문 흔드는 소리가 들렸다.[169]

---

166 속절없이 : 단념할 수밖에 달리 어찌할 도리가 없이.

167 물끈물끈 : 생각이나 느낌 따위가 불쑥불쑥 생기는 모양.(임)

168 캉캉 : 크게 또는 깊이 찌르거나 박거나 찍는 꼴.(임)

169 그렇게 생각하면 허망하다 못해 혹시 정말로~ 소리가 들렸다.(18단락)
 : ①② 그러케 생각하면 제발 꿈이옵소사 하고 바래지지만 그러나 아득해서 그러치 꿈은아니요 어엿한 생시다.
  그는 제몸동이가(②몸둥이가) 마루 순식간에 아주 썻지못할 더러운 것이 되엇느니라 초봉이는 울음을 꿀꺽 삼키면서 반사적으로 일어서기는 했으나, 대답을 하고 나올 염을 못하고 그대로 선 채 당황하여 어쩔 줄을 몰라 한다. 남편을 대할 수가 없다는 것이다.

그는 가슴이 맞방망이 치듯 두근거리고, 어째서 진작 목을 매든지 찻길이나 선창으로 나가든지 하질 않고서 여태 충그리고[170] 있었더란 말이냐고, 당장 목을 맬 밧줄이라도 찾는 듯이 방 안을 둘러본다.

그러자 연거푸 대문을 흔드는 사이사이에,

"여보오 여보, 문 좀 열어요!"

하면서 부르는 음성이며 말투가, 분명 태수가 아닌 것을 퍼뜩 깨달았다.

초봉이는 남편이 돌아온 게 아닌 것이 섬뻑 마음이 놓이더니, 그러나 이어, 그와는 다르게 새로 가슴이 더럭 내려앉았다.

생각하니 태수한테대한 죄스러운생각이 맨먼점 아플섯다.

'그러면 어떠케하나?'

이러케 저러러 물을때에 서슴지안코 나오는 것은

'죽어야지'

하는 대답이다.

대체 그일이 어찌어찌하니까 남편한테 죄스럽다거나 그러고 또 어찌어찌하니까 죽어야한다는 이유는 알지도 못하거니와 생각해보려고도 아니했다.

이러케 더퍼노코 하느느 금새니까 그는 죽겟다는결심도 주저업시 선뜻 드러섯다.

죽을 결심을하고 인제 죽느니라 생각하니 비로소 일 당한 것이 분하고 안탁가워 눈물이 솟다저내렷다.

그는 분한깐으로는 식칼이라도 가지고 건너가서 그 구렝이가티 징그럽고도 미운 형보를 숭덩숭덩 쓸어죽이고 그러고 죽어야 속이 후련할것가탔다. 이가 보도독 갈렷다.

그는 옷을 주어입고 이러나안젓다. 못생각이 가슴에 벅친다.

그는 일변 태수가 원망스럽기도햇다. 만약 형보가 하든말이 정말이라면 어쩌자고 그런짓을하며 그러느라고 집을 비어노핫다가 이런일을 당하게하는고 시펏든것이다.

그러나 다시금 생각하면 역시 형보가 능글능글하게 꾸며댄것이겟지 그럴리가 업슬것도 가텃다.

그러타면 더욱이나 무슨 얼굴로 남편을 대하랴시커 그는 남편이 도라오기전에 진즉 자결을 하는 것이 도리라고 마음이 조급해젓다.

170 충그리다 : 충거리다. 꾸물거리거나 머뭇거리다.(임)

그러면 장 가 놈이 하던 소리가 빈말이 아니고 무슨 탈이 난 것인가, 이런 의심이 들면서 그는 더 지체할 경황이 없이 가만가만 대문간으로 밟아 나온다.

"누구세요?"

초봉이의 음성은 저도 알아보게 떨렸다.

"이게 고태수 집이래지요?"

대문 밖에서 되묻는 건 갈데없는 순사의 말씨다. 마침 철그럭 하는 칼소리까지 들린다.

인제는 장형보의 하던 소리와, 그리고 무슨 탈이 났다는 것은 더 의심할 여지도 없다. 그러나 어떻게 돼서?

혹시 장 가 놈이 내가 까무러쳤던 사이에 나가서 뒤로 무슨 흉계를 꾸몄다면 모르지만, 그러나 나를 그래 놓고서 억하심정[171]으로 그렇게까지 할 머리도 없는 게 아닌가?

또 몰라, 그놈의 짓이니…… 그렇지만 그동안이 얼마나 된다고 어느 겨를에 나갔다가 들어오며…….

초봉이는 머릿속이 혼란한 채, 밖에서 재촉하는 대로 대문을 열었다. 역시 시꺼먼 순사가 외등불 밑에 우뚝 섰다.

"고태수, 집에 왔소?"

"네, 저어……."

"응…… 그러면 저어, 오늘 저녁에 개복동 한 서방네 집에, 그 집 안집에, 에 또, 간 일 있소?"

"네에."

---

171 억하심정(抑何心情) : '도대체 무슨 심정이냐'라는 뜻으로, 무슨 생각으로 그러는지 마음을 알 수 없음을 이르는 말.

"응, 응……."

순사는 다 알겠다는 듯이 고개를 끄덕끄덕[172]하더니,

"……그러면 저기 도립병원에 가 보시우."

"네에?"

초봉이가 소리를 짜내면서 대문 밖으로 쏟쳐 나가는데 순사는 벌써 돌아서서 가고 있고, 여태 순사 뒤에 가 가려 섰다가 조그맣게 나서는 게 탑삭부리 한 참봉네 집의 계집아이다.

"오! 너!…… 그래서?"

초봉이는 숨차게 외치고, 계집아이도 초봉이 앞으로 와락 달려든다.

"저, 이 댁 서방님이……."

계집아이는 떨리는 음성으로 말을 내다가 힐끗 순사를 돌려본다. 순사는 돌려다보지도 않고 멀찍이 가고 있다.

"그래서?"

"이 댁 서방님이, 저어……."

"으응, 그래서?"

"저어, 아주 돌아가시게……."

"머어?"

초봉이는 정신이 아찔하여 몸이 휘둘리면서 쓰러지려고 하는 것을, 겨우 대문 문지방에 등을 지이고[173] [174] 선다. 그는 머릿속에 더운 물을 들어부은 것 같아 욱신거리기만 했지 잠시 어떻게 할 바를 몰랐다.

"아니, 웬일인가요?"

등 뒤에서 게다 끄는 소리가 달그락거리더니 형보가 뛰어나온다. 그는

---

172 끄덕끄덕 : ④⑤ 끄덱끄덱

173 지이고 : ⑤ 지고

174 지이다 : '기대다'의 의미로 쓰고 있음.

허둥지둥하기는 해도, 아까 안방에서 건너간 뒤에 아직 잠을 자지 않고 있었고, 그랬기 때문에 대문간에서 웅성거리는 말소리를 대강 다 알아듣고도 물론 짐짓 의뭉을 피우던 것이다.

"……너 웬일이냐?"

형보는 초봉이가 넋을 잃고 섰는 것을 힐끔 돌려다보다가 계집아이 앞으로 다가선다.

"저어, 이 댁 서방님이 다아 돌아가시게 돼서, 저어 병원으루……."

"머어? 어째?……"

형보는 허겁스럽게 놀라는 체하는 것이나 속으로는, 일은 썩 묘하게 맞아떨어졌다고 좋아 죽는다.

"……거 웬 소리냐?…… 대체 어떻게 된 일인데?……"

"저어, 우리 댁 나리가……."

"응, 느이 댁 나리가?"

"이 댁, 서방님을……."

"그렇게…… 저어 뭣이냐, 돌아가시게 해 놨단 말이지?"

"내애."

"내애라께?…… 아니 글쎄……."

"그리구 우리 아씨는 아주 그 자리서 돌아, 돌아가시구……."

계집아이는 비죽비죽 울기 시작한다.

형보는 여편네 김 씨까지 그렇게 되었다는 것은 뜻밖이었으나 역시 그럴 듯하기는 했다.

초봉이는 어느 틈에 큰길로 두달음질을 치고 있다.

"그럼 너는 느이 집으루 가 보아라. 이 댁 아씬 내가 모시구 병원으루 갈 테니……."

형보는 계집아이더러 말을 이르고서, 초봉이를 따라가느라고 유카다 자락을 펄럭거린다.

초봉이는 제가 병원엘 간다기보다도 등 뒤에서 딸그락거리고 따라오는 형보한테 쫓기어 반달음질을 치고 있다.

'이놈아, 이 천하에 무도한 놈아! 네가 이놈 나를…… 그리고 내 남편을…….175'

초봉이는 돌아서서 이렇게 저주를 하고, 그의 죄상을 낱낱이 헤어가면서 목청껏 외치고 싶었다. 그럴라치면 길 가던 사람, 잠자던 사람 할 것 없이 숱한 사람이 모이고, 그 여러 사람들이 모두 달려들어 형보를 죽도록 때려 주고 걷어차고 할 것이고…….

게다를 신었어도 사내의 걸음이라, 몇 십 간176 가지 못해서 형보는 초봉이와 나란히 섰다.

"자동차라도 얻어 탑시다?"

형보는 혹시 지나가는 자동차라도 없나 하고 앞뒤를 휘휘 둘러본다.

초봉이는 물론 들은 체도 않고 씽씽 가기만 한다.

"허, 그거 원!……"

형보는 따라오면서 혼잣말로 자탄하듯177 두런거린다.

"……원 그럴 도리가 있더람!…… 그거 원 참!…… 그래, 어쩐지 전에두 보기에 위태하더라니!…… 글쎄, 결혼두 하구 했으면서 그런 위태한 짓을 할 게 무어람? 사람이 좀 당돌해서…… 당돌해서 필경 일을 저질렀어!"

실상 초봉이는 태수의 생명이 지금 어떻게 되었는지 애가 타기는 했어도, 일변 어찌 된 사맥인지 그것이 궁금하지 않을 것은 아니다.

"그러나저러나 간에……"

---

175 네가 이놈 나를~내 남편을……. : ①② 네가……
176 간(間) : 길이의 단위. 한 간은 여섯 자로, 1.81818미터에 해당한다.
177 자탄하다(自歎--/自嘆--) : 자기의 일에 대하여 탄식하다.

형보는 인제는 바로 대고 초봉이더러 이야기를 건넨다.

"……실상, 고 군이 오래잖아서 아무래도 죽기는 죽을 사람이었으니깐
요……."

'무어야?'

초봉이는 종시 못 들은 체하기는 해도 속으로는 대꾸를 않지 못한다.

"……은행 돈을 수우수천 원을 범포를 냈지요. 남의 소절수를 위조해 가
지구설랑……."

'이 녀석이, 한단 소리가!'

"……그래 그것이 오래잖아 탄로가 날 테니깐, 그럴 날이면 창피하게 징
역살이를 하느니 차라리 죽어버린다구 그랬더라우. 오늘 아침에두 당신이
부엌에 내려간 새 나하구 그런 이얘길 한걸?…… 행화두 태수가 죽는닷 소
리는 육장 들었습넨다. 행화두 실상은 태수가 상관하던 계집인데 것두 여
태 모르구 있습디다그려?……"

'무엇이 어째?'

"……저의 집이 재산가요, 과부의 외아들이요, 전문학교 출신이요, 그게
다아 당신허구 결혼할려구 꾸며 낸 야바우 속이라우, 야바우 속…… 보통
학교만 겨우 마치구서 서울 ××은행 본점 급사루 들어갔다가 십 년 만에 행
원이 된 걸, 흥!……"

'아니, 무엇이 어째?'

"……그리구 즈이 집은, 집두 터두 없어서 즈이 어머닌 머 어디라던가,
남의 셋방을 얻어가지구 산답니다. 그날 혼인날 말이요, 내려오지두 않은
걸 보지? 내려오기는커녕, 혼인한다는 기별두 않은걸!……"

'거짓말 마라, 이 녀석아[178]!'

---

178 거짓말 마라, 이 녀석아 : ①② 흥

"……이 군산 바닥엔 그 사람네 본집이 어덴지 아는 사람이라구는 하나 두 없어요. 당신한테두 아마 가르쳐 주지 않았으리다……."

'이 녀석아, 누가 네한테 그따위 개소릴 듣쟀어[179]?'

초봉이는 형보가 미운 데다가 일이 안타까워서 그러는 것이지, 역시 형보의 말이 다 곧이들리지 않는 것은 아니다.

"……그러니 말이오. 다아 속내평[180]이 그래서, 당신두 억울하게 속아 가지구, 말하자면 신세를 망친 셈이지요!……"

'무슨 상관이야?'

"……그리니깐, 그저 지나간 일일랑 다아 잊어버리구서, 맘을 가라앉히시우. 내가 있는 이상, 장차에 살아갈 걱정은 할라 말구……."

'아니, 이 녀석이 가만 두어두니까, 점점……'

초봉이는, 형보가 인제는 바로 제 계집이 다 된 양으로 그렇게까지 말을 하는 수작이 하도 어이가 없어, 대체 어떻게 생긴 낯바대기[181]를 하고서 이러느냐고, 침이라도 태액 뱉어 주고 싶은 것을 겨우 참는다.

"……집두 기왕 얻어 논 거요, 살림두 그만큼 채린 것이니, 일부러 그걸 떠헤치구 다시 채릴려구 할 거야 무엇 있소?…… 되려 심상이지, 머……."

"듣기 싫여!"

초봉이는 참다못해 발을 구르면서 한마디 외친다. 그 끝에 그는,

'내가 네 간을 내먹자면, 네 계집 노릇이라도 해야 하겠지만, 그럴 수가 없으니 차라리 안타깝다.'

고까지 부르짖고 싶었던 것이다.

형보는 좀더 사람이 영리했다면, 지금 이 경황중에, 더구나 태수의 흠을

---

179 네한테 그따위 개소릴 듣쟀어 : ①② 네소리를 고지들어
180 속내평 : 속내.
181 낯바대기 : '낯'을 속되게 이르는 말.

들추어내 가면서 초봉이를 달래려 들지는 않았을 것이다.

182이윽고 도립병원엘 당도하여, 형보는 뒤에 처져서 순사가 묻는 대로, 저 여자는 피해자 고태수의 아낙이요, 또 나는 한 집에서 지내는 그의 친구라고 온 뜻을 설명하고, 초봉이는 그대로 치료실 안으로 한 걸음 들여놓았다.

방금 맞은편에 있는 진찰대 옆에서는 간호부가 흰 홑이불로 태수의 몸뚱이를 머리까지 덮어씌우고 있을 때다.

그 흰 홑이불이 바로 죽음 그것임을 암시하는 것 같아, 초봉이는 머리끝이 쭈뼛하고 다리가 허든거렸다[183] [184].

그는 무엇에 질리듯, 더 들어서지 못하고 그 자리에 멈칫 멈춰 선다.

마침 의사가 귀에서 청진기를 떼어 들고 돌아서면서, 이편 쪽으로 걸상을 타고 앉은 경부보[185]더러 나른하게,

"もう 駄目です[186]!(운명했습니다!)"

란 말을 한다.

그러다가 마침 들어서는 초봉이를 힐끔 건너다보더니, 이어 본숭만숭[187] 커다랗게 하품을 씹는다. 경부보는 직업에 익은 대로 초봉이의 위아래를 마슬러보다가……,

"고태수노, 오카미상 요?[188]"

---

182 [1][2]는 이 부분에서 '待避線(1)'이 시작되고 있다.

183 허든거렸다 : [3] 허둥거렸다

184 허든거리다 : 다리에 힘이 없어 중심을 잃고 이리저리 자꾸 헛디디다.

185 경부보(警部補) : 대한 제국 때에, 경부의 아래, 순사 부장의 위에 있던 판임 경찰관.

186 もう 駄目です : [3] 모오 다메데스   [5] 모우, 다매대스

187 본숭만숭 : 건성으로 보는 체만 하고 주의 깊게 보지 않는 모양.

188 고태수노, 오카미상 요? : 고태수の, おかみさん(女将様) よ? 고태수의, 안주인(아내)이요?

"네에."

초봉이의 대답은 절로 떨리면서 목 안으로 까라진다[189].

"우웅……."

경부보는 고개를 끄덕끄덕하다가 턱으로 저편 침대께를 가리킨다.

초봉이는 머릿속이 무엇 두꺼운 헝겊으로 한 겹을 가린 것같이 멍하여 차근차근 사려를 갖는다든가 할 수가 없고, 경부보가 턱을 들어 가리키는 대로, 마치 최면술에 걸린 사람처럼 휘청휘청 진찰대 옆으로 다가간다.

간호부가 조용히 홑이불 자락을 걷고 얼굴만 보여 주면서, 삼가로이[190] 목례를 한다. 직업도 직업이려니와 애틋한 어린 미망인에 대한 같은 여자 로서의 동정과 조상[191]이리라.[192]

태수의 얼굴은, 왼편 이마가 으깨어지듯 터져 피가 번져 나왔고, 같은 왼편 광대뼈가 시퍼렇게 피멍이 져서 부풀어 올랐고, 머리에서 피가 흘러 내린 자국[193]만 얼굴에 남았지, 머리털이 있어서 상처는 보이지 않았다.

그러나 피 묻은 얼굴은 흉헙게[194] 뒤틀리고, 눈과 입을 반만 감고 벌린 채, 숨이 져서 있는 꼴은 첫눈에 소름이 쪽 끼쳤다.

초봉이는 반사적으로 외면을 하려다가 뒤에서 보는 사람들을 여겨 못하 고, 두 손으로 얼굴을 싼다. 그리고는 순간만에 접질리듯 무릎을 꿇고 진 찰대 변두리[195]에다가 고개를 파묻는다.

서러운 줄은 모르겠어도, 눈물이 쏟아졌다. 눈물에 따라 어깨도 떨린다.

---

189 까라지다 : 기운이 빠져 축 늘어지다.
190 삼가롭다 : 삼가는 태도가 있다.
191 조상(弔喪) : 남의 죽음에 대하여 슬퍼하는 뜻을 드러내어 상주(喪主)를 위로함.
192 직업도~조상이리라.(이 문장 전체) : ①②에는 없는 내용이다.
193 자국 : ①②③④ 자죽
194 흉헙게 : ①②④ 숭헙게   ⑤ 흉하게
195 변두리 : ①②④ 변주리

그렇게 눈물이 먼저 나오고 어깨가 떨리고 해서 절로 울어지고, 울어지니까 비로소 서러워 온다.

무슨 설움인지 모르고서 울고 있는 동안에, 그제야 이 설움 저 설움 설움이 솟아나고, 분한 일, 안타까운 일, 막막한 일이 모두 생각나고, 그래 끝이 없는 설움에 차차 더 섧게 운다.

그것은 제 설움이 하 망극하여[196] 그렇겠지만, 그는 남편 태수를 슬퍼하는 정은 마음 어느 구석에고 돌지를 않았다. 보다도, 그는 그런 설움이야 없다는 사실을 깨닫지도 못했다[197].

형보가 이것저것 주변을 부렸다[198]. 자동차부에 전화를 걸어, 집 근처까지는 가지 못하는 자동차로 우선 둔뱀이의 정 주사네를 데리러 보낸 것도 그것이다.

그리한 지 한 시간이 넘어서야 복도를 우당퉁탕, 정 주사네 내외가 달려들었다.

초봉이는 그때까지도 진찰대 변두리[199]에 엎드려 울고 있었다.

정 주사네 내외는 첨에는 사위 태수가 죽었다는 단지 그것만을 알았고, 그래서 웬 영문인지를 몰라 어릿어릿했다.

형보가 시원시원하게 내달아서, 제가 들은 대로 사실 경위 이야기를 해주고는, 연달아 아까 초봉이를 쫓아 병원으로 오면서 하던 태수의 근지와 소절수 사건을 까집어[200] 내기를 잊지 않았다.

정 주사네 내외는 당장 눈앞에 태수가 송장이 되어 자빠졌다는 것 외에

---

196 망극하다(罔極--) : 어버이나 임금에게 상서롭지 못한 일이 생기게 되어 지극히 슬프다.
197 사실을 깨닫지도 못했다 : [1][2] 조건조차도 몰랐다
198 주변을 부리다 : 주변하다. 일을 주선하거나 변통하다.
199 변두리 : [1][4] 변수리   [2] 변주리
200 까집다 : 거죽을 까서 속에 있는 것이 드러나게 하다.

는, 모두가 반신반의스러웠다. 아니 도리어 미더운 편으로 기울기는 하나, 이 혼인을 정할 때 장사 밑천에 홀리어 사위의 인물의 흐린 점이 있는 것도 모른 체하고 '관주'를 주어 버린 자기네의 마음의 죄책을 다만 얼마 동안만이라도 회피하기 위하여, 우정 형보의 씨월거리는[201] 소리를 곧이듣고 싶지가 않았던 것이다.

그러나, 그러한 것은 아무래도 좋고 '날아가 버린 장사 밑천' 그것이 속절없어, 태수의 죽음은 하늘이 무너진 듯 아뜩했다.

"허! 흉악한 일이로군!"

정 주사가 천장을 올려다보면서 이렇게 탄식을 한다. 그것은 사위가 죽은 데 대한, 따라서 딸의 신세를 생각하는, 장인이요, 아버지의 상심(傷心)이 노상 아닌 것도 아니나, '날아가 버린 장사 밑천'이 더 안타까워,

"허! 허망한 일이로군!"

이라고 하고 싶은 심정이었었다.

---

201 씨월거리는 : [5] 씨부렁거리는

11. 대피선(待避線)

이튿날 석양.

태수의 시체 해부한 것을 받아 내왔다.

해부를 한 결과 사인(死因)은 뇌진탕이요, 그 외에 두개골 한 군데가 바스러지고, 갈비뼈 네 대가 부러지고 한 것 말고, 대소 타박상이 스무 군데나 넘는다고 했다.

그리고 대소변을 지린 것 외에는 위장 계통에는 아무 이상의 흔적이 없다는 것이다.

다음날 장례를 준비하는 중에 경찰서에서 몰려나와 가택 수사를 했다. 은행의 소절수 사건이 뒤집혔던 것이다.

증거물로 태수가 미처 없애지 못한 도장이며, 소절수첩이며, 편지 같은 것을 압수해 갔다.

모든 것이 횅하니 드러났다.

다시 그 이튿날 소란한 중에서 태수의 시체는 공동묘지의 일광지지[1]에다가 무덤을 장만했다.

관을 내리고, 파 올린 붉은 황토를 덮어 봉분을 쌓고, 제철이라서 푸르러 있는 떼를 입히고 하니 제물로[2] 무덤이 되던 것이다.

초봉이는 이 흙내 씽씽하고, 뗏장 꺼어칠한 무덤을 남기고 내려오다가, 그래도 끌리듯 뒤를 돌려다보고는 새로운 눈물을 잠잠히 흘리고 섰다.

낡고 새로운 무덤들 틈에 끼여 기우는 석양만 비낀 태수의 무덤, 이것이 저 가운데 여러 무덤과 한가지로 오늘 이 시각부터는 영영 무주총(無主塚)[3]

---

1 일광지지 : ⑤ 일광지대
2 제물로 : 그 자체가 스스로.
3 무주총(無主塚) : 무연분묘(無緣墳墓). 자손이나 관리해 줄 사람이 없는 무덤.

이 되어 버리느니 생각하면, 비로소 태수라는 인생이 불쌍했고, 그래서 그는 이 자리에서야 처음으로 태수의 불쌍함을 여겨 눈물이 흐르던 것이다.

그러나 그는 문득, 내가 어쩌면 이 무덤을 벌초 한 번이나마 해 주지 않을 요량을 하고서, 무주총일 것을 지레 슬퍼해 주는고 생각하니, 내 마음의 너무도 박절함이 부끄러웠다.

회심⁴ 끝에, 날이 인제 깊기⁵ 전에 꽃이라도 한 다발 갖다 놓아 주고, 일 년 한 차례 삯꾼을 사서 벌초라도 해 주려니 하는 마음을 먹어, 스스로 위로를 하면서 겨우 발길을 돌려놓았다.

집이라고 돌아는 왔으나, 휑뎅그렁하니 붙일성이 없다⁶ ⁷.

마침 또 경찰서에 불려가느라고 장례에도 나오지 못했던 형보가 아기작거리고 들어서는 꼴이, 선뜩한⁸ ⁹ 게 배암이 살에 닿고 지나가는 것처럼 몸서리가 치인다.

형보는 그새도 건넌방에 그대로 눌러 있었고, 앞으로도 그럴 배포다. 요행 유 씨와 형주가 밤에는 초봉이와 같이 자고, 낮에는 온 식구가 다 모이고, 그뿐 아니라 장례야, 경찰서 일이야 해서 일과 인목¹⁰이 분잡하기¹¹ 때문에 다시는 초봉이를 건드리거나 하진 못했다.

그 대신 안팎일에 제 일 못잖게 살뜰히 납뛰어¹², 정 주사네 내외의 환심

---

4 회심(悔心) : 잘못을 뉘우치는 마음.
5 깊다 : 시간이 오래다.
6 붙일성이 없다 : 1 2 부칠성이업섯다   4 부칠성이없다   5 붙임성 없다
7 붙일성이 없다 : 어디에 붙어 있을 만한 성질이나 수단이 없다.(임)
8 선뜩한 : 1 2 선득한   3 섬뜩한   4 선뜩 한
9 선뜩하다 : 갑자기 놀라서 마음에 서늘한 느낌이 있다.
10 인목(人目) : 사람의 눈. 남이 보는 눈.
11 분잡하다(紛雜--) : 많은 사람이 북적거려 시끄럽고 어수선하다.
12 납뛰다 : 날뛰다.

을 사기에 온갖 정성을 다하는 참이다.

태수의 모친한테는 누구 하나 발설을 해서 기별이라도 해 주자는 사람은 없었다. 장례날 초봉이가 겨우 생각이 나서 부친을 졸라 전보를 쳐 달라고 했으나, 정 주사는 '그런 죽일 놈'은 입에 붙이기도 싫었고, 주소를 모른다는 핑계로 방패막이를 하고 말았다.

초봉이, 정 주사, 형보, 그리고 행화 외에 기생이며, 몇몇 사람이 여러 번 경찰서에 불려 다녔다. 그러나 필경 다 무사하고 말았고, 그 중에 형보는 며칠씩 갇혀 있기까지 하면서 단단히 치의를 받았으나, 내내 모른다고 내뻗쳤다[13] [14].

그리하여 소절수의 심부름을 해 주던 사람, 즉 태수의 공범이 누구라는 것만 수수께끼로 남은 채 사건은 완구히 매듭을 짓고 말았다.

풍파가 인 지 보름이 지나고 차차 여름이 짙어 오는 유월 중순, 이슥하게 깊은 밤…….

옆에서 유 씨와 형주는 곤한 잠이 들었고 초봉이만 혼자서 이 생각 저 생각 구름 같은 생각에 잦아져 뜬눈으로 누워 있다.

형보에게 무도한[15] 욕을 보던 일이 그날 밤 그 당장에는 목숨을 끊자고까지 했던 크나큰 사단이었으나, 별안간 뒤를 이어 태수의 참변을 싸고도는 폭풍이 불어치자, 그는 무서운 그 타격에 풀이 꺾여, 결벽이나 정조쯤 가지고 자결을 하려 들 만큼 팔팔하던 기운은 그만 다 사그라지고 말았다. 하루아침에 사람이 늙어버렸다고 할는지, 아무튼지 그러고서 인제 와서는 이것이고 저것이고 간에 지나간 일이 남의 일처럼 아프지 않고 시쁘듬한

---

13 내뻗쳤다 : [1][2] 내뻐덧다   [4] 내뺐혔다   [5] 내뻗었다
14 내뻗치다 : 고집이나 주장을 꺾지 않고 세차게 내뻗다.
15 무도하다(無道--) : 말이나 행동이 인간으로서 지켜야 할 도리에 어긋나서 막되다.

게 곧잘 애를 삭일 수가 있었다.[16]

물론, 결혼 전의 고민으로부터 시작하여 태수와 결혼을 하던 것이며, 아무 멋은 모르겠어도 그다지 불행하진 않던[17] 열흘 동안의 신혼 생활이며, 그러다가 흉악한 형보에게 겁탈을 당하던 일, 태수의 불의지변[18]과 뒤미처 현로[19]가 된 온갖 협잡, 이리하여 마침내 곱던 무지개와도 같이 스러진 환멸, 이렇게 추어[20] 들어오노라면 헛짚은 생애의 첫걸음이 두루 애달프고 분하고 원망스럽고 하지 않은 것은 아니나, 결국 그 순간이 지난 뒤에는 막연한 게, 마치 언 살을 만지기[21] 같아 먹먹하지 그대도록 신경을 쑤시지는 않던 것이다. 연거푸 힘에 겨운 충격을 맞기 때문에,[22] 신경이 아프다 말고서 지레 지쳐버린 소치일 것이다.

지나간 일이 그렇듯 얼얼하기나 할 뿐이지, 모질게 결리거나 아프지 않는 것이 요행이어서, 그는 모든 것을 옛말대로 일장[23]의 꿈으로 돌리고 깨끗이 잊어버리자 했다——미상불 꿈 그대로 허망했던 것도 사실이니까.

지나간 일은 그러므로 그럭저럭해서 씻어 넘길 수도 있고 잊어버릴 수도 있는 것이지만, 그러나 되어가는 대로 내던져 두거나 걱정을 않고서 지

---

16 형보에게~있었다.(이 단락 전체)
　　: ①② 형보한테 겁탈을 당하든것이 그날밤 그당장에서는 죽어버리고 십두룩까지 큰 충동이엇기는 햇지만, 그러나 이어서 곳 태수의 참변을 싸고도는 폭풍이 불어젓고, 그 폭풍의 타격을 맛고난 지금에는 이상스럽게도 이것이고 저것이고 간에 모두가 꿈결가티 아득할뿐이엇섯다.
17 불행하진 않던 : ④ 불행하던 않던　　⑤ 불행하든 않든
18 불의지변(不意之變) : 뜻밖에 당한 변고.
19 현로 : ⑤ 탄로
　　: 현로(現露). 탄로(綻露). 숨긴 일을 드러냄.
20 추다 : 일정한 목표를 향하여 이동하다.
21 만지기 : ⑤ 만지기에
22 같아('만지기' 다음)~맞기 때문에, : ⑤에는 이 내용이 완전히 누락되어 있다.
23 일장(一場) : 주로 '일장', '일장의' 꼴로 쓰여 어떤 일이 벌어진 한 판. '한바탕'으로 순화.

내거나 할 수가 없게시리 절박한 것은 닥쳐오는 앞일이다. 지나간 일이야 마음 하나 둘러먹는 걸로 이렇게든 저렇게든 단념이 되는 것이지만, 앞일에는 신중한 계획과 한가지로 행동을 가져야 할 테니 말이다.

그리하여 그는 벌써 열흘을 더 넘겨 두고 밤이면 잠을 잊고 누워, 장차 어떻게 내 한 몸을 가눌 것인가, 어떻게 하면 억울하게도 짓밟혀버린 내 일생을, 아까운 내 청춘을 잘 다시 추어 올려 나도 남처럼 한세상을 보도록 할 것인가, 두루두루 궁리에 자지러져24 있는 참이다.25

환히 밝기만 한 오십 와트 전등불을, 눈도 아파 않고 간소롬히26 바라보면서 모로 누워 있는 초봉이는, 때와 공간을 완전히 잊어버리고 다만 머릿속에서만 뜬생각이 두서없이 오고 가고 한다.

옆에서는 모친 유 씨가, 형주로 더불어 가끔 몸 뒤치기는 해도, 딴 세상같이 깊은 잠이 들었다.27 28

때앵 때앵 마루에서 시계 치는 소리가 네 번째 나고는 그친다.

초봉이는 시계 치는 소리에 비로소 제정신이 들어,

"그럼, 군산을 떠나야지!"

하면서, 놀란 사람처럼 벌떡 일어나 앉는다. 그리 서두는 품이 방금 혼잣

---

24 자지러지다 : 어떠한 정도가 아주 심한 상태에 있음을 나타낸다.

25 그리하여~참이다.(이 단락 전체) : ①②에는 없는 내용이다.

26 간소롬하다 : 가느스름하다. 넓이가 좁고 가느다랗다(표준국어대사전에는 경북 방언이라 되어 있음).

27 옆에서는~들었다.(이 문장 전체) : ①②에는 없는 내용이다.

28 이 문장 대신에 ①②에는 두 단락의 다음과 같은 내용이 들어 있다.

　제일 간절한 것은 애매해[게도 으깨려저버린 내 일생을, 아까우니 내 청춘을, 도루 잘 추어 올려야하겟다는것이다.

　사람이 본시 소극적이어서 이런 경우에도 무슨 불타듯 타올르는 투지야 솟아나지는 안헛지만, 깜냥에 어떠케 해서든지 아프로 다시 되두룩이면 안전코 평화롭게 살어가겟다는 여망이 서리서리 서려는 잇든것이다.

말을 하던 대로 당장 옷을 차려 입고 뛰쳐 나설 것 같다.

²⁹불쾌한 기억이, 나 자신도 자신이려니와 남의 이목의 부끄러움이 오래오래 가시잖을 이 군산 바닥이 싫다. 더구나 장 가 놈이 있어서 위험하다. 하는 눈치가 앞으로 수월찮이 성가실 것 같다. 진작 피하느니만 같지 못하다.

서울…… 서울이면 좋을 것이다. 무엇이 어쩌니 좋으리라는 것은 모르겠어도, 그저 막연히 좋을 성부르다.

제호가 미덥다. 윤희를 생각하면, 역시 제호의 상점이든 회사든 붙어있기가 어려울 듯싶고 해서 불안한 게 아닌 것도 아니나, 일변 제호가 사람이 발이 넓고 변통성이 많은 사람인 만큼 어떻게 해서든지 일자리도 구해 주고 두루 애써 줄 것이다.

'그러면 내일이라도……'

마침내 군산을 떠날 작정을 하고 만다. 작정을 하고 나니 뒷일이야 그때 당해 보기로 하고 우선은 마음이 가뜬하여 맺혔던 한숨이 한꺼번에 시원하게 쉬어진다.

하다가 생각하니, 서발막대³⁰ 내둘러야 검불 하나 걸릴 것 없고³¹, 혹혹 불어 논 듯이 말짱한 친정을 그대로 두고 훌쩍 떠나기가 마음에 걸린다.

그러나 그렇다고, 내가 이 바닥에서는 직업을 얻기도 졸연찮거니와³² 그러기도 싫은 걸, 황차 어려운 친정집에 내 한 입을 더 얹어 놓고 우두커니 앉아 있을 수는 더욱이나 없는 노릇이다.

'차라리 내가 서울로 가서 차차 무슨 도리를 차리기로 하고……'

---

29 ⑤만 이 부분에서 단락 구분을 하지 않고 있다.
30 서발막대 : 표준국어대사전에는 '매우 긴 막대를 강조하여 이르는 말'로서 북한어라고 되어 있음.
31 서 발 막대[장대] 거칠 것 없다 : 서 발이나 되는 긴 막대를 휘둘러도 아무것도 거치거나 걸릴 것이 없다는 뜻으로, 가난한 집안이라 세간이 아무것도 없음을 비유적으로 이르는 말.
32 졸연찮거니와 : 쉽게 할 수 있는 상태에 있지 않거니와

친정 일도, 그걸로 걱정이나 하고 있었자 별수가 없을 터라 이만큼 요량만 하고, 하고 나니 다시는 더 돌려다 보이는 것도 없이 마침내[33] 책상 앞으로 다가앉아서 모친한테 편지를 몇 자 적는다.

편지 사연은, 마음이 울적하여 서울로 올라가니 달리 걱정은 말라고, 서울로 가서 다시 편지도 하겠지만, 집을 세 얻느라고 낸 보증금 오십 원을 도로 찾고, 또 살림도 값나가는 것은 쓸어 팔고 해서 가용에 보태 쓰라고, 그리고 내가 서울로 간 종적은 아무한테도 말을 내지 말라고, 끝에다가 긴히 당부를 했다.

편지를 다 쓴 뒤에 반지 두 개를 뽑고, 팔걸이시계를 풀고 해서 편지와 같이 봉투 속에 집어넣었다. 그럭저럭 날이 휘엿이 밝아서야 잠깐 눈을 붙였다.[34]

이튿날 아침, 열한 시가 되기를 기다려 초봉이는 모친더러 잠깐 저자[35]에 다녀오마 하고, 식모를 데리고 정거장으로 나왔다.

유 씨는 그동안 혹시 딸이 모진 마음이나 먹지 않을까 해서 늘 조심이 되었지만, 오늘은 식모를 데리고 나가는 것이, 제 말대로 저자에 다니러 가나 보다 하고 안심을 했다.

초봉이는 결혼한 뒤로는 이내 쪽을 찌고 있던 머리를 학생 머리로 고쳐 틀고, 옷은 수수하게 흰 모시 진솔 적삼에 검정 치마를 받쳐 입었다. 혼인 때 산 구두도 처음으로 꺼내 신고, 역시 혼인 때 태수가 사 준 파라솔과 핸드백을 가졌다. 돈은 태수가 일백오십 원가량 남겨놓고 죽은 것을, 백 원가량은 그 동안 장례를 치르느라고 없어졌고, 오십 원 남짓한 데서 삼십 원을 모친한테 쓴 편지봉투 속에 넣었다.

---

33 마침내 : ⑤ 마침 내
34 그럭저럭~붙였다.(이 문장 전체) : ①②에는 없는 내용이다.
35 저자 : '시장(市場)'을 예스럽게 이르는 말.

정거장으로 나오는 길에는 승재가 있는 금호병원께로 자꾸만 주의가 끌리는 것을 어찌하지 못하여 가뜩이나 마음이 어두웠다.

열한 시 사십 분 차가 거진 떠나게 되어서야 데리고 나온 식모에게다 집에 전하라고 편지를 주어 돌려보내면서, 그리고 딴 집을 구해 가서 부디 잘살라고 일렀다.

차가 슬며시 움직이자 이걸로 가위를 눌리던 악몽은 하직이요, 새로운 생애의 출발인가 하면 무엇인지 모를 안심과 희망이 조용히 솟는 것이나, 일변 너무도 호젓한 내 행색이 둘러 보이면서, 장차로 외로울 앞날이 막막하여, 그래도 군산을 떠나는 회포는 슬펐다.[36]

---

36 차가~슬펐다.(이 단락 전체)
: ①② 차가 슬몃이 움직이자, 아프로 외로울 마음이 아플 서고 해서, 그래도 군산을 떠나가는 회포는 슬펏다.

12. 만만한 자의 성명(姓名)은……[1]

초봉이가 이리(裡里)에서 호남선 본선을 대전(大田)으로 갈아타느라고 일
단 차를 내려 분잡한 플랫폼의 여러 승객들 틈에 호젓이 섞여 섰을 때다.

"아니, 이건 초봉이가!"

별안간 등 뒤에서 허겁스럽게 떠들면서 불쑥 고개를 들이대는 건 말대
가리같이 기다란 박제호의 얼굴이다.[2]

[3]"아저씨!……"

초봉이는 반가워서 절로 소리가 높았다. 남의 이목이 아니더면 덤쑥[4] 부
여잡고 싶게 이 뜻하지 못한 곳에서 제호를 미리 만난 것이 기뻤다. 제호
도 무척 반가워한다. 그러나 반가워서 싱글싱글 웃으면서도, 기다란 얼굴
은 표정이 단순치 않다. 그는 초봉이의 그동안 사단을 갖추[5] 알고 있던 것
이다. 초봉이도, 제호의 낯꽃이 심상찮은 것이 아마도 군산까지 왔다가 소
문을 들었나 보다 싶어, 이내 고개가 절로 수그러지고 만다.

"그래 어딜 가느라구?"

제호는 초봉이의 행색을 다시금 짯짯이 위아래로 훑어보면서 묻는다.

"거저 이렇게 나왔어요."

초봉이는 고개를 떨어뜨리고 서서 발끝으로 땅을 비빈다.

"거저?…… 아따 것두 할 만하지. 휘얼휠 바람두 쐬구 하는 게 좋구말구,

---

1 [1][2]에서는 '待避線' 장이 계속 이어지고 있고, 이 장 구분과 그 이름은 단행본에서 새롭
   게 이루어지고 붙여진 것이다. [5]의 제목에서는 말줄임표가 빠져 있다.
2 초봉이가 이리에서~박제호의 얼굴이다.(3단락) : [1][2]에 없는 내용이다.
3 [1][2]는 여기서부터 새로운 연재 회차(103회)가 시작되고 있다.
4 덤쑥 : 서슴없이 움켜쥐거나 입에 무는 모양. 덥석.(임)
5 갖추 : 고루 있는 대로.

제에기할 것…… 그래 잘했어…… 기왕 나선 길에 나하구 서울이나 구경두 할 겸 같이 가까?'

제호는 옆에서 사람들이야 듣거나 말거나 상관없이 요란하게 떠들어 댄다.

"그러잖어두 지금 저두……."

"서울루 간다?"

"네에."

"거 잘했어! 아무렴, 그래야 하구말구……."

초봉이는 기왕 말이 났던 끝이니, 또 아무 때 말을 해도 하기는 해야 할 것이니, 시방 그러지 않아도 아저씨를 바라고 서울로 가는 길이라고 이야기를 이 자리에서 미리 할까 말까 망설이는 참인데, 제호가 먼저 제 이야기를 부옇게 늘어놓는다.

저번에 서울로 올라간 뒤에 제약회사는 뜻대로 준비가 되어 가지고 며칠 아니면 영업을 시작하게 되었다는 것이며, 그래서 잠깐 일이 너끔한[6] 기회에 볼일로 고향인 서천(舒川)까지 왔었다는 것이며, 다시 어제 아침에 군산으로 건너와서 볼일을 보고 지금 서울로 가는 길인데, 군산항 정거장에서 차를 탔기 때문에 같은 차를 타고 오면서도 서로 몰랐다고, 이렇게 이야기가 싱겁거나 말거나 구수하니 지껄이고 있는데 마침 차가 들이닿았다. 둘이는 앞서거니 뒤서거니 차에 올랐다.

차는 비좁았다. 찻간마다 죄다 지나면서 보아도 두 사람을 나란히 앉혀 줄 자리는 없다.

제호는 한 손에 보스턴[7], 또 한 손에 과실 바구니를 갈라 들고 끼웃끼웃 앞서 가면서 연신 두덜거린다.

---

6 너끔하다 : 성하던 기세가 누그러지거나 약해지다.(임)

7 보스턴 : 보스턴백(Boston bag). 바닥이 편평하고 네모졌으며 가운데가 불룩하게 생긴 여행용 가방.

"이런, 제에기할 것. 철도국 친구들은 냉겨 먹을 줄만 알지 서비슨 할 줄 모른담?…… 아, 이 이런 놈의, 자리가 있어야지!…… 차장은 어디 갔누? 찻삯을 깎아 달라던지 해야지, 응?…… 제에기할 것."

아무리 제에기를 해도 빈자리는 종시 없다. 할 수 없이 되는 대로 이등 칸으로 들어섰다.

"자, 여기 아무 데나 앉게나. 이런 때나 이등차 좀 타 보지. 초봉이나 내나 돈 아까워서 언제 이등차 타겠나? 제에기할 것."

제호는 보스턴과 과일 바구니를 시렁에 얹고, 양복저고리와 모자를 훌러덩훌러덩 벗어젖힌다.

"제에기할 것. 자아 차플라컨 이리 달라구. 이따가 돈 더 주구서 이등차 표하구 바꿔야지…… 어때? 이등은 자리가 성글구 또 깨끗해서 좋지? 다아 돈만 있으면 이런 법야!"

초봉이는 삼등칸이 좁으니까 이등칸에 앉는 줄만 알았더니 그래도 차장이 와서 말썽을 하든지 하면 창피할까 싶어 편안한 이등차가 편안치도 않았는데, 돈을 더 주고 이등차표와 바꾼다고 하니, 지닌 시재[8]가 염려되고 속이 뜨악했다. 그러나 할 수 없이 핸드백에서 십 원짜리를 꺼내서 차표를 얹어 내놓는 것을, 제호는 손을 내저으면서,

"허어! 내가 초봉이한테 차 이등 한턱 못 쓸 사람인가?…… 자아 돈일라컨 도루 집어넣구, 차표만."

허겁을 떨고[9] 차표만 뺏어간다.

정거장의 성가신 혼잡과 훤화[10]를 털어 버리고 차가 달리기 시작하자, 창으로는 시원한 바람이 아낌없이 몰려든다. 창밖은 한창 살이 지려는[11][12]

---

8 시재(時在) : 당장에 가지고 있는 돈이나 곡식.

9 허겁(을) 떨다 : 호들갑(을) 떨다.

10 훤화 : ①②④ 헌화   ⑤ 허화

여름이 한 빛으로 초록이다. 논에는 벌써 완구해진 모포기가 어디고 가조롱하다[13]. 잔디풀 우거지는 산모퉁이의 언덕 소로에서, 머리에 보따리를 인 촌노파가 우두커니 차가 달리는 것을 보고 섰는 것도 초봉이에게는 기특한[14] 풍경이다[15].

초봉이는 이렇게 묻뜨리고[16][17] 뛰쳐나와서, 찻간에 몸을 싣고 첫여름의 싱싱한 풍경을 구경하면서 훨훨 달리는 것 이것 하나만 해도 그 불쾌한 군산 바닥에 처박혀 속을 썩이느니보다 훨씬 나은 성싶어 마음은 이윽고 거뜬해갔다.

"나는 참……."

제호는 차표를 바꾸느라고 차장을 찾아갔다가 돌아오더니, 선반의 과실 바구니를 내려 가지고 앉으면서 이야기를 꺼낸다.

"……고, 배라먹을 여편넬 즈이 집으로 쫓아 버렸지, 헤헤헤, 제에기할 것."

"네에? 아아니 왜?"

초봉이는 놀라 묻기는 하면서도, 제호의 좋아하는 속이 그러려니 짐작이 가지고, 겸하여 초봉이 저한테도 아무튼지 일이 천만 다행스러웠다.

"그깐 놈의 여편넬 그것 쫓아 버리기나 하지 무엇에 쓰누?…… 에잇 그놈의……."

윤희를 쫓아 보냈다는 것은, 그러나 말투요, 실상인즉 일 년 작정을 하

---

11 지려는 : ⑤ 쩌려는
12 지다 : '쩌다'의 옛말.
13 가조롱하다 : 가지런하다.(임)
14 기특하다 : 여기서는 '기이하고 특별하다' 정도의 의미로 쓰고 있음.
15 창밖은~풍경이다.(3문장) : ①②에는 없는 내용이다.
16 묻뜨리고 : ③ 메때리고   ④ 묻디리고
17 묻뜨리다 : '묻다'의 힘줌말.(임)

고 별거를 하기로 했던 것이다. 그것은 오랜 계획이었었다.

윤희는 제 자신의 히스테리라든지, 또 부인병에서 생기는 전신의 쇠약이라든지 그것을 잘 알고, 겸하여 그러한 신경과 건강을 가지고 그대로 부부생활을 계속하는 것이 우선 저를 위하여서도 좋지 못한 것도 충분히 알고 있었다. 그래서 요전번에 서울로 이사를 해 가는 기회에 별거를 하기로 진작부터 제호와 의논이 있어 왔었다. 그런 때문에 제호가 초봉이를 서울로 데리고 가려는 것을 한사코 막았던 것이다. 초봉이뿐 아니라 도대체 제호라는 위인의 행실머리가 미덥지 못했지만, 초봉이 일만이라도 제 뜻대로 한 것을 적이 마음 놓고, 청진동에다가 살림만 차린 뒤에 이내 친정인 신천으로 내려갈 수가 있었다.

떠나기 전에 그는 제호를 잡아 앉히고 가로되, 오입을 하지 말 일, 물론 첩을 얻어 들이지 말 일, 가로되 술을 먹고 다니지 말 일, 가로되 한 달에 세 번씩 편지를 할 일, 그리고 그 밖에 별별 옴두꺼비[18] [19] 같은 것을 다 다짐을 받았다.

제호는 그저 머리를 조아리면서, 네에 네[20] 대답을 했다. 한 일 년 그렇게 별거를 하는 동안에 히스테리가 가라앉아 사람이 되면 요행이요, 그렇지 않으면 눈치를 보아 어름어름하다가 이혼이라도 할 배짱이기 때문에 그저 마마손님[21] 배송하듯 우선 배송만 시키려 들었던 것이다.

속내평이 그렇게 되었던 것인데, 그러나 그렇다고 이 자리에서 그가 초

---

18 옴두꺼비 : [1][2] 옴두까지   [4] 옴뚝가지
19 옴두꺼비 : '두꺼비'를 달리 이르는 말. 두꺼비의 몸이 옴딱지 붙은 것과 같아 보이는 데서 유래한다.
20 머리를 조아리면서, 네에 네
  : [1][2] 머리를 조뜻하면서 다 네에네   [4] 머리를 좋아하면서, 네에네   [5] 머리로 좋아하면서, 네에네
21 마마손님 : 손님마마(--媽媽). '천연두'를 일상적으로 이르는 말.

봉이한테다가 짐짓 어떠한 색다른 암시를 주기 위하여 복선(伏線)22을 늘 이느라고 그러한 말을 내는 것이냐 하면 그런 것은 아니다.

다만 초봉이도 윤희를 잘 알고, 알 뿐 아니라 적지 않게 성화를 먹이던 기억을 가진 그 초봉이인지라, 초봉이를 만나자 문득 생각이 나서 (종차에는 그놈이 어떤 역할을 하게 될 값에 적어도 시초만은)23 한 개의 뉴스를 전하는 그런 탄탄한 마음으로24 우연히 나온 것이다.

초봉이도 그러니까, 역시 별다른 새김질을 하지 않고 한낱 뉴스를 듣는 정도로 들었을 뿐이다.

25그것은 그렇다고, 그러면 시방 제호가 이렇게 만난 초봉이한테 그전과 같이 담담한 마음만 가질 수가 있느냐 하면, 결단코 그렇지는 않다. 커녕 그의 배짱은 시방 자꾸만 시커메 간다26.

군산서 초봉이를 데리고 있을 때는, 초봉이가 한 고향 친구의 자녀요, 그래서 저한테도 자식뻘밖에 안 되는 어린애라는 것이며, 아내 윤희의 지레 내떠는 강짜며, 그리고 무엇보다도 미혼 처녀에게 대한 중년 남자다운 조심성으로 해서 그의 욕망은 행동으로 번져 나지를 못했던 것이나, 지금 당해서는 아무것도 그런 것은 거리껴하지 않아도 좋을 형편이다.

그는 이번에 군산까지 내려왔다가 자자히 떠도는 소문을 듣고, 초봉이 의 겪어 온 그 동안의 사단을 잘 알았었다.

안되었다고 생각도 하고, 그래서 초봉이를 우정 찾아보고 일변 위로도 해 주려니와, 또 마음을 가라앉혀 주는 요량으로 같이 데리고 서울로 가고

---

22 복선(伏線) : 만일의 경우에 대비하여 남모르게 미리 꾸며 놓은 일.
23 (종차에는~ 시초만은) : ①②에는 없는 내용이다.
24 ⑤는 '종차에는'부터 '마음으로'까지를 괄호 속에 넣고 있다.
25 ⑤는 이 부분에서 단락 구분을 하지 않고 있다.
26 커녕 ~ 시커메 간다 : ①②에는 없는 문장이다.

도 싶었었다.

그러나 막상 찾아가자 한즉 아직도 경황들도 없을 텐데, 또 정 주사를 만나고 보면 자연 우는 소리에 짓짜는[27] 꼴을 보아야 하겠어서 그런 성가신 발걸음이 아예 내키지를 않았다. 그래서 찾아보기를 단념하고, 차라리 모른 체했다가 서울로 올라가서 편지로든지 불러올리려니 했었다.

그랬던[28] 참이라, 초봉이를 뜻밖에 중로에서 만나고 보니 마치 무엇이 씌워 대는 노릇이기나 한 것처럼 희한하고 반가웠었다.

희한하고 반가움이 밖에서 들어오는데, 속에서는 초봉이가 인제는 '헌 계집'이니라 하니 안팎이 마침맞게 얼려 붙은 셈인 것이다.

'이미 헌 계집.'

'그리고 임자 없는 계집.'

이러고 보니, 미혼 처녀에 대한 중년 남자다운 조심성과 압박으로부터 단박[29] 해방이 될 것은 물론이다.

시집 잘못 갔다가 홧김에 서울로 바람잡일[30] 나선 계집, 그러니 장차 어느 놈의 밥이 될지 모르는 계집, 그러니까 아무라도 먼저 재치 있게 주워 갖는 놈이 임자다. 옛날로 말하면 공문서(空文書)짜리 땅 같은 것이다.

그런데 그게 눈도 코도 못 보던 초면엣 계집이라도 모를 테거늘, 일찍이 가슴을 설레게 해 주었고, 두고두고 잊히지 않고 연연턴 초봉이고 보니 인절미에 조청까지 찍은 맛이다. 좋다. 또 윤희가 없어졌으니 더 좋다. 윤희를 이혼을 하든지, 못하면 작은마누라도 좋다. 저도 인제는 헌 계집, 나도 헌 사내.

---

27 짓짜다 : 함부로 마구 짜다. 마구 울거나 눈물을 흘리다.(임)

28 그랬던 : ①② 그랬든　⑤ 그러던

29 단박 : ①②④ 담박　⑤ 단박에

30 바람잡이 : '기분 전환을 위해 바람을 쐬는 것'의 의미로 쓰고 있음.

제호의 검은 배짱이 각각으로 이렇게 터가 잡혀 가는 걸 모르는 이편 초
봉이는, 그러나 안심하고 다행스러워하기는 일반이다.

윤희가 없으니 제호의 덕을 마음 놓고 볼 수가 있을 테요, 그래 제호네
회사에서 제호 밑에서 있노라면 공부를 쌓아 가지고 한때에 희망했던 대
로 약제사 시험을 치를 수가 있을 것이고, 그렇게 되면 앞으로 완전히 독
립한 생활을 할 수가 있고…….

차는 줄기차게 달려만 간다. 바깥은 여전히 살쪄 가는 들이 아니면 짙게
푸르러 오는 언덕이다.

맑은 햇볕이 차창으로 쬐어들어, 좌석의 고운 남빛 우단을 더욱 해맑게
드러낸다.

몇 되지 않는 손님들은 제각기 남을 상관 않고 한가로이 앉아 신문을 읽
거나 담배를 피운다.

"자아, 이것 좀 먹으라구……."

제호는 사과 하나를 꺼내고서 과실 바구니를 통째로 내맡긴다.

"……어서 아무꺼던지 꺼내 먹어요. 자, 칼두 여기 있구."

제호는 조끼 주머니를 뒤져서 칼을 꺼내 초봉이를 주고는, 저는 손바닥
으로 쓱쓱 문대는 둥 마는 둥,

"난 머……"

하더니, 그대로 덥쑥[31] 베어 문다.

"지가 벳겨 드리께 인 주세요!"

초봉이는, 제호의 털털한 짓이 저 보기에야 유쾌했지만, 다른 자리의 점
잖은 손님들이 볼까 봐서 민망했다.

"괜찮어, 괜찮어……."

---

31 덥쑥 : ①②④ 덤숙   ⑤ 덥숙

제호는 볼퉁이를[32][33] 불룩불룩하면서 연신 손을 내젓는다.

"……이놈 사과는 껍질째 먹어야 좋다면서?…… 초봉이두 어서 먹어요…… 이 사과가, 이놈을 날마다 식후에 한 개씩만 먹으면 머 의사가 소용이 없다구? 허허, 정말 그리다간 우리 약장사 놈들두 밥 굶어 죽게? 허허 허허, 제에기할 것."

초봉이는 이 유쾌한[34] 사람에게 끌리어 절로 웃음이 나와진다. 보름 만에 웃는 웃음이다.

제호는 초봉이의 웃는 입 가장자리와 턱을 보고, 새침하던 얼굴이 딴판이요, 미상불 이쁘기는 이쁘다고 속으로 새삼스럽게 탄복을 하여 마지않는다.

"그런데, 서울은 무엇 하러 가나?"

제호는 소곳한[35] 초봉이의 이마를 의미 있이 건너다보면서 묻는다. 초봉이는 사과 벗기던 손을 멈추고 잠깐 고개를 들었으나 어쩐지,

'실상은 아저씨를 찾아가는 길이랍니다.'

하는 말은 주저해지고,

"거저 구경 삼아서……."

"구경? 허어!……"

제호는 다시 한참이나 초봉이를 건너다보더니, 혼자 고개를 끄덕끄덕한다.

"……그런 게 아니라, 아따 저어 무엇이냐, 나두 초봉이 사정을 다아 알았어, 알았는데……."

---

32 볼퉁이를 : ① 볼퉁을   ② 몸퉁을   ⑤ 볼퉁이를
33 볼퉁이 : 볼따구니. '볼'을 속되게 이르는 말.
34 유쾌한 : ① 털털한   ② 덜덜한
35 소곳하다 : 고개를 귀엽게 조금 숙이다.

초봉이는 제호가 다 안다는 눈치는 알기는 했었지만, 막상 그의 입에서 이야기가 나오는 데는 얼굴이 화틋 달고, 다시금 고개가 깊이 수그러지지 않을 수가 없다.

"하아! 이 사람, 내한테까지야 무어 그렇게 무렴해할 게 있나!…… 허긴 몰랐을 텐데 우연히 어느 친구가 그런 이야길 하더군 그래…… 신문에두 나긴 했더라는데 나는 못 보았지만…… 그리나저리나 간에 원, 그런 횡액36이 있더람!…… 그거 원 참!…… 횡액이야 횡액. 큰 횡액이야!…… 글쎄 듣기에 어떻게 맘이 안됐는지! 제에기할 것, 그런 놈의 일이 원!……"

제호는 말을 잠깐 멈추고 초봉이의 하얀 가르마를 한참이나 건너다보다가,

"……그렇지만, 응? 이거 봐요 초봉이, 초봉이?"

하면서 찔벅거릴 듯이 재우쳐37 38 부른다.

"네?"

초봉이는 고개를 숙인 채 벌써 다 벗긴 사과를 먹지도 못하고 만지작거리기만 한다.

"응, 다른 게 아니라 말이지…… 그렇다구 애여 낙심을랑 하지 말아요. 낙심하면 정말루 그건 못쓰지…… 무어 어때? 한 번 실수루, 아니 실수가 아니라 횡액으루 그런 일을 좀 당했기루서니 어떤가?…… 아무렇지두 않어. 아직 청춘인데…… 그런 건 하룻밤 꿈이거니 해 버리면 그만이야. 다아 아무렇지두 않어. 일없어. 그럴 게 아냐? 응? 초봉이."

"네에."

초봉이는 가만히, 그러나 마지못해서가 아니요 마음으로부터 우러나오

---

36 횡액(橫厄) : 횡래지액(橫來之厄). 뜻밖에 닥쳐오는 불행.
37 찔벅거릴 듯이 재우쳐 : 4 찔벅거릴드끼 재쳐   5 찔벅거릴 듯이 재쳐
38 재우치다 : 빨리 몰아치거나 재촉하다.

는 대답을 한다.

그는 제호가 곡진한 태도로 곰살갑게[39] [40] 구는 품이, 마치 아픈 자리를 만져 주되 아프지가 않고 시원하여, 어떻게도 고마운지 눈물이 나올 것 같았다.

따라서 그는 (하기야 전에도 그렇지 않았던 것은 아니지만) 오늘날 낙명이 된 몸으로 맨손을 쥐고서 넓은 사바(娑婆)[41]로 뛰어나온 막막한 이 경우를 당하여, 인생과 생활에는 든든한 권위가 섰고, 일변으로 활달하여 인정이 있는 이 중년 남자 제호라는 사람이 타악 미덥고 안심되는 품이란, 길을 잃은 아기가 일갓집 아저씨를 섬뻑 만난 것과 같아 인제는 창피나 부끄러운 생각은 다 가시고 만다.[42]

제호 역시, 이미 심중에 초봉이를 가지고 만만히 다룰 수가 있다는 뱃심이 들어차서 있는 것은 사실이나, 그러므로 어떤 기회를 당하게 되면 주저 않고 행동을 일으킬 위인이기는 하나, 그러나 시방 이 자리에서 초봉이를 여러 가지로, 더욱이 장래의 희망을 가지라고 위로를 하고 격려를 하고 하는 것은, 결코 잔망스럽게 달콤한 먹이를 먹이자는[43] 것이 아니요, 단순히 어른다운 애정임에 틀림이 없다.[44]

---

39 곰살갑게 : [5] 곰살맞게
40 곰살갑다 : 성질이 보기보다 상냥하고 부드럽다.
41 사바(娑婆) : 괴로움이 많은 인간 세계. 석가모니불이 교화하는 세계를 이른다.
42 "네에."~ 가시고 만다.(4단락)
  : [1][2] "네"
  초봉이는 가만히 대답을한다. 그는 제호가, 마치 속을 디려다보드기 알어주고 그래서 시언시언하게 위로해주는 것이 어떠케도 고마운지 몰랐다.
  따라서 초봉이는 하기야전에도그러키는 햇지만 오늘날 막막한 이경우를 당하여 제호라라는 이사람의 중년남자다운인상의 묵에하며 활달하고도 인정이잇는 마음이 바루제 마음연통이되는것가터 그의 어깨에가두팔로 매어달리기라도 하고시퍼차악 미더운 생각이 들엇다.
43 먹이를 먹이자는 : [4] 메기를 멕이자는   [5] 미끼를 먹이자는

"그래 그래…… 무슨 일이 있어? 머……."

제호는 담배를 피워 물면서 다시,

"……그리구 서울루 가는 거 잘 생각했어. 그리지 않아두 내가 올라가서 편지를 하려던 참인데!…… 아무튼 잘했어…… 내가 아무리 힘이 없기루서니 초봉이 하나 잘 돌봐 주지 못하리. 아무 염려두 말아요. 맘 터억 놓아요, 응?"

초봉이는 그렇다면, 이편에서 이야기를 낼 것도 없이 아예 잘되었다 싶어 더욱 안심이 되었다.

이야기에 팔려서, 차창 밖으로 변하는 첫여름의 살쪄 가는 들과 산을 한동안 눈여겨보지 않는 사이에 차는 황등(黃登), 함열(咸悅), 강경(江景)을 어느 결에 다 지나쳤다.

논산은 학교에 다닐 때 부여로 수학여행을 가느라고 와 본 곳이다. 정거장 모습이며, 역엣 사람들이 어쩌면 낯이 익은 것 같다. 아는 사람을 만난 것처럼 반가웠다.

팥거리[豆溪]를 지나서 굴 하나를 빠져나왔을 때에 제호는 초봉이의 무릎에 놓인 조그마한 손을 무심코 내려다보다가 손가락에 반지 자국만 남았지, 뽑고 없는 것을 보았다.

"허어! 반지두 다아 뽑아 버렸군?…… 아무렴 그래야 하구말구. 그래, 그 께름직한 과거는 칼루다가 비어버리듯이 잊어야 해요. 그리구서 심기일전(心機一轉), 응? 허허, 제에기할 것."

제호는 초봉이가 집안의 전당거리라도 되라고, 그저 무심코 반지를 뽑아 놓고 온 속사정이야 알 턱이 없다.

그러나 초봉이는 막상 그 말을 듣고 보니 도리어 너무 급작스럽게 결혼

---

44 제호 역시,~틀림이 없다.(이 단락 전체) : ①②에는 없는 내용이다.

반지 같은 것을 뽑아 버린 것이 남의 눈에라도 박절하게 보인 것 같아서 화틋 얼굴이 달았다.

차가 대전역에 당도하자, 초봉이를 앞세우고 플랫폼으로 내려서던 제호는, 명승고적을 안내하는 간판에서 유성온천(儒城溫泉)이라는 제목이 선뜻 눈에 띄었다.

'유성온천?…… 온천?'

제호는 내숭스럽게 싱긋 웃으면서, 간판을 보던 눈으로 초봉이의 뒷맵시를 훑는다. 비로소 그는 제 야심을 의식적으로 행동에 옮겨 볼 생각이 나던 것이다.

오지 않으면, 아무렇게라도 오래잖아 만들기라도 할 박제호지만, 우연히 그에의 찬스는 빨리 왔고 겸하여 좋았을 따름이다.[45]

"초봉이, 온정[46] 더러 해 봤나?"

쇠뿔은 단김에 뽑으라 했으니 인제는 시간문제라 하겠지만, 시방부터는 옳게 남의 계집을 꾀는 수작이거니 생각하면 일찍이 여염집 계집한테는 못 해 보던 짓이라 노상 뒤가 돌려다 뵈지 않지도 않았다.

초봉이는 마침 가드[47][48] 밑을 지나면서 전에 서울로 수학여행을 갈 제 이것을 보고 진기하게 여기던 그때 일이 생각이 나서 한눈을 파느라고 제호가 재우쳐 물을 때서야 겨우 알아들었다.

"온정이요? 온천?……"

---

45 차가 대전역에 당도하자, ~좋았을 따름이다.(4단락)
  : [1][2] 차가 태전에 당도하자 사람들은 말끔 내렸다. 제호도 초봉이를 압세우고 내리다 가 명승고적을 안내하는 간판에서보고 언뜻 유성온천(儒城溫泉)으로 초봉이를 데리고 갈 생각이낫다. 생각을 해노코보니 그것 또한 신둥햇다.

46 온정(溫井) : 땅속에서 따뜻한 물이 솟는 우물. 온천.

47 가드 : [1][2][4] 까-드   [5] 카아드

48 가드(guard) : 역에서 열차의 진입과 차단을 알리는 신호대.(우)

초봉이는 되묻고서 고개를 가로 흔든다.

"……못 가 봤어요."

"그럼 마침 좋군. 바루 이 근처에 유성온천이라구 있는데, 한번 가볼 만
한 데야…… 그래 그래, 구경두 못 했다니 첨으로 온정두 해볼 겸, 또 가서
조용히 앉아서 이 앞으로 어떻게 하는 게 좋을지, 초봉이 일두 상의하구,
좋잖어?"

"그렇지만……."

"그렇지만, 무어?"

제호는 이건 좀 창피한 고패로다, 고 어름어름하는데, 이어 초봉이가,

"아저씨 바쁘실 텐데……."

하는 게, 저도 벌써 알아차리고는 슬며시 드러누우면서도 그저 숫보기⁴⁹답
게 부끄럼을 타느라고 괜한 겸사나 한마디 해보는 눈치인 것 같았다. 뭐,
그만하면 다 팔아도 내 땅이다.⁵⁰ ⁵¹

"온! 나는 또 무슨 소리라구! 허허 허허, 그런 걱정을라컨 하지두 말아
요…… 그럼 그렇게 하기루 하구서, 점심두 아주 거기 가서 먹을까?"

"네에."

"시장하잖어?"

"괜찮어요."

"그럼 됐어. 자아 빨리 나가자구. 자동차를 잡아타야지."

초봉이는 남자와 단둘이서 호젓하게 온천에를 간다는 것이 무엇을 의미

---

49 숫보기 : 순진하고 어수룩한 사람. 숫총각이나 숫처녀.
50 하는 게~내 땅이다 : ①② 하고 단지 겸사로 그러는 눈치를 알고는 아주 흡족햇다
51 다 팔아도 내 땅이다 : 결국에는 자기 이익이 된다는 말. 다 팔아서 합하여도 본래 자기
   땅의 몫밖에 안 된다는 뜻으로, 큰 이익을 본 듯하나 따지고 보면 자기의 밑천밖에 안
   됨을 비유적으로 이르는 말. 여기서는 앞의 뜻.

하는지 알 턱이 없다. 온천도 역시 거리의 목간탕처럼 남탕이 있고 여탕이 있고 해서, 단지 목간을 하기 위한 목간이라고밖에는 온천이라는 것을 그 이상 달리 생각할 내력이 없었던 것이다.

그러니까, 생전 처음으로 가 보는 온천 목간도 하려니와, 또 제호가 앞으로 어떻게 해야 할지 그것도 상의하자고 하니, 겸사겸사 반갑기만 했을 뿐이다.

그러나 제호는 초봉이의 그러한 단순한 마음이야 몰랐고, 너무 쉽사리 제 뜻에 응하는 것이 도리어 헤먹고 싱거운 맛도 없지 않았다.

바로 유성온천으로 떠나는 버스가 기다리고 있었다. 둘이는 다른 두어 사람 승객과 같이 버스를 잡아타고 흔들린 지 삼십 분 만에 신온천의 B라고 하는 여관에 당도했다.

초봉이는 버스를 타고 오면서,

'바로 근처라더니 이렇게 먼 덴가?'

'언제 목간을 하고, 언제 점심을 먹고, 도로 와서 차를 타려구 이러는고?'

이쯤 궁금히 생각도 했으나, 그대로 잠자코 있었다.

버스가 포치[52]에 닿기가 무섭게 앞뒤로 하녀들이 달려들어 문을 열고 손에 든 것을 채어 가고 하면서,

"이랏샤이마세!(어서 오십시오!)"

소리를 지르고, 현관으로 들어서니까는 여남은이나 같은 하녀들이 나풋나풋 엎드리면서 한꺼번에, 이랏샤이마세를 외친다.

서슬에 초봉이는 정신이 얼떨떨했다.

목간집이라면서 대체 이게 웬 영문인지를 모르겠다. 군산 있을 때에 목간이라고 가면, 수염 난 놈팡이가 포장 뒤에 앉아 벙어리 삼신[53]인지 눈만

---

52 포치(porch) : 건물의 입구에 지붕을 갖추어 차를 대도록 한 곳.

힐끔하고 돈이나 받을 줄 알지, 오느냐 가느냐 수인사 한마디 하는 법 없는 그런 데만이 목간탕인 줄 알았었는데, 자 이건 도무지 휘황하고도 혼란해서 정신을 차릴 수가 없다. 어깨가 절로 오므라들려고 한다.

집은 어쩌면 이리도 으리으리하며, 색시들은 어쩌면 이렇게 많이 나오며, 어쩌면 이다지도 소중히 모셔 들이는지, 아마 이런 집에서는 목간 삯을, 칠 전은 어림도 없고 일 원이나 그렇게 내야 할 것 같다.

초봉이는 사실로 이런 호강이라고는 꿈에도 받아 본 적이 없는지라, 차마 겁이 나고 황송스러 못한다[54].

그러나저러나 남탕이니 여탕이니 써 붙인 데는 어디며, 수건도 없고 비누도 없으니, 비누는 이 전짜리를 한 개 산다지만, 빌려 주는 수건이 있는지 모르겠어서 종시 두리번거리고 섰는데, 제호는 성큼 마루로 올라가더니,

"어서 올라오잖구?"

하면서 히쭉 웃는다.

초봉이는 그제서야 구두를 벗고 마루로 올라서니까, 한 여자가 냉큼 가죽 슬리퍼를 집어다가 꿇어앉으면서 바로 발부리 앞에 놓아 준다.

초봉이는 제발 이러지 말아 주었으면 하여, 딱해 못 견딘다.

제호는 보니, 짐을 들고 앞선 여자의 뒤를 따라 이층 층계로 올라가고 있다. 초봉이는 이런 집에서는 목간도 이층에다가 만들어 놓았나 보다고 더욱 신기했으나, 자꾸만 이렇게 둔전거리다가는[55] 촌뜨기 처접을 타지 싶어 얼핏 제호를 따라 올라갔다.

---

53 벙어리 삼신 : '말이 없는 사람'을 놀리어 일컫는 말.(임) 본래 '삼신(三神)'은 '아기를 점지하고 산모와 산아(産兒)를 돌보는 세 신령'을 뜻함.
54 황송스러 못한다 : [1][2] 황송스러웠다
　　　　　　　　　 : '황송스러워 어쩔 줄 몰라 한다' 정도의 뜻으로 쓰고 있음.
55 둔전거리다 : 말이나 행동을 딱 잘라 선뜻 하지 못하고 망설이다.(임)

이층으로 올라가서 양탄자를 깐 복도를 한참 가노라니깐, 앞서 가던 하녀가 한 방 앞에 쪼그리고 앉더니 문을 열어 주는데, 널따란 다다미방이다. 초봉이는 팔 조[56]를 모르니, 그냥 넓은 줄만 알 뿐이다.

하녀가 뒤로 따라 들어와서는 비단 방석을 두 개 마주 놓아 주고, 시원하라고 앞 유리창들을 열어 놓고 한다.

"예가 어디래요?"

초봉이는 목간통이 보이지 않고, 이렇게 방으로 모셔 들이는 게 궁금할 밖에…….

"어딘? 온정이지."

"목간은?"

"목간? 아무렴, 인제 해야지…… 가만있자, 옷이나 좀 갈아입어야 목간을 하지."

"옷을?"

"하하하, 첨으로 와서 모르는군?…… 온정에선 빌려 주는 유카다가 있으니깐, 그걸 갈아입어야 편한 법이어든."

그것도 미상불 그럴듯하기는 그럴듯했다. 마침 하녀 둘이 하나는 찻쟁반을, 하나는 유카다를 받쳐 들고 들어온다. 들고 날 때면 으레껏 쪼그리고 앉는 것이 민망해서 볼 수가 없다.

하녀가 차를 따르는 동안 제호는 양복을 훌러덩훌러덩 벗어 던지면서 유카다를 갈아입는다.

초봉이는 얼굴이 홍당무가 되어 얼른 외면을 하고 말았으나 내심에는, 제호라는 사람이 그렇진 않던 사람인데 어쩌면 이다지도 무례할까 보냐고 대단히 불쾌했다.

---

56 팔 조(八組) : 8벌의 다다미를 깐 방.

하녀가 유카다를 펴들고서 초봉이더러도 어서 갈아입으라고 속없이 연방 눈웃음을 친다. 기가 막혀 말이 나오지 않는다.

제호가 유카다를 다 갈아입고 돌아서다가, 초봉이의 곤경을 보고는 꺼얼껄 웃으면서 하녀더러 설명을 한다.

우리 아낙은 온천이 처음이기도 하려니와, 또 조선 가정에서는 아낙이 남편 앞에서 남이 보는데 함부로 옷을 벗거나 하지 않는 법이라고, 그러니 그대로 놓아두라고…….

'우리 아낙이라니?'

초봉이는 단박 면박이라도 주고 싶게 제호가 괘씸했다. 그의 눈살은 졸연찮게 꼿꼿해서 제호를 거듭떠본다. 그러나 제호는 초봉이의 그러한 눈치는 거니를 챘어도[57] [58], 어째 그러는지 속내는 알 수가 없었다.

아까 대전역에선 그만큼 선선히 내 뜻에 응하던 사람이, 인제 와서는 이다지 비쌜 게 무엇이란 말인고?

옳아, 그런 게 아니고 저게 부끄럼을 타는 모양인 게로군. 그러면 그렇지 원…….

"허허 제에기할 것. 그렇게 부끄러울 게 무에 있더람?…… 그래두 너무 그렇게 서먹서먹하질랑 말아요!…… 여기 여자들이 보는데, 마치 남의 집 여자를 꾀어 가지구 온 것처럼 수상하게 여길라구…… 그러잖어?"

말이 그럴 듯하여, 초봉이는 마음이 약간 풀렸다. 역시 꾀고, 꾐을 받아서 온 것으로 보인다면야, 차라리 아닐지언정 겉으로라도 내외간인 체하는 것이 그보다는 덜 창피할 테라서…….

"자아, 그런데 어떡헐꼬? 응?…… 목간을 먼첨 할까? 시장한데 무어 요기

---

57 거니를 챘어도 : [1][2] 건의를 채었서도   [4][5] 건의를 챘어도
58 거니채다 : 어떤 일의 상황이나 분위기를 짐작하여 눈치를 채다.

를 먼점 할까?"

"글쎄요⋯⋯."

초봉이는 시장하기는 하나, 이러자거니 저러자거니 제 의견을 내고 싶지도 않았다.

"그러면 아주 기분 좋게 목간을 하구 나와서 먹드라구? 좀 시장하더래두, 기왕 참던 길이니."

제호는 기다리고 섰는 하녀더러, 탕에 들어갔다가 나올 동안에 화식(和食)[59]을 준비하든지 그게 안 되겠으면 돈부리[60]나 그런 것이라도 먹게 해달라고, 그리고 우리 아낙은 집에서도 나하고 같이 목간을 하는 법이 없으니, 따로 독탕에 안내해 주라고 주절주절 이른 뒤에, 하녀가 받쳐 주는 타월을 어깨에다 걸치고 나가 버린다.

초봉이는 기다리고 섰는 하녀가 제일에 민망해서 할 수 없이 유카다를 갈아입는다. 새수빠진 하녀가 연신 아씨 아씨 해 가면서 생근사를 피우는데[61] 딱 질색을 하겠다.

탕에는[62] 독탕이라 혼자다. 유황 내가 나고 호젓한 게 마음에 헤적헤적했지만[63], 그래도 조용하고 정갈한 것이 좋기는 좋았다.

물탕 바닥의 푸른 타일에 비쳐, 깊은 연못의 물인 듯 새파란 물이 가장

---

59 화식(和食) : 일본식 요리.

60 돈부리 : どんぶり(丼). 일본식 덮밥.

61 생근사(-勤事)를 피우다 : 감당하기 어려울 정도로 매우 친절하게 대하다.(우) '생'이란 '지독한' 또는 '혹독한'이라는 뜻을 더하는 접두사이며, '근사(勤事)'란 '일에 공들임. 또는 그 일'이라는 뜻.

62 탕에는 : ⑤ 탕에서

63 헤적헤적하다 : 표준국어대사전에는 '활개를 벌려 거벼이 저으며 걷다', '무엇을 찾으려고 잇따라 들추거나 파서 헤치다', '탐탁하지 아니한 태도로 무엇을 잇따라 께적거리며 헤치다' 등의 뜻풀이가 올라 있으나 이 모두가 문맥에 맞지 않다. 임무출은 '마음에 걸려 꺼림칙하다'라는 뜻으로 해석했는데 이 뜻풀이가 오히려 문맥에는 적절하다.

자리로 남실남실 넘쳐흐르는 것이 아까울 만큼 흐뭇해 보인다.

물은 너무 뜨거운 것 같았으나 참고 그대로 들어가서 다리를 뻗고 비스듬히 잠겨 있노라니까, 여러 날 동안의 피로가 새 채비로 몸에서 풍기고, 그러나 한편으로는 이어 다 씻겨 나가는 성싶어 여간만 개운한 게 아니다.

맑은 물속으로 하얀 제 몸뚱이가 들여다보인다.

대체 이다지도 곱고 깨끗한 몸뚱이가 그만 더럽혀지다니, 기가 막힐 노릇이 아니냐.

그러나마 그게 한 가지도 아니요, 두 가지씩…… 남이 부끄러운 체면의 수치가 하나, 제 마음에 부끄러운 비밀한 수치가 하나.

이 두 가지의 형적64 없는 때가 이렇듯이 곱고 정갈해 보이는 내 몸뚱이에 적이 돋은 듯 눌어붙어 한평생을 가도 벗어지지 않다니.

이리 생각하면 마구 껍질이 한 벌 벗도록 부욱북 문질러 씻어라도 내보고 싶어진다. 그래 부리나케 물탕 밖으로 나와서 몸을 문지른다. 그러나 미끈미끈하기만 하고 시원치가 않아서, 여기저기 둘러보아야 비누 같은 것은 놓아 둔 게 없다. 이만큼 차려 놓고 수건까지 주면서 비누는 주지 않는 것이 이상했다.

그 뒤에 어느 말끝엔가 제호더러 그런 이야기를 했다가, 유황 온천에서도 비누를 쓰느냐고 조롱을 받은 것은 후일담이고.

탕에서 나와서, 방을 잊어버리고 어릿어릿하는데, 지나가던 하녀가 쪼르르 데려다 준다. 제호는 기다란 얼굴이, 심지어 대머리 벗어진 데까지 불크레하니65 익어 가지고 조그마한 밥상 앞에 앉아 기다리고 있다. 초봉이의 밥상도 따로 갖다 놓았다. 조선식으로 맞상을 안 한 것이 다행스러웠다.

---

64 형적(形跡/形迹) : 사물의 형상과 자취를 아울러 이르는 말. 또는 남은 흔적.
65 불크레하다 : '불그레하다'보다 거센 느낌을 주는 말.

"어때? 기분이 아주 좋지?……"

제호는 부채질을 하면서 무엇이 그리 기쁜지 연신 싱글벙글 좋아한다.

"……자아 밥 먹더라구. 퍽 시장했을 거야! 그새 여러 날 걱정으루 지내느라구 무얼 변변히 먹었두 못했을 텐데."

밥상 앞에 가 무릎을 뉘고[66] 앉으니까, 하녀가 간드러지게 공기에다 밥을 퍼 올린다. 초봉이는 두 손으로 덥쑥 받는다.

"어여 먹어요. 많이 배불르게 먹어요. 인전 아무 걱정두 할라 말구서 잘 먹구 맘두 편안히 가지구 그래요. 마침 목간을 했으니깐 그걸루 과거는 말끔 씻어버린 요량을 하구 말이지, 허허 제에기할 것……."

초봉이는 그렇기는커녕 비누가 없어서 때도 못 씻은 걸 하고 속으로 웃었다.

"……자아 어서 먹어요…… 원 저렇게 이쁜 사람이, 원 그런 악착스런 일을 당하구 그리다니, 에이 가엾어!…… 가엾어 볼 수가 없단 말야, 허허 허허, 제에기할 것……."

초봉이는 이건 바로 어린애를 어르듯 한다고 서글퍼서 우습지도 않았다.

"……자, 난 반주를 한 잔……."

제호는 하녀한테 유리 고뿌를 들이댄다.

"……연애라껀 유쾌한 물건이니깐, 술을 한 잔 먹으면 더 유쾌하다구? 허허 제에기할 것."

초봉이는 겨우 가라앉던 심정이 또다시 더럭 상해 이맛살을 잔뜩 찌푸리면서, 대체 저 사람이 어찌 이리 실없는고 하고, 제호의 얼굴을 똑바로 거듭떠본다.

그러나 제호는 아무렇지도 않게 헤벌씸 웃으면서 하녀가 부어 주는 맥

---

66 뉘다 : '꿇다'의 의미로 쓰고 있음.

주를 버큼[67]째 쭈욱 들이켠다.

"어허 시언하다!…… 어때? 한 잔 해보까?"

제호는 지저분하게 거품이 묻은 입술을 손바닥으로 닦으면서 초봉이에게 고뿌를 건네준다.

[68]초봉이는 패앵팽한 눈살로 제호를 거듭떠보다가 외면을 한다.

"싫여?…… 어허허허."

초봉이가 보기에는 하릴없이 미친놈같이 제호는 꺼얼껄 웃어대면서, 하녀한테 고뿌를 들이민다.

초봉이는 밥 먹던 젓갈을 내던지고 일어설 만큼 부아가 더럭 치달았다.

대관절 연애를 한다니 어따 대고 하는 말이며, 또 술을 먹으라고 하니, 이건 약간 무례 따위가 아니라 사람을 망신을 주려 드는 게 아니냐?

아니, 인제 보니 저 위인이 딴속[69]이 있어 가지고 나를 이리로 꼬여온 것이 아닌가? 섬뻑 만나던 길로[70] 여편네를 쫓았느니 이혼을 하느니 풍을 치던 것이며, 횡액이라고 동정해 주는 체 앞일은 제가 감당하마던 것이며, 다 배짱이 달라서 한 수작이 아닌가? 하녀더러 아낙이니 남편이니 한 것도, 그러니까 거짓말 삼아 정말을 한 것이고.

이렇게 제호의 속을 차근차근 캐고 보니, 이건 큰일도 분수가 있지 기가 딱 막힌다.

'음충맞은 도둑놈!'

밉살머리스럽고, 또 도둑놈은 말고라서 역적놈이라도 그게 문제가 아니라, 일은 단단히 커 두었다. 어느 결에 이렇게 옭혀들었는지, 정신이 번쩍 든다.

---

67 버큼 : '거품'의 방언(경상, 전라, 충남).
68 ⑤만 이 부분에서 단락 구분이 되어 있지 않다.
69 딴속 : 딴마음.
70 길로 : ④⑤ 멀로

그러노라니, 깔고 앉은 방석에 바늘이 박힌 것 같아 어서어서 이 자리를 피해 달아나야겠다고 마음이 담뿍 단다. 그러나 그러는 하면서도 웬셈인지,[71] 과단 있이 벌떡 자리를 털고 일어서는 대신 기운이 차악 까라지고 한숨이 터져 나온다.

온갖 여망을 거기다가 붙이고 찾아가던 그 사람인 것을 여기서[72] 떼치고 혼자 나설 일을 뒤미처 생각하니, 겁이 더럭 나고, 그것은 마치 어머니를 길에서 잃어버린 애기 적인 듯 천지가[73] 아득하여 어쩔 바를 모를 것 같기만 하던 것이다. 이게 다 무슨 약비한[74][75] 짓이냐고 앨 써 저더러 지천도 해보기는 했으나, 종시 제가 제 말을 들어주지를 않는다.

그러나 실상인즉, 그는 제호를 떼쳐 버리기가 겁이 나기 전에, 저와 마주 떠억 퍼버리고[76] 앉아 있는 제호라는 인물의 커다란 몸집에서 무겁게 퍼져 나오는 이상한 압기[77], 이 압기에 눌려 나는 아무리 발버둥을 쳐도 꼼짝 못하고 저편이 잡아끄는 대로 끌려가고라야 말지 별수가 없느니라고 미리 단념부터 하고 있는 제 자신을 의식지 못할 뿐더러,[78] 그 압기라는 건 제호라는 위인이 버엉떼엥하면서[79] 남을 덮어 누르고, 제 고집대로 하는

---

71 그러는 하면서도 웬셈인지, : [1][2]에는 없는 구절이다.

72 여기서 : [5] 여기를

73 애기 적인 듯 천지가 : [1][2] 애기가티 압일이

74 약비한 : [1][2] 못난

75 약비하다(弱卑--) : 약하고 비루하다.

76 퍼버리다 : 팔다리를 아무렇게나 편하게 뻗다. 표준국어대사전에는 '퍼더버리다'의 북한 어로 되어 있음.

77 압기(壓氣) : 기세를 누름 또는 기세에 눌림. 또는 그 기세.

78 단념부터~못할뿐더러, : [1] 절망부터 되어(되이-[2])잇든것이다.

79 벙뗑하다 : '엄벙뗑하다'의 준말. 얼렁뚱땅하다. 남을 엉너리로 슬쩍 속여 넘기게 되다. 또는 어떤 상황을 얼김에 슬쩍 넘기다.(엉너리=남의 환심을 사기 위하여 어벌쩡하게 서두르는 짓)

뱃심도 뱃심이겠지만, 그보다도 결국 그가 이편을 구해 줄 수 있는 능력의
우상인 데[80] 지나지 않는 것을, 그만 것에 눌려 지레 자겁을 하도록 초봉이
제 자신이 본시 앙칼지지도 못했고, 겸하여 인생의 첫걸음을 실패한 것으
로 부지중 자긍[81]을 잃고 자포자기가 된 구석이 없지 못했던 때문인 줄을
그는 제 스스로 깨닫지 못했던 것이다.

그러고서 무단히 앉아, 속절없이 이 운명 앞에 꿇어 엎디는 제 자신의
만만한 신세를 힘없이 한탄이나 하는 것으로 겨우 저를 위로하자고 든다.

철든 이후로 무엇에고 나를 고집 못 하던 나!

고태수와 결혼한 것도 알고 보면 내 마음이 무른 탓이요, 장형보에게 욕
을 본 것도 사람이 만만한 탓이 아니더냐.[82] 그러한 보과[83]로는 내 몸과 청
춘을 잡친 것밖에는 무엇이 더 있느냐.[84]

그러고서 시방 또다시 새로운 운명이 좌우되는 이 마당에 임해서도 다
구진[85][86] 소리 한마디를 못 하는 것은 무슨 일이냐.

이걸로써 저를 용서하는 대신, 답답한 마음을 어루만져 주는 탄식거리
에는 족했었다. 미상불 그는 한숨을 몰아 내쉬면서 눈에는 눈물까지 어렸
다.[87]

---

80 우상인 데 : [1][2] 환영인데

81 자긍(自矜) : 스스로에게 긍지를 가짐. 또는 그 긍지.

82 만만한 탓이 아니더냐. : [1][2] 용한 탓이요……

83 보과(報果) : 어떤 일의 보답으로 돌아오는 결과나 보람.

84 그러한~있느냐. : [1][2] 그러나 나는 아무 사심과 악의없이 순종한 대상은 고초와 욕됨
    뿐이요……

85 다구진 : [3] 다부진   [5] 다부친

86 다구지다 : '다부지다'의 방언(경남, 전남).

87 그러고서~어렸다.(2단락)
    : [1][2] 그리고 시방 또다시 운명이 좌우되는 이마당에도 다구진소리 한마디 못하고
    …… 초봉이는 한숨을 내쉬면서눈물어린 얼굴을 돌린다.

그러나 근본을 따지고 보면, 시방 초봉의 한탄이란 그다지 근거가 있는 것이 되질 못한다[88]. 그는 애당초에 제가 박제호의 뜻을 받아 그의 계집이 된다는 새로운 사실에 대해서 전연 비판을 가지지 않고 지나쳐 버렸다. 그 랬기 때문에 그 사실——초봉이 제가 박제호의 계집 노릇을 한다는 사실 ——이 가한지 불가한지를 통히 모르고 있다. 하물며, 불가하면 무엇이 어쩌니 불가하다는 것이랄지, 따라서 제가 마음에 정녕 싫은 노릇을 하게 되는 것인지 그것도 생각을 해본 적이 없다. 하니, 좀 과하게 말을 하자면, 종일 통곡에 부지 하 마누라 상사[89]라는 우스꽝스런 초상이라고도 할 수가 있겠다.[90]

그래서 아무려나 입맛이 날 리가 없고, 야리게[91] [92] 퍼 준 밥 한 공기를 억지로 먹는 시늉을 하다가 상을 물렸다.

아직까지도 맥주만 들이켜고 있던 제호가 생성화[93]를 하면서 더 먹으라고 야단야단한다.

초봉이는 말을 하고 싶지도 않은 것을 마지못해 많이 먹었노라고 대답을 해 주고서, 방머리께 유리창 밖에다가 베란다 본으로[94] 꾸며 논 자리로 옮아앉았다.

---

88 못한다 : ⑤ 못했다
89 종일통곡에 부지 하 마누라 상사 : 종야 통곡에 부지(不知) 하(何) 마누라 상사. 밤새도록 통곡해도 어느 마누라 초상인지 모른다.
90 그러나~있겠다.(이 단락 전체)
　: ①② 그러나 실상 초봉이가 제호의 뜻을 바더 그의 계집이되는 것이 어째서 무슨일로 불가하며 또 진정 마음에 실혼노릇일시 분명하냐하면 결코 그런것도아니다. 도시에 그런 것 저런 것 미처 생각하고 상량하고해볼 겨를이업섯다.
91 야리게 : ①②④ 얘리게　　⑤ 얘비게
92 야리다 : 기준보다 조금 모자라다.
93 생성화 : 지독한 성화.
94 본으로 : '모양으로'라는 의미로 쓰고 있음.

바깥 풍경은 들 가운데 양옥과 화식집들이 드문드문 놓이고 들에는 모를 심은 논과 보리를 베어 낸 밭이 있을 뿐, 퍽 단조했다.

그래도 시원한 등의자에 편안히 걸터앉아 보는 데 없이 벌판을 바라보면서, 막막한 생각에 잠겨들기 시작했다.

제호는 한 시간이나 걸리다시피 밥상머리에 주저앉아 시중드는 하녀와 구수하니 지껄이면서 맥주를 다섯 병이나 집어 먹고, 밥도 여러 공기 먹는다. 그러고는 데리고 온 초봉이는 잊은 듯이 방석을 겹쳐 베고 버얼떡 드러누워, 이내 코를 골아 젖힌다. 시꺼먼 털이 숭얼숭얼한 정강이를 통째로 드러내놓고 자빠져 자는 꼬락서니가 보기 싫어서, 초봉이는 커튼으로 몸을 가렸다.

그러나 미구에, 조속조속[95] 달콤하니 오는 졸음에 저도 모르게 앞 탁자에 엎드려 잠이 들었다.

잠이 들 때까지도 그는

'보아서 마구 내뻗으면 고만이지……'

이런, 저도 못 미더운 방안장담[96]이나 해두는 걸로 임시의 위로를 삼았다.

느직이 여덟 시가 지나서 저녁을 먹고 다시 탕에 들어갔다가 돌아와 보니, 하녀가 널따란 이부자리를 방 한가운데로 그들먹하게[97] 펴놓고 베개 두 개를 나란히 물려 놓는다.

'필경 이렇게 되고 마는가!'

초봉이는 그대로 문치[98]에 우두커니 지여 서서[99] 눈을 내리감는다.

---

95 조속조속 : 기운 없이 꼬박꼬박 조는 모양.
96 방안장담(--壯談) : 저 혼자서 큰소리치는 일. 또는 그 말.
97 그들먹하다 : 일정한 범위 안에 거의 그득하다.
98 문치(門-) : 문기둥. 문간.(임)
99 지여 서서 : ①② 서서　　④⑤ 지어서서

'대체 어째서 이렇게 되어지는 것인고?'

오늘 아침 군산서 아무 일도 없이——그렇다, 아무 일도 없었다——그런 아무 일도 없이 떠나온 내가, 이건 꿈에도 생각지 않고 졸가리[100]도 닿지 않고 하릴없이 허방[101]에 푹 빠진 푼수지, 이 밤에 저 박제호와 어엿이 한 이불 속에 들어가다니, 이 기막힌 사실을 무엇이 어떻다고 할 기신[102]도 나지 않았다.

이부자리를 다 펴고 난 하녀는 알심[103]을 부린답시고, 고단하실 텐데 어서 주무시라고 납죽거리면서 물러나간다.

베란다에 나앉아서 초봉이의 난감해하는 양을 보고, 헤벌씸 혼자 웃던 제호가 이윽고,

"무얼 저러구 섰으까?"

하면서 고개를 까분다.

"……일러루 와서 이야기나 해 보더라구?…… 응? 초봉이."

이야기란 소리에, 마지못해 초봉이는 제호의 맞은편으로 가서 고즈넉이[104] 걸터앉는다.

"그런데에…… 집은 어떡헐꼬?"

제호는 담배를 한 대 피워 물더니 밑도 끝도 없이 불쑥 한다는 소리다.

"집? 요?"

초봉이는 무슨 말인지 알아듣지 못하고 고개를 쳐든다.

"응, 집…… 우리 살림할 집, 허허허허 제에기할 것[105]."

---

100 졸가리 : '줄거리'의 작은말.

101 허방 : 땅바닥이 움푹 패어 빠지기 쉬운 구덩이.

102 기신(氣神) : 기력과 정신을 아울러 이르는 말.

103 알심 : 은근히 동정하는 마음.

104 고즈넉이 : 고요하고 아늑한 상태로. 말없이 다소곳하거나 잠잠하게.

초봉이는, 대체 누구하고 언제 그렇게 다 작정을 했길래 시방 이러느냐고, 짐짓이라도 면박을 줄 수 있는 제 자신이었으면 싶었다.

제호는 기다랗게 설명을 한다.

앞으로 윤희와 이혼을 하기는 하겠으나, 그게 용이한 일은 아니다. 저편이 그런 억척인 만큼, 너와 내가 동거를 하는 줄을 알고 보면 심술이 나서라도 이혼에 응해 주지 않을 것이다. 그러니 윤희와 이혼이 되는 날까지는 일을 속새로[106] 덮어두는 게 좋겠다. 너를 바로 청진동 집으로 데리고 들어가지 못하는 것도 그런 곡절이기 때문이니 부디 어찌 생각 마라. 하면 네가 살림할 집은 우선 마땅한 놈으로 골라 세를 얻어 주마.

그렇게 따로 살림을 하고 있노라면, 첫째 뜬마음이 안정이 될 뿐만 아니라 홀몸으로[107] 어디 가서 월급이나 한 이삼십 원 받고 지내는 것 같을 것이냐? 그런 생활보다는 우선 살림 범절만 해도[108] 몇 곱절 낫게시리 뒤를 대 주마.

그리고 그렇게 한동안 참고 지내면, 윤희와의 문제가 깨끗하게 요정이 난 뒤에 너를 큰집으로 맞아들일 것은 물론이요, 만약 네가 소원이라면 결혼식이라도 하자꾸나.

그러니 다 그렇게 알고 나를 믿어라. 혹시 나를 의심할는지도 모르겠으나, 설만들 내가 이 나이를 해 가지고 집안간의 세교[109]를 생각하든지, 또 과거에 너를 귀애했던 것으로든지, 너를 한때의 노리갯감으로 주무르다가 내버릴 악심으로야 이럴 이치가 있겠느냐. 그러한 불량한 놈이 아니라는

---

105 제에기할 것 : ⑤ 제기랄('것'이라는 말이 아예 빠져 있음)
106 속새로 : 드러나지 않게.(임)
107 첫째~홀몸으로 : ①② 네가
108 우선~해도 : ①②에는 없는 구절이다.
109 세교(世交) : 대대로 맺어 온 친분.

것은 변명을 않더라도 네가 잘 알리라.[110]

제호의 설명은 대개 이러했다. 한 시간 동안이나 안존히[111] 앉아, 수선도 떨지 않고, 점잖게 그리고 간곡히 이야기를 하던 것이다.

미상불 초봉이를 제 것 만들겠다는 일념에, 그의 하던 말은 적어도 이 당장에서는[112] 다 진정임에 틀림이 없었다.

초봉이는 제호의 태도와 말이 진실하다고 믿기보다, 진실하겠지야고 믿어 두고 싶었다.

'기왕 이리 된 걸……'

무슨 차마 못 할 노릇을 죽지 못해 억지로 당하는 것처럼이나 강잉하여 마음을 돌리던 것이다.

그는 제호의 이야기한 '생활의 설계'가 적잖이 만족했다. 욕심 같아서는 기왕이니 제 의향으로, 가령 친정집의 생활 같은 것도 어떻게 요량을 해 달라고 말을 해서 다짐 같은 것이라도 받고 싶었으나, 마음뿐이지 처음부터 너무 야박하다는 생각에 입이 차마 떨어지지 않았다.

마침내 제호는 입이 귀밑까지 째지면서, 신혼 축하를 한다고 하녀를 불러 올려 맥주를 청한다.

초봉이는 비로소 제가 제호의 '아낙'이 되는 것에 대한 제 기호(嗜好)를 생각해본다. 그러나 막상 생각해 보아야 스스로 이상할 만큼[113] 좋고 언짢고 간에 분간을 할 수도 없고, 또 가타부타 간의 시비도 가려지지 않고, 그저 덤덤할 뿐이었다.

---

110 그러한~알리라. : ①②에는 없는 문장이다.
111 안존하다(安存--) : 성품이 얌전하고 조용하다. '안존히'를 여기서는 '가만히'라는 의미로 쓰고 있음.
112 적어도 이 당장에서는 : ①②에는 없는 구절이다.
113 스스로 이상할 만큼 : ①②에는 없는 구절이다.

그러고는 제호와 저를 번갈아 보면서 자꾸만,

'내가 저 아저씨의 아낙?'

'저 아저씨가 내 남편?'

해야, 아무래도 실없는 장난이나 거짓말 같아 우습기나 하지, 조금도 실감은 나지 않았다. 고태수 적에도 이랬던가 곰곰 생각해 보나, 그러한 것을 마음에 헤아린 기억이 없다.[114]

이튿날 낮 두 시, 인제는 정말로 제호의 '우리 아낙'이 된 초봉이는 신혼여행을 미리서 온 셈이 된 유성온천을 떠나 대전으로 버스를 달린다. 달리면서 생각은 두루 깊어,[115] 어쩌면 한 달 지간에 이다지도 갖은 변화를 겪는고 하면, 그것이 모두 제 일이 아니고 남의 일을 잠시 맡아서 해 주는 것만 같았다.

초봉이가 제호를 따라 서울로 올라와서 여관에 묵은 지 나흘째 되는 날이다. 집을 드느라고 제호는 자작소롬한[116] [117] 살림 나부랑이를 자동차에 들이 쟁여가지고 초봉이와 더불어 종로 복판을 동쪽으로 달리기는 오후쯤 해서고.

"저게 우리 회사야…… 위선 임시루 이층을 빌어 쓰는데, 널쩍해서 쓸모가 있어요……."

동관 파주개[118]에서 북편으로 꺾여 올라갈 무렵에, 제호는 길 모퉁이의

---

114 고태수~없다.(이 문장 전체) : ①②에는 없는 내용이다.
115 달리면서 생각은 두루 깊어, : ①②에는 없는 구절이다.
116 자작소롬한 : ③ 자잘모름한
117 자작소롬하다 : 자질구레하다.(우)
118 동관 파주개 : '동관'은 동관대궐(洞-大闕)=동구안 대궐, 즉 창덕궁을 가리키는 것으로 보인다. 창덕궁 인근에 채만식이 다닌 중앙고보(현 중앙고등학교)가 있다. 그런데 '파주개'라는 지명은 찾을 수 없는데, '파자교'가 변할 말이 아닐까 추정해볼 수 있다. '파자교'는 종로구 묘동 57번지 현 단성사 앞쪽에 있던 다리인데, 『서울지명사전』에는 이렇게 설명되어 있다. "조선 초기 대나무를 얽어서 다리를 놓고 그 위에 흙을 덮어서 가설

이층 벽돌집을 손가락질한다.

"……또오, 저긴 활동사진집[119]…… 우리 꽹이 구경다니기 좋으라구, 헤헤."

제호는 유성온천서 돌아오는 버스 속에서부터 초봉이를 '우리 꽹이'라고 불렀다.

동관 중간께서 자동차를 내려, 바른편 골목으로 들어서면 바로 뒷골목을 건너 마주 보이는 집이었었다.

송진 냄새가 나는 듯 말쑥한 새 집이, 문등까지 달리고 드높아서 겉으로 보기에는 산뜻한 게 마음에 안겼다.

대문을 들어서면서 바른편 방이 행랑[120]이요, 다시 유리창을 한 안대문을 들어서면 왼편이 부엌과 안방, 그리고 고패져서[121] 삼간 마루와 건넌방이다. 겉으로 보매 그럴 듯한 것이 들어와서 보니 좁고 옹색하다[122]. 마당이 앞집과 옆집의 뒷벽에 코를 부딪칠까 조심되게 좁았다. 그러한 마당에다가 장독대도 시늉은 해 놓고, 수통[123]도 있기는 있고, 또 좌가 동남으로

했기 때문에 파자다리라고 불렀고 한자명으로 파자교(把子橋)라고 하였다. 음이 변하여 바자다리로도 불렀다. 《승정원일기》 영조 때의 기록에는 파자석교(把子石橋)라고 기록되어 있어 조선 후기 창덕궁이 법궁이 되면서 많은 사람들이 이용하면서 돌다리로 만들어진 것으로 보인다. 다리 부근에 파자전(把子廛)이 있었기 때문에 〈도성도〉에는 파자전교(把子廛橋)로 기록되어 있다. 또한 관리들이 창덕궁에서 조회를 파하고 창덕궁의 정문인 돈화문을 나와 이 다리를 지나갔으므로 파조교(罷朝橋)라고도 불렀다." http∶//terms.naver.com/entry.nhn?docId=411134&cid=43722&categoryId=43722(2017.3.10).

그런데 '파주개'를 '파자교'라고 추정한다면, '파자교'의 위치가 현재의 종로3가역 바로 옆이므로 '동관'이 종묘를 가리킨다고 볼 수도 있다. 종묘 바로 뒤에 창경궁과 창덕궁이 있다는 것을 감안한다면 이러한 위치 추정이 어느 정도 타당하다.

119 활동사진집∶영화관.
120 행랑(行廊)∶대문간에 붙어 있는 방. 예전에, 대문 안에 죽 벌여서 지어 주로 하인이 거처하던 방.
121 고패지다∶길이나 집의 구조 따위가 구부러져 있다.
122 옹색하다(壅塞--)∶집이나 방 따위의 자리가 비좁고 답답하다.

앉은 집이라 겨울 볕은 잘 들어도, 방금 닥쳐오는 여름철은 서쪽이 막혀서 시원할 것 같았다.

그러나 보증금이 이백 원이요, 월세가 삼십 원이라는 소리에, 초봉이는 깜짝 놀랐다.

행랑은 지저분할 테니 두지 말자고, 제호가 미리 말하던 대로 비어 있었다.

주인 내외가 들어오니까, 건넌방에서 배젊어도 빛이 검고 우툴우툴하게[124] 생긴 여자가 공손히 마중을 한다.

식모도 이렇게 미리 구해 놓았고, 또 의복 장롱이야 찬장에 뒤주야 부엌의 살림 제구야 모두 차려 놓은 것을 보니, 초봉이는 태수와 결혼을 하던 날, 역시 이렇게 차려 놓은 집을 들던 일이 생각나서 일변 속이 언짢았다.

살림은 쌀, 나무와 심지어 빗자루 하나까지도 죄다 구비가 되었고, 무엇보다도 반가운 것은 재봉틀이다. 청진동 제호의 큰집에 있던 것을 내려온 듯한데, 초봉이는 윤희가 쓰던 것이거니 하고 보자니 치사스럽기도 하나, 군산서 모친과 더불어 재봉틀도 없이 삯바느질에 허리가 아프던 일을 생각하면, 윤희한테 치사스러운 것쯤 아무렇지도 않았다.

결국 초봉이는 다 만족한 셈이다. 다만 화단을 만들 자리가 아무리 해도 없는 것이 섭섭했지만, 그것은 화분을 사다 놓기로 하면 때울 수가 있으리라 했다.

이튿날 아침 제호가 조반을 먹고 회사로 나간 뒤에 초봉이는 모친한테 편지를 썼다.

사연은, 무사히 왔고 또 요행히 오던 길로 몸 편하게 잘 있을 수 있게 되었으니 조금치도 염려 말라고, 그리고 떠나올 때 편지에 말한 대로 집

---

123 수통(水筒) : 물이 통하는 관. 상수도의 물을 따라 쓰게 만든 장치.
124 우툴우툴하다 : 거죽이 여기저기 고르게 두드러져 있는 상태이다.

보증금 주었던 것이며, 시계, 반지, 양복장 등속을 말끔 팔아서 그렁저렁 지내노라면 종차 형편을 보아 좌우간 무슨 변통을 하겠노라고, 아주 간단히 썼다.

짐작건대 혼인 때 쓰고 남은 돈이 몇 십 원 있을 테고, 또 제가 시킨 대로 주워 보태면 이백 원 돈은 될 테니, 서너 달 동안은 그렁저렁 지탱할 듯싶어 우선 그걸로 친정은 안심할 수 있었다. 종차는 제호한테 다 까놓고 이야기를 해서 살림을 조략히[125] 해서라도[126] 할 테니 매삭 이삼십 원 가량씩 따로 내려 보내 달라고 하든지, 그렇잖으면 달리 무슨 도리를 구처해 달라고 청을 댈 요량이던 것이다.

그것뿐이 아니라, 기왕 계봉이와 형주도 군산서 지금 다니는 학교를 마치는 대로 서울로 데려올 테니, 그 애들의 교육도 제호더러 감당을 해 달라고 할 작정까지도 해 두기를 잊지 않았다.

편지를 쓰고 나서도 한동안 붓을 놓지 못하고 망설였다.

기왕 편지를 쓰는 길이니, 시방 제호와 만나 다 이렁저렁 되었다는 사연을 눈치만이라도 비칠까 하던 것이다.

마땅히 그러해야 도리는 당연할 것이었었다. 그러나, 그러고 보면 비록 부모 자식 간일망정 깊은 곡절을 모르고, 계집아이가 몸가짐을 그리 헤피 했을까 보냐고 아닌 속을 아실 것 같고 해서 그래 주저를 한 것인데, 역시 아직 이르다고, 마침내 먼저 쓴 대로 그냥 편지를 봉해 버렸다.

석양쯤 제호가 싱글벙글 털털거리고 들어오더니 빳빳한 십 원짜리로 오십 원을 착 내놓는다.

"자, 이게 우리 꽹이 한 달 월급이다. 허허허허, 꽹이 월급 주는 놈은 이

---

125 조략하다(粗略--) : 아주 간략하여 보잘것없다.
126 조략히 해서라도 : ①② 졸략히 하더래두 ④ 졸략히 해서라두 ⑤ 졸략히 해서라도

세상에 이 박제호 한 놈뿐일걸? 허허허, 제에기할 것, 허허허허."

"이렇게 많이?"

초봉이는 반색을 하면서 웃는다.

아닌 게 아니라 이삼십 원 월급이나 받는 것보다 월등 낫다는 타산이야 종차 생각나겠지만, 우선 눈앞에 내논 한 달 용돈 오십 원이 푸짐하던 것이다.

"허허! 그게 그리 대단해서!……"

제호는 초봉이의 볼때기를 가만히 꼬집어 주면서……,

"……돈 오십 원이 그리 푸달지다구? 쓰기 나름이지…… 그걸랑 둬 두구서 반찬거리며, 전등세, 수도세, 식모 월급, 그런 거나 주라구…… 집세는 내가 따루 줄 테구, 또 나무 양식두 따루 딜여 보낼 테니깐, 알겠지!…… 응, 그리구 참, 달리 무엇 살림 장만할 게 있다던지, 옷감 같은 걸 끊느라구 모갯돈[127]이 들겠거들랑, 날더러 달라구 말을 하구."

초봉이는 따로 시방 약삭빠른 셈을 따져보고 있다.

수도세, 전등세, 식모 월급 다 치더라도 십 원이 채 못 될 것이고, 반찬거리라야 제호의 밥상을 어설프지 않게 하기로 하더라도 한 달에 이십 원이면 족할 것이고.

그런즉 오십 원에서 이십 원이나, 잘하면 이십오 원씩은 남을 것이니, 그놈을 친정으로 내려 보내 주리라. 종차야 제호더러라도 다 설파하게[128] 될 값에, 우선 얼마 동안은 친정 권솔들을 먹여 살려라 어쩌라 하기도 실상 무엇하고 하니 아예 그렇게 하는 편이 옳겠다.

(그래서 미상불 그 다음 달, 그러니까 칠월 보름에 가서 보니, 조략히[129]

---

127 모갯돈 : 액수가 많은 돈.

128 설파하다(說破--) : 어떤 내용을 듣는 사람이 납득하도록 분명하게 드러내어 말하다.

129 조략히 : ①②④⑤ 졸략히

쓴 보람도 있겠지만 돈이 이십 원하고도 몇 원이 남았었다. 곧 친정으로 내려 보냈을 것이로되, 그동안 편지가 온 것을 보면, 아직은 제가 시킨 대로 했기 때문에 그다지 옹색지 않은 눈치여서 그대로 꽁꽁 아껴 두었었다.)

두웅둥 떴던 초봉이의 마음은 차차로 가라앉기 시작했다. 그것도 처음은, 이 생활이 현실로 믿어지지가 않고, 아무래도 인제 내일 아니면 모레는 다시 무슨 풍파가 일어, 또다시 새로운 그 운명이 시키는 대로 낯선 생활을 맞이하게 되려니 싶기만 했었다.

그러는 동안에 열흘 보름 한 달 두 달, 이렇게 지내노라니까 비로소 마음이 훨씬 가라앉고 생활도 자리가 잡히던 것이다.

그는 서울로 와서 제호와 살게 되면서도, 역시 집과 일에다가 정을 붙였다.

조석으로 집안을 정하게 닦달하고, 세간을 보기 좋게 벌여 놓고, 화분을 사다가 화초를 가꾸고, 재봉틀을 놓고 앉아 바느질을 하고, 그래서 마당에 모래알 하나나 방 안의 전등 덮개 하나에까지도 초봉이의 손이 치이고[130] [131] 마음이 쓰이고 하지 않은 것이 없이 모두 알뜰살뜰했다.

제호는 초봉이가 그러는 것을 너무 청승맞아서 복이 붙지 않겠다고 농담 삼아 말리곤 했지만, 초봉이한테는 그것이 낙이요, 그 밖에는 마음 붙일 것이 없었다.

아침에 제호가 회사로 나가고 나면, 초봉이는 그렇게 심심치 않은 하루를 보내다가, 저녁때부터는 제호의 착실한 아낙 노릇을 하기를 게을리하지 않았다.

제호가 웃으면 같이 웃어 주고, 이야기를 하면 말동무가 되어 주고, 타

---

130 치이고 : [5] 안 간 것이 없고,
131 치이다 : '가다'라는 의미로 쓰고 있음.

고난 솜씨에다가 마음까지 써서 조석을 어설프지 않게 살뜰히 공궤[132]하고, 제호가 미리서 말을 이르지 않아도 노상 즐기는 맥주 몇 병은 얼음에 채[133] 놓았다가 저녁 밥상머리에 내놓을 줄도 알고…….

이렇게 어찌 보면 눈치 빠른 애첩 같기도 하고, 정다운 아내나 착한 주부 같기도 했다.

그러나 실상은[134] 그것이 무슨 제호한테 탐탁스레 정이 있어 그러는 게 아니고, 그런 것 역시 집 안을 깨끗이 치우고, 화초를 가꾸고, 장롱을 훤하게 닦달을 하고, 조각보를 새기고 하는 것과 조금도 다를 것 없이 다만 제 재미를 위해서 하는 노릇일 따름이었었다[135].

이러구러[136] 그는 한갓 승재가 가끔 생각나는 때말고는 이것이고 저것이고 간에 흥분도 없으려니와 불평도 없이, 일에다가 마음을 붙여서 그날그날 지내는, '로봇' 되다가 만 '사람' 노릇을 하기에 골몰하던 것이다.

제호더러는 군산서부터 아저씨라고 불렀고, 친아저씨같이 따랐고, 미더워했고, 그랬기 때문에 시방도 그를 아저씨로 여기고 미더워하고 흔연히 대답을 하고 하기는 해도, 그 이상 남녀 간의 짙은 흥이라든가, 부부다운 정이며[137] 의(誼) 같은 것은 우러나지도 않았고 우러날 건지[138]도 없었다.

오히려 그는 승재를 그리워하는 회포가 깊었다[139]. 오랜 오랜 옛날에 무

132 공궤(供饋) : 음식을 줌.
133 채다 : 채우다. 음식, 과일, 물건 따위를 차게 하거나 상하지 않게 하려고 찬물이나 얼음 속에 담그다.
134 실상은 : ①②에는 없는 말이다.
135 하는 노릇일 따름이었었다 : ①② 그러든것이다
136 이러구러 : 이럭저럭 일이 진행되는 모양. 이럭저럭 시간이 흐르는 모양.
137 정이며 : ①②에는 없는 말이다.
138 건지 : '건더기'의 변한말.
139 그는~깊었다 : ①② 승재를 그리워햇다

엇 소중한 것을 통째로 어디다가 잃어버리고, 그 대신 그득한 슬픔 하나를 얻어 가지고 온 것같이 마음이 허전하니 외롭고, 그럴 때면 그것이 바로 승재가 그리워지는 그 전 순간이곤 했다. 보면 그 다음 순간 영락없이 승재 생각이 나던 것이다.

이것이 초봉이한테는 단 한 가지의 윤기 있는 낙(樂)——괴로운 낙이나, 즐겁게 괴로운 낙이었었다.

그리고 겨우 이것 한 가지로 해서, 그는 오십 넘은 독신의 가정부(家政婦)가 아니고, 아직 청춘이라는 구실(口實)이 되던 것이다.

이와 반대로[140] 제호는 오후와 저녁이면 초봉이의 옆을 떠나지 않았다.

적이나 하면[141], 삼방(三防)[142], 석왕사(釋王寺)[143] 같은 데로 초봉이를 데리고 피서라도 가고 싶었지만, 새로 시작한 회사 일이 하루도 몸을 빼칠 수가 없다.

그 대신 거진 매일 밤, 초봉이를 데리고 본정[144]으로든지 종로든지 산보도 나가고, 나갔다가 눈에 띄는 것이면 옷감이든지 집안 세간이든지 곧잘 사 주곤 했다. 그는 초봉이의 마음을 사자고 여간만 정성을 들이는 게 아니었었다.

---

140 이와 반대로 : ①②에는 없는 구절이다.

141 적이나 하면 : 웬만하면. 어느 정도나마 될 수 있다면.(임)

142 삼방(三防) : 함경남도 안변군에 있는 명승지. 예전에, 남북 간의 중요한 통로를 이루어 세 군데에 통행인을 검사하는 관방(關防)이 설치되어 있었던 데서 비롯한 이름이다. 약수로 유명하다.

143 석왕사(釋王寺) : 함경남도 안변군 설봉산에 있는 절. 조선 태조 때에 무학 대사가 창건한 것으로, 태조 이성계와 깊은 인연이 있어 조선 왕실로부터 상당한 보호를 받았으며, 지금은 선교 양종의 본사(本寺)가 되었다. 원나라의 영향을 받은 응진전(應眞殿)이 유명하다. 일제 강점기에 삼십일 본산의 하나였다.

144 본정(本町) : 일제강점기에 일본인들이 충무로 1~3가의 진고개를 '거주지의 으뜸'을 뜻의 '혼마치'로 부른 이름.

이런 일도 있었다. 살림을 시작한 지 바로 사흘째 되던 날인데, 초봉이
가 부엌에 있다가 저녁상을 들고 들어서니까 제호는 밑도 끝도 없이,

"아니, 초봉이가 그런데, 그게 어떻게 된 셈이야?"

떼어 놓고 하는 소리라, 초봉이는 영문을 몰라 뚜렛뚜렛하다가, 혹시 형
보의 사단이나 아닐까 하고 가슴이 더럭 내려앉았다.

"글쎄 내가 말야⋯⋯."

제호는 그러나 숟갈을 들면서 심상히 설명을 하던 것이다.

"⋯⋯윤희를 보내구 나서는, 이내 다른 여자와는 도무지 상관을 한 일이
없었는데, 허허 그거 참⋯⋯ 아 글쎄 ×× 기운이 있단 말야!⋯⋯ 허허 제에
기할 것, 늙은 놈이 이거 망신이지?⋯⋯ 아무튼 그 사람 고 무엇이라는 친
구가 초봉한테 골고루 못할 일을 하구 죽었어!"

이렇게까지 말을 해도, 초봉이는 충분히 그 뜻을 알아듣지 못했다. 제호
가 그래서 ××이라는 것에 대해 한바탕 기다랗게 강의를 하니까, 그제야 초
봉이는 고개를 숙이고 들지 못했다.

태수와 처음 결혼을 하고 나서 며칠 지나니까, 확실히 시방 제호가 말한
대로 그런 증세가 나타났던 것을 기억할 수가 있었다.

"거 기왕 그리 된 걸 할 수 있나. 인전 치료나 잘 하두룩 해야지, 허허허
허 제에기할 것⋯⋯ 뭐 괜찮아 일없어!145"

제호는 속이야 어쨌든 겉으로는 이렇게 웃어 버리고는 오히려 말 낸 것
을 후회하여 초봉이의 무렴을 꺼 주느라고 애를 썼다146.

이튿날부터 주사며 약이며 일습을 장만해다 놓고는 제법 익숙하게 주사
도 놓아 주고, 저도 놓고, 내외가 앉아서 그다지 유쾌하다고는 할 수 없는

---

145 ⋯⋯ 뭐 괜찮아 일없어! : ①②에는 없는 내용이다.
146 웃어버리고는~ 애를 썼다 : ①② 우서버리고 초봉이의 무렴을 꺼주엇다

치료를 그러나 재미삼아 농도 삼아 계속을 했었다.

이렇게 범사에 제호는 초봉이를 다독거리고 어루만지고 하기를 잊지 않았다.

그는 한동안 아내 되는 윤희의 히스테리와 건강치 못한 것으로 해서, 가정의 낙은 고사하고 어금니에서 신물이 났던 참인데, 일찍이 마음이 간절했던 초봉이를 얻어 이렇게 아늑한 가정을 이루고 보니, 이래저래 초봉이가 귀엽고 소중하지 않을 수 없었다.

하기야 초봉이가 새침하니 저는 저대로 나돌고 속정을 주지 않아서 흥이 미흡하고 혜먹는 줄을 모르는 바도 아니요, 사실이지 언제까지고 이대로 알찐147 맛이 없이 지내라면 그것은 마치 석고로 빚은 인형을 데리고 사는 것 같아 죽어도 그 짓을 오래 두고는 못 해낼 듯싶었다.

그러나 저도 사람이거든 인제 정이 쏠리는 날이 있겠지, 제 정을 앗자면 내가 더욱 정답게 굴어야지, 이렇게 뒤를 보자고 온갖 정성을 다 들였다. 혹시 초봉이가 새치임하든지 하면 제 딴에는 버엉뗑하고 흥을 내준다는 게,

"우리 괭이가 기분이 좋잖은 게로군?…… 응?…… 아나 괭아, 조굿대가리148 주께 이리 온149."

하면서 손을 까불까불, 장난을 청한다.

그럴라치면 초봉이는,

"말대가리 말대가리."

하면서 눈을 흘기고, 영 심하면 정말 고양이같이 달려들어서는 제호의 까부는 손등이고 빈대머리150진 이마빡이고 사정없이 박박 할퀴어 준다. 여

---

147 알찌다 : 알차다. 실속이 있다.

148 조굿대가리 : 조기 대가리. '조구'는 '조기'의 방언(경남, 전라, 평안).

149 이리 온 : ③④ 이이론

150 빈대머리 : ④ 비대머리   ⑤ 대머리

느 때는 들어 보지도 못한 쌍스런151 욕을 내갈기기도 한다.

　마음 심란하던 차에 탐탁하지도 않은 사람이 괜히 앉아서 지분덕거리는152 153 게 더욱 싫어서 자연 소갈찌를 내뜰곤 하던 것인데, 속을 모르는154 제호는 제호대로 그럴 적마다 윤희의 히스테리의 초기 적을 생각하고, 초봉이도 그 시초를 잡는 거나 아닌가 싶어 혼자 속으로 입맛이 쓰곤 했다.

　　　： 표준국어대사전에는 이 말은 없고 '대머리'를 낮잡아 이르는 뜻의 북한어로
　'번대머리'를 올려 놓고 있음.
151 쌍스런 : [1][2]에는 없는 말이다.
152 지분덕거리는 : [5] 지분거리는
153 지분덕거리다 : 짓궂은 말이나 행동으로 자꾸 남을 성가시게 하다.
154 속을 모르는 : [1][2]에는 없는 구절이다.

13. 흘렸던 씨앗

1

칠월과 팔월은 그럭저럭 지나갔고 더위도 훨씬 물러가, 마음부터 우선 가을이거니 여겨지는 구월이다.

장마가 스쳐간 처마 끝의 하늘이, 좁다란 대로 올려다보면 정신이 들게 푸르다.

뜰 앞 화분에는 국화가 망울이 앉고, 억척으로 마당 한 귀퉁이를 파 일궈 심은 달리아가 한 길이나 탐지게[2] 자랐다.

제호는 인제 며칠 아니면 당하는 추석에, 단풍철의 금강산이나 모처럼 둘이서 휘익 한번 다녀오자고 벼르고 있다. 해서, 즐겁자면 맘껏 즐길 수는 있는 가을이다. 그러나 초봉이는 저놈 달리아에서 빨갱이가 피려느냐, 노랭이나 하얀 놈이 피려느냐 하고 속으로 점치면서 기쁘게 기다릴 경황 조차 없이 마음은 어두워가기 시작했다.

초봉이는 지나간 오월, 군산에서 고태수와 결혼하던 바로 전날 여자의 타고난 매달 행사 ××을 마쳤었다.

그랬으니 날짜야 쳐보나마나 늦어도 유월 그믐정[3]께까지는 그게 있었어야 할 텐데 그냥 걸러 버렸다. 처녀 적에는 한 번도 거른 적이 없었다.

그러나 유월 그믐, 그때가 마침 제호와 새살림을 시작해서 수수하기도 했거니와, 일변 결혼을 하면 그런 변조[4]도 생긴다더니, 그래서 그러나 보다

---

1 [1][2]는 아직 '대피선' 장이 끝나지 않은 채이며, 또한 이 부분에 다음과 같은 문장이 첨가되어 있다.
　대피선(待避線)에서 머물 시간은 다 되었다.
2 탐지다 : '탐스럽다'의 방언(전남).
3 정 : '경(頃)'의 방언으로 보임.
4 변조(變調) : 보통과 다른 상태가 됨. 또는 상태를 바꿈.

고 심상히 여기고 말았다.

그 다음 달인 칠월 그믐께도 역시 감감, 소식이 없고 그냥 넘겨 버렸다.

가슴이 더럭 내려앉았으나, 설마 그랬으랴 하는 생각으로 하루 이틀, 매일같이 기다리는 동안에 팔월이 다 가도록 종시 소식이 없고 말았다.

구월로 접어들더니 그제는 분명한 임신의 징조가 보였다. 그것은 여자의 직감이기도 하려니와, 그의 모친이 막내둥이 병주를 포태[5]했을 때 여러 가지로 변화가 생기던 것을 본 기억도 도움이 되었다.

맨 처음, 신 것이 많이 먹혔다. 신 것 중에도 살구가 그놈이 약간 설익는다 해서 시큼한 놈을 실컷 좀 먹고 싶은데, 철이 아니라 할 수 없이 나쓰미캉[6]을 사다가는 이빨이 뻐득뻐득하도록[7] 흠씬 먹었다.

한 번은, 여느 때는 즐겨하지도 않는 두부가 금시로 먹고 싶어서 식모를 시켜 한목 열 모를 사다가는, 일변 철[8]에다가[9] 기름으로 부치면서 집어 먹으면서 한 것이 두부 열 모를 다 먹어 냈다. 식모가 그걸 보더니 빈들빈들,

"아씨, 애기 서시나베유?"

하는 것을, 새수빠진 소리 작작 하라고 지천을 해 주었다.

이 허천들린[10] 것같이 음식 먹고 싶은 증세가 지나고 나더니, 이번에는 입덧이 나서 욕질[11]이 자꾸만 넘어오고, 가슴이 체한 것처럼 거북하기 시

---

5 포태(胞胎) : 임신(妊娠).

6 나쓰미캉 : なつみかん(夏蜜柑). 여름밀감.

7 뻐득뻐득하도록 : 표준국어대사전에는 '뻐득뻐득'이 '말이나 행동이 고분고분하지 아니하고 뻑뻑한 모양'이라고 되어 있으나, 여기서 이 말은 '뻐득뻐득 소리가 날 정도로'의 의미로 쓰고 있음.

8 철 : 번철(燔鐵). 전을 부치거나 고기 등을 볶을 때에 쓰는, 솥뚜껑처럼 생긴 무쇠 그릇.

9 철에다가 : ⑤ 절여다가

10 허천들리다 : 걸신들리다(나다). 굶주리어 음식에 대한 욕심이 몹시 나다.(임)

11 욕질 : 욕지기. 토할 듯 메스꺼운 느낌.

작했다.

밥맛은 뚝 떨어지고, 그렇지 않아도 여름의 더위에 시달려 쇠약해진 몸이 더욱 기운을 차리지 못하고 휘이 휘둘렸다. 그러나 이런 몸의 고통쯤은 약과였었다.

고태수와 결혼을 하고, 장형보한테 열흘 만에 겁탈을 당하고, 다시 보름 만에 박제호를 만났으니 대체 이게 누구의 자식이냔 말이다.

요행 제호의 씨라면 더할 나위 없이 좋은 일이다. 그러나 태수의 씨라면 딱한 노릇이다.

그렇지만 제호는 속이 틘 사람이라, 그런 이해야 해줄 테니 그런 대로 괜찮다 치더라도 만약 불행해서 형보의 씨이고 보면?……

생각하면 기가 딱 질렸다. 방금 제 뱃속에 형보와 꼭 같이 생긴 것 하나가 들어 있거니 싶고 오싹 몸서리가 치이곤 했다.

'대체 뉘 자식이냐?'

아무리 답답해도 미리서 알아낼 재주는 없었다. 고가의 자식일 수도 있으면서 아닐 수도 있고, 박가의 자식일 수도 있으면서 아닐 수도 있고, 장가의 자식일 수도 있으면서 요행 아닐 수도 있기는 하고.

그러니 그 분간은 결국 낳아 놓은 담에라야 나설 것이다. 그러나 만일 낳아 놓고 보아서 제호면 제호를, 태수면 태수를 닮았다면 이거니와 형보를 닮았다면 그것은 해산이 아니라 벼락을 맞는 것이요, 자식을 낳아 놓는 게 아니라, 구렁이같이 징그러운 고깃덩이를 낳아 놓는 것일 것이다.

제호한테도 낯이 없을 뿐 아니라 천하에 그것을 젖꼭지를 물려 가면서 기르다니, 죽으면 죽었지 그 짓은 못한다.

혹시 아무도 닮지 않고 저만 탁해[12] [13] 주었으면 해롭지 않을 듯하기는

---

12 탁해 : ⑤ 택해

하나, 그러고 보면 이게 뉘 자식이냐는 것을 분간 못 할 테니 안 될 말이다. 애비 모를 자식을 낳아 놓았다께, 가령 제호가 그런 속 저런 눈치를 모르고 제 자식인 양 좋이 기른다 하더라도 남의 계집으로 앉아서는 차마 민망해 못할 노릇이다.

그뿐더러 애비 모르는 자식이 애비 아닌 애비를 애비로 부르게 하는 것도 본심 있어야 더욱 못할 짓이다.

'그러면 일을 장차 어떡하나?'

미장이의 비비송곳[14]같이 천착[15]을 한 끝에는 애가 받아 이렇게 자문을 하는 것이나 역시 시원한 대답은 나오지 않고, 되레 더 무서운 골로 궁리는 빠져 들어가던 것이다.

비록 석 달밖에 안 된 생명이지만, 그렇더라도 그걸 밟아 죽이는 것이 죄로 갈 짓은 죄로 갈 짓이나, 뒷일을 두루 각다분찮게 하자면, 역시 낳지 마는 것이 옳겠다는 것이다.

생각이 이에 미쳤을 때 그는 두려움에 몸을 떨었다. 그러나, 두려워도 차라리 그 두려움을 취하고 싶었다.

더욱이 제호가 임신을 한 눈치를 챌까 봐서 애가 쓰였다. 그래 더구나 ××면 ××를 진작 시켜 버리든지 해야겠다고 초초히[16] 결심을 하고 말았다. 하나 그렇게 결심은 했어도 그놈을 시행하자니 또한 어려운 고패여서, 섬뻑 손이 대지지가 않았다. 그리하여 몸은 담뿍 지쳤는데 마음 또한 암담하고 일변 초초하여 살림이고 좋은 가을이고 통히 경황이 없던 것이다.

---

13 탁하다 : '닮다'의 방언.
14 비비송곳 : 자루를 두 손바닥으로 비벼서 구멍을 뚫는 송곳. 흔히 자루가 길며 촉이 짧고 네모지다.
15 천착(穿鑿) : 어떤 원인이나 내용 따위를 따지고 파고들어 알려고 하거나 연구함.
16 초초하다 : 근심과 걱정으로 시름없다.

제중당에 석 달 있었던 빈약한 경험과 막연한 상식의 힘으로 'XX XXX', 즉 'XXX'이라는 약을 알아내기에 초봉이는 보름 장간[17]이나 애를 썼다.

약을 알아내고 이어 사다 놓기까지 하고서도, 그러나 매일같이 벼르기만 하고 벌써 십여 일이나 미룸미룸 미뤄 나왔다.

시월 열흘께다. 인제는 배가 제법 도독이[18] 불러 올라 손으로 옷 위를 만져도 그럴싸했다.

아침인데 제호가 조반상을 받더니,

"요새 어찌 신색이 많이 못됐어! 어데 아픈가?"

하면서 딴 속 있이[19] 흐물흐물[20] 웃는다.

초봉이는 가슴이 뜨끔했으나, 아마 그새 여러 날 횟배[21]가 아프더니 그래서 그런가 보다고 천연덕스럽게 둘러댔다.

"횟배? 그럴 리가 있나!…… 아무려나 오늘 나하구 병원엘 가던지, S군을 청해 오던지 해설랑 진찰을 좀 해 볼까?"

"싫여요!"

초봉이는 잘겁해서 절로 소리가 보풀스럽다[22].

"허어! 저런 변괴가 있나! 몸 아픈 사람이 그래, 진찰을 해 보자는데 그렇게 쏠 건 무어람? 응? 허허허허. 그리지 말구, 자아 어서 밥 먹구 이쁘게 단장두 허구 그래요. 그럼 병원에 다녀오다가 내 조선호텔[23] 한탁 쓰

---

17 장간(長間) : 긴 동안.

18 도독이 : ①②⑤ 도독히
　　　　　 : 조금 두껍게

19 있이 : ①② 잇시　　　③④⑤ 있어

20 흐물흐물 : ⑤ 흐물흐물

21 횟배(蛔-) : 거위배. 회충으로 인한 배앓이.

22 보풀스럽다 : 보기에 모질고 날카로운 데가 있다.(임)

23 조선호텔 : 1910년 한일 병합 조약 체결로 한반도를 직접 통치하게 된 일본의 조선총독

잖으리?"

"싫대두 그래요!"

"저런 고집이 있을라구! 허허허허…… 그럼 병원이 그렇게 싫거던 일러루 오라구. 내라두 맥을 좀 짚어 보게……."

제호는 밥 먹던 손을 슬그머니 내민다. 초봉이는 물씬물씬 물러나면서,

"싫여! 몰라! 마구 할퀼 테야, 마구……."

하고 암상떨이²⁴를 한다.

"허허허허, 우리 괭이가 어째서 저럴꼬? 허허허허. 그래 그럼 고만두지 인전 다아 알았으니깐…… 허허허허."

"알긴 무얼 안다구 저래! 밉상이네!"

"흐응, 그렇게 숨기려 들 거야 무엇 있누? 응?…… 제에기할 것. 우리 괭이가 인전 벌써 애기 어머니가 된단 말이었다! 허허허허."

"저이가 미쳤나!…… 어이구 참, 볼 수 없네!"

"제에기할 것, 나두 우리 초봉이 덕분에 막내둥일 본단 말이지?"

"드끄러워요. 괜히 심심허니깐 사람 놀릴 양으루……."

"놀리긴! 남은 시방 좋아서 그리는데."

제호가 좋아서 그런단 말은 그러나 공연한 말이고, 유쾌해하는 것은 역시 농이던 것이다. 그는 진작부터 거니는 챘었지만²⁵, 간밤에야 그게 적실

부는, 수도인 경성부(현재의 서울)에 일본이나 외국의 귀빈을 맞을 수 있는 숙박시설의 정비를 구상했다. 그리고 조선총독부철도의 부속기관으로, 조선 국왕이 제례를 행하던 환구단의 일부를 헐고, 1914년 10월 10일에 인천의 대불(1888), 손탁호텔(1902) 다음으로 한반도에서 세 번째 서양식 호텔인 조선호텔을 개업했다. 조선호텔은 조선총독부와 경성역의 중간 지점이었고, 맞은편에는 경성부청사가 있었고, 조선은행과도 300미터 거리로 가까워 편리한 위치였다. 일본에 거주하던 독일 건축가 게오르크 데 랄란데가 설계한 호텔로 내부에 오티스가 제작한 엘리베이터 시설을 갖추고 있었다. 일본의 건축회사 시미즈구미가 건축을 시행하였다.

24 암상떨이 : 남을 시기하고 샘을 잘 내는 짓.

한 줄 알았는데, 그러자 초봉이가 이렇게 폴폴[26] 뛰는 걸 보고 여간만 시방 속이 뜨악한 게 아니다. 분명코 초봉이가 고태수의 혈육을 잉태했기 때문에 한사코 임신을 숨기려 들거니, 미상불 전남편이 죽은 지 겨우 보름 만에 내게로 왔었고, 그러니까 이번 임신이 노상 전엣 사람의 씨가 아니라고 할 수도 없으려니 싶었던 것이다.

제호는 그렇다면 생판 제 계집이 낳아 놓는 남의 자식을 떠맡아 가지고 길러야 할 판이라 억울한 '아비의 부담'이요, 불쾌한 기억의 기념물이 아닐 수 없는 것은 아니었다. 그러나 일변, 아무리 그렇더라도 그 계집을 데리고 사는 이상 그것을 부담을 했지 별수가 없는 것이고, 또 그처럼 비명횡사를 한 인간 하나의 혈육이 생명으로 남아 있다는 것이 신기하기도 한 일인즉 활협 삼아서라도 끝을 두고 보기는 할 만한 것이라고 그는 울며 겨자 먹는 푼수로 단념을 하고 말았다[27].

제호가 이렇게 속 다르고 겉 다른 말을 하는 줄은 아나 모르나 간에, 초봉이는 저대로 마음이 급하여, 그새 여러 날 두고 미뤄만 오던 계획을 오늘은 기어코 해치우려니 단단한 결심을 가졌다.

제호가 나가기가 바쁘게 장롱 옷 사품에다가 잘 건사해 두었던 ×××를 찾아냈다. 조반도 먹을 생각이 없고, 식모더러 냉수만 가져오게 했다.

일호[28] 교갑[29] 열두 개, 이것은 보통 때 약으로 먹자면 사흘 치 분량이니 극량[30]에 가깝다. 그래 좀 과한 줄을 알고서 두 개는 덜어놓고 열 개만 해

---

25 거니는 챘었지만 : [1][2] 건의는 챘섯지만　[3] 거니는 했었지만　[4] 건의는 챘었지만
　　[5] 건의는 했었지만

26 폴폴 : [5] 풀풀

27 것이라고~ 말았다 : [1][2] 것이라햇다

28 일호(一壺) : 한 개의 병이나 표주박.

29 교갑(膠匣) : 캡슐.

30 극량(極量) : 규정한 최대의 분량. '최대 용량'의 전 용어.

서 왼편 손 손바닥에 쥐었다.

바싹 도사리고 앉으면서 바른손으로 냉수 그릇을 집어 들었다. 손이 바르르 떨리고, 무심결에 아랫배가 내려다보인다.

그새 십여 일 두고 번번이 여기까지 해 보다가는 금시로 하늘이 내려다보고, 뱃속엣 것이 꿈틀하는 성만 싶어서 도로 걷어치우곤 했던 것이다.

유난스럽게 속엣 약이 반짝거리는 교갑 열 개를 손바닥에다가 받쳐 든 왼편 손이 입으로 올라오려다가는 마치 천 근 무게로 잡아끌듯이 바르르 떨면서 도로 내려가고, 몇 번이고 이 승강이를[31] 하다가 마침내 휘유[32] 한 숨이 터져 나온다.

할 수 없이 바른손에 든 물그릇을 내려놓고, 왼편 손 손바닥의 교갑만 말끄러미 내려다본다.

'요것만 입에다가 탁 털어 넣고 물만 두어 모금 마시면……'

초봉이는 손바닥에 쥔 ×××교갑을 내려다보고 있는 동안에 차차로 이 약에 대해서 일종 야릇한 매력을 느꼈다.

쉬울 성싶어도 졸연찮고 어려운 일이니 더 어렵기는 한데, 그러나 그놈 한 고패만 눈을 지그려 감고, 이를 악물고, 그저 죽는 셈만 대고서 꿀꺽 넘겨만 버리면, 그때는 무서워도 소용이 없고, 시뻘건 ×덩이를 쏟뜨릴 때에 하늘이 올려다보여도 역시 소용이 없고, 그러나 그렇더라도 그 덕에 이 뱃속에 들어 있는 이것을 십 삭을 채워 낳아 놓고[33] 기르고 하느라고 겪는 갖추갖추의[34] 고통과 불쾌함을 면하게 될 것이니 그게 어디냐.

이렇게까지 생각을 하고서 다시 교갑을 출싹거려 볼 때에는 시방까지의

---

31 승강이를 : ⑤ 실랑을
32 휘유 : ③ 후유
33 채워 낳아 놓고 : ⑤ 채워나 놓고
34 갖추갖추 : 여럿이 모두 있는 대로.

무거운 압박과는 달리 무슨 긴장한 게임이나 하려는 순간인 것같이 이상스럽게 고수우한[35][36] 흥분을 느낄 수가 있던 것이다.

한 시간을 넘겨 별렀던 모양이다. 마루에서 괘종이 땡 하고 치기 시작하더니 이어 땡땡땡 여러 번을 친다.

세어 보나마나 열한 신 줄 알면서도 귀를 기울여 세고 있다가,

'오래잖아 점심을 먹으러 올 텐데, 그전에 어서 바삐……'

이렇게 급하게 저를 추겨 댄다.

그래도 조금만 더 충그리고 싶어 그럴 핑계를 찾아내려고 휘휘 둘러본다. 마침 이불장이 눈에 뜨인다. 일어서서 요와 누비이불과 베개를 내려다가 아랫목으로 펴 놓는다.

옷도, 뒷일이 수나롭게 입고 있어야지 하고 속옷을 단출하게 갈아입는다.

그러고는 또 미진한 게 없나 하고 둘러본다. 그러나 정말 미진한 것을 염량해서 그러는 게 아니라 자꾸 더 충그리고 싶어서 그러는 제 마음을 제가 알았을 때에는, 이러다가는 죽도 밥도 안 되겠다고 저를 나무라면서 물그릇을 얼른 집어 든다.

집어 들면서 다시는 망설이지 못하게 하느라고 이어 눈을 지그려 감고 고개를 뒤로 젖히고 입을 벌린다. 이를 악물자고 했으나 먹는 놀음이 되어서 그건 할 수가 없었다.

열 개가 한꺼번에는 넘어갈 것 같지 않아 우선 반 어림해서 목구멍에 쏟아 넣고는 물을 마신다.

뿌듯했으나 그런대로 넘어간다.

'인제도!'

---

35 고수우한 : [3] 고소한
36 고수하다 : 고소하다.

시원하다고 저를 조지면서 그 다음의 나머지를 다시 털어 넣고 물을 마신다.

'인제도!'

아까처럼 목구멍으로 뿌듯이 넘어갈 때 연거푸 또 이렇게 조진다.

그게 글쎄 어디라고 요만큼 수월한 노릇을 안 하려고 벼르고, 망설이고, 핑계대고 한 제 자신이 괘씸했던 것이다.

자, 인제는 뱃속에서 야단법석이 일어나고, 마침내는 그 지긋지긋한 그놈의 ×덩이가 시원하게 빠져나오기는 나올 테라서, 그 일에만 정신이 팔려 방바닥에다 남겨 둔 교갑 두 개는 미처 치우지도 않고, 그냥 이부자리 속으로 들어가 눕는다.

한 삼십 분 동안, 이제나저제나 기다리고 있노란즉[37] 비로소 속이 메스껍기 시작한다.

다 이래야 약이 되겠거니 하고 진득이 참는다. 그러나 차차로 차차로 참기 어려울 만큼 속은 더 뉘엿거리고[38] [39] 아파 오기까지 한다. ××이 수축이 되는 것도 약간 알 수가 있었다.

왱하니 귀가 울고, 머릿속이 휘이휘 휘둘려 어지러워나고[40], 눈에 보이는 것이 모두 노오래지고 한다. 정신이 가물가물하고 속 메스꺼운 것, 뒤틀리고 아프고 한 것이 점점 더 급해 간다[41].

그래도 게우지 않으려고 정신 몽롱한 중에도 이빨을 악물어 가면서 참아내는 것이나, 그 노력이 길지 못했던 것은 물론이다.

---

37 있노란즉 : ①② 잇슨다음에   ③④ 있느란즉   ⑤ 있으려니까
38 뉘엿거리고 : ①② 뉘엇거리고   ④⑤ 뉘웃거리고
39 뉘엿거리다 : 속이 메스꺼워 자꾸 토할 듯하다.
40 어지러워나고 : 어지러워지고.
41 급해 간다 : ①② 다급해갓다   ⑤ 급해만 간다

식모가 허겁지겁 회사로 달려와서 제호를 불러내어,

"아씨가, 저어 아씨가 돌아가세유! 헷소리를 허세유! 정신을 못 채리세유!"

하면서 대중없이 주워섬기기는 바로 오정이 조금 지나서다.

'××를 시키려고 약을 먹었구나!'

제호는 단박 속을 알아채었다.

허둥지둥하면서도 친구요 개업의인 S한테 전화를 걸어 위세척을 할 준비까지 해 가지고 오라는 부탁을 한다. S는 실상 산부인과의 전문의사지만, 제호와 절친한 관계로 제호네 집안에서 누가 손가락 하나만 다쳐도 그리로 쫓아가고, 골치만 좀 띠잉 해도 불러오고 하는, 말하자면 촉탁의산[43] 맥[44]이었었다[45].

제 할 말만 다 하고 난 제호는 수화기를 내동댕이치고 한 걸음에 두 발씩 뛰어 집으로 달려간다.

제호는 가령 무엇이 되었거나, 이미 한 번 '에미'라는 인간의 배를 빌려 생명의 싹이 트인 그것을 모체까지 위험한 독약을 먹여 가면서[46] 악착스럽게 ××를 시키는 데는 동의를 않는 사람이다.

허기야 그도 초봉이가 아비 모르는 '모듬쇠'[47] 자식을 낳지 말아 주었으

---

42 ①②⑤는 여기서 한 줄을 띄지 않고 있다.

43 촉탁의사(囑託醫師) : 촉탁의(囑託醫). 학교나 회사 같은 데에서 건강 진단, 질병 치료 따위를 위촉하고 있는 의사.

44 맥(脈) : 맥락(脈絡). 사물 따위가 서로 이어져 있는 관계나 연관.

45 촉탁의산 맥이었었다 : ①② 촉탁의산맥이다   ④ 촉탁의산 맹이었었다   ⑤ 촉탁의사인 셈이었다
    : 촉탁의사인 셈이었다.

46 먹여가면서 : ①②⑤ 먹어가면서

면야 해롭잖아 하기는 할 테지만, 그렇다고 ××라는 수단으로 그런 만족을 사고 싶지는[48] 않았었다. 더구나 시방은 ××가 되고 안 되고는 차치하고, 첫째 초봉이의 생명의 위험이 염려스러워서라도 그다지 다급히 서둘지 않을 수가 없던 것이다.

제호는 선뜻 부엌에 있는 자숫물통[49] [50]을 통째 집어 들고 방으로 달려 들어간다.

초봉이는 보니, 정신을 놓고 펼쳐 누워 숨도 쉬는 둥 마는 둥 확실히 위태해 보였다.

대체 무얼 먹었는고 하고 둘러보다가 방바닥에 두 개 남아 있는 교갑을 집어 뽑아 보고는 ×××인 줄 알고서, 그래도 조금은 안심을 했다. 혹시 '맥×(麥)×'이나 먹지 않았나 해서 은근히 더 걱정을 하고 왔던 참이다.

많이 토했는지, 식모가 걸레로 훔쳐낸 방바닥에 아직도 그대로[51] 흥건히 괴어 있는 걸 보고 자숫물[52]도 퍼 먹이지 않고 맥만 짚고 앉아서 의사가 오기를 기다린다.

매우 초조하게 기다린 지 이십 분쯤 해서 S가 간호부까지 데리고 달려들었다.

우선 막상 몰라 위세척을 하기는 했으나, 역시 토할 것은 토하고 흡수될 놈은 흡수되고 했기 때문에 그건 별반 효험을 내지 못했다.

위세척을 한 뒤에 이어 강심제와 해독제로 주사를 한 대씩 놓았다. 이렇

---

47 모듬쇠 : '여러 남자로부터 씨를 받은'의 의미로 작가가 만든 말인 듯함.
48 싶지는 : ⑤ 싫지
49 자숫물통 : ①②④ 자수물통   ③⑤ 개숫물통
50 자숫물 : '개숫물'의 방언. '개숫물'이란 '음식 그릇을 씻을 때 쓰는 물'.
51 아직도 그대로 : ①② 아직 그래두   ③ 아직도 그래도   ④ 아직 그대루
52 자숫물 : ①②④ 자수물   ③⑤ 개숫물

게 하면서 자연회복이 되기를 바랄 수밖에 별 도리가 없었던 것이다.

"어때……? 뒤어지지나53 않겠나? 그놈의 제에기할 것!"

얼굴에 아직도 긴장이 덜 가신 채, 제호는 S가 청진기를 떼어 들기를 기다려 물어보는 것이다.

"제에길 하다니……?"

S는 제호를 따라 마루로 나오면서 시치미를 떼고 농담부터 내놓는다. 이 둘은 언제고 농을 않고는 하는 말이 심심해서 못 배기는 사이다.

"……응? 죽으면 죽구, 살아나면 살아나는 게지, 어째 그 제에길 하나?"

"배라먹을 게 어쩌자구 ×××을 그렇게 다뿍 집어 삼키더람!"

제호는 S가 농담을 하는 데 그래도 적잖이 마음을 놓고서, 그와 마주 담배를 붙여 물고 앉는다. 무척 애를 쓴 표적은, 금시 입술이 바싹 말라붙은 걸로도 알 수가 있다.

"대장쟁이 집에 식칼이 없어 걱정이라더니, 이건 제호 자네는 약장수 집에 약이 너무 많아 성활세그려?"

"여편네 무지한 것두 딱해."

제호는 시방 속으로는 S가 초봉이의 임신한 걸 알까 봐서 은근히 애를 태우고 있다. 아무리 친한 S한텔망정, 초봉이가 ××을 시키려고 이 거조를 했다는 눈치는 보이고 싶지 않던 것이다.

"그게 다아 죄다짐54이라는 걸세……."

S는 제호가 꼼짝 못 하는 게 재미가 나서 자꾸만 더 놀려 주면서, 환자는 잊어버린 것같이 태평이다.

"……죄다짐이라는 거야…… 오십 전짜리 인찌끼55약 만들어서 광고만

---

53 뒤어지다 : 뒈지다. '죽다'를 속되게 이르는 말.

54 죄다짐(罪--) : 죄에 대한 갚음.

55 인찌끼 : いんちき. 속임. 협잡. 가짜(물건).

크게 내굴랑은 오 원 십 원 받아먹는 죄다짐이야."

"그래, 자네네 의사놈들은 위너니 이 원짜리 주사를 이십 전씩 받구 놔 주지?"

"그리구 죄가 또 있지. 아인두 족한데 츠바이, 드라이[56]씩 독점을 하구 지내구…… 응? 하나찌두 일이 오분눈데 쓰나찌나 세나찌나 무슨 일이 있 나?[57]"

"옛놈은 팔선녀두 데리구 놀았으리? 제에기할 것."

"그런데 자네, 요샌 그 '제에기' 하루에 몇 번씩이나 하나?"

안방에서 간호부가 까알깔 웃고, 식모는 킥킥 웃음을 삼킨다.

조금 만에 S는 청진기를 들고 방으로 들어가려다가,

"××이나 안 돼야 할 텐데……!"

하면서 의미 있이 빙긋 웃고는 제호를 내려다본다.

제호는 할 수 없이,

"허! 제에기할 것."

하고 뒤통수를 긁적긁적한다.

초봉이가 머리칼 한 오라기만한 정신에 매달려 두웅둥 뜨다가 땅속으로 가라앉았다가 배암같이 생긴 형보한테 쫓겨다니다가, 그게 갑자기 태수이기 도 하고, 염라대왕 앞에 붙들려 가서 문초도 받아 보고, 문초를 하던 염라 대왕이 제호가 되어 기다란 얼굴로 히죽이 웃으면서 옆으로 오기도 하고, 형보가 칼로 옆구리를 찢고 뱃속에서 기어 나오기도 하고, 이런 혼몽 중에

---

56 아인(ein)·츠바이(zwei)·드라이(drei) : 독일어로 각각 하나·둘·셋. '아인(ein)'은 '아 인스(eins)'의 잘못.

57 하나찌두 일이 오분눈데 쓰나찌나 세나찌나 무슨 일이 있나? : 맥락상 "한 여자 건사하 기도 힘든데 둘이나 셋을 어떻게 감당하나?" 정도의 의미. '찌'는 일본어로 '여자의 젖'을 뜻하는 'ち[乳]'로 추측해볼 수 있고, '쓰나'는 '둘'을 뜻하는 방언 '두나', '세나'는 '셋'의 방 언으로 볼 수 있다. 그러나 '오분누'는 뜻이 불확실하다.

서 온껏[58] 하룻낮 하룻밤을 지나 제정신이 들기는 그 이튿날 저녁 나절이다.

정신이 들자 이어 생신 줄을 아는 순간, 맨 먼저 손이 아랫배로 가졌다. 돈도옥하게[59] 배가 만져질 때 그는 안심과 실망을 한꺼번에 느끼면서 한숨을 내쉬었다.

사흘이 지나서 초봉이는 ××를 시키자던 것은 저까지 잡을 뻔하고 실패했으나 기운은 웬만큼 소성이[60] [61] 되었고, 제호가 저녁상을 받을 때에는 자리를 밀어 놓고 일어나 앉을 수도 있을 만했다.

"그대루 누었잖구!…… 누었으라구, 그냥."

제호는 성화하듯 만류를 하면서, 비바람 함빡 맞고 휘달린 꽃같이 초췌한 초봉이의 얼굴을 물끄러미 건너다본다.

초봉이는 점직해, 웃으려다 말고 외면을 한다. 제호가 이내 그 일에 대해서는 입을 떼지 않았고, 그래서 둘의 사이에는 무엇이 께름하니 걸려 있는 것 같아 마주 얼굴을 치어다보고 앉았기가 거북했던 것이다.

제호는, 그러나 그 일을 제 속치부나 해 두고 탓을 말겠던 게 아니고, 초봉이가 몸이 완구해지거든 차차 타이르려니 기다리고 있던 참이다.

"사람두 원!……"

제호는 이윽고 빙긋 웃으면서 숟갈을 집어 든다.

"……건 무슨 짓이람?…… 그리다가 죽으면 어쩔려구 그래? 겁두 나지 않어?"

초봉이는 외면을 하고 앉아 치마 고름만 만지작거린다.

---

58 온껏 : 아주. 완전히.
59 돈도옥하게 : ③ 돈독하게
    : 돈독하게. 여기서는 '도독하게' 정도의 의미로 쓰고 있음.
60 소성이 : ⑤ 소생이
61 소성(蘇醒) : 까무러쳤다가 다시 깨어남. 중병을 치르고 난 뒤에 다시 회복함.

"응? 초봉이."

"……"

"초봉이?"

"……"

"그러면 못쓰는 법야. 어찌 됐던지 간에 초봉인 그 생명의 어머니가 아닌가? 어머니…… 그런데 글쎄 그 거조를 하다니, 송구스럽지도 않던가?"

초봉이는 '어머니'라는 이름 밑에서 책망을 듣고 보니 미상불 송구한 것 같기는 했다. 그러나 그저 그럴싸했지, 진정으로 마음이 저리게 죄스러운 줄은 모르겠었다.

만일 이번이 두세 번째의 임신이라면 어머니답게 참으로 송구한 마음이 마음에서 우러나기도 했을 것이다. 보다도 오히려 남의 책[62]을 듣기 전에 그랬을 것이요, 혹은 이러고저러고 없이 애당초부터 ××이란 염도 내지 못했을는지 모른다. 그러나 초봉이로 말하면 아직까지도 완전하게는 '어머니 이전[母性以前]'이다. 따라서 가령 이렇게 말썽 붙은 임신이 아니고 순리의 결혼으로 순리의 임신을 했다 하더라도 겨우 넉 달밖에 안 된 뱃속의 생명에 대해서 제법 어머니다운 애정과 양심은 우러날 시기가 아니었었다.

그러한 때문에 ××을 시키려고 약을 들고 앉아서 차마 먹지 못하고 두려워한 것도, 단지 막연하게 액색한 짓, 죄를 짓는 일에 대해 인간으로서, 마음 약한 여자로서 그리했던 것이지, 옳게 어머니다운 양심이나 애정이나는 극히 무력해서 당자 자신도 의식지 못할 만큼 모호했던 것이다.

그처럼 초봉이한테 있어서 어머니다운 애정이나 양심이 희박한 것은, 그것이 초봉이의 살[內體]로써 느낀 것이 아니고, 남의 말이나 남의 일을 다만 듣고 보아서 알아낸 습관으로서 '생리 이전(生理以前)'인 때문인 것이

---

62 책(責) : 책망(責望).

다. 그렇기 때문에 시방도,

'너는 어쨌든 그 생명의 어머니가 아니냐.'

고 뼈아픈 소리를 들어도 단지 남이 부끄러웠지, 제 마음에 걸리진 않던
것이다.

"그리구 말야, 초봉이…… 글쎄……."

제호는 실상 오금 두어 나무라는 것이 아니고, 종시 부드러운 말로 타이
르는 말이다.

"……세상일을 그렇게 억지루 해 대려 들면 못쓰는 법야…… 역리(逆理)
라건 실패하는 장본이니깐…… 알겠나?…… 아 글쎄, 것두 운명이요, 운명
이면 다아 하늘의 뜻인데 그걸 이 우리 약비한 인간의 힘으루다가 거역할
래서야 될 말인가?…… 거저 순리(順理), 순리 그놈이 우리한테는 제일 좋
은 보배어든. 응? 알어들어? 알겠지?"

"네에."

막연해서 알 수도 없고 귓속으로 잘 들어오지는 않아도, 재우쳐 조지니
까 초봉이는 마지못해 대답은 하는 것이다.

"나는 말이지, 이 박제호는 말야…… 괜찮어, 아무렇지두 않어. 어때
서?…… 우리 초봉이가 낳아 주는 거니, 남의 자식 그거 하나 기르지? 남은
개구멍받이[63]두 좋다구 길르더라!…… 아무렇지두 않어, 일없어……."

제호는 지금 초봉이의 뱃속에 들어 있는 것이 고태수의 혈육이라고 영
영 그렇게 치고서 하는 말이요, 또 그럴 수밖에는 없었다.

"……그러니깐 초봉이두…… 이거 봐요, 초봉이?"

"말씀하세요."

"초봉이두 말야…… 싫은 사람의 자식을 나서 기르느니라 생각을 하지 말

---

63 개구멍받이 : 남이 개구멍으로 들이밀거나 대문 밖에 버리고 간 것을 데려와 기른 아이.

구, 응? 그저 사람, 인간을 하나 나서 기르느니라, 이렇게 생각을 하란 말이야…… 그냥 사람, 그냥 인간 말이지, 응? 알겠어?…… 그리구 이 담엔 다시 그런 긴찮은[64] 짓은 않기야? 응?……"

제호는 초봉이한테로 얼굴을 들이대면서 대답을 조르듯……

"……않겠나?"

"네에."

제호는 다지고, 초봉이는 다짐을 두고 하는 맥인데, 다짐이야 두나마나, 다시는 그럴 생심이 날 것 같지도 않았다.

"그래 그래…… 그래야 하구말구……."

제호는 밥을 씹다가 말고 기다란 얼굴을 연신 대고 끄떽끄떽…….

"……그래야만 우리 착한 초봉이지! 그렇지? 허허허허."

"저, 입에서 밥 쏟아져요!"

초봉이는, 일껏 점잖다가 도로 껄껄대고 수선을 떨고 하는 게 밉살머리스러워서 핀잔을 준다.

"어? 괜찮어, 일없어…… 거 어때? 아무개 자식이면 어때? 사람의 새끼한 마리 나서 길르는 건데…… 그런 걸 글쎄…… 거 모두 그래서 치마 둘른 인종은 속이 옹색하다는 거야! 허허허허, 제에기할 거."

그 뒤로 초봉이는 뱃속엣 것이 걱정이 될 때마다, 제호가 가르쳐 준 주문(呪文)을 외었다.

'아무개 자식이면 어때? 사람의 새끼를 하나 나서 길르는 건데……일없어, 괜찮아.'

이것은 '아멘'이나 '나무아미타불'과 같이 그 순간 그 순간만은 단념과 안심을 주는 효과를 가지고 있었다. 물론 오래 가지도 못하고, 그래서 ×× 같

---

64 긴찮다(緊--) : '긴하지 아니하다'의 준말. 중요하지 아니하다.

은 효과밖에 없기는 했지만……

가을이 여물 듯이 애 밴 초봉이의 배도 여물어 갔고, 그 해가 갈려 한겨울의 정월과 이월이자 사뭇 북통[65]같이 불러 올랐다. 삼월 보름께 가서는 산파가 앞으로 닷새면 해복[66]을 하겠다고 말했다. 그래 예정대로 S의 산실[67]에 입원을 했다.

삼월 스무날 밤이 깊어서…… 마침 봄이 올 테라 생일만은 좋을지 몰라도 속절없이 따라지목숨[68]이건만, 그래도 어린것은 부둥부둥[69] 머리를 들이밀고 세상 밖으로 나오기 시작했다.

'네가 만일 너를 안다면, 그리고 네가 나오는 예가 어딘 줄을 안다면, 너는 탯줄을 훑으려 잡고 매달리면서, 나는 싫다고 울며 발버둥을 치리라마는.'

초봉이는 이런 생각을 하는 동안에, 거꾸로 있던 놈이 한 바퀴 휘익 돌고, 돌아서는 뿌듯하게 나오려 하자, 모체의 고통은 점점 더하다가 필경 절대(絶大)의 고패에까지 이르렀다.

초봉이는 이렇게도 들이 조지는 무서운 고통이라고는 일찍이 상상도 못했었다.

배를 눌러 터뜨린다든지, 몽둥이로 팬다든지, 어디를 잡아 찢는다든지 하더라도, 가령 배가 터지면 터졌지, 한 번 터진 다음에는 오히려 아픔이 덜리고 후련할 텐데, 이건 쭌득이[70] 누르는 채 조금도 늦추지 않고 끝없이

---

65 북통(-筒) : 북의 몸이 되는 둥근 나무통.

66 해복(解腹) : 해산(解産).

67 산실(産室) : 해산하는 방.

68 따라지목숨 : 남에게 매여 보람 없이 사는 하찮은 목숨.

69 부둥부둥 : 억지를 쓰며 자꾸 우기는 모양.

70 쭌득이 : '쭌득거리다'에서 파생된 말인 듯함. '쭌득거리다'란 '음식물 따위가 검질겨서 매우 끈기 있고 줄깃줄깃한 느낌이 들다' 또는 '매우 차져서 잘 끊어지지 않는 느낌이 들다'라는 뜻.

계속이 되니 견디는 수가 없었다.

눈이 뒤집히고 정신이 아찔아찔하여, 옆에서 의사와 간호부와 제호가 무어라고 떠들기는 하나 알아들을 경황이 없었다.

옹골진 속은 있어, 소리를 지르지 않으려고 이를 악물었으나, 그래도 으응 소리가 이빨 새로 새어 나온다.

위로 제왕을 비롯하여 아래로 행려병 사망자에 이르기까지 인간의 생명이 소중하다는 소치는, 적어도 그 절반은, 그가 모체로부터 세상을 나올 때에 모체가 받은 절대의 고통과 결사의 모험의 값인 때문인지도 모르겠다.

초산이라 그러기도 했겠지만 분명한 난산이었었다. 두 시간을 뻬대고[71] 나서 다시는 더 참을 수 없는 고비까지 이르자, 초봉이는 눈앞에 아무것도 보이지 않고 입만 딱딱 벌어졌다.

S는 할 수 없이 스코폴라민[72] 주사를 산모에게 놓아 주었다. 효과만은 신속하여, 초봉이는 바로 마취가 되고 수월하게 해산이 되었다.

초봉이가 다시 정신이 들었을 때에는 아래가 한 토막 무너져 나간 것같이 허전하고 얼얼했다.

'낳기는 낳았지?'

대체 어디서 솟아났는지, 마치 대령이나 했던 것처럼 맨 먼저 이렇게 차악 안심부터 되던 것이다.

'어떻게 생겼을꼬?'

이어서 이런 호기심이, 그것 역시 어느 구석이라 없이 절로 우러나던 것이다.

---

71 뻬대다 : 본래는 '한군데 오래 눌어붙어서 끈덕지게 굴다.'라는 뜻. 여기서는 '버티다' 또는 '씨름하다' 정도의 의미로 쓰고 있음.

72 스코폴라민 : 대부분의 가짓과 식물에 들어 있는 알칼로이드의 하나. 중추 신경을 억제하여 동공 확대, 신경 마비, 분비 억제와 같은, 아트로핀과 유사한 진정 작용을 한다.

바로, 낳기 바로 전까지도 내내,

'형보를 닮았으면!'

하던 공포와 불안은 웬일인지 차례가 더디어, 훨씬 만에,

'어떻게 생겼을꼬?'

하는 호기심에 연달아서야 비로소 가벼운 (공포라고 할 정도도 못 되고) 아주 가벼운 불안으로서 떠오르는 것은 초봉이 제가 생각해도 되레 이상했다.

"정신이 좀 드나? 헤헤."

제호가 기다란 얼굴을 바싹 들이대면서 히죽히죽 웃는다.

'속없는 위인! 무엇이 저리 좋은고?'

초봉이는 기운도 없으려니와, 제호가 보기 싫어서 눈을 도로 감는다.

그러자 마침 저편에서,

"응애애"

하고 우는 애기의 울음소리…….

어떻게나 응애애 우는 그 소리가 간드러지고 이쁘던지, 초봉이는 놀란 것처럼 눈을 번쩍 뜬다. 확실히 그는 한 개 경이를 즐기려는 무렵의 긴장을 느끼지 않을 수가 없었다.

"응애애"

이쁘면서도 느끼는 듯 누구를 부르는 듯 못 견디게 가여운[73] 애기[74]의 울음소리가 첫 귀로 들렸을 때 과연 초봉이는 아무것도 다 그만두고, 어쩌면 저렇게도 이쁜 것이던가 하는 경이(驚異)를 띤 반가움이 기다리고 있었던 것처럼 한꺼번에 더럭 솟아오르던 것이다.

---

73 가여운 : ③⑤ 가엾은

74 애기 : ⑤ 아기(이하에서 ⑤는 모두 별다른 표시가 없을 경우, '애기' 대신에 '아기'를 쓰고 있다.)

어서 애기를 좀 보고 싶었다. 설사 형보를 닮았어도 좋으니 제발 어서
보고 싶었다.

"헤헤, 계집애야, 계집애!"

제호가 허리를 펴고 일어서면서 고개로 저편께를 가리키는 시늉을 한다.

'계집애?'

계집애라는 것이, 계집애라면 분명 초봉이 저와 같은 것이겠거니 싶으
면서 더욱 반가운 것 같았다.

간호부가 산모의 눈에서 애기를 찾는 눈치를 알고는 저편으로 쪼르르
가더니 융 기저귀에 싼 애기를 안고 온다. 초봉이는 쏠리듯 그편 짝으로
고개를 돌리고 기다린다.

"어쩌믄 애기를 요렇게도 이쁘게……."

간호부가 청찬인지 건사를 무느지, 연신[75] 흠선[76]을 떨면서……,

"……아주 여승[77] 어머니랍니다! 어머니 화상을 그냥 그대루 그려 논 걸
요!"

들여대 주는 대로 초봉이는 애기를 올려다보다가 무심코[78] 미소를 드러
낸다.

핏발이 보이게 하늘하늘하고, 그래서 흉헙다 할 만치[79] 시뻘겋고, 그런
상이 콧등을 째푸려 눈을 감고, 머리털만 언제 그렇게 자랐는지 새까맣고,
이런 형용이라 아까 울음소리만 들을 때처럼 가엾지는 않았다. 그러나 모

---

75 연신 : [5] 연실
76 흠선(欽羨) : 우러러 공경하고 부러워함.
77 여승 : [5] 여실
　　: 아주 흡사히. 사실과 꼭 같게.(임)
78 무심코 : [1][2]에는 없는 말이다.
79 흉헙다 할 만치 : [1] 숭헙다 하리만치　　[2] 숭험다 하리만치　　[3] 흉헙다 할 만큼　　[4] 숭업
　　　　다 할 만치　　[5] 숭헙다 할만치

습이 정말 저와 꼭 같이 생긴 게, 무슨 기적을 만난 것처럼 기특해서 반가움은 한결 더했다. 그러고 나서야 비로소 애기가 형보를 닮지 않은 것이 가슴 후련하게 다행스러웠다. 그러나 그 끝에 으레껏,

'뉘 자식인지 모를 자식!'

하는 탄식이 대단했을 것이로되 그것 역시 임신 때 생각하던 이보다는[80] 그리 심하지 않았다.

'나를 닮은, 나와 꼭 같은.'

고런 것을 제가 하나 낳아 놓았대서 오히려 그것이 재미가 났다.

"그래 원, 요렇게두 원……."

제호가 아기와 초봉이를 번갈아 굽어다보면서 시시덕거리는 것이다.

"……저허구 거저 꼭 같은 걸 또 하나 나 놓는담?…… 것두 심술이야 심술, 제에기할 것."

"그럼 어머니를 닮잖구 자넬 닮았더라면 졸 뻔했나?"

의사 S가 제호를 구슬려 주는 소리다. 그 말에 제호는 속으로,

'원 천만에, 이게 뉘 자식인데!'

야고 어처구니가 없었으나, 그런 내색은 물론 드러내지 않고……,

"아무렴, 아범을 탁해야지!"

"저 기다란 얼굴 처치가 곤란할걸?…… 한 토막 잘라 놓구서 시집을 가야 않나?"

"허허, 그건 그런 불편이 있나? 허허허허, 제에기할 것."

제호는 그래도 얼마큼은 마음이 흡족해서 연신 지껄이고 수선을 피우고 하던 것이다.

---

80 생각하던 이보다는 : ①② 생각하든이 보다는 ③⑤ 생각하더니보다는 ④ 생각하던이
보다는
: 생각하던 것보다는.

그는 초봉이더러야 다 아무렇지도 않다고 말로는 그랬었지만, 막상 어린것이 제 애비 고태수라는 그 사람을 닮아 가지고나 나오게 되면 그런 불쾌한 노릇이 있으랴 싶었었는데, 공평하게 마련이 되느라고 에미 초봉이만을 닮았으니 안심이라고 하자면 아닐 것도 아니었었다.

이튿날 저녁 늦어서…….

초봉이는 처음으로 애기를 안고 젖꼭지를 물릴 때 비로소 어머니가 된 성싶었다.

요게 어디 좀 예쁜 데가 없나 하고 혼자 웃으면서 자꾸만 들여다본다.

생긴 게 아직 그 꼴이어서 이쁘다고 할 데는 없어도, 이쁜 것 같기는 했다.

애기는 무엇이 뵈는지 안 뵈는지 몰라도 눈을 뜨기는 뜨고 아릿아릿하다가[81] 젖꼭지를 입에다 대 주니까는 입술을 오물오물하더니, 언제 배웠다고 답신 물고서 쪽쪽 젖을 빨아들인다.

그게 어떻게나 재미가 있는지 깨가 쏟아지는 것 같았다.

스코폴라민의 여독을 말고는, 초봉이는 산후에 다른 탈은 없이 몸이 소성되어 이 주일 후에는 퇴원을 했다.

제호는 초봉이도 위할 겸, 저도 애기한테 초봉이를 뺏기지 않으려고 유모를 정하라고 권을 했다. 그러나 그새 벌써 애기한테 정이 들기 시작한 초봉이는 고개를 흔들었다.

애기 이름은 초봉이가 옥편까지 한 권 사다 달래서 열흘이나 뒤적거리고 궁리하고 하다가 송희(松姬)라고 겨우 지었다. 썩 마음에 드는 이름은 아니라도, 달리는 아무리 지어 보려야 신통한 것이 나오지 않았다.

이름은 그렇게 해서 지었어도 성은 정할 수가 없었었다.

고가 장가 박가 그놈 셋 중에 어느 놈인 것은 분명하나, 그러나 단 셋

---

81 아릿아릿하다 : 말과 행동이 조금 활발하지 못하고 생기 없이 움직이다.

중에 하나 그걸 알아낼 길이 없었다. 그러니 필경 어린것은 성도 없거니와, 따라서 애비도 없는 자식이던 것이다. 초봉이는 임신 때에 막연하던 것과는 달라 '모듬쇠' 자식의 에미가 된 슬픔이 비로소 뼈에 사무쳤다.

초봉이는 딸 송희한테 정이 드느라고 봄이 아무리 번화해도 여름이 아무리 더워도, 다 상관없이 지냈다. 그리고 다시 가을철로 접어들어, 시방은 시월도 반이나 지나간 보름께다.

그동안 송희는 초봉이의 알뜰살뜰한 정성과 솜씨로 물컷 없이[82] 잘 자랐다. 처음 한두 달이 지나서 사람 꼴이 박혀 제 모습이 드러나자, 인제는 이목구비 하나도 빼지 않고 초봉이를 고대로 베껴 논 시늉이었었다.

일곱 달인데 아이가 일되느라고 벌써 이 칸 방을 제 맘대로 서얼설 기어다니고 일어나 앉고 했다. 손에 닿는 것이면 바느질 꾸리[83]고 밥상이고 마구 잡아 엎지르고, 움켜쥐는 것이면 이내 입에다 틀어넣는다.

살이 토실토실한 놈이 엄마를 제법 부르면서 기어오른다. 따로따로[84]를 하라고 일으켜 세워 주면, 엉거주춤하고 다리를 버팅기다가 털썩 주저앉는다. 그걸 보고 초봉이와 식모가 재그르르 웃으면 저도 벙싯하고 웃는다.

「학발가(鶴髮歌)」[85]의 조조 군사 신세타령이 아니라도, 왜목불알[86]에 고추자지가 대롱대롱하지만 않았을 따름이지, 온갖 이쁜 짓은 다 하려고 들던 것이다.

---

82 물컷 없이 : ③ 물컷없이
        : '탈 없이' 정도의 의미로 쓰고 있음. '물컷'은 '물것'으로 사람이나 동물의 살을 잘 물어 피를 빨아 먹는 모기, 빈대, 벼룩,이 따위의 벌레를 통틀어 이르는 말.
83 꾸리 : 실꾸리. 둥글게 감아 놓은 실타래.
84 따로따로 : 섬마섬마. 어린아이가 따로 서는 법을 익힐 때, 어른이 붙들었던 손을 떼면서 내는 소리.
85 학발가(鶴髮歌) : 늙은 사람의 하얗게 센 머리털을 주제로 한 노래 이름.(임)
86 왜목불알(倭木--) : 어린 아이의 불알.

초봉이는 송희가 생김새나 하는 짓이나 속속들이 이쁘지 않은 데가 없고, 정 붙지 않는 짓이 없었다.

하기야 '동물'이나 진배없는 유아를 기르는 '인간'인지라, 아이로 해서 심정이 상하는 때도 있고 성가신 때도 있어, 간혹 볼기짝을 찰카닥 붙여 주기도 하고 할 소리 못 할 소리 해 가면서 욕을 해 퍼붓기도 하기는 하지만, 그러나 그것은 잠시요, 곧 뉘우쳐서는 가엾어 한다.

송희가 귀여움에 지쳐 간혹, 임신했을 때에 ××를 시키려고 약을 먹던 일이 문득 생각이 나고, 그런 때면 어린것일망정 자식을 보기조차 부끄러웠다.

그때에 만일 불행해서 ××가 되었더라면 어쨌으랴 싶어 지금 생각만 해도 아슬아슬했다. 그럴 때면,

"원 요렇게두 이쁘구 소중한 내 새끼를 이 몹쓸 에미년이, 이 몹쓸 에미년이…… 아이구 지장의[87] 내 새끼 내 강아지를……."

해 싸면서 혼자 중얼중얼, 송희의 볼기짝을 아파할 만큼 착차악 두드리고, 수없이 입을 맞추곤 한다.

성을 정하지 못하고 민적[88]도 하지 못하는 것이 가끔 생각이 나서 마음이 괴로운 때가 있지만, 그러나 이게 태수의 자식이냐, 형보의 자식이냐 제호의 자식이냐 하는 꺼림칙한 생각도 없고, 뉘 자식이면 어떠냐, 사람의 새끼 하나를 낳아서 기르는데, 이렇게 억지로 단념하는 주문도 외울 필요도 없고 그저,

'내 자식, 내가 난 내 자식.'

이라고만 여길 따름이다.

초봉이는 송희한테다가 온갖 정을 다 들이고는 아무것도 더 바라지를

---

87 지장의 : '지중의(至重-)'의 방언. 더할 수 없이 귀중한.
88 민적(民籍) : 예전에, '호적'을 달리 이르던 말.

않았다. 자나깨나 송희가 있을 뿐이다. 그는 지금 이대로 그럭저럭 제호한테 몸을 의탁해서 송희나 바람 치이지 않게 잘 길러 내는 것으로 나머지 반생의 낙을 삼으려니 했다.

아이한테만 함빡 빠져 가지고는, 그래서 살림이고 세간 치다꺼리[89]고, 화분이고, 재봉틀이고 다 잊어 버렸다. 그다지도 못 잊어 애가 쓰이던 친정도 가끔가끔 마음이 등한해지는 때가 있었다. 다달이 보름이면 잊지 않고, 한 이십 원씩 돈을 부쳐 주던 것도 송희의 겨울에 신길 타래버선[90] 만들기에 잠착하여[91] 이틀 사흘 미루기도 했다.

송희한테 정을 붙인 뒤로, 승재를 인하여 마음 적막하던 것도 인제는 모르게 되었다. 하기야 승재를 아주 잊어버린 것은 아니다. 더러 생각은 난다. 생각은 나지만, 지금 이 아이가 승재와 사이에 생긴 아이로, 그래서 송희가 승재더러 아빠 아빠 부르고 이쁜 짓을 하고 하는 재롱을 승재와 마주 앉아 보았으면 재미가 있으리라는 공상으로 생각은 둘러앉혀지고 말았다.

그것은 승재를 위해서 그런 것도 아니요, 초봉이 제 마음의 회포도 아니요, 차라리 송희의 애비 없는 허전함을 여겨서 우러나는 아쉬운 생각이었었다.

초봉이의 그러한 변화는 자연 제호한테 대해서도 드러났다. 그는 제호한테 여간만 범연히 굴지를 않았다.

제호가 남편이라는 것이나, 제호라는 남편이 있다는 것을 여느 때는 어엿이 잊어버리고 지낸다. 제호와 밤에 자리를 같이 하게 되면 될 수 있는

대로 기회를 피하려 들고, 조석의 시중 같은 것도 식모한테만 내맡겨 버리
고는 돌아보지를 않는다.

하기야 마음과 몸이 지나치게 송희한테만 쓰이는 중에 모르고 절로 그
렇게 된 것이요 일부러 한 짓은 아니지마는, 그건 어째서 그랬든지 간에
제호는 제호대로 밟히고서 꿈지럭 안 할 리는 없던 것이다.

초봉이가 그러기는 여름철부터 와락 더 심했었는데…….

제호는 사람이 의뭉하고, 일일이 내색을 하거나 구누름92을 하거나, 하
지를 않아서 망정이지, 그렇다고 우렁잇속 같은 속조차 없는 바는 아니었
었다.

찌는 여름에 온종일 회사에서 일에 시달리다가93, 명색 집구석이라고 들
어와야 도무지 붙일성이 없다.

계집이라는 건 빼액빽 우는 자식이나 차고 누워서 남편 쳇것94이 들어와
도 원두장이 쓴 오이 보듯95 하기 아니면 제 할 일만 하고 있다. 그 일이
그리 소중하냐 하면 어린것 기저귀쯤 갈아 채우는 것이다. 시원한 물수건
하나 적시어다 주는 법 없고, 기껏해야 식모가 나서서 세숫물 한 대야 떠
다가 든지르기가96 고작이다. 그다지도 즐기는 줄 번연히 알면서도 맥주
한 병 얼음에 채웠다가 내놓는 눈치도 없다. 저녁 밥상이라야 옷에서 쉰내
가 푸욱 지르는 식모가 들어다 놓는 게, 있던 구미도 다 떨어지고 어설프
기란 고만이다. 마루고 방구석이고 걸리는 게 기저귀요, 어디로 코를 두르

---

92 구누름 : 못마땅하여 혼자서 하는 군소리.
93 시달리다가 : ⑤ 시다리다가
94 쳇것 : 명색이 그런 사람이나 물건을 낮잡아 이르는 말.
95 원두장이 쓴 오이 보듯 : 본래는 '원두한이 쓴 외 보듯'임. 원두한이 팔 수 없는 쓴 오이
　를 본다는 뜻으로, 남을 멸시하거나 무시함을 이르는 말. '원두한(園頭干)'이란 '원두', 즉
　'오이, 참외, 수박, 호박 따위를 밭에 심는 일'을 하는 사람을 말함.
96 든지르다 : '들이지르다'의 방언(전라).

나 젖비린내다.

밤이면 십자군의 계집인 듯이 정조 무장을 하기가 일쑤요, 그렇지 않으면 마지못해서 계집 노릇을 한다는 것이 청루의 계집보다 더 성겁다.

밤이 적이 서늘해서 겨우 잠자기 좋을 만하면, 어린것 감기 든다고 앞뒷문을 처닫는다. 한밤중이고 새벽녘이고, 옆에서 어린것이 빼액빽 울어 단잠을 깨 놓는다.

그럴지라도 그게 내 자식이라면 귀엽고 소중한 맛에 그래저래 견딘다지만, 이건 생판 남의 자식을 가지고 그 성화를 받는단 말이다. 그런데다가 한술 더 떠서 아침에 조반상을 받고 앉으면,

"우리 송희 민적을 어서 어떻게 해야지!"

이런 소리를 내 놓는다. 기가 막혀서 말이 안 나온다. 그래도 좋게 무어라고 어물어물하면, 실상 또 윤희와 이혼이 되지 않았으니 별수가 없기도 하지만, 되레 암상을 내 가지고 들볶곤 한다. 그런 날이면 회사에 나가서도 온종일 기분이 좋지 않고 일에 마가 붙는다.

이러고 보니 제호는 결국 남의 자식을 낳아서 기르는 남의 계집을 먹여 살리느라고 눈 번히 뜨고 병신구실을 하는 맥이다[97].

초봉이는 사실 또, 송희로 해서 그렇게 되지 않았더라도, 워너니 길이 제호의 정을 붙잡아 두지 못할 재비[98]는 못할 재비다. 그저 인사삼아 껍데기로만 치렛본으로만 남의 첩이지, 속정을 주지 못하니 그럴 밖에 없는 것이다. 그래저래 제호로 앉아 보면 벌써 일 년 반, 그동안 웬만큼 사랑땜[99]은 했고, 했은즉 계집이 이쁘고 묘하게 생겼다는 것에 대한 감각이나 흥은 인제는 더엄덤해진[100] 판이다. 누가 무어라 해도 애첩은 애첩인 걸……

---

97 맥이다 : ④ 맺이다 ⑤ 셈이다
98 재비 : 잡이. 무엇을 할 만한 상대.(임)
99 사랑땜 : 새로 가지게 된 것에 얼마 동안 사랑을 쏟는 일.

이러한 때에 제호의 마음을 가라앉혀 그를 붙잡아 둘 건 초봉이의 애정 뿐이겠는데 애당초부터 그게 없었으니 말이 안 된다. 그러니 초봉이란 간색[101]만 좋았지, 애무(愛撫)의 취미에 있어서 사십 된 중년 남자의 무르익은 흥취를 만족시켜 주기에 쓸모가 없는 계집이고 말았다.

둘의 사이에는 그리하여 조만간 파탈이 나고라야 말 형편이었는데, 계제에 초봉이가 달밤에 삿갓 쓰고 나오더란 푼수로, 사사이[102] 이쁘잖은 짓만 해 싸니 그거야말로 붙는 불에 제라서 부채질을 하는 것이라고나 할는지.

제호는 그래서 여름이 식어 가는 구월 달부터는 가정에 등한한 기색이 차차 드러나더니, 시월로 접어들자 그것이 알아보게 유표했다.

이틀에 한 번쯤은 저녁을 비워때린 채 바깥잠을 자고, 그 다음날 저녁에야 들어와서는 행여 초봉이가 바가지라도 긁어 줄까 봐 손님이 왔느니 회사 볼일로 인천을 다녀왔느니 버엉뗑하고 하다가 아무 반응도 없으면 그만 헤먹어서 심심하게 앉았다가는 도로 힝하니 나가고…….

그러나 초봉이는 그걸 조금도 괘념 않고, 차라리 성가시지 않은 것만 다행히 여겼다. 그는 제호의 등한해진 태도를 제 말대로 회사 일이 바빠서 그러나 보다고 심상히 여길 뿐이지, 유성온천에서 약속해 주던 '생활의 설계'를 든든히 믿고 의심은 해 보려고도 않던 것이다.

그러던 끝에, 오늘도 초봉이는 제호가 더욱 전에 없이 사흘째나 싹도 안 보인 것은 통히 잊어버리고서 태평세월로 마루에 나앉아 송희한테 젖을 물리고 재롱 보기에 방금 여념이 없는 참이다.

다섯 시나 되었을까, 가을해라 거진 기울게 되어 여윈 햇살이 지붕 너머

---

100 더엄덤해진 : ⑤ 더 엄덤해진
101 간색(看色) : 물건의 질을 살펴보기 위하여 그 일부분을 봄. 여러 가지 물건을 갖춘 것으로 보이려고 조금씩 내어놓은 물건.
102 사사이(事事-) : 일마다.

로 옆집 뒷벽에 가물거리고, 그와 음영 진 대문안 수통에서는 식모가 시시[103] 무얼 씻고 있고.

송희는 한 손으로 남은 젖꼭지를 움켜쥐고 한편 젖을 빨면서 잠이 들려고 눈이 갠소롬하다가[104] 대문간에서 터덕거리는 발소리에 놀라 눈을 뜬다.

제호는 마치 손님으로 남의 집이라도 찾아오기나 하는 것처럼 기다란 얼굴을 끼웃거리면서 어릿어릿 안대문 안으로 들어선다.

"모르는 집엘 오시나? 무얼 그렇게[105] 끼웃거리시우?"

초봉이는 그대로 앉아 일어나지도 않는다. 그러나 그렇게 말을 하는 초봉이 저도 실상 스스러운[106][107] 손님이 찾아온 걸 맞는 것같이 어느 구석엔가 서먹서먹한 기운이 있는 걸 어찌하지 못했다.

"으응, 아아니, 거 머……."

제호는 우물우물하다가 히죽이 웃으면서 마룻전에 아무렇게나 털씬 걸터앉는다.

좀 푸지임하라고 우정 그렇게 털털하게 굴어 보는 것이나, 그래도 안길성이 없고, 더 싱겁기만 했다.

한참이나 밍밍하니 앉아 있다가는 심심삼아 고개를 이리저리 두르더니 초봉이가 안고 있는 송희를 들여다보면서,

"어디? 어디 보자?"

하고 육중한 손바닥을 까분다.

오죽 멋쩍었으면 그랬으련만, 송희는 졸리는 눈을 뜨고 제호를 올려다

---

103 시시 : '무엇을 씻는 일'이라는 뜻의 옛말.
104 갠소롬하다 : 넓이가 좁고 가느다랗다.(임)
105 그렇게 : ⑤에는 이 말이 없음.
106 스스러운 : ①②④ 수스러운　　③ 수수로운
107 스스럽다 : 서로 사귀는 정분이 두텁지 않아 조심스럽다. 수줍고 부끄러운 느낌이 있다.

보다가 엄마의 젖가슴을 파고들고, 초봉이는 마땅찮아서 이마를 찌푸린다.

"야아! 이놈의 딸년, 낯을 가리는구나…… 허허 제에기할 것, 아범이 아주 쫄딱 망했지, 허허허허, 제에기할 것."

제호는 여느 때와는 좀 다르게 짐짓 나와지는 너털웃음을 친다. 그러거나 말거나 초봉이는 칭얼거리는 송희만 다독다독한다.

"고것, 성미두 얼굴 생김새처럼 어멈을 닮아서 그렇지?"

"걱정두 말아요!…… 아무려면 당신 같은 털털이허구 바꾼답디까?"

"허허허허, 제기……."

"드끄러워요[108]! 아이가 잠들려구 하는데 자꾸만 앉아서……."

"하아, 이런 놈의!"

제호는 지천을 먹고 끄먹끄먹 앉았다가 담배를 피워 문다. 그 동안 초봉이는 잠이 든 송희를 안고 살그머니 안방으로 들어가서 조심조심 뉘어놓고는 다독거리고 덮어주고 돌려다보고 하다가 겨우 마루로 나온다.

"양식이 어떤고?"

제호는 옆에서 서성거리고 섰는 초봉이를 올려다보면서 묻는다. 양식은 달로 헤아리지 않기 때문에 한 가마니를 들여보내면, 어느 때 동이 나는지 모르니까 집에서 말을 해야 다시 들여보내곤 했는데, 오늘은 자청해서 말을 내던 것이다.

"아직 괜찮아요."

초봉이는 쌀 한 가마니 들여온 지가 보름도 못 되는 것을 생각하고 심상한 대답이다.

"그래두 하마 오래잖어 떨어질걸?…… 아무튼 쌀 두주가 큼직하겠다, 내일 새루 한 가마니 들여보내지."

---

108 드끄럽다 : 듣그럽다. 시끄럽다.

"싫여요! 그럭저럭하다가 햅쌀 나믄 햅쌀을 들여다 먹어야지, 냄새나는 묵은 쌀을 무슨 천주학[109]이라구."

"하하, 햅쌀밥이라! 것두 그렇기는 하군. 벌써 햅쌀밥 소리가 나구, 제에 기할 것······ 돈은 몇 푼 잡지두 못했는데, 금년 일 년두 거진 다아 가더람!······ 그럼 쌀은 그런다구, 장작은 어떻다구?"

"그거나 한 마차 내일이구 모레구······."

"내일 들여보내지, 그럼······."

제호는 돈지갑을 꺼내더니 십 원짜리 다섯 장을 내놓는다.

"······인제 생각하니 이달은 월급이 이틀이나 밀렸었군? 허허허허, 대장대신이 요새 건망증이 생겨서."

"한 삼십 원만 더 주어요."

"삼십 원? 그래······ 무어 살 것 있나?"

제호는 돈을 다시 꺼내면서 혼자 속으로,

'오냐, 이번이 마지막일지도 모르니 달랄 테거든 맘껏 달래 가거라.'하고 활협[110]을 부린다. 그럴 뿐 아니라, 초봉이의 눈치를 보아서 인제 아주 금을 긋고 갈라서는 마당에는, 돈이라도 몇 백 원, 혹은 돈 천 원 집어 주어서 뒤를 후히 해 둘 요량까지 하고 있는 참이다.

삼십 원 더 얹어 주는 십 원짜리 여덟 장을 받아 괴춤[111]에 넣으면서 초봉이는 저 혼자,

'역시 착한 아저씨는 아저씨지!'

야고 생각을 한다.

사실 제호가 살림이고 돈이고 언제든지 이렇게 끙짜[112] 한마디 없이 아

---

109 천주학(天主學) : 우리나라에 가톨릭교가 처음 들어오던 무렵에 '가톨릭교'를 이르던 말.
110 활협 : ⑤ 활엽
111 괴춤 : 고의춤. 고의(속곳)나 바지의 허리를 접어서 여민 사이.

끼잖고 사다 주고, 내놓고 하는 것을 받을 때만은, 그가 고마웠고, 고마운 만큼 더 미덥기도 했었다.

"참 어제 아침인가? 그저께 아침인가…….."

제호는 돈지갑을 도로 건사하면서 문득 남의 말이나 하듯이…….,

"……윤희가 올라왔더군?"

"유운희? 왜애?"

초봉이는 제 바람에 놀랄 만치 깡충 뛴다.

비록 평소에는 의표[113]에 떠오르지 않았다 하더라도 초봉이 역시 소위 남의 사내를 뺏어 산다는 '작은집'다운 신경의 불안이 없을 수가 없었고, 그것이 이런 고패를 당하여 두드러져 나오던 것이다.

"허! 왜라니?…… 낸들 알 택이 있나!"

제호는 종시 아무렇지도 않게 코대답을 한다.

이것은 분명 무엇을 시뻐하는[114] 냉랭한 태도이겠는데, 그러면 그것이 윤희가 서울로 올라온 그 사실을 대수롭게 여기지 않는 것인지, 혹은 초봉이 네가 즉 작은여편네가, 시앗이 시앗 꼴을 못 본다더라고, 왜 그리 펄쩍 뛰느냐고 어줍잖대서 하는 소린지, 그 두 가지 중에 어느 것인지를 초봉이는 선뜻 분간을 못 했다. 그러나 그는 제호를 저 혼자만 꽁꽁 믿는 만큼 설마 내게야 그러진 않겠지 하고 안심을 하고 싶었다.

"……아마 여편네니깐, 제 서방한테루 살라 온 게지."

이윽고 제호가 한마디 되풀이를 하는 걸 듣고서야 초봉이는 옳게 정신

---

112 꿍짜 : ⑤ 꿍짜
     : 강짜. 강샘. 질투. 생째(生-). 아무런 근거나 조건도 없이 억지를 부리거나 강다 짐을 하는 것을 낮잡아 이르는 말.
113 의표(意表) : 생각 밖이나 예상 밖.
114 시뻐하는 : ② 시뻐하는

이 들었다.

제호의 말이 그쯤 간다면, 그러면 앞으로 윤희를 어떻게 할 테냐 하는 제호의 태도가 자못 문제다.

'제까짓 게 오면 무슨 소용 있나? 괜찮아 일없어.'

어떻게 보면 이런 눈치 같기도 하다. 그러나 또 어떻게 보면 콧방귀를 뀌면서,

'그야 오는 게 당연하고, 왔으니깐 살고 할 텐데, 왜니 어쩌니 하는 네가 딱하지 않으냐.'

하는 눈치 같기도 하다. 같은 게 아니라 훨씬 더 근리할 성부르다.

그렇다면 일은 커 두었다.

절대로 이럴 일이 아니라고, (국제조약과 한가지로 계집 사내 사이의 언약은, 저 싫으면 차 내던지는 놈이 장사요, 앉아 당하는 놈이 호소무처[115] 라는 걸 모르는 초봉이는)[116] 우선 유성온천서 받은 좀먹은 수형(手形)을 오랜 기억의 밑바닥에서 꺼내 놓고 뒤적거린다.

자, 여기 쓰이되, 한 일 년 두고 서둘러 이혼을 한 뒤에 나를 민적에 올려 주마고 한 대문이 있지 않으냐?

그런 것을 미룸미룸 이내 미뤄 오다가, 인제는 윤희가 저렇게 쫓아 올라 왔으니 어떻게 할 요량이냐? 이혼을 하느냐? 못하느냐? 만약 이혼을 못하면 나는 어찌하라며, 나도 나려니와 우리 송희의 민적은 어떡하라느냐?

이렇게 수형의 액면대로 죄다 캐고 따지고 하자면 아무래도 단단히 악다구니는 해야 할 테고, 급기야는 윤희와도 맞다들려 제호를 뺏으랴, 차지하랴 해서 요란스런 싸움이 한바탕 벌어지고야 말 것 같았다. 그리고 물론

---

115 호소무처(呼訴無處): 호소할 곳이 없음.
116 ①②⑤에는 앞뒤 괄호가 빠져 있음.

싸움을 사양치 않을 각오다. 정작 싸우게 되면 울고 돌아섰지, 싸우지도 못할 성미이면서 우선 혼자서 방안장담은 해 두는 것이다.

하기야 제호라는 사내는 그대도록 뺏기고 싶지 않은 하 그리 탐탁한 사내더냐 하면 그런 것은 아니다. 차라리 아이를 기르는 데 걸리적거리는 물건짝[117]이니, 이 기회에 윤희에게로 도로 내주고 선뜻 갈리는 것도 무방은 하다. 그러고서 이를 악물고 나서면야 무슨 짓을 해서든지 송희 하나 못 길러 가진 않을 자신도 없지 않다. 그러나 그건 헐 수 할 수[118] 없는 경우고, 그런 위태스런 바람 앞에 송희를 안고 나서느니보다는 그새처럼 평화롭고 안전한 온실 안에서 소중한 꽃 송희를 길러 내야 하고, 그것이 송희를 위한 안전한 방책인 것이다. 그러니까 제호는 우선 뺏기지 말고 보아야 한다.

초봉이는 이러한데, 그러나 제호의 배짱을 떠들고[119] 들여다보면 대단히 그와는 상거[120]가 멀다.

제호는 이마적[121] 와서는 윤희와 이혼할 생각은 없기도 하려니와, 하고 싶어도 그게 그리 수월한 일이 아니다. 그건 고사하고, 초봉이와 이렇게 딴살림을 차린 줄을 윤희가 아는 날이면 큰 풍파가 일어나서 모두 뒤죽박죽이 될 판이다. 황차 회사에 증자(增資)를 하느라고 윤희를 추겨서 그의 친정 돈으로 주(株)를 얼마를 사게 했기에![122] 그러니 더구나 초봉이와는 하루바삐 손을 끊는 게 그저 상책인 것이다.

---

117 짝 : '비하'의 뜻을 더하는 접미사.
118 헐 수 할 수 : ①②④ 헐수할수　③ 할수 할수　⑤ 할수
119 떠들다 : 가리거나 덮인 물건의 한 부분을 걷어 젖히거나 쳐들다.
120 상거(相距) : 떨어져 있는 두 곳의 거리.
121 이마적 : 지나간 얼마 동안의 가까운 때.
122 황차~ 했기에!(이 문장 전체) : ①②에는 없는 문장이다.

인제는 그러므로 켯속이 갈리느냐 안 갈리느냐가 아니라 갈리기는 꼭 갈리고야 말게만 되었은즉, 그럴 바이면 오늘 저녁 이 자리에서라도 자, 사실이 약시 이만저만하고 이만저만한데, 또 너와는 더 지내기도 싫어졌고 겸하여 너도 나와 살맛이 덜한 눈치고 하니, 그저 너는 너대로 나는 나대로 갈라서자꾸나, 이렇게 이르고 일어서면 그만인 것이다.

사실 당장 그랬으면 싶고, 또 그리하자면 노상 못 할 것도 아니다. 그러나 영영 다급하면 몰라도 애초에 나이 어린 계집애를, 더구나 의리도 돌아보지 않을 수 없는 동향 친구의 자식을 살자고 살자고 꾀어서 오늘날까지 데리고 살다가, 속이야 어떻게 생겼든 겉으로는 그다지 탈 잡을 무엇이 없는 걸 그처럼 헌신짝 벗어 내던지듯 괄시를 하기는 두 뼘이나 되는 낯을 들고 좀체로 못 할 노릇이기도 했다. 그리하여 차마 이 성가신 석고상(石膏像)을 박절하게시리 내 손으로 내다버릴 수는 없고 한즉, 그저 비벼 댈 언덕을 하나 만나 그걸 핑계 삼아서 갈라서든지 그도 저도 못 하면 아편쟁이[123] 아편 끊듯이 서서히 두고라도 떼어 팽개치는 수밖에는 도리가 없다는 것이 시방 제호의 요량장[124]이다.

"그럼 어떡허실려우?"

둘이는 제각기 제 생각에 잠겼느라고 한동안 말이 없다가 이윽고만에 초봉이가 입을 연다.

"응?……"

제호는 너무 오래된 이야기 끝이라 무슨 소린지 몰라 초봉이를 마주보다가 겨우 알아듣고 씨익 웃으면서……,

"……어떡허긴 무얼? 거저 그렇구 그렇지…… 모두 성화야 성화! 제에기

123 아편쟁이 : ③⑤ 아편장이
124 요량장(料量帳) : '요량'이라는 말에 '장부'를 뜻하는 '장'이라는 말을 붙여, '앞일을 잘 헤아려 생각하는 계획'이라는 말을 만들어 쓰고 있는 듯함.

할 것."

　제호는 어물어물 씻어 넘기자는 것인데, 초봉이는 종시 딴전만 보느라
고 그 말을, 어떻게 하기는 무얼 어떻게 하느냐? 그저 그러고 있으면 윤희
문제는 종차 다 요정이 날 텐데, 에이 성가시어! 이렇게 하는 말로 갖다가
알아듣는다. 그러고 보니 방금 혼자서 결이 나서 따지고 캐고 하던 것이
우스웠고, 따라서 인제는 윤희가 서울로 올라온 것도 위협이 되지 않고, 앞
일도 종시 이런 착한 아저씨가 있대서 안심이 되고 했다.

　"벌써 다섯 시 반이라? 어허 또 좀 나가 봐야 하나! 제에기할 것."

　제호는 꺼내 보던 시계를 도로 집어넣으면서 기지개를 쓰고 일어선다.

　제호가 일어서는 걸 보니 초봉이는 그가 시방 윤희한테로 가거니 생각
하면 어쩐지 마음이 언짢고 그대로 놓아 보내기가 싫었다. 그건 단순한 물
욕만도 아닐 것이고, 나그네 먹던 김칫국이나마 먹자니 더러워도 남 주자
니 아까운 게125 인심이라면, 초봉이도 일 년 넘겨 이태 가까이 살아온 이
사내가 명색 큰여편네라는 것한테로 가고 있는 걸 보고 있기가 역시 그늘
에서 사는 남의 작은집답게 오기가 나지 않을 수도 없던 것이다.

　"왜? 저녁 안 잡숫구?"

　초봉이는 그새 여러 달 않던 짓이라, 갑자기 속을 뽑히는 것 같아 귀밑
이 붉어 올랐다. 제호는 속으로 고수우해,

　'흥! 너두 겁은 나기는 나는 모양이로구나?…… 얌사스런126 127 것!'

하면서, 그러나 겉으로는 그저 흔연히……128,

---

125 아까운 게 : ③④⑤ 아까운
126 얌사스런 : ⑤ 얌자스런
127 얌사스럽다 : '얌상스럽다'에 가까운 말로 보임. '얌상스럽다'는 '보기에 남을 시기하고
　　샘을 잘 내는 데가 있다'라는 뜻.
128 하면서~흔연히…… : ①② 이러케 미운소리를했다.

"…… 여섯 시에 잠깐 누굴 만나기루 했는데……."

"그래두 얼른 잡숫구 나가시우?…… 그리구우, 저어……."

초봉이는 오래간만에 해죽해죽 이쁜 웃음을 웃어 보이면서……,

"……오늘 월급 탄 턱으루 육회두 치구 가리129두 굽구 해디리께, 당신 좋아허시는……."

"육회? 갈비?……"

제호는 그 웃음에 그전처럼 얼굴과 몸치장까지도 했더라면 얼마나 운치가 있겠느냐 이런 생각을 하는데, 또 육회니 갈비니 하는 게 모처럼 초봉이의 얌전한 솜씨로 만든 안주가 입맛이 당기어 한 잔 또한 해롭지 않다 싶어……,

"……거 구미는 당기는데…… 그리나저리나 오늘은 웬 써어비스가 이리 대단한구?"

"월급 탄 턱으루……."

"허허허허, 시에미가 오래 살면 자수물통에 빠져 죽는다더니…… 그러나저러나 시간이……."

"진지는 다 했어요…… 지금 곧 고기허구 약주만 사오믄 고만일걸."

초봉이가 어멈을 불러 대면서 부산하게 서두는 것을 제호는 다시금 시계를 꺼내 보다가,

"아아니, 가만 있으라구……."

하면서 그대로 마당으로 내려선다.

"……그럴 게 아니라, 내 다녀오지. 지끔 가서 만나볼 사람 만나 보구, 여섯 시 반이나 일곱 시 그 안으로는 올 테니깐, 그새 무어구 천천히 만들

---

129 가리 : ③⑤ 갈비
    : 갈비.

어 됐다가 줄려거던 주구…… 그럼 내 오는 길에 술은 한 병 사들구 오께시니, 잉? 그러면 좋잖어?"

"그럼 그렇게 허시우. 여섯 시 반이나 일곱 시까지?…… 꼭 오시우? 또 어디 가서 약주 잡숫느라구 남 눈이 빠지게 기대리겔랑 마시구……."

"아무렴, 글랑 염려 말아요."

제호는 거들거리면서[130] 대문간으로 나간다.

초봉이는 방으로 들어가서 방금 제호가 주고 간 돈을 양복장 속서랍에다가 잘 건사를 한다. 그러면서, 내일은 송희를 업혀 가지고 백화점으로 침대며 유모차를 사러 가려니 하다가 돌려다보니 송희는 젖을 빠는 꿈을 꾸는지 입술을 오물오물하고 있다.

그놈에 정신이 팔려, 식모를 고깃간에 보내자던 것도 잊어버리고서 들여다보고 좋아하는데 마침 누군지,

"이리 오너라아."

하고 점잖게 찾는 소리가 대문간에서 들려왔다. 한 번 듣기에도, 귀에 여운이 처지는 쨍쨍하고도 따악 바라진 목소리다.

초봉이는 그것이 뉘 목소리인지 알아내기 전에 가슴이 먼저 알아듣고는 두근, 울렁거리면서 손이 절로 올라가서 꽉 눌러 준다.

---

130 거들거리다 : '거드럭거리다'의 준말. 거만스럽게 잘난 체하며 자꾸 버릇없이 굴다.

14. 슬픈 곡예사(曲藝師)

초봉이가 가만가만 마루로 나서는데, 부엌에서 식모가 대문간으로 나가
더니 조금 후에 도로 들어오는 그 뒤를 따라 처억 들어서는 건 평생 가도
잊히지 않을 곱사 장형보다.

따라 들어서는 형보를 돌려다보고 식모가 무어라고 시비조로 말은 하는
것이나 퍽 익숙한 눈치고, 또 형보 역시 낯설잖은 태도로, 아아니 머 괜찮
으니 염려 말라고 하고 하는 게 이상히 보자면 볼 수는 있는 것이지만, 초
봉이는 그런 걸 여새겨[1] 볼 정신이 없었다. 그는 선뜻 형보가 눈에 보이자
(실상은 보기 전부터) 놀라 가지고 있었다.

피는 한꺼번에 얼굴로 치달아 두 관자놀이가 터질 듯 우꾼거리고 몸은
걷잡을 수 없이 떨렸다.

식모가 앞으로 와서, 아 저이가 아씨를 뵙겠다구 하길래 밖에서 기다리
라니깐 안 듣구서 저럭허구 따라들어온대유, 하는 성화도 쿵쿵 가슴 뛰는
소리에 삼켜지는 듯 똑똑히 알아듣지 못했다.

이윽고 초봉이는 강잉해서 정신[2]을 수습하여, 내가 왜 저 사람을 이대도
록 무서워할까 보냐고 숨을 깊이 들이쉬고 고개를 꼿꼿이 쳐들었다. 그래
도 종시 가슴은 들먹거리고 몸이 떨리는 건 어찌할 수가 없었다.

언제 보아도 홀아비 꼴이 드러나게 꾀죄죄 때가 묻은 주제다. 호졸근하
니[3][4] 풀이 죽은 당목 두루마기에, 두루마기 밑으로 처져 내린 옹구바지[5]는

---

1 여새기다 : 마음에 새기어 두다.
2 정신 : 5 정실
3 호졸근하니 : 1 2 호졸군하니   4 5 홀조군하니
4 호졸근하다 : 옷이나 종이 따위가 약간 젖거나 풀기가 빠져 보기 흉하게 축 늘어져 있다.
5 옹구바지 : 표준국어대사전에는 '대님을 맨 윗부분의 바지통이 옹구의 불처럼 축 처진

더 시꺼멓다. 군산서 볼 때보다 는 것은 그리 낡지 않은 손가방 한 개다.

이 꼬락서니에 고개를 되들고 조롱을 하듯 비죽이 웃으면서 곱사등을 흔들흔들6 그는 서슴잖고 대뜰로 올라선다.

"실례합니다. 에에, 그새 다아 안녕하십니까?"

"어째서 외간 남자가 남의 집 내정7을 함부루 들어오구 있어요!"

초봉이는 눈을 아니꼽게 가라뜨고8 9 형보를 내려다보다가, 떨리는 음성으로 준절히 나무란다.

"네에, 잠깐 좀 뵐 일이 있어서요······."

형보는 네까짓 게 암만 그래 보아라 하는 듯이, 어느새 마룻전에 가서 척하니 걸터앉는다.

"······그새 어어 참, 다아 평안하시구, 또오 궁금한 건 그 어린것인데, 잘 놀기나 하나요?"

이 사람을 다뿍 깔보고 덤비는 형보의 패씸스런 태도에, 초봉이는 성이 나기보다 어처구니없었겠지만, 그러나 어린것이라는 소리에 놀라 겨우 가라앉던 정신이 도로 황망해졌고10, 그러느라고 다른 경황은 통히 나지 않았다.

"잘 놀거나 말거나 무슨 상관으루 그래요? 일없으니 어서 가요!"

침착한 것과 초조한 것의 승부는 빠안한 거라 싸움의 첫 합11에 초봉이는 우선 지고 넘어가던 것이다.

"어어 참, 그리구 박제호 씨 그분두 좀 뵐 텐데, 일곱 시까지면 들어오신

한복 바지', 또는 '가랑이의 발목 부분이 넓은 바지'라는 뜻의 북한어로 되어 있음.

6 곱사등을 흔들흔들 : ①②에는 없는 구절이다.

7 내정(內庭) : 안뜰.

8 가라뜨고 : ③ 갈아뜨고

9 가라뜨다 : 눈을 아래로 향하여 보다.

10 황망하다(慌忙--) : 마음이 몹시 급하여 당황하고 허둥지둥하는 면이 있다.

11 합(合) : 칼이나 창으로 싸울 때, 칼이나 창이 서로 마주치는 횟수를 세는 단위.

다구요?"

이 소리에 초봉이도 더 놀랐거니와, 부엌문으로 끼웃이 내다보고 섰던 식모는 질겁을 해서 자라 모가지같이 고개[12]를 오므라뜨린다.

식모는 그새 두 달 장간이나 가끔 대문 앞에 와서 어물거리는 형보한테 번번이 돈장[13]씩 얻어먹는 맛에 주인집 내정 이야기를 속속들이 알려 바쳤었다. 형보의 계책을 알고 그런 건 아니나 아무튼 끄나풀[14] 노릇을 한 셈이었었다. 그랬는데, 오늘은 아주 어엿이 이리 오너라 하고 찾더니, 바깥주인의 동정을 물어보고는 처억 안에까지 들어와서 맹랑한 수작을 붙이고, 하던 끝에 제게서 들은 말을 내놓고 하는 게 아무래도 그동안 저지른 소행이 뒤집혀지는 것 같아, 그래 겁이 나던 것이다.

초봉이는 형보가 제호를 만나겠다고까지 말하는 것은 분명 송희를 제 자식이라고 뺏어 가자는 배짱이거니 해서 그래 겁이 났다.

아무런들 송희야 뺏길까마는, 우선 제호는 여태 모르고 있는 낡은 비밀 하나가 드러날 테니 걱정이다. 거기 연달아 제호도, 그러면 제 아비가 나선 맥이니 차라리 내주고 말자고 할 것이요, 그러잔즉 두 사내가 우축좌축하는[15] 틈에 끼여 송희를 안 뺏기려고 혼자서 바워내기가 좀쳇일이 아닐 것이다.

초봉이는 어쩔 줄을 몰라 쩔쩔맬 것 같았다. 형보는 보니, 바로 태평으로 앉아 뻐끔뻐끔 담배를 피우고 있다.

"왜 가라는데 안 가구서 이래요?…… 괘애니 좋잖은 일 보기 전에 냉큼 나가요…… 내 원 별, 참……."

---

12 고개 : ② 고래
13 돈장 : 약간의 종이돈. '돈냥'에 상대해서 생긴 말.(임)
14 끄나풀 : ③ 끄나불
15 우축좌축하는 : ⑤ 우측 좌측 하는

마음이 초조한 만큼 초봉이는 말을 하는 데도 음성에 그러한 기운이 완구히[16] 드러난다.

"가기가 그리 급한 게 아니니, 위선 우리 이야기나 좀 해봅시다그려?"

형보는 마룻전에 걸트린 채 한 다리를 접쳐 올려놓고, 초봉이한테로 처억 돌아앉는다.

초봉이는 문득, 내가 어쩌니 오늘날 와서까지 이 위인한테 이런 해거[17]를 당하는고 하는 생각이 들면서 더럭 분이 치달아 올랐다. 그리고 분이 나는 깐으로는 당장 왜장을 쳐서 동네 사람이라도 청해 오고, 순사라도 데려다가 혼을 내주기라도 하고 싶었다. 꼭 그랬으면 속이 후련할 것 같았다. 그러나 그러자면 그야말로 동네가 시끄러울 뿐 아니라 막되어먹은 이 위인의 행티에, 그 입에서 무슨 소리가 나올지 모르는 걸, 섣불리 건드렸다가 지나간 사단이나 뒤집히고 보면 나만 망신을 하고 말겠으니, 생각하면 그도 못 할 일이고 분해도 참는 수밖에는 없었다. 그리고 이 위인을 어서 그저 쫓아 보내는 게 상책인데, 그러자면 제가 할 말이 있다고 하니 아무려나 말을 시키고 나서 어떻게든지 하는 게 좋을 성불렀다. 이것이 약점과 약한 마음을 지닌 탓이요, 그래서 그게 형보의 생판 억지와 떼에 옭혀드는 시초인 줄이야 초봉이 자신은 알지도 못한다.

"이 애 초봉아?⋯⋯"

별안간 형보는 지금까지 공대하던 말투는 딱 걷어치우곤 활짝 까놓고서 수작을 붙이고 덤빈다. 다만 식모는 꺼리는지 말소리만은 나직나직⋯⋯.

초봉이는 형보의 무례하고 안하무인한 태도에 속이 불끈[18]했으나, 이왕제 이야기를 들어보자던 참이라서 분을 꿀꺽 삼켜 버린다.

---

16 완구히 : ⑤ 완고히
17 해거 : ①②④ 해게   ⑤ 해괴
18 불끈 : ①② 물쿤   ④⑤ 물꾼

"에헴······."

형보는 목을 한 번 가다듬고 담뱃재를 툭툭 털고 하더니,

"······이야길 간단하게 하려 들면 아주 간단하다, 응? 무엇인고 하니······ 저 자식은 내 자식이구······ 똑똑히 들어라······."

발꿈치로 조지듯이[19] 말끝을 한 번 누르고는[20] 바짝 고개를 되들어, 넌지시 기둥에 가 기대 섰는 초봉이를 올려다본다. 그러면서 콧구멍을 벌씬벌씬, 입을 삐쭉 하는 게,

'자아, 어떠냐?'

하는 꼴이다.

초봉이는 속으로,

'역시 그런 수작이로구나!'

하고 다시금 가슴이 울렁거렸으나, 그런 내색은 애써 감추고서 꼿꼿이 형보를 마주 내려다보다가,

"별 미친 녀석을 다 보겠네!"

하고 외면을 해버린다.

"흥 암만 그래두 소용없느니라. 그리구 또, 들어 보아라······ 자식이 내 자식일 뿐 아니라, 너는 내 계집이야, 내 계집······ 그러니 너는 자식 데리 구 나를 따라와야 한다, 나를 따라와야 해······."

초봉이는 차라리 실소를 할 뻔했다. 자식이 형보 제 자식이라는 데는 초 봉이도 아니라고 우겨 댈 거리가 없다면 없을 수도 있지만,

'너는 내 계집이다.'

하는 데는 기가 막히는데, 게다가 한술 더 떠서, 자식 데리고,

---

19 조지듯이 : ①②④ 조기듯이   ⑤ 제기듯이
20 누르고는 : ①② 조기고는

'나를 따라와야 해······.'

하니 생떼가 아니라면, 미친놈의 수작이라고밖에는 더 달리 보이지가 않았다.

"그래, 할 말이라는 게 겨우 그거더냐?"

초봉이는 시쁘듬하게 형보를 내려다본다.

"그렇다. 그러니깐, 어서 기저귀 뭉뚱그려서 들쳐 업구 날 따라나서거라."

"꽤애니 허튼 수작 하지 말구 냉큼 나가. 저엉 그렇게 추근거리다가는 순사 불러 댈 테니······ 무슨 권한으루다가 남의 집 내정에 들어와설랑은 되잖은 소릴 지꺌이는 게냐? 법 무서운 줄두 모르구서······."

"법? 흐흐 법?······"

형보는 저야 기가 막히다고 상을 흘뜨린다.

"······법? 그거 좋지! 그럼 그렇게 허까? 내라두 가서 순사라두 우선 불러 오라느냐? 순사 세워 놓구 담판하게?"

"무척 순사가 네 편역 들어줄 줄 알았더냐?"

"이애 초봉아! 아니껍다! 내가 순사가 무서울 배면 이러구서 네게 오질 않는다. 불러올 테거던 불러오느라, 가택침입죄루다 이십구 일 구류밖에 더 살라더냐? 그보다 더한 몇 해 징역두 상관없다. 종신 징역이나 사형은 아닐 테니깐, 징역 살구서 뇌여 나오는 날이면, 응? 알겠니?"

형보는 눈을 무섭게 부릅뜨고, 뽀도독 소리가 역력히 들리게 이를 간다.

"······약차하면 순사 보는 데서, 저 어린것을 콱 찔러 죽이구, 아주 시언하게 그래 버리구서 잽혀 가구 말 테다. 순사 불러 댈 테거든 불러 대라, 불러 대애."

초봉이는 고만 푸르르 몸을 떤다.[21] 그가 순사를 불러 댄다고 한 것은

---

21 초봉이는~떤다. : ⅠⅡ에는 없는 문장이다.

정말 순사를 불러 댈래서 한 말이 아니라 엄포를 하느라고 그런 것인데, 형보는 그쯤 서둘러 대면서 덜미를 치고 나서니, 정말로 순사를 불러와야 하게 일은 절박했다. 그러나, 그렇다고 막상 순사를 불러 대고 보면 저런 환장한 놈인 걸[22], 지레 덤태[23] [24]가 날 것이고, 그러니 이러지도 못하고 저러지도 못하고 마음이 다급하기만 했다.

당초에 형보는 초봉이를 넘보고서 하는 수작이요, 염량은 말짱하여 제가 먼저 겁을 먹고 있는 터이니, 만일 초봉이가 속으로야 무섭고 겁이 나고 하더라도 그런 내색은 보이지를 말고서, 이놈 고얀놈이라고 엄포는 못한다 할 값에[25] 말 한마디 눈짓 한 번이라도, 이 녀석아 네 소리는 미친 소리만도 안 여긴다는 태연한 태도만이라도 보이기만 했더라면, 이 싸움에 그리 문문히[26] 넘어 박히진 않았을 것이다. 그런 것을 침착을 잃고 압기가 되어 가지고는 생판 부르대는 억지떼와 맞서서 승강이를 하니 아무러면 형보의 억지를 이겨 낼 리 만무한 것, 필경은 되잡칠[27] [28] 수밖에는 없던 것이다.

"네는 혹시, 혹시[29] 말이다……."

한참이나 있다가 형보는 훨씬 목소리를 눅여 가지고 조곤조곤 타이르듯……,

---

22 저런 환장한 놈인 걸 : ①②에는 없는 구절이다.

23 덤태 : ①④⑤ 던테   ② 덤테

24 덤태 : 덤터기. 남에게 넘겨씌우거나 남에게서 넘겨받은 허물이나 걱정거리. 억울한 누명이나 오명.

25 이놈~할값에 : ①②에는 없는 내용이다.

26 문문하다 : 무르고 부드럽다. 어려움 없이 쉽게 다루거나 대할 만하다.

27 되잡칠 : ⑤ 되잡힐

28 되잡치다 : 도로 또는 도리어 일을 그르치다.

29 혹시 : ⑤에는 이 말이 빠져 있음.

"……저것 어린것이 고태수 자식이라구 요량을 대나 부다마는 그건 잘 못 알았다. 고태수루 말하면 에에, 몇 해를 두구 화류계 계집이며, 염집 계집을 줄창 상관했어두 자식이라구는 배 본 적이 없더니라. 아아니, 그런 걸 너허구 한 열흘 살었다구 자식이 생겼을 상부르냐? 응?"

"……"

"그리구 또오, 너루 말하면 나허구는 어떻게 돼서 그랬던지 간에 하룻밤 상관이 있었을 뿐더러, 에에, 고태수가 생전에 내게다가 너를 맡겼더란 말이다, 응?…… 아 여보게 형보, 내가 죽은 뒤엘라컨 우리 초봉일 거두어 줄 겸해서 아주 자네 마누랄 삼아 주게, 이런 말을 한 게 한두 번이 아니더란다? 증인이 멀쩡하게 살어 있다!"

초봉이는, 속없는 태수 그 위인이 족히 그런 소리도 지껄이기는 했으리라고 생각하면서……,

"내가 머, 느이 집 종의 새끼더냐? 느이끼리 맘대루 주구받구 하게?"

"아아니 그래, 네가 정녕 내 말을 못 듣겠단 말이냐?"

"어째서 내가 네 말을 들어?"

"정말이냐?"

"그래서?"

"그렇거들랑, 자식을 위선 이리 내놔라."

"나를 목을 쓸어 봐라!"

"자식두 못 내놓겠단 말이지?"

"도둑놈! 날부랑당 같은 놈!"

"정말 못 내놓겠느냐?"

"아니면?"

"알았다. 너두 자식 소중한 줄은 아나 부구나?……"

초봉이는 대답을 않고, 안방 문지방으로 물러선다. 무심결에 제 몸으로 송희를 가려 주고 있던 것이다.

"……네가 자식이 중할 양이면, 나는 더하다. 아무리 내가 이런 병신이 기루서니 머, 속 창자까지 없을 줄 알았드냐? 흥!…… 너두 생각을 해 봐라? 어느 시러베 개아들놈이, 그래 눈 멀뚱멀뚱 뜨구서 제 자식을 의붓 애비한테 뺏기구 가만 있을 놈이 어디 있다드냐? 응?…… 괜히 어림도 없다, 흥!…… 자아 보아라!……"

형보는 잠깐 말을 멈추더니 조끼 호주머니를 부스럭부스럭하다가 짤막한 나무동갈[30] 하나를 뒤져내어 손에다 쥔다. 동글납작하고 한쪽으로 금이 간 하얀 나무동갈, 그건 첫눈에 아이쿠치[31](단도)임을 알 수가 있었다. 초봉이는 그것이 칼인 줄도 알았고 그래서 무섭기도 했으나, 실상 알기 때문에 짐짓 모른 체하느라고 고개를 돌린다.

"……너, 이거 알지?"

형보는 한 손으로 손가락을 놀려 칼집을 슬며시 반쯤 뽑아 가지고 쳐들어 보인다.

"오냐, 죽일 테거든 죽여라! 죽여두……."

"죽이라? 왜 너를 죽일 줄 알구?…… 가만 있거라……."

형보는 칼집을 맞추어 도로 조끼 호주머니에 집어넣으면서……,

"……너는 종차 문제구, 네가 보는 네 눈앞에서 저걸, 자식을 말이다, 마구[32] 칵 찔러 죽일 테란 말이다. 자식을……."

초봉이는 형보가 금시로 칼을 뽑아 들고 달려드는 것을 막기나 하려는 듯이 두 팔을 벌려 문지방을 가로막는다. 노상 위협만이 아니고, 칼까지 품고 왔을 제는 참말 송희를 죽이려고 덤빌 줄 알았던 것이다.

---

30 동갈 : 동가리. '동강'의 방언(경남, 전남, 충북, 함북).
31 아이쿠치 : あいくち(合口). 비수(匕首). 단도.
32 말이다, 마구 : ①②에는 없는 구절임.

인제는 기가 죽어서 무어라고 마주 악다구니를 할 기운도 안 나고, 몸은 사시나무 떨리듯 떨린다. 눈은 실성할 듯 휑하니 벌어진다.

형보는 초봉이의 사색 질린 얼굴을 올려다보면서 신이 나는지 더욱 독살스럽게……,

"……흥! 남의 의붓애비한테 뺏기구 말 테면 그까짓 것 죽여 버리기나 하구 말지, 그냥 두구 볼 낸 줄 알았드냐? 어림없이[33]…… 날 마다구 하는 네 심통머리가 얄미워서라두 네 눈구멍으루 보는 데서, 너두 재랄복통이 나서 자진해 죽으라구, 요걸 요렇게 훑으려 쥐구는 거저 칵……"

예까지 형보는 꼬박꼬박 제겨가다가 문득 낭패한 기색으로 말을 뚝 그친다.

만약 말을 그렇게 했다가 초봉이가 무서워서 그랬든지 귀찮아서 그랬든지 아무튼 옜다 네 자식, 하고 선뜻 내주는 날이면 그런 낭패라고는 없을 판이다.

에미를 낚아 가자는 게 주장이요, 자식이야 실상인즉 어느 놈의 씨알머린지[34] 모르는 것, 가령 또 내 자식이라 치더라도 꿈에도 생각잖는 것, 그러니 그걸 데려다가는 무얼 하느냔 말이다. 진소위[35] 죽은 토끼 잡으려고 산토끼 쫓는 셈이지.

형보는 그래서 말이 잘못 나간 것을 깨닫고 당황하여 그놈을 둘러맞출 궁량[36]을 부산나케 하고 있는데, 그러나 실상 초봉이한테는 도리어 그게 효과가 컸다.

형보의 눈 하나 깜짝 않고 딱 버티고 앉아서 따북따북[37] 말을 배알아 놓

---

33 어림없이 : ①②에는 없는 말이다.　③어림없어
34 씨알머리 : 남의 혈통을 속되게 이르는 말.
35 진소위(眞所謂) : 정말 그야말로.
36 궁량 : 궁리(窮理).

다가 필경,

‘……요렇게 훑으려 쥐고 칵…….’

찔러 죽인다는, 손짓 눈짓 몸짓을 다 겹친 마지막 대목에 가서는 그만 아이구머니 하고 외칠 뻔했다.

눈을 지그시 내리감는다. 그러나 감는 눈에는, 칼을 뽑아 쥐고 헤번덕거리는[38] 형보와 피투성이가 되어서 바르르 떨고 엎어진 송희의 환영이 역력히 나타나 보인다. 푸르르 떨면서 눈을 번쩍 뜨고 무심결에 뒤를 돌려다본다. 의외던 것같이 송희는 고이 자고 있다. 호오 하니 한숨이 나왔으나 안심은 순간이요, 마구 미칠 것 같다. 소리를 치자니 단박 칼을 뽑아 들고 덤빌 것이고, 송희를 들쳐 업고 달아나자니 몇 걸음 못 가서 잡히고 말 것이다.

‘어떡허나?’

대답은 안 나온다.

‘저놈을 거저…….’

총이 있으면 두말 않고 탕 하니 쏘아 죽일 것 같다.

마침 보니 형보의 머리 위로 굵다란 도리[39]가 건너갔다. 저놈이 뚝 부러져 내리면서 정통으로 거저 저 대가리를 후려갈겼으면 캑 소리도 못 하고 직사할 것 같다. 속으로 제발 좀 그래 줍시사고 축수[40]를 한다. 어쩌면 방금 우지끈 딱 하고 내려앉는 성싶으면서도 치어다보아야 그냥 정정하니 얹혀 있다.

“그러구저러구 간에 말이다…….”

---

37 따북따북 : ‘또박또박’의 방언으로 보임.

38 헤번덕거리다 : 희번덕거리다. 표준국어대사전에는 ‘눈을 정기 없이 크게 뜨고 흰자위를 자꾸 번득이며 움직이다’라는 뜻의 북한어로도 되어 있음.

39 도리 : 서까래를 받치기 위하여 기둥 위에 건너지르는 나무.

40 축수(祝手) : 두 손바닥을 마주 대고 빎.

이윽고 형보는 둘러댈 말을 장만해 가지고 새 채비로 나선다.

"……설사 네가 순순히 자식을 내 준대두 나는 네가 보는 데서 죽여 버릴 수밖에 없다. 죽여 버리는 수밖에 없을 것이…… 아 글쎄 이, 홀애비놈이 아직두 젖두 안 떨어져서 빼액빽 보채구 하는 걸 데려다가 어떻게 길른단 말이냐?…… 길를 수도 없거니와 액색해서 나 같은 성미 팔팔한 놈은 그런 꼴 눈으로 볼 수두 없구…… 그러니 눈 새까만 게 불쌍은 해두 죽여 버리는 수밖에 더 있느냐?…… 그럴 게 아니냔 말이다, 이치가…… 생각을 해 봐? 이치가 그럴 게 아닌가…… 머, 옛놈은 어린 자식 있는 사내를 계집 년이 버리구 달아나니깐, 자식을 자반을 만들어서 짊어지구 그년을 찾으러 다녔다더라만, 다아 그게 애비 된 놈의 마음을 생각해 보면 근경이 그럴 만도 하니라."

형보는 담배를 갈아 피우는 체하고 말을 잠깐 멈춘다.

초봉이는 형보의 하는 소리가 귀로 들어오지도 않는 듯이 외면을 하고 서서 꼼짝도 하지 않는다.

그는 차라리 시방 제호라도 어서 들어와 주었으면 싶었다. 이렇게 되었으니 나 혼자서는 좀체로 바워 내기는 벌써 글렀고 한즉 제호는 기운도 세고 하니깐 어서어서 들어와서 저 위인을 혼띔[41]을 주어서 쫓아 보냈으면 하던 것이다. 제호는 사람이 너그럽고 하니까, 지금 와서 낡은 비밀 하나가 드러났다고 어쩔 사람이 아니고, 또 가령 그걸로 제호한테 무안을 본다손 치더라도 형보에게 끝끝내 화를 당하느니보다는 아무것도 아닐 것이라서…….

돌려다보니 마침 송희가 잠이 깨어 기지개를 쭈욱 펴더니, 눈을 둘레둘

---

41 혼띔 : ⨯1⨯2⨯3⨯4 혼땜
    : 혼띔(魂-). 단단히 혼냄. 또는 그런 일.

레하면서[42] 때꾼한[43] [44] 목소리로 엄마를 부른다. 자고 깨면 맨 먼저 부르고 찾는 엄마, 이 근경이 새삼스럽게 반가우면서도, 그러나 단지 반갑지만 않고 눈물이 솟아났다.

송희는 엄마의 품에 담숙하니[45] [46] 안기어 젖을 빨고 있다. 누가 뺏어 가는가 봐 한 손으로는 남은 젖을 간지게[47] [48] 움켜쥐고, 한 손으로는 꼼지락꼼지락하는 제 발을 잡아당기다가는 놓치고 그놈을 도로 잡으려고 바둥거리고 한다. 그 무심한 양이 들여다보고 있는 초봉이도 절로 따라 무심해지고, 방금 눈앞에 닥쳐온 위험이나 곤경은 저어기 먼 데서 들리는 남의 이야긴가 싶기도 했다.

일곱 시가 거진 다 되어, 가슴을 조마조마 죄면서 기다리던 제호가 술병을 손에 들고 터덜터덜[49] 대문간으로 들어선다. 초봉이는 처음으로 제호라는 사람이 소중하고, 그가 집에를 들어오는 발길이 천하에 반가웠다.

"어어허, 내가 이거 시간을……."

제호는 무심히 떠들고 들어서다가 주춤하고 서서 뚜레엣뚜렛한다.

형보는 헴 밭은기침을 한 번 하고, 걸터앉았던 마룻전에서 천천히 대뜰로 내려선다. 제호는 이 낯선 나그네를 의아스러이 짯짯 훑어보다가 때마침 부엌문으로 내다보는 식모한테로 눈을 돌린다. 그러나 식모는 무어라고 말을 해야 할지를 몰라 민망해서 고개를 숙여버린다.

---

42 둘레둘레하다 : 사방을 이리저리 살피다.
43 때꾼한 : ①②④ 때꼰한　　⑤ 떼꾼한
44 때꾼하다 : 눈이 쑥 들어가고 생기가 없다.
45 담숙하니 : ③ 담쏙하니
46 담숙하다 : 포근하고 폭신하다.
47 간지게 : ①②④ 갠지게　　⑤ 간지럽게
48 간지다 : 붙은 데가 가늘고 약하여 곧 끊어질 듯하다.
49 터덜터덜 : ①② 덜덜거리고　　⑤ 터널터널

제호는 저도 모르게 가만가만 걸어 들어오다가 초봉이가 송희를 안고 반기듯 문지방에 기대서는 눈과 서로 마주치자, 힐끔 형보를 돌려다보면서 초봉이더러, 이게 웬 사람이냐고 말없이 묻는다. 초봉이는 무슨 말을 할 듯이 눈이 빛나다가 이어 새침하고 외면을 한다.

그럴수록 제호는 점점 더 선잠을 깬 것처럼 얼떨떨해서 어릿거린다. 대체 웬 낯모를 곱사며, 여편네는 또 왜 저렇게 샐쭉하는고? 기색이 저리 나쁜 게 이 괴물 같은 나그네와 무슨 상지를 한 모양인데, 상지? 상지라니?

혹시 빚에 졸리나? 그렇지만 모르면 몰라도 빚은 졌을 리도 없거니와, 설사 그런 사단이라고 하더라도 빚이면 빚이지 저대도록[50] 사색이 질리게까지 상지가 되었을 리야 없을 것인데…….

잠깐 동안이라지만 제호는 속이 갑갑해서 혼자 궁리 궁리, 그러느라고 종시 어릿어릿하면서 마루 앞으로 가까이 온다.

형보는 맞이하듯 모자를 벗어 들고 가슴을 발딱 뒤로 젖히면서,

"에에, 복생[朴公[51]]……이십니까?"

하고 되바라지게, 그러나 공순히[52] 인사를 건넨다.

"네에! 내가 박제홉니다……."

제호는 속이야 이 기괴하고 추하게 생긴 인물이 마땅찮을 뿐더러, 더구나 무슨 일인지는 몰라도 그의 침노로 해서 집안이 이렇게 불안하게 된 데 대한 적의도 없지 못했으나 저편에서 의외로 점잖게 하고 보니 그게 또한 이마빡을 부딪뜨린 것 같아 황망히 흔연한 인사 대답을 하던 것이다.

그러고는 이어,

"……게, 뉘신지요?"

---

50 저대도록 : 저다지. 저리도.
51 朴公 : ⑤ 朴氏
52 공순하다(恭順--) : 공손하고 온순하다.

하고 묻는다.

"네에, 나는 어어, 장형보라구 합니다. 어어, 참……."

"장형보 씨? 장형보 씨? 네, 네."

"어어 참, 복상을 좀 뵐 양으로 찾아왔더니 방금 출입을 하셨다구 해서, 그러나 곧 들어오신대길래, 어어 참 실례를 무릅쓰구서 이렇게 기대리구 있었습니다. 그리구, 또오……."

"아, 네에 네, 그러시거들랑……."

"그러구 참, 저 부인 되시는 정초봉 씨루 논지하면53 진작부터 잘 알구 해서, 좀 허물이 더얼 하길래……."

"네에 네, 아 그러시거들랑 절러루 좀 올라앉아 기다리실 걸…… 자, 올라오십시오."

제호는 어디라 없이 하는 투가 아니꼽기는 했으나, 그래도 생김새와는 달라, 공순한54 데 적이 적의가 풀렸다.

앞을 서서 올라선 제호가 청하는 대로 형보도 마루로 따라 올라간다.

"여보, 거 손님이 오셨거들라컨, 거 좀…… 저, 방석 좀 이리 주구려? ……."

괜히 한참 덤비는 제호를 초봉이는 좋잖게 거듭떠보다가 또 외면을 한다.

"……허허, 이런 놈의! 이 방석은 다아 어디루 갔누? 거 원 손님이 오셨거들랑 좀 올라앉으시게두 허구 허는 게 아니라…… 그놈, 새끼가 안 떨어질려구 해서 미처 손이 안 갔는 게지…… 가만 있자, 방석이……."

제호는 혼자 부산나케 쑹얼거리면서55 안팎으로 끼웃거린다.

---

53 논지하다(論之--) : 논하다.

54 공순한 : ⑤ 공손한

55 쑹얼거리다 : 표준국어대사전에는 '마음에 들지 아니하여 남이 알아듣지 못할 정도로 자꾸 혼잣말을 하다'라는 뜻의 북한어로 되어 있음.

⁵⁶초봉이는 제호가 막 들어서자 선뜻 반가운 마음에, 그놈이 시방 칼을 품고 와서 우리 송희를 죽인다고 한대요, 하고 역성을 들어 달라는 원정을 하고 싶었다. 우선 그랬으면 여태까지 끕끕수를 받던 반분풀이는 될 것 같았다. 그러나 다시금 생각을 하니, 막상 그랬다가 저놈이 단박 칼을 뽑아 들고 덤빈다든지, 그래서 제호와도 당장에 툭탁 싸움이 얼려 붙는다든지 하고 보면, 혹시 조용히 조처를 할 수가 없지도 않았을 일인 걸 갖다가 자는 호랑이 코침 주더라고⁵⁷ 지레 탈을 내 놓고 마는 게 아닐지도 모르겠고, 허니 차라리 아무 말도 말고 제호한테 떠맡기고서 아직 하회⁵⁸를 보아 보느니만 같지 못할 것 같다는 것이었다.

사실 제호한테다 맡겨만 놓으면, 사람이 어디로 보나 형보보다는 한 길⁵⁹ 솟으니까⁶⁰ 몰릴 까닭이 없이 버젓하게 일 조처를 낼 것이고, 그러나 만약 제호로서도 어찌할 수 없이 끝내 꿀리거들랑 그때는 같이 나서서 둘이 협력을 해 가지고 하면, 가령 악으로 겯더라도⁶¹ 형보 하나쯤은 못 바워 낼 성부르진 않던 것이다.

제호는 한참이나 두리번거리고 다니다가 방석을 찾아 가지고 나와서 주객이 자리를 잡고 앉는다. 부지중에 그리 된 것이겠지만, 손 형보가 안방 쪽으로 앉고, 주인 제호는 안방께가 마주 보이게 건넌방 쪽으로 앉아졌다.

---

56 [5]만 여기에서 단락 구분이 되어 있지 않음.

57 자는 호랑이[범] 코침 주기 : 자는 벌집 건드리기. 건드려서는 안 될 것을 공연히 건드려 큰 화근을 만드는 것.

58 하회(下回) : 윗사람이 회답을 내림. 또는 그런 일. 어떤 일이 있은 다음에 벌어지는 일의 형태나 결과. 다음 차례.

59 길 : 길이의 단위. 한 길은 여덟 자 또는 열 자로 약 2.4미터 또는 3미터, 또는 사람의 키 정도의 길이이다.

60 한 길 솟으니까 : '훨씬 나으니까' 정도의 뜻.

61 겯다 : 풀어지거나 자빠지지 않도록 서로 어긋매끼게 끼거나 걸치다. 여기서는 '겨루다'와 비슷한 뜻으로 쓰고 있음.

"자아 담배 피우십시오."

제호는 양복 호주머니를 뒤져 해태 곽을 꺼내 놓다가 다시 일어서서 마루 구석에 있는 헌 재떨이를 집어 온다.

초봉이도 문턱 안으로 넌지시 도사리고 앉는다. 편안히 앉지 못하는 것은, 제호가 미더운 만큼 겁먹었던 마음이 풀려 차차로 속이 든든하기는 하다지만, 그러나 사세가 죽고 살기보다도 더 절박한 살판이라, 자연 형세를 주의하느라고 저도 모르게 전신이 긴장해진 표적일시 분명하다.

"어어, 복상께서두 연전에 한동안 군산 가서 계셨지요? 저어 제중당……."

형보는 제 담배 피전을 꺼내어 한 개 피워 물고는 말 시초를 이쯤 한가롭게 내놓는다.

"네, 그렇습니다. 그러면 댁에서두 군산 계셨던가요?"

"네, 한 삼사 년이 아니라, 그럭저럭 사오 년 군산서 지냈습니다. 그리다가 지난 여름참에야 서울루 다시 올라왔습니다…… 머 변변찮은 거나마 영업을 한 가지 시작하게 돼서……."

"네에 네, 거 대단 좋은 일이시군요."

제호는 묻지도 않은 형보의 그 영업이라는 것을 치하하는 게 아니고, 혼자 짐작되는 것이 있어 고개를 연신 끄덕거린다.

이 사람이 초봉이를 안다고 하니, 그러면 혹시 초봉이네 친가에서 무슨 까다로운 교섭을 부탁 맡아 가지고 온 것이나 아닌지? 그래서 초봉이도 제 비위에 안 맞는 전갈을 하니까 저렇게 뾰로통한 게 아닌지? 매양 그런 내평이겠지…….

형보는 훨씬 더 점잔을 빼 가면서……,

"어어 참, 군산 있을 때는 복상을 뵙던 못 했어두, 성화[62]는 익히 듣고 있었습니다. 다아 내가 위인이 옹졸해서 인사를 진작 이쭙덜 못하구 참……."

"온 천만에! 그야 피차일반이지요…… 아무튼 군산 계셨다니 고향 친구를 만난 것이나 진배없이 반갑습니다."

"네에, 나 역시 참 반갑구 다아……63."

형보는 좀체로 이야기를 꺼내지 않고 우선 장황한 한담으로 초를 잡는다64.

형보는 제가 외양으로부터서 한팔 꺾이는 곱사요, 그렇기 때문에 언제든지65 처음 대하는 사람한테 불쾌한 인상을 주는 것으로 인해 받는 멸시가 우선 큰 손실인 줄을 잘 알고 있다. 그렇기 때문에 그는 우정 점잔을 부려 그 점잔으로써 억울한 체면의 손실을 때우곤 하는 게 항투66다.

미상불 세상 사람들은 형보가 곱사요, 또 형용이 추하게 생겼대서, 속을 주기 전에 덮어놓고 멸시를 했고, 이 멸시 속에서 형보는 자라났고, 살아왔고, 지금도 살고 있다.

'곱사……'

'병신……'

'빌어먹게 생긴 얼굴……'

'무섭게 생긴 상판대기……'

특별히, 그리고 극히 드물게 우연한 기회로 친해지는 사람——가령 죽은 고태수 같은——그런 사람 외에는 대개들 뒤꼭지67에다 대고, 혹은 맞대 놓고 그를 능멸을 하고 구박을 주고 했다.

---

62 성화(聲華) : 세상에 널리 알려진 명성.
63 네에~다아…… : ①나두 뵙기에 퍽 반갑습니다   ②에는 이 문장이 누락되어 있다.
64 초(草)를 잡다 : 말을 처음 꺼내다.
65 언제든지 : ①②에는 없는 말임.
66 항투(恒套) : 항상 하는 말투. 인사치레로 하는 말투.
67 뒤꼭지 : '뒤통수'의 방언(전남).

어릴 적에 더욱이 그런 고까운 멸시를 많이 받고 자라났다. 노는 아이들 동무만 그런 게 아니라, 아무 이해도 없으면서 어른들도 그랬다.

연한 동심은 좋이 자라지를 못하고 속에서 갈고리같이 옥고[68], 배암[69]같이 서리서리 서렸다. 심술이 궂고 음험해졌다.

자란 뒤에 세상살이의 벌이터에서도 남들은[70] 보기 흉허운 형보를 꺼려 하고 돌려놓았다.

'오오냐, 나는 곱사다.'

'오오냐, 나는 병신이요, 얼굴이 빌어먹게 생겼다.'

'그렇지만, 그렇다고 죽으란 법 있더냐? 나도 살아야겠다.'

형보는 세상에 대해서 피가 나도록 꼽절한 앙심을 먹고, 마침내는 세상을 통으로 원수를 삼고서 넉 자 다섯 치의 박절한 일신을 부지했다.

그리하는 동안에 삼십여 년을 지내 온 지금에는, 소년 적과 이십 안팎 때의 그렇듯 불타던 앙심은 달궈질 대로 달궈져서 그놈이 한 개의 천품[71]으로 굳어져 버렸다.

세상에 대한 울분이나 저주는 다 잊어 버렸다. 그러고서, 꼬부라진 심청과 억지 뱃심으로다가 살기 띤 처세를 하기를 바로 물이나 마시듯 담담하니 무심코 해 나갈 뿐이다. 그러므로 그가 가령 점잔을 부리더라도 그것은 저편을 존경하는 덕이 있어 그런 게 아니고, 그 역 제 자신을 위하는[72] 억지엣 뱃심일 따름이던 것이다.

---

68 옥다 : 안쪽으로 조금 오그라져 있다.

69 배암 : ③⑤ 뱀

70 벌이터에서도 남들은 : ①② 버터에서도 남들은　③ 벼리에서도 남들은　④ 버리에서도 남터들은　⑤ 벌이에서도 남들은

71 천품(天稟) : 타고난 기품.

72 제 자신을 위하는 : ①②에는 없는 구절이다.

고운 꾀꼬리가 가을이면 회색으로 변하는 것과, 형보의 심청이 그처럼 꼬부라진 것과는 단지 생리적인 것과 심리적인 것의 차이밖에는 더 다를 게 없는 것이다.

형보의 납작하니 서너 뼘밖에 안 되는 앉은키와, 그 세 곱은 되는 듯 우뚝한 제호의 키…… 제호의 대머리까지 벗어져 가뜩이나 위아래로 기다란 얼굴과, 두루뭉술하니73 중상(僧相)으로 생긴 형보의 얼굴…… 식인종을 연상할 만큼 흉악스러운 형보의 골상(骨相)과, 귀족태가 나게 세련된 제호의 골상…… 번화한 홈스펀74으로 말쑥하게 춘추복을 뺀 제호의 몸치장과, 때묻은 당목걸75로 안팎을 감은 형보의 옷 주제…… 뱃심을 내어 몸을 좌우로 흔드는 형보와, 속으로 궁금해서 앞뒤로 끄덕거리는 제호…….

마주앉은 이 두 사람은 무얼로 보든지 구경스럽게 기묘한 대조를 이루고 있는 것이었었다.

어느덧 어스름이 내리고 전등도 켜져 있다. 도시의 아득한 소음이 두 사람의 이야기 소리에 무슨 심포니로 반주를 하듯 감감히76 77 들려온다.

"어어 참, 복상을 보입자구 하는 건 다름이 아니라……."

훨씬 수인사의 한담이 오고가고 하다가 잠깐 말이 끊였던 뒤를 이어 형보가 비로소 원대목78을 꺼내 놓던 것이다.

"……어어 참, 저 부인 되시는 정초봉 씨 그분한테 대한 조간인데……."

---

73 두루뭉술하니 : [1][2][4][5] 두리뭉싯하니
74 홈스펀(homespun) : 양털로 된 굵은 방모사를 써서 손으로 짠 모직물. 또는 그와 비슷하게 기계 방적사로 짠 것. 양복감으로 쓴다.
75 당목걸(唐木-) : 당목을 낮잡아 이르는 말.(임)
76 감감히 : [3][4] 감감이
77 감감하다 : 멀어서 아득하다.
78 원대목 : 본래 하고자 한 말.

"네에."

제호는 역시 짐작한 대로 그런 교섭이었구나 생각하면서 순탄히 대꾸를 한다.

"허나, 이거 원 일이 실없이 맹랑해서 이야길 들으시기가 퍽 언짢으실 텐데, 허허…… 그렇더래두 다아 부득이한 사정이니깐 다아 그쯤 양해하시구…… 허허."

"네에 네, 좋습니다. 무슨 말씀이신지는 몰라두, 다아……."

"그러면 맘 놓구서 다아 말씀하겠습니다, 헴 헴…… 어어 참, 저 정초봉 씨가 첨에 결혼을 한 고태수 군, 그 군으로 말하면 나하구는 막역한 친구였습니다. 머 참, 친동기간이라두 그렇게 다정하구 가까울 수가 없었지요. 그런 관계루 해서 그 군이 저 정초봉 씨하구 결혼을 하느라구 신접살림[79]을 채려둔 집에두 내가 미리 가서 있었구, 다아 그만큼 참, 서루 믿구 지냈더란 말씀이지요."

"네에!"

"그건 그렇거니와, 그런데 복상께서두 아시겠지만, 그 사람이 어어 참, 그런 참, 비명횡사를 하잖었겠습니까?"

"듣자니 참 그랬다더군요!"

"네에…… 그런데, 실상인즉 그 사람이 진작부터두 자살!…… 자살을 헐 양으루 맘을 먹구 있었습니다, 결혼하기 그저언부터 그랬지요."

"네에! 건 어째?"

"역시 다아 아시다시피, 은행돈 그 조간이죠. 그게 발각이 나서 수갑을 차, 징역을 살어, 하자면 챙피할 테니깐, 여망 없는 세상, 치소[80]받고 사느

---

79 신접살림(新接--) : 처음으로 차린 살림살이.
80 치소(嗤笑) : 빈정거리며 웃음.

니 깨끗이 죽는 게 옳겠다는 생각이죠. 혹간[81] 징역이란 말만 해두 후울홀 뛰었으니깐요."

제호는 속으로 흥! 하고 싶은 것을,

"네에!"

하고 대꾸한다. 유유하게 결혼까지 할 사람이 자살을 하려고 결심했다는 건 종작없는 소리같이 미덥지가 않던 것이다.

"그래서 어어 참, 그렇게 자살을 할 결심을 했는데 공교롭게스리 그 일이 생겼으니깐, 일테면 기왕 죽기는 일반인 것을 좀 창피하게 죽었다구 하겠지요, 허허!…… 아 그런데, 그런데 말씀입니다. 그 사람이 자살할 결심을 하구서는 내게다가 유언 비슷하게 부탁을 해 둔 게 있단 말씀이죠!"

"네에!"

제호는 처음 짐작한 대로 초봉이네 친가에서 온 담판이 아니고, 그다지 듣고 싶지도 않은 고태수의 일을 장황히 늘어놓다가 필경 유언 소리가 나오니까, 옳지 그러면 고태수의 유복자를 찾으러 온 속이로구나 생각하고서 그럴 법도 하대서 혼자 고개를 끄덕거린다.

"그런데 어어 참, 그 유언이라는 게 어떻게 된 거냐 하면 말씀이죠. 그 사람이 누차 두구서 날더러 하는 말이, 여보게 형보, 난 아무래두 이 세상 오래 살구 싶잖으이. 다아 각오했네. 그렇지만, 두루두루 미망 진[82] 일이 한두 가지가 아닐세. 아닌데, 그 중에도 꼬옥 한 가지 정말 맘 뇌잖는 일이 있네. 눈이 감길 것 같잖으이.[83] 아 이런 말을 하군 한단 말씀이죠!…… 그래 오다가 맨 나중 번엔, 그게 그러니깐 바루 그해, 오월 삼십 일 날 그 사건이 생기던 전전날입니다. 장소는 개복동 살던 행화라구, 그 사람이 전부

---

81 혹간(或間) : 간혹(間或). 어쩌다가 한 번씩.

82 미망(未忘)(이) 지다 : 도저히 잊을 수가 없다.(임)

83 같잖으이. : ①② 갓잔흐이   ③④ 같잖으니.   ⑤ 같잖으이,

터 상관하던 기생의 집이구요……."

만일 고태수가 초봉이와 결혼을 한 뒤로는, 행화의 집에는 통히 발걸음을 한 일이 없다는 사실을 아는 사람이 듣는다면, 지금 형보의 하는 소리가 생판 거짓말인 게 빤히 드러날 것이다. 그러나 제호는 물론이고, 초봉이도 그 진가를 분간할 길이 없던 것이다. 또 그 시비를 가린대야 그게 그다지 효험도 내지는 못하겠지만…….

"……그래서 말씀입니다……."

형보는 하던 말끝을 잇대어……,

"……내 말이, 아 이 사람아 자네두 거 미친 소리 인전 작작 해 두게! 한 삼사 년 전중이[84]나 살구 나오면 그만일 걸 가지구 무얼 육장 그런 청승맞은 소릴 하구 있나!…… 이렇게 머쓰리질 않었겠습니까? 그랬더니 그 군은 종시 고개를 흔들면서, 아닐세. 답답한 소리 말구 아무튼지 내 말을 허수히 여길 것이 아니라 잘 유념해 뒀다가 꼭 그대루 해 주게…… 해 주는데, 다른 게 아니라, 우리 초봉일 내가 죽은 뒤엘라컨 뒤두 거둬 줄 겸 아주 자네 마누랄 삼어서 고생살이나 않게 해 주게 응? 형보, 나는 자넬 믿구 부탁이니 부디 무엇하게 생각 말구서…… 아, 이런 말을 한단 말씀이죠!"

"네에!"

제호는 속으로, 하하 옳거니! 하면서 무릎이라도 탁 칠 듯이 고개를 끄떡거린다.

인제 보니 조그만 놈 유복자 문제가 아니고, 이 친구가 시방 다 자란 에미 초봉이를 업으러 왔구만? 바루…… 딴은 그래!…… 초봉이도 그래서 저렇게 앵돌아져[85] 가지고는…….

---

84 전중이 : 징역살이하는 사람을 속되게 이르는 말.
85 앵돌아지다 : 노여워서 토라지다.

제호는 일이 어떻게 신통한지 몰랐다.

마침 주체스럽던 수하물(手荷物)이 아니었더냐! 하나 그렇다고 슬그머니 내버리고 가자니 한 조각 의리에 걸려 차마 못 하던 노릇이다. 그렇던 걸 글쎄 웬 작자가 툭 튀어들어, 인 다구 그건 내 거다 하니 이런 다행할 도리가 있나! 아슴찮으니[86] 돈이라도 몇 푼 채워서 내주어야겠다. 어허 실없이 잘되었다. 좋다.

제호는 전자에 호남선 찻간에서 처음 초봉이를 제 것 만들기로 하고 좋다고 하던 때와 다름없이 시방 와서는 그를 남한테 내주어 버리게 될 것을 역시 좋다고 하고 있는 것이다.

초봉이는, 건뜻 넘겨다보니 눈을 내리깔고 아랫입술을 지그시 깨문다. 성미가 복받치는지 숨길이 거칠어 코가 발심거리는 것까지 보인다.

이것은 실상 초봉이가 아까 형보한테 직접 그 말을 들었을 때와 마찬가지로 태수가 작히 그런 염장 빠진 소리[87]를 했으려니 해서, 태수 그에게 대한 반감이 다시금 우러난 표적이었었다. 그러나 제호는 단지 그가 이 괴물 같은 사내한테로는 가지 않겠다는 항거로만 보았고, 그러니 그야 처지를 뒤바꿔 놓고 생각하더라도 이런 위인한테 팔자를 고치고 싶지 않을 건 당연한 인정이려니 하면 초봉이를 여겨 일변 마음 한구석이 민망하기도 했다.

"……아, 그런데 참……."

형보가 갑자기 당황하게, 잠깐 말 그쳤던 뒤끝을 얼른 잇대어……,

"……거 그 사람 고 군이 말입니다. 짐작컨대 정초봉 씨한테는 그런 말을 미처 못해 뒀을 겝니다. 그 군인들 머 그런 불의지변을 당할 줄은 몰랐

---

86 아슴찮다 : 표준국어대사전에는 '고맙다'는 뜻의 함경도 방언으로 되어 있음.
87 염장 빠진 소리 : '염장(鹽醬)'이란 '소금과 간장'을 아울러 이르거니 '음식의 간을 맞추는
 양념'을 통틀어 이르는 말로서, '염장 빠진 소리'라 함은 '싱거운 소리' 또는 '터무니없이
 하는 소리'를 뜻함.

으니깐, 종차 이야기하려니 하구만 있었겠죠. 그리다가 갑재기 그 변을 당했구, 허니 유언 같은 건 할 새두 없었습니다. 그런 유언이라건 아내 되는 분한테다야 미리서 해 두지는 못하는 것이구, 다아 자살이면 자살을 하기루 약까지 먹구 나서 하게 되는 거니간, 그러니깐 아마 모르면 몰라두 정초봉 씨는 그 사람한테서 그런 이야긴 못 들었을 게 십상이지요. 그렇지만 그걸 머, 이 장형보 혼자만 들었을세 말이지, 한자리에 앉아서 같이 들은 행화라는 그 기생두 시방 멀쩡하니 살아 있으니깐요."

형보가 황망하게 중언부언, 이 말을 되씹고 되씹고 하는 것은 행여 초봉이라도, 나는 그런 말 들은 일 없다고 떠받고 나설까 봐서 미리 덜미를 쳐놓자는 계책임은 물론이다.

그러나, 그러고저러고 간에 초봉이는 아직 말참견을 하지 않을 요량일 뿐 아니라, 또 그것만 하더라도, 태수가 정녕 그런 소리를 했기 쉬우리라고 여기는 터라 그까짓 걸 가지고는 이러네저러네 상지를 할 생각은 통히 나지도 않았었다.

형보는 한참이나 있어 보아도 그냥 잠잠하니까, 제 재치 있는 주변이 효험이 났거니 하고 안심한 후에 이번은,

"자아 그런데 말씀입니다……."

하면서 음성도 일단 높여……,

"……어어 참, 그렇게 다정한 친구한테 간곡하게 부탁을 받았을 양이면, 그게 다소간 거북한 일은 일이라구 하더라두 말씀입니다, 그 유언을 갖다가 꼭 시행을 해야 옳겠습니까? 그냥 흐지부지해 버려야 옳겠습니까? 어떻습니까? 복상 생각은……."

"글쎄올시다, 원……."

제호는 힐끗 초봉이를 건너다보면서 어물어물한다.

제호는 실상 형보의 그 말을 선뜻 받아, 그러니 마니 하겠느냐고, 아무

렴 그래야 옳지야고 맞장구를 치고 싶었다. 일 되어 가는 싹수가 그만큼 굴지고 제 맘과 맞아떨어지던 것이다. 그러나 초봉이의 얼굴을 보면은, 하기야 그것도 마음이 한구석 이미 저린 데가 있으므로 하여 보는 눈도 자연 그렇게 어린 것이겠지만, 어쩐지 안색이 다 죽은 듯 암담한 것만 같고 해서, 차마 그쯤 어름어름하고 만 것이다.

제호의 얼굴을 곁눈질로 올려다보고 올려다보고 하던 형보는 말끝을 더 기다리지 않고 이어 흠선하게,

"아아니 머, 복상 의견을 말씀하시기가 거북하시면 그만두셔도 좋습니다. 인제 대답은 단 한마디만 해 주실 기회가 있으니깐요. 그러니 아직 내가 하는 말씀을 끝까지 다 듣기나 하십시오……"

하고는 다시 목을 가다듬어……,

"……헌데, 어어 참 그 뒤에 그 사람이 가뜩이나 그러한 비참한 죽음까지 하구 보니까, 명색이 친구라는 나루 앉아서 당하자니 행결 더 불쌍한 생각이 들구, 이래저래 여러 가지루 비감이 나구 하더군요…… 그래서 어어 참, 며칠 두구 밤잠을 못 자구 곰곰이 궁구 마련을 하다가 필경, 그러면 내가 그 유언이라두 시행을 하는 게 도리상 옳겠다고 생각을 했습니다. 어어 참, 그걸 어떻게 보면 다소 언짢은 노릇이 아닌 것두 아니긴 하지만, 남이야 무어라던 그대루 시행을 하는 게 생전 시에 다아 정다웠던 친구한테 대한 의리니깐요……"

제호는 의리하고는 별 되놈의 의리도 다 있던가 보다고, 그런 중에도 실소를 할 뻔했다.

사실 제호는 일이 다 십상으로 계제가 좋고 해서 따로 컴컴한[88] 배짱을 차리고 있었기에 망정이지, 이 괴상한 위인의 하는 수작이 제 모양새대로

---

88 컴컴한 : ①② 엉뚱한

해괴망측하고, 단지 초봉이라는 애틋한 계집 하나를 보쌈하듯 업어 가자는 생엉터리 속이고 한 것을 몰랐다든가, 그래서 맞 다잡고 시비를 캐지 못한 다든가 하던 것은 아니었었다.

"……그리구, 그리구 말씀입니다, 또 한 가지, 어어 참 대단 요긴한 조간 이 있습니다…… 그건 다른 게 아니라, 허허 이거 원 말씀하기가 거북해 서……."

"머, 괜찮습니다. 어서 다아……."

"그럼 실례를 무릅쓰구 다아…… 헌데, 그 요긴한 조간이라건 다른 게 아니라, 그 사람 고 군 말씀입니다. 그 군이 변을 당하던 바루 그날 밤인 데…… 그날 밤에, 어어 참 정초봉 씨와 나와는 어어 참, 그 하룻밤 거 참, 에에 관계라는 게 있었단 말씀이지요! 허허."

제호는 단박에 제 낯이 화틋 다는 것 같았다. 그는, 대체 어떻게 된 셈 속[89]이냐고, 족치듯이 좋잖은 낯꽃으로 초봉이를 건너다본다. 하기야 시방 계제 좋은 핑곗거리를 만나, 계집을 떼쳐 버릴 요량을 하고 있는 마당에, 계집이 일찍이 몇 사내를 했던들 상관할 게 없는 것이기는 하지만, 그러나 여자의 정조에 대한 남자의 결벽은 결코 그렇게 담담하지가 않던 것이다.

제호의 기색을 살필 겨를도 없고, 다만 그와 눈이 마주칠까 저어서 초봉 이는 지레 고개를 숙이고 들지 않는다.

그는 억울한 대로,

'그놈이 나를 강제로다가 겁탈을 했대요!'

이 말이 목구멍까지 올라왔으나, 첫째 제호한테 마주 얼굴이 둘러지질 않고, 또 시방 그 변명을 한들 무슨 소용이겠느냐고 그대로 꿀꺽 삼켜 버

---

89 셈속 : ③⑤ 속셈
   : 돌아가는 사실의 내용. 속셈의 실상.

리고 말던 것이다.

제호는 초봉이가 변명을 할 말이 없어 고개를 숙인 걸로 보았지, 달리 해석할 길은 없었다. 그러고 보니 원 저게 어쩌면 그다지도 몸을 헤프게 가졌을까 보냐고 내내 불쾌한 생각이 가시지를 않았다. 그러나 일변, 전자에 호남선에서 만나 이편이 하자는 대로 유성온천으로 따라와서 별반 그리 주저도 없이 몸을 내맡기던 일을 생각하면, 본시 행실머리가 출 수 없는 계집이었구나 싶고, 해서 금시로 초봉이가 훨씬 내려다보이는 것도 같았다.

그러고 보니, 그 동안 저 계집의 정조의 경도(硬度)를 시험해 보지도 않고서, 그의 정조도 얼굴 생김새와 같이 점수가 높으려니 믿었던-믿고 안 믿고 할 여부도 없이-의심 한 번 해보지도 않은 제호 제 자신이 소갈머리 없는 등신 같기도 했다.

"어어 참, 그렇게 하룻밤 관계가 있었을 뿐 아니라……."

형보는 제호의 낯꽃이 변한 것을 보고, 오냐 일은 잘 되어 간다고 좋아하면서……,

"……그것두 참 다아 인연이라구 할는지, 공교롭다고 할는지…… 아, 어린것 하나가 생겼습니다그려!…… 바루 저게 그거지요."

형보는 고갯짓을 해서 뒤를 가리킨다.

어린아이 송희가 형보의 혈육이라는 것도 제호가 듣기에는 의외엣 소식이었었다. 그러나 곧 그도 그럴 법하다고 저도 모르게 고개를 끄덕거린다. 그러자 또, 작년에 초봉이가 ××를 시키려고 약까지 집어먹고 그 야단을 내던 속도 비로소 옳게 안 것 같았다.

고태수의 씨라서 그런 줄만 알았더니 옳아! 이 장형보와 그리고 그래서 생긴 불의한 자식이라서…….

제호는 눈을 갠소롬히 뜨고 연거푸 기다란 얼굴을 끄덕끄덕한다.

잠잠하니 말이 없다. 형보는 제가 던진 돌멩이가 일으켜 놓은 파문을 시험하느라고 담배만 뻐억뻑 피우고 있다.

조용해진 틈을 타서 또옥 딱 또옥 딱, 뒷벽의 괘종이 파적[90]을 돕는다. 밤은 차차로 어두워 온다. 안방과 건넌방의 전등이 내비쳐 마루에 앉은 두 사내의 그림자를 괴물같이 앞뒤로 늘여 놓는다. 격동을 싼 순간의 침묵은 임종을 기다리는 것같이 답답하게 무겁다.

초봉이의 떨어뜨린 눈은 품에 안겨 젖을 빨면서 무심히 꼼질거리는 송희의 고사리 같은 손에 가서 또한 무심히 멎어 있다.

초봉이는 제호가 어떤 낯꽃을 하고 있는지 궁금해 하면서도 차마 얼굴을 들지 못한다. 비록 낡은 새 흉이 드러났대야 그것은 제호가 다 눈감아 주고 탈을 않겠거니 하면 안심이 되기는 하나, 그렇다고 노상 부끄럼이 없진 못했다. 물론 제호가 시방 딴 요량을 먹고서 딴 궁리를 하고 있는 줄은 까맣게 모르고 있는 것이다.

그러므로, 가령 지금 이 자리에서 그 눈치를 알아챘다고 하더라도, 설마 그게 벌써 오래전부터 다른 원인이 있어 그래 오던 것이라고까지는 아무리 해도 깨닫지야 못할 것이고, 그저 오늘 당장 장형보라는 저 원수가 들이덤벼 가지고는 조사모사[91]해 놓는 소치로만 여겼을 것이다. 따라서 그냥 잠자코 있으려고 하지도 않을 것이다.

가령 송희를 두고 말하더라도, 그건 결코 그런 게 아니라 사실이 약시 이만저만한 사맥인즉 장가의 자식일 법도 하나, 꼭이 그러랄 법도 없소, 또 ××를 시키겠던 것은 불의한 자식이라서가 아니라, 원수의 자식일는지도 모를 뿐더러, 일변 아비 없는 자식을 낳지 않으려고 그랬소 하고 변명을

---

90 파적(破寂) : 고요함을 깨뜨림.
91 조사모사 : ⑤ 조삼모사
   : 일을 이렇게 저렇게 둘러대어 꾸밈.(우)

하자고 들었을 것이다.

그것뿐이 아니다.

형보와의 하룻밤 관계라는 것도 잠든 틈에 그놈이 나를 겁탈을 한 것이지, 내가 그러구 싶어서 그런 것은 아니오.

고태수의 명색 유언이라는 것도 다 종작없는 소리겠지만, 가령 고태수가 주책없이 그런 부탁을 했다기로서니, 내가 고태수의 물건이길래 저희끼리 주고받고 한단 말이오? 또 내가 죄인이고, 고태수가 법관이라서 내가그 말을 준수해야 한단 말이오?……

이렇게 초봉이는 들고 나서서 변명하고 마주 해 댈 말이 없던 것이 아니다.

물론 천언만언 변명을 한대야 제호의 배짱 토라진 내력이 따로 있는 이상 아무 효험도 없을 것이고, 그런즉 이 경우에 초봉이가 잠자코 변명을 않기 때문에, 그런 때문에 장차 몇 분 후면 판연히 드러날 한 새로운 운명을 자취하게 된 것은 아니다.

운명은 넌출⁹²이 결단코 조만치가 않다⁹³.

시방 초봉이의 새로운 이 운명만 하더라도 그 복선(伏線)은 차라리 그가 어머니로서 송희를 사랑하는 죄…… 하기야 마니아[狂]에 가깝도록 편벽된 구석이 없진 않으나…… 아무튼 어머니 된 죄, 그 속으로부터 넌출은 뻗어 나온 것이다.

허나, 그놈을 다시 추어 보면 넌출은 애정 없이 사랑할 수 없다는 서글픈 인정 속에 묻혀 있는 복선의 연맥⁹⁴임을 알 수 있다. 그리고 다시 그 끝은, 팔자를 한 번 그르친 젊은 여인이란, 매춘의 구렁으로 굴러들기 아니

---

92 넌출 : 길게 뻗어 나가 늘어진 식물의 줄기. 등의 줄기, 다래의 줄기, 칡의 줄기 따위이다.
93 조만치가 않다 : '조만하지 않다'의 준말. 일의 상태 등이 예사롭지 않다.(임)
94 연맥(緣脈) : 이어져 있는 맥락.

면, 소첩 애첩의 이름 밑에 아무 때고 버림을 받아야 할 말이 없는 위험지 대에다가 몸을 퍼뜨리고 성적 직업에나 종사하도록 연약하기만 하지, 여자이기보다 먼저 인간이라는 각오와 다구지게[95] 두 발로 대지를 밟고 일어서서 버팅길 능(能)이 없이 치어났다[96]는 죄, 그 죄로 복선의 끝은 면면히 뻗어 들어가서 있는 것이다.

만일 이 복선의 넌출을 마지막, 땅에 뿌리박은 곳까지 추어 들어가서 힘껏 뽑아낸다면 거기엔 두 덩이의 굵은 지하경(地下莖)[97]이 살찐 고구마와 같이 디룽디룽 달려 올라오고 있을 것이다. 이것이 한 덩이는 세상 풍도(風度)[98]요, 다른 한 덩이는 인간의 식욕(食慾)이다.

기구한 생애가 시초를 잡고 뻗쳐 나오는 운명의 요술주머니란 바로 이것인 것이다.

[99]

형보의 그 다음 이야기는 대강 이러했다.

박제호 너도 저 어린것이 네 혈육이라고 생각지는 않을 것이다. 사실 그렇다. 혹시 고태수의 것이라고 한다면 그건 근리할 말이겠지만, 그러나 역시 그렇지도 않은 것이, 고태수는 몇 해를 두고 뭇 계집을 상관했으되 단 한 번이라도 자식을 밴 적이 없었다. 그러니 정초봉이와 한 십여 일 지냈다고 임신이 되었을 이치가 없고, 한즉 고태수의 자식도 아니다. 그렇다면 묻지 않아도 내 자식일 것이 분명하다. 보아한즉 어린것이 제 어미를

---

95 다구지게 : ③ 다부지게
96 치어났다 : ①② 치어낫다   ⑤ 태어났다
        : 길러졌다.
97 지하경(地下莖) : 땅속줄기.
98 풍도(風度) : 본래는 '풍채와 태도'를 가리키나, 여기서는 '돌아가는 이치' 정도의 의미로 쓰임.
99 ⑤는 여기서 한 줄을 띄지 않고 있다.

그대로 닮았더라. 허니, 모습을 가지고는 아비를 찾을 수야 없겠지만, 자세히 뜯어놓고 볼 양이면, 이목구비나 손발 어느 구석이고 한 곳은 나를 탁한 데가 있을 것이다.

(이렇게까지 군색스럽게[100] 꾸며 대는 형보는, 그러나 동인(東仁)의 「발가락이 닮았다」의 독자는 아니리라.)

고태수가 죽자 정초봉이는 바로 서울로 올라왔었다. 웬만했으면, 그때에 그 뒤를 곧 쫓아 올라와서 도로 데리고 내려가든지, 혹은 그대로 주저앉아 동거를 하든지 했을 것이나, 내가 그때까지는 통히 축재[101]를 해 둔 것이 없기 때문에 그런 책임 있는 일을 하자니 섬뻑 엄두가 나지를 않았다. 그래서 걱정 걱정 하던 중에, 듣잔즉 박제호 너와 만나서 산다기에 우선 안심을 했었다.

그 뒤에 나는 이를 갈아 가면서 부라퀴[102]같이 납뜬 결과 요행 돈을 몇천 원 손에 잡았다. 그것도 따지고 보면 다 친구의 간절한 부탁을 저버리지 않겠다는 일편단심이던 것이다.

또, 알아보니 자식을 낳았다고 하는데 속새로 염탐을 해 본 결과 내 자식인 게 분명했고, 그래서 그때부터는 자식을 찾아야 하겠다는 아비 된 책임도 크게 나를 채찍질했었다.

일변 나는 전부터 경륜하던 유리한 영업이 한 가지 있던 터라, 지난여름 서울로 올라와서 그 돈 기천 원을 밑천삼아 우선 영업을 해보았다. 미상불 예상한 대로 이익이 쏠쏠하고[103] 해서 몇 식구는 넉넉 먹고 살고도 남을 형

---

100 군색하다(窘塞--) : 자연스럽거나 떳떳하지 못하고 거북하다.
101 축재(蓄財) : 재물이 모여 쌓임. 또는 재물을 모아 쌓음. '재산을 모음'으로 순화.
102 부라퀴 : [1][2] 부락호   [4] 불아퀴   [5] 불아귀
     : 몹시 야물고 암팡스러운 사람. 자신에게 이로운 일이면 기를 쓰고 덤벼드는 사람.
103 쏠쏠하다 : 품질이나 수준, 정도 따위가 웬만하여 기대 이상이다.

편이다. 만약 못 미덥거든 증거물이라도 보여 주마. 저 가방 속에 들어 있는 수형이 그것이다. 수형 할인 장사다.

바야흐로 나는 만단[104] 준비가 다 되었다. 즉 두 인간을 데려다가 고생 살이는 안 시킬 만한 힘이 생긴 것이다. 그래서 나는 하루를 천추같이 기다리던 이 오늘에 비로소 너와 및 저 모녀를 찾아온 것이다.

형보는 여기까지 말을 끊고, 마른 입술을 혓바닥으로 침질을 하면서 꺼진 담배를 다시 붙여 문다. 그 다음 말을 힘주어서 하자고 호흡을 가다듬는 것이다.

"자아, 그러니 말씀입니다……."

형보는 오래 지체를 않고서 곧 뒤를 잇대어……,

"……나는 저 모녀를 데려가야 하겠습니다. 어어 참, 절대루 그래야만 하겠습니다. 왜 그런고 하니, 나는 앞으로 남은 세상을 단지 친구의 소중한 부탁을 시행한다는 것 하나 허구, 내 자식을 찾아서 길르는 것 하나 허구, 단지 그 두 가지를 낙을 삼고 여망을 삼아서 살아가자는 사람이니깐요. 아시겠습니까? 그러니까 이건 말하자면, 어어 참, 내게는 생사가 달린 일이라구두 할 수 있습니다. 생사가…… 허니 그런 것두 충분히, 참 양해를 하셔서……."

형보는 쨍쨍 울리는 목소리로 꼬박꼬박 제겨서 말을 내뱉어 놓고는 고개를 꼿꼿 쳐들어 똑바로 제호를 건너다본다.

제호는 비로소 말대답을 해야 할 경운 줄은 아나 침음하는 체 입술을 지그시 물고, 깍짓손으로 한편 무릎을 안고 앉아서 입을 열려고 않는다. 그러나 시방 그가 이럴까 저럴까 주저를 하느냐 하면 그건 아니다. 요량은 다 대놓았으면서 말을 내기가 차마 난감하여 그러던 것이다.

---

104 만단 : 여러 가지나 온갖.

이러한 속을 알아서가 아니라도, 초봉이한테는 진실로 간이 녹는 순간
이다.

형보의 하는 수작은 어느 모로 따져야 경우도 조리도 안 닿는 생판 억지
인 것은 분명하다. 그러나 초봉이는 그 억지가 무서웠다. 만일 까딱 잘못
하여 이 자리에서 제호를 놓치는 날이면 영영 꼼짝없이 형보의 밥이 되어
그 억지에 옭히고[105] 말지, 아무리 버티고 부스대고[106] 해도 모면할 수 없
게 그렇게시리 꼭 사세가 절박한 것만 같았다.

도무지 천만부당한 엉터리요 하니, 비웃어 버리고 대거리도 할 것 없는
억지인 것을, 눈 멀거니 뜨고 옭혀들어, 되레 엉엉 울어야 할 기막히는 재
앙…….

이 재앙을 면하자니 제호가 아쉬웠다. 물론 그가 미덥지 않은 것은 아니
나, 그래도 혹시 어떨까 저어하는 마음에, 마치 신탁(神託)을 듣는 순간처
럼 그의 입 떨어짐을 기다리기가 무서웠었다.

지리한 찰나가 무거이 계속되는데 갑자기 때앵땡 괘종이 연달아 여러
번을 친다. 그러자 시계 치는 소리에 깜짝 놀란 것처럼 제호는 앉았던 자
리에서 후닥닥 일어선다.

하릴없이 무엇에 질겁을 한 것처럼 제호가 벌떡 일어서는 바람에 형보
나 초봉이나는 미처 무슨 일인지는 몰랐어도 다 같이 놀라 고개를 쳐들고
그를 올려다본다.

"잘 알아들었습니다……."

제호는 쾌히 말을 꺼내다가, 처음 그렇게 후닥닥 일어서던 것은 어디로
가고 천천히 허리를 꾸부려 앉았던 옆에 놓아 둔 모자를 집어 얹는다. 제

---

105 옭히다 : 남의 꾀로 함정에 빠지다.
106 부스대다 : 가만히 있지 못하고 군짓을 하며 몸을 자꾸 움직이다.

가 생각해도 무단히 그리 납뛴 것이 남 보기에 점직했던 것이다.

"……헌데, 거 원 무슨 곡절이 있어서 사단이 그쯤 엉클어졌는지 나는 이해할 수가 없습니다. 허나 시방 대강 듣자니 아무튼 일은 맹랑하기는 한 것 같군요. 보매 단순치는 않은 상싶어요. 그런데 내라는 사람은 본시 성미루 보던지, 처신으루던지 어디루던지 간에 그런, 말하자면 성가신 갈등에 참례를 해서, 내가 옳으네 네가 그르네 하고 무릎맞춤107을108 한다던가 하길 싫여하는 사람입니다. 싫여할 뿐 아니라, 사람 됨됨이 그러지를 못하게시리 생겨 먹었습니다. 허허…… 그러니 에에 참……."

제호는 잠깐 말을 더듬고 있고, 제호를 따라 마주 일어섰던 형보는 벌써 결과를 다 거니를 채고서, 꽝꽝하던109 낯꽃이 금시로 풀어진다. 그는 박제호가, 상당히 아귓심110 있게 버팅기지, 그래서 저는 위협깨나 해 보다가 필경 뒤통수를 툭툭 치고 말겠거니, 그렇더라도 밑져야 본전이니 그만인 것이라고 했던 것인데111, 이대도록 선선히 박제호가 물러서고 보매 도리어 헛심이 씌는 것 같았다.

"……그러니……."

제호는 초봉이에게로 얼굴을 돌리려다가 못 하고서 그대로……,

"……나는 이 당장에서 아주 깨끗이 손을 끊겠습니다. 나는 모르구서, 고의가 아니라 말씀이지요…… 모르구서 남의 권리를 침해했던 맥이니깐

---

107 무릎맞춤 : 두 사람의 말이 어긋날 때, 제삼자를 앞에 두고 전에 한 말을 되풀이하여 옳고 그름을 따짐.
108 무릎맞춤을 : ①②④ 무르마지를   ⑤ 무름맞춤을
109 꽝꽝하다 : '단단하다'는 뜻의 전라도 방언.
110 아귓심 : 손아귀의 힘.
111 저는~ 것인데
    : ①② 필경은 몸부림 칼부림이 뒤어푸러지고 그러고도 한동안 맛 탱개를 틀고나서래야 좌우양단간 끗장이 나지

요, 허허…… 그리구 뒷일은 두 분이 상의껏 다아 조처하십시오. 나는 인제부터 아무 상관두 없는 사람입니다."

제호는 종시 형보를 맞대 놓고 하는 소리는 하는 소리나, 그것이 초봉이더러 알아들으란 말임은 무론[112]이다.

말을 마지막 잘라서 하고 난 제호는 이어 몸을 움직여 대뜰[113]로 내려갈 자세를 갖는다.

인제 할 말도 다 했거니와 볼일도 없으니 나는 아무 상관도 없는 객꾼[114]인 걸 더 충그리고 있을 며리가 없지 않으냐?

이렇게 생각하면 자리가 열적기라니, 기다란 몸뚱이를 어떻게 건사할 바를 모르겠었다. 그러나 그러는 하면서도 선뜻 발길을 떼어 놓잔즉, 그것은 더구나 점직해서 할 수가 없었다.

짜장 초봉이더러는 검다 희단 말 한마디 않고서 코 벤 돼지처럼 이대로 횡하니 달아나자니 원 천하게 열적기란 다시없는 짓이다.

여태 가까이 두고 제가 탐탁해서 데리고 살던 계집인 걸 비록 요새로 들어 안팎 켯속이 다 파탈은 날 형편이라고 하더라도, 한데 마침 처분하기 십상 좋은 계제는 만났다고 하더라도, 그렇더라도 아무려면 남보다 갑절이나 긴 얼굴을 들고서 이다지도 박절하게 (실상인즉 싱겁게) 꽁무니를 빼다니, 황차 저게 생억지엣 뗀 줄을 빤히 알면서 어더귀야[115] 그걸 핑계 삼아 부우 거짓말을 흘려 놓고 도망가는 마당에 말이다.

제호는 어쩔 줄을 몰라 속으로 쩔쩔맬 것 같았다. 그런 걸 마침 또 이

---

112 무론 : ③⑤ 물론
113 대뜰 : ⑤ 댓돌
114 객꾼(客-) : 뜻밖에 찾아온 사람을 낮잡아 이르는 말.
115 어더귀야 : ③ 언덕이야
      : 문맥상 '웬 떡이야 정도의 의미로 쓰이고 있으나 불확실함.

열없는 곱사 서방님이 귀인성 없이 재치를 부려 놓으니 딱 질색할 노릇이다. 형보가, 바야흐로 제가 주인이 된 듯 손님을 배웅하는 좌석머리의 태를 내어,

"어어 참, 이렇게 다아 깊이 이해를 해주시니……."

하면서 곱사등을 너풋 꾸부리던 것이다. 그래, 제호는 사뭇 질겁을 하여,

"이이해라니요! 건 아닙니다……."

하면서 화급히 형보를 가로막는다.

"……천만엣 말씀이지, 난 머 그런 이해구 무어구 그런 게 아닙니다. 난 참 말하자면, 패하구서 쫓겨 가는 패군지졸인걸요. 별 수 없이 그렇지요, 패군지졸!"

제호는 맨 끝에,

'패하고 쫓겨가는 패군지졸.'

이란 말을 일부러 감회 있이 소리 나게 하느라고 없는 재주를 부리다가 잘 되지를 않으니까, 건 세리후로 한 번 더 되풀이를 한다. 연극을 하자는 것이다.

그는 제 의뭉한 배짱은 깊이 묻어 두고 약삭빨리 서둘러, 얼은116 입지117 않고서 되도록이면 좋게 갈리고 싶었다. 그래야만 오늘 갈리고 내일부터는 안 볼 값에, 초봉이며 또 그의 부친 정영배한테라도 체면이 유지가 될 것이었었다. 그래서 이 마마손님을 건드릴세라, 어물쩍하고 달아나려는 참인데, 형본지 곱산지가 나서서 긴찮게 방정맞은 소리를 지절거리고 보니, 일이 단박 외착118이 나게 되던 것이다.

---

116 얼은 : ⑤ 얼을
117 얼입다(孼--) : 남의 허물로 인하여 해를 받다.
118 외착 : ①②③④⑤ 외창
　　: 외착(外錯). 착오가 생기어 서로 어그러짐.

형보의 말이 깊이 이해를 해 주어서라고 했으니, 그걸 그냥 두고 만다면 초봉이의 해석이 자연 온당치가 못할 것이다. 그것은 마치 사내 둘이 대가리를 맞대고 앉아서, 자 그건 내 계집이다 인 다구, 아 그러냐 그러면 옜다 나는 방금 염증[119]이 나던 판인데 실없이 잘되었다 자 가져가거라, 이렇게 의논성 있이 한 놈이 한 놈한테 떠맡기고서 내빼는 놀음쯤 된 혐의가 없지 못했다. 거기서 제호는 연극이 필요했고, 그래서 그는 우정 초봉이더러 들으라고 이해라니 천만엣 소리라고 펄쩍 뛴 것이요, 그리고 나도 할 수 없어 너를 뺏기고 쫓겨나니 그 회포가 자못 처량쿠나, 그러니 너도 이러한 내 심정이나 헤아려다구, 이런 옹색스런 근천[120]을 피우느라고 쫓겨가는 패군지졸이네 무어네 하면서 아션 세리후를 뇌어보았던 것이다. 그러나 출[121] 수 없는 그 세리후가 우환 중에 침통한 소리로 나오지도 못하고 어색하디어색했으니 연극은 실패요, 허니 인제는 영영 민두룸히[122] 달아나 버릴 수는 없고 말았다.

　제호는 할 수 없이 초봉이한테 이를 말을 생각해 가지고 몸을 돌이키면서 안방께로 두어 걸음 주춤주춤 다가선다. 영락없이 어린 아이들이 쓴 약이 먹기 싫어서 눈을 지그려 감고 약그릇을 집어 드는 꼬락서니다. 그는 눈이야 감지 않았어도, 얼굴은 아직 똑바로 두르지 못하고서 거진 옆 걸음걸이를 하듯 우선 안방 문께로 다가서기만 해 놓는다. 그러고 나서야 마지못해 고개를 바로 돌려 초봉이의 얼굴을 마주본다.

　그 선뜻 얼굴이 마주치는 순간이다. 제호는 등골이 고만 서늘해서 오싹 몸서리를 친다.

---

119 염증(厭症) : 싫증.
120 근천 : 어렵고 궁한 상태.
121 추다 : 여기서는 '큰소리로 말하다' 정도의 의미로 쓰고 있음.
122 민두룸히 : 태도나 기색이 태연하고 천연하게.

쏘아 올라오는 초봉이의 눈살…… 마침 기다리던 듯이 이편의 돌리는 눈앞에 와서 딱 마주치는 초봉이의 눈살은 금시로 새파란 불이 망울망울 돋는 듯했다. 그것은 매서운 걸 한 고비 지나서 일종 처염한[123 124] 광망(光芒)[125]과도 같았다. 분명한 살기이었었다.

제호는 사람의 눈에서, 더욱이 여자의 눈이 이다지도 무서운 살기가 뻗쳐 나올 수 있으리라고는 생각도 할 수가 없었다.

하려던 말도 칵 막혀 버리고 제호는 어름어름한다. 남의 웬만한 노염이나 흥분 같은 것은 짐짓 모른 체하고 제 할 노릇만 버엉뗑하면서 해치우는 제호지만 이대도록 칼날이 선 이 자리의 초봉이 앞에서는 그러한 떡심도 별 수 없고 오갈이 들려고[126] 하던 것이다.

초봉이는 실상 제호가 아까 첫 번에 하던 말은 그게 무슨 뜻인지 분간을 못 하고 어리뜩했었다[127]. 다음번의 말을 듣고서야 비로소 속을 알기는 했는데 진실로 마른하늘의 벼락이었었다.

사세가 옴낫[128]할 수 없게 절박했던 만큼 기대도 천근으로 무거웠던 것은 두말할 것도 없었다. 이 무거운 기대를 메고 동동 달려 팽팽하게 쎙겼던[129] 다만 한 가닥의 줄이 의외에, 참으로 의외에도 매정스런 한 칼에 뚝 잘려 버리는 순간, 천 길 높은 절벽으로부터 쏟쳐 내려치는 듯 아찔해서

---

123 처염한 : ①②④⑤ 처렴한   ③ 처절한
124 처염하다(淒艶--) : 처절하게 아름답다.
125 광망(光芒) : 비치는 빛살.
126 오갈(이) 들다 : '오갈'은 '식물의 잎이 병들거나 말라서 오글쪼글한 모양'이므로, '오갈 들다'는 여기서 '식물의 잎이 병들거나 말라서 오글쪼글해지는 것처럼 두려움에 기를 펴지 못하다'라는 뜻.
127 어리뜩하다 : 말이나 행동이 똑똑하지 못하고 어리석어 보이는 데가 있다.
128 옴낫 : ③⑤ 옴나위
129 쎙기다 : '마주 잡아당기다' 정도의 뜻으로 쓰고 있음.

정신을 수습지 못했다.

순간이 지나자 빼쳐 나갈 골이 없는 절망은 곧 악으로 변했다.

초봉이는 제호가 혹시 일을 저 혼자 감당하기에 힘이 겨우면 초봉이 저더러라도, 자 어떻게 하면 좋으냐고, 또 하다못해 형보의 요구를 들어주는 게 좋겠다고라도 일단은 상의나 권고를 해는 볼지언정 이대도록까지 야박스럽게 잡아끊고[130] 나서리라고야 천만 생각도 못 했던 일이다.

핍절한 여망을 배반당한 분노는 컸다. 아드득 깨물어 먹고 싶단 말이 있거니와, 시방 초봉이가 제호한테 대한 노염이나 원한은 마치 그런 것일 게다.

형보는 아직 둘째다. 생각도 안 난다. 시방은 제호, 오직 제호가 눈에 보일 뿐이다.

천하에 몹쓸 놈이다. 내게다가 그다지도 흠선히 굴면서 평생 두고 변치 않을 듯이 하던 건 누구며, 그러던 박제호가 나를 저 흉악한 장형보한테다가 떠밀고 도망을 치다니! 의리부동한 놈이지, 처음부터 끝까지 나를 속여 농락만 해 온 것이 아니냐?

초봉이는 생각할수록 분했다. 타오르는 분노에 악이 기름을[131] 친다. 치가 떨렸다.

제호의 변해 버린 근일[132]의 심경을 알지 못하는 초봉이로서는 당연한 원혐[133]이기도 했다.

제호는 초봉이의 이 지나친 격동에 언뜻 한 가지 의념[134]이 솟아났다.

내가 표변[135]을 한 걸로 저렇게 격분을 한 모양인데, 그렇다면 그것이 단

---

130 잡아끊다 : 이야기나 요구 따위를 딱 잘라 거절하다.
131 기름을 : ①②⑤ 기름은
132 근일(近日) : 과거의 매우 가까운 날. 또는 과거로부터 오늘까지의 여러 날 동안.
133 원혐(怨嫌) : 못마땅하게 여겨 싫어하고 미워함.
134 의념(疑念) : 의심스러운 생각.

지 이 곱사한테로 가기가 싫어서만 그러는 것일까? 그러나 그거야 제가 싫으면 내쫓아 버리면 고만일 걸 가지고 저다지도 지레 요란떨이를, 더구나 내게다 대고…….

이렇게 생각할 때에 제호는, 그러면 저 계집이 쌀쌀하던 것은 겉뿐이요, 실상 속은 따로 내게다가 깊은 애정을 품고 있었던 게 아니던가 하는 반성이 노상 없을 수는 없었다.

제호는 그러나 잠깐 침음하다가 역시 허황한 생각이라고 혼자 고개를 흔든다. 초봉이를 데리고 살아오는 동안 어느 한구석, 어느 한 고패서고 그의 계집다운 진정의 포즈를 본 적이 있다고는 믿고 싶어야 믿을 건지가 없던 것이다.

제호는 시방이야 다 식어졌다 하지만 돌이켜서는 저 혼자나마 정을 붙였던 계집이요, 일변 또 그 마음을 앗으려고 온갖 정성을 다 들이던, 말하자면 애원(愛怨)136이 상반하던 계집이다.

그러던 것을 마침내는 그다지 간절하던 뜻을 풀지를 못하고서, 내 정137이 식은 끝에는 두루두루 짐스러운 생각만 남았는데, 계제에 핑계거리를 얻은 터라, 덥쑥 남의 손에다 떠맡기고 바야흐로 물러서는 마당에 이르고 보니 다 시원하고 일이 다행스런 것이야 여부가 없으나, 그러나 그래도 어느 한구석엔가는 가느다란 미련이 한 가닥 처져 있지 않진 못했었다. 이런 제호 제 자신 의식지도 못할 미련으로 해서, 혹시나 내가 애정의 관측을 그릇했던 것이 아니던가 하는 저도 모를 새에 센티멘털한 반성을 해 보았던 것이다.

---

135 표변(豹變) : 마음, 행동 따위가 갑작스럽게 달라짐. 또는 마음, 행동 따위를 갑작스럽게 바꿈.

136 애원(愛怨) : 애정과 원망.

137 내정(內情) : 속정(-情). 은근하고 진실한 정.

제호는 그러느라 잠시 침음에 잠겼었으나 실상 일순간이요, 곧 정신이 들었다.

이 잠깐 동안의 침음으로 해서 제호는 초봉이에게 대한 과거의 불만을 되씹은 덕에 도리어 생각잖은 이문을 보았다.

'흥! 저는 내게다 무얼 잘했다고 눈살이 저리 꼬옷꼿한고? 아니꼽다!'

'계집애 한 마리 겁나서 할 일 못 할 내더냐? 그래 어때? 헌계집 데리고 살다가 내버리는 게 머 역적도모더냐?'

제호는 뱃심이 금시로 불끈 솟았다. 그러면서 그는 우정 초봉이게로 한 발짝 다가선다.

초봉이는 종시 깜짝도 않고 제호를 올려 쏘고 있다. 가쁜 숨길이 보이는 것 같다. 얼굴은 해쓱하니 핏기 한 점 없고, 지그시 문 아랫입술은 새파랗게 질렸다. 젖꼭지를 물고 안겨 있는 송희의 가슴께로 드리운 왼편 팔 끝의 손이 알아보게 바르르 떨린다. 무슨 말이 와락 쏟아져 나올 텐데 그게 격분에 막혀 터지지를 못하는 체세다.

"어어, 그새 참⋯⋯."

제호는 저편이야 무얼 어쩌거나 말거나 인제는 상관 않기로 하고, 제가 할 말만 의젓이 늘어놓는다. 그래도 살기 띤 눈살은 피해서 입께를 보면서⋯⋯,

"⋯⋯변변찮은 내한테 매달려서 고생 많이 했소. 생각하면 미안한 말이야 다아 이를 데가 없소마는⋯⋯."

초봉이는 말소리가 들리는가 싶잖게 이내 그 자세로 까딱도 않고 있고, 제호는 잠깐 숨을 돌렸다가 다시 뒤를 이어⋯⋯,

"⋯⋯그리구 어, 그동안 두구 보았으니 내 성밀 알겠지만, 내가 이렇게 선뜻 일어서는 건, 결단코 임자가 부족한 데가 있어서 그런다거나, 또 새삼스럽게 과거지살 탈을 잡아 가지구서 그리는 건 아니구, 내란 위인이 본시 못생겨 먹은 탓으루, 가령 이런 일만 하더래두 마주 겯구틀구[138] 다아 그리질 못하는구려!…… 그렇지만 나는 물러 나선다구, 그렇다구 임자더러 저 장씨의 사람이 되란다거나 다아 그런 의사는 아니니깐, 그런 거야 종차 두 분이 형편대루 상의껏 조처할 일이지, 내가 그걸 좌지우지할 동기가 된다던지, 더욱이 내가 또 이러라저러라 시킬 며리는 없는 것이니까……."

제호는 여기까지 단숨에 말을 해 놓고 보니 끝이 무뜩 잘리기는 하나, 그렇다고 그 끝을 잇댈 말도 별반 없었다. 그래서 그만하고 작별인사 겸……,

"자아, 그러면……."

마침 이 말이 나오는데, 그러자 별안간 초봉이가,

"다아들 가거라 이놈들아!"

하고 목청이 터지게 외치면서 미친 듯 뛰쳐 일어서던 것이다. 그 서슬에 송희를 문턱 안에다가 내동댕이를 쳤고, 그래 아이가 불에 덴 듯이 까무러치게 울고 해도 초봉이는 모르는 모양이다.

눈에서는 닿으면 베어질 듯 파랗게 살기가 쏟쳐 나온다. 아드득 깨물어 뜯은 아랫입술에서는 검붉은 피가 한 줄기 조르르 흘러내려 턱으로 또렷하게 줄을 긋는다. 풀머리를 했던 쪽이 흐트러져 머리채가 한 가닥 어깨 앞으로 넘어와서 치렁거린다. 그다지 고르고 곱던 바탕이 간곳없고, 보기 싫게 사뭇 삐뚤어진 얼굴은 터질 듯 경련을 일으켜 산 고깃덩이같이 씰룩거린다. 이는 여느 우리 인간의 눈이나 얼굴이기보다도 생명을 노리는 적에게 바투 몰려 어디고 침침한 막다른 골로 피해 들었다가 절망코 되돌아선, 한 약한 짐승의 그것이라고 하는 게 근리하겠다.

옳게 겁을 먹은 제호는, 이 계집이 혹시 상성이 되는 게 아닌가 하고 눈이 휘둥그레진다.

---

138 겯고틀다 : 시비나 승부를 다툴 때에, 서로 지지 않으려고 버티어 겨루다.

초봉이는 처음 한마디 고함을 치다 말고 숨이 차서 가쁘게 씨근씨근
한다.

형보는 등을 지고 있었기 때문에 초봉이의 형용을 보지 못하기도 했지
만, 종시 귀먹은 체하고 서서 담배만 풀썩풀썩[139] 피울 뿐 아무렇지도 않아
한다.

제호는 물씬물씬 뒤로 물러서다가 슬금 돌아서 버린다.

송희가 으악으악 울면서 치마폭을 잡고 기어올라도 초봉이는 눈도 거듭
떠보지 않는다.

"……이 악착스런, 이 무도한 놈들 같으니라고!……"

마침내 초봉이는 마루청을 쾅쾅 구르면서 두 주먹을 부르쥐고 목청껏
외쳐댄다.

"……하늘이 맑다구 벼락두 무섭잖더냐? 이 천하에 무도하구 몹쓸 놈들
아……."

음성은, 외치던 고함이 그새 벌써 넋두리로 변해 목이 멘다.

"……내가 느이허구 무슨 원수가 졌다구 요렇게두 내게다 핍박을 하느
냐? 이 악착스런 놈들아!…… 아무 죄두 없구, 아무두 건디리잖구 바스락
소리두 없이 살아가는 나를, 어쩌면 느이가 요렇게두 야숙스럽게…… 아이
구우 이 몹쓸 놈들아!"

목에서 시뻘건 선지피라도 쏟아져 나오도록 부르짖어 백천 말로 저주를
해도 시원할 것 같잖던 분노와 원한이건만, 다직 몇 마디를 못해서 부질없
이 설움이 복받쳐 올라, 처음 그다지 기승스럽던[140] 악은 넋두리로 화하다
가 필경 울음이 터지고 만다.

---

139 풀썩풀썩 : [1][2][4] 풀석풀석   [5] 푸석푸석
140 기승스럽다(氣勝---) : 억척스럽고 굳세어 좀처럼 굽히지 않으려는 데가 있다. 기운이
　　나 힘 따위가 성해서 좀처럼 누그러들지 않으려는 데가 있다.

제호는 쫓기듯 휭 하게 대문께로 나가고, 형보는 배웅 삼아 그 뒤를 아기족아기족 따른다.

"어어 참, 대단 죄송스럽습니다!"

대문간에서 형보는 무엇이 어쩌니 죄송하다는 것도 없으면서 죄송하다고 인사를 한다.

"아, 아닙니다. 원 천만에!"

뒤도 안 돌아다보고 씽씽 나가던 제호는 마지못해 대답을 하는 둥 마는 둥 이내 달아나 버린다.

제호는 시원했다. 형보도 시원했다. 둘이 다 시원했다.

초봉이는 방문치[141]에 엎드린 채 두 손으로 얼굴을 싸고 흑흑 서럽게 느껴 운다. 송희는 자지러져 울면서 엄마의 겨드랑 밑으로 파고든다.

식모가 난리에 넋을 잃고 우두커니 부엌문에 지여 섰다.

대문간에서 형보가 도로 들어오다가 식모를 힐끔 보더니,

"거, 올라가서 애기나 좀 안아 주지? 응?"

하는 게 제법 바깥주인이 다 된 말씨다. 식모는 그냥 주춤주춤하고 섰다. 시키지 않더라도 아기가 우니 안아다가 달래줄 줄 모르는 것은 아니다. 그러나 집안이 갑자기 난리를 몰아 때려 짜였던 질서가 뒤죽박죽이 되고 마니, 식모도 습관 치인 제 일이 남의 일같이 서먹거리고 섬뻑 손이 대지지를 않던 것이다.

"어어 참, 그리구 말이야……."

형보는 몸을 안 붙여 주고 낯가림을 하듯 비실거리는 식모를 다둑다둑 타이르듯……,

"……인제 차차 알겠지만, 오늘부터는 내가 이 집의, 어어 참 바깥주인

---

141 문치 : [5] 문턱

이란 말이야…… 그러니 그리 알구 있구…… 그리구 집안이 좀 소란했어
두 별일은 없으니깐 머, 달리 생각할 건 없단 말이야, 알겠나?…… 응, 그
럼 그렇게 알구서, 아씨 대신 집안일이나 이것저것 두루 잘 좀 보살피
구……."

형보는 계집과 살 집을 한꺼번에 다 차지한 요량이다. 사실 제호는 그
두 '집'을 몽땅 내놓고 가기는 갔으니까.

식모는 형보의 말을 듣고 서글퍼 웃을 뻔했다. 세상에 첩은 그날로 나가
고 당장 갈려 든다지만, 이건 사내가 이렇게 하나가 나가고, 하나가 들어오
고 하다니 도무지 망측했던 것이다.

초봉이는 아무리 울어도 끝이 없는 설움에 마냥 자지러졌다가 겨우, 보
채면서 파고드는 송희를 그러안으려고 고개를 쳐드는데 마침 형보가 마루
로 의젓이 올라서고 있었다.

그는 형보가 선뜻 눈에 뜨이는 순간, 설움에 눌려 속으로 잠겼던 분이
이것저것 한데 똘똘 몰려 그리로 쏟쳐 올랐다.

"옜다, 이놈아, 네 자식!"

와락 일어서면서, 악을 쓰면서, 안아 올리던 송희를 그대로 형보한테다
휙 내던져 버리면서 하느라고 미친 듯 날뛴다.

마루청에 떨어질 뻔한 아이를 어마지두 형보가 움키기는 했고, 그러나
그전에 벌써 제정신이 든 초봉이는, 아이구머니 이를 어쩌느냐 싶어 가슴
을 부둥켜안는다. 방금 시퍼런 칼날이 번쩍하는 것만 같고, 간이 떨렸다.
아이는 까무러치듯 운다. 수각이 황망하고 어떻게 할 도리가 없다. 할 수
없으니깐 악만 부쩍 더 난다.

"오오냐, 이노옴! 계집의 원한이 오뉴월에 서리 친다더라! 두구 보자. 네
가 이놈 내 신세를 갖다가 요렇게 망쳐 주구! 오오냐 이놈!"

초봉이는 이를 보드득 갈면서 흐트러진 머리칼 사이로 형보를 노려본

다. 그러나 앙칼지게 노리기는 해도 실상 그것은, 형보가 혹시 칼을 뽑아 들고 송희를 해치지나 않는지 그것을 경계하기에 주의가 엉키고 만다.

"아, 네가 정녕 이럴 테냐?"

형보는 버럭 소리를 지르면서 눈을 부릅뜬다. 만약 한옆으로 칼을 뽑아 송희한테다가 겨누면서 그랬으면 꼼짝 못 하고 초봉이는 (제법 그걸 가로막자고 달려들기는커녕 오금이 지레 박아서) 그대로 털썩 주저앉아 두 손을 합장하고 개개빌고[142] 말았을 것이다.

형보는 짐짓 보아라고 아이를 한 손으로다가 등덜미 옷자락을 움켜 고양이 새끼 다루듯 도옹동 쳐들고 섰다. 아이는 네 손발로 허공을 허우적거리면서 그런 중에도 엄마를, 엄마를 부르면서 기색할 듯 자지러져 운다.

초봉이는 겁을 냈던 대로 형보가 칼부림을 않는 것이 다행했으나 안심할 경황은 없고, 당장 송희가 저리 액색하게 부대끼는 정상을 차마 못 보아, 몸을 홱 돌이켜 안방 아랫목 구석에 가서 접질리듯 주저앉는다. 하릴없이 항복은 항복인 줄이야 저도 알기는 하지만, 차라리 항복을 한 것이 안타깝기보다 도리어 송희가 곤경을 면할 것을 여겨 다행했다.

"괘애니 그리다간 네 눈구멍으루 정말 피를 보구 만다!"

형보는 안방으로 대고 눈을 흘기면서 씹어 뱉는다. 그러나 형보 역시 큰소리는 해도 이 깽깽 소리가 나는 생물을 어떻게 주체할 수가 없었다. 치켜 올려서 품에 안아보았으나 평생 아기라고는 안아본 일이 없으니 거추장스럽기만 하다.

귀찮은 깐으로는 골병이 들거나 뒤어지거나 조금도 상관없으니 마루청에다가 내동댕이를 쳤으면 좋겠었다. 그러나 제 자식인 체, 소중해하는 체, 우선은 그렇게 해야 할 경우라 함부로 다룰 수는 없었다. 그런데 아이는

---

142 개개빌다 : 죄나 잘못을 용서하여 달라고 간절히 빌다.

우는 사발시계처럼 그칠 줄을 모른다. 골치가 띠잉하고 정신이 없다. 벌치
고는 단단한 벌이다. 이대로 한 시간만 있으려면 단박 미치고 말 것 같았다.

민망했던지 식모가 와서 팔을 벌리니까 그만 다행해서,

"잘 달래서 재던지 허게⋯⋯."

하고 넌지시 내맡기고는, 일변 혼잣말로 탄식하듯⋯⋯,

"⋯⋯것두 다아 에미 잘못 만난 죄다짐이다! 고생 면하려거든 진즉 뒤여
지려무나!"

초봉이는 이 소리가 배가 채이기보다 형보의 입잣[143]이 밉살스러웠다.

송희는 식모한테 안겨서도 엄마를 부르면서 떼를 쓴다. 초봉이는 안방
으로 데리고 들어왔으면 선뜻 받아 안겠는데 눈치 없는 식모가 답답했다.

식모는 송희를 달래느라 성화를 먹는다. 얼러 주기도 하고, 문도 뚜드려
소리를 내 주기도 하고, 그래도 안 그치니까 마당으로 대문간으로 요란히
설레발을[144][145] 놓고 다닌다.

한동안 그러다가 식모도 준[146]이 나서 할 수 없이 안방으로 들어오고, 송
희는 엄마한테 안기기가 무섭게 울음을 꿀꺽 그치면서 대주는 젖을 움켜
다가 쭉쭉 소리가 나게 빨아들인다. 오래 울어서 젖을 빨다가도 딸꾹질을
하듯 느끼곤 한다.

초봉이는 하도 가엾어서 볼기짝을 뚝뚝욱 두드려 주면서,

'어이구 내 새끼를 누가 그랬단 말인가! 어이구 가엾어라!'

이렇게 귀애하고 얼러 주고 하고 싶어도 마루에 앉은 형보가 열적어 못
한다.

---

143 입잣 : (좋지 않은 뜻으로) 입짓. 입놀림.(임)
144 설레발을 : ①②③④ 설레바리를   ⑤ 설레발이를
145 설레발 : 몹시 서두르며 부산하게 구는 행동.
146 준 : '싫증' 또는 '짜증' 정도의 뜻으로 쓰고 있음.

송희는 아직도 눈물이 눈가로 볼때기로 홍건히 묻었다. 엄마가 손바닥으로 가만가만 씻어 주니까, 젖을 빨다 말고 말끄러미 엄마를 올려다보다가 금시로 입이 비죽비죽하더니,

"엄마아."

하면서 울먹울먹한다. 노염이 새롭다고 역성을 청하는 것이다.

"오오냐, 워야 내 새끼!"

초봉이는 마침내 형보를 꺼릴 겨를도 없고, 제 입도 같이서 비죽비죽 해 주면서 소리가 요란하게 볼기짝을 뚝뚜욱 쳐 준다. 송희는 안심을 하고서 도로 젖꼭지를 문다.

초봉이는 이 끔찍이도 소중하고 귀여운 것을 품안에서 떼어 놓다니, 그것은 생각할 수조차 없었다. 황차 그 어떠한 흉악한 해를 보게 한다는 것은 마음에 상상만이라도 하는 것부터 어미가 불측스런 것 같았다.

방금 일어난 풍파는 초봉이로 하여금 더욱 힘 있게 애착과 애정으로써 송희를 끌어안게 해 주었다.

송희를 곰곰이 들여다보는 동안, 비장하게[147] 솟아오르는 것은 일찍이 제 자신에 있어 본 적이 없던 하나의 용기이었었다.

물론 솟아오른 그 용기도 적극적인 것은 못 되고서 소극적이요, 그래서 몸을 살리려는 태가 아니고, 몸을 죽이려는 태에 지나지 못했다. 그렇지만 본시 타고나기를 그렇게 타고났고, 치어나기를 그렇게 치어난[148] 초봉이에게 오늘이야 그렇지 않은 것을 바람은 억지일 것이다.

송희는 인제 노염도 다 풀리고, 젖도 배불러 엄마가 안은 대로 무릎 안에 버얼씬 드러누워 엄마 얼굴을 말끄러미 올려다보면서 쏭알쏭알 이야기

---

147 들여다보는 동안, 비장하게 : 112 듸려다 보느라니 굿굿하게
148 치어나기를 그렇게 치어난 : 5 처러나기를 그렇게 처러난
　　　　　　　　　　　　　　　: 길러지기를 그렇게 길러진.

를 하는지 노래를 하는지 저 혼자만 아는 소리를 쏭알거리면서 마음을 놓고 한가하게 놀고 있다. 송희는 엄마한테만 있으면 울어지지도 않고 심심하지도 않다. 좋고 편안하다. 입으로는 노래도 하고 이야기도 한다. 입이 고프면 바로 그 앞에 단 젖이 있다. 빨면 쭉쭉 나온다. 눈으로는 엄마의 얼굴을 본다. 보면 재미가 있다. 손이 심심하면 엄마 젖꼭지를 만진다. 발이 심심하면 손이 가서 쥐고 같이 논다. 다 좋다. 편안하다.

초봉이는 송희가 이러한 줄을 잘 안다. 오늘은 더욱 그렇다.

이 살판에서도 송희는 엄마가 있으니까 이렇게 편안히, 이렇게 마음을 놓고 잘 있지를 않으냔 말이다. 천하 없어도 송희는 이대로 가축을 해야 하고 그러자면은 초봉이 제 한 몸은 아무래도 좋았다.

칼을 맞아도 좋고, 시뻘건 불꼬챙이로 단근질을 해도 좋고, 그러하되 아무라도 송희의 털끝 하나라도 다쳐서는 안 된다. 그것은 말고, 누가 송희한테 눈 한 번이라도 크게 뜨고, 소리 한 번이라도 몹시 질러도 안 될 말이다.

내 몸뚱어리는 송희를 위하연[149] 굳센 무쇠 방패가 되어야 하고, 그도 부족하면 큰 바위가 되어야 한다. 그러나 추운 때는 뜨뜻한 솜이 되어야 하고, 비가 올 때는 우장[150]이 되어야 하고, 바람이 불 때는 바람막이가 되어야 하고, 어둔 밤에는 등불이 되어야 한다. 그리고 배고파할 때에는 밥이 되어야 하고.

내 몸뚱어리는 이미 버린 몸뚱어리다. 두 남편에 벌써 세 남자를 치르어 온 썩은 몸뚱어리다. 이런 썩은 몸뚱어리가 아까워서 송희의 위험을 막아주기를 꺼릴 필요는 조금도 없다. 차라리 썩은 몸뚱어리를 가지고 보람 있게 우려먹으니 더 좋은 일이다.

---

149 송희를 위하연 : ①②에는 없는 구절이다.
150 우장(雨裝) : 비를 맞지 아니하기 위해서 차려 입음. 또는 그런 복장. 우산, 도롱이, 갈 삿갓 따위를 이른다.

형보? 좋다, 형보는 말고서 형보보다 더한 놈도 좋다. 원수는 말고 원수보다 더한 것도 상관없다. 송희만 탈 없이 편안하게 기르면 고만이다.

여기까지 생각을 했을 때에 초봉이는 깜짝 놀라 몸을 떤다. 대체 어느 겨를에 저 장형보의 계집이 되기로 작정을 하고서 시방 이러느냐는 것이다. 그러나 제 자신이 모르기는 몰랐어도 인제 보니 이미 그러기로 다 작정이 된 것만은 사실인 것이 분명했다.

호오 하고 한숨이 절로 터져 나온다. 제가 저를 생각해 보아도 너무 갈충머리가 없는[151] 것 같았다[152].

마침 마루에서 형보의 캐액 하는 기침 소리가 들렸다. 초봉이는 새삼스럽게, 제 몸에서 형보의 살을 감각하고, 뱀이 벗은 발 발등 위로 지나가는 것같이 오싹 진저리가 치었다.

부엉이처럼 마루에 가서 지켜 앉았던 형보는 열 시 치는 소리를 듣고 마침내 방으로 들어왔다. 초봉이는 이미 각오한 바라 속으로,

'오오냐, 그렇지만 기왕 그렇게 하는 바에야 나도 다아……'

이렇게 마음을 도사려 먹었다.

형보는 그래도 점직함이 없지 못해, 비죽 웃더니 윗목으로 넌지시 비껴 앉으면서 슬금슬금 초봉이의 눈치를 본다. 이윽고 있어도 (실상 다시 발악을 할 줄 알았던 초봉이가) 아무 반응도 없이 외면만 하고 있으니까 우선 마음을 놓고 처억 수작을 끄집어낸다. 그러나 위협 같은 것은 싹 걷어치우고 없다. 말도 좋은 말로, 조르듯 타이르듯 순하다.

인제는 더구나 별수가 없지 않으냐. 그러니 부디 마음을 돌려라. 너만 고집을 세우지 않을 양이면, 너도 좋고, 자식한테도 좋고, 또 나도 좋고 다

---

151 갈충머리(가) 없다 : 진득함이 없이 촐랑거리다.(임)
152 갈충머리가 없는 것 같았다 : ①② 속알머리가 업섯든것이다

두루 좋잖으냐.

아까 박제호더러도 이야기를 했지만, 돈 오륙천 원을 들여서 장사를 하는 게 수입이 상당하니 너의 모녀는 웬만한 호강이라도 시키면서 먹여 살릴 수가 있다.

또, 그새까지는 네가 박제호의 첩으로 있었지만, 나는 독신이니까, 인제부터는 버젓한 정실 노릇을 할 뿐더러 어린것도 사생자[153]라는 패를 떼게 되지 않느냐.

형보는 간간 담배도 피워 가면서 한 마디씩 두 마디씩 넉장으로 뗑기고[154] 앉았고, 초봉이는 자는 송희 옆에 두 무릎을 깍짓손으로 껴안고 모로 앉아 형보의 말을 듣는지 마는지 그냥 그러고만 있다. 그렇게 하기를 한 식경[155]은 한 뒤다.[156]

"오오냐! 네 원대루, 네 계집 노릇 해주마. 그렇지만……."

초봉이는 마침내,[157] 모로 앉았던 몸을 돌려 윗목의 형보한테로 꼿꼿이 고개를 두른다. 물론 마음먹은 바가 있었기 때문이지, 무슨 졸리다 못해 나오는 대답인 것은 아니었었다.

승낙이 내리자, 형보는 좋아라고 그러잖아도 큰 입이 더 크게 째지면서, 아무럼 그래야 옳지야고 진작 그럴 것을 가지고 어째 그랬단 말이냐고, 버엉떼엥 아랫목께로 조촘조촘 내려앉는다. 하는 것을 초봉이는 소리를 버럭……,[158]

---

153 사생자(私生子) : 사생아.
154 넉장으로 뗑기다 : '넉살좋게 툭툭 던지다' 정도의 뜻으로 쓰고 있음.
155 식경(食頃) : ((주로 수 관형사 다음에 쓰여)) 밥을 먹을 동안이라는 뜻으로, 잠깐 동안을 이르는 말.
156 그렇게~뒤다. : ①②에는 없는 문장이다.
157 마침내, : ①②에는 없는 말임.
158 하는~버럭……, : ①②에는 없는 내용이다.　⑤에는 말줄임표가 없음.

"왜 이 모양이야?……아직 멀었으니 거기 앉아서 말 듣잖구서……."

"네에 네, 흐흐."

"흥! 물색없이 좋아 마라! 내가 뭐어 맘이 내켜서 네 계집 노릇 하겠다는 줄 알구?…… 괘애니 원수풀이 하잔 말이다, 원수풀이……."

"허어따! 쓸데없는 소릴!"

"두구 보려무나? 내 신세를 요렇게두 지긋지긋하게 망쳐 준 네놈한테 그냥 거저 다소굿하구 계집 노릇이나 해 줄 성부르더냐? 흥!…… 인제 대가리가 서얼설 내둘리게 해줄 테니 두구 보아라!"

초봉이는 입에서 나오는 대로 큰소리를 하기는 해도 마음은 결코 시원하지 못했다. 원수풀이를 하잔들 무얼로 어떻게 원수풀이를 할 도리가 있을까 싶질 않았다. 자는데 몰래 칼로 배를 가른다거나, 국그릇에 비상을 쳐서 먹인다거나 한다면 그거야 못 할 바는 없지만, 그런다고 짓밟힌 생애를 도로 물러오지는 못할지니, 헛되이 내 손에 피 칠이나 하는 짓이지, 원한이 풀릴 리가 만무하니 말이다. 생각하면 속절없는 팔자요, 눈물이 솟아났다.

"여보, 이왕지사 다아 이리 된 바에야……."

형보는 곱사등을 흔들흔들, 쪼글트렸다 주저앉았다 못 견디어 납뛰면서……,

"……노염 다아 풀어 버리구려, 응?…… 그리구서 우리두 처억 어쨌든지, 응? 재미있는 가정을, 쓰윽 한바탕…… 흐흐."

"어이구, 옛다!…… 메시껍구 아니꺼워!"

"허허엉, 그리지 말래두 자꾸만 그러는구려!"

"너 돈 있는 자랑 했겠다? 대체 몇 푼이나 되느냐?"

"한 육천 환……."

"거짓말 없지?"

"아무렴! 당장이라두 보여 주지!……"

형보는 잊지 않고 끌고 들어온 손가방을 돌려다보면서……,

"……예금통장에 이천여 환 있구, 수형 받은 게 사천 환 가까이 되구…… 자아 시방 볼 테거들랑 보지?"

"가만있어, 인제 꺼내 노라는 때 꺼내 놓구…… 그러면 어쩔 테냐? 너 내가 해 달라는 대루 해 줄 테냐?"

"네에, 거저 하늘의 별이라두 따올 수만 있다면 냉큼 가서 따다 디립죠!"

"그러면 첫째, 이 애 앞으루다가 네 이름으루 하나 허구, 내 이름으루 하나 허구, 생명보험 하나씩……."

"얼마짜리?"

"천 원짜리."

"천 원짜리? 천 원짜리가 둘이면 가만있자…… 얼마씩 부어 가누?"

형보는 까막까막 구누를 대 보다가,

"……그랬다!"

하면서 고개를 꾸벅한다.

"그건 그렇구…… 그 댐은, 그새 박제호두 그래왔으니깐 너두 나무 양식 집세는 다아 따루 내려니와, 그런 것 말구두 가용으로 다달이 오십 원씩 내 손에다 쥐어 줘야지?"

"그러자면?…… 매삭 백 환이 훨씬 넘는데…… 그렇지만 할 수 있나! 박제호만큼 못 한대서야 안 될 말이지. 그럼 것두 자아 그랬다!"

"그리구 또, 그 댐은, 돈을 한목아치 천 원을 나를 주어야 한다?"

"천 환? 현금을?"

"그래."

"그건 좀 문젠걸?…… 돈이 없는 건 아니지만 장사하는 밑천이라 봐서 한목에 천 환을 집어 내구 보면 그만큼 수입이 준단 말이야!…… 시방 육

천 환을 가지구 주물러서 매삭[159] 이백 환 가량 새끼가 치는데, 만약 천 환을 없애구 보면 아무래두 어렵겠는걸?…… 대관절 현금 천 환은 무엇에다 쓸려구 그리누?"

"우리 친정두 먹구 살게시리 한 *끄터리*[160] 잡어 주어야지!"

"애! 이건 바루 기생 여대치는구나?"

"머, 내가 기생보담 날 건 있다더냐?"

"무서운데!"

"또 있다…… 우리 친정 동생들 서울루 데려다가 공부시켜 주어야 한다!"

---

159 매삭 : ③ 맥삭
160 *끄터리* : '끄트머리'의 방언(전남).

15. 식욕(食慾)의 방법론(方法論)

또 한 번 해가 바뀌어, 이듬해 오월이다.

태수와 김 씨가 그의 남편 탑삭부리 한참봉의 한 방망이에 맞아 죽고, 초봉이는 호젓이 군산을 떠나고, 이런 조그마한 사단이 있은 채로 그러니 벌써 두 번째 제 돌이 돌아는 왔다.

그러나 이곳 항구(港口) 군산은 그러한 이야기는 잊은 지 오래다. 물화(物貨)[1]와 돈과 사람과, 이 세 가지가 한데 뭉쳐 생명 있이 움직이는 조그마한 거인(巨人)은 그만한 피비린내나, 뉘 집 처녀가 생애를 잡친 것쯤 그리 대사라고 두고두고 잊지 않고서 애달파할 내력이 없던 것이다.

해는 여전히 아침이면 동쪽에서 떴다가 저녁이면 서쪽으로 지고, 철이 바뀌는 대로 풍경도 전과 다름없이 새롭고, 조수 밀렸다 쓸렸다[2] 하는 하구(河口)로는 한 모양으로 흐린 금강이 쉴 새 없이 흘러내리고 있다. 그러는 동안 거인은 묵묵히 걸음을 걷느라, 물화는 돈을 따라서, 돈은 물화를 따라서, 사람은 그 뒤를 따라서 흩어졌다 모이고 모였다 흩어지고, 그리하여 그의 심장은 늙을 줄 모르고 뛰어, 미두장의 ×××도 매일같이 벌어지고 있다.

우리 정 주사도 무량하다[3]. 자가사리[4] 수염은 여전히 노란데 끝도 그대

---

1 물화(物貨) : 물품과 재화(財貨)를 아울러 이르는 말.
2 쓸렸다 : [1][2][4] 써엇다   [3] 썰렸다   [5] 써었다
3 무량하다((無量--) : 본래는 '정도를 헤아릴 수 없을 만큼 많다'라는 뜻이나, 여기서는 '여전하다' 정도의 뜻으로 쓰고 있음.
4 자가사리 : 퉁가릿과의 민물고기. 몸의 길이는 5~13cm이며, 등은 짙은 적갈색, 배는 누런색, 지느러미 가장자리는 황백색이다. 네 쌍의 수염이 있고 입이 아래로 향하여 있다. 우리나라 특산종으로 우리나라 남부에 분포한다. 이 물고기는 작고 힘이 약한 것을 비유하기도 한다.

로 아래로 처졌고, 눈도 잊지 않고 깜작거린다. 소일도 모습과 함께 변함 없다. 남은 몇 천 금을 걸고 손바닥을 엎었다 젖혔다 하는 순간마다 인생의 하고많은 부침을 되풀이하는 그 틈에 끼여 대판 시세(大阪時勢)가 들어올 적마다 '하바꾼' 우리 정 주사도 오십 전 어치 투기에 몸이 자지러진다.

그러나 한 가지 놀라운 발육(發育)은 단 몇 십 전이라도 밑천이 떨어지지를 않는 것이다. 어디서 생기는 밑천이든 간에 같이서 '하바'를 하는 같은 하바꾼들한테 '총을 놓지 않아서' 실인심을 않고 지내니 발육이라면 그런 발육이 있을 데가 없다. 단연코 작년 가을 이래 정 주사는 여재수재[5]가 분명했지 도화를 부르고 먹살잡이를 당하거나 욕을 먹거나 한 적이 없다.

이것은 맏딸 초봉이가 작년 가을 서울서 돈 오백 원을 내려 보낸 것으로 부인 유 씨가 구멍가게 하나를 벌여 놓은 그 덕이요, 그 끈이다. 수양산 그늘이 강동 팔십 리를 간다거니와[6], 애초에 죽은 고태수가 소절수 농간을 부리던 돈으로 미두를 하다가, '아시'가 나게 된 끄터리를 형보가 얻어 가졌고, 형보는 그놈을 언덕 삼아 오류천의 큰 수를 잡았고, 그 돈에서 도로 오백 원이 초봉이의 손을 거쳐 정 주사네게로 왔으니, 기특하다면 기특한 인연이 아니랄 수 없다. 따라서, 어느 사위가 되었든지 사위 덕은 사위 덕이요, 결국은 초봉이라는 딸을 둔 보람이 난 것이라 하겠다.

가게는 삯바느질도 있고 해서 유 씨가 지키고 앉았고, 정 주사는 밖에서 물건 사들이는 소임을 맡았다.

새벽이면 정거장 앞으로 나가서 길목을 지키다가 촌사람들이 지고 들어오는 채소도 사고, 공설시장에서 과실이며 과자 부스러기도 사고, 더러는

---

5 여재수재(與財受財) : 돈 따위를 서로 주고받는 일.(임)
6 수양산 그늘이 강동 팔십 리를 간다 : 수양산 그늘진 곳에 아름답기로 유명한 강동 땅 팔십 리가 펼쳐졌다는 뜻으로, 어떤 한 사람이 크게 되면 친척이나 친구들까지 그 덕을 입게 됨을 비유적으로 이르는 말. ≒인왕산 그늘이 강동 팔십 리 간다.

'안스래7'에 있는 생선장에 가서 흥정도 해다 준다. 그러고 나면, 정 주사는 온종일 팔자 편한 영감님이다. 하기야 유 씨가 바느질을 하랴, 가게를 보랴 하느라고 손이 몰리곤 하니 가게나 지켜 주었으면 하겠지만, 한 마리에 일 전이나 오 리8가 남는 자반고등어며, 아이들의 코 묻은 일 전 한 푼을 바라고 오도카니 지켜 앉았기가 갑갑하기도 하려니와, 일변 미두장에 가서 잘만 납뛰면 한목에 오십 전이고 일 원이고를 따니, 그게 사람이 활발하기도 할 뿐더러 이문도 크다 하는 것이다.

호마는 북풍에 울고, 월조라는 새는 남쪽 가지에다만 둥우리를 얽는다든지,9 정 주사도 시방은 다 비루먹은10 태마(駄馬)11라도 증왕12에는 천리준총13이었거니 여기고 있다. 그러니까 오십 전짜리 '하바'라도 하고 싶다.

밑천까지 털리는 손은 어떻게 하느냐고 부인 유 씨가 고시랑거릴라치면14 잃지 않을 테니 걱정 말라고 만날 희떠운 소리다. 이 말은 돈을 잃어도 관계치 않다15는 뱃심과 같은 뜻이다.

오늘도 정 주사는 듬뿍 삼 원 돈을 지니고서 한바탕 거들거리고 하바를 하던 판이다.

---

7 안스래 : 앞서 '스래[京浦里]'라는 지명이 나온 것으로 보아 '내경포리(內京浦里)'라는 의미인 듯함.

8 리(釐/厘) : 비율을 나타내는 단위. 1리는 전체 수량의 1,000분의 1로 1푼의 10분의 1이다.

9 호마는 북풍에 울고, 월조는 남쪽 가지에 둥우리는 얽는다 : 胡馬依北風 越鳥巢南枝. 중국 전한시대 작자 미상 한시의 한 구절로 『고문진보』에 수록되어 있음.

10 비루먹다 : 개, 말, 나귀 따위의 피부가 헐어서 털이 빠지고, 이런 현상이 차차 온몸에 번지는 병에 걸리다.

11 태마(駄馬) : 짐을 나르는 데에 쓰이는 말.

12 증왕(曾往) : 이미 지나가버린 그때.

13 준총(駿驄) : 걸음이 몹시 빠른 말.

14 고시랑거리다 : 못마땅하여 군소리를 좀스럽게 자꾸하다.

15 관계치 않다 : 괜찮다.

16이 삼 원의 대금(大金)은 마침 가게에 북어가 떨어져서 아침결에 어물전으로 흥정을 하러 가던 심부름 돈이다.

배고픈 호랑이가 원님을 알아볼 리 없고[17], 무슨 돈이 되었든지 간에, 마침 또 간밤에는 용꿈을 꾸었겠다 허니, 북어 값 삼 원을 밑천으로 든든히 믿고서 아침부터 붙박이로 '하바'를 하느라 깨가 쏟아졌다. 그러나 따먹기도 하고 게우기도 했지만, 필경 끝장에 와서 보니 옴팡장사[18]다. 밑천이 절반이나 달아나고 일 원 오십 전밖에 남지를 않았던 것이다.

미두장의 장이 파하자 뿔뿔이 헤어져 가는 미두꾼 '하바꾼' 틈에 끼여 나오면서 정 주사는 비로소 잃어버린 북어 값을 생각하고 입맛이 찝찝해 못한다.

오월의 눈부신 햇볕이 환히 내리는 한길 바닥으로 패패[19] 흩어져 나오는 미두꾼이나 하바꾼들은 응달에서 자란 식물을 갑자기 일광에 내쬐는 것 같아, 어디라 없이 푸죽어[20] 보인다.

하기야 많고 적고 간에 돈을 먹은 패들은 턱을 쑥 내밀고 흐물흐물 웃으면서 내딛는 걸음이 명랑한 성싶기는 하나, 그것은 이 햇볕과는 아무 상관도 없는, 그래서 오히려 더 부자연스러워 보이는 활기 같다.

턱 대신 코가 쑤욱 빠지고[21] 죽지 부러진 장닭처럼 어깨가 처지고 고개

---

16 [5]만 여기서 단락 구분이 되어 있지 않다.

17 배고픈 호랑이가 원님을 알아볼 리 없고 : '배고픈 호랑이가 원님을 알아보나'라는 속담에서 나온 말. 배고픈 호랑이가 원님이라고 사정을 보아주지 아니한다는 뜻으로, 사람이 극히 가난하고 굶주리는 지경에 이르면 아무것도 가리지 않고 분별없는 짓까지 마구 하게 됨을 비유적으로 이르는 말.

18 옴팡장사 : 이익을 보지 못하고 밑지는 장사.

19 패패(牌牌) : 각각 무리를 지어.

20 푸죽다 : 풀(이) 죽다. '싸전'처럼 'ㄹ'이 탈락한 형태.

21 코(가) 빠지다 : 근심에 싸여 기가 죽고 맥이 빠지다.

를 수그리고, 이런 패들은 사오십 전짜리 '하바'를 비롯하여 몇 백 원 혹은 몇 천 원의 손을 본 축들이다. 이런 축들 가운데 더러는 저 혼자 점직하다 못해 누구한테라 없이,

"헤에, 참!"

하면서 뒤통수로 손이 올라가다가 만다. 분명 울고 싶다는 게라, 웃는다는 게 우는 상이다. 이 축들은 더욱이나 이 명랑한 오월의 태양 아래서는 이방인(異邦人)같이 어색하다.

북어 값 삼 원에서 일 원 오십 전을 날려 버린 정 주사는 코 빠진 축으로 편입될 것은 물론이다. 그는 여럿의 틈에 끼여 한길 바닥으로 나섰다가 멈춰 서서 입맛을 다신다. 인제는 하바판도 다 깨졌은즉 잃어버린 북어 값을 추는[22] 도리는 없고 허니 아무나 붙잡고, 한 오십 전 내기 쨍껜뽕[23]이라도 몇 번 했으면 싶은 마음성이다.

"정 주사!……"

넋을 놓고 한길 가운데 우두커니 섰는데 누가 마수없이[24] 어깨를 짚으면서 공중에서 부른다. 고개를 한참 쳐들어야 얼굴이 보이는 '전봇대'다. 키가 대중없이[25] 길대서 '전봇대'라는 별명이 생긴 같은 '하바꾼'이다.

"……무얼 그렇게 보구 계시우? 갑시다."

'하바'에 총만 놓지 않으면 아무라도 그네는 사이가 다정한 법이다. 단한 모퉁이를 동행할망정 뒤에 처지면 같이 가자고 하는 게 인사다.

"가세."

정 주사는 내키잖게 옆을 붙어 선다. 키가 허리께밖에는 안 닿는다. 뒤

---

22 추다 : '꾸다'의 전라도 방언. 또는 '벌다'의 의미로 볼 수도 있음.
23 쨍껜뽕 : じゃんけんぼん. 가위바위보.
24 마수없이 : ('말의 수가 없다'의 꼴로) 말없이.(임)
25 대중없이 : 짐작을 할 수가 없을 정도로.

에서 따라오던 한 패가 재미있다고 웃어도 모른다.

"정 주사 오늘 괜찮았지?"

"말두 말게나!"

"괘애니 우는 소릴…… 아까 내해두[26] 오십 전 먹구서……."

"그래두 한 장하구 반이나 폈네! 거 원 재수가……."

"당찮은 소리!…… 그런 소린 작작하구, 오늘 딴 놈으루 저기 가다가 우동이나 한 그릇 사시우. 난 시장해 죽겠수!"

"시장하기야 피차일반일세!"

정 주사는 미상불 퍽 시장했다. 작년 가을 이후로는 팔자가 늘어져서 조석은 물론 굶지 않거니와, 오때[27]가 되면 휭 하니 집으로 가서 점심을 먹고 오곤 했는데, 오늘은 마침 북어 값 삼 원을 밑천 삼아 땄다 잃었다 하기에 재미가 옥실옥실[28]해서 점심 먹을 것도 깜박 잊었었다. 그래서 비어 때린 점심이라 시장기가 들고, 그 끝에 돈 잃은 것이 이번에는 부아가 난다.

"그 빌어먹을 거, 그럴 줄 알았더면 그놈으루 무엇 즘심이라두 사먹었으면 배나 불렀지!"

"거 보시우……"

정 주사가 혼자 두런거리는 것을 전봇대가 냉큼 받아……,

"……우리 같은 사람 가끔 우동 그릇이나 사 주구 하면, 다아 하누님이 알아보십넨다!"

"하누님이 알아보신다? 허허, 제엔장맞일. 아따 그러세, 우동 한 그릇씩 먹세그려나!"

"아아니, 진정이시우?"

"그럼 누가 거짓말한다던가?…… 그렇지만 꼭 우동 한 그릇씩이네? 술은 진정이지 할 수 없네?"

"아무렴! 피차 형편 아는 터에, 술이야 어디……."

'하바꾼'도 옛날 큰돈을 지니고 미두를 하던 당절, 이문을 보면 한판 진 탕치듯이[29] 친구와 얼려 먹고 놀던 호기는 가시잖아, 이날에 비록 하바는 할 값에 단돈 이삼 원이라도 먹으면 가까운 친구 하나쯤 따내어 우동 한 그릇에 배갈 반 근[30]쯤 불러 놓고 권커니 잣거니[31] 하면서 감회와 울분을 게다가 풀 멋은 그대로 남아 있다. 그러나, 시방 정 주사가 '전봇대'한테 우동 한턱을 쓰기로 하는 것은 그런 호협[32]이나 멋이 아니라 외람한[33] 화풀이다.

돈 잃은 미련이 시장한 얼까지 입어 화증은 더 나는데 '전봇대'가 연신 보비위는 하겠다, 미상불 그놈 우동 한 그릇을 후루룩 쭉쭉 국물째 건더기 째 들이먹었으면 아닌 게 아니라 단박 살로 갈 것 같고, 그래 예라 모르겠다고 나가자빠지는 맥이다. 물론 전 같으면야 우동이 두 그릇이면 싸라기가 두 되도 넘는데 언감히 그런 생심을 했을까마는, 지금이야 다 미더운 구석도 없지 않아, 말하자면 그만큼 담보가 커진 것이라 하겠다.

가게는 같은 둔뱀이는 둔뱀이라도 전에 살던 집처럼 상상꼭대기가 아니고 비탈을 다 내려와서 아주 밑바닥 평지다. 오막살이들이나마 살림집들이 앞뒤로 늘비한 길목이라 구멍가게치고는 마침감이다.

가게머리로 부엌 달린 이 칸 방이 살림 겸 바느질방이다.

---

29 진탕치다 : 질탕치다(跌宕--). 몹시 방탕한 짓을 흥이 나서 마구 하다.
30 근(斤) : 무게의 단위. 한 근은 고기나 한약재의 무게를 잴 때는 600그램에 해당하고, 과일이나 채소 따위의 무게를 잴 때는 한 관의 10분의 1로 375그램에 해당한다.
31 잣다 : 표준국어대사전에는 '자시다(='먹다'의 높임말)'의 평안 방언으로 되어 있음.
32 호협(豪俠) : '호협하다'의 어근. '호협하다'란 '호방하고 의협심이 있다'라는 뜻.
33 외람하다(猥濫--) : 하는 행동이나 생각이 분수에 지나치다.

지난해 가을 초봉이가 내력 없는 돈 오백 원을 보내 주어서 삼백 원을 들여 이 가게를 꾸미고 벌여 놓고 했다.

일백이십 원은 재봉틀을 한 채 사 놓았다. 나머지는 이사를 하느니 오래 못 벗긴 목구멍의 때를 벗기느니 하느라고 한 사십이나 녹아 버렸고, 그 나머지는 장사를 해 나갈 예비 돈으로 유 씨가 고의끈에다가 챙챙 옹쳐[34] 매 두었었다. 정 주사는 고놈을 올가미 씌워다가 사십 원 증금(證金)으로 쌀이나 한 백 석 붙여 놓고 미두를 하려고 갖은 공력을 다 들였어도 유 씨는 막무가내하로 내놓지를 않았었다.

아무튼 그렇게 장사를 벌여 놓으니, 가게에서 매삭 삼십 원 넘겨 이문이 나고, 재봉틀 바느질로 십여 원 들어오고 해서 네 식구가 먹고살아 가기에는 그리 군색치 않았다. 정 주사가 가끔 미두장의 '하바'판에서 돈 원씩 날리기도 하고, 오늘처럼 우동 한턱을 쓸 담보가 생긴 것도 알고 보면 다 그 덕이다.

권솔이 더구나 단출해서 좋다. 초봉이는 재작년 이맘때에 벌써 식구 중에서 떨어져 나갔지만 작년 가을에는 계봉이를 제 형이 데려 올려 갔다. 실상 형주도 그때 같이 올라갔을 것이지만, 그 애는 작년 사월에 이리(裡里) 농림학교에 입학을 해서 통학을 하고 있기 때문에, 전학을 하느니 자리를 옮기느니 하면 번폐스럽기만[35] 하겠은즉 그럭저럭 졸업이나 한 뒤에 상급학교를 보내더라도 우선 다니던 데를 그대로 눌러 다니도록 두어 둔 것이다.

이렇게 식구가 단출하게 넷으로 줄고 그 대신 다달이 사오십 원씩 수입이 있으니, 유 씨의 억척에 다만 몇 원씩이라도 밀려, 차차로 가게를 늘려

---

34 옹치다 : 동이다. 끈이나 실 따위로 감거나 둘러 묶다.
35 번폐스럽다(煩弊---) : 보기에 번거롭고 폐가 되는 데가 있다.

가기도 하고 했을 것이지만, 부원군[36] 팔자랍시고 정 주사가 속속들이 잔돈푼을 '크게' '낭비'를 해서 병통이요, 그래서 전에 굶기를 먹듯 하고 지낼 때보다 집안의 풍파는 오히려 잦다. 더구나 유 씨는 시방 마침 단산기(斷産期)[37]라, 히스테리가 가히 볼 만한 게 있다.

날도 훈훈하거니와, 오월 초생의 오후는 늘어지게 해가 길어 깜박깜박 졸음이 온다. 유 씨는 이태 전이나 다름없이 다리 부러진 돋보기를 코허리에다 걸치고 졸린 것을 참아 가면서, 보물 재봉틀을 차고 앉아 바느질에 고부라졌다.

다르르, 연하게 구르는 재봉틀 소리가 달콤하니 졸음을 꼬인다. 졸리는 대로 한잠 자고는 싶으나, 바느질도 바느질이려니와 가게가 비어서 못 한다. 남편 정 주사는 인제는 기다리지도 않는다. 아무 때고 들어왔지 별수가 없을 테고, 거저 들어오기만 오면, 어쨌든지 마구 냅다…… 이렇게 꽁꽁 벼르고 있다.

올에 입학을 해서 일학년이라, 항용 두 시면 돌아오는 병주도 오늘은 더디어 낮잠 한잠도 못 자게 하니 그것도 화가 난다.

동네 안노인이 아이를 업고 행뚱행뚱[38] [39] 가게 앞으로 오더니 한다는 소리가 남 속상하게,

"북엔[40] 없나 보군?……"

하면서 끼웃이 들여다본다. 유 씨는 일어서서 나오려고 하다가 고개만 쳐든다. 오늘 벌써 세 번째 못 파는 북어다. 부아[41]가 나는 깐으로는 물이라

---

36 부원군(府院君) : 조선 시대에, 왕비의 친아버지나 정일품 공신에게 주던 작호.

37 단산기(斷産期) : 아이를 낳던 여자가 아이를 낳는 것을 끊거나 못 낳게 되는 시기.

38 행뚱행뚱 : ③ 흥뚱항뚱

39 행뚱행뚱 : 뒤뚱뒤뚱.(임)

40 북엔 : 북어는.

도 쩌얼쩔 끓여 놓았다가 남편한테 들어서는 낯짝에다가 좌악[42] 한 바가지 끼얹어 주고 싶다.

"……북엔 없어. 저 너머까지 가야겠군!"

동네 노인은 혼잣말같이 쑹얼거리면서[43] 돌아선다.

"인제 좀 있으문 이 애 아버지가 사 가지구 올 텐데요……."

유 씨는 다섯 마리만 잡더라도 오 전은 벌이를 놓치는구나 생각하면서 다시금 남편 잡도리할 거리로 단단히 치부를 해 둔다.

"걸 언제 기대려? 손님들이 술잔을 놓구 앉아서 안주 재축[44]인걸."

"그럼 건대구를 들여가시지?"

"건대구는 집에두 있는데 북에루다가 마른안주만 해 딜이라니 성화지!"

동네 노인이 가게 모퉁이로 돌아가자 마침 병주가 씨근벌떡[45]하면서 달려든다. 콧물이 육장 코에 가 잠겨서 질질 흐르기 때문에 입으로 숨을 쉬느라고 입술은 다물 겨를이 없고 밤낮 씨근거린다.

"엄마!"

한 번 불러 놓고는 책보를 쾅 하니 방에다가 들이뜨리고 모자를 벗어 휙 내동댕이치면서, 우선 사탕 목판을 들여다본다. 아무 때고 하는 짓이라 저는 무심코 그러는 것인데, 돋보기 너머로 눈을 찢어지게 흘기고 있던 유 씨는,

"네 이놈!……"

---

41 부아 : ①②④⑤ 부화
42 들어서는 낯짝에다가 좌악 : ①②에는 없는 구절이다.
43 쑹얼거리면서 : ⑤ 쭝얼거리면서
44 재축 : ⑤ 재촉
       : 재촉.
45 씨근벌떡 : ①② 씨근버근   ⑤ 써근벌떡

하고 소리를 버럭 지른다.

생각잖은 고함 소리에 병주는 움칫 놀라 모친한테로 얼굴을 돌린다.

"……어디 가서 무슨 못된 장난을 하다가 인제야 오구 있어?"

유 씨는 금시로 자쪽을 집어 들고 쫓아 나올 듯이 벼른다. 그는 시방, 자식의 버릇을 가르치자고 나무라는 것이 아니라, 남편한테 할 화풀이야 낮잠 못 잔 화풀이야를, 애먼[46] 어린 아이한테 하느니라고는 생각도 않는다.

병주는 첫마디에 벌써 볼때기가 추욱 처지고 식식한다.

막내둥이라서 재미 삼아 온갖 응석과 어리광은 있는 대로 받아주던 아이다. 그놈이 인제는 품안에 안고 재롱을 보던 때와는 딴판이요, 전처럼 응석받이를 안 해 주고 나무라면 이통[47]을 쓰고, 아무가 무어라고 해도 듣지도 않고 무서워하지도 않는다. 그래서 작년부터는 성가시니까 버릇을 가르친다고 회초리를 들기 시작했다. 그것도 유 씨뿐이요, 정 주사는 이따금 나무라기나 할 뿐이지, 나무라고서도 아이가 노염을 타서 울면 되레 빌기가 일쑤다.

병주로 당해서 보면 모든 것이 제 배짱과는 안 맞고, 저 하고 싶은 대로 못 하게 하니까 심술이 난다. 대체 그렇게도 저 하자는 대로 다 해 주고 이뻐만 하더니 어째 시방은 지천을 하고 때리고 하는 게며, 또 학교에서 오는 것만 하더라도 여느 때는 아무 소리도 없으면서 오늘 같은 날은 불시로 늦게 왔다고 생야단을 치니 어째 그러는 게냔 말이다.

병주로서는 당연한 불평인 것이다.

"아, 저놈이 그래두!…… 네 요놈, 그래두 이짐만 쓰구 섰을 테냐?"

유 씨는 속이 지레 터지게 화가 나서 자쪽을 집어 들고 쫓아 나온다. 병

---

46 애먼 : 일의 결과가 다른 데로 돌아가 억울하게 느껴지는.

47 이통 : 고집. 심술.(임)

주는 꿈쩍도 않고 곁눈질만 한다.

"이놈!"

따악 소리가 나게 자쪽으로 갈기니까 기다렸노라고 아앙 울음을 내놓는다. 필요 이상으로 울음소리가 큰 것은 부친의 역성을 청함이다.

"이 소리! 이 소리가 어디서 나와? 응? 이놈, 이 소릿!"

말 한마디에 매가 한 대씩이다. 병주는 악을 악을 쓰면서 가게 바닥에 주저앉아 발버둥을 친다.

"이놈, 이 이퉁머리! 이마빡에 피두 안 마른 것이…… 이놈, 이놈, 어린놈이 소갈머리 치레만 해 가지구는…… 이놈……."

사정없이 아무 데고 내리 조진다. 병주는 영 아프니까는 그제야 아이구 안 할게 소리가 나온다. 그러나 그것도 비는 게 아니고, 고래애고래 악을 쓰면서 일종의 반항이다.

병주는 매를 맞기 시작하면서 다급하면 안 할게라는 소리를 치는 것도 같이 배웠다. 그러나 때리면서 그렇게 빌라고 시켰으니까 하는 소리지 그 뜻은 알지를 못한다.

"다시두?"

"안 하께!"

"다시두?"

"아야, 아아, 안 허께, 이잉."

유 씨는 겨우 매질을 멈추고 서서 가쁜 숨을 허얼헐 한다.

병주는 콧물이 배꼽이나 닿게 주욱 빠져 내린 채 히잉히잉 하고 섰다. 매는 맞았어도 이짐은 도리어 더 났다.

"이 소리가 어디서!"

유 씨는 방으로 들어가다 말고 돌아서면서 엄포를 한다. 병주는 히잉 소리를 조금만 작게 낸다.

"저 코, 풀지 못할 테냐?"

"히잉."

"아, 저놈이!"

"히잉."

"네에라 이!"

유 씨가 도로 쫓아오려고 하니까 병주는 손가락으로 코를 풀어서 한 가닥은 가게 바닥에 내동댕이치고 손은 옷에다가 쓰윽 씻는다.

"학교를 갔다 오믄, 공부는 한 자두 않는 놈의 자식이 소갈머리만 생겨서, 이짐이나 쓰구……."

"히잉."

"군것질이나 육장 하러 들구……."

"히잉."

"공부를 잘해야 인제 자라서 벌어먹구 살지!"

"히잉."

"그따위루 공분 않구서, 못된 버릇만 느는 놈이 무엇이 될 것이야!"

"히잉."

병주는 차차로 더 크게 히잉 소리를 낸다. 모친의 나무라는 말이 하나도 제 배짱에는 맞지도 않는 소리라서 심술로 도전을 하는 속이다.

"에미 애비가 백 년 사나? 아무리 어린것이라두 고만 철은 나야지! 공부 못하믄 '노가다⁴⁸'패나 되는 줄 몰라?"

"히잉."

"늙은 에미가 이렇게 애탄가탄 벌어멕이믄서 공부를 시키거들랑 그런 근경을 알아서, 어른 말두 잘 듣구 공부두 잘 해야지. 그래야 인제 자란 뒤

---

48 노가다 : '막일꾼(どかた, 도카타, 土方)'이라는 뜻의 일본어가 변한 말.

에 잘 되구 돈두 많이 벌구 하지."

"히잉, 그래두 아버진 돈두 못 버는 거…… 히잉."

어린애가 하는 소리라도 곰곰이 새겨 보면 가슴이 서늘할 것이지만, 유 씨는 눈만 거듭뜨고 사납게 흘긴다.

유 씨는 걸핏하면 남편 정 주사더러 공부는 많이 하고도 내 앞 하나를 가려 나가지 못한단 말이냐고 정가를 하곤[49] 한다.

독서당(獨書堂)[50]을 앉히고 십오 년이나 공부를 했다는 것이, 또 신학문[普通學校卒業]까지 도저하게 하고도 오죽하면 한 푼 생화 없이 눈 멀뚱멀뚱 뜨고 앉아서 처자식을 굶길까 보냐고, 의관을 했다면서 치마 두른 여편네만도 못하다고, 늘 이렇게 오금을 박던 소리다. 그것이 단순한 어린애의 머리에 그대로 소견이 되어 우리 아버지는 공부를 했어도 '좋은 사람이 안 되었다고', 그래서 돈도 못 벌고, 그러니까 공부를 잘한다거나 좋은 사람이 된다거나 하는 것과 돈을 번다는 것과는 아무 상관도 없는 것이라고 병주는 알고 있고, 그것밖에는 모르니까 그게 옳던 것이다.

제 소견은 이러한데, 공부를 않는다고 육장 야단이니 대체 어떻게 하는 것이 공분지 그것도 알 수 없거니와, 암만 공부를 해도 우리 아버지처럼 '좋은 사람도 못 되고' 돈도 못 벌고 할 것을, 또 그러나마 좋은 말로 해도 모를 소린데 욕을 하고 때리고 하면서 그러니 그건 분명 제가 미우니까 괜스레 구박을 주느라고 그러는 것으로밖에는 생각할 수가 없고, 따라서 심술이 나고 제 뱃속에 든 대로 앙알거리고 하던 것이다.

꼼짝 못하고 되잡힌 속이지만, 그러니 가히 두려운 소리겠지만, 유 씨는 그러한 반성을 할 길이 없으니까, 어린것이 벌써부터 깜찍스럽기나 해 보

---

49 정가하다 : 지난 허물을 들추어 흉보다.
50 독서당(獨書堂) : 집안의 사람들만을 가르치려고 차린 글방.

일 뿐이다.

"그래 요 못된 자식!……"

유 씨는 눈을 흘기면서 윽박질러 잡도리를 시작한다.

"……넌 그래, 세상에두 못난 느이 아버지 본만 볼 테냐?…… 사람 같잖은 것 같으니라구!…… 사람 되라구 경 읽듯 하믄 지지리두 못나구 으젓잖은 본이나 뜨을려 들구…… 요 못된 씨알머리!"

필경은 남편더러 귀먹은 푸념을 뇌사리면서 혀를 끌끌 차고 재봉틀 앞으로 다가앉는다. 그러자 마침맞게 정 주사가 가게 안으로 처억 들어선다.

"웬일이야? 넌 또 왜 울구?…… 응? 어째서 큰소리가 나구 이러느냐?"

정 주사는 막내둥이의 아버지다운 상냥함과 한 집안의 가장다운 위엄을 반씩 반씩 갖추어 가면서 장히 서슬 있이 서둔다.

정 주사한테는 바라지도 못한 좋은 트집거리다. 병주도 속으로는 옳다, 인제는 어디 보자고 기광[51]이 나서 히잉히잉 소리를 더 크게 더 잦게 낸다.

유 씨는 돋보기 너머로 힐끔 한번 거듭떠보다가 아니꼽다고 낯놀림을 하면서 바느질을 붙잡는다.

"이 소리, 썩 근치지 못하느냐!……"

정 주사는 목 가다듬기로 짐짓 병주를 멋스려 놓고는 유 씨게로 대고 준절히 책을 잡는 것이다.

"……어째 그 조용조용 타이르지는 못하구서 노오상 큰소리가 나게 한단 말이오?"

눈을 깜작깜작 노랑수염을 거스르면서 졸연찮게 서두는 것이나, 유 씨는 심정이 상한 중에도 속으로,

'아이구 요런, 어디서 낯바닥하고는!……'

---

51 기광 : ①②④⑤ 기강

하면서, 기가 막혀[52] 말이 안 나온다는 듯이 눈만 흘깃흘깃[53] 연신 고갯짓을 한다.

"⋯⋯거 전과두 달라서 이렇게 길가트루 나앉었으니 좀 조심을 해야지⋯⋯ 게 무슨 모양이란 말이지요? 무지막지한 상한(常漢)[54]의 집구석같이⋯⋯."

"아따! 끔직이두!⋯⋯ 옜소, 체면⋯⋯ 흥! 체에면!"

마침내 맞서고 대드는 유 씨의 음성은 버럭 높다. 정 주사도 지지 않고 어성을 거칠게⋯⋯,

"게 어째서 체면을 안 볼 것은 또 무어란 말이오?"

"큰소린 혼자 하려 들어!⋯⋯ 모두 떼거지가 될 꼬락서니에 칙살스럽게 이거라두 채려 놓구 앉어서 목구멍에 풀칠을 하니깐 조(驕)[55]가 나서 그래요?⋯⋯ 당신두 인전 나이 오십이니 정신을 채릴 때두 됐으면서 대체 어쩌자구 요 모양이우? 동녘이 버어언하니깐 다아 내 세상으루 알구 그리슈? 복장이 뜨듯하니깐 생시가 꿈인 줄 알구 그리슈, 그리길⋯⋯."

"아아니, 건 또 무엇이 어쨌다구 당치두 않은 푸념을⋯⋯."

"내가 푸념이오? 내가 푸념이야?⋯⋯ 대체 그년의 북에는 대국으루 사러 갔더란 말이오? 서천 서역국으루 사러 갔더란 말이오?⋯⋯ 그러구두 온종일 흥떵거리구 돌아다니다가, 다아 저녁때야 맨손 내젓구 들어와선, 그래 무슨 얌체에 큰소리요? 큰소리가⋯⋯ 이게 나 혼자 먹구 살자는 노릇이란 말이오?"

"아아니 그건 그것이고 이건 이것이지, 그래 내가 북에 흥정을 안 해다

---

52 하면서, 기가 막혀 : [1][2] 하고 서구퍼
53 흘깃흘깃 : [1][2]에는 없는 말이다.　　[5] 힐깃힐깃
54 상한(常漢) : 상놈.
55 조(驕) : '교(驕)'를 구어투로 발음한 것. 교만(驕慢).

주어서 그래 여편네가 삼남[56] 대로 바닥에 앉아서 이 해게란 말이오? 어디서 생긴 행실머리람! 에잉, 고현지고![57]"

싸움은 바야흐로 익어 간다. 조금 아까 당도한 승재는 가게로 섬뻑 들어오지를 못하고 모퉁이에 비켜서서 주춤주춤한다.

승재는 이 집에서 가게를 내고 이만큼이라도 살아가게 된 그 돈 오백 원의 내력을 잘 알고 있다. 작년 가을 계봉이가 서울로 올라가더니, 제 형 초봉이의 지나간 이태 동안의 소경사와 생활을 대강 편지 내왕으로 알려 주었던 것이다.

그것을 미루어 승재는, 초봉이가 박제호라는 사람의 첩 노릇을 한 것이나, 그자한테 버림을 받고 장형보라는 극히 불쾌한 인간과 살고 있는 것이나 죄다 친정을 돕기 위하여 그랬느니라고만 해석을 외곬으로 갖게 되었다. 그렇게 되고 보니 끝끝내 딸자식 하나를 희생시켜 가면서 생활을 도모하고 있는 정 주사네한테 반감이 없을 수가 없었다.

승재는 이 정 주사네가 명님이네와도 또 달라, 낡았으나마 명색 교양이 있다는 사람으로 그따위 짓을 하는 것은 침을 배알을 더러운 짓이라 했다. 그리하여 마침내 그는 교양이라는 것에 대하여 환멸을 느끼기까지 했다. 가난한 사람은 교양이 있어도 그것이 그네들을 선량하게 해 주는 것이 못 되고, 도리어 교양의 지혜를 이용하여 무지한 사람들보다도 더하게 간악한 짓을 하는 것이라 했다.

작년 가을 계봉이가 집에 없는 뒤로는 실상 만나 볼 사람도 없거니와, 겸하여 정 주사네한테 그러한 반감도 생기고 해서 승재는 그동안 발을 끊다시피 하고 다니지 않았다. 그러다가 이번에 아주 군산을 떠나게 되기

---

56 삼남(三南) : 충청도, 전라도, 경상도 세 지방을 통틀어 이르는 말.
57 행실머리람! 에잉, 고현지고! : [1][2] 행실머리람…

도 했거니와, 마침 또 계봉이한테서 형 초봉이가 자나 깨나 마음을 못 놓고 불안히 지내니 부디 저의 집에 들러서 장사하는 형편이 어떠한지 직접 자상하게 좀 보아다 달라는 편지가 왔기 때문에 그래 마지못해 내키지 않는 걸음을 한 것이다.

와서 보니 우환 중에 또 이런 싸움이라 오쟁이를 뜯는 것 같아 더욱 불쾌했다. 그러나 그렇다고 그대로 돌아설 수도 없지만 부부싸움을 하는데 불쑥 들어가기도 무엇하고, 해서 잠깐 기다리고 있노라니까 문득 옛 거지의 이야기가 생각이 났다.

──산신당(山神堂)에서 거지 둘이 의좋게 살고 있었다. 그 둘이는 저희끼리도 의가 좋았거니와, 밥을 빌어 오면 먼저 산신님께 공궤하기를 잊지 않았다.

그 덕에 산신님은 여러 해 동안 푸달진 바가지 밥이나마 달게 얻어 자시고 지냈는데, 하루는 산신님의 아낙이 산신님을 보고 거지들한테 무엇 보물 같은 것이라도 주어서 은공을 갚자고 권면을 했다. 산신님은 보물을 주어서는 도리어 그네들을 불행하게 한다고 아낙의 권을 듣지 않았다. 그래도 졸라 싸니까, 자 그럼 이걸 두고 보라면서 좋은 구슬[寶石] 한 개를 위패 앞에다가 내놓아 주었다.

두 거지는 그것을 얻어 가지고 좋아서 날뛰었다. 그리고 인제는 우리가 팔자를 고쳤다고, 그러니 우선 술을 사다가 산신님께 치하도 하려니와, 우리도 먹자고 그 중 하나가 술을 사러 마을로 내려갔다.

남아 있던 한 거지는 그 구슬을 제가 혼자 독차지할 욕심이 났다. 그래서 그는 몽둥이를 마침 들고 섰다가 술을 사 가지고 신당으로 들어서는 동무를 때려 죽였다. 그러고는 좋다고 우선 술을 따라 먹었다. 그러나 술을 사러 갔던 자도 그 구슬을 저 혼자서 독차지할 욕심이었던지라 술에다가 사약(死藥)을 탔다. 그래서 그 술을 마신 다른 한 자도 마저 죽었다.

이 꼴을 보고 산신님은 아낙더러, 저걸 보라고, 그러니까 아예 내가 무어라더냐고 하여 그제야 산신님의 아낙도 고개를 끄덕거렸다.

승재는 정 주사네 양주가 싸우는 것을 산신당의 두 거지한테 빗대 놓고 생각을 하노라니까, 이네도 정말 서로 죽이지나 않는가 하는 망상이 들면서 어쩐지 무시무시했다.

싸움은 차차 더 커간다.

"그래, 내 행실머린 다아 그렇게 상스럽다구…… 그래……."

유 씨는 와락 재봉틀을 밀어젖히면서 일어선다. 서슬에 와그르르 하고 받쳐 놓았던 궤짝 얼러 재봉틀이 방바닥으로 나가동그라진다.

유 씨는 홧김에 밀치기는 했어도 설마 넘어지랴 했던 것인데, 이렇게 되고 보니 만약 부서지기나 했으면 어쩌나 싶어 화보다도 가슴이 뜨끔했다.

재봉틀이래야 인장표[58]도 아니요, 일백이십 원짜리 국산품 손틀[59]이기는 하지만, 천하에도 없이 끔찍이 여기는 보배다. 유 씨는 늘 밉게 굴던 계봉이 같은 딸 하나쯤보다는 차라리 이 재봉틀이 더 소중하고 사랑스러웠다.

그러잖고 웬만큼 대단해하던 터라면, 남편이 얄밉고 부아[60]가 나는 깐으로야 번쩍 들어 내동댕이를 쳐서 바숴뜨리기라도 했지, 좀 밀쳤다고 넘어지는 것쯤 아무렇지도 않아했을 것이다.

재봉틀이 넘어지느라고 갑자기 와그르르 떼그럭 요란한 소리가 나는 바람에 승재는 망설일 겨를도 없이 가게로 뛰어들었다.

정 주사는 승재가 반갑다기보다, 몰리는 싸움을 중판을 메게 된 것이 다행해서 얼른 낯빛을 풀어 가지고 흔감스럽게 인사를 먼저 한다. 유 씨는

---

58 인장표 : 당시의 영국제 고급 재봉틀 상표.
59 손틀 : ③④ 손틀기
　　　 : 손재봉틀.
60 부아 : ①②④⑤ 부화

싸움이야 실컷 더 했어야 할 판이지만 재봉틀이 넘어지는 데 가슴이 더럭
해서 잠깐 얼떨떨하고 섰는 참인데, 일변 반갑기도 하려니와 어려움도 있
어야 할 승재가 오고 보니, 차마 더 기승은 떨 수가 없었다.

두 양주는 다 같이 어색한 대로 반색을 하면서 승재를 맞는다. 그래 싸
움하던 것은 어느덧 싹 씻은 듯이 어디로 가고 이렇게 천연을 부리니 싱거
운 건 승재다.

그냥 말로만 주거니 받거니 하는 틀거리[61]가 아니고, 철그덕 따악 살림까
지 쳐부수는 게, 이 싸움 졸연찮은가 보다고 그만 엉겁결에 툭 튀어들었던
것인데, 이건 요술을 부렸는지 싹 씻은 듯이 하나도 그런 내색은 없고 둘이
다 흔연하게 인사를 하니 다뿍 긴장해서 납뛴 이편이 점직할 지경이다.

"거 어째 그리 볼 수가 없나? 이리 좀 앉게그려…… 거 원……."

정 주사는 연방 흠선을 피운다는 양이나 끙끙거리고 쩔쩔맨다[62].

"좋습니다. 곧 가야 하겠어서…… 형주랑 병주랑 그새 학교엔 잘 다 니
나요?"

승재는 이런 인사엣 말을 하면서 정 주사네 양주와 가게 안을 둘러본다.
병주는 어느새 눈깔사탕이나 두어 개 쥐어 넣었는지 가게에 없고 보이지
않는다.

"거 머 벌제위명[63]이지, 공부라구 한다는 게…… 그래, 그런데 참, 자넨
작년 가을에 무엇이냐 거, 의사에 합격이 됐다구? 참 경사로운 일일세!

61 틀거리 : 틀거지. 듬직하고 위엄이 있는 겉모양. 여기서는 '모양새' 정도의 의미로 쓰고
   있음.
62 쩔쩔맨다 : ③ 쩔맨다   ④ 쩔 맨다
63 벌제위명(伐齊爲名) : 겉으로는 어떤 일을 하는 체하고 속으로는 딴 짓을 함을 이르는
   말. 중국의 전국 시대에 연나라 장수 악의(樂毅)가 제나라를 칠 때에 제나라의 장수 전
   단(田單)이 악의가 제나라를 정복한 뒤에 제나라의 왕이 되려고 한다는 헛소문을 퍼뜨리
   자, 연왕이 의심하여 악의를 불러들이었다는 데서 유래한다.

......"

정 주사는 여전히 남의 사무실 고즈카이 같이 의표(衣表)[64]가 구지레한[65] 승재를 위아래로 훑어보면서, 그런데 왜 이렇게 궁기가 흐르느냐고는 차마 박절히 묻지 못하고서 혼자 고개만 끄덕거리다가 좋게 둘러대느라고......,

"......그러면 자네두 거 인전 병원을 설시하구서[66] 다아 그래야 할 게 의 아닌가?"

"네에, 그리잖어두 이번에 어쩌면......."

"응! 이번에? 병원을 설시하게 되나? 허! 참 장헌 노릇이네!"

"머어, 된다구 해두 그리 변변찮습니다마는......"

"원 그럴 리가 있나! 다아 도저하겠지...... 그래 설시를 하게 된다면 이 군산이렷다? 그렇지?"

"군산이 아니구, 저어 서울서 어느 친구 하나가......"

"서울다가?"

"네에, 아현(阿峴)다가 어느 친구가 실비병원[67]을 하나 내겠는데, 절더러 와서......"

"시일비병원?"

정 주사는 실비병원이란 소리를 다뿍 시쁘게 되넌다. 그저 그렇지, 저 몰골에 제법 옹근 병원이라도 처억 차려 놓을 재비가 워너니 못 되더니라 고 시드을해 하는 속이다.

"......실비병원이든 무엇이든 아무려나 잘됐네그려!"

"아이 참, 잘됐구려!......"

---

64 의표(衣表) : 옷차림.
65 구지레하다 : 상태나 언행 따위가 더럽고 지저분하다.
66 설시하다(設施--) : 시설하다(施設--).
67 실비병원(實費病院) : 환자의 진료에 실제로 드는 비용만 받고 운영하는 싼 병원.

유 씨가 남편한테 승재를 뺏기고서 말을 가로챌 기회를 여새기다가[68] 얼핏 대꾸를 하고 나선다.

"……그럼 다아 그렇게 허기루 작정이 됐수?"

"아직 작정이구 무엇이구 없습니다. 그 사람이 자기는 시방 의사 면허가 없으니깐, 같이 해 나가는 양으로 와서 있어 달라구 그런 기별만 왔어요. 그래서 내일이나 모레쯤 올라가서 잘 상일 한 뒤에 원 어떻게 하던지…… 그래서 이번 올라가면 어쩌면 다시 내려오지 못할 것 같기두 하구, 그래서 인사두 이쭐 겸……."

"오온! 그래서 모초로옴 모초롬 이렇게 찾어왔구려! 잊지 않구서 찾어와 주니 고맙수마는 떠난다니 섭섭해 어떡허우!…… 우리가 참, 남 서방 신세 두 적잖이 지구, 참…… 그러나저러나 이러구 섰을 게 아니라 일러루 좀 올라오우. 원 섭섭해서 어디…… 방을 치우께시니 우선 거기라두……."

유 씨는 너스레를 떨면서 일변 방으로 들어가서 나가동그라진 재봉틀을 바로잡아 한편 구석에 치워 놓느라 한참 분주하다. 승재는 거기 눈에 뜨이는 대로 석유 상자 걸상에 가서 걸터앉고 정 주사는 승재 앞으로 빈지 문턱에 가서 바짝 쪼글뜨리고 앉아 팔로 볼을 괸다. 그는 시방 승재가 오늘 해가 지고 밤이 깊도록 있어서, 아까 중판멘[69] 싸움이 그대로 흐지부지했으면 한다. 이유는 달라도 승재를 잡아 두고 싶기는 유 씨도 일반이다.

유 씨는 승재를 생각하면 초봉이를 또한 생각하고 자못 회심이 들지 않을 수가 없다. 더구나 승재가 인제는 버젓한 의사가 되어 병원을 내려고 서울로 떠난다는 작별 인사를 하러 온 오늘 같은 날은, 일변 가슴을 부둥켜안고 싶게 지나간 일이 여러 가지로 안타깝다.

---

68 여새기다가 : [1][2][5] 여색이다가
69 중판멘 : [5] 중판엔

일찍이 초봉이가 승재한테로 뜻이 기우는 눈치였었고, 승재 또한 그렇게 부랴부랴 이사를 해 가던 것을 보면 초봉이한테 마음이 깊었던 모양이고 했으니, 만약 저희 둘을 서로 배필을 정해 주었더라면 초봉이의 팔자도 그렇게 그르치지 않을 뿐더러 오늘날 이러한 승재를 제 남편으로 받들어 호강을 늘어지게 하고, 집안도 또한 이 사위의 덕을 보았을 것이다. 그런 것을 그 천하의 몹쓸 놈 고가한테 깜빡 속아 가지고는 그런 끔찍스런 변을 다 당하고, 필경은 자식의 신세가 그 지경이 되었으니 열 번 발등을 찍어도 시원하지가 않다.

허기야 어찌 되었으나 그 덕을 보지 않는 것은 아니다. 혼인 전후에 돈을 적지 않게 얻어 쓴 것도 쓴 것이려니와, 초봉이가 서울로 올라가서 다달이 이십 원씩 보내주어 그걸로 큰 힘을 보았고, 작년 가을에는 한목 오백 원이나 내려 보낸 것으로 이만큼이라도 가게를 차려 놓고서 그 끈에 연명을 하고 있으니, 그것이 결코 적다고는 할 수 없는 것이다. 그러나 딸의 일생을 버려 준 것에 대면 말도 안 되게 이쪽이 크다.

그때에 그저 눈을 질끈 감고서 조금만 염량을 다르게 먹었다든지, 또 그 당장에서는 미워서 욕을 했어도, 계봉이가 말하던 대로 염탐이라도 좀 해 보았든지 해설랑 고가의 청혼을 물리쳤더라면, 그새 한 이 년 집안의 고생은 더 했을망정 오늘날 와서 제 팔자 남에게 부럽지 않았을 것이고, 집안도 떳떳이 사위의 덕을 볼 것이고 그랬을 것이 아니더냔 말이다.

유 씨는 이렇게 후회를 하기는 하면서도 그러나 일변 재미스러운 궁리도 없진 않다.

유 씨가 승재를 애초에 초봉이의 배필로 유념을 했다가, 태수가 뛰어드는 판에 퇴짜를 놓고는, 다시 계봉이를 두고 마음에 염량을 해 두었던 것은 벌써 이태 전이다. 그러한 딴 속이 있었기 때문에 그 동안 계봉이가, 유 씨의 말대로 하면 말만한 계집애년이 홀아비로 지내는 총각 놈 승재한테를 자주 놀러도 다니고 하면서 가까이 지내는 것을 알고도 모른 체 짐짓 눈치만 보아 왔던 것이요, 그러잖았으면야 단단히 잡도리를 해서 그걸 금했을 것은 여부도 없는 말이다.

그러다가 작년 가을 승재가 마지막 시험을 치른 결과 합격이 다 되어서 아주 옹근 의사 노릇을 하게 되었다는 소식을 듣고는 바싹 더 마음이 당겨 마침내 혼인을 서둘러 볼 요량까지 했었다. 그런데 고년 계봉이가 못 가게 막는 것도 듣지 않고서 서울로 올라가 버리고, 또 승재도 발길을 뚝 끊다시피 다니지를 않고 해서 유 씨는 적잖이 실망을 하고 있던 참이다.

그렇게 실망을 하고 있던 참인데 승재가 모처럼 찾아왔고, 찾아와서는 병원을 내기 위하여 서울로 간다고 하니 이는 진실로 일대의 서광이 아닐 수가 없던 것이다.

유 씨는 그리하여 시방 승재를 좀 붙잡아 앉히고 슬금슬금 제 눈치도 떠 보려니와 이편의 눈치도 보여 주고 해서, 이번에 서울로 올라가거든 계봉이와 저희끼리 그 소위 연애라든지 사랑이라든지 하는 것을 분명히 어울리도록 어쨌든 자주 상종도 하고 하게시리 마련을 해 놀 요량인 것이다. 그래만 놓으면 뒷일은 다 절로 술술 들어 달 판이라서……

승재는 정 주사와 마주앉아서 지날말같이 인사엣 말같이 가게의 세월은 어떠하며, 매삭 수입은 어떠하며, 집안 지내는 형편은 어떠하냐고 물어 보고, 정 주사는 그저 큰 것을 더 바랄 수는 없어도 가게의 수입이 쏠해서[70] 암만[71]은 되고, 또 재봉틀에서 들어오는 것이 있고 하니까 아무려나 지내는 간다고 별반 기일 것도 없이 대답을 해 준다. 승재는 그럭저럭하면 계봉이한테라도 들은 대로 본 대로 전할 거리는 되겠거니 했다.

---

70 쏠하다 : '쏠쏠하다'의 준말.
71 암만 : 밝혀 말할 필요가 없는 값이나 수량을 대신하여 이르는 말.

이야기가 일단 끝나고 난 뒤에 정 주사는 혼자 하는 걱정같이, 그러나저러나 간에 내가 나대로 무엇이고 소일거리라도 마련을 해야지 원 갑갑해서…… 이런 소리를 덧들인다. 이 말은 오늘 북어를 못 사 오고, 미두장에 가서 있던 것도 다 할 일이 없고 해서 심심한 탓으로 그렇게 되는 것이라고 유 씨더러 알아듣고 양해를 하라는 발명이다. 그러나 승재는 이 위에 좀 더 딸의 덕을 볼 욕심으로 이번 서울로 올라가거든 초봉이한테 그런 전갈과 권념[72]을 해 달라는 속이거니 싶어, 못생긴 얼굴이 다시금 물끄러미 건너다보였다.

유 씨는 승재를 방으로 모셔 들일 요량으로 바느질 벌여 놓았던 것을 죄다 걷어치우고 말끔하게 쓸어낸 뒤에 앞치마를 두르면서 가게로 내려선다. 아직 좀 이르기는 하지만 저녁밥을 지어 대접을 하자는 것이다.

"아 글쎄, 우리 작은년은 말이우!……"

유 씨는 부엌으로 나가려면서 우선 한 사설 늘어놓느라고……,

"……그년이 공불 한답시구 쫓아 올라가더니, 웬걸 학굔 들잖구서 아따 무어라더냐, 나는 밤낮 듣구두 잊으니, 오오 참 백화점…… 백화점엘 다닌다는구려! 그년이 무슨 재랄이야, 글쎄……."

승재는 다 알고 있는 소리지만 짐짓 몰랐던 체하는 표정을 한다.

"…… 아 글쎄, 더 높은 학굘 못 가서 육장 노래 부르듯 하던 년이, 그게 무슨 변덕[73]이우? 머, 제 형이 뒤를 거둬 주구 하니 공불 하자믄야 조옴 좋수?……"

"…………."

승재는 무어라고 대꾸할 말이 없어 그냥 더엄덤하고 있다.

---

72 권념(眷念) : 돌보며 생각함.
73 변덕 : ⑤ 건변덕

"……그년이 까부느라구 그랬을 거야, 그년이…… 그렇지만 그년이 까불긴 해두 재준 있다우. 또 제가 하려구두 들구…… 그러니깐 싹수가 없던 않은데…… 그리구 허기야 까부는 것두 다아 철들면 괜찮을 테구 하지만……."

승재는 유 씨가 그 입으로 이렇게까지 계봉이를 추는 소리를 듣느니 처음이다.

"사람 못된 것 공분 더 시켜서 무얼 해! 제 형년 허패[74]만 빠지지!"

정 주사가 옆에서 속도 모르고 중뿔난[75] 소리를 한마디 거든다.

유 씨는 쓰다고 고갯짓을 하면서 입을 삐죽삐죽,

"그년이 왜 사람이 못돼? 그년이 속이 어떻게 찼다구!…… 다아들 그년 만치만 속이 찼어 보라지!"

하고 전접스럽게[76] 꼬집어 뜯는다. 정 주사는 승재 보기가 열적기는 하나 아까 싸움이 되벌어질까 봐서 더 대거리는 못하고 노랑수염만 꼬아 붙인다.

"이건 참 긴한 부탁인데, 남 서방……."

유 씨는 낯꽃을 도로 푸느라고 이윽고 만에야 다시 근사속 있이[77]……,

"……이번에 올라가거들라컨 말이우, 그년더러 애여 그 짓 작파허구서 공부나 더 하라구 남 서방이 단단히 좀 나무래기라두 허구 타일르기두 허구 다아 그래 주우. 남 서방 하는 말이믄 곧잘 들을 테니깐…… 난 아주 남 서방만 믿수?"

"글쎄올시다, 제가 머……."

"아니라우! 그년이 남 서방을 어떻게 따르구 했다구! 그러니 잘 좀 유념

---

74 허패 : 허파.
75 중뿔나다 : 어떤 일에 관계없는 사람이 불쑥 참견하며 나서는 것이 주제넘다.
76 전접스럽다 : (하는 짓이) 보기에 매우 치사스럽고 더럽다.(임)
77 근사속 있다 : 그럴 듯하다. 그럴싸하다. 꽤 좋다.(임)

해서 등한하게 여기지 말구…… 그리구 그년뿐 아니라 제 형두 서울루 떠
난 지가 꼬박 이태나 됐어두 인해 어떻게 지내는지를 알 수가 없구려! 그
러니 남 서방 같은 이라두 서울 가서 있음선서 오면 가면 뒤두 보살펴 주
구 하믄, 즈이두 맘이 든든할 것이구, 에미 애비두 다아 맘이 뇌구 않겠
수?…… 그러니 이번에 올라가거들랑 부디 좀…… 아니 머 그럴 게 아니라
이렇게 허구려? 즈이 집 방을 하나 치이래서 같이 있어두 좋지? 그랬으믄
야 머 참…… 내 그럼 오늘이래두 미리서 편질 해 두까?"

"아, 아니올시다. 머, 다아 번폐스럽게……."

승재는 황망히 가로막는다.

승재가 짐작하기에는 이 수다스럽고 의뭉스런 마나님이 그렇게 어쩌고
저쩌고 해서 초봉이와 가까이하게 해 가지고는 다 이러쿵저러쿵 둘이를
도로 비끄러매 놓자는 수작이거니 싶었다. 그러나 승재로는 천만 당치도
않은 소리다.

미상불 승재는 그것이 젊은 첫사랑이었던 만큼 시방도 초봉이한테 아련
한 회포가 없는 것은 아니다. 또 그렇기 때문에 초봉이의 말 아닌[78] 운명을
매우 슬퍼했고, 그를 불쌍히 여겨 깊은 동정도 하기는 한다. 그러나 꿈에
라도 그를 다시 찾아내어 옛정을 도로 누린다든가, 더욱이 그를 제 아내로
맞이한다든가 할 생각은 없었다.

그러하지, 지금 승재가 절박하게, 그리고 '리얼'하게 마음이 쏠리기는 차
라리 계봉이한테다.

계봉이는 드디어 승재를 사로잡고 말았었다. 승재도 제 자신이 그렇게
된 줄을 몰랐다가, 작년 가을 계봉이가 서울로 뚝 떠난 뒤에야 제 몸뚱이
가 통째로 없어진 것같이 허전한 것을 느끼고서 비로소 그것이 계봉이로

---

78 말(이)[말(도)] 아니다 : 사정·형편 따위가 몹시 어렵거나 딱하다.

인한 탓인 줄을 알았었다. 그리하여 시방 승재를 끌어올려 가는 것도 사실은 실비병원의 경영보다 계봉이의 '머리터럭 한 오라기'의 인력이 크던 것이다.

유 씨와 정 주사가 사뭇 부여잡다시피 저녁을 먹고 가라고 만류하는 것을 뿌리치고, 승재는 '콩나물고개'를 넘어 부랴부랴 S여학교의 야학으로 올라갔다. 벌써 다섯 시 반이니 오늘새라[79] 좀 더 일잡아[80] 갔어야 할 야학 시간도 촉하거니와, 일찌거니 명님이를 찾아봤어야 할 것을 쓸데없이 정 주사네게서 충그린 것이 찝찝해 못했다.

야학이라는 건 작년 늦은 봄부터 개복동과 둔뱀이의 몇몇 사람이 발론[81]을 해 가지고 S여학교의 교실을 오후와 밤에만 빌려서, 낮으로 일을 다닌다거나 놀면서도 보통학교에 다니지 못하는 아이들 모아 놓고 '기역 니은'이며 '일이삼사'며 '아이우에오' 같은 것이라도 가르치자고 시작을 한 것인데, 마침 발기한 사람 축에 승재와 안면 있는 사람이 있어서, 승재더러도 매일 산술 한 시간씩만 맡아 보아 달라고 청을 했었다.

승재는 그때만 해도 계몽이라면 덮어놓고 큰 수가 나는 줄만 여길 적이라 첫마디에 승낙을 했고, 이내 일 년 넘겨 매일 꾸준히 시간을 보아주어는 왔었다. [82]

승재가 학교 밑 언덕까지 당도하자 종 치는 소리가 들렸고 다 올라갔을

---

79 오늘새라 : '오늘따라' 정도의 의미로 쓰고 있음.
80 일잡아 : '일찍 잡아(서둘러)'의 의미로 쓰고 있음.
81 발론(發論) : 제안 또는 의논거리 따위를 말하여 드러냄.
82 이 부분부터 연재본과 단행본 내용 간에 위치상 차이가 있다. 연재본에서는, (이 단행본의)다섯 단락 아래 내용 중 두 번째 문장 이하 내용부터 그 다음 단락까지 내용이, 이 부분에서 단락을 달리하여 삽입되어 있다. 다시 말해서 연재본에서는, '보아주기는했엇다.'(단행본으로는 '보아주어는 왔었다'라고 되어 있는 부분) 다음에 단락을 달리하여 다음과 같은 내용이 나온다. '그러나 작년겨울부터는~'(단행본으로는 '작년 겨울부터서 그는')~'민망할게 업섯다.'(단행본으로는 '민망할 건 없었다')

때에는 아이들은 벌써 교실에 모여 와자하니[83] 떠들고 있었다. 승재는 직원실에는 들르지 않고 바로 교실로 들어갔다.

아이들은 선생님이 들어서는 것을 보고 참새 모인 대숲에 새매[84]가 지나간 것처럼 재재거리던 소리를 뚝 그치고 제각기 천연스럽게 고개를 바로 갖는다. 아이들이라야 처음 시작할 때에는 그것도 팔십 명이나 넘더니, 스실사실 다 떨어져 나가고 시방은 열댓밖에 안 남아서 단출하다면 무척 단출하다.

승재는 급장 아이를 직원실로 보내어 출석부만 가져오게 하고는 모두 오도카니 고개를 쳐들고서 기다리는 아이들의 얼굴을 휘익 한 번 둘러본다.

학과를 시작하기 바로 전이면 언제고 별 뜻 없이 한 번 둘러보는 게 무심한 습관이었지만, 오늘은 이것이 너희들과도 마지막이니라 생각하면 그새같이 무심치가 않고, 아이들의 얼굴이 하나씩 하나씩 똑똑하게 눈에 띄는 것 같았다.

새삼스럽게 모두 한심했다. 허기야 승재가 처음에 그다지 와락 당겨하던 것은 어디로 가고 명색이나마 이 야학에 흥미를 잃은 것은 어제오늘 일이 아니다.[85] 작년 겨울부터서 그는 계몽이니 혹은 교육이니 한다지만 어느 경우에는 절름발이를 만드는 짓이고, 보아야 사실상 이익보다 독을 끼

---

83 와자하니 : [4][5] 와작하니

84 새매 : 수릿과의 새. 몸의 길이는 28~38cm이고 암컷이 수컷보다 훨씬 크다. 등은 회색, 아랫면은 흰색이고 온몸에 어두운 갈색의 가로무늬가 있다. 수컷을 '난추니', 암컷을 '익더귀'라 하고 길들여 작은 새 따위를 잡는 데 쓴다. 텃새 또는 떠돌이새로 숲 속과 숲 부근의 개활지에서 단독으로 사는데 북위 30도에서 북극권까지 분포・번식한다. 북부 지역에 번식하는 집단은 겨울에 남하하여 겨울을 보내고 남부 지역에서 번식하는 집단은 정주한다. 천연기념물 제323-4호.

85 새삼스럽게~아니다.(2문장) : [1][2]에는 없는 문장이다.

처 주는 게 아니냐고, 지극히 좁은 현실에서 얻은 협착스런[86] 결론으로다가 막연한 회의를 하기 시작했었고, 그러기 때문에 야학 맡아보아 주는 것도 신명이 떨어져서 도로 작파하고 싶은 생각이 없지 않았었다.

그렇지만 속은 어찌 되었든, 같은 교원이며 아이들한테고 떳떳하게 내세울 이유도 없이 고만두겠다는 말이 선뜻 나오지를 않아서 오늘날까지 미룸미룸해 왔던 것인데, 그러자 계제에 이번 서울로 멀리 떠나게 되었고, 그래서 할 수 없이 고만두게 되는 참이라 마음이야 어디로 갔든 겉으로는 그리 민망할 건 없었다.

그러나 소위 학문을 시킨다는 것은 흥미가 없었어도 아이들 그들한테 정은 적잖이 들었던 만큼, 더구나 저렇게 한심스런 것들을 떼어놓고 떠나가자면은 자못 섭섭한 회포가 없지 못했다.[87]

아이들의 모양새라는 것은 제각기 모두[88] 밥을 한 사발씩 드북드북[89] 배불리 먹고 났어도 도로 시장해 보일 얼굴들이다. 할끔한[90] [91] 놈, 샛노란 놈, 그중에 그래도 새까만 놈은 영양이 좋은 편이다. 모가지와 손등과 귀밑에는 지나간 겨울에 트고 눌어붙고 한 때꼽재기가 아직도 가시잖은 놈이 거지반이다. 옷도 저희들 생김새와 잘 얼린다. 아직 솜바지저고리를 입은 놈이 있는가 하면, 어느 놈은 홑고의적삼을 서늑서늑[92] 갈아입었고, 다 떨어진 '고쿠라[93]' 양복은 제법 치렛감이다.

---

86 협착하다(狹窄--) : 차지하고 있는 자리가 매우 좁다.
87 그러나~못했다.(이 문장 전체) : ①②에는 없는 내용이다.
88 아이들의~모두 : ①②에는 없는 구절이다.
89 드북드북 : ③ 듬뿍듬뿍
　　　　　　: '드뿍드뿍'의 여린말. 여럿이 다 분량이 꽤 넘치게 많은 모양.
90 할끔한 : ①②③④ 할끔한
91 할끔하다 : 몸이 몹시 고단하거나 불편하여서 얼굴이 까칠하고 눈이 쏙 들어가 있다.
92 서늑하다 : 좀 서늘한 느낌이 있다.(임)

승재는 아이들의 가정을 한두 번씩, 혹은 병인이 있는 집은 치료를 해주느라고 드리없이[94] 찾아다니곤 했기 때문에 그 형편들을 낱낱이 잘 알고 있고, 그래서 어느 아이고 얼굴을 바라다보노라면 그 애의 집안의 꼴새[95]까지 환히 머리에 떠오른다.

개개 지붕이 새고 토담 벽이 무너진 오막살이요, 그나마 옹근 한[96] 채가 아니고 방이 둘이면 두 가구, 셋이면 세 가구로 갈라 산다. 방문을 열면 악취가 코를 찌르는 어두컴컴한 속에서 얼굴이 오이꽃같이 노오란 여인네의 북통 같은 배가 누워 있기 아니면, 뜨는 누룩처럼 꺼어멓게 부황[97]이 난 사내가 쿨룩쿨룩 기침을 하고 앉았다.

또 어느 집은 하릴없는 도야지 새끼처럼, 허리를 헌 띠 같은 것으로 동여매어 궤짝 자물쇠에다가 매달아 놓은 아기가 눈물 콧물 뒤범벅이 되어 울고 있다. 이건 양주가 다 벌이를 나간 집이다. 그 반대로, 남녀가 어린아이들과 방구석에 웅숭크리고 있는 집은 벌이가 없어 대개 하루나 이틀은 굶은 집이다.

승재는 모두 신산했지만[98], 더욱이 당장 굶고 앉았는 집을 찾아간 때면 차마 그대로 돌아서지를 못해, 지갑에 있는 대로 털어놓곤 했다. 마침 지닌 것이 없으면 뒤로 돈 원이라도 변통해 보내 준다. 그뿐 아니라 온종일 굶고 있다가 추욱 처져 가지고 명색 공부랍시고 하러 온 아이들한테 호떡이나 떡이나 사서 먹이는 게 학과보다도 훨씬 더 요긴한 일과였었다.

---

93 고쿠라 : こくらおり(古倉織). 굵은 실로 두껍게 짠 면직물.
94 드리없이 : 경우에 따라 변하여 일정하지 아니하게.
95 꼴새 : 표준국어대사전에는 '꼬락서니'의 경북 방언으로 되어 있음.
96 옹근 한 : ⑤ 옹근한
97 부황 : ①②④⑤ 부강
　　　 : 부황(浮黃). 오래 굶주려서 살가죽이 들떠서 붓고 누렇게 되는 병.
98 신산하다(辛酸--) : (비유적으로) 세상살이가 힘들고 고생스럽다.

그러느라 작년 가을 의사면허를 땄을 때 병원 주인이 사십 원을 한목 올려주어 팔십 원이나 받는 월급이 약품 값으로 이십 원 가량, 생활비로 십원 가량 들고는 그 나머지는 고스란히 그 구멍으로 빠져나가곤 했다. 그러나 전과 달라, 시방 와서는 그것을 기쁨과 만족으로 하지를 못하고, 하루하루 막막한 생각과 불만한 우울만 더해 갔다.

승재가 가난한 사람의 병든 것을 쫓아다니면서, 돈도 받지 않고 치료를 해 준다는 소문이 요새 와서는 좁다고 해도 인구가 육만 명이 넘는 이 군산 바닥에 구석구석 모르는 데 없이 고루 퍼졌고, 그래서 위급한데도 어찌하지 못하는 병자만 돌아보아 주재도 항용 열씩은 더 된다.

그 밖에 종기야 가슴아피[99]야 하고 모여드는 사람은 이루 헬 수가 없다. 큰직한 종합병원 하나를 차리고 앉았어도 그 사람들을 골고루 만족히 치료해 줄 수는 없을 것 같았다. 그런 것을 낮에는 병원 일을 보아주고 나서 오후와 밤으로만 그 수응을 하자 하니 도저히 승재의 힘으로는 감당해 낼 재주가 없었다.

그건 그렇다고 다시, 돈 그까짓 삼사십 원을 가지고 그 숱한 배고픈 사람들을 갈라 먹이자니 마치 시장한 판에 밥알이나 한 알갱이 입에다 넣고 씹는 것 같아 간에도 차지 않았다.

대체 이 조그마한 군산 바닥이 이러할 바이면 조선 전체는 어떠할 것인고, 이것을 생각해 보았을 때에 승재는 기가 딱 질렸다.

단지 눈에 띄는 남의 불행을 차마 보지 못해 제 힘 있는껏 그를 도와주고 도와주고 하는 데서 만족하지를 않고, 그 불행한 사람들의 존재라는 것을 인식하는 데로 눈을 돌리게 된 것은 승재로서 일단의 발육이라 할 것이었다.

그러나 그는 겨우 그 양(量)으로 눈이 갔을 뿐이지, 질(質)을 알아낼 시

---

99 가슴아피 : ①② 가슴애피   ④ 가슴앞이   ⑤ 가슴앓이

각(視角)엔 이르질 못했다. 따라서,[100] 가난과 병과 무지로 해서 불행한 사람이 많은 줄까지는 알았어도, 사람이 어째서 가난하고 무지하고 병에 지고 하느냐는 것은 아직도 알지를 못한다.

그렇기 때문에 소박한(타고난) 휴머니즘밖에 없는[101] 시방의 승재의 지금의 결론은 절망적이다.

그 숱해 많은 불행한 사람을 약삭빨리 한두 사람이 구제할 수는 없는 일이다.

그러고, 그래도 눈으로 보고서 차마 못해 돈푼이나 들여서 구제니 또는 치료니 해 주는 것은 결국 남을 위한다느니보다도, 우선 나 자신의 감정을 만족시키는 제 노릇에 지나지 못하는 일이다.

이러한 해석 끝에 그러면 어떻게 해야 옳으냐고 자연 반문을 하는데, 거기서는 아무렇게도 할 수 없다는 대답밖에 나오지 않았다.

승재는 갑갑했다. 그러자 마침 계봉이로 해서 서울로만 가고 싶었다. 그런데 계제에 서울로 올라갈 기회가 생겼다.

그러니 결국 계봉이한테 끌려서, 또 한편으로는 예[102]가 막막하니까 새로운 공기 속으로 도망을 가는 것이지만, 승재 제 요량에는 서울로 가기만 하면 좀 더 널리 그리고 좀 더 효과 있게 일을 할 수가 있겠지 하는 희망도 없진 않았었다.

"자아 오늘은……."

승재는 아이들을 내려다보던 얼굴을, 역시 별 의미 없이 두어 번 끄덕거리고 나서……,

---

100 따라서, : ①②에는 없는 말임.
101 소박한~없는 : ①②에는 없는 구절이다.
102 예 : '여기'의 준말.

"……공분 고만두구, 느이허구 나허구 이야기를 한다구우."

"네에."

모두 좋아서 한꺼번에 대답을 한다. 내놓았던 공책이며 책을 걷어치우느라고 잠시 분주하다.

"내가 내일이면 저어 서울루 떠나는데…… 그래서 느이허구두 인전 다시 못 만나게 됐는데 말이지……."

말이 떨어지자 아이들은 잠시 덤덤하더니, 이어 와아 하고 제가끔 한마디씩 지껄인다.

어째 서울로 가느냐고 짐짓 섭섭한 체하는 놈, 서울로 떠나지 말라는 놈, 언제 몇 시 차로 떠나느냐고 정거장까지 배웅을 나가겠다는 놈, 저희끼리 쑥덕거리는 놈 해서 한참 요란하다.

승재는 물끄러미 내려다보고 섰다가 교편103으로 교탁을 따악 친다.

"고마안하구 조용해!……"

아이들은 지껄이던 것을 한꺼번에 뚝 그치고 고개를 똑바로 쳐든다.

"……자아, 느이들 내가 부르는 대루 하나씩 하나씩 일어서서 내가 묻는 대루 다아 대답해 보아? 응?"

"네에."

승재는 아이들더러 이야기를 하자고는 했지만, 그래도 명색이 작별하는 마당인데, 여느 때처럼 토끼나 호랑이 이야기를 할 수는 없고 해서 어쩔까 망설이다가 문득 심심찮은 거리가 생각이 났던 것이다.

"저어 너, 창윤이……."

승재가 교편을 들어 가리키면서 이름을 부르는 대로 한가운데 줄에서 열

---

103 교편(敎鞭) : 교사가 수업이나 강의를 할 때 필요한 사항을 가리키기 위하여 사용하는 가느다란 막대기.

댓 살이나 먹어 보이는 야멸치게[104] 생긴 놈이 대답을 하고 발딱 일어선다.

성한 데보다는 뚫어진 데가 더 많은 검정 '고쿠라' 양복바지에 얼쑹덜쑹[105] 무늬가 박힌 융 샤쓰를 입고 이마에 보기 흉한 흉이 있는 아이다. 눈이 뚜렷뚜렷한 게 무척 역게[106][107] 생겼다.

"……음, 창윤이 넌 이렇게 공불 해 가지구서 인제 자라면 무얼 할 텐가?"

승재가 천천히 묻는 말을 받아 아이는 서슴지 않고 냉큼,

"전 선생처럼 돼요."

한다.

"나처럼? 건 왜?"

"전 선생님이 좋아요."

승재는 속으로 네라끼 쥐 같은 놈이라고 웃었다.

"그 다음, 넌?"

맨 뒷줄에서 제일 대가리 큰 놈이 우뚝 일어선다. 눈만 두리두리 퀭하지 얼굴이 맺힌 데가 없고 둔해 보인다.

"……넌? 넌 공부해서 무얼 할 테야?"

"네, 전 전, 조선총독부 될래요."

아이들이 해끗해끗 돌려다보고 그 중 몇 놈은 빈들빈들 웃는다. 승재도 웃음이 나오려는 것을 겨우 참고서……,

"그래 조선 총독이 돼선 무얼 할려구?"

"월급 많이 받게요."

---

104 야멸치다 : 태도가 차고 여무지다.

105 얼쑹덜쑹 : 여러 가지 빛깔로 된 큰 점이나 줄이 고르지 아니하게 뒤섞이어 무늬를 이룬 모양.

106 역게 : ③ 약게

107 역다 : 늘 자신에게만 이롭게 꾀를 부리는 성질이 있다. 어려운 일이나 난처한 일을 잘 피하는 꾀가 많고 눈치가 빠르다.

"월급은 얼마나?"

"백 원…… 아니 그보담 더 많이요."

"월급은 그리 많이 받아선 무얼 할 텐고?"

"마구 쓰구, 그리구……."

그 다음은 종쇠라고 하는 열두어 살이나 먹은 놈이 불려 일어섰다. 콧물이 흐르고 옷이라는 건 때가 누더기가 앉고 솜뭉치가 비어 나오는 핫옷이다.

"넌 공부해 가지구 인제 자라면 무얼 할 텐가?"

아이는 고개를 들지 않고 곁눈질만 한다. 이 애는 늘 이렇게 침울한 아인데, 오늘은 유난히 더해 보인다.

"자아, 종쇠두 대답해 봐?"

"저어……."

"응."

"저어……."

"응."

"순사요."

"순? 사?"

뒷줄에서 두어 놈이 킥킥거리고 웃는다. 웃는 소리에 종쇠는 가뜩이나 주눅이 들어서 고개를 깊이 떨어뜨린다.

"그래, 순사가 되구 싶다?"

"내애."

"응, 순사가 되구 싶어…… 그런데, 어째서……?"

"저어……."

"응."

"저어 우리 아버지가……."

종쇠는 그 뒷말을 다 하지 못하고 손가락을 문다.

"그래 느이 아버지가 널더러 순사 되라구 그리시던?"

"아뇨."

"그럼?"

"우리 아버지, 잡아가지 말게요."

승재는 황망하여, 아까보다 더 여러 놈이 웃는 것을 일변 나무라면서 일변 종쇠더러,

"종쇠, 너, 순사가 느이 아버지 붙잡어가던? 응?"

"내애."

"온, 저걸!……"

전 서방이라고 살기는 '사젱이'에서 살고, 선창에서 지게벌이로 겨우 먹고 사는데, 며칠 전에 다리를 삐었다고 승재한테 옥도정기까지 얻어 간 사람이다. 그리고 집에는 아내와 종쇠를 맨 우두머리로 젖먹이까지 아이들이 넷이나 되는 것도 승재는 횅하니[108] 알고 있다.

"……그래, 언제 그랬니?"

승재는 종쇠 옆으로 내려와서 수그리고 섰는 아이의 얼굴을 들여다본다.

"어저께 저녁에요."

"으응!…… 그런데 왜? 어쩌다가?"

"저어……."

"응, 누구하구 싸웠나?"

"쌀 훔쳐다 먹었다구……."

승재는 아뿔싸! 여러 아이들이 듣는 데서 물을 말이 아닌 걸 그랬다고 뉘우쳤으나 이미 늦었다. 그는 저도 모르게 사나운 얼굴로 다른 아이들을

---

108 횅하다 : 무슨 일에나 막힘이 없이 다 잘 알아 환하다.

휘익 둘러본다. 선생님의 무서운 얼굴에 겁들이 나서, 죄다 천연스럽게 앉아 있고 한 놈도 웃거나 저희끼리 소곤거리는 놈이 없다.

승재는 이윽고 안색을 눅이고 한숨을 내쉬면서 풀기 없이 교단으로 도로 올라선다.

"그래, 종쇠야?"

"내애?"

"넌 그래서 순사가 되겠단 말이지?…… 느이 아버지가 남의 쌀을 몰래 갖다 먹어두 넌 잡어가지 않겠단 말이지?"

"내애."

"응…… 그래, 느이 아버지를 잡어가지 말려구, 그럴려구 순사가 될 터란 말이었다?"

"내애."

"그럼 남의 쌀을 몰래 갖다가 먹은 아버진 그랬어두 아버진 착한 아버지란 말이지?"

"아뇨."

"아냐?"

"내애."

"그럼 나쁜 아버진가? 종쇠랑 동생들이랑 배고파하니깐 밥해 먹으라구, 그래서 그랬는데."

"그러니깐 난 아버지 붙잡어 안 가요."

승재는 슬픈 동화를 듣는 것 같아 눈가가 매워 오고 목이 메어 더 말을 하지 못했다.

술이 얼근해 가는 동행 제약사는 저 혼자 흥이 나서 승재의 몫으로 들어온 여자까지 둘 다 차지를 하고 앉아 재미를 본다. 색주가[109]집이라고는 생전 처음으로 와 보는110 승재는, 술은커녕 다른 안주 조각111도 매독이 무서워서 손도 대지 않았다.

여자들의 행동은 상상 이상으로 추악한 게 완연히 동물 이하여서 승재로는 차마 바로 볼 수가 없었다.

제약사는 두 여자를 양편에다 끼고 앉아서, 한 손으로는 유방을 떡 주무르듯 하고 한 손으로는……. 그래도 두 여자는 어디 볼때기나 만지는 것처럼 심상, 심상이라니 도리어 시시덕거리면서 좋아한다. 승재는 차마 해괴해서 못 본 체 외면을 하고 앉았다.

"여보, 난상? 난상?……"

제약사는 지쳤는지, 이번에는 여자 하나를 끼고 뒹굴다가 소리소리 승재를 부르면서 게슴츠레에 풀린 눈으로 연신 눈짓을 한다. 그래도 승재가 못 들은 체하고 있으니까,

"……아, 난상두 총각 아니우? 자구 갑시다, 자구…… 아인112(一圓)이믄 돼. 내 다아 당허께……."

하고 까놓고 떠들어대면서, 일변 짝 못 찾은 다른 한 여자더러 눈을 끔적끔적한다.

그 여자는 알아듣고서 얼른 승재게로 달려들더니 여부없이 목을 얼싸안고 나가뒹군다. 승재는 질겁을 해서 버둥거려도 빠져나지를 못한다.

"이 양반이 분명 내신가 봐?"

여자는 조롱을 하다가, 어디 좀 보자고 손을 들이민다. 승재는 사정없이

109 색주가(色酒家) : 젊은 여자를 두고 술과 함께 몸을 팔게 하는 집. 또는 그곳에서 몸을 파는 여자.

110 색주가집이라고는~와 보는 : ①②에는 없는 구절이다.

111 조각 : ①②④ 짜박

112 아인 : '하나의'라는 뜻의 독일어 'ein'. 여기서는 '일 원'이라는 뜻.

여자를 떠다밀치고 벌떡 일어서서 의관을 찾는다.

"가 가만, 잠깐만, 난상 난상…… 정말 재미나는 구경이……."

제약사는 비틀거리고 일어서더니 지갑 속에서 오십 전짜리를 한 푼을 꺼내 들고는 승재의 몫이던 여자더러……,

"너 이거 알지?"

"피이! 오십 전!"

"얘, 서양선 금전을 쓴다더라만, 조선서야 어디 금전이 있니? 그러니깐 아쉰 대루 이놈 은전으루, 응?"

"오십 전 바라군 못 하네!"

"그럼 이놈만 ………면 일 원 한 장 더 준다!"

"정말?"

"네한테 거짓말하겠니? 염려 말구서 ………기나 해라. 얘, 얘, 그렇지만 아랫두린 다아 ………야 한다? 응?"

"그야 여부가 있수!"

"자아, 난상 구경하시우. 이건 서양이나 가예지 보는 거라우. 그리구 더 놀다가 ………허구 가요, 네?"

제약사는 성냥갑 위에다가 오십 전짜리 은전을 올려놓고 물러앉고, 재주를 한다던 여자는 별안간 입었던 치마부터 ……기 시작한다. 승재는 누가 잡을 사이도 없이 문을 박차고 나와서 신발도 신는 둥 마는 둥 거리로 뛰어 나섰다. 그는 은전을 ……다니까 혹시 입으로 무슨 재주를 부리는 줄만 알고서 잠자코 있었던 것이다. 모자도 못 쓰고, 외투도 못 입고, 혼자 떨면서 돌아오는 승재는 속이 메스꺼워 몇 번이고 욕질이 나는 것을 겨우 참았다.

이것이 작년 겨울 어느 날 밤에 제약사가 승재의 사처[113]로 놀러 와서는 색시들 있는 데를 구경시켜 주마고 꾀는 바람에, 승재는 대체 어떻게 생긴 곳이며 생활과 풍도[114]는 어떠한가 하는 호기심으로 슬며시 따라왔다가 혼 띔이 나 보던 경험이다.

승재는 전연 상상도 못 한 것이어서, 어쩌면 사람이 (더욱이 여자가) 그 대도록 타락이 될까 보냐고 여간만 분개한 게 아니다. 그는 작년 겨울의 이 기억을 되씹으면서 온통 색주가집 모를 부은[115] 개복동 아랫비탈 그 중 의 개명옥(開明屋)이라는 집으로 시방 명님이를 찾아온 길이다.

오늘 야학에서 일찍 여섯 시까지 시간을 끝내고, 교원 두 사람더러 내일 밤차로 떠날 듯하다는 작별을 한 뒤에 이리로 이내 오는 참이다.

아직 해도 지기 전이라 손님은 들지 않았고, 이 방 저 방 색시들이 둘씩 셋씩 늘비하니 드러누워 콧노래도 부르고, 누구는 단속곳[116] 바람으로 웃 통을 벗어젖히고서 세수를 하느라 시이시[117] 한다. 끼웃끼웃 내다보는 색 시들이 죄다 얼굴이 삐뚤어져 보이기도 하고, 볼때기나 이마빼기나 코허리 가 썩어 들어가는 것을 분으로 개칠을 했거니 싶기도 했다.

승재는 그의 말대로 하면, 이런 곳은 인류가 환장을 해서 동물로 역행하 는 구렁창이었었다. 환장을 않고서야 결단코 그렇게 파렴치가 될 이치는 없다는 것이다.

결국 그러므로, 승재는 제 소위 '환장을 해서 동물로 역행을 하는' 여자 들을 그 허물이 전혀 그네들 자신에게 있는 줄만 알고 있는 게 되어서 그 들을 동정하고 싶은 생각보다는 더럽다고 침을 뱉고 싶어 하는 사람이다.

---

113 사처(私處) : 개인이 사사로이 거처하는 곳.

114 풍도 : ③⑤ 풍토

115 모(를) 붓다 : 못자리를 만들어 씨를 뿌리다.

116 단속곳(單--) : 여자 속옷의 하나. 양 가랑이가 넓고 밑이 막혀 있으며 흔히 속바지 위 에 덧입고 그 위에 치마를 입는다.

117 시이시 : 시시. '무엇을 씻는 일'이라는 뜻의 옛말.

명님이는 승재가 찾아온 음성을 알아듣고 반가워서 건넌방에 있다가 우르르 달려나온다. 그러나 승재와 얼굴이 쭈뼛 마주치자 해죽 웃으려다 말고 금시로 눈물이 글썽글썽하더니 몸을 홱 돌이켜 쫓아 나오던 건넌방으로 도로 들어가서는 울고 주저앉는다.

명님이는 실상 어째서 우는지 저도 모르고 울던 것이다. 이런 집에 와서 있게 된 것이 언짢거나 슬프거나 한 줄을 아직 모르겠고 그저 더엄덤했다. 다만 안된 것이 있다면, 어머니 아버지와 같이 있는 '우리 집'이 아니어서 호젓한 것 그것 한 가지뿐이다. 그러니까 승재를 보고 운 것도, 차라리 반가운 한편, 역시 어린애다운 농암[118]으로 눈물이 나온 것일 것이다.

명님이가 눈물 글썽거리는 것을 보고서 승재도 눈물이 핑 돌았다. 그는 옳게 처량했다.

저렇게 애련하고 저렇게 순진하고 해 보이는 소녀를 이 구렁창에다 두어 '환장한 인간들로 더불어 동물로 역행'을 하게 하다니, 도저히 못할 노릇이라 생각하면 슬픈 것도 슬픈 것이려니와 그는 다시금 마음이 초조했다.

승재는 암만 동정이나 자선이란 제 자신의 감정을 위안시키기 위한 제 노릇에 지나지 못하는 것이라는 해석은 가지고 있어도, 시방 명님이를 구해 주겠다는 이 형편에서는 그런 생각은 몽창[119] 어디로 가고 없다. 또 생각이 났다고 하더라도 그 힘이 이 행동을 막진 못할 것이었다.

그새 사흘 동안 승재는 제 힘껏은 눈을 뒤집어쓰고 납뛰다시피 했었다. 물론 승재의 주변이니 별수가 없기는 했었지만, 아무려나 애는 무척 썼다.

사흘 전, 밤에 명님이가 찾아와서 몸값 이백 원에 팔렸다는 것이며, 내

118 농암 : ③ 농함   ⑤ 농담
      : '여림' 정도의 뜻으로 쓰고 있는 듯하나 불확실함.
119 몽창 : ② 동창   ③⑤ 몽땅
      : '모두'의 방언.

일 밝는 날이면 아주 이 집 개명옥으로 가게 되었다고, 그래서 작별을 온 줄로 이야기하는 말을 듣고는 펄쩍 뛰었었다. 그는 그 동안 명님이네 부모 양 서방 내외더러, 자식을 몹쓸 데다가 팔아먹어서야 쓰겠냐고, 그런 생각은 부디 먹지 말라고 만나는 족족 일러왔고, 양 서방네도 들을 만하고 있었기 때문에 일이 갑자기 이렇게 될 줄은 깜박 모르고 있었다.

그날 밤 승재는 당장 두 주먹을 불끈 쥐고 양 서방네한테로 쫓아가려고 뛰쳐 일어섰으나 양 서방은 그 돈을 몸에 지니고 아침에 벌써 장사할 어물(乾魚物)을 사러 섬으로 들어갔다는 명님이의 말을 듣고 고만 떡심이 풀려 방바닥에 펄씬 주저앉았다.

밤새껏 승재는 두루두루 궁리를 한 후에 이튿날 새벽같이 병원 주인 오달식이더러 서울로 가는 걸 서너 달 미루고 더 있어 줄 테니 돈 이백 원만 취해 달라고 말을 해 보았다. 그러나 병원 주인은 며칠 전에 승재가 서울로 가겠다고 말을 해 놓고서 이태 동안만 더 있어 달라고 졸라도 듣지 않았을 때에 속으로 꽁하니 노염이 났었고, 또 석 달이나 넉 달 더 있어 주는 건 고마울 것도 없대서, 그래저래 심술을 피우느라고 한마디에 거절을 해 버렸다.

승재는 십상 되겠거니 믿었던 것이 낭패가 되고 보니, 달리는 아무 변통 수도 없고 해서 코가 석 자나 빠졌다.

할 수 없이 책을 죄다 팔아 버리려고 헌책사[120] 사람을 데려다가 값을 놓게 해 보았다. 그러나 그것 역시 이런 군산 바닥에서는 의학서류며 자연과학에 관한 서적은 사 놓는대도 팔리지를 않으니까 소용이 닿지 않는다고 다뿍 비쌘 뒤에, 그래도 저엉 팔겠다면 한 팔십 원에나 사겠다고 배를 퉁겼다.

---

120 헌책사(-冊肆) : 헌책방(-冊房).

도통 사백[121] 권에 정가대로 치자면 근 천[122] 원어치도 넘는 책이다. 그래도 승재는 아깝지 않은 것은 아니나, 그대로 팔십 원에 내놓았다. 그러고도 심지어 헌 책상 나부랑이며 자취하던 부등가리[123]까지 헌 옷벌까지 모조리 쓸어다가 팔 것 팔고 잡힐 것 잡히고 한 것이 겨우 십오 원 남짓해서, 서울 올라갈 찻삯 오 원 각수[124]를 내놓으면 도통 구십 원밖에는 변통이 못 되었다.

그 다음에는 아무리 애를 써도 더 마련할 재주가 없었다. 그것도 사람이 좀 더 주변성이 있었다면, 가령 되다가 못 될 값에 이번에 병원을 같이 해나가자고 한다는 그 사람한테 전보라도 쳐서 구처를 해 보려고 했을 것이지만, 도무지 남과 여수[125]라는 것을 해 보지 못한 샌님이라 놔서[126] 거기까지는 생각이 미치지도 못했거니와, 또 생각이 났다 하더라도 병원 주인한테 한번 무렴을 본 다음이고 하여, 역시 안 되려니 단념을 하고 말았기가 십상일 것이었다.

그러고서는 하도 속이 답답하니까, 그동안 다달이 몇 원씩이라도 저금이나 해 두었더라면 하고, 아닌 후회나 했다.

할 수 없이, 마음은 초조해 오고 달리는 종시 가망이 없고 하여, 그놈 구십 원이나마 손에 쥐고 허허실수로[127], 또 오늘 일이 여의치 못하면 뒷일

---

121 사백 : [1][2] 삼백

122 천 : [1][2] 육칠백

123 부등가리 : [1][2][4] 부등갬이　　　[3] 부등가리
　　　　　　： 아궁이의 불을 담아내어 옮길 때 부삽 대신에 쓰는 도구. 흔히 오지그릇이나 질그릇의 깨진 조각으로 만들어 쓴다.

124 각수(角數) : 돈을 '원'이나 '환' 단위로 셀 때, 그 단위 아래에 남는 몇 전이나 몇 십 전을 이르는 말.

125 여수(與受) : 수수(授受). 주고받음.

126 샌님이라 놔서 : [1][2] 터라

127 허허실수로 : 허허실실로(虛虛實實-). 되면 좋고 안 되어도 그만인 식으로. 되어 가는

당부도 할 겸, 명님이와 작별이라도 할 겸 이렇게 찾아는 온[128] 것이다.

승재는 가뜩이나 낯이 선 터에 명님이를 따라 눈물이 비어지는 것을 억지로 참느라고 한참이나 두리번거리다가 겨우, 주인양반을 좀 만나 보겠다고 떼어놓고 통기를 했다.

주인은 내가 주인인데 하면서 웬 뚱뚱한 여자 하나가 아직 이른 태극선[129]을 손에 들고 나서는 것도 승재한테는 의외거니와, 그의 뚱뚱한 것이며 차림새 혼란스런 데는 어쩌면 기가 탁 접질리는 것 같았다.

나이는 한 오십이나 됨직할까, 볼이 추욱 처지고 두 턱진 얼굴에 불콰아하니 화색이 도는 것이며, 윤이 치르르 흐르는 모시 진솔치마를 질질 끌면서 삼 간 마루가 사뭇 그들먹하게 나서는 양은 어느 팔자 좋은 부잣집 여인네가 나들이를 나온 길인 성싶게 후덕하고 점잖아 보였다. 다만 손가락마다 싯누우런 금반지가 아니면, 백금반지야 돌 박힌 반지를 그득 낀 것은 몹시 조색스럽기도[130] 하지만, 의젓한 그 몸집이나 옷 입음새에 얼리지 않고 쌍스러워 보였다.

주인이라는 여자는 위아래로 승재를 마슬러보면서,

"누구시우? 왜 그리시우?"

하고 거푸 묻는다. 도금 비녀나 상호(商號) 없는 화장품 장수 대응하듯 하는 태도가 분명했다.

미상불 승재는 털면 먼지가 풀씬풀씬 날 듯, 구중중한 그 행색에 낡은 왕진 가방까지 안고 섰는 꼴이 성가시게 떠맡기려고 졸라 댈 도금 비녀 장

대로.(임)

128 찾아는 온 : ①② 차저는 온   ③⑤ 찾아온
129 태극선(太極扇) : 태극 모양을 그린 둥근 부채.
130 조색스럽다(阜色---) : '조색'이란 본래 '곱지 아니한 검은 빛깔'을 말하나, 여기서 '조색스럽다'는 '세련된 맛이 없고 촌스럽다'(임)의 의미로 쓰고 있음.

수 같기도 십상이었었다.

"저어, 쥔…… 양반이십니까?"

승재는 안 물어도 좋을 말을 다시 물어 놓는다.

"글쎄 내가 이 집 주인이란밖에요…… 사내주인은 없단 말이오. 그러니 할 말 있거던 날더러 허시우…… 어디서 오셨수?"

"네, 그러면…… 저어 명님이라는 아이가 여기 와서 있는데요……."

"명님이? 명님이?"

"저어, 그저께 새루…… 저 요 우에 사는 양 서방네……."

승재는 방금 들어오면서 제 눈으로 본 아이를 생판 모르는 체하거니 하고 참으로 무섭구나 했다. 그러나 이어 주인 여자의 대답을 듣고는 그런 게 아닌 줄은 알았고.

"네에, 양 서방네요!…… 있지요. 홍도 말씀이시군…… 그래, 그앨 만나러 오셨수? 일가 되시우?"

"일간 아니구요…… 그 애 일루 해서 쥔…… 양반허구[131] 무어 좀 상의할 일이 있어서요."

"나허구 상읠 하신다? 네에…… 그럼 당신은 누구시우?"

"나는 저어 남승재라구 저기 금호병원……."

"네에! 아아 그러시우!"

주인 여자는 승재의 말이 미처 떨어지기도 전에 알아듣고는 반색을 하여 갑자기 흠선을 떨면서……,

"……온, 그러신 줄은 몰랐지요! 좀 올라오십시오, 어여 절러루 좀 올라가십시다…… 나두 뵙긴 첨이지만 소문은 들어서 다아 참 장허신 수고를 허신다는 양반인 줄은 알구 있답니다…… 어서 일러루……."

---

131 쥔……양반허구 : [1][2] 주인…양반허주   [5] 양 쥔반허구

승재는 주인 여자의 흔감떨이[132]에 낯이 점직해 어쩔 줄 몰라 하면서 청하는 대로 안방으로 들어가서 권하는 대로 모본단 방석을 깔고 앉았다.

주인 여자는, 손은 피우지도 않는 담배를 내놓는다, 재떨이를 비어 오게 한다, 부산나케 서둘다가야 겨우 자리를 잡고 앉더니, 이번에는 입에서 침이 마르게 승재를 추앙을 해 젖힌다. 필시 별 뜻은 없고, 구변 좋고 말 좋아하는 여자의 지날 인사[133]가 그렇던 것이다.

아무려나 승재는 처음 생판 몰라주고서 쌩동쌩동할[134] 때와는 달라, 이렇게 흔연대접을 해 주니, 우선 제 소간사[135]를 말 내놓기부터 수나로울 것 같았다.

"게, 그 앤 어찌……?"

주인 여자는 이윽고 그 수다스런 사설을 그만 해 두고 말머리를 돌려 승재더러 묻던 것이다.

"……전버팀 알음이 있던가요? 혹시 같은 한 고향이라던지……."

승재는 비로소 제 이야기를 내놓을 기회를 얻었다.

처음 병을 낫우어 주느라고 명님이를 알게 된 내력부터 시작하여, 이내 삼 년 동안이나 친누이동생같이 귀애하던 것이며, 그런데 뜻밖에 이런 데로 팔려 왔다는 말을 듣고 마음이 언짢았다는 것이며, 그래 그대로 보고 있을 수가 없어서 백방으로 주선을 해 보았으나, 돈이 구십 원밖에는 안 되었다는 것이며, 그러니 물론 경우가 아닌 줄 알기는 알지만, 그놈 구십 원만 우선 받아 두고 그 애를 도로 물러 줄 양이면 일간 서울로 올라가서

---

132 흔감떨이 : 5 흔감떨이

133 지날 인사 : '지날말'이 '별다른 의미 없이 하는 말'이라는 뜻이므로, '지날 인사'란 '겉치레로 하는 인사' 정도로 해석할 수 있음..

134 쌩동쌩동하다 : '시큰둥하다'의 방언.

135 소간사(所幹事) : 볼일.

석 달 안에 실수 없이 나머지 처진 것을 보내주겠노라고, 이렇게 조곤조곤 정성을 들여 사정 설파를 늘어놓았다.

주인 여자는 이야기를 들으면서, 대문대문[136], 그리냐고 아 그리냐고, 맞장구만 연신 치고 있더니, 승재의 말이 다 끝나자 한참 만에,

"허허!"

하고 탄식인지 탄복인지 모르게 우선 한마디 해 놓고는 새로 담배를 붙여 문다.

"참, 대단 장허신 노릇입니다!⋯⋯ 해두⋯⋯."

주인 여자는 붙인 담배를 두어 모금 빨고 나서, 또 잠시 생각하는 체하다가⋯⋯,

"⋯⋯건 좀⋯⋯ 다아 섭섭하시겠지만⋯⋯ 그래 디리기가 난처합니다, 네⋯⋯."

어느 편이냐 하면, 허탕을 치기가 십상이려니 미리서 각오를 안 한 것은 아니나, 막상 이렇게 되고 보매, 승재는 신명이 떨어져 고개를 푹 수그리고 묵묵히 말이 없다.

"⋯⋯다아 그래 디렸으면야 대접두 되구 하겠지만, 아 글쎄 좀 보시우? 나두 이게 좋으나 궂으나 영업이 아닌가요? 영업을 하자구 옹색한 돈을 딜여서 영업자를 구해 온 게 아녜요?"

"⋯⋯⋯⋯."

"그런 걸 영업두 미처 않구서 도루 물러 주기가 억울한데 우환 중에 디린 돈두 다아 찾질 못하구서 내놓는대서야, 건 좀⋯⋯ 네? 그렇잖다구요?"

"네에."

승재는 마지못해 대답을 하면서 고개를 끄덕거린다.

---

136 대문대문(大文大文) : 대문대문이(大文大文-). 글 따위의 대문마다.

"그리니 여보시우, 기왕 점잖으신 터에 말씀을 하신 그 대접으루다가 내가 딜인 밑천만 한목에 치뤄 주시믄 두말없이 그때는 물러 디리지요."

승재는 하도 막막해서 뒷일 상의와 부탁을 하자던 것도 잊고 덤덤히 앉아만 있다.

"그런데 여보시우?……"

주인 여자는 뒤풀이가 미흡했던지, 또는 이야기가 더 하고 싶었던지 음성을 훨씬 풀어 가지고 근경속 있게 다시 초를 잡는다. 승재는 무엇인고 해서 고개를 쳐들고 말을 기다린다.

"……이런 건 나버텀두 다아 객쩍은 소리지만, 게 다아 쓸데없는 짓입넨다. 다아 쾌애니 그리시지……."

"네에!…… 건 어째서?"

"허어 여보시우, 시방 당신님은 그 애가 불쌍하다구, 그래서 도루 빼주시잔 요량이지요?"

"부울쌍?…… 으음, 그렇지요!"

"그렇지요? 그런데에…… 알구 보믄 이런 데라두 와서 있는 게 차라아리, 차라리 제겐 낫습넨다! 나어요!"

"낫다구요?…… 오온!"

"낫지요, 낫구 말구요!"

"낫다니 그게 어디……."

"허어! 모르시는 말씀……."

주인 여자는 볼때깃살이 털레털레하도록 고개를 흔들면서……,

"……자아, 당신님두 저 애네 형편을 잘 아시겠구료? 아시지요? 별수 없이 퍼언펀 굶지요? 아마 하루 한 끼 어려우리다?…… 그리니, 아 세상에 글쎄 배고픈 설움 위에 더한 설움이 어딨겠수? 꼬루룩 소리가 나다 못해 쓰라린 창자를 틀켜쥐구 앉아서 눈 멀뚱멀뚱 뜨구 생배를 곯는 설움보다 더

한 설움이 있답니까?…… 고생하구는 제일가는 고생이구 그런 게 불쌍한 사람이지 누가 불쌍허우……? 남의 무엇은 크다구 부주깽이루다가 찔르더란 푼수루다 아 남이야 남의 시장한 창자 속 딜여다보는 게 아니니깐 배가 고픈지 어쩐지 모르지요. 그렇지만 당하는 사람은 육장[137]으루 생배 곯기라께 진정 못 할 노릇입넨다…… 못할 노릇일 뿐 아니라…….”

주인 여자의 언변은 차차 더 열이 올라 팔을 부르걷고 승재에게로 버썩 다가앉는다.

“……게, 제엔장맞일, 사람 쳇것이, 그래 날아다니는 까막까치두 제 밥은 있는 법인데 그래 사람 명색이 생으루 굶어야 옳아요? 그버담 더한 천하에 몹쓸 죄인두 가막소[138]에서 밥은 얻어먹는데, 죽일 놈두 멕여 죽이는 법인데, 그래 생사람이 굶어죽어야 옳단 말씀이오? 네? 육신이 멀쩡한 사람이 눈 멀거니 뜨구 앉어서 굶어 죽어야만 옳아요? 네?”

“그거야 누가 굶어 죽으라나요? 제가끔 다아, 저 거시키…….”

승재가 잠깐 더듬는 것을 주인 여자는 바싹 다잡고 대들면서……,

“그럼? 어떡허란 말이오? 두더지라구 흙이나 파먹구 살아요?”

“두더지처럼 땅 파구, 개미처럼 짐 지구 그렇게 일하면 먹을 거야 절루 생기지요.”

승재는 대답은 해도 자신이 있어서 하는 소리는 아니다.

그동안 야학 아이들의 가정들을 보기 싫도록 다니면서 보아야 그들이 누구 없이 일을 하기 싫어 않는 사람은 하나도 없고 개개 벌이가 없어서 놀고 있기가 아니면 병든 사람인 줄을 그는 역력히 알고 있었던 것이다.

그러니 그렇다면 시방 이 여자의 말이 옳다 해야 하겠는데, 승재는 결단

---

137 육장 : ⑤ 육성
138 가막소 : '감옥'의 방언.

코 항복을 않는다. 제 자신이 지닌바 '인간의 기준'과 '사실'이 어그러진다는 것이다. 그러나 실상인즉 그 '인간의 기준'이란 건 제가 몸소 현실을 손으로 파헤치고서 캐낸 수확이 아니라, 남이 마련한 결론만 눈으로 모방해 가지고는 그것이 바로 제 것인 양, 만능인 양, 든든히 믿고서 되돌려다 볼 생각도 않는 '우상'일 따름인 것이다.

결국 승재는 그래서 시초 모를 결론만 떠받고 둔전거리는 셈이요, 그러니 저는 암만 큰소리를 해도 그게 무지(無智139)지 별수 없는 것이었었다.

"말두 마시우!"

주인 여자는 결을 내어 떠든 것이 점직했던지 헤벌씸 웃으면서 뒤로 물러앉는다.

"……다아 몹쓸 것들두 없잖어 있어 호강하자구 딸자식을 논다니140루 내놓는 년놈두 있구, 애편을 하느라고 청루나 술집에나 팔아먹는 수두 있긴 합디다마는, 그래도 열에 아홉은 같이 앉어 굶다 못해 그 짓입넨다. 나는 이런 장사를 여러 해 한 덕에 그 속으루는 뚫어지게 알구 있다우. 배고픈 호랭이가 원님을 알어보나요? 굶어 죽기 아니면 도둑질인데…… 아 참 여보시우, 그래 당신님 생각에는 이런 데 와 있느니 도둑질이 낫다구 생각하시우?"

"그야!"

승재는 실상 도적질과 그것과를 비교해서 어느 것이 좀 더 낫다는 판단을 선뜻 내리기가 어려웠다.

"거 보시우! 도둑질할 수 없지요? 그리니 그대루 앉어서 꼿꼿이 굶어 죽어요?…… 오온 인간 탈을 쓰구서 인간세상에 참례를 했다가 생으루 굶어

---

139 無智 : ⑤ 無知
140 논다니 : 웃음과 몸을 파는 여자를 속되게 이르는 말.

죽다니? 그런 천하에 억울한 노릇이 있어요? 잘나나 못나나 한세상 보자구 생겨난 인생인걸, 그리니 살구 볼 말이지, 그래 사는 게 나뻐?"

승재는 뾰족하게 몰린 꼴새여서 대답을 못 하고 끄먹끄먹 앉아 있다.

"그리구, 여보시우……."

주인 여자는 한참이나 승재를 두어두고 혼자 담배만 풀썩풀썩 피우다가 문득 긴한 목소리로 그러나 조용조용 건넌방을 주의하면서……,

"……장차 어떻게 하실는지야 모르겠소마는, 저 앨 몸을 빼 줘두 별수 없으리다!"

"네?…… 어째서?"

"또 팔아먹습니다아요!"

"또오?"

"네, 인제 두구 보시우."

"그럴 리가!"

"아아니오!…… 나는 다아 한두 번이 아니구 여러 차례 겪음이 있어서 하는 소리랍니다!…… 아, 글쎄 그 사람네가 그까짓 것 돈 이백 원을 가지구 한평생 살 줄 아시우?…… 장사? 흥! 단 일 년 지탕하믄 오래 가는 셈이지요. 그리구 나믄 그땐 첨두 아니었다, 한번 깨묵[141] 맛을 딜였는 걸 오죽 잘 팔어먹어요? 시방이나 그때나 배고프기는 일반인데 무엇이 대껴서 안 팔아먹겠수?…… 두 번짼 굶어 죽더래두 안 팔아먹을 에미 애비라믄, 애여 처음 번에 벌써 팔아먹들 않는다우…… 생각해 보시우? 이치가 그럴 게 아니우?"

"네에!"

---

141 깨묵 : '깻묵'의 방언. 기름을 짜고 남은 깨의 찌꺼기. 흔히 낚시의 밑밥이나 논밭의 밑 거름으로 쓰인다.

승재는 미상불 그럴듯하다고 고개를 연신 끄덕거린다. 그러고 보니 인제 서울로 올라가서 돈을 보내서 몸만 빼놓아 준다는 것도 생각할 문제일 것 같았다.

"보아서 촌 농가집으루 민며느리[142]라두 주게 하던지……."

승재는 꼭이 그러겠다는 작정이라느니보다 어떻게 할까 두루두루 생각하면서 혼잣말같이 중얼거리는 것을 주인 여자가 얼핏 내달아,

"것두 괜헌 소리지요!"

하면서 고개를 설레설레 흔든다.

"건 왜요?"

"여보시우. 당신님 저어기 촌 여편네들 거 팔자가 어떤지 아시우? 아마 잘 모르시나 보니 좀 들어 보시우…… 그 사람네라께 여름 한철이나 겨우 시꺼면 꽁보리밥이나 배불리 얻어먹지, 여니땐 편편 굶구 지내우. 옷이 어디 변변허우? 삼복에 무명것 친친 감구 살기, 동지섣달에 맨발 벗구 홑고쟁이[143] 입구 더얼덜 떨기…… 일은 그러구서두 육 나오게[144] 하지요! 머 말이나 소 같지요! 도무지 사람 꼴루 뵈들 않는걸!…… 그런 데다가 열이면 열 다아 시에미가 구박허구, 걸핏하면 능장질[145]을 하지요! 서방놈이 때리지요! 어디 개팔자가 그렇게 기구허우? 차라리 개만두 못하지…… 그리니 자아 생각을 해 보시우. 그렇게두 못 얻어먹구 헐벗구 뼈가 휘게 일을 하구 그러구두 밤낮 방망이찜이나 받구, 응?…… 그럼서 그 숭악한 농투산이[146]한테, 계집으로 한 사내 셈긴다는 것, 꼭 고것 한 가지, 그까짓 게 무

---

142 민며느리 : 장래에 며느리로 삼으려고 관례를 하기 전에 데려다 기르는 계집아이.

143 홑고쟁이 : 홑겹으로 지은 고쟁이. '고쟁이'는 한복에 입는 여자 속옷의 하나. 속속곳 위, 단속곳 밑에 입는 아래 속곳으로, 통이 넓지만 발목 부분으로 내려가면서 좁아지고 밑을 여미도록 되어 있다. 여름에 많이 입으며 무명, 베, 모시 따위를 홑으로 박아 짓는다.

144 육 나오게 : 뼈가 빠지게. 뼈가 휘도록.(임)

145 능장질(稜杖-) : 사정없이 몰아치는 매질.

슨 그리 큰 자랑이라구?…… 그까짓 게 무슨 그리 대단한 영화라구 그 노
릇을 한단 말씀이오? 대체 춘향이는 이 도령이 다아 잘나구, 또 제 정두 있
구 해서 절개를 지켰다지만, 시방 여니 계집들이야 그까짓 일부종사가 하
상 그리 대단하다구 촌 농투산이[147]한테 매달려서 그 고생을 할 게 무어란
말씀이오? 네?…… 당신님이 다아 귀여허구 그리신다니 저 애만 하더라두
내가 시방 이얘기한 대루 촌에 가서 그 팔자가 된다믄 당신님 생각에 좋겠
수? 네?…… 나 같으믄 그러느니 차라리 예다 두지요!"

만일 농촌의 여자의 생활이 사실로 그렇다면, 미상불 명님이더리 이 길
에서 그 길로 옮아가라고 한다는 것도 결국 새빨간 남으로 앉아서 나만 옳
은 줄 여겨 그걸 주장하는 것이 부끄럽지 않은가 싶었다. 그럴 뿐만 아니
라 정으로 생각하더라도, 이 여자의 말마따나 승재로서는 명님이를 그런
데로 보내기가 가엾어 차마 못 할 것이었었다.

"그리면 저어, 이렇게 좀 해주시까요?"

오래오래 고개를 숙이고 앉아서 두루 궁리를 하던 승재가 겨우 얼굴을
쳐든다.

"어떻게?…… 무슨 좋은 도리가 있으시우?"

"내가 내일 밤차루 서울루 떠나는데요. 가서 속히 그 돈을 마련해서 보
내 디릴 테니깐……."

"글쎄, 그리신다믄 물러는 디리지만, 시방 말씀한 대루 즈이 부모가 다
시 또……."

"아아니, 그리니깐, 차비두 부쳐 디릴 테니 즈이 집으로 보내지 말구서
바루 서울루 보내 주시면……."

---

146 농투산이 : ⑤ 농투성이
　　　　　　 : 농투산이(農---). '농투성이'의 방언. '농부'를 낮잡아 이르는 말.
147 농투산이 : ⑤ 농투성이

"아아, 네에 네!······ 그야 어렵잖지요. 그렇지만 즈이 부모네가 말이 없을까요?"

"그건 내가 잘 말을 일러두지요. 머 못 한다군 못 할 테니까요."

"즈이 부모만 말이 없다믄야 졸 대루 해 디리지요, 머······ 그러면 그렇게 허시우. 아직두 어린애구 허니깐, 내가 촉량[148]해서 야숙한[149] 짓은 안 시키구 잘 맡아 뒀다가 도루 내디릴 테니 다아 안심허시구 수히 조처나 허시두룩······."

승재는 주인 여자가 말이라도 그만큼 해 주는 게 여간 마음 든든하지를 않았다. 그는 방금 앉아서 명님이를 서울로 데려다가 제 밑에 두어두고 간호부 견습을 시키든지, 또 형편이 웬만하면 공부라도 시킬 생각을 해냈던 것이다.

섬뻑 생각한 것이라도 더할 것 없이 무던했고, 진작 그런 마음을 먹었더라면 양 서방한테라도 미리서 말을 했었을 테니, 그네[150]도 참고 기다렸지 이렇게 갖다가 팔아먹진 않았을 것이고, 따라서 이러한 각다분한 일도 없었으려니 싶어 느긋이 후회도 들었다.

승재는 주인 여자더러 넉넉잡고 두 달 안으로는 돈을 보내 줄 테니 그리 알고 부디 잘 좀 맡아 두었다가 달라는 부탁을 한 뒤에 자리를 일어섰다.

주인 여자는 마루로 따라 나오면서 되도록 일을 쉬이 끝내 달라고, 실상 다른 사람이라면 그동안의 돈 이자 하며 밥값까지도 쳐서 받겠지만, 젊은 이가 마음이 하도 어질어서 그게 고마워서 본금 이백 원만 받겠노라고, 허

---

148 촉량 : ② 측량
　　　: '측량(測量)'을 잘못 발음한 것. 생각하여 헤아림.
149 야숙한 : ⑤ 야속한
　　　: '야속한'을 잘못 발음한 것.
150 그네 : 앞에서 이미 이야기한 사람들을 가리키는 삼인칭 대명사. 그 사람들.

니 그런 근경도 알아서 하루라도 빨리 조처를 해 달라고 도리어 신신당부[151]를 한다. 승재는 이 구혈[152]의 이 여자가 그만큼 속이 트이고 인정까지 있는 것이 의외이어서 더욱 고마웠다.

명님이는 얼굴을 해죽 웃으면서 눈만 통통 부어 가지고 승재를 따라 나온다.

대문간으로 나와서 명님이는 고개를 숙이고 섰고, 승재는 잠시 말없이 명님이를 바라다본다. 인제는 나이 그만해도 열다섯이라고 곱살한[153] 게 제법 처녀 꼴이 드러난다. 이렇게 처녀 꼴이 박힌 명님이를 이곳에다가 두고 가는 일을 생각하면 두 달 동안이라 하더라도, 또 주인 여자가 다짐하듯 한 말이 있다고는 하더라도 결코 마음이 놓이는 건 아니었었다.

"명님아?"

승재의 음성은 한량없이 보드랍다[154]. 명님이는 대답 대신 고개를 쳐든다.

"너, 늘잡구[155] 이 집에서 두 달만 참아라, 응?…… 그럼 그 안에 서울로 데려가 주께."

"서울요?"

무척 반가운지 명님이의 음성은 명랑하다. 그러면서 눈에는 구슬이 어린다.

명님이는 눈물이 나게 반갑고 고마웠는데, 승재는 이 애가 슬퍼서 울거니 하고 저도 눈물이 글썽글썽하고 목이 잠긴다.

"응, 서울…… 그러니깐 참구서 죄꼼만 기대리는 게야? 응?"

---

151 신신당부 : 1 2 당부
152 구혈 : '소굴'의 의미로 쓰고 있음.
153 곱살하다 : 얼굴이나 성미가 예쁘장하고 얌전하다. ≒곱상하다.
154 한량없이 보드랍다 : 1 2 떨릴듯하다
155 늘잡구 : 늘려 잡아서.

"내애."

"어머니 아버지한텐 내 말해 두께시니, 이 집 퀸이 차표 사 주믄서 서울루 가라구 하거던 바루 오는 거야?"

"내애, 그렇지만 어떻게?……"

"혼자 못 온단 말이지?…… 괜찮아…… 이 집에 부탁해서 전보 쳐 달라구 할 테니깐, 전보 받구 내가 중간꺼정 마주 오지? 혹시 형편 보아서 내가 내려와두 좋구…… 그러니깐 맘 놓구 그리구 울지 않구 잘 있는 거야?"

"내애."

"아버지 오늘 오신댔지? 밤에 오신댔나?"

"밤인지 몰라두 오늘 꼭……."

"응…… 그럼 내, 내일 떠나기 전에 한 번 더 들르마…… 무엇 가지구 싶은 것 없나? 내일 올 때 사다 주께……."

"없어요, 아무것두……."

"그럴 리가 있나?…… 가만 있자, 내가 생각해 봐서 내일 올 때 아무거구 하나 사다 주께…… 그럼 인젠 들어가."

"내애."

명님이는 대답은 하고도 그냥 서서 치마 고름만 문다. 승재는 울지 말고 있으란 말을 다시 이르고 떨어지지 않는 발길을 겨우 돌린다.

근경이 어쩌면 두 정든 사람끼리 떠나기를 아끼는 것과 흡사하다.

어느 사이 옅은 황혼이 자욱이 내려, 두 그림자를 도리어 더 뚜렷이 드러내 준다.

16. 탄력(彈力) 있는 '아침'

계봉이는 제가 거처하는 건넌방에서 아침 출근 채비가 한창이다.

옷은 마악 갈아입었고, 그 다음에는 언제고 하는 버릇으로 마지막, 거울에다가 바투 얼굴을 대고서 이이, 이빨을 들여다본다. 그리 잘지도 않고 고른 위아랫니가 박속같이 새하얗게 드러난다. 아무것도 없다. 잇넘 밑에 빨간 고춧가루 딱지도 박히지 않고, 잇살에 밥찌꺼기도 끼지 않았다.

소매 끝에서 꺼내 쥐었던 손수건을 도로 집어넣고, 이번에는 방 안을 한 바퀴 휘휘 둘러본다. 방금 벗어 내던진 양말짝이야 치마야 속옷들이 여기저기 제멋대로 널려 있다.

셈든[1] 계집아이가 몸 담그고 있는 방 뒤꼬락서니 하고는 조행에 갑(甲)은 아깝다[2]. 그러나 계봉이 저는 둘러보다가 만족하대서,

"노이예스 나하아츠[3]!"

하고 아 베 체 데도 모르는 주제에 독일말 토막을 쌔와린다[4].

미상불 뒤가 어수선한 품이 종시 그 대중이지 서부전선처럼[5] 아무 이상이 없기는 하다.[6] 그러나 계봉이 저는 나갈 채비에 미진한 게 없다는 뜻이

---

1 셈들다 : 사물을 분별하는 판단력이 생기다.

2 조행(操行)에 갑(甲)은 아깝다 : 태도와 행실에 으뜸 점수를 줄 수는 없다.

3 노이예스 나하아츠 : ⑤ 노이에스 니히츠
　　　　　　　　: '노이에스 니히츠(Neues Nichts)' 즉 '새로운 것은 아무것도 없다'라는 뜻의 독일말을 잘못 말한 것.

4 쌔와리다 : 실없는 말을 주책없이 함부로 지껄이다.(임)

5 서부전선처럼 : ①②에는 없는 말이다.

6 서부전선처럼 아무런 이상이 없기는 하다 : 독일 작가 E.M. 레마르크의 소설 『서부전선 이상 없다』를 빗댄 말이다. 이 소설은 제1차 세계대전에 참전한 한 학도병의 기록을 통해 전쟁의 무의미성을 비판·고발한 수기 형식의 반전소설이다. 1930년 독일의 파프스트와 미국의 루이스 마일스턴에 의해 영화화되었다.

요 허니 오오케에라고 했을 것이지만, 요새 그 오오케란 말이 자못 속되대서 이놈이 그럴싸한 대로 응용을 하던 것이다.

팔걸이시계를 들여다본다. 여덟 시에서 십 분이 지났다. 지금 나서서 ××백화점까지 가자면 십 분이 걸리니, 여덟 시 반의 출근 정각보다 십 분은 이르다. 그놈 십 분은 동무들과 잡담으로 재미를 본다. 되었다.

"노이예츠 나하아츠!"

한마디 부르는 흥으로 또 한 번 외우면서, 샛문을 열고 마루로 나가려다 말고 문득 이끌리듯 환히 열어젖힌 앞문 문지방을 활개[7] 벌려 짚고 서서 하늘을 내다본다.

꽃이 피느라, 핀 꽃이 지느라 사월 내내 터분하던 하늘이 인제는 말갛게 씻기고 한창 제철이다.

추녀 끝과 앞집 지붕 너머로 조금만 내다보이는 하늘이지만 언제 저랬던가 싶게 코발트 한 빛으로 맑아 있다. 빛이 한 빛으로 푸르기만 하니 단조하여 싫증이 날 것 같아도 볼수록 정신이 들게 신선하여 끝없이 마음이 끌린다. 바람결이 또한 알맞다. 부는지 마는지 자리는 없어도 어디서 새로 싹튼 떡잎의 냄새 없는 향기를 함빡 머금어다가 풍기는 것 같다.

계봉이는 문지방을 짚고 선 채 정신이 팔린다. 하도 일기가 좋아서 아침에 일어나던 길로 이내 몇 번째 이렇게 내다보곤 하던 참이다.

옷도 오늘 일기처럼 명랑하게 갈아입었다. 어제저녁에 형 초봉이가 바늘을 뽑기가 무섭게 부랴부랴 식모한테 한끝을 잡히고 싸악 다려 놓은 새 옷이다. 옅은 미색 생수 물겹저고리[8]에 방금 내다뵈는 하늘을 한 폭 가위

---

7 활개 : ① 사람의 어깨에서 팔까지 또는 궁둥이에서 다리까지의 양쪽 부분. ② 새의 활짝 편 두 날개. ③ 윗부분 끝이 모이고 아래가 양쪽으로 벌어진 물건. 또는 그런 모양. 여기서는 ①의 뜻.
8 물겹저고리 : 헝겊을 겹치어 성기게 꿰매 지은 겹저고리.

로 오려다가 허리 잡아 두른 듯이 시원한 무색[水色] 부사견[9] 치마다.

옷도 이렇게 곱게 입었으니 침침한 매장(賣場)보다도 저 하늘을 올려다 보면서, 저 햇볕을 쪼이면서, 저 바람을 쐬이면서 어디고 아무 데라도 새싹이 피어오른 숲이 있고, 풀이 자라고 한 야외로 훠얼훨 돌아다니고 싶다. 곧 그러고 싶어서 오금이 우줄거린다[10].

마침 생각하니 오늘이 게다가 일요일이다. 그리고 공꼴시[11] 내일이 셋째 번 월요일-[12]쉬는 날이다.

그게 더 안 되었다. 훨씬 넌지시 한 주일이고 두 주일 후라면 차라리 마음이나 가라앉겠는데, 오늘이 일기가 이리 좋아도 못 놀면서 남 감질[13]만 나게시리 바투 내일이 쉬는 날이라니 약을 올려 주는 것 같아 밉광스럽다.

승재나 있었으면, 예라 모르겠다고 오늘 하루 비워때리고서 잡아 앞참[14]을 세우고 하다못해 창경원이라도 갔을 것을 하고 생각하니, 하마 올라왔기 쉬운데 어찌 소식이 없는가 해서 궁금하다.

"다아라라 다아라라."

'글루미 썬데이[15]'를, 그러나 침울한 게 아니고 명랑하게 부르면서 샛문을 열고 마루로 나선다.

"언니이, 나 다녀와요오."

---

9 부사견 : 명주로 짠 옷감의 한 종류.(임)

10 우줄거리다 : 몸이 큰 사람이나 짐승이 가볍게 율동적으로 자꾸 움직이다.

11 공꼴시 : 공교로운 것이.

12 ⑤는 중간선 대신에 느낌표를 쓰고 있는데 이는 명백히 오독에 의한 것이다.

13 남 감질 : ⑤ 남감질(띄어쓰기 오류)

14 앞참 : 앞장.

15 글루미 썬데이(Gloomy Sunday) : 〈우울한 일요일의 노래〉는 1935년 헝가리 가수 레죄 세레스가 작곡한 곡으로, 당시 전 세계의 수많은 젊은이들이 이 노래를 듣고 자살했다는 소문 때문에 '자살의 노래'라는 오명을 쓰게 되었다. 그 후 빌리 홀리데이 등 많은 가수들이 이 노래를 리메이크하여 부름으로써 유명세를 탔다.

"오오냐, 늦잖었니?……"

대답을 하면서 초봉이가 안방 앞미닫이를 열다가 황홀하여 눈을 홉뜬다.

"……아이구! 저 애가!"

"왜애?…… 하하하하, 좋잖우?……"

계봉이는 한 손으로 치마폭을 가볍게 치켜 잡고 리듬을 두어 빙그르르 돌아서 형이 문턱을 짚고 앉아 올려다보고 웃는 앞에 가 나풋 선다.

"……날이 하두 좋길래 호살 좀 하구 싶어서…… 하하하, 좋지? 언니."

"좋다! 다아 잘 맞구 잘 쌘다16 17."

초봉이도 흔연히 같이서 좋아한다. 그러나 그 좋아 보이는 동생의 옷치장이며 무성한 몸매를 곰곰이 바라다보는 그의 얼굴에는 이윽고 한 가닥 수심이 피어오른다.

계봉이는 본시 숙성하기도 하지만, 인제는 나이 벌써 열아홉이라 몸이 빈틈없이 골고루 다 발육이 되었다.

돌려세워 놓고 보면 팡파짐하니 둥근 골반 아래로 쪼옥쪽 곧은 두 다리가 비단양말이 터질 듯 통통하다. 그 두 다리가 어떻게도 실하게 땅을 디디고 섰는지 등 뒤에서 느닷없이 칵 떠밀어야 꿈쩍도 않을 것 같다. 어깨도 무슨 유도꾼처럼 네모가 진 것은 아니나 묵지근한 게 퍽 실팍해 보인다. 안으로 옥지 않은 가슴은 유방이 차차 보풀어18 오르느라고 알아보게 불룩하다.

키는 초봉이와 마주서면 이마 위로 한 치는 솟는다. 그 키가 탐스런 제 체격에 잘 어울린다. 얼굴은 어렸을 때 양편 볼때기로 추욱 처졌던 군살이 다 가시고 전체로 균형이 잡혀서 두렷하다19.

---

16 쌘다 : ⑤ 쩬다

17 쌔다 : 싸이다. '어울리다'라는 의미로 쓰고 있음.

18 보풀다 : 살가죽이 다소 붓거나 부르터 오르다. 물체가 다소 늘어나면서 부피가 커지다.

그러한 얼굴이 분이나 연지 기운이 없이 제 혈색 그대로요, 요새 봄볕에 약간 그을어 가무레한[20][21] 게 오히려 더 건강해 보인다. 눈은 타기[22]가 없고 총명하나, 자라도 심술은 가시잖는다.

하하하아 마음 턱 놓고 웃는 입과 잇속은 어렸을 적보다도 더 시원하다.

이 활달하니 개방적인 웃음과, 입이 아무고 무엇이고 다 용납을 하여 사람이 헤플 것 같으면서도 고집 센 콧대와 심술 든 눈이 좀처럼 몸을 붙이기 어렵게시리 옹굴지고[23] 맺힌 데가 있어, 결국 그 두 가지의 상극된 품격을 조화를 시킨다.

아무튼 전체로 이렇게 건강하고 균형이 잡혀 훤언한 몸매라 그는 어느 구석 오밀조밀하니 이쁘장스럽다거나 그런 게 아니고 그저 좋고 탐지어 개중에도 여럿이 있는 데서 떼어 놓고 보면은 선뜻 눈에 들곤 한다.

초봉이는 이렇게 탐스럽고 좋게 생긴 동생을 둔 것이, 보고 있노라면 볼수록 좋았다. 좋은 데 겨워 혼자만 보기가 아깝고 남한테 두루 자랑을 하고 싶다. 그래서 언제든지 계봉이와 같이서 거리를 나가기를 좋아한다.

형보가 못 나가게 고시랑거리니까 자주 출입은 못 하지만, 간혹 계봉이도 놀고 하는 날 둘이서 나란히 거리를 걷노라면 젊은 사내들은 물론이요, 늙수그름한 여인네들도 곧잘 계봉이를 눈여겨보곤 한다. 그러다가는 둘을 지나쳐 놓고 나서,

"아이! 그 색시 좋게두 생겼다!"

---

19 두릿하다 : ③ 두렷하다`
            : 생김새가 좀 크고 둥글다.(임)
20 가무레한 : ①② 가무잡잡한　　④⑤ 가무릇한
21 가무레하다 : 엷게 가무스름하다.
22 타기(惰氣) : 게으른 마음이나 기분.
23 옹굴지다 : 표준국어대사전에는 '옹골지다'의 경남 방언으로 되어 있음. 실속이 있게 속이 꽉 차 있다.

이런 칭찬을 개개들 한다.

그럴라치면, 초봉이는 동생을 마구 들쳐 업고 우줄거리고 싶게 기쁘고 자랑스러웠다. 그러나 동생이 그처럼 자랑스럽고 좋기 때문에 일변 걱정도 조만치가 않다.

초봉이가 보기에는 계봉이의 말하는 것이며 생각하는 것이며가 도무지 계집애다운 구석이 없고 방자스럽기만 했다.

언젠가도 아우형제가 앉아서 여자의 정조라는 것을 놓고 서로 우기는데, 초봉이는 요컨대 여자란 것은 정조가 생명과 같이 소중하고 그러니까 한 번 정조를 더럽히기 시작하면은 그 여자는 버려진 인생이라고 쓰디쓴 제 체험으로부터 우러난 소리를 하던 것이나, 계봉이는 그와 정반대의 의견이었었다.

즉 정조는 생리의 한 수단이지 결단코 생명의 주재자(主宰者)가 아니요, 그러니까 정조의 순결성이란 건 상대적인 것이어서, 한 여자가 가령 열 번을 결혼했다고 하더라도 그 열 번이 번번이 다 정조적일 수가 있는 것이요, 그리고 설사 어떠한 여자가 생활의 과정상 불가항력이나 또는 본의가 아닌 기회에 정조를 온전히 하지 못한 적이 있다 하더라도 그것만으로 '인생의 실권(失權)'을 선고할 아무런 근거도 없다는 것이었었다.

이것이 제 형을 연구 재료 삼아서 얻은[24] 계봉이의 주장이었고, 그런데 초봉이는 동생의 그렇듯 외람한 소견을 그것이 바로 행동의 기준인가 하고는, 저 애가 저러다가 분명코 무슨 일을 저지르지 싶어 가슴이 더럭했었다.

차라리 학교나 다녔으면 그래도 덜 마음이[25] 조이겠는데, 그다지 하고 싶어 하던 공부면서 무슨 변덕으로 남자들이 득실득실한 백화점을 굳이

24 제 형을~얻은 : [1][2]에는 없는 구절이다.
25 덜 마음이 : [1][2] 마음이 덜얼   [5] 더 마음이

다니고 있으니 마치 어린아이가 우물가에서 놀고 있는 것처럼 위태위태해서 볼 수가 없다.

그런 데다가 올봄으로 접어들어 완구히 성숙한 계봉이의 몸뚱이를 버엉떼엥하면서 힐끗힐끗하는 형보의 눈길!

그 눈치를 알아챈 초봉이는 계봉이가 아무 철없이 어린애처럼 형보와 함부로 장난을 하고 농지거리를 하고 하는 것을 볼 때마다 사뭇 감수를 하게시리[26] 가슴이 떨리곤 해서, 그래 근심이요 걱정이던 것이다.

계봉이가 마악 대뜰로 내려가려고 하는데 얼굴에다가 밥알을 다래다래 쥐어 송희가 엄마를 밀어 젖히고,

"암마이!"

부르면서 께꾸우 하듯이 내다보고 좋아한다. 송희는 계봉이를 무척 따른다.

"어이구, 우리 송횐가!……"

계봉이는 수선을 피우면서 우르르 달려들어 두 팔을 쩌억 벌린다.

"……아, 이건 무어야! 점잖은 사람이! 밥알을 사뭇…….'"

"암마이."

송희는 위로 두 개와 아래로 세 개가 뾰족하게 솟은 젖니를 하얗게 드러내면서 벙싯 웃고 계봉이한테 덤쑥 안긴다.

"애야, 저 새옷 모두 드렌다!"

형이 방색[27]을 해도 계봉이는 상관 않고,

"괜찮어요, 괜찮어어요!"

하면서 경중경중 우줄거린다.

---

26 감수하다(減壽--) : 수명이 줄다.
27 방색(防塞) : 무엇을 하지 못하게 막음.

"그치? 송희야?"

"응."

송희는 좋아라고 같이서 우줄우줄 뛰고, 계봉이는 쪽쪽 입을 맞춰 준다.

"그까짓 옷이 젤인가? 우리 송희가 젤이지. 그치?"

"응."

"그런데 엄만 괘앤히 시방 그러지?"

"응."

"하하하하, 이건 막둥인가? 대답만 응 응 그리게……."

"응."

송희가 계봉이를 잘 따르고 계봉이도 송희를 귀애할 뿐더러 끔찍 소중히 하는 줄을 초봉이는 진작부터 몰랐던 것은 아니나, 시방 저희 둘이서 재미나게 노는 양을 곰곰이 보고 있노라니까 어디선지 모르게 문득,

'내가 없더래도 너희끼리…….'

이런 생각이 나던 것이다.

"애, 계봉아?"

"으응?"

계봉이는 해뜩 돌아서서 형 앞으로 오고, 송희는 '암마이'가 시방 밖으로 나갈 참인 줄 알기 때문에 안고 나가 주지 않고 엄마한테 떼어 놀까 봐서 고개를 파묻고 달라붙는다.

"나 없어두 괜찮겠구나?"

초봉이는 속은 어떠한 감회로[28] 용솟음이 쳐도 웃는 낯으로 지나는 말같이 묻는다.

"언니 없어두? 우리 송희 말이지?"

---

28 어떠한 감회로 : [1][2]에는 없는 구절임.

"응."

"그으럼!……"

계봉이는 미처 형의 눈치를 못 알아채고서 연신 수선을 피우느라고
……,

"……그치? 송희야?"

"응."

"엄마 없어두 아마이허구 맘마 먹구, 코오 하구, 잉?"

"응."

"하하하아, 이거 봐요, 글쎄……."

계봉이는 좋아라고 웃고 돌아서다가, 아뿔싸! 속으로 혀를 찬다. 초봉이
가 만족해 웃어도 형용할 수 없이[29] 암담한 빛이 얼굴에 가득 가렸음[30]을
보았던 것이다. 그것은 나는 인제 고만하고 죽어도 뒷근심은 없겠지, 이런
단념의 슬픈 안심이었다.

"어이구 언니두!…… 누가 정말루 그랬나 머…… 우리 송희가 엄마가 없
으믄 어떡허라구 그래!……"

계봉이는 얼른 이렇게 둘러대면서 철이 없는 체 짐짓 송희와 장난을 친다.

"……그치? 송희야?"

"응."

"저어, 어디 놀러 가려믄 송희 데리구 같이 가예지?"

"응."

"이거 봐요!…… 그런데 괘애니 엄마가 송흴 떼어 놓구 혼자만 창경원
갈 양으로 그러지? 응? 송희야?"

---

29 형용할 수 없이 : ①②에는 없는 구절임.

30 가렸음 : ⑤ 서렸음

"응."

계봉이는 수선을 피우면서도, 일변 형의 기색을 살피느라고 애를 쓴다.

초봉이는 눈치 빠른 계봉이가 벌써 속을 알아차리고 황망하여 짐짓 저러거니 생각하면 동기간의 살뜰한 정이 새삼스럽게 가슴에 배어들어 눈가가[31] 아리다.

쿠욱 캐액 가래를 들이켜고 내뱉고 하면서, 변소에 갔던 형보가 나오는 소리가 들린다.

이 형보가 막상 저렇게 멀쩡하게 살아 있음을 생각할 때 초봉이의 그 슬픈 안심은 그나마 여지없이 바스러지고 만다.

형보가 저렇게 살아 있는 이상, 가령 내가 죽고 없어진대야 죽은 나는 편할지 몰라도, 뒤에 남은 계봉이와 송희가 형보에게 환[32]을 보게 될 테니 그건 내 고생을 애먼 그 애들한테다 전장시키는[33] 것밖에 아무것도 아니다. 계봉이는 아이가 똑똑하기도 하고, 또 경우가 좀 다르기는 하니까 나같이 문문하게 형보의 손아귀에 옭혀들지 않는다고는 할지 모르지만, 형보란 위인이 엉뚱하게 음험하고 악독한 인간인 걸, 장차 어떻게 무슨 짓을 저지르라고 그 애들을 두어두고서 죽음의 길로 피해 가다니 그건 무가내하로[34] 안 될 말이다.

'그러니 나는 잘살기는 고사하고 죽자 해도 죽지도 못하는 인생인가!'

이렇게 생각하면 막막하여 절로 한숨이 터져 나온다.

"허어, 오늘은 어째 여왕님께서 이대지 넉장[35]을……."

---

31 눈가가 : ①② 눈가시   ④⑤ 눈갓이
32 환(患) : 환난(患難). 근심과 재난을 통틀어 이르는 말.
33 전장시키다 : 전장하다(傳掌--). 전임자가 후임자에게 맡아보던 일이나 물건을 넘겨서 맡기다.
34 무가내하로(無可奈何-) : 막무가내로(莫無可奈-). 달리 어찌할 수 없게.

형보는 고의춤을 훑으려 잡고 마룻전에 댈롱[36] 걸터앉으면서 계봉이한 테 농을 건넨다.

"시종무관[37]은 무얼 하구 있는 거야? 여왕님 거동에 신발두 참겨 놀 줄 모르구서……."

계봉이가 형보의 툭 불거진 곱사등에다 대고 의젓이 나무라는 것을 형보는 굽신 받아,

"네에, 거저 죽을 때라 그랬습니다, 끙……."

하면서 저편께로 있는 계봉이의 굽 낮은 구두를 집어다가 디딤돌 위에 나란히 놓아 준다.

"……자아 인전 어서 신읍시구 어서 거동합시지요?"

"거동이나마나 시종무관이거들랑 구둘 좀 닦아 놓는 게 아니라 저건 무어람!"

"허어! 그건 죽여두 못 해!"

"그럼 담박 면직이다!"

"애야! 쓰잘디없이 지껄이지 말구 갈 디나 가거라! 괜히 씩둑꺽둑[38] ……."

초봉이가 이맛살을 찌푸리면서 음성을 모질게 동생더러 지천을 한다.

"내애 아, 온, 내. 여왕님을 이렇게 몰아셀 디가 있더람! 그치? 송희야."

"응."

"하하하하, 우리 송희가 젤이다!…… 아 글쎄 요것이……."

계봉이는 송희를 입을 쪼옥 맞춰 주고는 형한테다 내려놓는다. 송희는

---

35 넉장 : ④ 넜장   ⑤ 늑장

36 댈롱 : (작은 물건이) 하나만 달랑 매달려 있는모양.(임)

37 시종무관(侍從武官) : 조선 말기에, 궁내부의 시종무관부에 속하여 임금을 호종하는 일을 맡아보던 무관. 광무 8년(1904)에 두었다.

38 씩둑꺽둑 : ①② 씩뚝씩뚝   ⑤ 씩뚝꺽뚝
　　　　　: 이런 말 저런 말로 쓸데없이 자꾸 지껄이는 모양.

안 떨어지려고 납작 달라붙다가 그래도 어거지로 떼어 놓으니까는 발버둥을 치면서 떼를 쓴다. 계봉이는 못 잊어서 돌려다 보고 얼러 주고 달래 주고 하면서 겨우 대뜰로 내려선다.

"여왕님이 호사가 혼란하긴 한데 안 된 게 하나 있군?"

형보가 구두를 신는 계봉이를 토옹통한 다리와 퍼진 허리 밑을 눈으로 더듬고 있다가 한마디 뚱기는[39] 소리다.

"구두가 낡었단 말이지요?"

"알어맞히니 그건 용해!"

"그렇지만 걱정 말아요. 그렇게 안타깝게 구두가 신구 싶으믄 아무 때구 양화부에 가서 한 켤레 집어 신으믄 고만이니……."

"그러느니 내가 저어기 일류 양화점에 가서 아주 썩 '모당'[40]으루 한 켤레 마춰 주까?"

"흥! 시에미가 오래 살믄 머? 자수물통에 빠져 죽는다구?…… 우리 아저씨 씨두 그런 소리가 나올 입이 있었나?"

계봉이는 형보더러 별로 아저씨라고 하는 법이 없고, 어쩌다가 비꼬아 줄 때나 씨 자 하나를 더 붙여서 '아저씨 씨'라고 한다.

계봉이가 아무리 그렇게 업신여기고 놀려 주고 해도 형보는, 그러나 그저 속없는 놈처럼 허허 웃고 그대로 받아 준다.

계봉이는 아무 때고 그저 어린 듯이, 철이 없는 듯이, 형보와 함부로 덤비고 시시덕거리고 장난을 하고 하기를 예사로 한다. 이것은 그를 형부(兄夫)로 대접한다거나 나이 어린 처제답게 허물없어하고 따르고 하는 정이거나 그런 것은 물론 아니고, 계봉이는 단지 동물원에 가서 곰이나 원숭이를

---

39 뚱기다 : 눈치채도록 슬며시 일깨워 주다.
40 '모당' : [5] 모던

집적거려 주고 놀려 주고 하는 것과 마찬가지로 이 형용부터 괴물로 생긴 형보를 재미삼아 놀려 먹고 장난을 하고 하던 것이다. 그를 지극히 경멸하며 속으로 반감을 품은 것은 물론이지만.

가령, 그새까지는 그다지 다니고 싶어 자발[41]을 하던 기술 방면의 전문학교를 의학전문이고 약학전문이고 맘대로 다닐 기회를 만났으면서도, 또 그 목적으로다가 서울로 올라왔으면서도 그것을 아낌없이 밀어 내던지고서 백화점의 월급 삼십 원짜리 '숍걸'로 나선 것만 하더라도, 그 지경이 된 형을 뜯어먹고, 그따위 인간 형보에게 빌붙어서 공부를 하는 게 창피했기 때문이다.

"여보시우, 우리 여왕 나리님……."

형보가 다시 지분덕거리는 것을, 계봉이는 구두를 신으면서……,

"여왕두 나린가? 무식한 백성 같으니라구!…… 할 말 있거든 빨리 해요."

"그러지 말구, 내가 처제 구두 한 켤레 못 해 줄 사람인가?…… 이따가 글러루 갈 테니 같이 가서 썩 멋지게 한 켤레 마쳐 신어요."

"걱정 말래두! 내 일 내가 어련히 알어서 하까 뵈?"

"하아따! 괜헌 고집 쓰지 말구…… 내 이따가 아홉 시 파할 때쯤 해서 가께, 잉?"

"어딜 와?…… 괘애니 왔다만 봐라, 미친놈이라구 순살 안 불러 대나."

"흐흐, 거 재미있지! 구두 사 준다구 순사 불러 대구…… 그래 어디 모처럼 유치장이나 하룻밤 구경할까?"

"괘애니 빈말루 알구서?…… 와서 얼찐거리구 말이나 붙이구 해봐? 담박……."

---

41 자발 : ⑤ 자반
   : 자발(自發). 남이 시키거나 요청하지 아니하였는데도 자기 스스로 나아가 행함.

계봉이는 쏘아 주면서 대문간으로 나가 버린다. 초봉이는 울고 떼쓰는 송희도 달랠 생각을 잊고서, 둘이서 수작하는 양을 우두커니 보고 있다가 한숨을 쉬고 돌아앉는다.

형보는 그렇게 처음부터 끝까지 배포 있이 쭌득쭌득하는데, 계봉이는 그 떡심을 받아내다 못해 꼬장꼬장한 딴 성미를 부리고 마는 것이 그게 장차에 환을 볼 장본[42]인 것만 같았다.

강강한[43] 놈과 눅진거리는[44] 두 놈이 마주 자꾸 부딪치면, 우선 보매는 강강한 놈이 이겨내는 것 같지만, 그러는 동안에 속으로 곯아 필경 끝장에 가서는 작신 부지러지고[45] [46], 그래서 눅진거리는 놈한테 잡치고 말 것이었었다.

초봉이는 그게 걱정이다. 그러니 이왕 그럴 테거든 계봉이도 그 발딱하는 성미를 부리지 말고서 차라리 마주 끝까지 떡심 있이 바워 내기나 했으면 한다.

구두를 사 주마 하거든, 오냐 사다구, 말로라도 이렇게 받아넘기고, 백화점으로 찾아간다거든, 오냐 오너라, 우리 동무들한테 구경거리 한턱 쓰는 셈이니 기다릴게 제발 좀 오너라, 이렇게 받아넘기고 했으면, 그 당장 겉으로 보기에는 위태로워 조심스럽기는 하겠지만 그게 오히려 뒤가 든든할 것 같았다.

계봉이가 나가는 뒤태를, 입을 헤벌리고 앉아 멀거니 바라보던 형보는 이윽고 끄응 하면서 고의춤을 움켜쥐고 안방으로 들어온다.

---

42 장본(張本) : 장본인(張本人). 어떤 일을 꾀하여 일으킨 바로 그 사람.
43 강강하다(剛剛--) : 마음이나 기력이 아주 단단하다.
44 눅진하다 : 물기가 약간 있어 눅눅하면서 끈끈하다. 성질이 부드러우면서 끈기가 있다.
45 부지러지고 : ⑤ 부러지고
46 부지러지다 : '부러지다'의 방언(전남).

"히히, 히히, 참 조오케 생겼어, 히히."

초봉이는 그게 무슨 소린지 알아듣기는 했어도 짐짓 모르는 체 더 지껄이지 못하게 하느라고 식모를 불러들인다. 형보는 식모가 들어와서 밥자리를 훔치고 밥상을 들어내 가기가 바쁘게 털썩 초봉이 앞에 주저앉아,

"히히히……."

하고 그 웃음을 그대로 웃는다. 초봉이는 잔뜩 눈을 흘기다가……,

"미쳤나! 이건 왜 이 모양새야? 꼴 보아 줄 수 없네!"

"히히, 조오탄 말야! 응? 아아주 아주……."

"무엇이 좋다구 시방 이 지랄이야?"

"꼬옥 잘 익은 수밀도[47]야! 그렇지?"

"비껴나! 보기 싫은 게……."

"비어 물면 물이 주울줄 쏟아질 것 같구……."

형보는 싯 들여마시다가 침을 한 덤벙이 지르르 흘린다. 그놈을 손등으로 쓱 씻는 게 더 그럴듯하다.

"……흐벅진 게! 아이구 흐흐, 열아홉 살! 마침 조올 때지!"

"아, 네가 저엉 이러기냐?"

"헤에따! 무얼 다아…… 옛날에 요임금 같은 성현두 아황 여영 두[48] 아우 형젤 데리구 살았다는데, 히히."

사납게 쏘아보고 있던 초봉이는 이를 악물면서 발끈 주먹을 쥐어 형보의 앙가슴을 미어지라고 내지른다.

"아이쿠!"

---

47 수밀도(水蜜桃) : 껍질이 얇고 살과 물이 많으며 맛이 단 복숭아. 중국 원산의 재배종인데 꽃이 크고 담홍색이며 상하이(上海) 수밀도, 톈진(天津) 수밀도, 토용(土用) 수밀도, 이핵(離核) 수밀도, 반도(蟠桃), 백도(白桃) 따위의 품종이 있다. 늑물복숭아.

48 여영 두 : ⑤ 여영두(띄어쓰기 오류)

형보는 뒤로 나가동그라져 가슴을 우다다가 초봉이가 다시 달려들려고 벼르는 몸짓을 보고 대굴대굴 윗목으로 굴러 달아나서 오꼼 일어나 앉는다.

"헤헤헤헤."

형보는 그만 것에는 골을 내지 않는다.

초봉이는 무엇 집어던질 것을 찾느라고 휘휘 둘러본다.

"헤헤헤헤, 안 그래 안 그래."

"다시두 그따위 소릴 할 테야?"

"아니 안 그러께…… 히히."

"다시두 그따위 소릴 했다만 봐라! 죽여 버릴 테니……."

무심코 초봉이는 이 말을 씹어 뱉다가 제 말에 제가 혹해서 눈을 번쩍 뜬다.

죽일 생각이 나서 죽인다고 한 게 아닌데, 흔히 욕 끝에 나오는 소린데 막상 죽인다고 해 놓고 들으니, 아닌 게 아니라 귀에 솔깃이 당기면서, 정말 죽여 버렸으면 싶은 생각이 솟아나던 것이다. 이것은 초봉이에게 대하여 일변 무서운, 그러나 퍽도 신기한 발견이었었다.[49]

초봉이가 소피를 보러 가느라고 송희를 내려놓고 나가니까 아직도 떼가 덜 가라앉은 참이라 도로 와아 하고 울음을 내놓는다.

"조 배라먹을 게, 또 빼액 운다!……"

형보는 눈을 흘기면서 혀를 찬다. 초봉이가 없는 새라 제 맘대로 아이를 미워해도 좋았던 것이다.

"……에이 듣기 싫여! 조 배라먹을 것 잡아가는 귀신은 없나?"

형보는 아이한테다 주먹질을 하면서 눈을 부릅뜬다. 무서워서 울음을 그치라는 것인데, 아이는 겁을 내어 더 자지러지게 운다.

---

49 이것은~발견이었었다. : ①②에 없는 문장이다.　　⑤ ~발견이었다.

"······조게 꼭 에미년을 닮아서 소갈찌두 조 모양이야······."

형보는 휘휘 둘러보다가 마침 앞문 앞으로 내려다놓은 경대 위에 있는 빗솔을 집어서 아이한테 쥐어 준다.

"······옜다, 요거나 처먹구 재랄이나 해라, 배라먹을 것아!"

송희는 미식미식[50] 울음을 그치고 형보를 말긋말긋 올려다보다가 손에 쥔 빗솔을 슬며시 입으로 가지고 간다.

칫솔 쓰던 것을, 빗을 치고 살쩍을 쓸고 해서 터럭 틈새기에 비듬이야 기름때야 머리터럭이야가 꼬작꼬작[51] 들이끼었는데, 그놈을 입에다가 넣고 빨았으니 맛이 고약할밖에.

송희는 오만상을 찌푸리면서도 그대로 입에 물고 야긋야긋[52] 씹는다. 꼬장물이 시꺼멓게 넘쳐서 턱 아래로 질질 흘러내린다.

"······쌍통 묘오하다! 어이구 쌔원해라[53]! 거저 빼액빽 울기나 좋아하구, 무엇이구 주동아리에다가 틀어넣기나 좋아하구, 그러면 다아 그런 맛두 보는 법이니라!"

형보는 제 말대로 속이 시원해서 연신 욕을 씹어 뱉는다.

"······맛이 고수하냐? 천하 배라먹을 것! 허천백이[54] 삼신이더냐?······ 대체 조게 어느 놈의 종잘꾸? 응?······ 뉘 놈의 종잘 생판 멕여 길르느라구 내가 요렇게 활활 화풀이두 못 하구 성활 먹는고? 기가 맥혀서, 내 원······."

욕을 먹을 줄 모르는 송희는 아무 상관없이 저만 재미가 나서 그 찝질한

---

50 미식미식 : 끊어질 듯이 자꾸 이어지는 모양.

51 꼬작꼬작 : 꼬기작꼬기작. 고김살(=고겨져서 생긴 잔금)이 생기게 잇따라 고기는 모양.

52 야긋야긋 : 톱날처럼 높고 낮은 차이가 적고 어슷비슷한 모양.

53 쌔원하다 : 표준국어대사전에는 '쌔완하다'라는 말이 올라 있는데, 이것은 '시원하다'의 평북 방언으로 되어 있다.

54 허천백이 : 허천베기. '걸귀'의 방언(전남). '걸귀(乞鬼)'란 '식욕이 매우 왕성하고, 음식을 지나치게 탐내는 사람'을 비유적으로 이르는 말.

빗솔을 연신 씹고 논다.

"……조게 뒤어만 졌으면 내가 춤을 한바탕 덩실덩실 추겠구만서두……
무어 소리 없이 흔적 없이 감쪽⁵⁵같이 멕여서 죽여 버릴 약은 없나?"

초봉이가 마루로 올라서는 기척을 듣고 형보는 시침을 뚜욱 떼고 외면
을 한다.

"아아니, 이 애가!……"

초봉이는 방으로 들어서다가 질겁해서 빗솔을 와락 뺏어 들더니 형보를
잔뜩 노려본다. 송희는 싫다고 떼를 쓰고 방바닥에 가 나가동그라진다.

"……아이가 이런 걸 쥐어다가 빨아먹어두 못 본 체하구 있어?"

"뺏으면 또 울라구?"

"인정머리 없는 녀석!"

"아냐, 아이들이라껀 그렇게 아무것이구 잘 먹어야 몸이 실한 법이야."

"듣기 싫여! 수언 도척이⁵⁶ 같은 녀석아!"

"제에기! 인전 자식이 성가신 게로군!…… 그렇거들랑 남이나 내줄 것이
지, 저럴 일이 아닌데……."

"이 녀석아, 그게 내가 널더러 할 소리지 네가 할 소리더냐? 그 녀석이
술척스럽게⁵⁷ 사람 여럿 궂히겠네⁵⁸!"

"괜히, 자식이 구찮을 양이면 아따, 염려 말게…… 내가 동냥하러 온 중
놈의 바랑⁵⁹ 속에다가라두 집어넣어 주께시니."

---

55 감쪽 : ⑤ 감쪽
56 도척이 : 도척(盜跖). 중국 춘추 시대의 큰 도적(?~?). 현인 유하혜(柳下惠)의 아우로, 수
   천 명을 거느리고 천하를 횡행하였다고 한다. 몹시 악한 사람을 비유적으로 이르는 말.
57 술척스럽다 : 술책스럽다(術策---). 꾀를 부리다.
58 궂히겟네 : ①② 구치겟네   ④⑤ 굳히겠네
59 바랑 : 배낭(背囊)'의 변한말. 승려가 등에 지고 다니는 자루 모양의 큰 주머니.

"이 녀석아, 내가 네 속 모르는 줄 아느냐?…… 네 맘보짱[60]이 어떤지 다아 알구 있단다…… 공중 나 안 놓칠려구 네 자식인 체하지? 흥! 소리 없이 죽여 버리구 싶어두 날 놓칠까 봐서 못 하지? 네 뱃속을 내가 모르는 줄 알구?"

"알긴 개×× 알아? 아마 자네두 아직두 뉘 자식인지 똑똑히 모르니까는 자식이 원수 같은가 버이! 그렇지만 난 소중한 내 자식일세."

"얌체는 좋아!"

"세상에 모듬쇠 자식의 에미라껀 저래 못쓴다는 거야!"

"무엇이 어째?"

모듬쇠 자식의 어미란 소리에, 초봉이는 분이 있는 대로 복받쳐 올라, 몸부림을 치면서 목청껏 외친다. 그러나 그 다음 말은 가슴에서 칵 막히고 숨길만 가쁘다. 어느 결에 눈물이 촬촬 쏟아진다.

"이놈! 두구 보자!"

이것은 단순히 입에 붙은 엄포나 분한 끝에 발악만인 것이 아니라, 마침내 형보를 죽이겠다는 결심이 뚜렷이 가슴속에 들어차기 시작한 표적이요, 그 선고라고 할 수가 있던 것이다.

사실 초봉이는 송희나 계봉이는 말고서 저 하나만 놓고 보더라도, 자살이 아니면 저절로 밭아 죽었지 형보한테 끝끝내 배겨 낼 수가 없이 되고만 형편이었었다.

초봉이는 작년 가을 형보와 같이 살기 시작한 그날부터서 마음의 안정과 평화를 잃어버린 것은 말할 것도 없거니와, 지칠 줄을 모르는 형보의 정력에 잡쳐 몸이 또한 말이 아니게 시들었다. 여느 때 예삿일로 다투게 되면은, 형보는 기껏해야 빈정거리기나 하고 미운 소리나 하고 하지 웬만

---

60 맘보짱 : '맘보'의 속된 말. '맘보'는 '마음보'의 준말.

해서는 그저 바보처럼 지고 만다. 발길로 걷어채고 등감[61]을 질리고 하는 것쯤 아주 심상히 여기고 달게 받는다. 낮의 형보는 그리하여 늙은 수캐처럼 만만하고 순하다.

그러나 만일 초봉이가, 드리없는 그의 '밤의 요구'에 단 한 번이라도 불응을 하고 보면, 단박 두 눈을 벌컥 뒤집어쓰고 성난 야수와 같이 날뛴다. 꼬집어 뜯고 물어 떼고 하는 건 예사요, 걸핏하면 옆에서 고이 자는 송희를 쥐어박지르고 잡아 내동댕이를 치곤 한다. 그래도 안 들으면 칼을 뽑아 들고 송희게로 초봉이게로 겨누면서 헤번덕거린다.

필경 초봉이는 지고 말아, 이를 갈면서도 항복을 한다.

이것은, 그런데 형보의 본디 성질만으로 그러던 것이 아니고, 따라서 처음부터 그러던 것도 아니고, 차라리 초봉이 제가 부지중 그런 버릇을 길러 준 것이라 할 수가 있었다.

초봉이는 맨 처음 형보와 더불어 밤을 같이 할 때부터 승강을 하고 표독스럽게 굴고 했었고, 한데 그놈을 억지로 굴복시키자니 형보는 자연 '사나운 수캐'가 되지 않을 수가 없었다.

초봉이는 물론 징그럽고 싫기도 했지만, 일변 그것을 형보한테 대한 앙갚음이거니 하고 우정 그러기도 했던 것인데, 그러나 그 결과가 어떠했느냐 하면 필경 초봉이 제 자신만 더 큰 해를 보고 만 것이다.

흉포스런 완력다짐 끝에 따르는 계집의 굴복, 그것에서 형보는 차차로 한 개의 독립한 흥분을 즐겼고, 그것이 쌓여서 미구에는 일종의 '사디즘'이 되어 버렸던 것이다.

아무튼 그래서, 초봉이는 절망이 마음을 잡쳐 놓듯이 건강도 또한 말할

---

61 등감 : 등갑(-甲). 거북과 같은 동물의 등껍데기나 등딱지. 여기서는 사람의 등을 속되게 이르는 말로 쓰고 있음.

수 없이 쇠해졌다.

병 주고 약 주더란 푼수로, 형보는 간유 등속에 강장제하며 한약으로도 좋다는 보제[62]는 골고루 지어다가 제 손수 달여서 먹이고 하기는 해도 종시 초봉이의 피로와 쇠약을 막아 내지는 못했다.

불과 반 년 남짓한 동안이나 초봉이는 아주 볼썽이[63] 없이 바스러졌다. 볼은 깎아 낸 듯 홀쭉하니 그늘이 지고, 눈가로는 푸른 테[64]가 드러났다. 살결은 기름기가 밭고 탄력이 빠져서 낡은 양피(羊皮)같이 시들부들[65] 버슬버슬해졌다[66]. 사지에 맥이 없이 노곤한 게 밤이고 낮이고 눌 자리만 뵌다.

이렇게 생명이 생리적으로도 좀먹어 들어가는 줄을 초봉이는 저도 잘 알고 있으면서, 그러나 어찌할 바를 몰랐다.

하다가 못 할 값에 형보의 손아귀에서 벗어나도록 부스대 볼 생각은 아예 먹지도 않는다. 근거도 없는 단념을, 돌이켜 캐 보려고는 않고 운명이거니 하고서 내던져 두던 것이다.

작년 겨울 그날 밤에 형보더러 두고 보자고 무슨 큰 앙갚음이나 할 듯이 옹글진[67] 소리를 하기는 했지만, 그것도 그 소리를 하던 그 당장에 벌써 별수 없거니 하고 단념부터 했었은즉 말할 것도 없다.

결국은 두루 절망뿐이다. 절망 가운데서 빤히 내다보이는 얼마 안 남은 목숨을 지탱하고 있기는 괴롭고 지리했다. 그러니 차라리 일찌감치 죽어 버리고나 싶었다. 죽어만 버리면 만사가 다 편할 것이었었다.

---

62 보제(補劑) : 몸을 보하는 약제.

63 볼썽이 : [1][4] 볼상이　　[2] 불상이　　[5] 볼 상이

64 테 : [5] 데

65 시들부들 : 약간 시들어 생기가 없고 부드러운 모양.

66 버슬버슬하다 : 덩이진 가루 따위가 물기가 말라서 부스러지기 쉽다.

67 옹글지다 : '옹글다'의 뜻으로 쓰고 있음. 매우 실속 있고 다부지다.

그러나 그러면서도 와락 죽지 못한 것은 송희 때문이다. 소중한 송희를 혼자 두고 나만 편하자고 죽어 버리다니 안 될 말인 것이다.

그래 막막하여 어쩔 바를 몰랐는데, 계제에 문득 동생 계봉이에게다 송희를 맡기면 내나 다름없이 잘 가축하여[68] 기르겠거니, 따라서 나는 마음을 놓고 죽을 수가 있겠거니 하는 '슬픈 안심'을 해 보았던 것이다. 그러나 그것도 순간이요, 형보가 멀쩡하게 살아 있는 이상 역시 못 할 노릇이라고 그 '슬픈 안심'조차 단념을 할 수밖에 없었다.

그러자 거기서 또 마침 한 줄기의 희망은 뻗치어, 형보를 죽이고서(죽여 버리고서) 내가 죽으면 후환도 없으려니와 나도 편안하리라는 '만족한 계획'이 얻어졌던 것이다. 물론 형보를 죽인다면야 제가 죽자던 이유가 절로 소멸되는 것이니까, 가령 형벌을 받는다든지 도망을 간다든지 이러기로 생각을 돌리는 게 당연한 조리겠지만, 그러나 초봉이는 그처럼 둘러 생각을 할 줄은 모른다. 그저 기왕 죽는 길이니 후환마저 없으라고, 형보를 죽이고서 죽는다는 것뿐이다.

형보는 그리하여, 잠자코 있어도 초봉이의 손에 죽을 신순[69]데, 게다가 입을 모질게 놀려 분까지 돋우어 주었으니, 만약 오늘이라도 어떠한 거조가 난다면 그건 제가 지레 명을 재촉한 노릇이라 하겠다.

××백화점 맨 아래층의 화장품 매장이다.

위와 안팎이 환히 들여다보이는 유리 진열장을 뒤쪽 한편만 벽을 의지 삼고 좌우와 앞으로 빙 둘러 쌓아 놓은 게 우선 시원하고 정갈스러워 눈에 선뜻 뜨인다.

---

68 가축하다 : 물품이나 몸가짐 따위를 알뜰히 매만져서 잘 간직하거나 거두다.
69 신수(身數) : 산 사람의 운수.

진열장 속과 위로는, 형상이 모두 각각이요 색채가 아롱이다롱이[70]기는 하지만 제각기 용기(容器)의 뽄새랄지 곽의 의장(意匠)[71]이랄지가, 어느 것 할 것 없이 섬세하고 아담한 게 여자의 감각을 곧잘 모방한 화장품들이 좀 칙칙하다 하리만큼 그득 들이쌓였다.

두 평은 됨직한 진열장 둘레 안에는 그들이 팔고 있는 화장품 못지않게 맵시 말쑥말쑥한[72] '숍걸'이 넷, 모두 그 또래 그 또래들이다.

계봉이가 있고, 얼굴 둥그스름하니 예쁘장스럽게 생긴 싱글로[73] 깎아 올린 단발쟁이가 있고, 코가 오뚝하니 눈도 오꼼[74] 입도 오꼼한 오꼼이가 있고, 얇디얇은 얼굴에다가 주근깨를 과히 발라 놓은 '레지[75]'가 찰그랑거리고[76] 앉았고…….

이 가운데 양복 끼끗하게 입고 얼굴 거무튀튀 함부로 우툴두툴한 사내꼭지[77]가 한 놈, 감히 들어앉아 있음은 매우 참월하다[78] 하겠다. 그러나 남은 화초밭의 괴석[79]이라고 시새움에 밉게 볼는지는 몰라도, 당자는 검인

---

70 아롱이다롱이 : 고르지 못하나 비슷비슷하게 아롱진 무늬. 또는 그 무늬가 있는 물건.

71 의장(意匠) : 시각을 통하여 미감(美感)을 일으키는 것. 물품의 형상, 모양, 색채 또는 이들을 결합한 것으로서, 의장권의 대상이 된다.

72 말쑥말쑥하다 : '말쑥하다', 즉 '지저분함이 없이 말끔하고 깨끗하다' 또는 '세련되고 아담하다'라는 뜻을 강조한 말.

73 싱글로(single-) : 한 겹으로.

74 오꼼 : 작고 동그란 모양을 묘사하는 말인 듯함.

75 레지 : レジ. 'レジスー(register)'의 준말. 본래는 '다방 따위에서 손님을 접대하며 차를 나르는 여자'를 말하나 여기서는 '계산원'의 의미로 쓰이고 있음. 오늘날에는 '다방 종업원', '종업원'으로 순화.

76 찰그랑거리다 : 작고 얇은 쇠붙이 따위가 조금 가볍게 떨어지거나 맞부딪쳐 울리는 소리가 자꾸 나다. 또는 그런 소리를 자꾸 내다. '잘그랑거리다'보다 거센 느낌을 준다. ≒찰그랑대다.

77 사내꼭지 : '사내'의 낮춤말.

78 참월하다(僭越--) : 참람하다(僭濫--). 분수에 넘쳐 너무 지나치다.

79 괴석(怪石) : 괴상하게 생긴 돌.

(檢印)의 스탬프를 손에 쥐고, 물건 싸개지의 봉인 딱지에다가 주임이라는 제 권위를 꾸욱꾹 찍느라 버티고 있는 맥이다.

아침 아홉 시가 조금 지났고, 문을 방금 연 참이라 손님이라고는 뒷짐 지고 이리 끼웃 저리 어릿, 구경 온 시골 사람 몇이지 혜성혜성[80]하다.

약속한 건 아니지만 손님이 없으니까 모두 '레지' 앞으로 모여 선다.

"계봉이 이따가 키네마[81] 안 갈늬?"

영화를 아직까지는 연애보다도 더 좋다고 주장하는 오꼼이가 계봉이를 꼬이던 것이다.

"글쎄…… 썩 좋은 거라믄……."

계봉이는 싫지도 않지만 내키지도 않아서 그쯤 대답을 하는데 오꼼이가 무어라고 말을 하려고 하는 것을 '레지'의 주근깨가 냉큼 내달아,

"저 계집앤 영화라믄 왜 저렇게 죽구 못살까?"

하고 미운 소리를 한다.

"남 참견은! 이년아, 누가 너처럼 밤낮 괴타분하게 소설만 읽구 있더냐?"

"흥! 소설 읽는 취미를 갖는 건 버젓한 교양이란다!"

"헌데 좀 저급해!"

계봉이가 도로 나서서 주근깨를 찝쩍이던 것이다.

"어째서 이년아, 소설 읽는 게 저급하더냐?"

"소설 읽는 게 저급하다나? 이 사람 오헬세!"

"그럼 무엇이 저급하니?"

"읽는 소설이……."

"어쩌니 내가 읽는 소설이 저급하니?"

---

80 혜성혜성 : 혜성혜성. 촘촘하게 짜이지 아니하여서 헐겁고 허전한 느낌이 있는 모양.

81 키네마 : Kinema. 'Kinematograph'(독일어)의 준말. 영화. 여기서는 '극장'이라는 의미로 쓰이고 있음.

"국지관[82]이 소설이 저급하잖구? 『×××』이 저급하잖구?…… 그런 것두 예술 축에 끼나?"

"예술은 다아 무엇 말라비틀어진 게야? 소설이믄 거저 소설이지……."

"하하하하, 옳아, 네 말이 옳다. 그래도 『추월색』[83]이나 『유충렬전』[84]을 안 읽으니 그건 신통하다!"

"저년이 버르쟁이 없이, 사람 막 놀려!"

"그게 신통해서, 네 교양 점수 육십 점은 주마, 낙제나 면하라구, 응? …… 그리구 너는……."

계봉이는 오꼼이를 손으로 찔벅거리면서 남자 어른들 음성을 흉내내어……,

"……거 아무리 근대적 감각을 향락하기 위해서 그런다구 하더래두 계집아이가 영활 너무 보러 다니며는 뒤통수에 불자(不字)가 붙는 법이다, 응? 알았어? 불량소녀……."

"걱정을 말아, 이 계집애야!"

"요놈!"

깩 지르는 소리가 무심결에 너무 커서 주임이 주의하라는 뜻으로 빙긋 웃으니까 계봉이는 돌아서서 입을 막는다. 오꼼이와 주근깨가 쌔원한 김에 재그르르 웃는다.

"무얼들 그래?"

---

82 국지관 : 菊池寬(1888~1948). 일본의 유명한 장편통속소설 작가. 채만식은 「치숙」에서 도 이 작가를 반어로 풍자한다.

83 『추월색』 : 1912년 회동서관에서 간행한 최찬식의 신소설. 1900년대 초기 개화된 젊은이 들의 애정을 우리나라를 비롯하여 일본·만주·영국까지 확대된 무대 안에 전개시킨 전 형적인 애정신소설이다.

84 『유충렬전』 : 작자·연대 미상의 고전소설. 1권 1책으로 이루어진 국문소설로 군담소설 의 전형이며 대표적인 작품이다.

물건을 파느라고 이야기 참례를 못했던 단발쟁이가 이리로 오면서, 혹시 제가 웃음거리가 된 것인가 하고, 뚜렛뚜렛한다.

"그리구 참, 넌 무어냐?"

계봉이가 또 나서서 단발쟁이의 팔을 잡아끈다.

"무어라니?"

"저 애들 둘은, 하난 문학소녀구, 또 하난 영화광이구, 그런데 넌 무어냔 말이다?…… 연애? 그렇지?"

"내 온!…… 넌 무어냐?…… 너버틈 말해 봐라!"

"그래 그래."

"옳아, 제가 먼점 말해예지."

오꼼이와 주근깨가 한꺼번에 들고 나서고, 단발쟁이가 계봉이를 붙잡으면서 따진다.

"네가 옳게 연애하지?…… 연애편지가 마구 쏟아지구……."

"여드름바가지가 있구……."

"소장변호사 영감 계시구……."

"'하쿠라이[85]' 귀공자가 있구……."

"대답해라!"

"그 중 누구냐?"

"아무튼 연애파는 연애파 갈데없지?"

오꼼이와 주근깨와 단발쟁이가 서로가람 계봉이를 말대답도 못하게 몰아대는 것이다.

"여드름바가지가 오늘두 하마 올 시간인데……."

"소장변호사 영감께선 그새 또 몇 장이나 왔되?"

---

85 하쿠라이 : はくらい(舶来). 박래. 외래. 외국제. 외국 제품.

"하하, 편지 첫끝에다가 연애법 제 몇 조(戀愛法第라×條)라군 안 썼던?"

"가만 있어, 내 말을 들어……."

계봉이는 겨우 손을 저어 제지를 시켜 놓고는……,

"……난 피해자야, 피해자……."

모두 무슨 소린지 못 알아듣고 뚜렛뚜렛한다. 계봉이는 다시 남자 어른 목소리로……,

"땅 진 날 밖엘 나오지 않느냐? 자동차가 옆으루 지나가질 않았느냐? 흙탕물을 끼얹질 않았느냐? 옷에 흙탕물이 묻었겠다?…… 그와 마찬가지루 헴 헴, 여드름바가지나 변호사나리나 '하쿠라이' 귀공자나 그 축들이 어쩌구어쩌구 해서 내가 제군들한테 연애파라구 중상을 받는 것두 즉 말하면 그런 피해란 말야, 응?…… 나는 아무 상관두 없는데 자동차가 흙탕물을 끼얹어 옷을 버려준 것처럼, 그게 모두 여드름바가지니 변호사니 '하쿠라이' 귀공자니 하는 것들이 무어냐 하면은, 땅 진 날 남의 새 옷에다가 흙탕물을 끼얹고 달아나는 '처벌할 수 없는' 깽[86]들이란 말이야. 그러니깐 제군들두 조심을 해! 잘못하면 약간 흙탕물이 아니라, 바루 바퀴에 치여서 죽거나 병신이 되거나 하기 쉬우니깐…… 알아들어? 아는 사람 손들엇!"

계봉이 저까지 해서 모두 재그르르 웃는다. 주임도 무어라고 간섭을 못 하고서 히죽히죽 웃는다.

"그럼 대체 넌 무엇이냐?…… 말을 그렇게 능청맞게 잘하니, 약장수냐?"

"구세군 전도반[87]?"

"무성영화 변사[88]?"

"나? 난 본시 행동파시다, 행동파……."

---

86 깽 : 갱(gang). 범죄를 목적으로 조직적으로 움직이는 무리.

87 전도반 : ③④ 전도빤

88 변사(辯士) : 무성 영화를 상영할 때 영화에 맞추어 그 내용을 설명하던 사람.

"행동파라니?"

계봉이의 말에 주근깨가 먼저 따들고 나선다.

"행동파 몰라? 사람이 행동하는 거 몰라? 소설은 많이 읽어서 현대적인 체하믄서두 깜깜하구나!"

"아, 이년아, 그럼 누군 행동하잖구서 밤낮 우두커니 앉었기만 한다더냐?"

"이 사람, 행동이라니깐 머, 밥 먹구 '따불류·씨[89]' 다니구 하품하구 그런 행동인 줄 아나?"

"그럼 그건 행동 아니구 지랄이더냐?"

"그런 건 개나 도야지나 그런 짐승들두 할 줄 안다네."

마침 주임이 계봉이의 전화를 받아서 넘겨준다. 계봉이는 전화통에 입을 대면서 바로,

"언니우?"

한다. 어쩌다가 형 초봉이가 전화를 거는 외에는 통히 전화라고는 오는 데가 없기 때문에 계봉이는 언제고 그러던 것이다.

그런데 오늘은 뜻밖에,

"나야, 나……."

하면서 우렁우렁한[90] 사내의 음성이 들려왔다.

승재가 전화를 걸던 것인데, 계봉이는 승재와는 전화가 처음이라 목소리를 언뜻 분간하지 못했었다.

"나라니, 내가 누구예요?"

"남 서방이야!"

---

89 따불류·씨 : WC. water closet. 화장실.
90 우렁우렁하다 : 울리는 소리가 매우 크다.

"아이머니!…… 난 누구란다구!……"

계봉이는 깜짝 반가워서 주위를 꺼리지 않고 반색을 한다. 등 뒤에서는 오꼼이 주근깨 단발쟁이가 서로 치어다보고 웃으면서 눈짓을 한다.

"……언제 왔수?"

"오긴 그저께 아침에 당도했는데……."

"그러구서 여태 시침을 뚜욱 따구 있었어? 내, 온!"

"미안허우. 좀 어수선해서…… 그런데 내가 글러루 찾아가두 좋겠지만……."

"아냐, 내가 가께. 어디? 아현?"

"응 저어……."

승재는 마포로 가는 전차를 타고 오다가 아현고개 정류장에서 내려서 신촌[91] 나가는 길로 한참 오노라면 바른편 길옆으로 낡은 이층집이 있고 '아현실비의원'이라는 간판이 붙었다고 노순[92]을 자세하게 가르쳐 준다.

여섯 시 반이나 일곱 시까지 대 가마고 하고서 전화를 끊고 돌아서는데 마침 대기하고 섰던 세 동무가 일제히 공격을 한다.

"또 하나 생겼구나?"

"누구냐?"

"그건 자동차 아니냐? 흙탕물 끼얹는……."

마지막의 단발쟁이의 말에 모두 자지러져 웃고, 계봉이도 같이서 웃는다.

스무 살 안팎의 한참 피어나는 계집아이들이 넷이나 한데 모여 재깔거리고, 그러다가는 탄력 있는 웃음이 대그르르 맑게 구르고, 침침해도 명랑하기란 바깥에 가득 내리는 오월의 햇빛과도 바꾸지 않겠다.

---

91 신촌 : ② 신세

92 노순(路順) : 가야 할 길의 순서.

이윽고 웃음이 그치자 여럿은 계봉이를 다시 몰아댄다[93].

"얘 이년아, 그러구서두 입때 시침을 따구 있어?"

"누구냐? 대라!"

"저년이 뚱딴지같은 년이 이룽해서……."

"그게 행동파가 하는 짓이냐?"

"개나 도야지두 연애를 하기는 한다더라?"

"웃구 섰지만 말구서 바른 대루 대라!"

"인전 제가 할 말이 있어야지!"

"아아니 여보게들……."

공격이 너끔한 틈에 계봉이는 비로소 말대꾸를 하고 나선다.

"……대체 그 사람이 누군 줄 알구서 그리나?"

"누군 무얼 누구야? 네년의 '리베[94]'지."

주근깨가 윽박질러 주는 말이다.

"리베?"

"그럼!"

"우리 산지기다, 헴……."

또 모두들 허리를 잡고 웃는다.

"대체 어떻게 생긴 동물이냐? 구경이나 한번 시키렴?"

단발쟁이가 웃음엣 말같이 하기는 해도 퍽 궁금한 눈치다.

"구경했다간 느이들 뒤로 벌떡 나가동그라진다!"

"그렇게 잘났니?"

"아이니, 안팎이 모두 고색이 창연해서."

---

93 몰아댄다 : ⑤ 몰아낸다
94 리베 : Liebe.(독일어) 사랑. 애정. 여기서는 '애인'이라는 뜻으로 쓰임.

"망할 계집애! 누가 그게 그리 대단해서 태클할까봐?"

"너 가질늬?"

"일없어!"

"행동파 연앤 다르구나? '리베'를 키네마 입장권 한 장 선사하듯 동무한 테 내주구…… 그게 행동파 특색이냐?"

오꼼이가 그것도 영화에 전 버릇이라 비유를 한다는 게 역시 거기 근리한 말을 쓴다.

"지당한 말일세! 궐씨(厥氏)[95]가 너무 행동이 낡구두 분명치가 못해서 ……."

"그럼 그 사람이 사람이 아니구서 네 말대루 하믄 그치가 도야진가 보구나?"

"가깝지!"

"저년 보게!…… 내 인제 일를걸?"

"팟쇼[96]라두 좋구 또 하다못해 너처럼 영광[97]이래두, 아무튼 현대적 호흡이 통한 행동이 있어야 말이지! 거저 법이나 먹구, 매달려서 로보트[98]처럼 일이나 허구, 생식(生殖)이나 허구, 그리군 혹시 한다는 게 고색이 창연한[99] 짓이나 하구 있구……."

"어느 회사 사무원인 게루구나?"

"명색이 의사라네!"

---

95 궐씨(厥氏) : 궐자(厥者). '그'를 낮잡아 이르는 말.

96 팟쇼 : 파쇼(fascio). 파시스트당(Fascist黨). 이탈리아의 정당. 무솔리니가 1919년에 조직한 이탈리아 전투자 동맹을 기반으로 1921년에 정식으로 결성되었으며, 1922년에 정권을 획득하여 일국일당주의(一國一黨主義)를 실행하다가 1943년에 무솔리니가 실각한 후에 해체되었다. 다른 당을 비합법화하여 일당 독재를 확립하였으며 민주주의를 부정하고 전체주의와 애국주의를 주장하였다.

97 영광(映狂) : 영화광(映畵狂).

98 로보트 : [5] 로봇

99 고색창연하다(古色蒼然--) : 오래되어 예스러운 풍치나 모습이 그윽하다.

"하주! 여드름바가지나 변호사나 '하쿠라이' 귀공잘 눈두 안 떠볼 만하구나!"

"얘들아! 호랭이두 제 말 하믄 온다더니, 왔다 왔다, 저기······."

주근깨가 뗑기는 소리에 모두 문간을 돌려다 본다. 아닌 게 아니라 여드름바가지가 어릿어릿 이편으로 걸어오고 있다.

얼굴에 여드름이 다닥다닥 솟았대서 생긴 별명이다. 모표를 보면 ××고보 학생인데 학교 갈 시간에 백화점으로 연애(?)를 하러 오는 걸 보면 온전치 못한 것은 분명하다.

나이는 다직해야 열아홉 아니면 그 아래다. 어린애 푼수다.

그는 지나간 삼월에 '아몬·파파야'를 한 번 사 가더니 그날부터 아침 아홉 시 반을 정각 삼아 이내 일참[100]을 해 내려왔다. 그것도 처음에는 그런 줄 저런 줄 몰랐다가 얼마 후에야 단발쟁이가 비로소 발견을 했었고, 다시 며칠이 지나서는 계봉이가 과녁인 것까지 드러났다.

그는 화장품 매장 앞에 서서 얼찐거리다가 계봉이가 대응을 해 주면 무엇이고 한 가지 사 가지고 가되, 혹시 다른 여자가 나서면 이것저것 뒤지다가는 그냥 돌아서 버리곤 하던 것이다. 그래 그 눈치를 안 뒤로부터는 다른 여자들은 우정 피하고서 계봉이한테다가 민다.

계봉이는 역시 마다고 않고 처억척 대응을 하면서 (대응이라야 물론 지극히 간단한 것이지만) 슬금슬금 구슬려 주곤 하기도 한다. 그 덕에 여드름바가지는 화장품 매장에다가 적지 않은 심심파적과 이야깃거리를 매일같이 끼쳐 주던 것이다.

"어서 오십시오!"

---

100 일참 : 표준국어대사전에는 '소원을 이루기 위하여 일정한 기간을 두고 매일 부처 앞에 참배함'이라는 뜻의 '일참(日參)'이라는 말이 올라 있는데, 여기서는 '일과(日課)' 정도의 의미로 보아도 무방할 듯하다.

계봉이는 웃던 끝이라 얌전을 내느라고 한참 만에 진열장 앞으로 다가가면서 여점원답게 상냥하게 마중을 한다.

여드름바가지는 아까 들어올 때 벌써 반은 붉었던 얼굴을 드디어 완전히 빨갛게 달궈 가지고 힐끔 계봉이를 올려다보더니 이내 도로 숙인다. 여기까지는 그새와 같고 아무 이상이 없다. 그 다음 그는 양복 포켓 속에다가 한 손을 넣고서 이상스럽게 전보다 더 어물어물한다.

이윽고 포켓에 손을 꿴 채 어릿어릿하면서, 진열장 속을 들여다보면서, 천천히 돌아가기 시작한다. 계봉이는 그가 돌아가는 대로 안에서 따라 돌고 있고, 나머지 세 여자는 대체 오늘은 무엇을 사는가 재미 삼아 기다린다.

여드름바가지는 이 귀퉁이에서 저 귀퉁이까지 한 바퀴를 다 돌고 나더니 되짚어 가운데께로 올 듯하다가 말고서 손가락으로 진열장 유리 위를 짚어 보인다. 으레껏 입 대신 손가락질을 하는 게 맨 첨 오던 날부터 하던 버릇이다.

계봉이가, 그가 짚는 대로 들여다보니, 이십오 원이나 받는 '코티'의 향수다.

계봉이는 이 도련님 아무거나 되는 대로 짚은 것이 멋몰랐습니다고 우스워 죽겠는 것을 참아 가면서 향수를 꺼내 준다.

여드름바가지는 바르르 떨리는 손으로 물건을 받아 들고 한참 서서 레테르[101]를 읽는 체하다가 계봉이를 치어다본다. 이건 값이 얼마냔 뜻이다.

"이십오 원입니다."

여드름바가지는 움칫하더니 그래도 부스럭부스럭 십 원짜리 석 장을 꺼내어 향수병에다가 얹어 내민다. 언제든지 십 전짜리 비누 한 개를 사도 빳빳한 십 원짜리만 내놓는 터라 그놈이 석 장이 나왔다고 의아할 것은 없다.

---

101 레테르(letter) : 라벨(label)의 네덜란드어 'letter'의 일본식 발음. 상표.

"고맙습니다!"

계봉이는 향수와 돈을 받아 들고 '레지[102]'로 오면서 눈을 찌긋째긋한다. 동무들 모두 웃고 싶어서 입이 옴츠러진다.

계봉이는 향수를 제 곽에 담고 싸고 해서 검인을 맡아 주근깨가 주는 거스름돈과 표를 얹어다가 내주면서,

"고맙습니다!"

하고 한 번 더 고개를 까땍한다.

여드름바가지는 먼저보다 더 떨리는 손을 내밀어 덤쑥 받아 들고 이내 돌아선다.

"안녕히 가십시오!"

계봉이는 등 뒤에다가 인사를 하면서 동무들한테 웃음이 터져 나오려는 얼굴을 돌린다.

그러자 마침 단발쟁이가 기다렸던 듯이 오르르 달려오더니 여드름바가지가 서서 있던 진열장 위로 또 한층 올려 논 진열대 밑에서 조그마해도 볼록한 꽃봉투 하나를 쑥 뽑아 들고 돌아선다. 나머지 두 여자는 손뼉이라도 칠 체세다.

계봉이는 그것이 여드름바가지가 저한테 주는 양으로 거기다가 놓고 간 편진 줄은 생각할 것도 없이 대번 알아챘다.

와락, 단발쟁이의 손에서 편지를 뺏어 쥔 계봉이는 이어 몸을 돌이키면서 여드름바가지를 찾는다.

"여보세요? 여보세요, 학생?"

부르는 소리에 방금 댓 걸음밖에 안 간 여드름바가지는 흠칠[103] 하고 그

---

102 레지 : 여기서는 '계산대'의 의미.
103 흠칠 : 표준국어대사전에는 '몸을 반사적으로 움직이며 갑자기 놀라 떠는 모양'이라는 뜻의 북한어로 되어 있음.

대로 멈춰 선다.

"학생, 날 좀 보세요!"

보란다고 정말 보기만 하라는 것은 아니겠지만, 여드름바가지는 겨우 몸을 돌리고 서서 어릿어릿한다.

"일러루 좀 오세요?"

계봉이는 아무렇지도 않게 천연덕스런 얼굴로 손을 까분다. 여드름바가지는 비실비실 진열장 앞으로 가까이 와서 고개를 숙이고 선다.

"이 편지 우체통에다가 넣어 디리까요?"

계봉이는 뒤로 감추어 가지고 있던 편지를 내밀어 보인다. 앞뒤에 아무것도 쓰이지 않은 것을 계봉이도 비로소 보았다.

여드름바가지는 학교에서 선생님께 꾸지람을 들을 때처럼 두 발을 모으고 고개를 깊이 떨어뜨리고 서서 꼼짝도 않는다. 두 귀밑때기가 유난히 더 새빨갛다.

"우표딱지야 한 장 빌려104 디려두 좋지만, 주소두 안 쓰구 성명두 없구 그래서요……."

계봉이는 한 팔을 진열장 위에다 짚어 오도카니 턱을 고이고 편지를 앞뒤로 되작되작105 이상 한담하듯106 한다. 등 뒤에서는 동무들이 터져 나오는 웃음을 삼키느라고 킥킥거린다. 마침 딴 손님이 없고 조용한 때기에 망정이지 큰 구경거리가 생길 뻔했다.

"자아, 이거 갖다가 주소 성명 잘 쓰구, 우표딱진 사서 요기다가 똑바루

___

104 빌려 : ⑤ 벌써
105 되작되작 : 물건들을 요리조리 자꾸 들추며 뒤지는 모양.
106 이상 한담하듯 : ④ 이-상 한담하듯 ⑤ 이상한데 하듯
  : '이상'은 '제법'의 전라도 방언이고 '한담(閑談)'은 '심심하거나 한가할 때 나누는 이야기 또는 별로 중요하지 아니한 이야기'이므로, 이 말은 '제법 한가한 이야기하듯'이라는 뜻.

붙이구, 그래 가지구서 우체통에다가 자알 집어넣으세요, 네?"

여드름바가지는 편지를 주는 줄 알고 손을 쳐들다가 오믈뜨린다.

"아, 이런 데다가 내버리구 가시믄[107] 편지가 '마요이코[108]'가 돼서 저 혼자 울잖어요?"

이번에는 편지를 내밀어 주어도 모르고 섰다.

"자요, 이거 가지구 가세요."

코앞에다가 바싹 들여대 주니까 채듯 받아 옴크려쥐고[109] 씨잉 하니 달아나 버린다.

맘껏 소리를 내어 대굴대굴 굴러 가면서라도 웃을 것을 차마 조심들을 하느라 모두 애를 쓴다.

---

107 가시믄 : ①② 가면
108 마요이코 : 마요이고(まよいご, 迷い子). 미아.
109 옴크려쥐고 : 옴켜쥐고

17. 노동(老童)[1] '훈련일기(訓戀日記)'

종일 마음이 들떴던 계봉이는 여섯 시가 되자 주임을 엎어삶아서[2] 쉽사리 수유[3]를 타 가지고 이내 백화점을 나섰다. 시방 가면 아무래도 제 시간까지 돌아오게 되지는 못할 테라고 지레 시간이 새로워서, 그러자니 형 초봉이가 걱정하고 기다릴 것이 민망은 했으나 집에 잠깐 들렀다가 도로 나오기보다 승재게를 갈 마음이 더 급했다.

승재가 일러준 대로 짐작 대고 간 것이 미상불 수월하게 찾아낼 수가 있었다.

계봉이는 급한 마음을 누르는 재미에 집을 둘러보고 하면서 우정 천천히 서둔다.

명색 병원이라면서 생철 지붕에다가 낡은 목제(木製) 이층인 것이 계봉이가 생각하던 병원의 위풍과 아주 딴판이고, 우선 집 생김새부터 궁상이 질질 흘렀다. 그러나 막상 당하여 보고서 예상 어그러진 것이 섭섭하기보다도, 여느 혼란스런 병원집이 아니요, 역시 승재 그 사람인 듯이 이런 낡고 빈약한 집이던 것이 그의 체취가 스미는 것 같아 오히려 정답고 구수했다.

'십오일부터 병을 보아 드립니다.'

대단 장황스런 설명을, 분명 승재의 필적으로 굵다랗게 양지에다가 써서 붙인 것을 계봉이는 곰곰이 바라보면서 승재다운 곰상[4]이라고 혼자 미

---

1 노동(老童) : 표준국어대사전에는 '나이가 많은 운동선수'라고 풀이되어 있으나 이 맥락에는 맞지 않고, 여기서는 단순히 '나이는 들었으나 정신적으로 성숙하지 못한 어린아이'라는 뜻으로 쓰고 있다.

2 엎어삶다 : 그럴듯한 말로 남을 속이어 자기의 뜻대로 되게 하다.

3 수유(受由) : 말미를 받음. 또는 그 말미. '말미'란 '일정한 직업이나 일 따위에 매인 사람이 다른 일로 말미암아 얻는 겨를'을 뜻함.

4 곰상 : '몹시 부드럽고 친절하다'라는 뜻의 '곰살맞다'와 연관된 말이라 추측됨.

소를 했다.

사개5 틀린 유리 밀창6을 드르릉 열기가 바쁘게 클로로7 냄새가 함뿍 풍기는 게, 겨우 그래도 병원인가 싶었다. 현관 안에 들어서니 바로 왼쪽으로 변죽8 달린 반창9이 있고 그 앞에다가 '진찰 무료'라고 쓴 목패를 비스듬히 세워놓았다. 거기가 수부(受付)다.

복도 하나가 짤막하게 뻗어 들어가다가 그 끝은 좁다란 층계를 타고 이층으로 올라갔다. 복도 중간께로 바른편에 가서 간유리창10이 닫혔고 그위에는 '진찰실'이라고 거기 역시 아직 먹 자국이 싱싱한 패 조각이 가로로 붙었다.

겉은 하잘것없어도 내부는 둘러볼수록 페인트며 벽의 양회며 바닥의 양탄자며 모두 새것이고 깨끔했다11.

아무 인기척이 없고 괴괴했다12. 수부의 창구멍을 똑똑 쳐보아도 대응이 없다.

무어라고 찾아야 할꼬 싶어서 망설이고 섰는데 진찰실의 문이 야단스럽게 열리더니 고개 하나가 나온다. 승재다.

계봉이가 온 것을 본 승재는 히죽 얼굴을 흩뜨리고,

"으응! 왔구먼!……"

---

5 사개 : 모서리에서 여러 갈래의 장부를 깍지 끼듯이 맞추려고 가공한 것.

6 밀창 : 밀창문. '미닫이'의 방언.

7 클로로 : 클로로포름(chloroform). 메탄의 수소 세 개가 염소 세 개로 바뀐 화합물. 무색의 휘발성 액체로, 화합물의 용제, 마취제 따위로 쓰인다. 화학식은 CHCl3.

8 변죽(邊-) : 그릇이나 세간, 과녁 따위의 가장자리.

9 반창(半窓) : 반쪽짜리 창문.

10 간유리창 : 1245 가안 유리창

11 깨끔하다 : 깨끗하고 아담하다.

12 괴괴하다 : 쓸쓸한 느낌이 들 정도로 아주 고요하다.

하면서 이 사람으로서는 격에 맞지 않게 급히 달려 나온다. 마음이 다뿍 죄었던 판이라 반가움에 겨워, 저도 모르게 그래졌던 것이겠다.

승재는 맞닥뜨리게 싶게 계봉이게로 바투[13] 달려들더니 쭈쩍[14] 멈춰 서 서는 그 다음에는 어쩔 바를 몰라 하다가 요행 계봉이가 내밀어 주는 손을 덥쑥 잡는다.

둘이는 다 같이 정열이 가슴속에서 용솟음쳐 두근거리는 채 눈과 눈이 서로 맞는다. 말은 없고, 또 필요치도 않다. 숨소리만 높다.

이윽고 더 참지 못한 계봉이가 상큼 마룻전으로 올라서면서 승재의 가 슴을 안고 안겨든다. 그것이 봄의 암사슴같이 발랄한 몸짓이라면 마주 덥 쑥 어깨를 그러안고 지그시 죄는 승재는 우직한 곰이라 하겠다.

드디어, 그러나 곧 두 입술과 입술은 빈틈도 없이 맞닿는다.

심장과 심장으로부터 야생의 말과 같이 거칠게 뛰고 솟치던[15] 정열은, 그리하여 흐를 바를 찾음으로써 순간에 포근히 순화(醇化)[16]가 된다.

병아리는 알에서 까 놓으면 바로 메[17] [18]를 쫄 줄 안다. 미리서 배운 것은 아니다.

승재 같은 숫배기[19] [20] 무대[21]가 다들리면 포옹을 할 줄 알고 키스를 할

---

13 바투 : ② 바루   ③⑤ 바로
    : 두 대상이나 물체의 사이가 썩 가깝게.

14 쭈쩍 : ③⑤ 쭈적
    : '뜻하지 않게 갑자기' 정도의 의미로 쓰고 있음.

15 솟치다 : ((주로 '화', '분노' 따위의 부정적 감정 명사를 주어로 하여))느낌 따위가 세차게 일어나다.

16 순화(醇化) : 잡스러운 것을 걸러서 순수하게 함.

17 메 : ③⑤ 모이

18 메 : 표준국어대사전에는 '모이'의 강원도 방언이라 되어 있음.

19 숫배기 : ③⑤ 숫보기

20 숫배기 : 표준국어대사전에는 '숫보기'의 북한어로 되어 있음.

줄 아는 것도 언제 구경인들 했을꼬마는, 그러니 알에서 갓 나온 병아리가 이내 메²²를 쪼아 먹는 재주와 다름이 없는 그런 재줄 게다.

안에는 물론 저희 둘 외에 아무도 없으니까 단출해서 좋다 하겠지만, 혹시 밖에서 누가 문이나 드르릉 열고 들어서든지 했으면 피차 무색할 노릇이다. 허기야 계봉이의 모친 유 씨가 이것을 목도했다면²³ 대단히 만족을 했을 것이다. 병원이라는 게 어찌 꼬락서니가 이러냐고 장히 못마땅해서 이맛살을 찌푸리기는 했겠지만…….

그리고 또 초봉이가 보았더라도 기뻐했을 것이다. 가령 그 둘이 모르게 돌아서서 저 혼자 눈물을 흘릴 값에, 동생 계봉이가 승재 그 사람을 사랑하게 된 것을, 또 승재 그 사람이 동생 계봉이를 사랑하게 된 것을 진정으로 기뻐하지 않질 못했을 것이고, 부랴부랴 서둘러서 결혼 예식을 치르도록 두루 마련도 했을 것이다.

암만해도 계집아이란 다른 겐지, 계봉이는 모로 비스듬히 외면을 하고서서 저고리 고름을 야긋야긋 씹는다. 귀밑때기가 아직도 알아보게 붉다. 오히려 사내꼭지라서 승재가 부끄럼을 타지 않는다.

"절러루 들어가지? 응?"

"몰랏!"

"저거."

승재는 신발장 안에 새로 그득히 사 둔 끌신²⁴을 한 켤레 꺼내다가 계봉이 앞에 놓아 주고서 어깨를 가만히 짚는다.

"자아, 구두 벗구 이거 신구서……."

---

21 무대 : 지지라도 못나고 어리석은 사람.(우)

22 메 : [4][5] 모이

23 목도하다(目睹--) : 목격하다(目擊--).

24 끌신 : 뒤축은 없고 발의 앞부분만 꿰어 신는 신.

"몰라 몰라! 난 갈래."

"저거! 누가 메랬나?"

"해해해."

계봉이는 구두를 마룻바닥에다가 훌렁훌렁 벗어 내던지고 끌신을 꿰는 둥 마는 둥, 쪼르르 복도를 달려 진찰실 앞에 가 서더니 해뜩 돌려다 보면서,

"여기?"

한다.

"응."

궁상맞게 눈을 끔쩍 고개를 꾸뻑, 그렇다고 대답을 하면서 승재는 계봉이가 야단스럽게 벗어 내던진 구두를 집어 한편으로 가조롱히[25] 놓는다.

계봉이는 진찰실로 들어서다가 천천히 따라오고 있는 승재를 또 해뜩 돌려다 보더니 문을 타악 닫아 버린다. 승재가 문을 열래도 안에서 계봉이가 꼭 잡고 안 놓는다.

"문 열어요, 잉? 나두 들어가게……."

"안 돼, 못 들온다누!"

"거 야단났게? 그럼 어떡허나?……"

"잘못했다구 그래예지."

"잘못?"

"응."

"무얼 잘못했나?"

"저어어……."

"응."

"저어어, 몰라 몰라!"

---

25 가조롱히 : 1 2 가조롱히　　 3 가지런히　　 4 가조롱이　　 5 간조롱히

"저거! 그럼 자, 잘못해앴스웁니이다아"

"하하하하아!"

승재는 문이 열리는 대로 진찰실 안으로 들어선다.

네댓 평이나 됨직한 방인데, 차리기는 다 제대로 차려 놓았다.

검정 양탄자를 덮은 진찰 침대, 책장, 기구장, 치료탁, 문서탁, 세면대, 가스 다 제자리에 놓이고, 아직 손도 대지 않은 새것들이다.

계봉이는 문서탁 앞에 의사 몫으로 놓인 회전의자에 걸터앉아 두 발을 대롱대롱한다. 승재는 멀찍이 있는 걸상을 끌고 와서 탁자 모서리로 계봉이 옆에 다가앉는다.

둘이는 서로 말끄러미 들여다본다. 무엇이 우스운지는 제 자신들도 모르면서 자꾸 싱긋뱅긋 웃는다.

"그래……."

"응!"

둘이는 아무 뜻도 없는 말을 이윽고 한마디씩 하고 나서는 또 마주보고 웃는다.

"보지 말아요! 자꾸만……."

저도 보면서 계봉이는 이쁜 지천을 한다.

"보믄 못쓰나?"

"응."

"거 야단났게?…… 헤에"

"하하아!"

"좀 점잖어진 줄 알았더니 입때두 장난꾸레기루구면?"

"몰랏!"

"인전 죄꼼 점잖어야지?" 26

"왜?"

"어룬이 될 테니깐……."

"어룬이?"

"응. 오늘 절반은 됐구……."

"하하하……. 그리구?"

"그리구 인제, 응?"

"응."

"그리구 인제, 우리 저어……."

더듬으면서 승재는 탁자 위에서 철필대를 가지고 노는 계봉이의 손을 꼬옥 덮어 쥔다.

"……인제 결혼하믄, 헤에……."

"겨얼 혼?……."

말을 그대로 받아 되뇌면서 잡힌 손을 슬며시 잡아당기는 계봉이의 얼굴은 더 장난꾸러기같이 빈들빈들하기는 해도 결코 장난이 아닌 만만찮은 기색이 완연히 드러난다.

"……누가 결호온 한댔수?"

승재의 눈 끄먹거리는 얼굴을 빠아꼼 들여다보고 있다가 지성으로[27] 묻는 것이다.

승재는 그만 뒤통수를 긁고 싶은 상이다[28].

"그럼 이게, 오늘 아까…… 장난으로 그랬나?"

승재가 비슬비슬 떠듬떠듬하는 것을, 계봉이는 냉큼 받아……,

---

26 [5]는 여기서 단락을 달리하여 "?"를 삽입하고 있으나, 이는 어느 텍스트에도 없음.

27 지성으로(至誠--) : 본래는 '지극한 정성으로'라는 뜻이나 여기서는 '진심으로' 정도의 뜻으로 쓰고 있음.

28 상이다 : [3] 상호다   [4][5] 상오다
   : 상이다(相--). 얼굴이다.

"장난? 누가 또 장난이랬수?"

그러나 그럴수록 어쩐 영문인지를 몰라 얼떨떨한 건 승재다.

결혼이라니까 펄쩍 뛰더니, 그럼 시방 이게 연애가 장난이냐니까 더 야단이다. 그런 법도 있나? 결혼 안 할 연애가 장난이 아니라? 장난 아니라 연애를 하면서 결혼은 안 한다?

승재는 암만 눈을 끔적거리고 머리를 흔들고 해도 모를 소리요, 도깨비한테 홀린 것 같아 종작을 할 수가 없다.

"나 좀 봐요, 응?……"

이번에는 계봉이가 저라서 승재의 손을 끌어다가 두 손으로 꽈악 쥐고 조물조물한다. 말소리도 은근하다.

"……남 서방두, 아이 참, 남 서방이라구 해선 못쓰지! 뭐라구 하나?…… 남 선생……?"

"선생은 무슨 선생! 그냥 그대루 남 서방 좋지."

"그래두우…… 오오 참, 못써 안 돼, 하하하하…… 정말 산지기 같아서 안 돼!"

"산지기?"

"하하하!…… 아따, 아까 아침에 절러루 전화 걸잖었수?"

"응."

"동무들한테 들켰다우. 그래 누구냐길래 우리 산지기라구 그랬더니, 하하하하……."

"거 좋군, 산지기…… 허허허."

"가만있자…… 아이이, 무어라구 불루? 응?"

"승재……."

"승? 재?…… 승재 씨이, 그래?…… 건 더 어색한걸?"

"아따, 부르는 거야 좀 아무려믄 어떻나? 되는 대로 할 거지, 그렇잖어?"

"그럼 인제 좋은 말 알아낼 때까지만 그대루 남 서바앙이라구 부르께? 응?"

"응, 그거 좋아."

"그거 그러구. 자아, 내 이야기 자세 들우? 응?"

"응."

"저어 남 서방이 말이지, 날 좋아하지요?"

"좋아아 하느냐구?"

"응, 아따 저어 사아라앙하는 거."

"으응, 그래서……?"

"글쎄, 남 서방 날 사랑하지요?"

"건 물어 뭘 하나! 새삼스럽게……."

"그렇지?…… 응, 그리구 나두 남 서방 사랑허구…… 나, 남 서방 사랑하는 줄 알지요?"

"응."

"그렇지?…… 그럼 고만 아니우? 남 서방이 날 사랑하구, 내가 남 서방 사랑하구, 그게 연애 아니우?"

"응."

"그러니깐 그러믄 충분하구, 충분하니깐 만족해야 않어우?…… 결혼은 달라요!"

"어떻게?"

"연앤 정열허구 정열허구가 만나서 하는 '께임'이구, 그러니깐 연앤 '아마추어' 셈이구…… 그런데 결혼은 '푸로페쇼날', 직업인 셈이구……."

"그럴까! 온……."

"그러니깐 이를테면 학문허구 직업허구처럼 다르지…… 누가 꼭 취직하자구만 공불 허우?"

승재는 모를 소리요, 결혼이 약속 안 되는 정열은 암만해도 불안코 미흡한 것이었었다.

앞으로 승재의 소견이 어느 만큼 트일는지 그것은 미지수이나, 또 계봉이가 장차 어떻게 해서 둘 사이의 이 '세기(世紀)의 차이'를 조화라도 시켜 낼는지야 또한 기약하기 어려운 일이나, 시방 당장 보기에는 승재의 주제에 계봉이 같은 계집아이란 게 도시 과분한가 싶다.

흥이 떨어져 가지고 앉아 있는 승재를 방긋방긋 들여다보고 있던 계봉이는 의자에서 발딱 일어서더니 뒤로 돌아가서 두 팔을 승재의 어깨 너머로 얹고 등에다 몸을 싣는다.

승재는 양편으로 계봉이의 손을 끌어다가 제 가슴에 포개 잡고 다둑다둑 다둑거린다.

"남 서바앙?"

바로 귓바퀴에서 정다운 억양이 소곤거린다.

"응?"

"노였수?"

"아아니."

"왜 지레 낙심을 해 가지군 이럴까? 응? 남 서방…… 대답 좀 해봐요!"

"응."

"내가 언제 결혼을 않는다구 그랬나?…… 결혼한단 말을 안 했다구만 그랬지."

"……"

"그러니깐 시방은 이렇게……."

보드라운 볼이 수염 끝 비죽비죽 솟은 승재의 볼을 비비면서 음성은 한결 콧소리다.

"……이렇게 꼬옥 좋아허구, 좋아하니깐 좋잖우? 그리구 결혼은 인제 두구 봐서 응? 이 말 잘 들어요. 연애란 건 원측적으룬 결혼이란 목적지루 발전해 나가는 본능을 가졌으니깐…… 그러니깐 우리두 무사하게 목적지까지 당도하믄 결혼이 되는 거구, 또 중간에 고장이 생기던지 하는 날이믄 결혼을 못 하는 거구…… 그렇잖우?"

"그거야 물론……."

"거 봐요, 글쎄. 아 내가 낼이라두 갑재기 죽어버리던지 하믄 그것두 결혼 못 하게 되는 거 아니우?"

"숭헌 소릴!"

"하하하…… 그리구 또, 이 담에라두 내가 남 서방이 싫여나믄?…… 꼭 싫여나지 말란 법은 없잖우? 응?"

"글쎄……."

"글쎄가 아냐! 글쎄가 아니구, 그러니깐 싫여나믄 결혼 못 하는 거 아니우? 둘 중에 하나가 싫여두 결혼을 하나?"

"그야 안 되겠지……."

"거 봐요!…… 그렇지? 그리구 또……."

"또오?"

승재는 고개를 뒤로 젖히고 눈이 맑게 웃는다. 시무룩했던 것이 적이 가셨다. 실상 알고 보니 그리 대단스런 조건도 아니던 것이다.

서편 유리창 위께로 다 넘은 저녁 햇살이 가물가물 들이비친다. 변화라고 하자면 오직 그것뿐, 방 안은 두 사람을 위해 종시 단촐하고 조용하다.

계봉이는 승재가 무엇이 또 있느냐고 고개를 돌려 재우쳐 묻는 눈만 탐탁하여 들여다보다가 웃고 대답을 않는다.

노상 오늘 처음은 아니라도 사심 없고 산중의 깊은 호수 같아 만년 파문이 일지 않으리 싶게 고요한 눈이다.

이 눈이 소중하여, 계봉이는 장차 남 서방도 마음이 변해서 나를 마다고

하지 말랄 법이 어디 있느냐는 말을 하기가, 실상 또 아무 상관도 없는 것
이지만, 한갓 아름다운 것에 대하여 계집아이 티를 하느라 로맨스런29 본
능이랄까, 차마 그 말을 하기가 아까웠던 것이다. 그러했지, 눈이 좋대서
사랑이 영원하리라고 믿는 것도 아니요, 그뿐더러 아직은 영원한 사랑을
투정할 마음도 준비되어 있질 않다.

"아이 참, 그런데 말이우……."

계봉이는 도로 제자리로 와서 앉으면서 다른 말로 이야기를 돌린다.

"……그새 좀 발육이 된 줄 알았더니 이내 그 대중이우?"

"무엇이?"

승재는 언뜻 알아듣지 못하고 끄덕끄덕한다.

"이 짓 말이우, 이 병원…… 글쎄 아무 소용 없대두 무슨 고집일꾸?"

"소용이 없는 줄은 나두 알긴 아는데……."

"알아요? 어이꾸 마구 제법이구려! 하하하…… 그런데 어떻게 그런 걸
다아 알았수? 나한테 강을30 좀 해봐요."

"별것 있나? 가난한 사람두 하두 많구, 병든 사람두 많구 해서, 머……."

"안 되겠단 말이지요?"

"응…… 세상의 인간이 통째루 가난병이 든 것 같아! 그놈 가난병 때문
에 모두 환장들을 해서 사방에서 더러운 농(膿)이 질질 흐르구…… 에이!
모두 추악하구…….31"

"그렇지만 가난한 사람이 가난한 게 어디 그 사람네 죈가, 머……."

"죄?"

---

29 로맨스런 : 로맨스스러운. 낭만적인. 채만식 특유의 위트 있는 말 만들기 법을 보여준다.
30 강을 : ⑤ 강월
         : 강의를.
31 에이! 모두 추악하구……. : ①②에는 없는 문장이다.

"누가 글쎄 가난허구 싶어서 가난하냔 말이우!"

"가난한 거야 제가 가난한 건데 어떡허나?"

"글쎄 제가 가난허구 싶어서 가난한 사람이 어딨수?"

"그거야 사람마다 제가끔 부자루 살구 싶긴 하겠지……."

"부자루 사는 건 몰라두 시방 가난한 사람네가 그닥지 가난하던 않을 텐데 분배가 공평털 않어서 그렇다우."

"분배? 분배가 공평털 않다구?"

승재는 그 말의 촉감이 선뜻 그럴싸하니 감칠맛이 있어서 연신 고개를 까웃까웃 입으로 거푸 뇐다. 그러나 지금의 승재로는 책을 표제만 보는 것 같아 그놈이 가진 매력에 구미는 잔뜩 당겨도 읽지 않은 책인지라 그 표제에 알맞은 내용을 오붓이 한입에 삼키기 좋도록 알아내는 수는 없었다.

³²사전에서 떨어져 나온 몇 장의 책장처럼 두서도 없고 빈약한 계봉이의 '분배론'은 승재를 입맛이나 나게 했지 머리로 들어간 것은 없고 혼란만 했다.

"선생님이 있어야겠수, 하하하."

계봉이는 그 이상 깊이 들어가서 완전히 설명을 할 자신이 없어 이내 동곳을 빼고³³ 만다.

"선생님? 글쎄…… 난 이런 생각을 하구 있는데……."

"무얼? 어떻게?"

"큰 화학 실험실을 하나 가지구서……."

"그건 무얼 하게?"

---

32 ⑤만 여기서 단락 구분이 되어 있지 않다.

33 동곳(을) 빼다 : (비유적으로) 힘이 모자라서 복종하다. '동곳'은, 상투를 튼 뒤에 그것이 다시 풀어지지 아니하도록 꽂는 물건. 금·은·옥·산호·밀화·나무 따위로 만드는데, 대가리가 반구형이고 끝은 뾰족하여 굽은 것과 굽지 않은 것, 또는 말뚝같이 생긴 것 따위가 있다.

"연구⋯⋯."

"연구?"

"공기 속에 무진장으루 들어 있는 원소를 잡아 가지구⋯⋯."

"응."

"아주 값이 헐한 영양물이라던지 옷감이라던지 무엇이구 사람이 생활하는 데 필요한 건 다아 맨들어 내는 그런⋯⋯."

"내, 온!⋯⋯ 아, 인조견이 암만 헐해두 헐벗는 사람이 수두룩한 건 못보우?"

"시방보다 더 헐하게⋯⋯ 옷 한 벌에 일 전이나 이 전씩 받을 걸루 맨들어내지?"

"그건 공상 이상이니깐 고만둬요! 고만두구 자아, 이 짓이 소용없는 줄알았으믄서 왜 또 시작은 해요?"

"그래두 눈으루 보군 차마 그냥 있을 수가 있어야지!⋯⋯ 별반 소용이없구 기껏해야 내 맘[34] 하나 질겁자는 노릇인 줄 알긴 알면서두⋯⋯."

"난 몰라요! 결혼하자믄서 날 무얼루 멕여 살릴 텐구?⋯⋯ 쫄쫄 가난하게 사는 거 나 싫여! 나두 몰라! 머⋯⋯."

계봉이는 응석하듯 쌀쌀 어깨를 내두른다. 승재는 그게 굴져서 히죽이 웃으면서⋯⋯,

"괜찮어. 이 병원만 가지구두 그리구 인심 써 가면서라두 돈은 벌자면벌 수 있으니깐 머, 넉넉해."

"난 몰라! 저 거시키, 우리 집 못 봐요? 가난 핑계 대구서 얌체없이 자식이나 팔아먹구, 파렴치!"

계봉이는 입에 소태를 문 듯이 쓰게 내뱉는다.

---

34 내 맘 : ⑤ 내만

승재는 마침 생각이 나서 올라오던 그 전날 계봉이네 집 가게에 잠깐 들렀었다고 (정 주사 내외가 싸움질하던 것은 빼놓고) 본 대로 들은 대로 대강 이야기를 했다. 그리고 그럭저럭하면 먹고 살아는 가겠더라고 제 의견도 붙여 말했다.

그러나 계봉이는 형의 소청으로 제가 부탁 편지를 하기는 했지만, 실상 제 소위 '파렴치'한 저의 집과는 이미 마음으로 절연을 했던 터라, 그네가 잘 산다건 못 산다건 아무 주의도 흥미도 끌리지를 않았고, 제 형 초봉이한테 전갈이나 해 줄 거리로 귓결에 대강 들어 두기나 한다.

계봉이한테는 차라리, 명님이를 몸값 갚아 주고서 데려다가 간호부 견습을 시키겠다고 하는 그 간호부란 소리에 귀가 솔깃하여, 나두 좀 하는 셈이 가만히 났다. 이것은 그러나, 승재 옆에 명님이라는 계집아이가 있게 되는 것을 노상 텃세하고 시새워하고 해서만 그러는 것은 아니다. 그렇다고 아주 담담한 것은 아니지만⋯⋯.[35]

[36]집안과 이미 그러해서 마음으로 절연을 한 계봉이는, 그네가 못 살아가고 있으면 말할 것도 없거니와, 설혹 잘 살아간다고 하더라도 장차에 그네와 생활의 교섭을 갖는다거나 더욱이 결혼 전에 장성한 계집아이로서의 몸 의탁을 한다거나 할 의사는 조금도 갖고 있지를 않았다.

그러고 보니 비록 총명도 하고 다구져 독립자행[37]할 자신과 자긍을 가진 계집아이기는 해도, 때로는 고아답게 몸의 허전함과 그 몸의 허전한 데서 우러나는 명일(明日)의 불안을 느끼지 않을 수가 없었다. 물론 그런 것을 가지고 비관을 하거나 하지를 않고 늘 무엇이 어때서 그럴까 보냐고 싹싹 뭉시려[38] 버리고 무시를 하기는 하지만, 그러나 제 자신 주의를 하고 않는

---

35 그렇다고~아니지만⋯⋯. : ①②에 없는 문장이다.

36 ⑤만 여기서 단락 구분이 되어 있지 않다.

37 자행(自行) : 스스로 행함.

여부없이, 이십 안팎의 계집아이로 결혼과 생활에 대한 명일에의 불안이 노상 없다는 것은 오히려 빈말일 것이다.

허기야 형 초봉이가 동기간의 살뜰한 우애로 끔찍이 위해 주기는 하나, 초봉이 제 자신부터 앞일을 기약할 수 없는 처지니 거기다가 어떠한 기대를 두어둘 형편도 못 되거니와 되고 안 되고 간에 아예 그리할 생각조차 먹질 않는다. 학교를 다니지 않는 것은 고사하고, 그대로 몸을 의탁해서 있는 것도 결백지 않다 하여 제 먹을 벌이를 제가 하느라 직업을 가지기까지 한 터이니…….

그런데 지금 가진 직업이라는 게 그다지 투철해서[39] 다 자란 계집아이 하나의 앞뒷일을 안심코 보장할 수 있는 것이냐 하면 그렇지를 못하고 기껏해야 소일거리 푼수밖에는 안 되는 것이다.

그러니 남과도 달라, 일반으로 남들이 그러하듯이 결혼이라는 가장 안전해 보이는 '직업'을 방궈[40] [41] 일찌감치 몸 감장을 할 유념이나 할 것이지만, 승재가 결혼 소리를 내놓는다고 오히려 지천을 하던 것이 아니냐[42].

계봉이는 결단코, 지레 결혼에로 도피도 하지 않고, 가정이나 남한테 구구히 의탁도 하지 않고 다만 혼자서 젊은 기쁨을 자유롭게 생활하고 싶고, 그것을 변하려고도 않는다. 그러므로 그것의 한 방편으로서 직업을 실하게 갖자니까 기술이 그립던 것이다.

"나두 간호부, 응?"

계봉이는 숫제 손바닥을 내밀고 사탕이라도 조르듯 한다.

---

38 몽시리다 : 뭉개다.(임)

39 투철해서 : [1][2] 육중해서   [5] 투해서

40 방궈 : [5] 바꿔

41 방구다(訪求-) : 방구하다(訪求--). 널리 찾아 구하다.

42 지천을~아니냐 : [1][2] 지천이다   [5] 지천을 하던 것이 아니다

"간호부?"

승재는 계봉이가 바룩바룩[43][44] 웃으면서 그러는 것이 장난엣 말인 줄 알고 저도 웃기만 한다.

"왜? 난 못쓰우?"

"못쓸 건 없지만……."

"그런데 왜?"

"하필 간호부꼬?"

"해해…… 그럼 약제사? 또오, 의사? 더 좋지 머…… 낼바틈이라두 오께시니 배워 줘요, 응?"

"안 돼, 소용없어."

"왜?"

"인제 얼마 안 있어서 시험이 없어지는데, 머…… 그래두……."

"어쩌나!"

"그래두 우리 계봉인 걱정 없어."

"정말?"

"그으럼!"

"어떻게?"

"어느 의학전문이나 또오, 약학전문이나 들어갈 시험 준빌 하라구."

계봉이는 좋아서 금세 입이 벌어지다가 말고 한참 승재를 바라보더니,

"싫다누!"

해 버린다.

"싫다니?"

---

43 바룩바룩 : [1][2] 빙긋빙긋

44 바룩바룩 : 입을 좀 크게 벌리고 귀엽게 자꾸 웃는 모양.(임)

"싫여!"

"내가 공부시켜 줘두 챙피한가? 액색한가?"

"그건 아니지만……."

"그런데 왜?…… 응?"

"싫여!"45

"대체 왜 싫대누?"

"공부시켜 주는 의리가 연애나 결혼을 간섭할 테니깐……."

계봉이는 여전히 웃으면서 승재의 낯꽃을 본다. 승재는 어처구니가 없
다고 실소를 하려다가 도리어46 입이 뚜우 나온다.

"쓰잘디없는 소리 말아요. 아무런들 내가 머 그만 공부 못 시켜 줄 사람
인가? 내가 공부 좀 시켜준 값으루 결혼 억지루 하쟬까?…… 오온!"

"남 서방은 다아 그렇다지만, 내가 그렇딜 못하믄 어떡허나? 결혼은 할
수가 없는데 결혼으루라두 갚어야 할 의리라믄?"

"혼동할 필욘 없어."

"필요야 없는 줄 알지만 이론보다두 실지가 더 명령적인 걸 어떡허나?"

마침 전등이 힘없이 들어와서 켜진다. 아직 긴치 않은 광선이다. 그래도
승재는 생각이 들어 벌떡 일어선다.

"자, 그건 숙제루 둬 두구서…… 나허구 여기서 우선 저녁이나 먹더라
구?"

"글쎄……."

"무얼 대접하나? 이런 아가씰 상밥47집으루 모시구 갈 순 없구, 헤에"

"상밥? 여관두 안 정했수?"

---

45 "싫여!" : ①② 물어도 계봉이는 웃기만하지 대답을 하려고 안는다.   ⑤ "싫어?"
46 어처구니가~도리어 : ①②에는 없는 내용이다.
47 상밥(床-) : 반찬과 함께 상에 차려서 한 상씩 따로 파는 밥.

"여관은 별것 있나! 더 지저분하지…… 병원 뒤루 조선집이 한 채 따른 게 있어서 자취를 할까 허구 아직 상밥을 먹구 있지."

"그 궁상 좀 인전 고만둬요! 자췬 무어구 상밥은 무어야!"

"그렇거들랑 계봉이가 좀 와서 있어 주지?"

"그럴까 보다? 재밌을걸!"

"식모나 하나 두구서…… 오래잖어 명님이두 올라오구 할 테니깐, 동무 삼아서……."

"하하하! 누가 보믄 결혼했다구 그리게?"

"헤에, 괜찮어. 누이라구 그리지?"

"누이라구 했다가 결혼은 어떡허나?"

"어떻나?…… 그런데 웃음엣 말이 아니라, 언니 집에 있기가 마땅찮다면서 낼이라두 오게 하지?"

"언니 띠어 놓구서 나 혼자 나오던 못해요. 그러기루 들었으믄야 벌써 하숙이라두 잡구 있었게?"

계봉이는 형 초봉이를 곰곰 생각하고 얼굴을 흐린다.

승재 역시 초봉이라면 한가닥 감회가 없지 못한 터라, 묵묵히 뒷짐을 지고서 계봉이가 앉았는 등 뒤로 뚜벅뚜벅 거닌다.

계봉이는 이윽고 있다가 몸을 돌리면서 승재의 가운 자락을 잡고 끈다.

"저어어, 언니두 데리구 같이 오라구 하믄 오지만……."

"언니두? 데리구?"

"왜? 못써?"

"아아니 못쓴다는 게 아니라……."

"그런데 왜?"

"아냐, 난 아무래두 괜찮지만……."

"날 공부시켜 주느니 차라리 그렇게 해 줬으믄 착한 남 서방이지?"

"그런 교환 조건이야 머……."

건성으로 중얼거리면서, 승재는 딴생각을 하느라고 도로 마루청[48]을 오락가락한다.

승재는 초봉이가 그새 경난해 내려온 사정의 자세한 곡절이랄지, 더구나 시방 생사조차 임의로 할 수 없게끔 절박한 사세인 줄까지는 아직 모르고 있다.

계봉이가 한 번 서신으로 대강 경과를 적어 보내 주기는 했었으나 지극히 간단한 졸가리[49]뿐이어서 그걸로 깊은 정상을 짐작할 재료는 되지 못했었다. 그래 그저 막연하게 불행하거니 해서, 안되었다고, 종차 기회를 보아 달리 새로운 생애를 개척하도록 권면도 하고 두루 주선도 해 주고 하려니, 역시 막연은 하나마 준비된 성의가 없던 것은 아니다.

그런데 막상 이날에 계봉이와 드디어 마음을 허하여 서로 맞터놓고 지내게 된 계제이자, 공교롭다 할는지, 동시에 가서 초봉이를 저희들의 사랑의 울타리 안으로 불러들인다는 문제가 생기고 본즉 승재로서는 더럭 불길스런 생각이 들지 않질 못했다.

만약 셋이서 그렇듯 그룹을 이루었다가 서로서로 새에 어떤 새로운 감정의 파문이 일어나 가지고, 그로 하여 필경 착잡한 알력[50]이 생기든지 하고 보면 어떻게 할 것이냐.

그럴 날이면, 결국은 가서 일껏 구해 주었다는 초봉이한테 도리어 새로운 슬픔과 불행을 갖다가 전장시키게 될 것이 아니냐.

미상불 그러했다. 그러나 좀 더 깊이 캐고 보면, 그것도 그것이지만, 그

---

48 마루청(--廳) : 마룻바닥에 깔아 놓은 널조각.

49 졸가리 : ② 줄가리   ⑤ 줄거리

50 알력(軋轢) : 수레바퀴가 삐걱거린다는 뜻으로, 서로 의견이 맞지 아니하여 사이가 안 좋거나 충돌하는 것을 이르는 말.

와 같은 감정의 알력으로 해서 승재 저와 계봉이와의 사랑에 파탈이 생기지나 않을까 하는 게 보다 더 절박한 불안이었던 것이다.

그러나 거기서 한 번 더 그 밑을 헤치고 본다면, 또다시 미묘한 심경의, 약한 이기심(利己心)의[51] 갈등이 얽히어 있음을 볼 수가 있었다.

승재는 초봉이에게 대한 첫사랑의 기억을 완전히 씻어 버리지는 못한 자다. 물론 그것은 욕망도 없고 미련도 아닌 한낱 가슴에 찍혀 있는 영상(映像)일 따름이기는 하다. 허지만 소위 첫사랑의 자취라면 마치 어려서 치른 마마자국[52] 같아 좀처럼 가시질 않는 흠집이다.

흠집일 뿐만 아니라, 가령 몸과 마음은 당장 이글이글 달구어진 새 정열의 도가니 속에서 다 같이 녹고 있으면서도 일변 첫사랑의 자취에서는 연연한 옛 회포가 제 호올로 한가로운 소요[53]를 하는 수가 없지 않다.

결국 촌 가장자리에 유령이 나와서 배회하듯 '사랑의 유령'이지 별 수 없는 것이다. 그러나 어쨌든 승재는 아직도 망부(亡父) 아닌 그 사랑의 유령을 가끔 만나 '햄릿'의 제자 노릇을 일쑤 하곤 했었다. 그럴뿐더러 그는 제 마음을 미루어, 초봉이도 응당 그러하려니 짐작하고 있다.

이렇듯 제 자신이 저편을 완전히 잊지 못하고 있고, 저편에서도 그리한 줄로 여기고 있기 때문에, 만약 초봉이와 한 울안에서 조석 상대의 밀접한 생활을 하고 보면, 정이 서로 다시 얽혀 마침내 가장 불쾌한 결과를 보고라야 말게 되지나 않을까, 이것이다. 즉 제 자신의 약점을 위험 앞에 드러내 놓기가 조심이 되어 뒤를 내던 것이다.

승재는 전에도 시방도 그리고 앞으로도 초봉이에게 대한 동정은 잃지

---

51 , 약한 이기심(利己心)의 : [1][2]에는 없는 구절이다.
52 마마자국(媽媽--) : '마마'는 '천연두'를 일상에서 이르는 말로, '마마자국'이란 천연두를 앓아서 생긴 곰보를 뜻함.
53 소요(逍遙) : 자유롭게 이리저리 슬슬 거닐며 돌아다님.

않을 생각이다. 그러나 이미 뭇 남자의 손에 치어, 정조적으로 순결성을 잃어버린 여자, 초봉이를 갖다가 결혼의 상대로 삼을 의사는 꿈에도 없을 소리다. 하물며 계봉이를 두어 두고서야……. 사내 처 놓고 고만한 결벽이야 누구는 없을꼬마는, 승재는 가뜩이나 그게 더한 데다가 일변 소심하기 또한 다시없어, 이를테면 시방 해변가의 놀란 조개처럼 다뿍 조갑지⁵⁴를 오므리는 양이다.

계봉이는 종시 오락가락 서성거리는 승재를 잡아다가 제자리에 앉혀 놓고 안존히 이야기를 시작한다.

"그때 언니가 서울로 올라오다가 중로에서 박제호를 만나 가지구……."
이렇게 거기서부터 시초를 내어…….

초봉이는 제가 치르던 전후 풍파를 그동안 여러 차례 두고 동생한테 설파를 했었고, 그래서 계봉이는 그것을 다 그대로 승재에게다 되옮겨 들려주었다. 그리고 작년 가을부터는 직접 제 눈으로 보아 온 터라 장형보의 인물이며, 그와 초봉이와의 부자연한 관계며, 송희에게 대한 초봉이의 지나친 애정이며, 또 요즈음 들어서는 바싹 더 절망이 되어 사선에서 헤매는 정상이며, 그의 심경, 그의 건강, 그리고 송희를 두고 느끼는 형보의 위협과 해독,⁵⁵ 이런 것은 차라리 초봉이 자신이 이야기할 수 있는 이상으로 세밀하게 그러나 요령 있게, 잘 설명을 할 수가 있었다.

한 시간이나 거진 이야기는 길었다. 그리고 맨 마지막에 가서,

"그러니깐 암만 보아두 눈치가, 송횔 갖다가 장가 녀석의 위협이며 해독에서 구해 낼 겸, 그 앤 내게다 맽기구서 자긴 죽어 버릴 생각인가 봐!"
하고 목 맺힌 소리로 끝을 맺는다.

---

54 조갑지 : ③ 조가비
　　 : '조가비(=조개의 껍데기)' 또는 '조개'의 방언.
55 그리고 송희를~위협과 해독, : ①②에는 없는 내용이다.

승재는 마침내 크게 격동이 되지 않질 못했다. 견우코 미견양(見牛未見羊)[56]의 그 양을 본 심경이라 할는지, 좌우간 해변가의 소심한 조개는 '바스티유' 함락같이 형세 일변했다.

이야기를 듣는 동안 승재의 거동은 요란스러웠다. 얼굴이 붉으락푸르락했다가 절절히 감동을 했다가 주먹을 부르쥐고 코를 벌씬벌씬했다가 마루가 꺼지게 한숨을 내쉬었다가…….

그리하다가 마침내 초봉이가 헐 수 할 수[57] 없이 자결이라도 하지 않지 못하게 되었다는 대문에 이르러서는 그만 참지 못해,

"비러어먹을 놈의!……"

볼먹은 소리를 버럭 지르더니 금시로 굵다란 눈물방울이 뚝뚝 떨어져 내린다. 그놈을 커다란 주먹으로 꾹꾹 씻으면서 두런두런……,

"그런 놈을 갖다가 그냥 두구 본담! 마구 죽여 놓던지……."

계봉이는 같서 흥분하기보다도, 승재의 흥분하는 양이 우스워서, 미소를 드러내고 바라보다가 문득 고개를 가로 흔든다.

"그래두 육법전서[58]가 다아 보호를 해 주잖우? 생명을 보호해 주구, 또 재산두 보호해 주구…… 수형법(手形法)[59]이라더냐 그런 게 있어서, 고리대금을 해 먹두룩 마련이시구……. 머, 당당한 시민인걸![60] 천하 악당이라

---

56 견우미견양(見牛未見羊) : 맹자(孟子) 양혜와 장구 상(梁惠王章句上)에 나오는 구절로 제(齊)나라 선왕(宣王)과 맹자가 왕도(王道)에 관하여 나눈 이야기가 그 배경이다. 제나라 선왕이 도살장으로 끌려가는 소를 보고 가엾이 여겨 놓아주고 양으로 대신하라고 명한 데서 나온 말로, 소는 보았으므로 가엾게 여기고, 양은 보지 않아 가엾은 줄 몰랐다고 함. 이는 곧 '무엇이나 보지 않은 것보다는 직접(直接) 눈으로 보고들은 것을 한층 더 생각하게 된다'는 말,

57 헐 수 할 수 : ①②④ 헐수할수   ③ 할수 할수   ⑤ 할 수 할 수

58 육법전서(六法全書) : 온갖 법령을 다 모아서 수록한 종합 법전.

59 수형법(手形法) : '어음법'의 전 용어.

60 시민인걸! : ① 시민인건요…   ② 서민인걸요……

두······."

승재는 두 팔을 탁자 위에 세워 턱을 고이고 앉아서 앞을 끄윽 바라다본다. 얼굴은 골똘한 생각에 잠겨, 양미간으로 주름살이 세 개 굵다랗게 팬다.

육법전서가 보호를 해 준다고 한 계봉이의 그 말이 방금 승재한테 신선한 자극을 주었던 것이다. 그것이 비록 '라 마르세유'[61]처럼 분명하진 못해도 마치 박하(薄荷)를 들이켠 것 같아 아프리만큼 시원했다.

승재는 머릿속이 그놈 박하 기운으로 온통 어얼얼, 화아해서 시원하기는 하나, 어디가 어떻다고 꼭 집어낼 수가 없었다. 시방 이맛살을 찌푸려 가면서 생각하기는 그의 중심을 찾아내자는 것이다.

계봉이는 무얼 저리 생각하는고 싶어 그대로 두어두고서 저 혼자 손끝으로 탁자 복판을 똑똑, 박자 맞추어 몸을 앞뒤로 가볍게 흔든다.

이윽고 침묵이 계속된 뒤다. 갑갑했던지 계봉이가 승재의 팔을 잡아당긴다.

"응?······"

승재는 움칫 놀라다가 비로소 정신이 들어 거기 계봉이가 있음을 웃고 반긴다.

"······무얼 그렇게 생각해요?"

"머어, 별것 아냐······ 헌데에······ 자아 언닐 위선 일러루라두 데려 내오는 게 좋겠군?"

누가 만만히 놓아준대서꼬마는 그런 건 상관없고 승재의 말소리며 얼굴은 자못 강경하다. 가슴에 묻은 불이, 아직 그를 바르게 어거해[62] 나갈 '의사'가 트이지 않아, 종잇조각[63] 투구에 동강난 나무칼을 휘두르면서 비루먹

---

61 라 마르세유 : 라 마르세예즈(La Marseillaise). 프랑스의 국가.
62 어거하다(馭車--) : 수레를 메운 소나 말을 부리어 몰다. 거느리어 바른길로 나가게 하다.
63 조각 : ①②④⑤ 짜박

은 당나귀를 몰아 풍차(風車)로 돌격하는 체세이기는 하나, 초봉이를 뺏어 내어 괴물 장형보를 퇴치시킴으로써(단지 그것에 그치지 않고)[64] 육법전서 에게 분풀이를 할 요량인 것만은, 승재로서는 제접한[65] [66] 발육이 아닐 수 없었다.

"정말? 아이 고마워라!⋯⋯"

계봉이는 좋아라고 냉큼 일어서더니 아까처럼 승재의 등 뒤로 가서 목 을 싸안는다.

"⋯⋯우리 착한 되련님, 하하하."

"저어 이렇게[67] 하더라구?"

"응, 어떻게?"

"위선 언니더러 그렇게 하자구 상읠 하구서⋯⋯."

"좋아서 얼른 대답할꺼, 머⋯⋯ 다른 사람두 아니구, 남 서방이 들어서 다아 그래 준다는데야⋯⋯ 아이 참! 이거 봐요⋯⋯ 언니가아 시방두우, 응? 남 서방으을 못 잊겠나 봐?"

"괜헌 소릴!"

"아냐, 더러 말말끝에 남 서방 이야기가 나오구, 그런 때믄 낯꽃이 여간 만 다르질 않아요, 정말⋯⋯."

"그럴 리가 있나!"

승재는 그렇다면 필경 야단이 아니냐고 잊었던 제 걱정이 도로 도져서 혼자 땅이 꺼진다.

[68]그러자 계봉이가 별안간,

---

64 (단지 그것에 그치지 않고) : ①②에는 없는 내용이다.
65 제접한 : ⑤ 제법한
66 제접하다 : 그런 대로 쓸 만하다.(전집2)
67 이렇게 : ⑤ 어떻게

"오오, 참······."

하면서 승재의 어깨를 쌀쌀 잡아 흔든다.

"······그렇다구 괘애니, 언니허구 둘이서 도루 어쩌구저쩌구 해가지굴랑, 날 골탕멕였다만 봐?······ 머, 난 몰라 몰라! 머······."

"뭘! 계봉인 나허구 결혼두 할는지 말는지, 그렇다면서?"

"뭐어라구?"

보풀스럴 것까지는 없어도 방금 응석하던 음성은 아니다.

계봉이는 승재의 가슴에 드리웠던 팔을 거두고 제자리로 와서 앉는다. 승재는 이건 잘못 건드렸나 보다고, 무색해서 히죽히죽 웃는다. 그러나, 승재를 빠끔히 들여다보고 있는 계봉이의 얼굴은 하나도 성난 자리는 없다. 장난꾸러기 같은, 또 어떻게 보면 시뻐하는 것 같은 미소가 입가로 드러날 뿐 아주 천연스럽다.

"정말이우?"

"아냐, 아냐. 오해하지 말라구, 해해."

"내, 시방이라두 집에 가서 언니 보내 주리까?"

"아냐! 난 계봉이가 무어래나 보느라구 그랬어."

"이거 봐요, 남 서방!······ 머 이건 내가 괜히 지덕을 쓰는[69] 것두 아니구 아주 진정으루 하는 말인데······ 난 죄꼼두 거리낄라 말구서 그렇게 해요!······ 언닌 아직까지 남 서방을 못 잊는 게 분명하니깐 남 서방두 언니한테 옛 맘이 남았거들랑 다 그렇게 하는 게 좋아요······ 머 아무 걱정두 할라 말구서······."

"아니래두 자꾸만!······"

---

68 ⑤는 여기서 단락 구분이 되어 있지 않다.
69 지덕을 쓰다 : 남을 귀찮아하도록 끈질기게 굴다.(임)

"글쎄, 아니구 무어구는 두구 봐야 하지만, 아무튼지 내 이야긴 참고 삼아서라두 들어 봐요, 응?…… 난 왜 그런고 허니 '오올 오어 낫싱[70]', 전부가 아니믄 전무(全無), 응? 사랑을 전부 차지하지 못하느니 쪼각은 그것마저두 일없다는 거, 알지요?…… 그렇다구 내가 언닐 두구 질투를 하느냐믄 털끝 만치두 그런 맘은 없어요. 사실 이건 질투 이전이니깐. 난, 난 말이지, 여러 군디루 분열된 사랑에서 한몫만 얻으니 치사스러 차라리 하나두 안 받구 말아요…… 사랑일 테거들랑 올 하나두 빗나가지 않은 채루 옹군 사랑, 이거래야만 만족할 수 있는 거지, 그러잖군 아무것두 다아 의의(意義)가 없어요. 전체의 주장, 이건 자랑스런 타산이라우, 애정의 타산……."

붙일성 없이 쌀쌀한 것도 아니요, 또 격해서 쏟쳐오르는 폭백[71]도 아니요, 열정은 혀 밑에 넌지시 가누고 고삐를 늦추지 않아 차분하니 마침 듣기 좋은, 그래서 오히려 어떤 재미있는 담화 같다.

승재는 인제는 마음이 흐뭇해서 넓죽한 코를 연신 벌씬벌씬 입이 절로 자꾸만 히죽히죽 헤벌어진다. 건드려는 놓고도 이 얼뚱애기의[72][73] 엉뚱스런 정열이 되레 흡족했던 것이다.

계봉이는 이내 꿈을 꾸는 듯 그 '포즈'대로 곰곰이 앉아 말을 잇는다.

"……삼 년! 아니 그 안해[74] 겨울부터니깐 그리구 내 나이 열여섯 살이었으니깐 햇수루는 사 년이겠지…… 허긴 그때야 철두 안 든 어린앤걸 무엇이 무엇인지 알기나 했나! 거저 따르기나 했지. 그것이 나두 몰래, 남 서방두 모르구, 우린 씨앗 하나를 뿌렸던 게 아니우?…… 그런 뒤루 사 년, 내

---

70 오올 오어 낫싱 : All or Nothing.

71 폭백(暴白) : 성을 내며 말함.

72 얼뚱애기의 : ③ 얼뚱아기의   ⑤에는 이 말이 빠져 있음.

73 얼뚱애기 : 얼뚱아기. 둥둥 얼러 주고 싶은 재롱스러운 아기.

74 안해 : 지난해.

키가 자라나구 지각이 들어 가구 그러듯이 그 씨앗두 차차루 자라서 싹이 트구 떡잎이 벌어지구 속잎이 솟아오르구 그래서 뿌리가 백히구 가지가 벋구 한 것이 시방은 한 그루 뚜렷한 남구가 됐구…… 그걸 가만히 생각하믄 퍽 희한스럽기두 허구!…… 신통하잖아요?"

실상 동의를 구하는 말끝도 아닌 걸, 승재는 제 신에 겨워 흥흥 연신 고개를 끄덕거린다.

"……그런데⁷⁵ 말이지요. 애정이라껀 '에널기⁷⁶ 불멸'두 아니구, 또 '불가입성⁷⁷'두 아니니깐…… 그샛 동안 내가 남 서방을 잊어버린다던지, 혹 잊어버리던 않었더래두 달리 한 자리 애정을 길른다던지 그럴 기회가 없으랄 법이 없는 것이지만…… 머 그랬다구 하더래두 그게 배덕⁷⁸의 짓두 아니구…… 그래 아무턴지, 내가 시방 남 서방을 온전히 사랑을 하긴 하나 본데, 또 그렇다 해서 그걸 갖다가 무슨 자랑거리루 유세를 하는 건 절대루 아니구, 더구나 빚을 준 것이 아닌 걸 숫제 갚아 달라구 부둥부둥 조를 며리가 있어요? 졸라서 받는 건 사랑이 아니라 동정이니깐……."

"자알 알았습니다……."

승재는 슬며시 쥐고 주무르던 계봉이의 손을 다둑다둑 다둑거려 주면서……,

"……그리구 나두 시방은 계봉이처럼, 응? 저어 거시키……."

헤벌씬 웃는 승재의 얼굴을 짯짯이 보고 있던 계봉이는 딴생각이 나서

---

75 그런데 : ①② 그런대   ⑤ 그랑데
76 에널기 : ③⑤ 에네르기
    : 계봉이 '에네르기'를 잘못 발음한 것.
77 불가입성(不可入性) : 두 개의 물체가 동시에 같은 공간을 차지하지 못하는 성질. 빈 병을 물속에 거꾸로 넣으면, 공기 때문에 물이 병 안으로 들어가지 못하는 성질 따위를 이른다.
78 배덕(背德) : 도덕에 어그러짐.

입술을 빙긋한다.

역시 기교가 무대요 사람이 진국인 데는 틀림이 없으나, 그 안면근육의 움직이는 양이 어떻게도 둔한지 바보스럽기 다시없어 보였다.

그러니 그저 사범과 출신으로 시골 보통학교에서 십 년만 속을 썩힌 메주같이 생긴 '올드미스'가 이 사람한테는 꼬옥 마침감이요, 그런 자리에다가 중매나 세워 눈 딱 감고 장가나 들 잡이지 도시에 연애란 과한 부담이겠다고, 이런 생각을 해 보면서 혼자 웃던 것이다.

계봉이는 신경도 제 건강과 한가지로 건실하다. 그렇기 때문에 그는 현대적인 지혜를 실한 신경으로 휘고 삭이고[79] 해서 총명을 길러 간다.

만약 그렇지 않고서 지혜에 좀먹힌 말초신경적인 폐결핵 타입의 영양(令孃)[80]이었다면(하기야 그렇게 생긴 계집애는 아직은 없고 이 고장의 '지드'나 '발레리'의 종자(從者)[81]들이 쓰는 소설 가운데서 더러 구경을 할 따름이지만, 그러므로 가사 말이다) 그렇듯 우둔하고 바보스런 승재의 안면 근육은 아예 그만한 풍자나 비판으로는 결말이 나질 않았을 것이다.

분명코 그 아가씨는 '템씨'나, 또 동물원의 하마(河馬) 같은 걸 구경할 때처럼 승재에게서도 병든 신경의 괴상한 흥분을 맛보았기 아니면, 야만이라고 싫증을 내어 대문 밖으로 몰아냈기가 십상이었을 것이다.

그러나 그렇다고 또, 계봉이는 그러면 마치 엊그제 갓 시집온 촌색시가 중학교에 다니는 까까중이 새서방의 다 떨어진 고쿠라 양복을 비단치마와 한가지로 양복장 속에다가 소중히 걸어놓듯 그렇게 촌스럽게 승재를 위하고 그가 하는 짓은 방귀도 단내가 나고 이럴 지경이냐 하면 그건 아니다.

그런 둔한 떠받이[82]도 아니요, 또 말초신경적인 병적 감상도 아니요, 계

---

79 삭이고 : [1][2] 삭히고   [4] 색히고   [5] 새기고
80 영양(令孃) : 영애(令愛). 윗사람의 딸을 높여 이르는 말.
81 종자(從者) : 남에게 종속되어 따라다니는 사람.

봉이는 극히 노말하게[83] 비판해서 승재의 부족한 곳을 다 알고 있다.

안팎이 모두 고색이 창연하고, 우물우물하고 굼뜨고, 무르고, 주변성 없고, 궁상스럽고, 유치하고 그리고 또 연애라니까 단박 결혼 청첩이라도 박으러 나설 쑥이고…… 등속이다. 이러해서 저와는 세기(世紀)가 다른 줄까지도 계봉이는 모르는 게 아니다. 그렇건만 계집아이의 첫사랑이라는 게 (첫사랑이 풋사랑이라면서) 그게 수월찮이 맹랑하여, 길목버선[84]에 비단 스타킹 격의 무서운 '아베크[85]'를 창조해 놓았던 것이요, 그놈이 그래도 아직은(남들이야 흉을 보거나 말거나) 저희는 좋아서 희희낙락 대단히 유쾌하니 할 말이 없는 것이다.

초봉이의 일 상의를 하느라 이야기는 다시 길어져, 여덟 시가 지난 뒤에야 둘이는 같이서 종로까지 나가기로 자리를 일어섰다. 근처에서 매식이 변변칠 못하니 종로로 나가서 저녁도 먹을 겸, 저녁을 먹고 나서는 그 길로 초봉이를 만나러 가기로…….

초봉이와는 셋이 앉아, 미리 당자의 의견도 듣고 상의도 하고 그런 뒤에 형편을 보아, 그 당장이고 혹은 내일이고 승재가 형보를 대면하여 우선 온건하게 담판을 할 것, 그래서 요행 순리로 들으면 좋고, 만약 안 들으면 그때는 달리 무슨 방도로 구처할 것, 이렇게 얼추 이야기가 되었던 것이다.

무름하기란[86][87] 다시없는 소리요, 그뿐 아니라 온건히 담판을 하겠다고 승재가 형보한테 선을 뵈다니 긴치 않은 짓이다. 형보가 누구라고 온건한

---

82 떠받이 : 남의 떠받듦을 받고 자라 버릇없는 사람.
83 노말하게(normal--) : 정상적으로.
84 길목버선 : 먼 길을 갈 때 신는 허름한 버선.
85 아베크(avec) : 프랑스어로, 여기서는 '연인' 또는 '연인 사이'를 뜻함.
86 무름하기란 : [1][2] 무름하기란   [5] 물음하기란
87 무름하다 : 적당하게 무르다. 또는 꽤 무르다.

담판은 말고 백날 제 앞에 꿇어앉아 비손[88]을 해도 들어줄 리 없는 걸, 그러고 완력다짐을 한댔자 별반 잇속이 없을 것인즉, 그 다음에는 몰래 빼다가 숨겨 두는 것뿐인데, 그렇다면 승재까지 낯알음[89]을 주어서 장차에 눈 뒤집어쓰고 찾아다닐 형보에게 들킬 위험만 덧들이다니…….

이 계책은 대체로 계봉이의 의견을 승재가 멋모르고 동의한 것이다. 계봉이는 물론 승재보다야 실물적으로 형보라는 인물을 잘 알기 때문에 좀 더 진중하고도 다구진 첫 잡도리를 하고 싶기는 했으나, 섬뻑 좋은 꾀가 생각이 나지를 않았었다. 그래서 할 수 없이 우선 그렇게 해 보되 약차하면 기운 센 승재가 주먹으로라도 해 대려니 하는 애기[90] 같은 안심이었던 것이다.

어깨가 자꾸만 우줄거려지는 것을 진득이 누르고, 승재는 가운을 벗고서 양복저고리를 바꿔 입는다. 갈데없는 검정 서지의 쓰메에리 양복 그놈이다.

계봉이는 바라보고 섰다가 빙긋 웃는다. 승재도 그 속을 알고 히죽 웃는다.

"저 주젤 언제나 좀 면허우?"

"응, 가만있어. 다아 수가 있으니……."

승재는 모자를 떼어다 얹고 나서고 계봉이는 그의 어깨에 가 매달리면서……,

"수는 무슨 수가 있다구!…… 그리지 말구, 응? 이거 봐요."

"응."

---

88 비손 : ①②③④ 비선
　　　: 두 손을 비비면서 신에게 병이 낫거나 소원을 이루게 해 달라고 비는 일.
89 낯알음 : 얼굴을 기억해서 알아봄.
90 애기 : ⑤ 얘기

"선생님 됐으니깐 나한테 턱을 한 탁 해요!"

"턱을 하라구?…… 하지, 머."

"꼬옥?"

"아무렴!"

"내가 시키는 대루?"

"응."

"옳지 됐어…… 인제 시방 나간 길에 양복점에 들러서 갈라붙인 새 양복 한 벌 마춰요, 응?"

"아, 그거?…… 건 글쎄 한 벌 생겼어."

"생겼어? 저어거!…… 그런데 왜 안 입우?"

"아직 더얼 돼서…… 여기 강 씨가, 이거 병원 같이 하는 강 씨가, 고쓰가이 같다구 못쓰겠다구, 헤에…… 그래 축하 겸 재갸[91]가 한 벌 선사한다나? 헤."

"오옳아…… 난두 그럼 무어 선살 해예지? 무얼 허나? 넥타이? 와이샤쓰?"

"괜찮아. 계봉인 아무것두 선사 안 해두 좋아."

"어이구 왜 그래!"

"그럼 꼭 해야 하나? 그렇거들랑 아무거구 값 헐한 걸루다가 한 가지 ……."

"넥타일 할 테야, 아주 휘언한 놈으로…… 하하하하, 넥타이 매구 갈라붙인 양복 입구, 아이 그렇게 채리구 나선 거 어서 좀 봤으믄! 응? 언제 돼요? 양복."

"내일 아침 일찍 가져온다구 했는데……."

---

91 재갸 : ⑤ 자차

"낼 아침? 아이 좋아!"

계봉이는 애기처럼 우줄거린다[92]. 승재는 나갈 채비로 유리창을 이놈 저놈 단속하고 다닌다.

"그럼 이거 봐요, 낼, 낼이 마침 나두 쉬는 날이구 허니깐, 응?"

"놀러 가자구?"

"응…… 새 양복 싸악 갈아입구, 저어기……."

"저어기가 어딘가?"

"저어기 아무 디나 시외루……."

"거, 좋지!"

"하하, 새 양복 입구 '아미[93]' 데리구, 오월달 날 좋은 날 시외루 놀러가구, 하하 남 서방 큰일났네!"

"큰일? 거 참 큰일은 큰일이군…… 그러구저러구 내일 그렇게 놀러 나가게 될는지 모르겠군."

"왜?"

"오늘 낼이라두 언니 일을 서둘게 되면……."

"그거야 일이 생기믄 못 가는 거지만…… 그러니깐 봐서 낼 아무 일두 없겠으믄 말이지…… 옳아 참, 언니두 데리구 송희두, 송흰 남 서방이 업구 가구, 하하하하."

계봉이는 허리를 잡고 웃고, 승재도 소처럼 웃는다. 조금만 우스워도 많이 웃을 때들이기야 하다.

승재는 진찰실 문을 밖으로 잠그느라고 한참 꾸물거리다가 겨우 돌아

---

92 우줄거린다 : ② 우즐거린다

93 아미 : 임무출은 이 말을 '아미(蛾眉)'라는 한자어로 보고 '누에나방의 눈썹처럼 아름다운 '미인의 눈썹'을 이르는 말로서 '미녀(美女)'의 뜻'이라 풀이했으나 이것은 문맥에 맞지 않다. '연인(또는 친구)'를 뜻하는 프랑스어 'ami'로 보는 것이 적절하다.

선다.

"내가 애길 업구 간다?…… 건 정말루 고쓰가이 같으라구? 헤헤."

사실은 그렇게 하고 나서면 고쓰가이가 아니라, 짜장 초봉이와 짝이 된, 애아비의 시늉이려니 해서 불길스런 압박감이 드는 것을, 제 딴에는 농담으로 눙치던 것이다.

이렇게 소심하고 인색스런 데다 대면 계봉이는 오히려 대범하여, 그런 좀스런 걱정은 않고 노염도 인제는 타지 않는다. 그러기 때문에 승재의 그 말을 받아 얼핏,

"고쓰가이 같은가? 머, 애기 아버지 같을 테지, 하하하."

하면서 이상이다94. 계봉이가 이렇게 털어놓는 바람에 승재도 할 수 없이 파탈이 되어,

"애기아버지면 더 야단나게? 누구 울라구?"

하고 짐짓 한술 더 뜬다. 그러나 되레 되잡혀……,

"날 울리믄 요용태지!…… 난 차라리 우리 송희가 남 서방같이 착한 파파라두 생겼으믄 좋겠어!"

"연앨 갔다가 '꼐임'이라더니 암만해두 장난을 하나 봐!"

승재는 구두를 꺼내면서 혼자 두런거리고, 계봉이는 지성으로 얼굴을 들여다보면서……,

"왜? 소내기 맞었수? 무얼 자꾸만 쑹얼쑹얼허우?"

"장난하긴 아냐!"

"네에에, 단연코 장난이 아닙니다아요! 되렌님."

"그럼 무어구?"

---

94 이상이다 : ⑤ 이죽인다
     : 제법이다.

"칼모친[95]'형'이나 수도원'형'이 아닐 뿐이지요. 칼모친형 알아요? 실연허구서 칼모친 신세 지는 거…… 또, 수도원형은 수녀살이 가는 거."

"대체 알기두 잘은 알구, 말두 묘하겐 만들어댄다! 원 어디서 모두 그렇게 배웠누?"

승재는 어이가 없다고 뻐언히 서서 웃는다.

"하하하…… 그런데 그건 그거구, 따루 말이우, 따루 말인데, 우리 송희가 남 서방 같은 좋은 파파가 있다믄 정말 졸 거야! 인제 이따가라두 보우마는 고놈이 어떻게 이쁘다구!"

"그런가!"

"인제 가서 봐요! 남 서방두 담박 이뻐서 마구……."

"계봉이두 그 앨 그렇게 이뻐하나?"

"이뻐하기만!…… 아 고놈이 글쎄 생기기두 이쁘디이쁘게 생긴 놈이 게다가 이쁜 짓만 골고루 하는 걸, 안 이뻐허구 어떡허우!"

"그럼 이쁘게두 생기덜 않구 이쁜 짓두 하덜 않구 그랬으면 미워하겠네?"

"그거야 묻잖어두 이쁘게 생기구 이쁜 짓을 허구 하니깐 이뻐하는 거지, 머…… 우리 병주 총각 못 보우? 생긴 게 찌락소[96] 같은 되런님이 그 값 하느라구 세상 미운 짓은 다아 허구 다니구…… 그러니깐 내가 그 앤 어디 이뻐해요?"

"그건 좀 박절하잖나! 동기간에……."

"딴청을 하네! 동기간의 정은 또 다른 거 아니우? 미워해두 동기간의 정

---

95 칼모친 : 칼모틴(Calmotin). 냄새가 없는 흰색의 결정성 가루. 진정·최면 작용이 있어서, 불면증·신경 쇠약·구토·천식 따위를 치료하는 데 쓰인다. 브롬발레릴 요소의 상품명이다. 여기서는 이것이 자살 수단으로 이용되는 경우를 말하고 있다.
96 찌락소 : 찌러기. 성질이 몹시 사나운 황소.

은 있는 거구, 남의 집 아이면은 정은 없어두 이뻐할 순 있는 것이구……."

"그럼 그 앤?…… 머, 이름이 송희?"

"응, 송희…… 송횐 내가 이뻐두 허구, 정두 들었구, 두 가지루 다아…… 그러니깐 글쎄 그걸 알구서, 언니가 그 앨 날만 믿구, 자기는 죽는다는 거 아니우?"

"허어!"

승재는 새삼스럽게 감동을 하면서, 우두커니 섰다가 혼자 말하듯……,

"쯧쯧!…… 그래, 필경은 그 애를, 자식을 위해선 내 생명까지두 아깝덜 않다! 목숨을 버려 가면서라두 자식을! 응, 응…… 거 원, 모성애라께 그렇게두 철두철미하구 골똘하단 말인가!"

"우리 언닌 사정이 특수하기두 하지만, 그런데 참……."

계봉이는 문득 다른 생각이 나서……,

"세상에 부모가, 그중에서두 어머니가, 어머니라두 우리 어머닌 예외지만…… 항용 어머니가 자식을 사랑하는 거란 픽두 끔찍한 건데, 그런데 말이지, 그런 소중한 모성애가 이 세상의 일반 인간들한텐 과분한 것 같어! 도야지한테 진주라까?"

"건 또 웬 소리?"

승재는 문을 열다가 돌아서서 계봉이를 찬찬히 들여다본다. 대체 너는 어쩌면 그렇게 당돌한 소리만 골라 가면서 하고 있느냔 얼굴이다.

"어서 나가요! 가믄서 이얘긴 못 하나?"

계봉이는 제가 문을 드르릉 열고 승재를 밀어낸다.

집안보다도 훨씬 훈훈하여 안김새 그럴싸한[97] 밤이 바로 문 밖에서 잡담

---

97 안김새 그럴싸한 : [1][2] 앵김새 푸짐한
　　　　　　　　 : '푸근하게 안기는 느낌을 주는' 정도의 뜻으로 보임.

한[98] 거리로 더불어 두 사람을 맞는다.

이 거리는, 이 거리를 끼고서 좌우로 오막살이집이 총총 박힌 애오개[99] 땅 백성들의 바쁘기만 하지 지지리 가난한 생활을 고대로 드러내느라고, 박절스럽게도 좁은 길목이 미어질 듯 들이 붐빈다[100].

승재와 계봉이는 단둘이만 조용한 방 안에서 흥분해 있다가 갑자기 분잡한 거리로 나와서 그런지 기분이 헤식어[101] 한동안 말이 없이 걷기만 한다.

"그런데 저어 거시키……."

이윽고 승재가 말을 내더니 그나마 떠듬, 떠듬……,

"……저어 우리 이얘길, 걸, 어떡헐꼬?"

"무얼."

"이따가 집에 가서 말야……."

"언니더러 말이지요? 우리 이얘기 말 아니우!"

"응."

"너무 부전스럽잖어?[102] 더 큰 일이 앞챘는데……."

"글쎄……."

승재도 그걸 생각하던 터라 우기지는 못하고 속만 걸려한다.

---

98 잡답하다(雜沓--) : 분답하다(紛沓--). 북적북적하고 복잡하다.

99 애오개 : 충정로(忠正路) 3가에서 마포로 넘어가는 고개를 아현(阿峴) 또는 아현(兒峴)이라고 하는데, 우리말로는 애오개 또는 애우개라고 하는 내력이 있다. 원지형이 사라져 정확히 알 수는 없으나 고개 모습이 엄마 등에 업힌 아기의 모습을 닮았다 하여 아현이라고 명명되었다고 전해오고 있다. 이 고개는 만리현(萬里峴)과 북서쪽 대현(大峴)이라는 두 큰 고개 사이에 있는 작은 고개이기 때문에 애고개, 즉 아현(兒峴)으로 부르던 것이 아(兒)가 아(阿)로 변하여 아현(阿峴)이 되고 그 고개 이름이 동명(洞名)이 되었다.

100 붐빈다 : ①② 분빈다   ④ 부빈다   ⑤ 비빈다

101 헤식다 : 일판이나 술판 따위에서 흥이 깨어져 서먹서먹하다.

102 부전스럽다 : 보기에 남의 사정은 돌보지 아니하고 자기가 하고 싶은 일에만 서두르는 데가 있다.

초봉이가 요행 이런 눈치 저런 눈치 몰랐다 하더라도, 승재를 마음에 두거나 그럼이[103] 없이[104] 오로지 장형보의 손아귀를 벗어져 나올 그 일념만 가지고서 계봉이와 승재 저희들의 권면과 계획을 좇아 거사를 한다면은 물론 아무것도 뒤돌아볼 일은 없을 것이다.

그러나 만약 초봉이가 저희들 승재와 계봉이와의 오늘의 이 사실을 몰랐기 때문에 일변 승재의 단순한 호의를 잘못 해석을 하고서 그에게 어떤 분명한 마음의 포즈를 덧들여 갖든지 하고 볼 양이면, 사실 또 그러하기도 십상일 것이고 하니, 그건 부질없이 희망을 주어놓고서 이내 다시 낙망을 시키는 잔인스런 노릇이 아닐 수 없대서, 그래 승재는 아까와 달라 제 걱정 제 사폐[105]는 초탈하고 순전히 초봉이만 여겨서의 원념을 놓지 못하던 것이다.

덩치[106] 큰 나그네, 자동차 한 대가 염치도 없이 이 좁은 길목으로 비비 뚫고 부둥부둥 들어오는 바람에 승재와 계봉이는 다른 행인들과 같이 가게의 처마 밑으로 길을 비켜서서 아닌 경의를 표한다. 문명한 자동차도 분명코 이 거리에서만은 야만스런 폭한[107]이 아닐 수가 없었다.

자동차를 비껴 보내고 마악 도로 나서려니까, 이번에는 상점의 꼬마둥인지 조그마한 아이놈이 사람 붐빈 틈을 서커스 하듯 자전거를 타고 달려오다가 휘파람을 쟁그랍게 휘익,

"좋구나!"

소리를 치면서 해뜩해뜩 달아나고 있다.

---

103 그럼이 : ⑤ 꺼림이
104 그럼이 없이 : 그러지 않고.
105 사폐 : 사정(私情). 개인의 사사로운 정.
106 덩치 : ⑤ 덩지
107 暴漢(폭한) : 함부로 난폭한 행동을 하는 사람. 늑폭객(暴客).

승재는 히죽 웃고, 계봉이는 고놈이 괘씸하다고 눈을 흘기면서,

"저런 것두 '독초'감이야!……"

하다가 그 결에 아까 중판멘 이야기 끝이 생각이 나서……,

"……아까 참, 모성애 그 이야기하다가 말았겠다?…… 이거 월사금 단단히 받아야지 안 되겠수! 하하."

"그래 학설을 들어 봐서……."

"하하, 학설은 좀 황송합니다마는…… 아무턴 그런데, 그 모성애라께 퍽 참 거룩허구, 그래서 애정 가운데선 으뜸가는 거 아니우?"

"그렇지……."

"그렇지요?…… 그런데, 가령 아무나 이 세상 인간을 하나 잡아다가 놓구 보거던요? 손쉽게 장형보가 좋겠지…… 그래, 이 장형보를 놓구 보는데, 그 사람두 어려서는 저이 어머니의 사랑을 받구 자랐을 게 아니우?…… 자식이 암만 병신 천치라두 남의 어머닌 대개 제 자식은 사랑하구 소중해하구 하잖어요? 되려 병신일수룩 애차랍다구서 더 사랑을 하는 법이 아니우?"

"그건 사실이야……."

"그러니깐 장형보두 저이 어머니의 살뜰한 사랑을 받었을 건 분명허잖우? 그런데 그 장형보라는 인간이 시방 무어냐 하믄 천하 악인이요, 아무 짝에두 쓸데가 없구 그러니 독초, 독초(毒草)라구 할 것밖에 더 있수? 독초…… 큰 공력에 좋은 비료를 빨아먹구 자란 독초…… 그런데 글쎄 이 세상에 장형보말구두 그런 독초가 얼마나 많수? 그러니 가만히 생각하믄 소중한 모성애가 아깝잖어요?…… 이건 참 죄루 갈 소리지만 우리 언니가 그렇게두 사랑하는 송희, 생명까지 바치자구 드는 송희, 그 애가 아닐 말루 인제 자라서 어떤 독초가 안 된다구는 누가 장담을 허우?"

"계봉인 단명하겠어!"

승재는 말을 더 못 하게 걷지르면서[108] 어느새 당도한 전차 안전지대로

올라선다. 그건 그러나 애기더러 끔찍스런 입을 놀린대서 지천이지, 그의 '육법전서' 연구에 돌연 광명을 던져 주는 새 어휘(형보 같은 인물을 '독초'라고 지적한), 그 어휘를 나무란 것은 아니다.

승재와 계봉이는 종로 네거리에서 전차를 내려, 바로 빌딩의 식당으로 올라갔다.

계봉이도 시장은 했지만, 배가 고프다 못해 허리가 꼬부라졌다.

모처럼 둘이 마주앉아서 먹는 저녁이다. 둘이 다 같이 군산 있을 적에 계봉이가 승재를 찾아와서 밥을 지어 준다는 게 생쌀밥을 해놓고, 그래도 그 밥이 맛이 있다고 '다꾸앙[109]' 쪽을 반찬 삼아 달게 먹곤 하던 그 뒤로는 반 년 넘겨 오늘 밤 처음이다.

그런 이야기를 해 가면서 둘이는 저녁밥을, 한 끼의 저녁밥이기보다 생활의 즐거운 한 토막을 누리었다.

둘이 다 건강한 몸에 시장한 끝이요, 또 아무 근심 없이 유쾌한 시간이라 많이 먹었다. 승재는 분명 두 사람 몫은 실히 되게 먹었다.

그리 급히 서둘 것도 없고 천천히 저녁을 마친 뒤에, 또 천천히 거리로 나섰다.

배도 불렀다. 연애도 바깥의 트인 대기에 인제는 낯가림을 않는다. 거리도 야속하게만 마음을 바쁘게 하는 애오개는 아니다.

훈훈하되 시원할 필요가 없고 마악 좋은 오월의 밤이라 밤이 또한 좋다. 아홉 시가 좀 지났다고는 하나 해가 긴 절기라 아직 초저녁이어서 더욱 좋다. 승재와 계봉이는 저편의 빡빡한 야시를 피해 이짝 화신 앞으로 건너서서 동관을 바라보고 한가히 걷는다.

---

108 걷지르면서 : ①②③ 젓지르면서   ④ 겉지르면서   ⑤ 곁지르면서
109 다꾸앙 : たくあん(沢庵). 단무지.

제법 박력 있이 창공으로 검게 솟은 빌딩의 압기를 즐기면서, 레일을 으깨는 철(鐵)의 포효와 도시다운 온갖 소음으로 정신 아득한 거리를 유유히 걷고 있는 '연애'는 외계가 그처럼 무겁고 요란하면 할수록 오히려 더 마음 아늑했다. 더구나 불빛 드리운 포도 위로 앞에도 뒤에도 오는 사람과 가는 사람으로 늘비하여 번거롭다면 더할 수 없이 번거롭지만, 마음이 취한 두 사람에게는 어느 전설의 땅을 온 것처럼 꿈속 같았다.

그랬기 때문에 승재나 계봉이나 다 같이 남은 남녀가 쌍 지어 나섰으면 둘이의 차림새에 그다지 층이 지지 않아 보이는 걸, 저희 둘이는 승재의 그 어설픈 그 몰골로 해서 장히 얼리지 않는 '콤비'라는 것도 모르고 시방 큰길을 어엿이 걷고 있는 것이다. 황차 남의 눈에 선뜻 뜨이는 계봉이를 데리고 말이다.

동관 파주개에서 북으로 꺾여 올라가다가 집 문 앞 골목까지 다 와서 계봉이가 팔걸이시계를 들여다보았을 때는 아홉 시하고 마침 반이었었다.

계봉이가 앞을 서서 골목 안으로 쑥 들어서는데 외등 환한 대문 앞에 식모와 옆집 행랑사람 내외와 맞은편 집 마누라와 이렇게 넷이 고개를 모으고 심상찮이 수군거리고 있는 양이 얼른 눈에 띄었다.

남의 집 드난살이나 행랑사람들이란 개개 저희끼리 모여 서서 잡담과 주인네 흉아작110을 하는 걸로 낙을 삼고 지내고, 그래서 이 집 식모도 그 유에 빠지질 않으니까 그리 괴이타 할 게 없다면 없기도 하다. 그러나 이 집 식모는 낮으로는 몰라도, 밤에는 영 어쩔 수 없는 주인네 심부름이나 아니고는 이렇게 한가한 법이 없다.

저녁밥을 치르고 뒷설거지를 하고 나서, 그러니까 여덟 시 그 무렵이면 벌써 제 방인 행랑방에서 코를 골고 떨어져 세상모른다. 역시 심부름을 시

---

110 흉아작 : 흉. 흉 보는 짓.(임)

키느라고 뚜드려 깨우기 전에는 제 신명[111]으로 밖에 나와서 이대도록 늦게(?)까지 이야기를 하고 논다는 게 전고[112]에 없는 일이다.

계봉이는 그래 선뜻 의아해서 주춤 멈춰 서는데, 인기척을 듣고 모여 섰던 네 사람이 죄다 고개를 돌린다.

과연 기색들이 다르고, 식모는 당황한 얼굴로 일변 반겨하면서 일변 달려오면서 목소리를 짓죽여,

"아이! 작은아씨!"

하는 게 마구 울상이다.

"응! 왜 그래?"

계봉이는 어떤 불길한 예감이 번개같이 머릿속을 스치면서, 그대로 뛰어 들어가려다가 말고 한 번 더 눈으로 식모를 재촉한다. 사뭇 몸을 이리 둘렀다 저리 둘렀다 어쩔 줄을 몰라 한다. 원체 다급하면 뛰지를 못하고 펄썬 주저앉아서 엉덩이만 들썩거린다는 것도 근리한 말이다.

계봉이는 정녕코 형 초봉이가 죽었거니, 이 짐작이다.

"아이! 어서 좀 들어가 보세유! 안에서 야단이 났나베유!"

계봉이는 식모가 하는 소리는 집어 내던지듯 우당퉁탕 어느새 대문간을 한걸음에 안마당으로 뛰어든다. 뛰어드는데 그런데 또 의외다.

"언니!"

어떻게도 반갑던지, 고만 눈물이 쏟아지면서 엎드러지듯 건넌방으로 쫓아 들어간다.

꼭 죽어 누웠으려니 했던 형이, 저렇게 머리 곱게 빗고 새 옷 깨끗이 입고, 열어 논 건넌방 앞문 문지방을 짚고 나서지를 않느냔 말이다. 또 송희

---

111 신명 : ①②④⑤ 실명
　　　　: '실명'은 '신명'과 같은 뜻임.
112 전고(前古) : ((주로 '전고에' 꼴로 쓰여)) 지나간 옛날.

도 아랫목 한편으로 넌 채, 고이 자고 있고…….

"왜? 누가 어쨌나요?"

승재는 계봉이의 뒤를 따라 들어가다가 말고, 잠깐 거기 모여 섰는 사람들더러 뉘게라 없이 떼어 놓고 묻던 것이다.

계봉이와 마찬가지로 승재도 초봉이에게 대한 불길한 예감이 들기는 했으나 그러고도 현장으로 덮어놓고 달려 들어가지 않고서 우선 밖에서 정황을 물어 보고 하는 것이 제법 계봉이보다 침착하게 군 소치더냐 하면 노상 그런 것도 아니요, 오히려 더 당황하여 두서를 차리지 못한 때문이었다.

식모가 나서서 말대답을 했어야 할 것이지만, 이 낯선 사내사람을 경계하느라 비실비실 몸을 사린다.

승재는 그만두고 이내 그대로 대문 안으로 들어서려는데 그들 중의 단 하나인 사내로 옆집 행랑사람이 그래도 사내라서 텃세하듯,

"당신은 누구슈?"

하고 나선다. 그들은 시방 이 변이 생긴 집에 다시 전에 못 보던 인물이 나타난 것이 새로운 흥미이기도 하던 것이다.

승재는 실상 여기서 물어보고 무엇 하고 할 게 없는 걸 그랬느니라고 생각이 든 참이라 인제는 대거리하기도 오히려 긴찮아 겨우 고개만 돌린다.

"혹시 관청에서 오시나요?"

그 사내는 가까이 오면서 먼저 같은 시비조가 아니고 말과 음성이 공순해서[113] 묻는다.

관청에서 왔느냐 말은 순사냐는 그네들의 일종 존대엣 말이다. 검정 양복에 아무튼 민거[114]나마 누렁 단추를 달았고, 허니 칼만 풀어놓고 정모 대

---

113 공순해서 : ⑤ 공순해

114 민거 : '민-'은 '꾸미거나 딸린 것이 없는'의 뜻을 더하는 접두사로, '민거'는 '민것', 즉 '장식이 없는 것'을 뜻함.

신 여느 사포[115]를 쓴 순사거니, 혹시 별순검[116]인지도 몰라, 이렇게 여긴대도 그들은 저희들이 방금 길 복판에다가 구루마를 놓았다거나, 술 취해 야료[117]를 부렸다거나 하지 않은 이상 순사 아닌 사람을 순사로 에누리해 보았은들, 하나도 본전 밑질 흥정은 아닌 것이다.

승재는 관청 운운의 그 어휘는 몰랐어도, 아무려나 면서기도 채 아닌 것은 사실인지라, 아니라면서 고개를 흔든다.

"네에! 그럼 이 집허구 알음이 있으슈?"

그 사내는 뒷짐을 지고 서면서 제법 점잖이 이야기를 하잔다.

"네, 한 고향이구…….."

"네에, 그렇거들랑 어서 들어가 보슈…… 아마 이 집에서 사람이 상했나봅디다!"

"예? 사람이? 사람이 상했어요?"

승재는 맨 처음 제가 짐작했던 것은 어디다 두고, 뒤삐어지게[118] 후닥닥 놀라서 들이 허둥지둥 야단이 난다.

단걸음에 안으로 뛰어 들어가야 하겠는데 뛰어 들어갈 생각은 생각대로 급한데, 그러자 비로소 제가 의사라는 걸, 의사이기는 하되 청진기 한 개 갖지 못한 걸 깨닫고 놀라, 자 이걸 어떡헐꼬, 병원으로 자동차를 몰고 가서 채비를 차려 가지고 와야지, 아아니 상한 사람은 그새 동안 어떡허라구, 그러면 그대로 들어가 보아야겠군, 아아니 이 사람더러 아무 병원이라도 달려가서 아무 의사든지 청해 오게 할까, 아아니 그럴 게 아니라 가만있자

---

115 사포 : '전립(戰笠)'을 속되게 이르는 말. 벙거지.
116 별순검(別巡檢) : 대한 제국 때에, 경무청이나 경위원에 속하여 제복을 입지 아니하고 비밀 정탐에 종사하던 순검.
117 야료(惹鬧) : 까닭 없이 트집을 잡고 함부로 떠들어 댐.
118 뒤삐어지다 : 제때가 지나버려 뒤늦다.(임)

어떡허나 어떡할꼬…….

이렇게 당황해서 얼른 이러지도 못 하고 저러지도 못 하고 둘레둘레 허겁지겁 사뭇 액체라도 지릴 듯이 쩔쩔매기만 하고 있다. 그리고, 시방 사람이 상했다고 한 그 상했단 소리는 말뜻대로만 해석해 부상(負傷)인 줄만 알고 있던 것이다.

그 사내는 남의 속도 몰라주고 늘어지게,

"네에, 분명 상했어요, 분명……."

하다가 식모를 힐끔 돌아보면서……,

"…… 이 집 바깥양반이 아마 분명……."

"네, 바깥양반이, 그이 부인을, 말이지요?"

승재가 숨 가쁘게 묻는 말을 그 사내는 천천히 고개를 흔들면서……,

"아아니죠!…… 이 집 아낙네가, 이 집 바깥양반을[119]……."

"네에에!"

"바깥양반을 궂혔어요!"

"어!……"

짧게 지르는 소리도 다 못 맺고 긴장이 타악 풀어지면서, 승재는 마치 선잠 깬 사람처럼 입안엣 말로 중얼거리듯……,

"……다친 게 아니구? 응…… 이 집 부인이 다친 게 아니구…… 바깥양반이…… 죽 죽었……?"

"네에! 아마 그랬나 봐요! 자센 몰라두 분명 그런가 봅니다……."

승재는 멀거니 눈만 끄먹거리고 섰다.

가령 초봉이가 자살을 했다든지, 또 처음 알아들은 대로 장형보한테 초봉이가 다쳤다든지 그랬다면 놀라운 중에도 일변 있음직한 일이라서 한편

---

119 바깥양반을 : [5] 바깥을

으로 고개가 끄덕거려질 수도 있을 노릇이다. 그러나 천만 뜻밖이지, 초봉이가 장형보를 죽이다니, 도무지 영문을 모를 소리던 것이다.

잠깐 만에 승재가 정신을 차려 안으로 달려 들어가자 바깥에 모인 세 남녀는 하품을 씹으면서 다시금 귀를 긴장시킨다.

18. 내보살 외야차(內菩薩外夜叉[1])

조금 돌이켜 여덟 시가 되어서다.

초봉이는 송희가 잠든 새를 타서 잠깐 저자에 다녀오려고, 여러 날째 손도 안 댄 머리를 빗는다, 나들이옷을 갈아입는다 하고 있었다.

윗목 책상 앞으로 앉아 수형 조각을 뒤적거리던 형보가 아까부터 힐끔힐끔 곁눈질이 잦더니 마침내,

"어디 출입이 이대지 바쁘신구?"

하면서 참견을 하잔다. 제가 없는 틈에 나다니는 것은 못 막지만, 눈으로 보면 으레껏 말썽을 하려고 들고 더욱이 밤출입이라면 생비상으로[2] 싫어한다.

"여편네라껀 밤이슬을 자주 맞어선 못쓰는 법인데! 끄응"

형보는 초봉이가 대거리도[3] 안 해 주니깐 영락없이 그놈 뱀 모가지를 쳐들어 비위를 긁는다.

초봉이는 뒤 저릴[4] 일이 없지 않아, 처음은 속이 뜨끔했으나 새침한 채 종시 거듭떠보지도 않고, 마악 나갈 채비로 송희를 한 번 더 싸 주고 다독거려 주고 하고 나서 돌아선다.

형보는 뽀르르 앞문 앞으로 가로막고 앉아, 고개를 발딱 젖히고 올려다보면서……,

---

1 야차(夜叉) : 두억시니. 모질고 사나운 귀신의 하나. 불교에서는 팔부의 하나로, 사람을 괴롭히거나 해친다는 사나운 귀신이다.

2 생비상으로(生砒霜--) : '생'은 ((몇몇 명사 앞에 붙어))'지독한' 또는 '혹독한'의 뜻을 더하는 접두사이므로 '생비상'처럼 지독한 독약을 대하는 듯한 태도라는 뜻.

3 대거리도 : ⑴⑵⑷ 대결도   ⑸ 대거리를

4 뒤(가) 저리다 : 자기가 한 말이나 행동이 나중에 잘못될까 봐 마음이 조마조마하거나 두려운 느낌이 있다.

"어디 가? 어디?"

"살 게 있어서 나가는데 어쨌다구 안달이야? 안달이."

"인 줘, 내가 사다 주께?"

형보는 제가 되레 누그러져 비쭉 웃으면서 손바닥을 궁상으로 내민다.

"일없어!"

"그리지 말구!"

"이게 왜 이 모양이야!…… 안 비낄 테냐?"

"어멈을 시키던지?"

"안 비껴?"

초봉이는 소리를 버럭 지르면서 형보의 등감을 내지르려고 발길을 들먹들먹 아랫입술을 문다.

"제에밀!"

형보는 못 이기는 체 두덜거리면서 비켜 앉는다. 그는 지지 않을 어거지와 자신이 없는 것은 아니나, 그러나 초봉이를 위하여 짐짓 져 준다. 되도록이면 제 불편이나 제 성미는 참아 가면서 억제해 가면서 마주 극성을 부리지 말아서, 그렇게나마 초봉이를 마음 편안하게 해 주고 싶은 정성, 진실로 거짓 아닌 정성이던 것이다. 그것이 물론 '뱀'의 정성인 데는 갈데없기야 하지만…….

"난 모르네! 어린년 깨애서 울어두?"

"어린애만 울렸다 봐라! 배지5를 갈라 놀 테니."

초봉이는 송희를 또 한 번 돌려다 보고, 치맛자락을 휩쓸면서 마루로 나간다.

"제에밀! 장형보 배진 터져두 쌓는다!…… 아무튼 꼭 이십 분 안에 다녀

---

5 배지 : '배'를 속되게 이르는 말.

와야만 하네?"

"영영 안 들올걸!"

"흥! 담보물은 어떡허구?"

형보는 입을 삐쭉하면서 아랫목의 송희를 만족히 건너다본다.

옛날에 한 사람이 있었다. 계집이 젖 먹는 자식을 버리고 간부[6]와 배 맞아 도망을 갔다. 어린것은 어미를 찾고 보채다가 꼬치꼬치 말라죽었다. 사내는 어린것의 시체를 ×를 갈라, 소금에 절여서 자반을 만들었다. 그놈을 크막한 자물쇠 한 개와 얼러, 보따리에 싸서 짊어지고 계집을 찾아 나섰다. 열두 해 만에 드디어 만났다. 사내는 계집의 젖통을 구멍을 푹 뚫고 자식의 자반 시체를 자물쇠로 딸꼭 채워 주면서, 옜다, 인제는 젖 실컷 먹어라, 하고 돌아섰다.……

형보는 고담[7]을 한다면서, 이 이야기를 그새 몇 번이고 초봉이더러 했었다. 그런 족족 초봉이는 입술이 새파랗게 죽고, 듣다못해 귀를 틀어막곤 했다.

그럴라치면 형보는 못 본 체 시치미를 떼고 앉았다가 더 큰 소리로,

"자식을 업구 도망가지?……"

해 놓고는, 그 말을 제가 냉큼 받아……,

"그러거들랑 아따, 자식을 산 채루………………… 에미 젖통에다가 자물쇠루 채워 주지? 흥!"

초봉이는 이것이 노상 엄포만이 아니요, 형보가 족히 그 짓을 할 줄로 알고 있다.

그는 송희를 내버리고 도망할 생각이야 애당초에 먹지를 않지만, 하니

---

6 간부(姦夫) : 간통한 남자.

7 고담(古談) : 옛날이야기.

데리고나마 도망함직한 것도, 그 때문에 뒤를 내어 생심을 못하던 것이다.

형보는 초봉이의 그러한 속을 잘 알고 있고, 그러니까 그가 도망갈 염려는 않는다.

형보는 일반 사내들이, 제 계집의 나들이 (그중에도 밤출입을) 덮어놓고 기하는[8] 그런 공통된 '본능' 이외에 또 한 가지의 독특한 기호를 이 '밤의 수캐'는 가지고 있으니, 전등불 밑에서는 반드시 초봉이를 지키고 앉았어야만 마음이 푸지고[9] 좋고 하지 그러질 못하면 공연히 짜증이 나고 짜증이 심하면 광기가 일고 한다. 그래 시방도 일껏 도량 있이 내보내 주기는 하고서도, 막상 초봉이가 눈에 안 보이고 하니까는 아니나 다를까 슬그머니 심정이 부풀어 오르기 시작했다. 더구나 영영 안 들어올걸 하고 쏘아붙이던 소리가 아예 불길스런 압박을 주어, 단단히 심청이 부풀어 올라가던 것이었다.

초봉이는 동관 파주개에서 바로 길 옆의 양약국에 들러 항용 ×××라고 부르는 '염산×××' 한 병을 오백 그램짜리째 통으로 샀다. 교갑도 넉넉 백 개나 샀다.

드디어 사약(死藥)을 장만하던 것이다.

오늘 아침 초봉이는 그렇듯 형보를 갖다가 처치할 생각을 얻었고, 그것은 즉 초봉이 제 자신의 '자살의 서광(曙光)'이었었다.

형보 때문에, 형보가 징그럽고 무섭고 그리고 정력에 부대끼고 해서 살 수가 없이 된 초봉이는 마치 차일[10]귀신한테 덮치운 것과 같았다.

[11]차일귀신은 처음 콩알만 하던 것이 주먹만 했다가 강아지만 했다가 송

---

8 기하다(忌--) : 꺼리거나 피하다.

9 푸지다 : 매우 많아서 넉넉하다.

10 차일(遮日) : 햇볕을 가리기 위하여 치는 포장.

11 ⑤는 여기서 단락 구분이 되어 있지 않다.

아지만 했다가 쌀뒤주만 했다가 이렇게 자꾸만 커 가다가 마침내 차일처럼 휙 하니 퍼져 사람을 덮어씌우고 잡아먹는다.

초봉이는 시방 그런 차일귀신한테 덮치어, 깜깜한 그 속에서 기력도 희망도 다 잃어버리고, 생명은 각각으로 눌려 찌부러들기만 했다. 방금 숨이 막혀 오고 그러하되 아무리 해도 벗어날 길은 없었다.

이렇게 거진 죽어가는 초봉이는 그러므로 생명이란 건 한갓 무서운 고통일 뿐이지 아무것도 아니었다. 따라서 해방과 안식이 약속된 죽음이나 동경하지 않질 못하던 것이다.

[12]그리하여 차라리 죽음을 자취하자던 초봉인데, 그런데 막상 죽자고를 하고서 본즉은, 그것 역시 형보로 인해 또한 뜻대로 할 수가 없게끔 억색한 사정이 앞을 막았다. 송희며 계봉이며의 위협이 뒤에 처지기 때문이다.

그렇기 때문에 초봉이가 절박하게 필요한 제 자신의 자살에 방해가 되는 형보를 처치하는 것은, 자살을 할 그 목적을 이루기 위한 한 개의 수단, 진실로 수단이요, 이 수단에 의한 자살이라야만 가장 완전하고 의의 있는 자살일 수가 있던 것이다.

이것이 일시 절망되던 자살이 서광을 발견한 경위다. 독단이요, 운산(運算)[13]은 맞았는데 답(答)은 안 맞는 산술이다. 아마 식(式)이 틀린 모양이었었다.

계집의 좁은 소견이라 하겠으나, 그건 남이 옆에서 보고 하는 소리요, 당자는 맞았는지 틀렸는지 알 턱도 없고 상관도 없이 그 답을 가지고서 곧장 제이단으로 넘어 들어간 지 이미 오래다. 오늘 아침에 산술을 풀었는데 시방은 저녁이요, 벌써 사약으로 ×××까지 샀으니 말이다.

---

12 [5]는 여기서 단락 구분이 되어 있지 않다.

13 운산(運算) : 연산(演算).

물론 이 ×××이라는 약품이 형보의 목숨을(초봉이 제 자신이 자살하는 데 쓰일 긴한 도구(道具)인 형보의 그 목숨을) 처치하기에는 그리 적당치 못한 것인 줄이야 초봉이도 잘 안다. 형보를 궂히자면14 사실 분량이 극히 적어서 저 몰래 먹이기가 편해야 하고, 그러하고도 효과는 적실하고 빨리 나타나 주는 걸로, 그러니까 저 '××가리' 같은 맹렬한 극약이라야만 할 터였었다.

초봉이는 그래서 '××가리'를 구하려고, 오늘 종일토록 실상은 그 궁리에 골몰했었다. 그러나 결국 시원칠 못했다.

무서운 극약이라, 간대도 사진 못할 것이고 한즉 S의사의 병원에서든지, 또 하다못해 박제호에게 어름어름 접근을 해서든지 몰래 훔쳐 내는 수밖에 없는데, 그러자니 그게 조만15이 없는16 노릇이었었다. 그래서 아무려나 우선 허허실수로, 일변 또 마음만이라도 듬직하라고 이 ×××이나마 사다가 두어 보자던 것이다.

×××이라면, 재작년 송희를 잉태했을 적에 ××를 시키려고 먹어 본 경험이 있는 약이라, 얼마큼 효과를 믿기는 한다.

그때에 교갑으로 열 개를 먹고서 거진 다 죽었으니까, 듬뿍 서른 개면 족하리라 했다.

초봉이 저는 그러므로 그놈이면은 좋고, 또 그뿐 아니라 다급하면 양잿물이 없나, 대들보에 밧줄이 없나, 허니 아무거라도 다 좋았다.

17허고,18 도시 문제는 형보다.

---

14 궂히자면 : [1][2] 구치자면   [4][5] 굳히자면
15 조만 : [5] 조망
16 조만(早晚)이 없다 : 이를지 늦을지, 즉 언제 이루어질지 알 수 없다.
17 [5]는 여기서 단락 구분이 되어 있지 않다.
18 허고, : [1][2][5]에는 이 말이 없다.   [3] 하고,

교갑으로 서른 개라면 한 주먹이 넘는다. 너댓 번에 저질러야 다 삼켜질지 말지 하다. 그런 걸 제법 형보게다가 저 몰래 먹인다는 게 도저히 안 될 말이다.

혹시 좋은 약이라고 사알살 돌라서나[19] 먹인다지만 구렁이가 다 된 형본 것을 그리 문문하게 속아 떨어질 이치가 없다. 반년이고 일 년이고 두고 고분고분해서 방심을 시킨 뒤에 거사를 한다면 그럴 법은 하지만, 대체 그 짓을 어떻게 하고 견디며, 또 하루 한시가 꿈만 한 걸 잔뜩 청처짐하고[20] 있기도 못할 노릇이다.

그러므로, 아무리 해도 이 ×××은 정작[21]이 아니요 여벌감이다. 여벌감이고, 정작은 앞으로 달리 서둘러서 '××가리'나 그게 아니면 '×××'이라도 구해 볼 것, 그러나 만약 그도 저도 안 되거드면 할 수 있나, 뭐 부엌에 날카로운 식칼이 있겠다 허니 그놈으로, 잠든 틈에…… 몸을 떨면서도 이렇게 안심은 해 두던 것이다.

외보살 내야차(外菩薩內夜叉)라고 하거니와 곡절은 어떠했든 저렇듯 애련한 한 계집이, 왈 남편이라는 인간 하나를 궂히려[22] 사약을 사서 들고 만인에 섞여 장안의 한복판을 어엿이 걷는 줄이야 당자 저도 실상은 잊었거든, 하물며 남이 어찌 짐작인들 할 것인고.

초봉이는 볼일을 보았으니 이내 돌아갔을 테로되, 이십 분 안에 들어오라던 소리가 미워서 어겨서라도 더 충그릴 판이다. 충그려도 송희가 한 시간이나 그 안에는 깨지 않을 터여서 안심이다. 그런데 마침 또, 오월의 밤

---

19 도르다 : 그럴듯하게 말하여 남을 속이다.
20 청처짐하다 : 아래쪽으로 좀 처진 듯하다. 동작이나 상태가 바싹 조이는 맛이 없이 조금 느슨하다.
21 정작 : 요긴하거나 진짜인 것. 또는 그런 점이나 부분.
22 궂히려 : 1 2 구치려   4 5 굳히려

이 좋으니 이대로 돌아다니고 싶기도 하고.

가벼운 옷으로 스며드는 야기(夜氣)가 무어라고 형용할 수 없이 홑입맛[23]이 당기게[24] 살을 건드려 주어 자꾸자꾸 휘얼휘얼 걸어 다녀야만 배길 것 같다. 자주 바깥바람을 쐬는 사람한테도 매력 있는 밤인 걸, 반감금살이를 하는 초봉이게야 반갑지 않을 리가 없던 것이다.

불빛 은은한 포도 위로 사람의 떼가 마치 한가한 물줄기처럼 밀려오고 이짝에서도 밀려가고 수없이 엇갈리는 사이를 초봉이는 호젓하게 종로 네거리로 향해 천천히 걷고 있다.

가도록 황홀한 밤임에는 다름없었다. 그러나 오가는 사람들을 무심코 유심히 보면서 지나치는 동안 초봉이의 마음은 좋은 밤의 매력도 잊어버리고 차차로 어두워 오기 시작했다.

보이느니 매양 즐거운 얼굴들이지 저처럼 액색하게 목숨이 밭아 가는 사람은 하나도 없는 성불렀다.[25]

하다가 필경 공원 앞까지 겨우 와서다.

송희보다 조금 더 클까 한 아기 하나를 양편으로 손을 붙들어 배착배착[26] 걸려 가지고 오면서 서로가람 들여다보고는 웃고 좋아하고 하는 한 쌍의 젊은 부부와 쭈쩍 마주쳤다.

어떻게도 그 거동이 탐탁하고 부럽던지, 초봉이는 그대로 땅바닥에 가 펄씬 주저앉아 울고 싶은 것을, 겨우 지나쳐 보내고 돌아서서 다시 우두커니 바라다본다. 보고 섰는 동안에 생시가 꿈으로 바뀐다. 남자는 승재요,

---

23 홑입맛 : 1 2 4 홋닙맛   5 홋입맛
24 홑입맛이 당기게 : '외로움을 느끼게' 정도의 뜻으로 보임.
25 5 는 여기서 줄을 띄어 놓고 있다.
26 배착배착 : '배치작배치작'의 준말. 몸을 한쪽으로 약간 배틀거리거나 가볍게 잘록거리며
   걷는 모양.

여자는 초봉이 저요, 둘 사이에 매달려 배틀거리면서 간지게 걸음마를 하고 가는 아기는 송희요…….

번연한 생시건만, 초봉이는 제가 남이 되어 남이 저인 양 넋을 잃고 서서 눈은 환영을 쫓는다.

[27]초봉이는 집에서도 늘 이러한 꿈 아닌 꿈을 먹고 산다. 송희를 사이에 두고 승재와 즐기는 단란한 가정.

물론 그것은 꿈이었지, 산 희망은 감히 없다. 마치 외로운 과부가 결혼사진을 꺼내 놓고 보는 정상과 같아, 추억의 세계로 물러갈 수는 있어도 추억을 여기에다 살려 놓을 능력은 없음과 일반인 것이다.

일찍이 초봉이는 제호와 살 적만 해도 승재에게 대한 여망을 통히 버리진 않았었다. 흠집 난 몸이거니 하면 민망은 했어도 그래도 승재가 거두어 주기를 은연중 바랐고, 인제 어쩌면 그게 오려니 싶어 저도 모르게 기다렸고, 하던 것이 필경 형보한테 덮치어 심신이 다 같이 시들어 버린 후로야 그런 생심을 할 기력을 잃는 동시에, 일변 승재는 저를 다 잊고 이 세상 사람으로 치지도 않겠거니 하여 아주 단념을 했었다. 그러고서 임의로운 그 꿈을 가졌다.

계봉이가 그때그때의 소식은 들려[28] 주었다. 의사 면허를 탄[29] 줄도, 오래잖아 서울다가 개업을 하는 줄도 알았다. 그런 것이 모두 꿈을 윤기 있게 해 주는 양식이었었다.

계봉이와 사이가 어떠한고 하고 몇 번 눈치를 떠보았다. 그 둘이 결혼을 했으면 좋을 생각이던 것이다. 허기야 처음에 저와 그랬었고 그랬다가 제가 되를 했고[30], 시방은 꿈속의 '그이'로 모시고 있고, 그러면서 그 사람과

---

27 [5]는 여기서 단락 구분이 되어 있지 않다.

28 들려 : [5] 알려

29 탄 : [5] 딴

동생이 결혼하기를 바라는 것이 일변 마음에 죄스럽지 않은 것은 아니었었다. 그러나 그러고저러고 간에 계봉이의 태도가 범연하여 동무 이상 아무것도 아닌 성싶었고, 해서 더욱 마음 놓고 그 꿈을 즐길 수가 있었다.

아까 계봉이가 승재더러 한 말은 이 눈치를 본 소린데, 의뭉쟁이가 저는 시치미를 떼고 형의 속만 뽑아 보았던 것이다. 물론 알다가 미처 못 안 소리지만, 아무려나 초봉이 저 혼자는 희망 없는 한 조각 빈 꿈일 값에, 만약 승재가 아직까지도 저를 약시약시하고[31] 있는 줄을 안다면 그때는 죽었던 그 희망이 소생되기가 십상일 것이었었다. 뿐 아니라 그의 시들어 빠진 인생의 정기도 기운차게 살아날 것이었었다.

사람의 왕래가 밴 공원 앞 한길 한복판에 가서 넋을 놓고 섰던 초봉이는 얼마 만에야 겨우 정신이 들었다. 정신이 들자 막혔던 한숨이 소스라치게 터져 오르면서 이어 기운이 차악 까라진다.

인제는 더 거닐고 무엇 하고 할 신명[32]도 안 나고, 일껏 좀 마음 편하게 즐기겠던 좋은 밤이 고만 쓸데없고 말았다.

처음 요량에는 종로 네거리까지 바람만 바람만 밟아 가서, 계봉이가 있는 ××백화점에 들러 천천히 한 바퀴 돌아보고, 그러다가 시간이 되어 파하거든 계봉이를 데리고 같이 오려니, 오다가는 아무거나 먹음직한 걸로 밤참이라도 시켜 가지고 오려니, 이랬던 것인데 공골시 생각잖은 마[33]가 붙어 흥이 떨어지매 이것이고 저것이고 다 내키지 않고 지옥 같아도 할 수 없는 노릇이요, 차라리 어서 집으로 가서 드러눕고 싶기만 했다.

그래도 미망이 없진 못해 잠깐 망설였으나, 이내 호오 한숨을 한 번 더

---

30 퇴(를) 하다 : 퇴하다(退--). 주는 물건 따위를 거절하여 물리치다.
31 약시약시하다(若是若是--) : 이러이러하다.
32 신명 : [1][2][4] 실명
33 마(魔) : 일이 잘되지 아니하게 헤살을 부리는 요사스러운 장애물.

내쉬고는 돌아섰던 채, 오던 길을 맥없이 걸어간다.

걸어가면서 생각이다.

숲속에 섞여 선 한 그루 조그마한 나무[34]랄까, 풀언덕에 같이 자란 한 포기 이름 없는 풀이랄까, 명색도 없거니와 아무 시비도 없는 내가 아니더냐.

우뚝 솟을 것도 없고 번화하게 피어날 며리도 없고 다못[35] 남과 한가지로 남의 틈에 섭슬려 남을 해하지도 말고, 남의 해도 입지 말고, 말썽 없이 바스락 소리 없이 살아갈 내가 아니더냐.

내가 언제 우난 행복이며 두드러진 호강을 바랐더냐. 내가 잘되자고 남을 음해했더냐. 부모며 동기간이며 자식한테며 불량한 마음인들 먹었더냐.

마음이 모진 바도 아니요 신분이 유난스런 것도 아니요, 소리 없는 나무, 이름 없는 풀포기가 아니더냐. 그렇건만 그 사나운 풍파며 이 불측한 박해가 어인 것이란 말이냐.

이 약병은 무엇을 하자는 것이냐. 인명을 궂혀서까지 내 목숨을 자결하자는 것이 아니냐.

내가 어쩌다 이렇듯 무서운 독부[36]가 되었단 말이냐. 이것이 환장이 아니고 무엇이냐. 이 노릇을 어찌하잔 말이냐. 이러한 것을 일러 운명이란다면 그도 하릴없다 하려니와, 아무리 야속한 운명이기로서니 너무도 악착하지 않으냐.

[37]운명! 운명! 그래도 이 노릇을 어찌하잔 말이냐————.

[38]소리를 부르짖어 울고 싶은 것이, 더운 눈물만 두 볼을 촤르르 흘러내

---

34 나무 : ①②④ 남구
35 다못 : '다만'의 방언(전남).
36 독부(毒婦) : 성품이나 행동이 몹시 악독한 여자.
37 ⑤는 여기서 단락 구분이 되어 있지 않다.
38 ⑤는 여기서 단락 구분이 되어 있지 않다.

린다. 눈물에 놀라 좌우를 살피니 어둔 동관의 폭만 넓은 길이다.

아무렇게나 소매를 들어 눈물을 씻으면서 얼마 안 남은 길을 종내[39] 시름없이 걸어 올라간다.

[40]희미한 가등에 비춰 보니 팔목시계가 여덟 시하고 사십 분이나 되었다. 그럭저럭 사십 분을 넘겨 밖에서 충그린 셈이다. 꼭 이십 분 안에 다녀오려던 시간보다 곱쟁이가 되었거니 해도 그게 그다지 속이 후련한 것도 모르겠었다.

큰길을 다 올라와서 골목으로 들어설 때다.

무심코 마악 들어서는데 갑자기 어린애 우는 소리가 까무러치듯 울려 나왔다.

[41]송희의 울음소린 것은 갈데없고, 깜짝 놀라면서 반사적으로 움칫 멈춰 서던 것도 일순간, 꼬꾸라질 듯 대문을 향해 쫓아 들어간다.

아이가 벌써 제풀로 잠이 깰 시간도 아니요, 또 깼다고 하더라도 울면 칭얼거리고 울었지 저렇게 사뭇 기절해 울 이치도 없다. 분명코 이놈 장가놈이 내게다가 못 한 앙심풀이[42]를 어린애한테다 하는구나!

급한 중에도 이런 생각이 퍼뜩퍼뜩, 그러나 몸은 몸대로 바쁘다. 골목이라야 바로 몇 걸음 안 되는 상거요, 길로 난 안방의 드높은 서창[43]이 마주 보여, 헌데 아이의 울음소리가 어떻게도 다급한지 마음 같아서는 단박 창을 떠받고 뛰어 들어갈 것 같았다.

---

39 종내(終乃): 끝내.

40 ①②⑤는 여기서 단락 구분이 되어 있지 않음.

41 ⑤는 여기서 단락 구분이 되어 있지 않다.

42 앙심풀이(怏心--): 앙심(怏心), 즉 '원한을 품고 앙갚음하려고 벼르는 마음'을 실행에 옮기는 것.

43 서창(西窓): 서쪽으로 난 창.

지친 대문을, 안 중문을, 마당을, 마루를, 어떻게 박차고 넘어 뛰고 해 들어왔는지 모른다.

[44]안방 윗미닫이를 벼락 치듯 열어젖히는 순간 아니나 다를까 두 눈이 벌컥 뒤집어진다.

[45]짐작이야 못 했던바 아니지만 너무도 분이 치받치는 장면이었었다.

마치 고깃감으로 사온 닭의 새끼나 다루듯, 형보는 송희의 두 발목을 한 손으로 움켜 거꾸로 도웅동 쳐들고 섰다. [46]송희는 새파랗게 다 죽어, 손을 허우적거리면서 숨이 넘어가게 운다.

형보는 초봉이가 나가고, 나간 뒤에 이십 분이 넘어 삼십 분이 지나 사십 분이 거진[47] 되어도 들어오질 않으니까, 그놈 불안과 짜증이 차차로 더해 가고 해서 시방 어미가 들어오기만 들어오면 아까 나갈 제, 어린애를 울렸다 보아라 배지를 갈라 놀 테니, 하던 앙칼진 그 소리까지 밉살스럽다고 우정 보아란 듯이 새끼를 집어 동댕이를 쳐 주려고 잔뜩 벼르는 판인데, 이건 또 누가 이쁘달까 봐 제가 제풀로 발딱 깨서는 들입다 귀 따갑게 울어 대지를 않느냔 말이다.

이참저참 해서 '밤의 수캐'는 드디어 제 성깔이 나고 말았다.

울기는 이래도 울고 저래도 울고 성화 먹기야 매일반이니, 화풀이 삼아 언제까지고 이렇게 거꾸로 들었다 놓았다 하면서 어미한테다 기어코 요 꼴을 보여 줄 심술이었었다. 그랬기 때문에 초봉이가 달려드는 기척을 알고서도 짐짓 그 모양을 한 채로 서서 있었던 것이다.

악이 복받친 초봉이는 기색해 가는 아이를 구할 것도 잊어버리고 푸르

---

44 [5]는 여기서 단락 구분이 되어 있지 않다.

45 [5]는 여기서 단락 구분이 되어 있지 않다.

46 [5]만 여기서 단락 구분을 하고 있다.

47 거진 : [5] 거의 다

르 몸을 떨면서 집어삼킬 듯 형보를 노리고 섰다.

이윽고 형보는 초봉이게로 힐끔 눈을 흘기고는,

"배라먹을 것! 사람 귀가 따가워……."

씹어뱉으면서 아이를 저 자던 자리에다가 내던져 버린다.

"이잇 천하에!"

초봉이는 아드득 한마디 부르짖으면서 새끼 샘에 성난 암펌같이 사납게 달려들다가 마침 돌아서는 형보를, 되는 대로 아랫배를 겨누어 꿰어지라고 발길로 내지른다.

역시 암펌같이 모진 그리고 날쌘 일격이었으나, 실상 겨누던 배가 아니고 어디껜지 발바닥이 칵 맞히는데 저편에서는 의외에도 모질게[48] 어이쿠 소리와 연달아 두 손으로 사타구니를 우디고 뱅뱅 두어 바퀴 맴을 돌다가 그대로 나가동그라진다.

엇나간 겨냥이 도리어 좋게 당처[49]를 들이찼던 것이고 당한 형보로 보면 불의의 습격이라 도시에 피할 겨를이 없었던 것이다.

방바닥에 나가동그라진 형보는 두 손으로 ×××께를 움킨 채 악악 소리나 아니나 무령하게[50] 물 먹는 메기처럼 입을 딱딱 벌리면서 보깬다[51]. 눈은 흰창[52]이 뒤집어지고 방금 숨이 넘어가는 시늉이다.

죽으려고 헤번덕거리는 것을 본 초봉이는 가슴이 서어늘하면서 몸이 떨

---

48 의외에도 모질게 : ①②에는 없는 구절이다.

49 당처(當處) : 일이 있는 바로 그곳. 또는 이곳.

50 아니나 무령하게 : ⑤ 아니 나무령하게(띄어쓰기 오류)

51 보깨다 : 표준국어대사전에는 다음 두 가지 뜻으로 풀이되어 있다. '1. 먹은 것이 소화가 잘 안 되어 속이 답답하고 거북하게 느껴지다. 2.일이 뜻대로 되지 않아 마음이 번거롭거나 불편하게 되다.' 『전라도 방언 사전』에서는 이 말을 '볶이다. 들볶이다.'로 풀이하고 있다. 그런데 여기서는 '괴로워하다' 정도의 뜻으로 해석하는 것이 적절해 보인다.

52 흰창 : 표준국어대사전에는 "흰자위'의 방언(경상, 충청)'이라 되어 있음.

렀다.

겁결에 얼핏 물이라도 먹이고 주물러라도 주어야지, 아아니 의사라도 불러 대어 살려놓아야지 하면서 마음 다급해하는데 순간, 마치 뜨거운 물을 좌악 끼얹는 듯 머릿속이 화끈하니 치달아 오르는 게 있었다.

'옳아! 죽여야지!'

소리는 안 냈어도 보다 더 살기스런 포효다.

죽으려고 납뛰는 것을 보고 겁이 나서 살려 놓자던 저를 혀 한 번 찰 경황도 없었다. 경황이 없기보다도 잊어버렸기가 쉬우리라.

이 순간의 초봉이의 얼굴을 누가 보았다면 벌겋게 상기된 채 씰룩거리는 안면 근육이며 모가지의 푸른 핏대며 독기가 딩경딩경 듣는 눈이며, 분명코 육식류(肉食流)의 야수를 연상하고 몸을 떨지 않질 못했을 것이다.

"아이구우, 사람 죽는다아!"

형보는 그새 아픔이 신간했던지, 떠나가게 게목53을 지른다.

초봉이는 깜짝 놀라 입술을 깨물고 와락 달려들어 형보가 우디고 있는 ×××께를 겨누고 힘껏 걷어찬다. 정통이 거기라는 것은 형보 제가 처음부터 우디고 있기 때문에 안 것이요, 허니 방법은 당자 제 자신이 가르쳐 준 셈쯤 되었다.

마음먹고 차는 것이건만 이번에는 곧잘 정통으로 들어가질 않는다. 세 번 걷어찼는데 겨우 한 번 올바로 닿기는 했어도 형보의 손이 가리어 효과가 없고 말았다. 그럴 뿐 아니라 형보는 겨냥 들어오는 데가 거긴 줄 알아채고서 두 손으로 잔뜩 가리고 다리를 꼬아 붙이고 그러고도 몸을 요리조리 가눈다. 인제는 암만 걷어질러야 위로 헛나가기 아니면 애먼 볼기짝이나 차이고 말지 정통에는 빈틈이 나질 않는다.

---

53 게목 : 듣기 싫은 목소리.

— 아이구우, 이년이 날 죽이네에!

— 아이구 아야 아이구 아야아

— 아이구우 이년이 사람 막 죽이네에!

— 아이구 아이구 아이구!

— 아이구우 날 잡아먹어라아

형보는 초봉이가 한 번씩 발길질을 하는 족족, 발길질이라야 헛나가기 아니면 아프지도 않은 것을 멀쩡하니 뒹굴면서 돼지 생멱따는 소리[54]로 소리소리 게목을 질러 댄다.

×××차인 것도 인제는 안 아프고 번연히 흉포를 떠느라 엄살인 것이다.

형보는 조금치라도 초봉이에게서 살의를 거니채지는 못했다. 그러나 제가 송희를 가지고 한 소행은 있겠다, 헌데 초봉이가 전에 없이 미칠 듯 날뛰니까 달리 겁이 슬그머니 났었다.

그새까지는 악이 바치면은 등감이나 한 번 쥐어박지르고 욕이나 해퍼붓고 이내 그만두었지 그다지 기승스럽게 대드는 법이 없었다.

본시 뒤가 무른 형보는, 그래서 생각에, 저년이 이번에는 아마 단단히 독이 오른 모양이니 마주 성구거나 잘못 건드렸다가는 제 분에 못 이겨 양잿물이라도 집어삼킬는지 모른다. 아예 그렇다면 맞서지를 말고 엄살이나 해 가면서 제 분이 풀리라고, 때리면 맞는 시늉, 걷어차면 차이는 시늉 해 주는 게 옳겠다, 차여 준대야 맨 처음의 ×××는 멋도 모르고 차인 것, 인제는 제까짓 것 계집년이 참새 다리 같은 걸로 발길질을 골백번 한들 소용 있더냐! 엉덩판이나 허벅다리 좀 차였다고 골병들 리 없고, 요렇게 ×××만 잘 싸고 피하면 고만이지, 이렇대서 시방 앞뒤 요량[55] 다 된 줄로 든든히

---

54 생멱따는 소리 : '멱따는 소리'가 '듣기 싫게 꽥꽥 지르는 소리'에, '지독한' 또는 '혹독한'의 뜻을 더하는 접두사인 '생'이 붙은 말.

55 요량 : ③ 요량

배짱 내밀고 구렁이 같은 의뭉을 피우던 것이다.

초봉이는 발길질에 차차로 기운이 팡겨56 오는데57, 형보는 일변 도로 멀쩡해지는 걸 보니 마음이 다뿍 초조해서, 이를 어찌하나 싶어 안타까워할 즈음 요행히 꾀 하나가 언뜻 들었다.

그는 여태까지 형보가 누워 있는 몸뚱이와 길이로만 서서 샅58을 겨누어 발길질을 하던 것을 고만두는 체 슬쩍 비키다가 와락 옆으로 다가서면서 날쌔게 발꿈치를 들어 칵 내리 제긴다59.

"어이쿠우 아이구우."

형보는 ××× 두던60을 한 손만 옮겨다가 우디면서 옳게 아파한다.

"아이구우 사람 죽네에!"

형보는 여전히 게목을 지르면서 몸을 요리조리 바워 내고, 초봉이는 따라가면서 옆을 잃지 않고 제긴다.

그러다가 한 번, 정통과는 겨냥이 턱없이 빗나갔고 훨씬 위로 배꼽 밑인 듯한데, 칵 내리제기는 발꿈치가 물씬하자 단박,

"어억!"

소리도 미처 못 맺고 자리를 우디려 올라오던 팔도 풀기61 없이 방바닥으로 내려진다. 아까 맨 먼저 ×××를 차이고 나가동그라질 때보다 더하다. 차인 자리는 형보고 초봉이고 다 같이 생각지도 알지도 못하는 배꼽 밑의

---

56 팡지다 : 빠지다.(임)

57 팡져 오는데 : ①② 팡저 오는데   ③ 팡져오는데   ④ 팡저오는데   ⑤ 팽져오는데

58 샅 : ① 샷   ② 샅   ⑤ 살
   : 사타구니.

59 제기다 : 팔꿈치나 발꿈치 따위로 지르다.

60 두던 : ③ 두덩
   : '두둑', '언덕', '두덩'의 옛말.

61 풀기(-氣) : 드러나 보이는 활발한 기운.

급처62이던 것이다.

형보는 흉헙게 눈창63을 뒤집어쓰고 입을 떠억 벌린 채 거진 사족이 뻐드러져서 꼼짝도 않는다. 숨도 쉬는 것 같지 않고 입가로 게거품이 피어오른다.

"오오냐!"

기운이 버쩍 솟은 초봉이는 이를 보도독 갈아붙이면서 맞창64이라도 나라고 형보를 아랫배를 내리 칵칵 제긴다. 하나 둘 세엣 너히, 수없이 대고 제긴다. 다아섯 여어섯 이일곱 여어덟…….

얼마를 그랬는지 정신은 물론 없고, 펄럭거리면서 발꿈치 방아를 찧는데 어찌어찌 하다가 내려다보니 형보는 네 활개를 쭈욱 뻗고 누워 움칫도 않는다. 숨도 안 쉬고 눈도 많이 감았다.

초봉이는 비로소 형보가 죽은 줄로 알았다. 죽은 줄을 알고 발길질을 멈추고는 허얼헐 가쁜 숨을 쉬면서, 발밑에 뻐드러진 형보의 시신을 들여다본다.

이 초봉이의 형용은 거기 굴러져 있는 송장 그것보다도 더 흉허운 꼴이다. 긴 머리채가 앞뒤로 흐트러져 얼굴에도 그득 드리웠다. 얼굴에 드리운 머리칼 사이로 시뻘겋게 충혈 된 눈이 무섭게 번득인다. 깨문 입술은 흐르는 피가 검붉다. 매무시65가 흘러내려 흰 허리통이 징그럽게 드러났다. 가삐 쉬는 숨길마다, 드러난 그 허리통이 쥐 노는66 고깃덩이같이 들먹거린다.

초봉이는 시방 완전히 통제를 잃어버린 '생리'다.

---

62 급처(急處) : 급소(急所). 조금만 다쳐도 생명에 지장을 주는 몸의 중요한 부분.
63 눈창 : 눈알을 둘러싼 언저리.
64 맞창 : (주로 '나다'나 '뚫다' 따위와 함께 쓰여) 마주 뚫린 구멍.
65 매무시 : 옷을 입을 때 매고 여미는 따위의 뒷단속.
66 쥐(가) 놀다 : 힘살이 파르르 떨거나 꿈틀거리다.

머리가 눈을 가리거나 매무시[67]가 흘러 허리통이 나온 것쯤 상관도 않거
니와, 실상 상관 이전이어서 알기부터 못하고 있다.[68] 암만 숨이 가빠야 저
는 가쁜 줄을 모른다. 송희가 들이 울어도 뒹굴어도 안 들린다. 동네가 발
끈한[69] 것도 모른다.

다아 모른다. 모르고 형보가 이렇게 발밑에 나가동그라져 죽은 것, 오로
지 그것만이 눈에 보일 따름이다.[70]

감각만 그렇듯 외딴 것이 아니라 의식도 또한 중간의 한 토막뿐이다. 그
의 의식은 과거와도 뚝 잘리고, 미래와도 뚝 끊기어 앞서 일도 뒤엣 일도
죄다 잊어버렸다. 잊어버리고서 역시 형보가 시방—당장 시방—거기 발밑
에 나가동그라져 죽은 것, 단지 그것만을 안다. 그것은 흡사 곁가지를 후
리고 위아래 동강을 쳐낸 가운데 토막만 갖다가 유리 단지의 알코올에 담
가 놓은 실험실의 신경이라고나 할는지.

그 끔찍한 모양을 하고 서서 형보의 시신을 끄윽 내려다보던 초봉이는
이윽고 이마와 양미간으로 불평스런 구김살이 분명하게 드러난다.

[71]초봉이는 형보를, 원망과 증오가 사무친 형보를, 또 이미 죽이쟀던 형
보를 마침내 죽여 놓았고, 그래서 시방 이렇게 죽어 뻐드러졌고, 그러니까

---

67 매무시 : [5] 매무새

68 머리가~ 못하고 있다. : [1]과 달리 [2]에는 이 문장이 완전히 빠져 있다. [1]에 있는 문장
　은 다음과 같다.
　　머리가 눈을 가리거나 무매시가 헐러 허리통이 나온것 쯤 상관도 안커니와 실상 상관
　이전이어서 알기부터 못하고잇다

69 발끈하다 : 뒤집어엎을 듯이 시끄러워지다.

70 다아 모른다. 모르고~ 보일 따름이다. : [1]과 달리 [2]에는 이 단락이 완전히 빠져 있다.
　[1]에 있는 내용은 다음과 같다.
　　다아 모른다. 모르고 형보가 이러케 발미테 나가동그라저 죽은것 오로 지 그것만이
　눈에 보인다.

71 [5]는 여기서 단락 구분이 되어 있지 않다.

인제는 속이 후련하고 기쁘고 했어야 할 것인데 아직은 그런 생각이 안 나고, 형보가 죽은 것이 도리어 안타까웠다.

원수는 이미 목숨이 없다. 죽었으되 저는 죽은 줄을 모른다. 발길로 차고 제기고 해도 아파하지 않는다.

내 생애를 잡쳐 주었고 갖추갖추 나를 괴롭히던 원수건만 인제는 원한을 풀 데가 없다. 원수는 저렇듯 편안하다. 저 평온! 저 무사! 저 무관심! ……

초봉이는 이게 안타깝고 그래서 불평이던 것이다.

멈추고 섰던 것은 잠깐 동안이요, 이어 곧 훨씬 더 모질게 발길질을 해댄다.

칵칵 배가 꿰어지라고 내리제긴다. 발을 번갈아 가면서 제긴다.

만약 이 형보의 배가 맞창이라도 났으면, 이렇게 물씬거리지 말고 내리구르는 발꿈치가 배창을 꿰뚫고 다시 등짝을 꿰뚫고[72] 따악 방바닥에 가서 야멸치게[73] 맞히기라도 했으면 그것이 대답인 양 초봉이는 속이 후련언해 했을 것이다. 그러나 암만 기운을 들여서 사납게 제겨야 아파하지도 않고 퍼억퍽 바람 빠진 고무공처럼 물씬거리기만 한다. 마치 그것은 형보가 살아 있을 제 하던 짓처럼 유들유들한 것과 같았다.

끝끝내 반응이 없고, 그게 답답하다 못해 초봉이는 고만 눈물이 쏟아진다.

눈물에 맥이 탁 풀려, 그대로 주저앉으려다가 말고, 문득 방 안을 휘휘 둘러본다. 아무거나 연장이 아쉬웠던 것이다.

이때에 가령 칼이 눈에 띄었다면 칼을 집어 들고서 형보의 시신을 육회

---

72 다시 등짝을 꿰뚫고 : ⑤에는 이 구절이 빠져 있다.
73 야멸치게 : ①②④ 야물치게　　⑤ 야물지게

치듯 난도질을 해 놓았을 것이다. 또, 몽둥이나 방망이가 있었다면 그놈을 집어 들고서 들이 짓바쉈을 것이고, 시뻘건 화톳불[74]이 있었다면 그놈을 들어다가 이글이글 덮어씌웠을 것이다.

방 안에는 아무것도 만만한 것이 보이지 않으니까 열려 있는 윗미닫이로 고개를 내밀고 마루를 둘러본다. 바로 문치의 쌀뒤주 앞에 가서 시커먼 맷돌이 묵직하게 포개져 뇐[75] 것이 선뜻 눈에 띄었다.

서슴잖고 우르르 나가 그놈을 위아래짝 한꺼번에 불끈 안아 들고 방으로 달려든다[76]. 여느 때는 한 짝씩만 들재도[77] 힘이 부치는 맷돌[78]이다.

[79]번쩍 턱밑까지 높이 쳐들어 올린 맷돌을, 형보의 가슴패기를 겨누어 앙칼지게 내리 부딪는다.

"떠그럭, 퍽, 떠그럭."

무딘 소리와 한가지로 육중한 맷돌이 등의 곱사혹에 떠받히어 빗밋이 기운 형보의 앙가슴을 으깨리고 둔하게 굴러 내린다.

맷돌을 내려치는 바람에 초봉이는 중심을 놓치고 앞으로 형보의 시체 위에 가서 꼬꾸라질 뻔하다가 겨우 몸을 가눈다.

몸을 고쳐 가진 초봉이는 또다시 맷돌을 안아 올리려고 허리를 꾸부리다가, 피 밴 형보의 가슴을 보고서 그대로 멈춘다.[80]

---

74 화톳불 : ①② 화투불   ④ 화토불   ⑤ 화롯불
    : 한데다가 장작 따위를 모으고 질러 놓은 불.
75 뇐 : ③ 놓인   ⑤ 뇐
    : '놓인'의 준말.
76 달려든다 : ③ 달벼든다
77 들재도 : ①②④ 들마시재도   ⑤ 들먹이재도
78 맷돌 : ② 멧돌
79 ⑤만 여기서 단락 구분이 되어 있지 않다.
80 몸을 고쳐～멈춘다. : ①과 달리 ②에는 이 문장이 완전히 빠져 있다. ①에 있는 문장은 다음과 같다.

맷돌에 으깨진 가슴에서 엷은 메리야스 위로 자리 넓게 피가 배어[81] 오른다. 팔을 쭉 편 손끝이 바르르 보일락말락하게 떨다가 만다. 초봉이가 만일 그것까지 보았다면 아직도 설죽은 것으로 알고서 옳다꾸나 다시 무슨 거조를 냈겠는데, 실상은 잡아 놓은 쇠고기에서 쥐가 노는 것과 다름없는 생명 아닌 경련이었었다.

[82]뒤로 고개를 발딱 젖힌 입 한쪽 귀퉁이에서 검붉은 피가 가느다랗게 한 줄기 흐른다.

초봉이는 굽혔던 허리를 펴면서,

"휘유우"

깊이 한숨을 내쉰다. 피의 암시로 하여 다시 한 번 형보의 죽음을 알았고, 그러자 비로소 그대도록 벅차고 조만찮아했던 거역[83]이 아주 우연하게 이렇듯 수월히 요정이 난 것을 안심하는 한숨이었었다.

따로 놀던 신경이 정리가 되어 감을 따라,[84] 그것은 완연히[85] 초봉이 제자신의 능력이 아니고 한 개의 기적인 것 같아 경이의 눈으로 이 결과를 내려다보지 않을 수가 없었다.

아닌 게 아니라 오늘 밤 같은 전연 돌발적인 우연한 고패가 아니고서는 아무리 'xx가리'[86]나 그런 좋은 약품이 있다고 하더라도 초봉이의 맑은 정신을 가지고는[87] 좀처럼 마음 차근차근하게 일 거조를[88] 내지 못했을는지

몸을 곤처가진 초봉이는 또다시 맷돌을 안어올리려고 허리를 굽히다가 피 배인 형보의 가슴을 보고서 그래두 멈춘다.

81 배어 : ② 베어
82 ⑤만 여기서 단락 구분이 되어 있지 않다.
83 거역(巨役) : 몹시 힘든 큰일.
84 따로~따라, : ①②에는 없는 구절이다.
85 완연히 : ④ 와연히   ⑤ 완전히
86 'xx가리' : ①②④'xx카리'   ③ xx가리   ⑤ 칼리

도 모른다.

초봉이는 차차 온전한 제정신이 들고, 정신이 들면서 맨 처음 송희의 우는 소리를 알아들었다.

매우 오랫동안인 것 같으나, 실상 첫 번 형보의 ×××를 걷어질러 넘어뜨리던 그 순간부터 쳐서 오 분밖에 안 된 시간이다.

초봉이는 얼른 머리카락을 뒤로 걷어 넘기고 허리춤을 추어올리고 그러고 나서 팔을 벌리고 안겨 드는 송희를 그러안으려고 몸을 꾸부리다가 움찔 놀라 제 손을 끌어당긴다. 이 손이 사람을 궂힌[89] 손이거니 하는 생각이 퍼뜩 들면서 사람을 궂힌[90] 손으로 소중스런 자식을 안기가 송구했던 것이다. 송희는 엄마가 꺼려하는 것이야 상관할 바 없고, 제풀로 안겨 들어 벌써 젖꼭지를 문다.

할 수 없는 노릇이고, 초봉이는 송희를 젖 물려 안은 채 처네를 내려다가 형보의 시신을 덮어버린다. 이것은 송장에 대한 산 사람의 예절과 공포를 같이한 본능일 게다. 그러나 시방 초봉이의 경우는 그렇기보다 어린 송희에게, 아무리 무심한 어린 눈이라고 하더라도 그 눈에 이 끔찍스런 살상의 자취가 보이지 말게 하자는 어머니의 마음일 게다.

초봉이는 이어서 뒷일 수습을 하기 시작한다. 우선 시간을 본다. 아홉 시까지는 아직 십오 분이나 남았다. 계봉이가 항용 아홉 시 사십 분 그 어림해서 돌아오곤 하니 그 준비는 그동안에 넉넉할 것이었었다.

한 손으로는 송희를 안고 한 손만 놀려 가면서 바지런바지런, 그러나 어디 놀러 나갈 채비라도 차리는 듯 심상하게 서둔다.

---

87 초봉이의~가지고는 : ①②에는 없는 구절이다.

88 일 거조를 : ⑤ 일거조를(띄어쓰기 오류)

89 궂힌 : ①②⑤ 죽인   ④ 군힌

90 궂힌 : ①②⑤ 죽인   ④ 군힌

아까 사 가지고 온 ×××병과 교갑 봉지가 방바닥에 굴러 있는 것을 집어 건넌방에다 갖다 둔다.

그 다음, 양복장 아래 서랍에 고스란히 들어 있는 송희의 옷을 그대로 담쏙 트렁크에 옮겨 담아 건넌방으로 가져간다.

또 그 다음, 장롱에서 위아랫막이 안팎 새 옷을 한 벌 심지어 버선까지 고르게 챙겨 내다가 놓는다[91].

마지막 방바닥의 너저분한 것을 대강대강 거두잡아 치우고는 손땟그 룻[92]의 돈지갑을 꺼내서 손에 쥔다.

반지가 백금반진데, 시방 손에 낀 형보가 해 준 놈 말고 전에 박제호가 해준 놈이 또 한 개, 그리고 사파이어를 박은 금반지까지 도통 세 개다. 죄 다 찾아내고 뽑고 해서 돈지갑에다가 넣는다.

반지를 뽑고 하노라니까 문득 한숨이 소스라쳐 나온다. 지나간 날 군산 서 떠나올 그 밤에 역시 고태수가 해 준 반지를 뽑던 생각이 나던 것이다.

어쩌면 한 번도 아니요 두 번째나 이 짓을 하다니, 그것이 심술 사나운 운명의 역력스러운[93] 표적인가 싶기도 했다.

반지 하나 때문에 추억을 자아내어 가슴 하나 가득 여러 가지 회포가 부 풀어 오른다.

한참이나 넋을 놓고 우두커니 섰다가 터져 나오는 한숨 끝에 중얼거 린다.

"그래도 그때 그날 밤에는 살자고 희망을 가졌었지!"

초봉이는 안방을 마지막으로 나오려면서 휘익 한번 둘러본다. 역시 미

---

91 놓는다 : ⑤ 담는다
92 손땟그릇 : 손때가 묻은 그릇.(임)
93 역력스러운 : ①② 어떤   ④ 역녁스운   ⑤ 영력스러운
         : 역력한.

진한 게 있다면 얼마든지 있겠으나 시방 이 경황 중에는 어찌할 수 없는 것들이다.

남색 제병 처네를 덮어씌운 형보의 시신 위에 눈이 제풀로 멎는다. 인제는 꼼지락도 않는 송장, 송장이거니 해야 몸이 쭈뼛하거나 무섭지도 않다.

항용 남들처럼 사람을 해하고 난 그 뒤에 오는 것, 가령 막연한 공포라든지, 순전한 마음의 죄책이라든지, 다시 또 그 뒤에 오는 것으로 받을 법의 형벌이라든지 그런 것은 통히 생각이 나질 않는다. 단지 천행으로 이루어진 이 결과에 대한 만족과, 일변 원수의 무사태평함에 대한 시기(猜忌[94])와 이 두 가지의 상극된 감정이 서로 번갈아 드나들 따름이다.

이윽고 마루로 나와 미닫이를 닫고 돌아서다가 문득 얼굴을 찡그리면서,

"원수는 외나무다리서 만난다더니! 저승을 가도 같이 가야 하나!"

하고 쓰디쓰게 한마디, 입속말을 씹는다.

미상불 징그럽기도 하려니와 창피스런 깐으로는 작히나 하면 이놈의 집 구석에서 약을 먹고 죽을 게 아니라 철도 길목이든지 한강이든지 나갔으면 싶었다.

건넌방으로 건너와서 그동안 잠이 든 송희를 아랫목으로 내려 뉜다. 뉘면서 송희의 얼굴을 들여다보노라니 비로소 그제야 설움이 소스라쳐 눈물이 쏟아진다.

설움에 맡겨 언제까지고 울고 싶은 것을 그러나 뒷일이 총총해 못한다. 흘러넘치는 눈물을 씻으며 흘리며, 계봉이의 경대를 다가놓고[95] 머리를 빗는다. 단장은 했으나 눈물이 자꾸만 망쳐 놓는다. 마지막 새 옷을 싸악 갈아입는다. 옷까지 갈아입고 나니 그래도 조금은 기분이 산뜻한 것 같다.

---

94 猜忌 : ①②③④ 嫉妬(이것은 '질투'의 한자이므로, 이 경우 ⑤만 올바른 한자를 쓰고 있는 것이다.)

95 다가놓다 : 어떤 대상이 있는 쪽으로 더 가까이 놓다.

유서를 쓴다. 비회가 붓보다 앞을 서고 또 쓰기로 들면 얼마든지 장황하겠어서 아주 형식적이요 간단하게 부친 정 주사와 모친 유 씨한테 각각 한 장씩 썼다.

계봉한테는 송희를 갖추갖추 부탁하느라고 좀 자상했다. 승재와 결혼하는 것이 좋겠다는 말도 했다.

유서 석 장을 각각 봉해 가지고 다시 한 봉투에다가 넣어 겉봉을 부주전[96] 상백시[97]라고 썼다.

마침 아홉 시 반이 되어 온다. 인제 한 십 분이면 계봉이가 오고, 오면은 선 자리에서 송희와 돈지갑과 유서와 트렁크를 내주면서 정거장으로 쫓을 판이다.

모친이 병이 위급하다는 전보가 왔는데, 형보가 의증[98]을 내어 못 내려가게 하니 너 먼점 송희를 데리고 이번 열한 점 차로 내려가면, 날라컨 몸 가뿐하게 있다가 눈치 보아 가면서 오늘 밤에 못 가더래도 내일 아침이고 밤이고 몸을 빼쳐 내려가마고, 이렇게 돌릴[99] 요량이다. 유서의 겉봉을 부친한테 한 것도 그러한 의사가 있기 때문이다.

이것은 미리서 계획했던 것이 아니고, 당장 꾸며 댄 의견이다. 그는 계봉이를 송희와 압령해서[100] 그렇게 시골로 내려 보내 놓고 최후의 거사를 해야 망정이지, 이 흉악한 살상의 뒤끝을 그 애들한테다가 맡기다니 절대로 불가한 짓이었었다.

---

96 부주전(父主前) : 아버지에게 쓰는 편지에서, '아버지께'의 뜻으로 쓰는 말.

97 상백시(上白是) : 상사리. 사뢰어 올린다는 뜻으로, 웃어른에게 드리는 편지의 첫머리나 끝에 쓰는 말.

98 의증(疑症) : 의심을 잘하는 성질. 또는 그런 증세.

99 돌릴 : ①②④ 돌를   ⑤ 조를

100 압령하다(押領--) : 죄인을 맡아서 데리고 오다. 물건을 호송하다. 여기서는 '물건이나 사람을 보호하여 보내다'(임)의 뜻으로 쓰고 있음.

사실 그러한 뒷근심이 아니고서야 유서나 머리맡에다 놓아두고 진작 약그릇을 집어 들었을 것이지 우정 계봉이를 기다리고 있을 것도 없던 것이다.

그러나 막상 '필요'가 그러한 연유로 해서 기다린다 하지만, 사랑하는 동생을 마지막으로 한 번 더 상면[101]을 하게 되는 것이, 그것이 초봉이에게는 오히려 뜻이 있고 겸하여 커다란 기쁨이 아닐 수 없었다.

유서까지 써 놓았고 허니 준비는 다아 된 셈이다.

인제는 계봉이가 돌아올 동안에 교갑에다가 약이나 재자고 ×××병을 앞으로 다가 놓다가, 먹고 죽을 사약이 쓴 걸 가리려는 저 자신이 하도 서글퍼 코웃음을 하면서 도로 밀어놓는다.

하고 그것보다는 나머지 십 분을 송희의 마지막 엄마 노릇을 할 것이긴 한데 잊어버렸던 것이 대단스러웠다.

그래 마악 책상 앞으로부터 아랫목의 송희에게로 돌아앉으려고 하는데 그때 마침 계봉이가 우당퉁탕 황급히 언니를 불러 외치면서 달려들었던 것이다.

달려드는 계봉이는 미처 방으로 들어가지도 못하고 마루로 난 샛문턱에 우뚝, 사라질 듯 목안엣 소리로,

"언니이!"

부르면서 눈에는 눈물이 뚜욱뚝 형의 얼굴을, 송희를, 트렁크를, ×××병을, 이렇게 휘익 둘러보다가 다시 형을 마주본다.

---

101 상면 : ①② 생면
    : 상면(相面). 서로 만나서 얼굴을 마주 봄.

19. 서곡(序曲)

초봉이는 동생이 하도 황망히 달려들면서 겸하여 사뭇 자지러져 찾는 소리에 저 애가 일 저지른 걸 벌써 다 알고 이러지를 않나 싶어 깜짝 놀랐으나, 이어 곧 무슨 그럴 리가 있을까 보냐고, 미심은 미심대로 한옆에 젖혀 둔 채 얼굴을 천연스럽게 가지려고 했다.

그러나 마루로 뛰어올라 문턱을 디디고 서는 계봉이의 (긴장한 거동이 종시 예사롭질 않았지만 그것보다도) 가뜩 더 간절하게, 언니이! 부르는 소리가 어떻게도 정이 넘치는지, 그런데 또 눈에서는 눈물이 글썽글썽 솟아 흐르고…… 초봉이는 제법 침착하자고 마음 도사려 먹었던 것은 고만 파그르르 스러지고, 마주 눈물이 방울방울 떨어져 내린다.

그것은 사람의 육친의 동기간 사이에서만 우러날 수 있는 극진한 애정에서 초봉이는 순간 아무것도 다 잊어버리고 아프리만큼 감격을 느꼈다. 그는 뒷일이야 어찌 되든지 설사 계봉이가 말려서 시방 최후의 요긴한 한 가지 일인 자결을 뜻대로 이루질 못하게 될 값에 그렇더라도 이렇게 다시 한 번 동생을 상면하는 것이 크고, 그러므로 기다리고 있었던 게 잘한 노릇이고 하다 싶어 더욱 더 기뻐해 마지않는다.

계봉이는 형이 무사히 있음을 보고서 와락 반가움에 지쳐 눈물까지는 나왔어도, 그 다음 다른 것은 암만해야 머루 먹은 속같이 얼떨떨하니 가늠을 할 수가 없었다.

가만히 한 발걸음 방 안으로 계봉이는 형의 기색과 동정을 살피면서, 또 한 걸음 떼어 놓고는 둘레둘레하다가……,

"언니이이!"

조르듯 응석을 하듯 다뿍 성화가 난 소리다. 왜 그다지 성화에 겨웠느냐고 물으면 저도 섬뻑 대답은 못 할 테면서, 그러나 단단히 걱정스럽기는 걱정스러웠다.

초봉이는 눈에 눈물을 담은 채 아낌없이 가만히 웃으면서,

"지끔 오니?"

하고 근경 있이 대답을 해 준다.

경황 중에도 계봉이는 참으로 아직껏 형의 웃는 입가는 이쁘다고 좋아했다.

잠깐 서로 말이 없이 보고만 섰다.

계봉이는 자꾸만 궁금해 못 견디겠는데, 그러면서도 어리뚜웅해서[1] 무슨 소리를 무어라고 물어보고 이야기하고 할지를 몰랐다. 하다가 언뜻 승재와 같이서 온 생각이 생각났다.

별반 이 장면의 이 공기에 긴급한 테마는 아니지만, 그렇다고 또 생각이 난 것을 말 않고 가만히 있을 것도 없는 것이라……,

"남 서방두 왔는데……."

"머어?"

초봉이가 호들갑스럽게 놀라는데 마침 뚜벅뚜벅 마당으로 승재가 들어서고 있다.

초봉이는 반사적으로 몸이 앞 미닫이께로 와락 쏠리다가 마당 가운데 쭈쩍 멈춰 서는 승재와 얼굴이 마주치자 꺾이듯 고개가 깊이 떨어진다.

계봉이도 형의 어깨 너머로 내다보고, 그러나 불빛이 희미해서 피차에 얼굴의 변화는 세 사람이 다 같이 알아보지 못했다.

승재는 둘레둘레 망설이고 섰다가 그로서는 좀 대담하리만큼 대뜰로 해서 마루로 성큼 올라선다.

건넌방의 아우형제는 시방 승재가 그리로 들어올 줄 기다리고 있는데,

---

1 어리뚱하다 : 어리둥절하다. 정신이 얼떨떨하다.(임)

승재는 마루에서 잠깐 머뭇거리더니 쿵쿵 발소리를 내면서 안방께로 가고 있다.

계봉이도 의아했지만, 초봉이는 숙였던 고개를 번쩍 소스라치게 놀래어,

"아이머니 저이가!"

하면서 기색할 듯 목소리를 짓누른다.

그러나, 승재는 벌써 미닫이를 뒤로 닫고 들어갔고, 계봉이는 비로소 번개같이 머리에 떠오르는 게 있어 눈이 휘둥그레지더니 형더러 무슨 말을 할 듯하다가 우르르 마루로 달려 나간다.

초봉이는 일순간의 격동 끝에 어깨를 추욱 처뜨리고 넋 없이 서서 있고, 계봉이는 한걸음에 마루를 지나 안방 미닫이를 와락 열어젖힌다.

[2]생각한 바와 같았는데 놀람은 놀람대로 커서,

"악!"

조심스러우나 무거운 부르짖음이 쏠려 오른다.

"문 닫구 절러루 가서 있어요!"

처네를 걷어치우고 형보의 시신을 손목 짚어 맥을 보던 승재가 얼굴을 들지 않은 채 계봉이를 나무란다.

계봉이는 더 오래 정신없이 섰을 것을 승재의 주의에, 기계적으로 미닫이를 닫고, 역시 기계적으로 한 걸음 두 걸음 건넌방을 향해 걸어온다.

[3]초봉이는 동생과 얼굴이 마주치자, 힘없이 고개를 떨어뜨린다.

계봉이는 형의 앞에까지 와서 조용히 선다. 말은 없고 형의 숙인 이마를 보던 눈을 책상 위의 약병 ×××으로 돌렸다가 도로 형을 본다. 이때는 놀랐던 기색이 벌써 다 가시고 슬픔이 가득히 얼굴로 갈려들었다.

---

2 [5]만 여기서 단락 구분이 되어 있지 않다.
3 [5]만 여기서 단락 구분이 되어 있지 않다.

저 사약(死藥)이 말을 하는 죽음이 아니면, 법(法이) 주는 형벌, 일순간 후에는 반드시 오고야 말 형의 절박한 운명의 아픔을 시방 계봉이는 독립한 딴 개체(個體)의 것으로가 아니요, 바로 제 살[內體] 속에서 감각하고 있는 것이다.

"언니!"

들이[4] 몸부림이 치일 직전의 무의식한 호흡 같고, 부르는 소리도 목이 메어 목에서 걸린다.

초봉이는 순순히 고개를 들어 웃으려고 한다. 조용히 단념을 하는 미소, 허니 그것은 웃음이기보다 울음에 가깝겠지만, 그거나마 동생의 너무도 슬픈 얼굴 앞에서는 이내 스러져 버리고 만다. 하고서 방금 울음이 터져 오를 듯 입이 비죽비죽⋯⋯,[5]

"계봉아!"

"언니!"

계봉이는 와락 쏠려 들어 형의 아랫도리를 얼싸안고 접질리고, 초봉이는 그대로 주저앉으면서 동생의 어깨에다가 고개를 파묻는다.

두 울음소리가 동생은 높게 형은 가늘게 서로 뒤섞여 호젓이 떨린다.

"죄꼼만 더 참던 않구! 죄꼼만⋯⋯."

갑자기 계봉이가 얼굴을 쳐들면서 어깨를 쌀쌀, 안타까이 부르짖는다.

"⋯⋯죄꼼만 참았으믄 남 서방이 나서서 언닐 구해 내 주구, 다아 그러기루 했는데!⋯⋯ 죄꼼만 더 참지! 이 일을 어떻게 해애! 언니 언니!"

계봉이는 도로 형의 무릎에 가 엎드러진다. 폭폭하다[6] 못해 하는 소리

4 들이 : ①②④ 디리   ⑤ 들어
5 하고서~비죽비죽⋯⋯,
   : ⑤에서는 내용의 순서가 뒤바뀌어 이 문장이 "'계봉아!'"와 "'언니!'"라는 말 중간에 끼어 들어가 있다.

요, 말하는 그대로지, 말 이외에 다른 의미는 없던 것이다.

그러나 듣는 초봉이에게는 그렇게 단순하게만 들리진 않았다.

초봉이는 가슴속이 용솟음을 치는 채, 울던 것도 잊어버리고 벙벙하니[7] 앉아 있다.

승재가 나서서 나를 구해내 주고 그리고 다아 그러기로 했다구?…… 옳아! 시방도 그러니까 나를 사랑하고, 그래서 다시 거둬 주려고…….

이렇게 생각할 때에 초봉이는 금시로 몸에 날개가 돋치는 것 같았다. 그러나 그 다음 순간,

'정말 그랬구나. 그래서 저렇게 찾아온 것이고…… 그런 것을 아뿔싸! 정말 죄꼼만 참았더라면, 한 시간만 참았어도…….'

생각이 이에 미치자 고만 상성이라도 할 듯 후울훌 뛰고 싶게 안타까웠다.

이 정당한 오해는 물론 계봉이의 고의도 아니요, 초봉이의 잘못도 아닌 것이다.

초봉이는 동생의 등 위에 또다시 엎드려 애가 끊이게 운다.

승재가 아직도 나를 사랑하고 있었구나 하면 이다지도 기쁜 노릇은 생후 처음이다. 그러나 시방은 일을 저지른 뒤다. 부질없이 큰 기쁨이 순간의 어긋남으로 해서 내 것이 아니고 말았으니 세상에도 이런 야속한 노릇이 있을 수가 없다[8].

그래도 승재가 이제껏 나를 사랑하는 것은 반갑지 않으냐?…… 그렇지만 반가우면 무얼 하나. 인제 죽고 말 테면서. 아니 그래도…… 글쎄…… 어떡허나! 어떡해…….

---

6 폭폭하다 : 답답하다.

7 벙벙하다 : 어리둥절하여 얼빠진 사람처럼 멍하다.

8 이런~없다 : 1 2 없슬 슬픔….

이렇게 되풀이를 하는 동안 초봉이는 일이 기쁜지 슬픈지 마침내 분간을 하지 못하고 울기만 한다.

이윽고 승재가 안방으로부터 건너와서 우두커니 문치에 가 선다.

승재가 건너온 기척을 알고 초봉이가 먼저 몸을 일으켜 도사리고 앉으면서 숙인 얼굴을 두 손으로 싼다. 뒤미처 계봉이도 얼굴을 들어 옆에 섰는 승재게로[9] 토옹통 부은 눈을 돌린다. 승재는 그 뜻을 알아차리고 도리질을 한다. 형보는 아주 치명상으로 절명이 되었던 것이다.

승재가 몸주체[10]를 못하고 섰는 것을 계봉이가 눈짓을 해서 그 자리에 편안찮이 앉고, 세 사람은 초봉이가 따암땀[11] 가늘게 느껴 울 뿐 다 같이 말이 없이 한동안 잠잠하다.

"언니이?"

침착을 회복하여 곰곰이 생각을 하고 있던 계봉이는 얼마 만에야 목소리를 가다듬어 형을 부르면서 바투 더 다가앉는다. 초봉이는 대답 대신 얼굴의 손만 떼었다가 도로 가린다.

"저어, 응? 언니이⋯⋯."

"⋯⋯."

"저어, 응?⋯⋯ 저어, 경찰서루 가서 응? 자현[12]을 허우, 응?⋯⋯ 그걸 차마⋯⋯."

말을 채 못 하고서 계봉이는 한숨을 내쉰다. 초봉이는 움칫 놀라 얼굴을 들고 동생을 바라다본다. 무어라고 할 수 없는 착잡한 표정이 퍼뜩퍼뜩 갈려 든다.

---

9 승재게로 : [5] 승재께로
10 몸주체 : 몸을 거두거나 가누는 일.
11 따암땀 : 땀땀. '이따금' 정도의 뜻으로 보임.
12 자현(自現) : 예전에, 자기 스스로 범죄 사실을 관아에 고백하던 일.

동생의 말은 선뜻 반가운 소리였었다. 그러나 야속스런 훈수였었다.

"자현?…… 자현을 하다니!……"

우두커니 동생의 얼굴을 건너다보고 앉았던 초봉이의 입에서, 그것은 누구더러 하는 말이라기보다도, 자탄에 겨운 넋두리가 흘러나온다.

"……자현을 하든 징역을 살라구? 사형이라믄 차라리 좋지만, 징역을 살다니…… 인전 하다아하다[13] 못해서 징역까지 살아? 그 몹쓸 경난을 다아 겪구두 남은 고생이 있어서 징역까지 살아?…… 못 하겠다! 난 기왕 죽자구 하던 노릇이니 죽구 말겠다! 죽구 말지 징역이라니!…… 내가 무얼 잘못했길래? 응? 내가 무얼 잘못했어? 장형보 그까짓 파리 목숨 하나만두 못한 생명. 파리 목숨이라믄 남한테 해나 없지. 천하에 몹쓸 악당. 그놈을 죽였다구 그게, 그게 죄란 말이냐? 어쩌니 그게 죄냐? 미친개는 때려죽이면 잘했다구 추앙하지? 미친 개보담두 더한 걸 죽였는데 어째서 죄란 말이냐?…… 난 억울해서 징역 못 살겠다!…… 왜, 왜[14] 내가 징역을 사니? 인전 두 다리 쭈욱 뻗구서 편안히 죽을 것을, 왜 일부러 고생을 사서 하니? 응? 응?"

가슴을 쥐어뜯고 몸부림을 치게 애달픈 것을 못 하고서 다시 손으로 얼굴을 싸고 운다. 손가락 사이로 눈물이 줄줄이 흘러내린다.

[15]승재가 눈에 눈물이 가득, 코를 벌씸벌씸, 황소같이 식식거리고 앉았다.

참혹한 살상[16]에 대한 불쾌했던 인상이 스러지는 반면 그 살상[17]을 저지

---

13 인전 하다아 하다 : [1][2] 인저는 하다—하다   [3][4] 인전 하다—하다   [5] 인전 하다
14 왜 : [5]에는 이 말이 빠져 있다.
15 [5]만 여기서 단락 구분이 되어 있지 않다.
16 살상 : [5] 실상
17 살상 : [5] 실상

른 초봉이의 정상에 오히려 동감이 되면서, 일변 '독초(毒草)'와 독초[18] 그 것을 가꾸는 '육법전서'에의 울분이 치달아 오르던 것이다. 그는 시방 가슴 에 불이 치미는 깐으로는 단박 ×이라도 뽑아 들고 거리로 뛰쳐나갈 것 같 은 것을, 그러고서는 막상 어디 가서 누구를 행실을 낼 바를 몰라 그것이 답답했다.

"어떻게 해요! 응?"

계봉이가 고개를 돌리고 조르듯 성화를 한다. 승재는 그 말은 대답을 못 하고,

"빌어먹을 놈의!……"

볼먹은 소리로 두런두런, 주먹으로 눈물을 씻다가, 그 다음에는 이라도 갈 듯,

"……어디 보자!"

하면서 허공을 눈 부릅뜬다.

"뚱딴지네!"

계봉이는 승재한테 눈을 흘기면서 입안엣 말로 쫑알거리다가 형을 부여 잡는다[19].

"언니?"

"계봉아!……"

초봉이는 부지를 못해 동생의 어깨에 얼굴을 묻고 엎드려서 울음소리 섞어섞어 하소를[20] 한다.

"……계봉아! 이 노릇을 어떡허니? 어떡허믄 졸 거나[21]? 응? 죽자구 해두

---

18 '독초(毒草)'와 독초 : ③④ '독초'와 독초(毒草)　　⑤ '독초(毒草)'와

19 부여잡다 : 두 손으로 힘껏 붙들어 잡다.

20 하소를 : 하소연을.

21 거나 : ⑤ 거냐

죽을 수두 없구…… 살자구 해두 살 수두 없구…… 이 노릇을 어떡허믄 좋단 말이냐? 에구 계봉아!"

"언니? 언니! 헐 수 있수? 정상이 정상이구, 또 자술 했으니깐 형벌이 그대지 중하던 않을 테지…… 다직 한 십 년, 아아니 한 오륙 년밖엔 안 될지두 모르니, 그것만 치르구 나오믄 고만 아니우? 그 댐엔 다아 좋잖우? 송흰 그새 동안 아무 걱정 할라 말구…… 그저 몇 해 동안만…… 그렇지만, 그렇지만 언니가 그 짓을 어떻게! 징역살이를 어떻게 허우!…… 아이구 이 일을 어째애!……"

달랜다는 것이 마지막 가서는 같이서 울고 만다.

막혔던 봇둑을 터뜨린 듯 형제가 도로 어우러져 울고 있고, 승재는 고개를 깊이 숙이고 앉았고 하기를 한 식경이나 지나간 뒤다.

²²초봉이는 불시로 눈물을 거두고 얼굴을 들어 승재게로²³ 돌린다. 승재도 마침 울음소리 끊긴 데 주의가 가서 고개를 들다가 초봉이와 눈이 마주친다.

초봉이는 무엇인지 간절함이 어리어 있는 눈동자로 무엇인지를 승재의 얼굴에서 찾으려는 듯 한참이나 보고 있다가 이윽고 목멘 소리로,

"그렇게 하까요? 하라구 허시믄 하겠어요! 징역이라두 살구 오겠어요!" 하면서 조르듯²⁴ 묻는다. 의외요, 그러나 침착한 태도였었다.²⁵

승재는 그렇듯 어떤 새로운 긴장을 띤²⁶ 초봉이의 그 눈이 무엇을 말하며, 하는 그 말이 무엇을 의미하는 것인지를 잘 알 수가 있었다²⁷.

---

22 ⑤만 여기서 단락 구분이 되어 있지 않다.
23 승재게로 : ⑤ 승재께로
24 하면서 조르듯 : ①② 목멘소리로 애원해
25 의외요,~ 태도였었다. : ①②에는 없는 문장이다.
26 그렇듯~ 띤 : ①②에는 없는 구절이다.

²⁸알고 나니 대답이 막히기는 했으나 그는 시방 이 자리에서 초봉이가 애원하는 그 '명일의 언약'을 거절하는 눈치를 보일 용기는 도저히 나질 못했다.

"뒷일은 아무것두 염려 마시구, 다녀오십시오!"

승재의 음성은 다정했다. 초봉이는 저도 모르게 한숨을, 안도의 한숨을 내쉬면서,

"네에."

고즈넉이 대답하고, 숙였던 얼굴을 한 번 더 들어 승재를 본다. 그 얼굴이 지극히 슬프면서도 그러나 웃을 듯 빛남을 승재는 보지 않지 못했다. (대미(大尾))²⁹

　　　－정축(丁丑)³⁰, 8·13, 송도 우거(松都寓居)³¹에서 －

　　　　　－기묘(己卯)³², 2·19, 재퇴고(再推敲) －

---

27 있었다 : ⑤ 없었다

28 ⑤만 여기서 단락 구분이 되어 있지 않다.

29 대미(大尾) : 어떤 일의 맨 마지막. 맨 끝.

30 정축(丁丑) : 1937년.

31 우거(寓居) : 남의 집이나 타향에서 임시로 몸을 부쳐 삶. 또는 그런 집. 자기의 주거(住居)를 낮추어 이르는 말.

32 기묘(己卯) : 1939년.

채만식의 생애

　1902년 6월 17일, 전라북도 옥구군 임피면 읍내리 274번지에서 아버지 채규섭과 어머니 조우섭 사이에 9남매 중 5남으로 태어났다(6남매만 생존). 선조들이 대대로 옥구에서 살아왔다 하며, 부친 규섭 씨 대에 와서 가산이 늘어나 어린 시절에는 비교적 여유 있는 생활을 했다. 9세 때인 1910년에 임피보통학교(4년제, 오늘날의 초등학교)에 입학했다. 입학 전 몇 해, 그리고 입학 후에도 자기 집에 개설된 서당에서 한문 공부를 했다. 1914년에 임피보통학교를 졸업했는데 졸업 후 몇 해 동안 집의 서당에서 한문 공부를 계속했다.

　1918년 3월에 서울로 올라와 중앙고등보통학교(4년제, 중고등학교 과정이 합쳐져 있는 교육기관)에 입학했다. 1920년 4월 21일, 중앙고등보통학교 3학년 재학 중 19세 나이에 부모의 강권으로 익산군 함라면 함열리의 은선흥과 결혼했다(이때 은 씨의 나이는 20세). 1922년 3월 19일, 중앙고등보통학교를 13회로 졸업했다. 4월 14일, 일본 와세다대학 부속 제일고등학원 문과에 입학했고, 이 학원 축구선수(센터 포워드)로 활약했다. 1923년 4월, 와세다대학 영문과에 입학하지만, 여름방학 때 귀국했다가 집안의 경제적 몰락과 일본 관동대진재의 발생으로 학업을 중단하게 되었다. 대학을 그만둔 좌절감을 극복하고 작가가 되고자 처녀작 「과도기」를 탈고했다(『문학사상』 1973년 8~9월호에 유고로 발표). 1924년 11월에 장남 무열이 태어났고, 12월에는 단편 「세 길로」가 이광수의 추천으로 〈조선문단〉 1권 3호에 게재되어 등단했다.

1925년 7월, 〈동아일보〉 정치부 기자로 입사했다. 1926년 10월, 1925년의 '전조선기자대회'에 이어 1926년 6.10만세사건 이후 〈동아일보〉에서 면직되어 낙향했다. 낙향 후 3년여의 기간은 실직 고등 인텔리로서 힘든 시간이면서도 또 한편으로는 조선 농민들의 실제 생활상을 체험하고 사회과학 학습을 알차게 할 수 있는 귀한 계기였다고 술회했다. 1928년에 차남 계열이 태어났다. 차남 출생 후 부인 은 씨가 친정 근처로 돌아가 생활하면서 부인과 완전히 별거에 들어갔다. 1929년 11월, 〈개벽〉에 입사했다. 1933년, 〈개벽〉의 몰락으로 다시 실직했다. 최초의 장편소설『인형의 집을 나와서』를 〈조선일보〉에 연재했다. 1934년, 〈조선일보〉에 사회부 기자로 입사했다. 대표 단편소설인 「레디메이드 인생」(〈신동아, 5~7월〉)을 발표했다. 1936년 1월, 전업 작가의 길을 걷기 위해 〈조선일보〉를 사직하고 개성으로 이사했다. 이 무렵 두 번째 부인인 김시영 씨와 동거를 시작했다고 알려져 있으나 시기는 불확실하다. 대표작『탁류』를 1937년 10월부터 1938년 5월까지 〈조선일보〉에 연재했고 1939년에 단행본으로 출간했다. 1938년에 또 다른 대표 장편소설『천하태평춘』을 〈조광〉(1~9월호)에 연재했다(1940년에『태평천하』로 제목을 바꾸어 단행본으로 출간). 단편소설 「치숙」(〈동아일보〉, 3.7~14)도 이 해에 발표했다. 1939년, 학생들의 독서회 사건에 연루되어 일제 경찰에 약 두 달 간 구금된다. 이 경험이, 논란이 되는 이후 친일 글과 활동(〈조선문인협회〉)의 중요한 계기가 된 것으로 보인다. 같은 해에 장편소설『금의 정열』을 〈매일신보〉에 연재했다(1941년에 단행본으로 출간). 1940년에 개성에서 안양으로 이사했고, 대표 희곡 「당랑의 전설」을 발표했다. 이 해에 「나의 '꽃과 병정'」, 「대륙경륜의 장도 그 세계사적 의의」와 같은 수필과 비평을 시작으로 해방 전까지 일련의 친일 글을 씀과 동시에 친일의 사적 배경을 고백하는 일련의 '사소설'을 발표했다. 1941년에는 서울 동대문 밖 광장리로 이사했다. 1942년에 장편『아름다운 새벽』을 〈매일신보〉에 연재했고, 두 번째 부인과의 사이에서 삼남 병훈이 태어났다. 1943년에 단편집 『집』과 중편집 『배비장』을 출간했다. 1944년에 딸 영실이 태어났고 이 해 10월부터 1945년 5월까지 친일 장편소설 『여인전기』를 〈매일신보〉에 연재했다. 1945년 1월, 부친이 별세하고 장남이 병사했다. 4월에 고향인 임피로 내려가 살다가 해방을 맞았다. 해방 직후 서울로 이사했다.

1946년, 해방 이후 대표적 풍자소설인 「맹순사」, 「미스터 방」, 「논 이야기」를 연이어 발표했고 중편집 『허생전』과 작품집 『제향날』을 출간했다. 같은 해에 다시 낙향하여 이리시(현재의 익산시) 고현동의 둘째 형 집으로 이사했다. 1947년에 어머니가 돌아가시고, 두 번째 부인과의 사이에서 사남 영훈이 태어났다. 1948년. 『태평천하』를 고쳐서 재출간했고 「낙조」와 「민족의 죄인」을 발표했다. 1949년, 역사소설 연작인 「역사-총기 좋은 할머니」, 「늙은 극동선수-「역사」 제2화」를 발표했고, 이 두 작품에 이어지는 「아시아의 운명」은 유고로 있다가 1955년에 발표되었다. 같은 해에 쓴 중편소설 「소년은 자란다」 역시 유고로 1972년에 발표되었다. 이 해에 『탁류』를 재출간했다. 이리시 주현동으로 이사했다. 1950년 봄에 이리시 마동으로 집을 사서 이사했으나 6월 11일에 이 집에서 지병인 폐 질환으로 영면에 들었다. 1984년에 군산시 월명공원에 채만식 문학비가 세워졌다. 2000년 10월 28일에 〈백릉 채만식 선생 50주기 추모 심포지엄〉이 사단법인 민족문학작가회의와 대산문화재단 주최, 한국문화예술진흥원 후원으로 열렸다. 2001년 3월에 군산시 내흥동에 채만식문학관이 세워졌다.

채만식 문학과『원본비평정본 탁류』의 의의

정홍섭

1. 채만식 문학의 특징과 의의
: 풍자로 현실을 비판하고, 바람직한 역사의 방향을 탐구하다

채만식은 한국 근대의 풍자문학을 대표하는 작가로 잘 알려져 있다. 흔히 풍자라 하면 어떤 부정적 대상을 단순히 우스꽝스럽게 비꼬는 것 정도로 이해되곤 하지만, 사실 풍자에는 그러한 면만 있는 것이 아니다. 풍자는 '웃음'과 '비판' 또는 '흥겨움'과 '공격'이라는, 사실은 서로 이질적인 요소들이 결합한 양식이다. 어찌 보면 매우 기묘한 이 문학 형식은 동서양을 막론하고 어떤 사회의 '전통'이라 할 만한 것이 총체적으로 흔들릴 때 발생하는 현상이다. 서구에서는 물질적 부와 풍요가 극에 달한 로마 말기의 이루 말할 수 없는 타락 시대나(루킬리우스, 호라티우스, 유베날리스 등), 신의 섭리를 대신하겠다고 나선 과학이 자기 스스로를 돌아보지 못할 정도의 오만에 빠지고 있던 근대의 특정 시기에(조너선 스위프트, 알렉산더 포프 등) 풍자문학이 두드러지게 나타남을 볼 수 있다. 우리의 경우는 어떠한가? 우리 고전문학에서 풍자의 전통을 찾자면 가장 쉽게 떠오르는 인물이 바로 연암 박지원일 터인데, 연암의 시대란 바로 유교 국가 이념의 근

간이 되어 온 선비 전통이 뿌리로부터 흔들리고 있는 전통 위기의 시대였다. 다시 말해 풍자문학이란, 전통 위기의 시대에 그 본질과 실상을 근본적으로 반성하면서 새로운 미래의 전통을 암중모색하는 상황에서 나타나는 매우 특별한 문학 양식인 것이다. 여기서 연암 박지원과 채만식의 문학 세계를 비교 검토하는 연구 논문들이 심심치 않게 나오는 것을 주목할 필요가 있다. 무엇보다도 채만식 스스로 연암의 「허생전」과 춘원 이광수의 「허생전」을 패러디한 「허생전」을 썼고, 이 세 작품을 비교 연구한 논문들 또한 필자의 것을 포함해 여러 편 있다.

채만식이 살았던 1902년에서 1950년까지의 시기는, 우리나라가 (조선시대에서) 대한제국시대로 접어들었다가 일본제국주의에 강제 병합되어 고난을 겪은 뒤, 해방되자마자 분단되어 6.25전쟁이라는 동족상잔의 비극이 발발하기 직전까지였다(채만식은 해방 3주년인 1948년 8월 15일에 쓰기를 마친 「낙조」라는 작품에서 6.25전쟁을 예언하는 듯한 말을 했으며, 전쟁이 나기 바로 2주 전에 죽었다). 그가 살았던 시기에, 우리나라와 민족 전체의 삶이 역사상 그 어느 때보다도 어려움에 처했던 만큼, 채만식은 나라와 민족이 그러한 어려움에 처하게 된 근본 원인을 과거의 부정적 전통과 당대 현실의 근본적 모순에서 찾아내고자 하였다. 그는 자신이 살고 있던 시대의 현실 모순을 살펴보면서, 다른 한편으로는 그 현실 모순을 더욱더 복잡하고 어렵게 만든 우리 전통의 문제점을 탐구하였다. 이처럼 과거의 부정적 전통과 당대 현실의 근본적 모순을 동시에 밝혀 비판하고자 하여 찾아낸 방법이 바로 풍자였다. 일제 강점기 권력의 압제 아래에서 기득권 세력을 비판하는 데에 '웃음을 통한 간접 공격'의 방법인 풍자가 효과적일뿐더러, '과장과 비틀기'라는 풍자 방법을 통해서 당대의 여러 모순과 타락상을 더욱 강렬하게 보여줄 수 있다는 작가의 판단 때문이었을 것이다. 또한 이러한 풍자의 본질과 방법은 작가 채만식의 기질과도 맞아떨어지는 것이었다.

채만식은 풍자를 통해 무엇보다도 당대 현실의 근본 모순을 파헤치고 있다. 그것은 우선 그의 대표 중·단편소설에 드러나 있다. 예컨대 「레디메이드 인생」(1934)에서는 전통적인 유교적 지식인 우대 사상이 일제 '문화정치'의 교육만능주의와 결합된 결과 양산된 지식인들이 직업도 갖지 못한 채 무기력하게 희망 없이 살아갈 수밖에 없는 현실을 신랄하게 비판하였다. 또한 돈 20전에 몸을 파는 어린 여성을 모습을 통해, 돈의 노예로 살아갈 수밖에 없어 도덕적 가치를 돌볼 여력이 없는 민중들의 비참한 현실을 폭로하기도 하였다. 「치숙」(1938)은 한때 사회주의 운동을 하다가 감옥에 갔다 온 후 폐인이 되다시피 한 지식인 아저씨(오촌 고모부)를, 철저한 황금만능주의자이자 일본 숭배자인 젊은 조카가 조롱하고 경멸하는 이야기 체를 통해, 현실에 무능한 이념 지향 지식인이 몰락하고 젊은 조카 같은 사람들이 출세하게 되는 현실 세태를 동시에 반어적으로 풍자하였다. 해방 이후에는 변화된 현실에 부응하는 또 다른 성격의 풍자소설들을 썼다. 그 중에서도 대표작이 「논 이야기」(1946)인데, 이 작품에서는 일제 강점기에 일본인에게 판 땅을 해방이 되었으니 당연히 되찾을 수 있을 거라 기대했으나, 해방된 나라에서 그 땅을 다시 판다는 사실을 알고 '나라 없는 백성'을 자처하는 한덕문이라는 한 농민을 통해, 민중들에게 나라의 진정한 의미란 과연 무엇인지 질문을 던진다.

채만식은 풍자를 통해 부정적 전통을 다룰 때에도 역시 당대의 근본적 현실 모순과의 연관 속에서 그것을 비판하였다. 이는 주로 그의 장편에서 잘 나타나는데, 그것은 무엇보다도 삶의 현실 문제에 무력하거나 가족 구성원들에게 마음에서 우러나는 존경을 받지 못하면서도 가부장으로 하여금 허울뿐인 권위를 내세우게 만드는 가부장제 전통이었다. 그의 대표 장편인 『탁류』(1937~38)와 『태평천하』(1938)는 가부장제 전통의 부정성이, 실질적으로는 황금만능주의가 지배한 일제 강점기의 현실 모순과 합해져 나타나는 추악한 모습을 생생하게 그려 낸 작품들이다. 『탁류』의 정 주사는 일확천금을 꿈꾸며 '미두'라는 합법적 도박 행위에 빠져 있으면서, 돈을 대가로 하여 큰딸 초봉을 결혼시키면서도 생활에 무능한 자신을 돌아보기는커녕 허울 좋은 가부장 의식을 끝내 버리지 못한다. 『태평천하』의 윤 직원 영감은 그와 반대로 고리대금업과 극단적 이기심을 통해 거부가 된 돈의 숭배자이면서도, 돈을 주면서까지 '직원'이라는 향교의 직함을 사는 등 허울뿐인 명예의식을 지니고 있지만, 가족 구성원 누구에게도 가부장의 권위를 인정받지 못한다.

채만식의 문학은 풍자를 통해 현실을 비판하다 못해 냉소적이고 비관적인 태도를 보여주기도 한다. 이것은 그 스스로 인정하기도 하는 허무주의 기질 면의 소산이기도 한데, 이러한 기질과 더불어 일제 말기에 겪은 사상 탄압과 극심한 생활고가 원인이 되어 그는 '강요와 자발성이 겹친 친일'에 나서기도 한다. 그의 친일에는 강요의 요인이 압도적으로 강했다고 볼 수 있으나, 그럼에도 그 자체가 작지 않은 역사적 과오이자 철저하고 비판적인 원인 분석이 필요한 행위이다. 풍자의 본질이 부정적 전통을 문제 삼는 것이기 때문에 역사의 올바른 발전 방향을 보지 못하면 불건강한 자기 부정과 허무주의에 빠질 수도 있다. 불건강한 자기 부정과 허무주의는 눈앞의 압도적 힘에 굴복하고 말 수밖에 없다. 일제 강점기 말기의 채만식의 친일은, 위에서 말한 작가 내면의 문제와 아주 힘든 외적 생활 조건 속에서도 새로운 비전을 찾아나갈 희망의 불빛을 현실에서 찾지 못했기 때문이라 할 수 있다(해방 이후 채만식은 「민족의 죄인」에서 자신의 친일 이력 문제를 직접 다루었는데, 이것은 한국 문단에서 매우 이례적인 일이다).

그러나 채만식이 그러한 부정적 사고방식 속에서 미래의 긍정적 역사의 방향을 모색하고자 하는 끈질긴 노력을 포기한 것은 아니었다. 『탁류』에서 보듯이 그는, 정 주사로 상징되는 허울뿐인 가부장제 전통과 초봉처럼 가부장제의 억압을 벗어나지 못하고 허덕이는 '구여성'의 비주체성을 해결할 인물로, 계봉같이 사고와 행동이 자유롭고 발랄한 새 여성상-인간상을 제시한 바 있다. 이러한 비전이 말년에 쓴 중편소설 「소년은 자란다」(1949)에서 그대로 이어진다. 작품 제목과 내용에 잘 나타나듯이, 그는 새로운 여성과 더불어 자라나는 어린 세대들이 낡은 전통과 세대의 억압에서 벗어나 역사를 바람직한 방향으로 이끌어 주리라는 희망을 품고 있었던 것이다.

풍자와 더불어 채만식 문학에서 두드러진 또 하나의 특징은 다채로운 방언과 구어의 구사이다. 김유정 소설과 더불어 채만식 소설의 어휘가 다른 어느 작가들보다 풍부한 것은 그가 주로 방언과 구어를 자유자재로 사용했기 때문이다. 방언과 구어는 관념적이거나 추상적인 말이 아니라 민중들이 생활 현장에서 쓰는 말이기 때문에 채만식 소설은 아주 생생한 느낌을 준다. 그가 구사하는 방언과 구어는 그의 출신 지역인 전라도뿐만 아니라 경상도와 그 이외 지방 것들을 포괄한다. 그의 소설 속 어휘 중 북한어로 분류되는 것들이 있는 것도 이와 연관되어 있다(일제 강점기 때까지는 전국 각 지역에서 쓰이다가 분단 이후에는 북한에서만 쓰이게 된 말들 중 지금은 북한어로 분류된 것들이 있다). 또한 전라도 출신 작가인 채만식은 그 지방의 판소리 사설 형식을 활용하여 『태평천하』와 「치숙」 같은 이야기체 소설을 만들어내기도 했다. 작품의 주제가 너무 무거워서 자칫 심각해질 것만 같은 그의 소설들이 재미있게 읽히는 이유가 바로 여기에 있다.

2. 한국 근대문학과 채만식 문학에서의 『탁류』의 위상

『탁류』는 풍자를 이용한 현실 묘사와 비판의 작가, 즉 풍자 작가이자 리

얼리스트인 채만식의 특징을 두루 잘 보여주는 작품 중 하나이다. 다채로운 방언과 구어, 심지어는 다양한 외국어 어휘마저 구사된 작품이기도 하다. 또한 계봉과 (특히 남자 주인공으로서는 매우 드물게 보는)남승재 등 채만식의 다른 작품들에서 볼 수 없는 긍정적 인물들이 등장하여 중심 역할을 담당하는 특이한 작품이기도 하다. 이처럼 『탁류』는 채만식이라는 작가의 특징을 두루 보여주면서도 독특한 면 또한 지니고 있는 작품이다.

『탁류』를 통해 채만식이 당대 조선 현실 문제의 핵심을 얼마나 잘 보여주고 있는지는 무엇보다도 작품 제목을 통해 상징적으로 나타난다. 채만식이 보기에 당대 조선은 왜곡된 전통과 식민지 자본주의가 결합하여 만들어낸 온갖 모순과 타락으로 '더럽혀진 물(濁流)'이었다. 작품 맨 앞의 탁월한 금강 묘사에 담긴 상징적 메시지가 바로 그것이다. 작품 배경이 군산인 것도 결코 우연이거나 이곳이 작가의 출신 지역 인근인 때문도 아니다. 군산은 일제 본국으로의 쌀 반출이 가장 많이 이루어지던 항구 도시였을 뿐만 아니라 쌀의 시세 차익을 놓고 벌이는 일종의 합법적 투기의 장소인 '미두장(米斗場)'이 있던 곳이기도 하다. 다시 말해 군산은 일제에 의한 '근대화'와 '도시화'가 당시로서는 가장 첨단으로 이루어진 곳 중 한 곳이었으나, 작품에서 보듯이 정 주사와 같은 조선의 하층민들마저 일확천금의 허욕을 부추겨 패가망신하게 하는 '탁류'의 핵심 장소였다. 고태수와 장형보 같은 인물들의 타락과 비참한 말로 역시 이 '미두'라는 (식민지)자본주의의 투기가 부추기는 물질주의의 탐욕이 그 근본 원인이다.

고태수와 장형보, 박제호 등의 인물이 대표적으로 상징하고 있는 이 물질주의의 탐욕은 그들의 색욕과 늘 함께 붙어 다닌다는 사실도 『탁류』는 적나라하게 보여준다. 황금만능주의와 성적 타락은 이 작품에 담긴 현실 비판 가운데 중요한 일부분이다. 성병을 치료하기 위해 남승재의 병원을 찾은 고태수의 모습을 그린 이 작품 연재본의 삽화 바로 밑에 성병약 광고

가 실린 것 자체가 이 작품의 이러한 주제의식을 아이러니하게 뒷받침해 주기도 한다. 한편 이 작품이 〈조선일보〉에 연재되던 때는 일본제국주의자들이 중국을 침략하여 중일전쟁이 한창 진행되던 때라는 점을 염두에 두어야 한다. 당시 한쪽에서는 친일파를 양산해내는 데 결정적 계기가 된 중일전쟁의 삼엄한 분위기가 지배하고 있으면서도, 미두와 성병약 광고에서 보듯 다른 한쪽에서는 황금만능주의의 사회 분위기와 성적 타락이 의연히 지속, 강화되고 있었다. 이러한 시대 상황을 감안하고 이 작품을 읽는다면, 사실은 전쟁의 폭력과 황금만능주의와 성적 타락은 별개의 것이 아니라 오히려 그 본질이 서로 긴밀히 연관되어 있다는 것을 『탁류』는 간접적으로 말하고 있다고 볼 수 있다.

또한 1장에서 정 주사가 사는 동네의 묘사에 역시 잘 나타나 있듯이 일제에 의한 근대화가 조선 민중들을 잘 살게 해주기는커녕 일본인과 조선인의 생활수준 격차를 점점 더 벌어지게 하는 것이 그 본질임을 여실히 보여주는 군산이라는 장소의 상징성, 매약업을 하는 박제호의 폭리(이 문제에 관한 그의 인식은 기자 시절 그의 현장 취재 기사에 이미 뚜렷이 나타나 있었다)와 도덕적 타락, 그리고 무엇보다도 일제강점기 채만식 문학의 일관되고 가장 중요한 문제의식 가운데 하나로서 이 작품에서는 정 주사의 모습이 상징하는바, 식민지체제 하에서의 '교육입국(=교육을 통하여 나라를 튼튼하게 세움)'이라는 이념의 허구성 등을 통해, 『탁류』는 식민지자본주의에 내재한 여러 가지 본질적이고 구조적인 문제를 보여준다.

이처럼 무엇보다도 작품 제목과 배경 지역이 지닌 강력한 상징성, 그리고 그 상징성과 연관된 사람들과 사건의 구체적이고 생생한 묘사와 서사가 이 작품의 리얼리즘(현실주의)을 잘 살려준다.

이 작품의 풍자적 성격은, 식민지 상황에서 더욱 악화되어 극심한 질곡으로 작용하고 있었던 가부장제 전통과 허울만 남은 가부장 지식인의 본질을 적나라하게 파헤치는 것이 그 핵심이다. 정 주사라는 인물의 풍자가 바로 그것이다. 『탁류』가 다른 무엇보다도 고전 『심청전』의 패러디라는 사실, 그리고 채만식이 『심청전』의 본격 패러디인 「심봉사」라는 작품(소설 두 편과 희곡 두 편)을 네 번이나 반복해서 썼다는 사실은, 그가 바람직한 새로운 미래를 전망하기 위해 근본적 개혁의 첫째 대상으로 생각한 것이 바로 조선의 가부장제 전통이라는 점을 보여준다(8장에서 계봉의 입을 통해 작가는 『심청전』을 직접 언급하기도 한다). 또한 『탁류』의 정 주사 풍자는 가부장제 전통 하의 지식인의 모습을 통렬하게 비판하는 의미 또한 지니고 있다(전통적 지식인의 풍자는 연암의 「허생전」을 패러디한 그의 「허생전」에도 뚜렷이 담겨 있다). 언뜻 보자면 정초봉이라는, 가부장제 전통에 희생된 한 가련한 '구여성'의 통속적 비극이 이 작품의 중심인 것처럼 보이기도 하고 한편으로는 실제로 구여성의 비주체성을 통렬하게 비판하기도 하지만, 이러한 줄거리와 인물 설정에는 작품의 대중성을 확보하기 위한 작가의 의도도 있는 것으로 보인다.

이렇게 가부장제 전통과 구시대 지식인에 대한 근본적 비판과 개혁의 모색이 『탁류』로 대표되는 채만식 풍자문학의 핵심이었는데, 그 미래의 대안적 주체로서 그는 여성과 새로운 세대에게 희망을 걸었다. 작가 스스로 꿈에서도 만났다는, 이 작품의 실질적 주인공 계봉의 발랄한 모습에 주목해 보라. '착한 남자' 남승재에 대해서조차도 애틋한 사랑의 감정과 더불어 '쿨한' 거리감을 둘 줄 아는 계봉이야말로 여성이면서 '새로운 세대'의 표상이라 할 만하다. 물론 이 작품에서 계봉조차 완전하거나 완결된 인물이 아니며, 미래를 향해 모색하고 성장해 나가는 인물 유형인 것이다(새로운 세대한 대한 희망의 비전은 앞서 보았듯이 채만식의 말년 작품인 「소년은 자란다」에서도 이어진다).

이와 같은 『탁류』의 문제의식-그리고 이 작품보다 조금 앞선 염상섭의

『삼대』와 같은 기념비적 작품이 지니고 있는 문제의식-은 가족 문제를 주매개로 하는 것으로서, 그 이후로 한국 근현대소설의 가장 큰 범주로서 면면히 그 '전통'을 이어오고 있다. 한편으로 우리는, 가부장제를 핵심 대상으로 하는 가족 문제 고찰이 21세기의 현 시점까지 어떻게 변화해 왔는지를 살피는 한 기준점으로서 『탁류』를 읽을 수 있을 것이다.

그런데 80년 전에 쓰인 이 작품을 읽는 것이 여전히 생생한 즐거움을 주는 것은, 바로 위와 같은 모든 이야기와 등장인물들을 다루는 작가의 통찰력, 그리고 그 모든 내용을 담아내는 작가의 탁월한 언어 구사 능력에 기인하는 것이다. 그래서 일본인으로서 채만식 문학을 깊이 연구한 사에구사 토시카츠는 "채만식 문학은 외국인에 대해서는 한국문학을 어느 정도 이해할 수 있느냐를 아는 하나의 시금석"이라 할 수 있으며, "그 독특한 문체를 가진 채만식의 작품을 저항 없이 받아들일 수 있느냐 여부가 한국문학의 세계에 어느 정도 깊이 들어갔느냐에 대한 지표가 되는 것"[1]이라고 했다. 그런 그가 일본어로 번역한 채만식 작품이 바로 『탁류』[2]인 것이다. 그러니 한국인으로서 우리는 『탁류』를 읽으면서 무엇보다도, 다른 어느 작가의 작품도 흉내 내지 못하는 온갖 종류의 풍요로운 어휘 구사를 충분히 즐길 수 있어야 한다.

3. 새롭게 읽는 『탁류』

한국 근대문학 작가들 가운데 채만식은 비교적 잘 알려져 있고 많이 읽

---

1 사에구사 토시카츠, 「채만식 문학에서 배운 것」, 채만식 문학제 기획위원회 편, 『백릉(白菱) 채만식 선생 50주기 추모 심포지엄 자료집』, 사단법인 민족문학작가회의 · 대산문화재단, 2000, 19쪽.

2 三枝壽勝 訳, 『濁流』, 講談社, 1999.

히는 작가에 속한다. 학생들은 고등학교 때 이미 「레디메이드 인생」, 「치숙」, 「논 이야기」, 「미스터 방」 등의 단편과 『태평천하』와 『탁류』 등의 작품을 읽었거나, 최소한 그 제목과 채만식이라는 작가의 이름을 들어본 경험을 많이 가지고 있다. 일반 대중들에게 이 작가와 그 작품이 얼마나 알려져 있고 읽히고 있는지는 확인하기 힘들지만, 적어도 대학생들에게는 전공과 교양 강의를 통해 접할 기회가 여전히 자주 제공되고 있다.

사정이 이와 같음에도 채만식의 대표 장편 가운데에서도 가장 대중적으로 알려진 『탁류』를 '믿고' 읽을 만한 텍스트가 과연 있는지 의문의 여지가 많다. 이에 관해서는 뒤에서 구체적으로 설명할 터인데, 채만식 이외의 여타 주요 한국 근대소설 작가들의 작품들의 경우와 마찬가지로, 『탁류』는 이 출판사에서 나온 이 텍스트를 읽으라고 자신 있게 권할 만한 것이 마땅치 않다는 사실을 새삼 확인하면서 채만식 전공자인 필자 역시 크게 당혹스러운 바 있다. 이렇게 여러 출판사에서 나온 '다양한' 『탁류』가 있는 것 같지만 정작 제대로 된 텍스트가 없다는 것이 우선 새로운 『탁류』를 만들고자 한 한 가지 이유였다.

그러나 새로운 『탁류』를 만들고자 한 데에는 그러한 대중용 정본의 필요성만이 있는 것은 아니었다. 한국 근대문학 전문 연구자들 사이에서 특히 채만식과 이 작품은 큰 관심을 받아 왔는데, 역설적이게도 그 연구의 기본 바탕이 되는 이 작품의 '실상'에 대해서는 별다른 학문적 '의심'이 없었다고 할 수 있다. 이 작품은 본래 일제강점기에 〈조선일보〉에 연재되었다가 단행본으로 발간되었고, 해방 이후 작가가 아직 생존해 있을 당시에 다시 한 번 단행본으로 발간되었는데, 이 연재본과 단행본을 면밀히 비교, 검토하는 작업이 제대로 이루어진 바가 없었던 것이다. 그러다 보니, 작가 사후에 발간된 여러 판본들에 크고 작은 문제가 있을 것은 분명한 노릇이었고, 그러한 판본들에 근거를 둔 전문 연구 역시 명백한 한계를 지니고 있을 수밖에 없었던 것이다.

이번에 새로 선보이는『원본비평정본 탁류』정본은 이처럼 학생들을 포함한 일반인들이 믿고 읽을 수 있으며, 그리고 전문 연구자들 역시 기존에 보지 못한 이 작품의 여러 면모들을 새롭게 확인함으로써『탁류』를 연구하는 데 새로운 자료와 자극을 받을 수 있는 판본을 만들고자 한 취지에서, 기존의 몇몇 주요 판본들을 원본비평(textual criticism)[3]한 결과물이다.

4. 기존 주요 판본의 의의 · 문제점과 원본비평의 기준 및 원칙

우선 새로운 정본『탁류』를 얻기 위한 근거로서 이본 대조 대상으로 삼은 기존 주요 판본들은 다음과 같다.

　　[1] 조선일보 연재본 : 1937.10.12～1938.5.17(198회분).
　　[2] 우한용 해설 · 주석,『탁류』, 서울대학교 출판부, 1997.
　　[3]『채만식전집2 : 탁류』, 창작사, 1987.
　　[4]『탁류』(3판), 민중서관, 1949.
　　[5]『탁류』(2판 7쇄), 문학사상사, 2003.12.15.

이는 조선일보에 연재된 최초 발표본 이후 간행된 수많은 판본들 중에서 가장 중요하다고 생각되는 다섯 개의 판본을 선정한 결과이다.

우선 [1]은『탁류』가 최초로 발표된 판본으로서 중요한 의미를 갖는다. 그러나 이 판본은 당시 다른 작가의 다른 신문 연재본들의 경우에서 발견

---

3 원본비평(textual criticism) : 대상 작품의 기초 자료 조사와 판본의 대조, 어휘 조사 및 정리, 개작 과정 연구 등 정본 확정을 위한 학문적 기본 작업.

되는 양상과 마찬가지로 오식이 적지 않게 있고, 최초 발표본인 만큼 이후 단행본에서 작가 스스로가 마음에 들지 않았던 표현과 장 구분 등에 많은 수정을 가하게 되는 판본이기도 하다. 그러나 이후의 단행본에서 역시 분명한 오식이 발견되는 부분이 있는데, 이것을 바로잡을 수 있는 근거는 거꾸로 이 판본에서 구할 수 있다.

②는 "당시 언어의 실상을 보여 주고, 구두적 표현의 실감을 위해 연재 당시의 모습을 유지"했을 뿐만 아니라 "표기법은 연재 당시의 원칙을 따르되, 오식이 분명한 경우는 바로잡고 그 내용을 밝혔다"(②, 일러두기)고 되어 있는데, 실제로는 ①의 내용을 잘못 읽거나 잘못 옮긴 부분이 적지 않게 발견된다. 그러나 최초 발표본의 내용에 대한 가독성을 높인 판본이라는 데 의의가 있다. 어휘 풀이도 일부는 참고할 만한데 일부는 잘못되어 있다.

③은 1939년에 박문서관에서 최초로 간행된 단행본을 저본으로 하되 현대어 표기법에 따라 독자들이 읽기 편하도록 하였다고 되어 있다.(③, 4쪽) 이 판본은 필자가 아직까지도 구해보지 못하고 있는 초판 단행본을 저본으로 했다는 점, 그리고 이 작품의 수많은 다른 판본들에 비해 월등히 섬세한 교열을 거쳤다는 점에서 커다란 의의를 지닌다. 오래 전에 절판되었음에도 연구자들 사이에서 아직까지도 가장 권위 있는 판본으로 인정받고 있는 이유도 거기에 있다. 그러나 이 판본 역시 원본비평 작업을 거치면서 꽤 많은 오류가 있음이 드러났다. 그것은 신문연재본과의 대조를 하지 않은 데에 크게 기인하는 것이고, 다른 한편으로는 작품 속 어휘의 의미를 깊이 천착하지 않아서 생긴 문제도 적지 않다.

④는 현실적으로 초판(1939)과 재판(1941) 단행본을 구할 수 없었던 상황에서―필자가 백방으로 알아보았으나, 식민지시대의 이 두 판본은 아직까지 나타나지 않고(?) 있다―③과의 대조를 통해 초판 단행본의 내용을 추

정해볼 수 있는 매개 판본으로서의 의의를 지닌다. 이 판본이 이러한 기능을 할 수 있는 것은 이것이 작가 채만식 생전에 최후로 간행되었다는 점때문이다.

⑤는 1986년 최초 발행 이후 1998년까지 19쇄, 그리고 1999년 2판 1쇄 간행 이후 2003년 12월 15일 현재 2판 7쇄가 간행된 판본으로, 19년 간 총 26쇄가 출판된 최장기 스테디셀러이다. 이 작품의 텍스트로서 지금까지도 전문 연구자나 대중 모두가 가장 쉽게 접하게 되는 판본이라 판단된다(이 판본을 포함하여 시중에 종이책과 전자책으로 된 수십 종의 『탁류』가 나와 있는데, 이 가운데 원본비평을 거친 판본은 하나도 없고, 더 중요한 문제는 대부분이 저본이 무엇인지 정확하게 밝히지 않는다는 점이다. 예컨대 비교적 최근에 문학과지성사에서 출간된 우찬제 책임편집의 『탁류』는 창작사본과 서울대학교 출판부본만을 참고하여 만든 것이고, 문학사상사본은 저본을 밝히지 않고 있다). 그러나 역설적이게도, 원본비평 결과 이 판본이 다양한 종류의 심각한 문제점들을 헤아리기 힘들 만큼 가장 많이 지니고 있음을 확인하게 되었다.

그러나 사실 판본 문제에서 또 한 가지 중요하게 문제시되는 것은 바로, 위에서 언급한 바와 같이 초판 단행본을 검토할 수 없다는 현실적인 조건이다(1941년에 간행되었다고 알려져 있는 재판본 역시 구할 수 없었다). 요컨대 식민지시대에 단행본으로 발간된 두 개의 판본을 발견하게 된다면 판본 대조 작업은 다시 수행되지 않으면 안 될 것이다. 그러나 일단은 1939년 초판 단행본을 저본으로 했다고 밝히고 있는 창작사 전집본의 내용이, 대조 결과 1949년의 3판 민중서관본 내용과 같은 것으로 보아 1939년 초판본과 1941년 재판본, 그리고 1949년 3판본 내용이 다르지 않다는 추정을 하게 된다.[4]

이렇게 해서 선정된 판본들을 대상으로 하여 정본화를 목표로 하는 검토 작업에 착수하면서 몇 가지 기준들을 마련하게 되었다. 우선 채만식 생전에 간행된 단행본(또는 그것을 저본으로 만들어진 단행본)인 위 ③과 ④를 이본 대조의 기준 역할을 하는 기준 판본으로 삼는다는 것이었다. 이렇게 해서 ①이 ③과 ④로 가면서 어떤 변화를 겪었고, 그것에 담겨 있는 작가의 개작 의도가 무엇인지를 분석해낼 수 있었다. 그런데 작업을 실제로 진행하는 과정에서 ①에서 ③과 ④로의 변화가 오히려 분명한 '개악'에 해당한다고 판단되는 것이 있다면 그 부분은 ①의 것을 취해야 한다는 점 또한 알 수 있게 되었다. 그리고 나아가 이러한 양자(①과 ③·④)의 유기적인 대조를 통해 오늘날 널리 읽히고 있는 나머지 판본들이 지닌 명백한 문제들이 드러나게 되었다(①과의 대조 검토를 거치지 않은 ③ 역시 이러한 판본 대조 작업을 통해 적지 않은 문제가 있음을 알 수 있었다). 이 문제점들에는, 작게는 단순한 오독과 오식에 의한 오류로부터, 문맥과 어휘의 의미에 대한 오해에 의한 것, 그리고 나아가서는 아마도 현대어투로 옮기겠다는 의도에 의한 편집자의 자의적 '개작'에 이르기까지 매우 다양한 것들이 있다.

위와 같은 판본상의 문제점들을 판별해내는 원칙은 다음과 같은 것이었다. 즉 새롭게 만들어내야 할 『탁류』 정본은, 한편으로 오늘날 독자들의 가독성을 최대한 보장하는 것을 추구하면서도, 다른 한편으로는 당대의 '분위기'와 작가의 창작 의도를 최대한 그대로 살려내는, '두 마리 토끼' 잡기를 절묘하게 성공시킨 텍스트가 되어야 한다는 것이다. 따라서 전체적으로는 오늘날의 일반 대중들이 쉽게 알아볼 수 있는 표기법을 취하되 작가가 의도적으로 쓴 것이 분명한 구어, 방언, 비속어, 그리고 포괄적인 의미에서의 작가 특유의 표현법 등은 최대한 살려야 한다는 것이다. 이것은

---

4 그러나 1판과 2판을 실물로 확인할 때까지 물론 이는 엄밀히 말해 추정일 수밖에 없다.

비단 따옴표 속에 들어 있는 등장인물들 간의 대화 내용뿐만 아니라, 등장인물의 독백 또는 작중 화자(또는 작가)가 독자들에게 '들려주는' 내용이 분명한 경우 모두에 적용해야 할 원칙이다. 이러한 기준과 원칙하에 위 다섯 개의 판본들을 대조해본 결과, 개작된 부분과 설명이 필요한 다양한 어휘들에 대한 각주의 개수가 9천 개에 육박할 정도로 『탁류』라는 작품 자체와 그 여러 판본들이 지닌 문제점을 다시 한 번 분명하게 확인하게 되었다. 이 『원본비평정본 탁류』에서는 비교적 중요한 의미를 갖는 텍스트 대조에 어휘풀이를 더한 2,600여 개의 주석을 추려내어 실었다.

　『탁류』에 담겨 있는 어휘들을 고찰하면서 중요하게 참조한 것은 임무출 편 『채만식 어휘사전』(토담, 1997)으로, 이 『원본비평정본 탁류』의 구어와 방언의 풀이는 위 저서에 적지 않은 빚을 지고 있다. 특히 『표준국어대사전』을 비롯한 일반 사전과, 다른 어떤 방언사전에서도 찾아볼 수 없는 어휘의 뜻풀이를 작품 내 맥락에 맞게 시도한 데서 임무출의 저서는 큰 의미가 있다. 이 자리를 빌려 진심으로 존경과 감사의 말씀을 올린다. 그런데 이 역작 역시 그 검토 대상 작품의 풍부함과 연구자의 학문적 성실성에도 불구하고, 『탁류』라는 텍스트의 성격에 문제의식을 지니지 못한 채 창작과비평사에서 간행된 『채만식 전집』만을 검토 대상 텍스트로 삼았다는 데에 근본적 한계가 있다. 또한 이 『채만식 어휘사전』의 어휘 풀이 역시 작품 내의 맥락과 적절히 부합하지 않는 경우가 있었다. 『표준국어대사전』(국립국어원)에 어휘가 등재되어 있기는 하나 역시 작품 내의 맥락과 맞지 않는 경우도 적지 않았다. 그래서 이 『원본비평정본 탁류』에서는 『표준국어대사전』과 『채만식 어휘사전』을 비롯하여 관련된 여러 사전들을 참조하여 최선에 가까운 어휘 풀이를 가능한 한 가장 풍부하게 주석에 담았다.[5]

---

5 『표준국어대사전』과 『채만식 어휘사전』 이외에 참조한 책은 다음과 같다.

한편『탁류』의 방언과 '북한어'의 이해를 위해서는 좀 더 깊은 천착이 필요하다고 생각하여 필자가 쓴 논문 한 편을 부록으로 싣는다.

5. 새롭게 만든『원본비평정본 탁류』의 의의

이렇게 해서 새롭게 만든『원본비평정본 탁류』는 무엇보다도 기존 판본들이 지니고 있던 여러 종류의 오류들을 바로잡았다. 몇 가지 예를 들어 보겠다.

기존 판본이 지닌 오류들 가운데 우선 꼽을 수 있는 것이 단순 오식 또는 오독에 의한 오류이다. 예컨대 위에서 소개한 판본 ②를 보면, "이것은 분명 무엇인가를 **시삐하는** 냉냉한 태도겠는데(371면, 이하 강조는 모두 필자의 것임.)"이라는 문장이 나오는데, 여기서 '시삐하는'은 '시삐하는'의 오류이다. 또 이 텍스트에서는 같은 면 각주에서 '마음에 못마땅하여 시들하게 생각하는'이라고 그 의미를 올바르게 풀이하고 있으면서도 '시삐하는'이라는 잘못된 표기를 그대로 반복하고 있다. 또 한 가지 예를 들자면 다음

우찬제 책임편집,『탁류』, 문학과지성사, 2016.
이기갑 외 편,『전남 방언사전』, 태학사, 1998.
주갑동 저,『전라도 방언사전』, 수필과비평사, 2005.
「『탁류』낱말풀이」(부록),『채만식전집2 : 탁류』, 창작사, 1987.
한글학회 편,『우리 토박이말 사전』, 어문각, 2002.
이 이외에도 우한용 해설·주석,『탁류』(서울대학교 출판부, 1997)의 각주에 달린 어휘 풀이 또한 참조와 동시에 검토의 대상이었다. 한편 어휘 풀이와 관련된 국어학적 문제에 관해서는 조남호 교수(명지대)와 김인균 교수(신라대)에게 자문했다. 이 자리를 빌려 감사 말씀을 드린다.
그런데 여전히 뜻을 밝혀내지 못한 말도 있다. 예컨대 '템씨'(17. 노동(老童) '훈련일기(訓戀日記)'에 나옴) 같은 말이 그렇다. 이『원본비평정본 탁류』의 어휘풀이가 완벽하다고 단정할 수도 없다.『원본비평정본 탁류』의 더 나은 어휘풀이를 계속해서 시도해야 할 것이다.

과 같다. ③의 153면과 ⑤의 176면에는 "(전략)마침 겹쳐서 모친 유씨의 그 눈물만 못 흘리지 비극배우 여대치게 능청스런 **세리프**가 있어 놓으니"라는 문장이 나오는데, 여기서 ③과 ⑤가 낱말 풀이를 해놓지 않고 있기 때문에 문맥을 정확히 이해하고 이 말을 쓰고 있는지 분명히 알 수는 없으나, 예컨대『채만식 어휘사전』(임무출 편)에서 이것을 '세리프(serif) : 혼자 말하는 사설'이라 풀이하고 있기 때문에 오해의 소지가 충분하다. 그러나 'serif'라는 말에는 이런 뜻이 존재하지도 않으며, 이것은 일본어 'せりふ(台詞)'로서 '대사' 또는 '상투적인 말'을 뜻한다. 이것은『탁류』에 나오는 일본어 어휘들에 특별히 주목하지 않은 결과라 할 수 있다.

기존 판본들에는 문맥과 어휘의 의미를 오해로 말미암은 오류들 역시 많이 있었다. 그런데 이 유형의 오류를 가장 심각하게 보이는 것이 역설적이게도 오늘날 가장 널리 읽히고 있는 판본 ⑤이다. 사실 이 판본은 여러 가지 정도와 층위의 문제점들을 내포하고 있는데, 그 모든 문제점들을 포괄하여 평가하여 말하자면 작가 채만식과 그의 작품『탁류』가 지닌 특질들을 이해하지 못한 데 기인한 것이라고 할 수 있다. 그만큼 문제가 크다 할 수 있는데, 이는『탁류』특유의 어휘와 표현법들, 그리고 그것들을 통해 작가가 전달하고자 하는 바를 제대로 파악하지 못한 문제와 연관되어 있다. 두 가지 예만 들어보겠다. ⑤의 201면에는, "사람을 **굳히겠다**는 순간 이면서, 승재는 긴장보다도 얼굴에 가벼운 미소가 떠오른다."라는 문장이 나오는데, 여기서 '굳히겠다'는 '궂히겠다'(=죽게 하겠다)의 잘못이다. 그런데 이 오류는 사실 이 판본이 저본으로 삼고 있는 판본 ④의 오류를 답습한 것이며, 근본적으로는 그 문맥과 어휘의 의미를 제대로 이해하지 못한 데 기인한 것이다. 다음으로 소개할 오류는 매우 상징적이다. ⑤는 이 작품 마지막 장면의 한 문장을 이렇게 쓰고 있다. "승재는 그렇듯 어떤 새로운 긴장을 띤 초봉이의 그 눈이 무엇을 말하며, 하는 그 말이 무엇을 의미하는 것인지를 잘 알 수가 **없었다.**"(536면) 그런데 여기서 '없었다'는 '있었다'로 바꾸어야 맞다. 즉 원본의 문맥이 정반대로 바뀌어 있는 것이다. 특히 이 문장은 초봉이 승재와의 미래를 꿈꾸면서 자수를 결심하는 대목이기 때문에, 독자가 이 장면의 의미뿐만 아니라 이 작품 전체의 메시지를 잘못 이해할 소지마저 제공할 수 있다는 점에서 큰 문제가 있다.

다음으로 들 수 있는 것이 편집자의 자의적 판단으로 원문 내용을 변화시킨 경우인데, 이 역시 판본 ⑤에 주로 관계되어 있는 문제이다. 이것은 다시, 당시의 구어를 표준어 어휘나 표현으로 교체하여 원본의 맛을 살리지 못하는 경우, 일본어를 비롯한 외국어 표현을 자의적으로 바꾼 경우, 원본과는 다르게 자의적으로 단락 구분을 하거나 거꾸로 단락이 구분되어 있는 것을 무시하고 내용을 붙여 쓰거나 원본에 있는 문장이나 구절을 누락한 경우 등으로 나누어 볼 수 있다. 특히 구어나 사투리를 표준어 표현으로 바꾸는 것은 일일이 예를 드는 것이 무의미할 정도로 작품 전반에서 발견된다. 이 경우의 오류가 특별히 문제시되는 것은, 그로 인해 작가가 작품의 주제와 분위기 전달을 위해 의식적으로 구사한 표현과 문장들이 변질되거나 훼손되고 있기 때문이다.

새로운 『원본비평정본 탁류』는 크게 보아 위와 같은 세 가지 범주의 기존 판본의 오류들을 바로잡았다.[6]

둘째, 새로운 『원본비평정본 탁류』는 연재본과 단행본의 대조 작업을 통해, 일부 나타나는 단행본의 오류를 바로잡음과 동시에, 작가의 개작 의도를 보여준다. 우선 단행본에서는 필요한 대목에서 방언과 구어를 훨씬 더 의식적이고도 정교하게 씀으로써 적절한 느낌과 분위기를 만들어내고 있

---

6 이에 관한 좀 더 자세한 논의는, 졸고, 「원본비평을 통해 본 『탁류』의 텍스트 문제」, 『우리어문연구』 36집, 2010.1, 참조.

다는 것을 확인했다. 예컨대 행화의 경상도 사투리에서 보듯 작가가 단행본에서 방언과 구어를 더 의식적으로 쓰고 있다는 것을 분명히 확인할 수 있었다.

셋째, 새로운 『원본비평정본 탁류』는, 단행본을 통한 작가의 개작 의도의 핵심이 더욱 정밀하고 박진감 있는 등장인물 심리 묘사를 통해 각 인물의 성격을 더욱 뚜렷하게 하고, 그럼으로써 결국은 이 작품의 주제의식을 더욱 명료하게 전달하는 데 있다는 사실을 확인하여 보여준다. 이것은 초봉, 계봉, 정 주사와 유 씨 부부, 남승재, 고태수, 장형보, 행화, 한 참봉, 박제호 등, 『탁류』에 등장하는 거의 모든 인물을 통해 확인할 수 있다. 몇 가지 예를 보자. 다음 대목은 6장 '조그마한 사업'에서 남승재의 심리를 묘사한 부분이다.

이 노릇을 승재는 스스로 조그마한 사업으로 여겨 거기서 기쁨과 만족을 느끼되, 무심했지 달리 그것을 평가를 하거나 자성(自省)함이 없었다.

하다가 오늘 마침 먹곰보네 집에를 불려와, 그렇듯 경이나 읽히면서 자식을 갖다가 생으로 죽이고 마는 미련스런 인간들을 보자니 그만 보도록 새 짜증이 나서, 전에 없이 골딱지를 냈던 것인데…….

그러나 그것도 무슨 정성이 미흡한 탓이 아니요 무지한 소치라면야 그만이겠지만, 그러니 그들이 그렇듯 무지한 이상 시료병원(施療病院)이 거리마다 늘비하다고 하더라도 별수가 없겠거니 싶고, 그 무지라는 것을 생각하면 어느 결에 승재 제 자신이 길을 걸어가다가 어떤 거대한 장벽에 가서 딱 닥뜨린 것같이 가슴이 답답하고 어찌할 줄을 모를 것 같았다.

그 끝에 가면, 시방 제가 여태까지 재미를 붙여 해오던 이 노릇이, 그만 신명이 뚝 떨어지고 흥이 하나도 나지를 않는 것이었다.

[단행본을 바탕으로 한 정본]

그래서 오늘날까지 그는 비교적 그의 조고만한 사업에대하야 비판을 가질기회도업고 다만 만족햇섯는데 지금 먹곰보네집에서 그일을 당하고 나서는 다소간 우울하지 아니할 수가 업시되엇다. 그가 보기에는 그들이 그처럼 무지한이상 가령 돈이잇고 문전마다 병원이 한개씩 잇더래도 그들은 완전하게 병을 정복하지 못하리라 십헛다.

그러니 역시 그들은 지식이 필요한데 그러나 그일을 생각하면 창창해서 손도일수 대가 업슬것가텃다. [연재본]

연재본과 단행본을 대조해 보면, 단행본에서는 남승재가 무지하고 미련한 기층 민중들의 모습을 보며 자신의 자선 의료 행위의 의미에도 회의감을 느끼면서 허무적인 느낌에 사로잡히는 모습을 확연히 보여준다. 사실 남승재는 채만식 소설 전반을 통해 볼 때 매우 이례적이라 할 만큼 선량한 인물이다. 그런데 채만식은 이러한 인물 승재를 긍정적으로만 묘사하지는 않는다. 오히려 단행본에서는 그를 "소박한(타고난) 휴머니즘밖에 없는"[7] 분명한 한계를 지닌 인물로 비판하기도 하고, 17장 '노동(老童)' '훈련일기(訓戀日記)"에서는 이런 그에게 계봉으로부터 얼치기 '분배론' 강의를 듣게 만들기도 한다.

정주사 부부의 속물성을 더욱 더 적나라하게 드러내고자 하는 개작 의도가 분명히 드러나는 대목도 있다. 7장 '천 냥 만 냥'의 다음 대목은 연재본에서는 없던 내용이다.

그리하여 그들은 이미 악취가 나는 것도 그것을 번연히 코로 맡고 있으면서 실끔 외면을 하고는, 하나가 혹시,

---

7 15장 '식욕의 방법론'에 나오는 구절로 연재본에는 없는 말이다.

"어찌 좀 퀴퀴하우?"

할라치면, 하나가 얼른 내달아,

"아냐, 구수한 냄새를 가지고 그리는구려."

하고 달래고, 그러다가 또 하나가,

"그런데, 어쩐지 좀 상한 냄새가 나는 것 같군!"

할라치면, 하나가 서슬이 시퍼래서,

"향깃허구면 그리시우!"

하고 새수빠진 소리를 하는 것을 지천을 하던 것이다.

초봉이와 고태수의 혼인이 딸자식에게 불행을 안길 수도 있다는 우려를 하면서도, 자칫 혼인이 성사되지 못하면 이 혼인으로 인한 이득을 놓치게 될까봐 서로 말조심을 하는, 거짓 교양으로 포장된 정 주사 부부의 속물성을 여지없이 발가벗기며 풍자하는 장면이다.

단행본에서는 '구여성' 초봉이의 비주체성을 연재본보다 훨씬 더 노골적으로 비판하기도 한다. 아래 인용은 10장 '태풍'에 나오는 한 대목이다. 사소한 차이처럼 보이지만, 단행본에서는 초봉이의 수동성이 본능과 습관처럼 몸에 배어 있다는 것을 강조함으로써 구여성의 비주체성을 더욱 근본적으로 비판하고 있음을 알 수 있다.

초봉이는 비로소 알아듣기는 했으나 그냥 웃기만 한다. 그는 애초에 일을, 하루 세 끼 밥을 먹는 것이나 마찬가지로 당연하게 태수가 그것을 해 줄 것으로 알고 있었기 때문에, 점심을 먹으면서 이따가 저녁을 먹는다는 것을 측량하지 않듯이 별반 괘념을 않고 있었던 참이다.

[단행본을 바탕으로 한 정본]

초봉이는 비로소 그말을 알어들엇스나 그냥 웃기만한다. 그는 때가 일르기도 햇거니와 차마 입을벌려 그런말을 먼점 끄낼수는업섯서도 처분을 바래듯이 기대리고잇든 반가운 말은 반가운말이다. [연재본]

그런데 앞서도 말했지만, 이렇게 새로운 『원본비평정본 탁류』를 얻기 위해 기존 판본의 오류들을 바로잡고 '새로운' 『원본비평정본 탁류』를 만드는 가운데, 이 작품 특유의 미덕을 새삼 재확인하는 계기를 갖게 되었다. 아니, 그것은 작품의 '재발견'이라 해도 좋을 정도의 확인 작업이었는데, 그것은 바로 작품 속에 담긴 온갖 풍요로운 어휘들이다. 채만식은 상황과 인물의 특성에 따라, 그때그때 구어와 사투리, 외국어 등을 적절히 자유자재로 구사할 뿐만 아니라, 필요에 따라서는 사전적 어법에 구애됨 없이 자기 특유의 조어법을 동원하여 말을 만들어내기도 하는 어휘 구사의 달인이라는 것을 재확인하고 재발견한 것이다. 이에 관한 예는 일일이 드는 것이 부적절할 정도로 매우 다양하다. 작품의 어휘와 표현, 어법 등에 특별히 주목하면서 읽어나가는 것이 그래서 중요하며, 이때 이 책에 담긴 2,600여 개의 주석이 독자들에게 큰 도움이 될 것이라 생각한다.

● 부기(附記) : 근래에 출간된 『탁류』 텍스트 추가 검토

① 한수영 책임 편집, 『탁류』, 글누림, 2008.
② 우찬제 책임 편집, 『탁류』, 문학과지성사, 2016.

여기서는 앞서 소개한 원본비평 방법에 입각하여, 근래에 출간된 위의 두 『탁류』 텍스트의 문제점을 검토한 결과를 정리해 보고자 한다. 여기서 다루는 것은, 원본 『탁류』의 연재본(①)과 단행본(④)을 면밀히 대조, 검토

하지 않고 기존 텍스트(③과 ⑤)의 오류를 공유한 데에 주로 기인하는 문제점이다.

─1장. '인간 기념물(人間記念物)'

(정본) 고태수(高泰洙)가, 잠깐 다니러 나왔는지 맨머리로 귀 위에 철필대를 꽂고 슬리퍼를 끌고 미두장 앞을 지나다가 싸움 <u>얼린</u> 것을 보더니 멈칫 발길을 멈춘다.

    → (…)싸움 **열린** 것을 보더니(…)

[①]에서는 '얼린'이었다가 ③④⑤에서 '열린'으로 바뀐 오류를 공유한 경우]

─2장. 생활 제일과(生活第一課)

(정본) 승재와 비교가 <u>되면서</u>

    → 승재와 비교가 **되어지면서**

[①]에서는 '되면서'였다가 ④에서는 이중 피동형인 '되어지면서'로 바뀌었는데 그 오류를 그대로 옮긴 경우]

(정본) <u>제호가</u> 돌아오기를 기다리고 있었다

    → **제호의** 돌아오기를 기다리고 있었다 [위와 마찬가지 경우]

─7장. 천 냥 만 냥(千兩萬兩)

(정본) 다마노고시

    → **다네노코시**

[1]에서는 '다마노고시'였다가 4에서는 「다네노꼬시」로 바뀌었는데 그 오류를 그대로 옮긴 경우-①에만 해당]

(정본) 세리후
　　→ **세리프**　[②의 경우에는 뜻풀이는 맞음. 이 오류는 8장과 14장에도 있음.]

　-8장. 외나무다리에서

(정본) 집 안은 안팎이 모두 어디라 없이 <u>두선거리고</u> 들뜬 것 같았다.
　　→ (…) **두런거리고** (…)　[1과 4에서 모두 '두선거리고'로 씀.-② 에만 해당]

　-10장. 태풍(颱風)

(정본) 태수가 돈 만 원을 <u>빼돌려 가지고</u> 도망을 가자는 제 말을 들어주지 않은 것이
　　　　→ (…) **빼둘러가지고** (…)
[1에서는 '빼돌려가지고'였는데 4에서 '빼둘러가지고'로 바뀜. 3과 5가 그것을 그대로 옮긴 오류를 공유한 경우]

(정본) 과실 바구니와 과자 꾸러미를 양편 손에다 갈라 들고 <u>허둥지둥</u> 집으로 달려든다
　　　　→ (…) **허둥허둥** (…)
[1과 4 모두 '허둥지둥'으로 되어 있고, 창작과비평사에서 간행한 3에

서만 '허둥허둥'으로 되어 있는데 이 오류를 공유한 경위

─12장. 만만한 자의 성명(姓名)은……

(정본) 초봉이는 이렇게 <u>묻뜨리고</u> 뛰쳐나와서
　　　→ (…) **메때리고** (…)

[이 말은 ①에는 없고 ④에서는 '묻디리고'로 되어 있다. 그런데 ③에서
는 '메때리고'로 썼고 ①과 ②가 이를 따른 것이다. ①은 '메었다가 아래로
세게 내던지다'라는 뜻풀이도 달고 있으나 이는 문맥에 맞지 않다. 그런데
창작과비평사의 『채만식 전집7』에서는 채만식의 단편소설 「두 순정」에 나
오는 예문 가운데에서 '묻뜨리다'라는 말을 가지고 '메어때리다. 사리를 따
져 생각 않고 때려치우다.'라고 뜻풀이를 하고 있다. 그 문장은 다음과 같
다. "그러나 해는 좀 기울었다지만 아는 길이니 저물기 전에 재만 넘어서
면 그 다음에는 평탄한 들판인즉 좀 저물더라도 그리 상관은 없으리라는
안심으로 그것도 묻뜨리고 나선 것이다." 실제 이 작품이 실린 원본(〈농업
조선〉, 1938.6, 89쪽)에는 이 말이 '묻이리고'로 표기되어 있다. 이런 점들을
볼 때 '묻뜨리고'가 맞고, 이는 '묻고'를 강조한 말로서 그 뜻은 '사리를 따져
생각 않고 때려치우다'라는 『채만식 전집7』의 뜻풀이도 타당하다고 볼 수
있다.]

(정본) 이 마당에 임해서도 <u>다구진</u> 소리 한마디를 못 하는 것은 무슨 일
이냐
　　　→ (…) **다부진** (…)

[①과 ④에서 모두 '다구진'으로 되어 있고, ③에서만 '다부진'(⑤에서는
'다부친')으로 되어 있는데 이를 공유한 경우. 여기서는 '다부진'이라는 표

준어가 아니라 '다구진'이라는 방언을 그대로 쓰는 것이 타당하다.]

－13장. 흘렸던 씨앗

(정본) 자숫물통 → **개숫물통**

　　　　자숫물 → **개숫물**

[이 역시 표준어인 '개숫물(통)'이 아니라 방언인 '자숫물(통)'을 쓰는 것이 적절하다.]

(정본) 초봉이 저도 실상 <u>스스러운</u> 손님이 찾아온 걸 맞는 것같이

　　　　→ (…) **수수로운** (…)

[[1]과 [4]에서는 모두 '수스러운'이고, [3]에서만 '수수로운'으로 되어 있는데 이를 공유한 경우. ①은 '마음이 서글프고 산란한 데가 있다'라는 뜻풀이도 달고 있으나 이는 문맥에 맞지 않다.]

(정본) 그러나 그건 <u>헐 수 할 수</u> 없는 경우고

　　　　→ (…) **할수 할수** (…)

[[1]과 [4]에서 모두 '헐수할수'라고 되어 있고, [3]에서만 '할수 할수'로 되어 있는데 ①이 이를 공유하고 있다. 이 말은 17장에도 나오는데 ①은 '헐수할수'로, ②는 '할 수'로 표기하고 있다.]

(정본) 그건 단순한 물욕만도 아닐 것이고, 나그네 먹던 김칫국이나마 먹자니 더러워도 남 주자니 <u>아까운 게</u> 인심이라면

　　　　→ (…) **아까운** (…)

[[1]에서는 '아까운 게'였던 것이 [4]에서 '아까운'으로 바뀌었고 [3]과 [5]가

이 잘못을 그대로 두었는데 이를 공유한 경우이다.]

(정본) 가리 → **갈비**

[①과 ④에서 모두 '가리'로 되어 있고, ③과 ⑤에서 '갈비'로 되어 있는데 이를 공유한 경우. 여기서도 '갈비'라는 표준어보다는, 방언으로 보이는 '가리'를 쓰는 것이 적절하다.]

─14장. 슬픈 곡예사(曲藝師)

(정본) 세상살이의 <u>벌이터에서도 남들은</u> 보기 흉허운 형보를 꺼려하고
　　　→ 세상살이의 **벼리 속에서도 남들은**

[①에서는 '버리터에서도 남들은'으로, ④에서는 '버리에서도 남터들은'으로 되어 있으므로, 이것은 '벌이터에서도 남들은'이 분명히 맞다. 그런데 ①과 ②는 ③에서 '벼리에서도 남들은'(⑤에서는 '벌이에서도 남들은')으로 바뀐 오류를 공유함과 동시에, '벼리 속에서도 남들은'이라고 똑같이 고쳐 쓰고 있다.]

(정본) 도시의 아득한 소음이 두 사람의 이야기 소리에 무슨 심포니로 반주를 하듯 <u>감감히</u> 들려온다.
　　　→ (…) **감감이** (…)

[①에서는 '감감히'로 되어 있고, ③④에서 '감감이'로 쓰고 있는데 이를 공유한 경우]

(정본) 눈이 감길 것 <u>같잖으이</u>.
　　→ 눈이 감길 것 **같잖으니**.

[①에서는 '갓잔흐이'로 되어 있고(⑤도 같잖으이), ③과 ④에서 '같잖으니'로 바뀐 오류를 공유한 경위]

(정본) 대체 어떻게 된 **셈속**이냐고
　　→ 대체 어떻게 된 **속셈**이냐고
[①과 ④에서 모두 '셈속'으로 되어 있는데 ③과 ⑤에서 '속셈'으로 바꾼 오류를 공유한 경위]

(정본) 형본지 곱산지가 나서서 긴찮게 방정맞은 소리를 지절거리고 보니, 일이 단박 <u>외착</u>이 나게 되던 것이다
　　　　→ (…) **외창** (…)
[원본을 포함하여 본고에서 다루는 모든 기존 텍스트에서 '외창'으로 되어 있으나 '외착(外錯)'으로 바꾸는 것이 타당하다. ②에서는 '외창'에 대해 '한 가닥 구멍'이라고 풀이를 올리고도 있으나 이는 사전에도 올라 있지 않은 말이고 문맥에도 맞지 않다.]

(정본) 매삭
　　→ 맥삭　　[③의 명백한 오류를 그대로 공유하고 있는 경위]

－15장. 식욕(食慾)의 방법론(方法論)

(정본) 손틀
　　→ 손틀기　　[③과 ④의 오류를 공유한 경위]

(정본) 쩔쩔맨다

→ 쩔맨다   [③과 ④의 오류를 공유한 경우. ④에서는 '쩔 맨다'로
되어 있음.]

(정본) 무척 <u>역게</u> 생겼다
    → 무척 **약게** 생겼다   [①과 ④에서 모두 '역게'를 쓰고 있음. ③의
오류를 공유한 경우]

(정본) 풍도
    → 풍토   [14장에도 나오는 말로서, ③과 ⑤의 오류를 그대로 공유
한 경우]

－16장. 탄력(彈力) 있는 '아침'

(정본) 구세군 <u>전도반</u>
    → 구세군 **전도빤**
[①에는 '전도반'으로 제대로 표기되어 있는데, ③과 ④의 오식을 공유한
경우]

(정본) <u>이상 한담하듯</u> 한다
    → **이상하담 하듯** 한다
[①과 ②만이 뜻이 전혀 통하지 않는 새로운 구절을 만들어 공유하고 있
는 경우이다.]

(정본) 승재는 <u>맞닥뜨리게</u> 싶게 계봉이게로 <u>바투</u> 달려들더니
    → 승재는 **맞닥뜨리** 싶게 계봉이게로 **바로** 달려들더니

['맞닥뜨리'는 ①와 ②만 공유하고 있는 새로운 오류이고, '바로'는 ③과 ⑤의 오류를 공유한 것이다.]

(정본) 승재는 그만 뒤통수를 긁고 싶은 <u>상이다</u>
→ 승재는 그만 뒤통수를 긁고 싶은 **상호다**
[①과 ④에서 모두 '상이다'로 되어 있다. ③의 오류를 공유하고 있다.]

－17장. 노동(老童) '훈련일기(訓戀日記)'

(정본) 그 안해
→ 그 안 해   [①에만 해당하는 오류]

－18. 내보살 외야차(內菩薩外夜叉)

(정본) 서슴잖고 우르르 나가 그놈을 위아래짝 한꺼번에 불끈 안아 들고 방으로 <u>달려든다</u>
→ 서슴잖고 우르르 나가 그놈을 위아래짝 한꺼번에 불끈 안아 들고 **방으로 달겨든다**
[①와 ②만 공유하고 있는 새로운 오류이고 어법에도 맞지 않다.)

(정본) 시기(猜忌)
→ 시기(嫉妬)   [①③④의 오류를 그대로 공유하고 있는 경우]

『탁류』의 방언과 북한어

정홍섭

1. 문제 제기 : 원본비평을 통해 나타난 『탁류』의 어휘 문제

한국문학 연구자들에게 어학과 문학, 고전문학과 현대문학이라는 전공을 구획하고 있는 '벽'은 그 구분의 관습만큼이나 꽤 완고한 것이 아닌가 생각된다. 한국 현대문학 전공자인 필자 역시 이 완고한 관습의 벽에 관해 큰 문제의식 없이 연구에 임해 왔다는 자각을 새삼 하게 되었다. "곧 국문학 작품의 올바른 이해와 해독을 위해 국어학적 연구와 상호 상보적인 관계가 있음에도 불구하고 그 동안 영역의 침범이라는 불문율 때문에 연구의 공동화 현상이 나타난 게 사실"[1]이라는 국어학자들의 지극히 상식적이면서도 온당한 자기 진단과 반성을 오히려 필자 스스로의 것으로서 받아들이는 중요한 계기를 갖게 된 것이다. 그 계기는 (현대문학)작품에 담긴 '언어'의 고찰을 통해서 형성되었다.

이전의 한 논문에서 밝히고 논한 바와 같이, 필자는 몇 해 전부터 한국 현대문학의 주요 작품-필자의 경우에는 소설 작품-의 텍스트를 면밀히 검

---

1 이기문・이상규, 「책머리에」, 『문학과 방언』(이기문・이상규 외 지음), 역락, 2001, 5~6쪽.

토하는 연구 기획 팀의 일원으로 작업을 해오고 있다.2 예의 논문에서 논한 내용은 채만식『탁류』의 주요 텍스트들을 비교·분석함으로써 각각의 텍스트가 지니고 있는 문제점을 정리하고, 이후 이 작품의 '정본'을 확보할 수 있는 토대를 마련하는 것이었다. 그리고 여기서 과제로 남겨 놓은 것이 바로 이 작품에 담긴 '언어'의 제 문제에 관해 고찰하는 것이었다. 즉 "채만식 문학 전반의 특질에 대한 판단을 전제로 하여 우선『탁류』의 주요 판본들에 대해 평가하고, 그에 입각하여 이 작품의 정본화의 방향을 분명하게 잡아내어야만"3 작품의 '언어'에 대한 본격적인 연구로 나아갈 수 있고, 또 그래야만 작품이 담고 있는 의미에 대한 좀 더 깊이 있는 천착이 가능하다는 판단 하에, 일단 텍스트 문제에 대한 검토에 착수했던 것이다. 그런데 위 논문을 발표한 이후, 채만식이 아닌 다른 현대소설 작가의 작품을 검토하는 가운데, 필자가 위 논문에서 적시한바 작품 속 한 어휘에 대해 했던 설명이 잘못된 것이었음을 스스로 확인하게 되었다. 앞선 논문에서도 밝혔던 바와 같이『탁류』의 원본비평 대상이 된 다섯 가지의 판본과 함께, 그 부분을 우선 소개한다.

① 조선일보 연재본 : 1937.10.12～1938.5.17(198회분)

② 우한용 해설·주석,『탁류』, 서울대학교 출판부, 1997.

③『채만식전집2 : 탁류』, 창작사, 1987.

④『탁류』(3판), 민중서관, 1949.

⑤『탁류』(2판 7쇄), 문학사상사, 2003.12.15.

2 졸고,「원본비평을 통해 본『탁류』의 텍스트 문제」,『우리어문연구』36집, 2010.1 참조.
3 위의 책, 449쪽.

① (전략) 지나간 사월 초생부터 그 백석이와 은행 사이에 사소한 일로 **등갈**이 나가지고(③, 83면)

: '등갈'은 '갈등'을 잘못 쓴 것이며, 이것은 ④ 역시 그러하다. ①(과 ②)에는 '갈등'으로 되어 있기 때문에 이러한 분명한 판단이 가능하다. 그러나 판본 ③의 낱말풀이와 『채만식 어휘사전』에서는 이것을 '갈등'과 동의어로 취급하고 있는데, 이 역시 ①과의 대조를 통해 각각이 저본으로 삼고 있는 판본들의 오류를 검증하지 못한 소치라 생각된다.[4]

위 인용문에서 언급한 바와 같이, '등갈'이 '갈등'의 잘못이라는 필자의 지적이 오히려 오류일 것이라고 판단할 만한 또 다른 용례를 이병주의 대하소설 『지리산』의 한 대목에서 찾아볼 수 있었다. 이 소설 가운데에는, 작중 주요 인물 중 한 사람인 이규가 해방 후 조국으로 돌아온 홍진이라는 임정 간부를 만나는 장면이 있는데 여기서 홍진은 이런 말을 한다.

홍진 씨가 머리를 가로저었다.

"임정 내부에 벌써 **등갈이 나** 있는 걸. 중경을 떠날 때 철석같이 약속들을 했는데두 그 모양이야. 어디로 가든 무엇을 하든 행동 통일을 하자고 맹서를 했던 거여. 허기야 그렇게 될 턱이 없었지. 그러나 귀국한 지 한 달도 못 되어 이 꼴이 된 게 챙피허단 말여."[5] (강조는 인용자)

---

4 위의 책, 455쪽. 그런데 필자의 위 논문에서는 '**등갈**'과 같이 판본 대조 상에서 주목 대상이 되는 부분의 강조 표시가 본래 원고와는 달리 대부분 빠져 있는데, 이는 논문집 인쇄 과정에서 나타난 문제인 듯하다. 그러나 필자가 논문 교열을 철저히 보지 못해 나타난 잘못도 있는데, '우즐우즐'이 '우즐우즐'의 오류라고 지적되어 있는 부분이 그것이다. 물론 '우즐우즐'은 '우줄우줄'의 오류이다(위의 책, 454쪽). 원본비평의 취지와 목적을 명심한다면, 이러한 교열, 교정 상의 '사소한' 오류도 결코 가볍게 취급되어서는 안 될 것이다.

5 이병주, 『지리산』 4권, 기린원, 1985, 46쪽.

앞선 논문의 인용 가운데에 소개한 『탁류』의 한 구절과 『지리산』의 한 대목에서 공통되게 나타나듯, '등갈'이라는 말은 '갈등'과 같은 의미로 쓰이고 있으나 그 용법은 서로 다름을 확인할 수 있다. 즉 '등갈'은 '등갈이 나다'라는 식으로 쓰이지만[6], 『표준국어대사전』에서 제시하는 용례에서 보듯이 '갈등'의 경우에는 '갈등이 생기다'나 '갈등하다' 또는 '갈등을 겪다', '갈등을 빚다', '갈등을 일으키다', '갈등을 해소하다' 등으로만 쓰인다. 그런데 『표준국어대사전』이나 『21세기 세종계획(www.sejong.or.kr)』의 전자사전 등에는 '등갈'이라는 말이 아예 올라 있지 않다.

이렇게 소설 작품 속에 등장하는 '사소한' 어휘 하나를 둘러싼 문제에 관해 다소 길게 논하는 데에는 중요한 이유가 있다. 그것은 무엇보다도 작품을 이해하는 데에 어휘 하나하나의 의미와 용법에 관한 파악이 결코 소홀히 될 수 없는데, 이때 원본비평을 통한 면밀한 텍스트 검토가 일차적으로 중요하며, 위의 경우에서 보듯 더욱 많은 작품 텍스트를 검토하면 할수록 의미 이해에서 오류에 빠질 위험성이 더더욱 줄어든다는 사실을 확인할 수 있기 때문이다. 『탁류』라는 소설 작품을 매개로 하여 본 논문에서 집중적으로 논의하게 되겠지만, 이는 특히-『탁류』와 같이-풍부한 방언을 담고 있는 작품의 검토를 통해 큰 효과를 얻을 수 있으며, 이러한 점에 대한 문제의식은 고전문학과 현대문학 연구 간의 연결 지점을 확보하는 데에도 중요한 기여를 할 수 있다. "방언을 조사하면, 현재의 공통어는 물론이고 문헌에도 나타나지 않는 고대 어형이 발견되기도 한다. 그것은 방언 연구 자체를 위해서도 소중하지만 뜻 아니게 고전문학의 연구에 기여하는 수가 있다."[7] 나아가 방언을 비롯한 문학 작품 속 어휘에 대한 면밀한 검토는 이

---

6 그리고 임무출의 『채만식 어휘사전』(토담, 1997, 198쪽)에서 채만식 소설 「회(懷)」의 예문을 제시하듯 '등갈이 지다'라는 표현도 나타난다.

7 안병희, 「우리나라의 방언과 국문학」, 『문학과 방언』(이기문・이상규 외 지음), 역락,

렇게 문학 연구의 확장과 심화에만 기여하는 것이 아니라, 한편으로 오늘날 쓰이고 있지 않은 말을 되살려 한국어의 풍요로움을 도모하고, 또 한편으로는 오늘날 항간에서 무분별하게 쓰이고 있는 말의 용법을 바로잡는 기준으로도 기능할 수 있다.[8]

이와 같은 문제의식을 가지고 본고에서는, 앞서 언급한 바와 같은 원본 비평의 성과를 바탕으로 하여 채만식의 소설『탁류』의 언어를 좀 더 상세히 고찰하고자 한다. 이렇게 이 작품 속에 담긴 언어의 실상을 제대로 검토하는 것은, 그것이 이 작품의 문학적 특질 형성에 어떤 효과를 가져다주

2001, 17쪽.

8 비근한 예를 하나 들어보겠다. 최근 필자는 한 유력 중앙일간지의 논설위원이 쓴 칼럼을 보았는데, 그 가운데에 다음과 같은 구절이 있었다.

"검찰의 칼날 앞에 선 한명숙의 **세리프**. 기가 막히는 언변이다."(윤창중,「한명숙의 '미소」,『문화일보』, 2010.3.16, 30쪽(오피니언))(강조는 인용자)

문제는 위의 '세리프'라는 말이다.『표준국어대사전』을 보면 '세리프(serif)'는 '로마자 활자의 글씨에서 획의 시작이나 끝 부분에 있는 작은 돌출선. 활자 서체의 특이점과 활자의 수명 및 가독성 따위를 식별하는 데에 관계된다.'라고 풀이되어 있다. 위의 문맥에 전혀 맞지 않는 말이다. 그렇다면 위 사람은 이 말을 어떤 의미로 쓴 것일까? 이 말의 의미와 관련하여 직접 참조가 될 만한 내용을 필자는 앞서 언급한 필자의 논문에서 적시해서 설명한 바가 있다. 그것을 다시 한 번 옮겨 보겠다.

"④ (전략) 마침 겹쳐서 모친 유씨의 그 눈물만 못 흘리지 비극배우 여대치게 능청스런 **세리프**가 있어 놓으니(③, 153면 / ⑤, 176면)

: 이것은 앞의 세 경우와 다른 것인데, 왜냐하면 ④는 '세리후'로 되어 있기 때문이다. ③과 ⑤가 낱말 풀이를 해놓지 않았기 때문에 문맥을 정확히 이해하고 이 말을 쓰고 있는지 분명히 알 수는 없으나, 예컨대『채만식 어휘사전』에서 이것을 '세리프(serif) : 혼자 말하는 사설'이라 풀이하고 있기 때문에 오해의 소지가 충분하다. 사실 'serif'라는 말에는 이런 뜻이 존재하지도 않으며, 이것은 일본어 'せりふ(台詞)'로서 '대사' 또는 '상투적인 말'을 뜻한다. 이 역시 앞서 언급한 바와 같이『탁류』에 나오는 일본어 어휘들에 특별히 주목하지 않은 결과라 할 수 있다."(졸고, 앞의 책, 456쪽.)

즉, 위 사설에서는-『탁류』텍스트 ③과 ⑤와 마찬가지로-'세리후'를 '세리프'로 잘못 쓰고 있다. 더구나 문제시되는 것은, 위 논설위원이라는 이가 이 말뜻을 정확히 알고 썼는지, 그것이 일본말인지를 알고 있는지, 또한 일본말인지 알고서도 쓴 것인지가 매우 불분명하다는 점이다.

고 있는지를 향후 더욱 면밀히 따질 수 있게 해주는 토대가 될 것이다. 이 작업은 두 가지 갈래로 이루어질 터인데, 하나는 작품 속 방언에 관한 검토이며 다른 하나는 이른바 북한어로 규정되고 있는 어휘들에 관한 고찰이다. 방언에 대한 검토를 통해서 한편으로는 기존 연구에서 밝혀지지 못했거나 불명료한 채로 남아 있던 몇몇 어휘들에 대한 의미 파악의 결과를 소개하고, 다른 한편으로는 『표준국어대사전』 등에서 규정하고 있는바 작품 속의 해당 방언이 속하는 지방 경계 구획의 타당성을 검증하고자 한다. 북한어라는 용어 역시 『표준국어대사전』의 규정을 말하는 것인데, 본고에서는 『탁류』에 담겨 있는바 북한어에 해당하는 어휘들의 실례와 그 성격을 검토하고자 한다. 이를 근거로 하여 이 북한어라는 규정 자체의 근본문제도 언급할 것이다.

2. 『탁류』의 방언에 관하여

우선 본고에서 준거로 삼는 방언 개념은 다음과 같은 것이다.

언어학 내지 방언학에서 '방언'이라고 할 때는 표준어보다 못하다든가 세련되지 못하고 규칙에 엄격하지 않다든가와 같은, 어떤 나쁜 評價를 동반한 의미를 가지지 않는다. 한 언어를 형성하고 있는 下位單位로서의 言語體系 전반을 방언이라 하여, 가령 한국어를 예로 들면 한국어를 이루고 있는 각 지역의 말 하나하나를, 즉 그 지역의 언어 체계 전부를 방언이라한다. 서울말은 이때에는 표준어이기도 하지만 동시에 한국어의 한 방언이기도 하다. 그리고 나머지 지역의 방언들은 표준어가 아니기 때문에, 또는 표준어보다 못한 언어이기 때문에 방언인 것이 아니라 한국어라는 한 언어의 하위류들이기 때문에 방언인 것이다.[9]

이와 같은 방언 개념을 기준으로 한다면, 역시 "표준어에 비해서 나쁘거나 천박하다는 생각은 잘못"[10]이라는 전제 하에 "'사투리'와 '일상어' 그리고 '토박이말'이라는 개념을 껴안은 포괄적인 개념"[11]으로서의 방언 개념을 설정하는 것 또한 그와 일맥상통하는 문제의식의 발로라 생각된다. 이런 의미에서 방언은 '자라나면서 배운, 바탕이 되는 말'(『표준국어대사전』의 풀이), 즉 '모어(母語)'이기도 하다. 방언의 이러한 근본 의미에 관해, 당대 최고의 문장가로 이름을 날린 작가 이태준은 다음과 같이 규정한 바 있다.

작자 자신이 쓰는 말, 즉 지문(地文)은 절대로 표준어일 것이나 표현하는 방법으로 인용하는 것은 어느 지방의 사투리든 상관할 바 아니다. 물소리의 '졸졸'이니 새소리의 '뻐꾹뻐꾹'이니를 그대로 의음(擬音)해 효과를 내듯, 방언 그것을 살리기 위해서가 아니요 그 사람이 어디 사람이란 것, 그곳이 어디란 것, 또 그 사람의 리얼리티를, 여러 설명이 없이 효과적이게 표현하기 위해 그들의 발음을 그대로 의음하는 것으로 보아 마땅할 것이다.
그러니까 어느 지방에나 방언이 존재하는 한, 또 그 지방 인물이나 풍정(風情)을 기록하는 한, 의음의 효과로서 문장은 방언을 묘사하지 않을 수 없을 것이다.[12]

그러나 방언에 관한 이러한 본래의 관점과 소신은, 그가 월북 후 집필한 『신문장강화』(재일본조선인교육자동맹 문화부, 1952)에서 크게 변화되고

---

9 이익섭, 『방언학』, 민음사, 1986, 12쪽.
10 이상규, 『방언의 미학-우리말 풍경 돌아보기』, 살림, 2007, 31쪽.
11 같은 곳.
12 이태준, 『문장강화』(임형택 해제), 창작과비평사, 1988, 32~33쪽.

있음을 볼 수 있는데, 여기에는 북한의 초기 국가 형성과정에서 "우리 말과 글의 규범은 혁명의 붉은 수도 평양말을 기준으로 세워야"[13] 한다는 북한 제1의 언어 규범이 지난바 북한식 '표준어중심주의'의 영향력이 강력하게 작용한 것임을 미루어 짐작할 수 있다.

> 글은 원칙적으로 표준어로만 써야 한다. 사투리를 그대로 쓰는 경우도 있다. 그러나 이것은 글로 쓰는 것이 아니라 어떤 사람이 이와 같이 말했다는 증거로 보이기 위해 말을 그대로 그려놓은 경우다. 이런 녹음적錄音的 묘사인 대화문 이외에는 전적으로 국어의 통일정신 밑에서 표준어로만 써야 한다.[14]

이태준의 위 두 저서의 입장 변화에서도 알 수 있듯이, 방언에 대한 표준어의 배타적 권위를 주장하는 것 자체가 매우 부자연스럽고 인위적인 것이다. "표준어의 작위적 통일성에 비해" "전래의 사적 맥락과 분위기 속에 생동하는 언어 현실을 그대로 담고 있는 방언은 현실인식과 모사의 관점에서 추구하는 현실성 있는 소재와 생동감 있는 어조에 비할 만한 것"[15]이기 때문이다. 바로 이러한 맥락에서, "리얼리즘 문학의 중요한 자산"[16]으로서의 방언의 의미를 의식적으로 자각하고 일관되게 구사한 작가 채만식의 작품들이 크게 주목받아온 것이라 할 수 있다. 그런데 일반적으로 채만식 문학의 방언을 대표적으로 보여주는 작품으로는 『천하태평춘』이 주로 거론되거나 분석되었다.[17] 『탁류』가 『천하태평춘』에 비해 그 언어의 측면

---

13 전수태 · 최호철, 『남북한 언어비교-분단시대의 민족어 통일을 위하여』, 녹진, 1989, 51쪽.
14 이태준, 『신문장강화』(박진숙 엮음), 현대문학, 2009, 50쪽.
15 김홍수, 『문학과 방언』(이기문 · 이상규 외 지음), 역락, 2001, 290쪽.
16 같은 곳.

이 주목되지 못한 것은, 후자가 상대적으로 짧은 분량이어서 "대화는 말할 것도 없고, 지문에서도 수많은 방언이 구사"[18]되는 양상이 부각될 수밖에 없음에 비해, 전자는 그 줄거리와 인물들의 특징에 좀 더 관심이 집중되곤 하기 때문이라 생각된다. 그러나 실제로는, 『천하태평춘』과 더불어 채만식의 작품 세계를 대표하는 장편소설인 『탁류』에서야말로 전자에 못지않은 풍부한 방언이 구사되고 있음을 확인할 수 있다. 이제부터 그 실상에 접근할 것인데, 이 작품 속에 있는 그 엄청난 수효의 방언들을 모두 제시하는 것은 현실적으로 불가능하고 본고의 취지와도 맞지 않기 때문에[19], 본고에서는 이 작품에 관한 기존의 어휘풀이[20] 및 국립국어원 웹사이트 『표준국어대사전』 및 '한국방언찾기', 그리고 역시 웹사이트 『21세기 세종계획』의 한국방언 검색 프로그램 등의 어휘 설명에 담기지 않았거나 충분히 해결되지 못한 것, 또는 잘못 풀이되었다고 판단되는 몇몇 대표적 경우의 어휘들에 관해 집중적으로 논하고자 한다.

우선 기존에 그 의미가 충분히 밝혀지지 못했거나 불명료한 채로 남아 있던 중요 방언 어휘들의 몇 가지 경우를 소개하면 다음과 같다.

단어	해당 대목
① 거두잡다	마지막 방바닥의 너저분한 것을 대강대강 **거두잡아**[2] 거두잡이, [5] 걷우잡아[21]) 치우고는 손뗏그릇의 돈지갑을 꺼내서

---

17 국어학자로서 이 작품을 분석한 경우로는 다음 글을 참조함.
  이태영, 「채만식 소설 『천하태평춘』에 나타난 방언의 특징」, 『문학과 방언』(이기문 · 이상규 외 지음), 역락, 2001.
18 위의 책, 315쪽.
19 이 작품에 대한 원본비평 결과 낱말풀이를 포함하여 약 9천 개에 가까운 주석이 만들어 졌는데, 이 중 상당 부분이 넓은 의미의 방언과 관련되어 있는 내용이다.
20 임무출의 『채만식 어휘사전』과 판본 [2] 각주의 어휘풀이 및 [3]의 낱말풀이 등이 그것이다.

	손에 쥔다.(③, 459쪽[22], 강조는 인용자, 이하 모두 마찬가지임.)
② 데숙이 (데수기)	저 준험한 소백산맥(小白山脈)이 제주도(濟州島)를 건너보고 뜀을 뛸 듯이, 전라도의 **뒷덜미(①② 뒷데숙이)**를 급하게 달리다가 우뚝…… 또 한 번 우뚝…… 높이 솟구친 갈재[蘆嶺]와 지리산(智異山) 두 산의 산협 물을 받아 가지고 장수(長水)로 진안(鎭安)으로 무주(茂朱)로 이렇게 역류하는 게 금강의 남쪽 줄기다. 그놈이 영동(永同) 근처에서는 다시 추풍령(秋風嶺)과 속리산(俗離山)의 물까지 받으면서 서북(西北)으로 좌향을 돌려 충청 좌우도(忠淸左右道)의 접경을 흘러간다.(7쪽)
③ 이상	- 계봉이는 한 팔을 진열장 위에다 짚어 오도카니 턱을 고이고 편지를 앞뒤로 되작되작 **이상** 한담하듯(④ 이-상 한담하듯, ⑤ 이상한데 하듯) 한다.(410쪽) - "고쓰가이 같은가? 머, 애기 아버지 같을 테지, 하하하." 하면서 **이상**이다(⑤ 이죽인다). 계봉이가 이렇게 털어놓는 바람에 승재도 할 수 없이 파탈이 되어,(434~435쪽)
④ 아슴찮다	마침 주체스럽던 수하물(手荷物)이 아니었더냐! 하나 그렇다고 슬그머니 내버리고 가자니 한 조각 의리에 걸려 차마 못하던 노릇이다. 그렇던 걸 글쎄 웬 작자가 툭 튀어들어, 인 다구 그건 내 거다 하니 이런 다행할 도리가 있나! **아슴찮으니**(①② 아슴잔흐니, ④ 아슴찮으니) 돈이라도 몇 푼 채워서 내주어야겠다. 어허 실없이 잘되었다. 좋다.(320쪽)
⑤ 팡지다	초봉이는 발길질에 차차로 기운이 **팡겨** 오는데(⑤ 팡져오는데), 형보는 일변 도로 멀쩡해지는 걸 보니 마음이 다뿍 초조해서, 이를 어찌하나 싶어 안타까워할 즈음 요행히 꾀 하나가 언뜻 들었다.(455쪽)

① **거두잡다** : 우선 위에서 보듯 텍스트 ②와 ⑤는 이 말 자체를 잘못 옮기거나 잘못 파악하고 있기 때문에 제대로 된 의미에 애초부터 접근할 수가 없는 상태이다. 텍스트 ③의 낱말풀이에는 이 말이 올라 있지 않다. 『채만식 어휘사전』에만 이 말이 '거두어 간추리다'라고 뜻풀이가 되어 있

---

21 이하 예문들은 모두 필자가 수행한 원본비평 결과를 반영한 것이며, 괄호 속에서는 원본 비평 대상 텍스트의 해당 부분에서 다르게 표기되어 있는 내용을 소개한다.

22 앞으로는 인용의 편의상 텍스트 ③의 해당 쪽수를 표시한다.

다. 그런데『표준국어대사전』을 보면 '걸어잡다'(=걸어 올려서 잡다) 또는 '다잡다'(=다그쳐 단단히 잡다)의 옛말이라 되어 있고,『월인석보』와『소학언해』에서 그 예문들을 취하고 있다. 이 말의 경우에는 위 문맥에서 보듯이『채만식 어휘사전』과『표준국어대사전』의 뜻풀이를 모두 취할 수 있고, 또 그랬을 때 이 말이 더욱 더 다양한 문맥에서 적용될 가능성을 확보할 수 있다고 생각된다. 또한 이 말이 15세기나 16세기 문헌에서뿐만 아니라 20세기에 역시 활용되고 있었음을 확인할 수 있으며, 일단은 넓은 의미의 방언에 포함시켜 놓고서 이 말이 쓰이고 있는 다른 예를 계속해서 찾아보는 작업이 필요하다고 판단된다.

② **데숙이(데수기)** : 위에서 보듯 이 말은 최초 연재본(과 그것을 그대로 옮긴 텍스트 ②)에서는 '데숙이'로 되어 있다가 작가가 단행본으로 발행한 이후 판본들에서는 '덜미'로 바뀐 경우이다('데숙이'와 '데수기'는 분철과 연철이라는 표기상의 차이일 뿐 동일한 말이다). 즉 작가가 의식적으로 방언을 표준어 어휘로 바꾼 경우라 할 수 있다. 이와 관련된 사정을 이해하기 위해서는 다음과 같은 그의 말 즉, "방언인 줄 알고 쓰는 것도 있고, 방언인 줄 모르고 쓰는 것도 있고 표준어로는 몰라서 할 수 없이 방언을 그대로 쓰는 것도 있고 아무튼 많이 쓰"는데 "이 방언 쓰기를 정리하려고 노력은 하나 일조일석(一朝一夕)에는 되지를 않아서 민망할 적이 많다"[23]는 고백을 참고해야 한다. 다시 말해 작가가 방언이 지니고 있는 문학적 효과를 충분히 의식하고 쓰긴 했으나, 모든 경우가 그러하지는 않다는 것이다. 이 '데숙이'라는 말이 그 대표적인 경우라 할 수 있다. 이 말을 일반 독자들이 널리 이해하지 못할 것이며, '덜미'라는 대체 가능한 표준어가 있음을 확인하고 교체한 경우이다. 이 말에 대해 텍스트 ②에서는 '뒷데숙이'를 '뒤통

---

23 채만식,「한글 校正, 誤植, 사투리」,『채만식전집 10』, 창작과비평사, 1989, 476쪽.

수'라 풀이하고 있는데, '뒤통수'와 '뒷덜미'가 신체에서 엄연히 다른 부위임을 고려할 때 이는 잘못된 풀이이다. 『채만식 어휘사전』에서는 「명일」과 『태평천하』 속의 예를 통해 '데시기'를 '뒷덜미'의 전라도 방언이라 풀이하고 있으나 '데숙이' 또는 '데수기'라는 말은 올려놓고 있지 않다. 『표준국어대사전』에서는 '어깨'의 전남 방언으로 풀이하고 있고, 『21세기 세종계획』의 '한국방언'에서는 '어깨'의 전남 방언 또는 '덜미'의 전남 담양 방언이라 설명하고 있으며, 『전남방언사전』(이기갑 외 편, 태학사, 1998)에서도 역시 '덜미'의 전남 담양 방언이라 되어 있다. 그러나 『전라도방언사전』(주갑동, 수필과비평사, 2005)에서는 한 지역을 특정하고 있지 않은 채 단지 '덜미'의 전라도 방언이라 되어 있다. 작가 채만식이 전라북도 옥구군 임피면의 한 작은 마을 출신임을 염두에 둔다면, '덜미'를 뜻하는 이 말이 단지 전라남도 담양 지방에 국한되어 사용되지는 않은(또는 않는) 말임을 알 수 있다.

③ **이상** : 우선 텍스트 ⑤는 이 말의 경우에도 전혀 엉뚱한 다른 말로 자의적으로 교체해 놓고 있음을 알 수 있다. 또 ②와 ③은 별다른 의문을 지니지 않은 채 뜻풀이를 첨부하지 않고 있다. 그런데 『채만식 어휘사전』을 보면, '이상 한담하다'를 '이상한담하다(異常閑談~)'로 한자를 부기하면서 '별다르거나 색다른 이야기를 심심풀이로 하다'라고 풀이하고 있고, 또 '이상이다'의 뜻에 대해서는 ⑤와 마찬가지로 '이죽이다. 이기죽이다. 밉살스럽게 지껄이며 빈정거리다.'라고 설명한다. 그러나 이 뜻풀이들은 모두 잘못된 것인데, 이 뜻풀이의 잘못은 『탁류』에 등장하는 생소한 말들이 방언일 가능성을 강하게 두고 의미 파악을 시도하지 않았을 때 나타나는 대표적인 오류의 경우라 할 수 있다. 이 말은 '제법'이라는 뜻이다. 이러한 뜻풀이는 위의 『전남방언사전』과 『전라도방언사전』, 그리고 『21세기 세종계획』의 '한국방언'에서 명기되어 있다. 그런데 『21세기 세종계획』의 '한국방언'에서는 이 말이 전남의 담양, 진도, 완도에 국한되어 사용되는 방언이라

되어 있는데, 이 역시 '데숙이(데수기)'의 경우와 마찬가지로 방언 구획 상의 문제[24]가 제기될 수 있는 경우라 생각된다.

④ **아슴찮다** : 이 말은 '데숙이(데수기)'의 경우와는 반대로, '아슴잔흐니' 즉 '아쉽지 않으니'라는 표준어가 그것을 대체할 만한 방언으로 교체된 경우이다. 그런데 ③의 낱말풀이에서는 이것을 '내 마음 같지 않다. 내 마음보다 낫다.'라고 설명하고 있고, 『채만식 어휘사전』에서는 '아쉽지 않다. 무엇이 없거나 모자라지 않다.'라고 풀이한다. 또한 『표준국어대사전』의 '한국방언찾기'와 『21세기 세종계획』 한국방언 검색 프로그램에서는 '고맙다' 또는 '감사하다'라는 의미의 전라도, 함경도, 중앙아시아(카자흐스탄) 방언으로 풀이하고 있는데, 특히 『표준국어대사전』의 '한국방언찾기'에서는 이 말이 문학 작품에서 사용된 예로서 『탁류』를 비롯한 채만식의 몇몇 작품을 들면서 다음과 같은 흥미로운 설명을 덧붙이고 있다.

채만식의 소설에서만 나오는 '아슴찮다'는 표준어 '고맙다'의 방언이다. 국어사전에는 함경도에서도 쓰는 것으로 보고되어 있다. 21세기 세종계획에서 만든 '한국 방언 검색 프로그램'에는 함경도 방언으로 '아슴찮다, 아슴채이다, 아슴채이타, 아슴챙 : 다, 아슴탠타, 아심탠 : 타' 등을 쓰는 것으로 보고하고 있다. '아슴하다'가 '아슴하지 않다.'로 쓰이면서 '아슴치 않다.'가 되고 다시 '아슴찮다'로 축약된 것으로 보이는데 이 때의 '아슴하다'가 정확히 어떤 의미인지는 알기 어렵다.

그런데 『전라도방언사전』에서는 '아심찮다'라는 말을 등재해 놓고서 '안심찮다. 미안할 정도로 고맙다.'라고 풀이하고 있어 주목된다. 이 풀이가 맞다면 '아슴하다'란 '안심하다', '아슴하지 않다'란 '안심하지 않다'라는 의

---

24 이에 관해서는 후술할 것이다.

미가 된다. 현재로서는 이 풀이가 정확한 것인지는 확정할 수 없으나, 위 문맥에서 볼 때 필자로서는 이 풀이가 가장 타당한 것으로 받아들여진다.

⑤ **팡지다** : 이 말 역시 텍스트 ⑤는 전혀 엉뚱한 다른 말로 옮겨 놓고 있기 때문에 애초부터 제대로 된 의미 파악을 할 수 없게 되어 있다. ②는 '기운이 팡저'를 '기운이 줄어들어 안간힘이 쓰임'이라 풀이하고 있고, ③은 '팡지다'를 '펑지다. 갑자기 정신이 어쩔해지다.'라고 설명한다. 우선 여기서 '팡지다'를 '펑지다'와 동의어로 본 것은 오류라고 판단된다. 필자는 어떤 사전의 어휘풀이에서도 '펑지다'라는 말은 찾을 수 없었다. 그런데 『채만식 어휘사전』은 "'빠지다'의 뜻인 듯(?). (힘, 기운이나 살 따위가) 없어지거나 줄어지다.'라고 하여 이 말이 방언이라는 사실과 그 분명한 의미에 대해 확정적인 설명을 못하고 있다. 그러나 『전라도방언사전』과 『전남방언사전』에서는 모두 '(힘이)다하다'라는 뜻의 방언으로 풀이하고 있으며, 특히 후자에서는 함평 지방에서 사용되는 말로 특정하고 있다. 『21세기 세종계획』 방언 검색 프로그램에서도 전남 함평 지방에서 사용되는 말로 설명하고 있다. 『탁류』에서 이 말이 등장하고 있는 것을 보면, 그 사용 경계를 재조사할 필요가 있다고 생각된다.

다음으로는, 이상의 논의에서도 일부 확인한 문제이기도 한바, 『탁류』에 등장하는 방언을 매개로 하여 위의 여러 사전들의 방언 구획에 놓여 있는 문제점을 검토하기로 한다. "방언 구획(方言區劃)'이란 어떤 지역을 방언의 음성·음소·어휘·문법·의미·화용(話用) 등의 차이에 따라 몇 개의 방언 지역(dialect region)으로 정하는 것이다. 방언 지역은 방언 구획으로 나뉜 각 지역을 일컫는 용어이다."[25] 이 문제에 해당하는 경우의 몇몇 어휘의 예를 먼저 소개한다.

---

25 이주행, 『한국어 사회방언과 지역방언의 이해』, 한국문화사, 2005, 73쪽.

단어	해당 대목
① 빈대머리	(전략)하면서 눈을 흘기고, 영 심하면 정말 고양이같이 달려들어서는 제호의 까부는 손등이고 **빈대머리**(⑤ 대머리)진 이마빡이고 사정없이 박박 할퀴어 준다.(276쪽)
② 뽄새	진열장 속과 위로는, 형상이 모두 각각이요 색채가 아롱이 다롱이기는 하지만 제각기 용기(容器)의 **뽄새**(③ 본새)랄지 곽의 의장(意匠)이랄지가, 어느 것 할 것 없이 섬세하고 아담한 게 여자의 감각을 곧잘 모방한 화장품들이 좀 칙칙하다 하리만큼 그득 들이쌓였다.(401쪽)
③ 하마	작은집에서 열 시에 나왔으니, **하마** 열한 시는 되었음직한데 종시 시계 치는 소리는 들리지 않는다.(220쪽)
④ 건지	제호더러는 군산서부터 아저씨라고 불렀고, 친아저씨같이 따랐고, 미더워했고, 그랬기 때문에 시방도 그를 아저씨로 여기고 미더워하고 흔연히 대답을 하고 하기는 해도, 그 이상 남녀 간의 짙은 흥이라든가, 부부다운 정이며 의(誼) 같은 것은 우러나지도 않았고 우러날 **건지도**(①② 이치도) 없었다.(273~274쪽)
⑤ 옴팡	그러나 따먹기도 하고 게우기도 했지만, 필경 끝장에 와서 보니 **옴팡**장사다. 밑천이 절반이나 달아나고 일 원 오십 전밖에 남지를 않았던 것이다.(346쪽)
⑥ 꼴새	승재는 아이들의 가정을 한두 번씩, 혹은 병인이 있는 집은 치료를 해주느라고 드리없이 찾아다니곤 했기 때문에 그 형편들을 낱낱이 잘 알고 있고, 그래서 어느 아이고 얼굴을 바라다보노라면 그 애의 집안의 **꼴새**까지 환히 머리에 떠오른다.(365쪽)
⑦ 횐창	방바닥에 나가동그라진 형보는 두 손으로 ×××께를 움킨 채 악악 소리나 아니나 무렷하게 물 먹는 메기처럼 입을 딱딱 벌리면서 보깬다. 눈은 **횐창**이 뒤집어지고 방금 숨이 넘어가는 시늉이다.(453쪽)

① **빈대머리** : 이 말은 텍스트 ②와 ③의 낱말풀이, 『채만식 어휘사전』모두에 올라 있지 않으며, 이러한 곤란함을 반영하듯 ⑤는 역시 자의적으로 '대머리'라는 말로 바꿔놓고 있다. 그런데 『21세기 세종계획』의 방언 검색 프로그램에서는 이 말을 '번대머리'라는 표준어의 경남, 경북, 중국(할

빈) 방언으로 설명한다(그런데 또 『표준국어대사전』을 보면 '번대머리'는 북한어로서 '대머리'를 낮잡아 이르는 말이라 되어 있고, 역시 국립국어원 '방언찾기' 프로그램을 찾아보면 '번대머리'가 강원, 경남, 평남, 평북, 함남, 함북, 황해 지방에서 쓰이는 '대머리'의 방언이라 설명하고 있다). 우선 『표준국어대사전』과 『21세기 세종계획』이 '번대머리'라는 말을 한쪽에서는 표준어로, 다른 쪽에서는 방언으로 취급하고 있음을 알 수 있으며, 이와 더불어 이 말과 관련된 방언 구획에 문제가 있음이 드러난다.

② **뽄새** : 이 말은 『채만식 어휘사전』에 '동작이나 버릇의 됨됨이'라는 뜻의 '본새'와 동의어로 설명되고 있고, 『전라도방언사전』에도 역시 '어떤 물건의 본디의 생김새' 또는 '어떤 짓이나 버릇의 됨됨이'라는 뜻의 '본새'의 방언으로 올라 있다. 그런데 문제는 이것이 국립국어원과 『21세기 세종계획』의 방언 검색 프로그램에서 '본새'라는 표준어에 해당하는 강원도 방언으로 등재되어 있다는 점이다. 특히 전자에서는 "뽄새'는 강원도 영동지역 강릉에서 주로 사용하는 말'이라는 설명과 함께 김유정의 작품에서 예문을 들고 있다. 이 역시 재고와 수정, 보완이 필요한 설명이다.

③ **하마** : 『채만식 어휘사전』에서는 이 말이 강원, 경상, 충청 지방에서 쓰이는 '벌써'라는 뜻의 방언이라 되어 있고, 『전라도방언사전』이나 『전남 방언사전』 모두 '이미'라는 뜻의 방언으로 설명하고 있으며 특히 후자에서는 (전남)'전역'에서 쓰이고 말이라 하고 있다. 『표준국어대사전』과 국립국어원 '방언찾기' 프로그램에도 역시 『채만식 어휘사전』과 마찬가지로 강원, 경상, 충청 방언으로 되어 있다. 그런데 『21세기 세종계획』 방언 검색 프로그램에서는 이것이 '이미'의 뜻일 경우 전남 전역에서 쓰이는 말이고, '벌써'의 뜻일 때에는 충북(청원, 보은, 영동, 괴산), 강원, 경남, 경북, 전북, 충남 등지에서 쓰인다고 설명하고 있다. 방언 구획이 다소 혼란스러운 경우이다.

④ **건지** : 이 말은 『전남방언사전』에 '거리'(장성 지방)와 '건더기'(목포, 신안 지방), 그리고 『전라도방언사전』에 역시 '거리'의 뜻을 갖는 방언으로 등재되어 있다. 그런데 『표준국어대사전』에서는 단순히 "건더기'의 변한 말로 설명하고 있는 데 비해, 국립국어원과 『21세기 세종계획』의 방언 검색 프로그램에서는 '건더기'의 의미일 때에는 강원, 전남(목포, 신안), 제주(전역)에서 쓰이는 말로, 그리고 '거리'라는 뜻일 경우에는 전남 장성지방에서만 쓰이는 것으로 설명한다. 위 문맥에서는 '거리'와 '건더기' 모두 통용될 수 있는 뜻으로 쓰이고 있는데, 그렇다면 이 말에 대해서 역시 방언 구획을 새롭게 검토해야 한다고 생각된다.

⑤ **옴팡** : 이 말은 『표준국어대사전』에서만 '죄다'라는 뜻의 경기 방언으로 올라 있으나, 『전라도방언사전』에 역시 '모조리, 전부'라는 뜻의 전라도 방언으로 등재되어 있다. 이 말 역시 그 사용 지역의 경계에 대해 좀 더 많은 조사가 필요한 경우이다.

⑥ **꼴새** : 『채만식 어휘사전』에 '꼬락서니'의 경상도 방언으로 올라 있으며, 『전남방언사전』에는 '꼴쎄'가 '꼴'이나 '꼬락서니'와 같은 뜻을 가지며 진도, 완도, 해남, 고흥 등지에서 쓰인다고 되어 있다. 그런데 『표준국어대사전』에서는 '꼬락서니'의 경북방언으로 설명하고 있고, 또한 국립국어원과 『21세기 세종계획』의 방언 검색 프로그램에서는 '꼬락서니'와 '짓'이라는 두 가지 뜻을 갖는 경북방언으로 올라 있다. 이 말에 대한 방언 구획 역시 재검토가 필요함을 알 수 있다.

⑦ **흰창** : 『전남방언사전』에서는 '흰창'이 진도와 고흥을 제외한 전남 전역에서 사용된다고 되어 있다. 그런데 『표준국어대사전』에서는 '흰자위'의 경상, 충청 방언으로 되어 있으나, 국립국어원과 『21세기 세종계획』의 방언 검색 프로그램에서는 경상, 충청, 전남 방언으로 올라 있다. 따라서 이 역시 방언 구획에 문제가 있는 경우라 할 수 있다.

3. 『탁류』의 북한어에 관하여

필자는 "『탁류』의 어휘를 정리하면서 역시 『표준국어대사전』을 참조하는 가운데 '북한어' 규정에 해당하는 상당한 개수의 어휘들이 이 작품 속에 담겨 있음을 발견"[26]했는데, "남북한 분단 이전인 식민지시대에 전라도 출신의 작가가 쓴 작품에 담긴 상당수의 어휘가 '북한어'라 규정되는 것 자체부터가 비상한 문제의식을 불러일으키기에 충분했다."[27] 이와 관련하여 우선『표준국어대사전』의 문제점을 지적하고 있는 다음의 설명과 논평을 참조할 필요가 있다.

> 특히 북한 낱말이 대량으로 실려 있는데 이는 '표준어 규정'에 정면으로 위배되는 예이다. 가령, 북쪽의 『조선어대사전』에 올림말로 실린 개화기 경성 방언이, 북한어로 둔갑해 실린 예들이 있다. 표준어를 사정할 때 개화기에 사용되던 많은 어휘가 남쪽 사전에는 실리지 않고 북쪽 사전에만 실린 것을, 다시 『표준국어대사전』에 퍼 오면서 북한어로 취급하는 웃지 못할 일이 생겨나게 된 것이다.[28]

그런데 『탁류』에 포함되어 있는 북한어들을 보면, 개화기 경성 방언뿐만 아니라, 식민지시대에는 작가 채만식의 고향 전북뿐만 아니라 적어도 한반도 전역에서 널리 쓰이다가 해방 이후 남한에서는 쓰이지 않게 되고 북한에서는 살아남은 많은 어휘들이 북한어로서 『표준국어대사전』에 대거 오르게 된 것이 아닌가 하는 추정을 하게 된다. 그 중 특별히 주목해서

---

26 졸고, 앞의 책, 448쪽.
27 위의 책, 449쪽.
28 이상규, 앞의 책, 195쪽.

볼 만한 말들을 우선 정리해서 소개한다.

단어	해당 대목
① 고패	그러나 그렇다고 승재라는 사람이 속세의 생활을 한 **고패**([5] 고개) 딛고 넘어서서 탈속(脫俗)이 되었다거나, 달리 무슨 괴벽이 있어서 그러냐 하면 실상 그런 것은 아니다.(62쪽)
② 열적다	태수는 형보더러 눈을 흘기면서도 함께 웃는다. 그는 형보 말대로 싸움을 말려 주고는 싶어도 형보가 방정맞게 여럿이 듣는 데서 그런 말을 씨월거려 놔서 차마 **열적어** 선뜻 내닫지 못하는 눈치다.(11쪽)
③ 돋구다	만약 이때에 초봉이가 조그만큼만 더 윤희의 부아를 **돋구**어([1][2] 들구어, [5] 돋우어) 주었다면, 윤희는 단박 달려들어 초봉이의 얄밉디얄밉게시리 이쁜 입과 턱을 싹싹 할퀴고 물어뜯고 해 주었을 것이다.(36쪽)
④ 곽	초봉이는 로지농 칼슘 한 **곽**을 꺼내다가 전표를 써서, 먼저 준비해 논 태수의 것까지 아이를 주어 배달을 하라고,(39쪽)
⑤ 슴슴하다	둘이는 태수가 술 먹은 이야기를 몇 마디 주고받고 하다가 말거리가 없어 **슴슴했다**([1][2] 말거리가 슴슴해젓다, [3] 말거리가 없어 심심했다).(103쪽)
⑥ 옴낫	초봉이는 모친이 말을 묻는 것도 잊어버리고, 저 혼자서, 시방 태수라는 사람이 던지는 그물에 옭혀 매어 **옴낫**([3][5] 옴나위)하지도 못하면서,(148쪽)
⑦ 우렷하다	그는 시방 눈앞에 자비스런 초봉이가 한가운데 천사의 차림으로 **우렷이** 나타나 있고, 그 좌우와 등 뒤로는 그의 가권들의 가엾은 얼굴들이 초봉이의 후광(後光)을 받아 겨우 희미하게 안식을 얻고 있는 그런 성화(聖畵)의 한 폭이 보이던 것이다.(184쪽)
⑧ 흉헙다	계봉이는 태수의 얼굴은 알아볼 수 있으나 형보를 보고, 저건 어디서 저런 **흉허운**([1][2][4] 숭허운, [5] 숭어운) 게 있는고([3] 있는가), 또 태수가 웬 기생을 데리고 다니니 필경 부랑자이기 쉽겠다 하여, 눈살이 꼬옷꼬옷하고 이마를 찡그린다.(195쪽)
⑨ 옥구구	이게 실상은 **옥구구**요, 사실 초봉이는 누구나 처녀로 결혼식장에 임하여 경험하듯이, 아무것도 정신을 차리지 못해, 제

	법 슬퍼하고 기뻐하고 할 겨를이 없었던 것인데, 승재는 부질 없이 제 슬픔에 잡쳐 가지고는 그게 초봉이에게서 우러나는 초봉이의 슬퍼함이라는 착각을 일으켰던 것이다.(199쪽)
⑩ 흡뜨다	승재는 대번 보고서 짐작은 했지만, 아무러나 이왕 온 길 이니 청진기를 꺼내서 귀에 걸고 다가앉는데, 먹곰보네는 그 제서야 놀란 눈을 **흡뜨고**(③ 흡뜨고)(113쪽)
⑪ 퍼버리다	그러나 실상인즉, 그는 제호를 떼쳐 버리기가 겁이 나기 전에, 저와 마주 떠억 **퍼버리고** 앉아 있는 제호라는 인물의 커다란 몸집에서 무겁게 퍼져 나오는 이상한 압기(265쪽)
⑫ 쑹얼거리다	제호는 혼자 부산나케 **쑹얼거리면서** 안팎으로 끼웃거린 다.(315쪽)

① **고패** : 우선『채만식 어휘사전』에서는 '고비. (일이 되어가는 데 있어 서의 요긴한 기회, 또는 한창 막다른 때나 상황).'이라 풀이한다. 그런데 『표준국어대사전』에서는 즉 '비탈진 길의 가장 높은 곳', '어떤 일의 가장 어려운 상황', '굽은 길의 모퉁이' 등을 뜻하는 '고팽이'의 북한어라고 설명 하고 있다. 그런데 국립국어원의 방언 찾기 프로그램에서는 이 말이 중국 의 몇몇 지역에서 사용된다고 되어 있는 데 비해,『21세기 세종계획』방언 검색 프로그램에서는 중국의 몇몇 지역뿐만 아니라 전남, 전북, 평남, 평 북, 함남, 함북 등지에서도 쓰인다고 설명한다. 위 경우 역시 모두가 이 말 에 해당하는 표준어를 '고팽이'로 본다. 이러한 설명들을 모두 종합해서 판 단해보자면, 이 '고패'라는 말은 북한과 중국 동포들이 사는 몇몇 지역뿐만 아니라 전라도 지방에서도 사용되고 있는바, 그 사용 지역의 경계가 상당 히 넓은 어휘임을 알 수 있다. 북한어라는 규정이 맞지 않는 말이라 생각 된다.

② **열적다** :『채만식 어휘사전』은 이것이 '어색하고 겸연쩍다'라는 뜻으 로 '열없다'와 비슷한 말이라 하고 있다. 『표준국어대사전』에서는 '열없다' 의 북한어로 되어 있다. 그런데 흥미로운 것은 국립국어원과『21세기 세종

계획』의 방언 검색 프로그램에서 이 말을 전라도 방언이라 규정하고 그 용례를 채만식『탁류』의 위 대목과 조정래의『태백산맥』・『아리랑』을 통해 소개하면서 다음과 같은 논평을 덧붙이고 있다는 사실이다.

> 표준국어대사전에는 '열적다'를 '열없다'의 잘못으로 처리하고, 북한어로 다루고 있다. 예문에서 보는 것처럼 채만식, 조정래의 작품에서 많이 쓰는 것으로 보아 3・40년대에도 전라도에서 많이 사용한 말인 것을 알수 있다. '열이 적다, 열이 없다.'의 구에서 출발한 것으로 보이는데 이때 '열'이 어떤 의미를 가진 명사인지 말하기 어렵다. 이기영의 작품에 많이보이고, 염상섭의 '삼대, 만세전', 김유정의 '만무방', 박완서의 '미망', 황석영의 '장길산'에 보이고 있다. 따라서 '열적다'는 전국적으로 쓰인 어휘로보인다.

『표준국어대사전』의 북한어 규정이 잘못되어 있다는 단적인 논평이다. 오히려 중요한 과제는 문학작품 등을 통해 이 말의 용례를 더욱 광범하게 확보하는 일이라 생각된다.

③ **돈구다** :『표준국어대사전』에서 이 말은 '돋우다'의 북한어로 되어 있다. 그런데 국립국어원과『21세기 세종계획』의 방언 검색 프로그램에서는 공히, 이것이 '부추기다'라는 뜻의 강원도 방언 또는 '돋우다'를 표준어로 하는 경북, 충남, 충북, 제주, 함북, 중국(오상, 돈화, 화룡) 지방의 방언, 그리고 '돈구다' 자체가 표준어인 평북 지방의 말로 풀이되어 있다. 그리고 여기에 덧붙여 역시『탁류』의 위 대목과 조정래의『아리랑』, 최명희의『혼불』등 문학 작품에서 사용되는 경우를 들고 있는데, 이 역시 '돋우다'를 표준어로 하는 의미로서 전라도, 경상도, 충청도, 제주도, 북한, 전국을 사용 지역으로 한다고 설명한다. 이 설명을 그대로 옮기면 다음과 같다.

표준어 '돋우다'의 전라 방언은 '돋구다'이다. '돋구다'는 자동사 '돋다'에 사동접미사 '-우-'가 연결된 것이다. 전라 방언에서는 '늘리다, 기르다'를 '늘구다, 질구다'로 쓰면서 사동접미사 '-구-'를 많이 쓰는 것이 특징적이다. 이에 따라 '돋구다'가 사용된 것이다. '목청을 돋구다, 성질을 돋구다, 기운을 돋구다.' 등으로 사용된다. '돋우다'가 '돋구다'에 비해 널리 쓰이므로 '돋우다'를 표준어로 삼고 있다. 표준어 규정 제25항은 의미가 똑같은 형태가 몇 가지 있을 경우, 그중 어느 하나가 압도적으로 널리 쓰이면, 그 단어만을 표준어로 삼도록 규정하고 있다. 다만 '돋구다'가 '안경의 도수 따위를 더 높게 하다.'라는 뜻으로 쓰일 때에는 표준어로 인정한다. 박경리의 '토지'에도 '돋구다'가 많이 쓰이고 있다.

이 설명에는 모순이 있다고 생각되는데, 위에서 보듯 이 말은 그 사용 경계가 매우 광범위하기 때문이다('돋우다'가 '돋구다'에 비해 현재 압도적으로 널리 쓰이고 있는지도 의문의 여지가 있다). 따라서 이 말은 북한어 규정뿐만 아니라 방언 규정 역시 재고의 여지가 있는 경우라 할 수 있다.

④ **곽** : 우선 『전라도방언사전』에서는 '갑, 관(棺)'의 뜻을 가진 방언으로 올려놓고 있다. 그런데 『표준국어대사전』에서는 이것을 '마른 물건을 넣어 두는, 뚜껑 있는 작은 그릇'이라는 의미의 '갑'의 북한어로 규정한다. 그리고 국립국어원 방언 찾기 프로그램에서는 이것을 중국(오상, 태래)에서 사용되는 방언으로, 그리고 『21세기 세종계획』 방언 검색 프로그램에서는 '갑'의 의미일 때에는 경상도와 중국(오상, 태래) 지역의 방언이며, '상자'의 의미일 때에는 전남 담양 지역에서 사용되는 방언이라고 설명한다. 그러나 이 말 역시 조사가 좀 더 이루어진다면 『탁류』뿐만 아니라 다양한 지역 출신 작가의 작품에서 발견될 가능성이 많다고 생각된다.

⑤ **습습하다** : 『표준국어대사전』과 국립국어원, 『21세기 세종계획』 방언

검색 프로그램의 풀이에서 공통적인 것은, 이 말이 '심심하다' 또는 '슴슴하다'라는 의미로서 북한과 중국의 일부 지역에서 사용되는 말이라는 점이다. 그러나 『탁류』에 이 말이 등장하는 것을 보면 여타 출신 지역 작가의 작품에서도 발견할 가능성을 배제할 수 없다고 생각된다.

⑥ **옴낫** : 이 말은 『표준국어대사전』에서만 '옴나위'의 북한어라고 되어 있다. 그러나 『탁류』에 이 말이 등장하는 이상, 적어도 식민지시대 작품에서 더 이상의 용례가 나타나는지를 눈여겨볼 필요가 있는 말이다.

⑦ **우렷하다** : 우선 '우렷이'가 텍스트 ③의 낱말풀이에 '우련히. 보일 듯 말 듯 희미함.'이라고 풀이되어 있고, 『채만식 어휘사전』에서도 그것을 '모양이나 빛깔이 보일 듯 말 듯 희미하게'라고 설명한다. 그런데 『표준국어대사전』에서는 '눈앞에 보이거나 떠오르는 모양 따위가 좀 희미한 가운데 은근하면서도 뚜렷하다'는 뜻을 가진 '우련하다'의 북한어라고 되어 있다. 국립국어원과 『21세기 세종계획』 방언 검색 프로그램에는 이 말이 등재되어 있지 않다. 그렇다면 이 말은 일제강점기에는 일반적으로 쓰이다가 해방 이후 남한에서는 쓰이지 않게 되고 북한에서는 살아남은 어휘들 가운데 하나일 수도 있다는 추정을 하게 된다.

⑧ **흉헙다** : 『채만식 어휘사전』에서는 '(말이나 행동이) 불쾌할 정도로 흉하다. 꽤 흉하다.'로 설명하고 있다. 그런데 여타 사전에는 올라 있지 않은 이 말이 『표준국어대사전』에서만 '흉업다(=말이나 행동 따위가 불쾌할 정도로 흉하다.)'의 북한어로 명기되어 있다. 더구나 이 말은, 예컨대 심훈의 미완 장편소설 『불사조』(『조선일보』, 8.16~12.29)의 해방 이후 남한 판본에서도 다음과 같이 그 용례가 발견된다.

가뜩이나 풍파 많은 집안에 모양 **흉헙게** 쫓겨나가면 피차에 어렵지 않겠오?[229]

이 말 역시 더 많은 용례를 발견할 가능성이 있는 경우이다.

⑨ **옥구구** : 우선 텍스트 ③의 낱말풀이에서는 '옥셈. 생각을 잘못하여 제게 불리하게 계산하는 셈.'이라 풀이되어 있고, 『채만식 어휘사전』역시 비슷하게 설명하고 있다. 그런데 역시 『표준국어대사전』에서는 이것이 '옥셈'의 북한어라 명기되어 있는 데 반해, 국립국어원의 '방언 찾기'에서는 중국 지역에서 쓰는 방언이라 설명하는 한편으로 이문열의 『아가』라는 작품으로부터 이 말의 용례를 소개하면서 경상도 방언이라 하고 있다. 이 말을 경상도 방언이라 보면서 이문열의 작품을 예로 드는 것은 『21세기 세종계획』의 방언 검색 프로그램에서도 마찬가지이다. 이 말을 북한어로 보는 경우건 경상도 방언으로 보는 경우건 문제가 있음을 알 수 있다.

⑩ **흡뜨다** : 『채만식 어휘사전』에서는 '흡뜨다'라는 말을 올려놓고서 '눈알을 위로 굴리고 눈시울을 위로 치뜨다'라고 설명한다. 그런데 여기서 주목할 것은, 이 사전이 이 말의 출처로 삼고 있는 『탁류』의 판본인 텍스트 ③에는 '흡뜨다'가 아닌 '흡뜨다'로 표기되어 있다는 점이다. 사전 편자가 이것을 잘못 읽은 것일 수 있으나, 중요한 것은 그가 '흡뜨다'를 이 어휘사전에 엄연히 올려놓고 있다는 사실이다. 이것은 곧 이 사전의 편자가 이 말을 방언으로 인식하고 있지 않음을 보여준다(물론 북한어로도 보지 않는 것인데, 이 사전이 출간되었을 때만 해도 '북한어'라는 개념이 존재하지 않았다). 그런데 『표준국어대사전』에서는 '흡뜨다'의 북한어로 명기하고 있다. 그런데 국립국어원과 『21세기 세종계획』방언 검색 프로그램에서는 이 말이 중국 지역과 충청도 지방에서 쓰이는 방언이라고 설명한다. 특히 이기영, 이문구, 홍명희, 윤대녕, 강준희 등 충청도 출신 여러 작가들의 작품에서 그 용례를 소개하고 있다. 거기에 덧붙인 해설은 다음과 같다.

---

29 심훈, 『심훈문학전집 3』(재판), 탐구당, 1967, 464쪽.

'흡뜨다'는 표준어 '홉뜨다'에 대응하는 충청도 방언으로 '흡-'과 '뜨다'로 분석할 수 있다. '흡뜨다'는 '눈알을 위로 굴리면서 눈시울을 위쪽으로 향하는 모양'을 뜻하는 접두사 '흡-'에 '감았던 눈을 벌리다'의 뜻을 가진 '뜨다'가 결합된 말이다. 상대방의 말이나 행동이 못마땅할 때 그것이 못마땅하다는 것을 눈짓으로 표현하는 방법 가운데 하나다. 이렇게 함으로써 상대방의 말이나 행동을 멈추게 하거나 간접적으로 자기의 의사를 표현하기도 한다. 이렇게 눈을 뜨면 흰 동자가 많이 보인다.

그러나 『탁류』의 이 용례만으로도 이 말이 충청도 방언이라는 단정은 문제가 있다. 이러한 판단을 뒷받침할 만한 예를 한 가지 더 들 수 있는데, 그것은 전남 목포 출신 시인 김지하의 작품 「녹두꽃」에 담겨 있다. 그 부분은 다음과 같다.

（전략）
모질수록 매질 아래 날이 갈수록
흡뜨는 거역의 눈동자에 핏발로 살아[30]
（하략）

1930년대 소설 『탁류』뿐만 아니라, 현역 시인인 김지하가 1970년에 출간한 시집의 한 작품에서도 이 말을 쓰고 있는 것을 보면 이 역시 북한어 규정이 타당하지 않은 경우라 할 수 있다.

⑪ **퍼버리다** : 『채만식 어휘사전』에서는 '퍼더버리다. 아무렇게나 앉아 다리를 편하게 뻗다.'로 풀이하고 있다. 그러나 이 말은 위의 여타 사전에

---

30 김지하, 『황토』, 한얼문고, 1970, 14쪽.

는 등재되어 있지 않고, 오직 『표준국어대사전』에서만 '퍼더버리다'의 북한어로 되어 있다. 좀 더 조사가 필요한 말이다.

⑫ **쑹얼거리다** : 『표준국어대사전』에서는 이 말이 '마음에 들지 아니하여 남이 알아듣지 못할 정도로 자꾸 혼잣말을 하다'라는 뜻의 북한어라고 규정한다. 그러나 국립국어원과 『21세기 세종계획』의 방언 검색 프로그램에서는 이 말을 '중얼거리다'라는 뜻의 강원, 평남, 평북, 황해 방언이라 소개하기도 한다. 역시 또 다른 용례가 없는지 찾아볼 필요가 있는 말이라 생각된다.[31]

4. 결론

원본비평을 통해 새롭게 면밀히 살핀 작품 『탁류』 속에는 일반적으로 알려진 것보다 훨씬 다양하고 풍부한 말들이 생동하고 있으며, 그것이 대부분 포괄적 의미의 방언들임을 확인할 수 있다. 본고에서는 그 가운데에서 기존에 의미가 풀이되지 못했거나 잘못 해석된 몇몇 말들과 방언 구획 상의 문제점을 검증해주는 말의 대표적 경우 몇 가지, 그리고 북한어로 규정되고 있는 어휘들의 실제 성격과 그를 통해 본 북한어 규정 자체의 본질적 문제점 등을 소개하고 제기했다. 이러한 검토는 그 자체로서도 의미가 없지 않다고 생각하지만, 이 작품에 담겨 있는 여타의 온갖 어휘들을 정리

---

31 한편 근년에 임무출이 엮어 낸 『홍석중의 소설 『황진이』 어휘사전』(대훈, 2006)에서도 이 '쑹얼거리다'를 비롯하여 '열적다', '우럿하다', '흡뜨다' 등 『황진이』에 등장하는 말들을 『표준국어대사전』의 편찬 지침을 그대로 따라 모두 북한어로 분류하면서 풀이하고 있다. 그런데 특히 홍석중이라는 작가의 경우, 그가 충북 출신인 벽초 홍명희와 그 아들 홍기문을 할아버지와 아버지로 둔 사람으로서 그 어휘 구사의 영향을 많이 받았을 것이라는 점을 염두에 둔다면, 예의 북한어 규정에 관해서는 더더욱 재검토가 요구된다고 하겠다.

하고, 또한 이후에 그것을 바탕으로 하여 다른 문학 작품과의 종합적 대비를 통해 그 속에 담겨 있는 말들을 고찰하는 하나의 방법론으로 기능할 수도 있다고 판단된다. 그리고 이렇게 문학 작품의 언어를 넓고 깊게 고찰하는 것은 결국 한국어를 더욱 더 풍요롭게 하는 데 일조할 수 있다고 생각된다. 본고에서 『탁류』를 포함하는 여러 문학 작품의 어휘를 풀이하고 있는바, 『표준국어대사전』을 비롯한 여러 어휘사전의 문제점에 관해 고찰한 것도 그러한 목적을 위한 것이었다.[32] 본고의 이러한 문제의식은, '국어대사전'의 편찬 철학과 원칙에 관한 다음과 같은 조언의 취지와 다르지 않은 것이라 생각한다.

(전략) 시대와 지역에 따라 달라진 언어가 어떤 관련을 가지는지 설명해야 한다.(중략) 서사어와 구두어에서 새로 찾아낸 많은 어휘가 표준어인가를 가리는 것은 무의미한 일이다. 표준어 사정을 할 때 그런 말이 있는지 몰라 대상으로 삼지 않았다. 표준어 사정에 들어가지 않은 말은 방언이니까 홀대해도 그만이라는 옹졸한 생각을 가지고 국어대사전을 만들 수는 없다. 국어대사전은 표준어 사전일 수 없다. 표준어인지 옛말인지 방언인지 가리지 말고, 고유어와 한자어를 차별하지 말고, 모든 국어를 포괄하는 사전이 국어대사전이다.[33]

---

32 또한 본고의 이러한 시도는 궁극적으로, 현재 추진되고 있는 『겨레말큰사전』의 편찬 방향에도 하나의 참조가 될 수 있으리라 생각한다. '겨레말큰사전남북공동편찬사업회'에서 추진하고 있는 이 사전 편집진의 새 어휘분과 총론 지침을 보면, "② 문헌 조사는 문학 예술작품, 신문, 잡지, 과학 기술 도서, 교과서, 전문어 사전과 동식물지, 광물지, 농사 관련 어휘집, 방언사전 등 문헌 자료를 대상으로" 하며, "③ 문헌 및 현장에서 조사한 어휘 자료에 대해서는 정밀한 뜻풀이와 함께 용례 정보를 제시해 주며, 그 출전과 출처 및 자료 조사지를 정확히 밝힌다"고 되어 있는데, 이 때 역시 문학 작품의 경우 각각에 대한 면밀한 원본비평을 바탕으로 하여 해당 어휘의 성격을 충분히 검토해야만 오류를 피하면서 소기의 성과를 걷을 수 있을 것이다.

또한 이와는 조금 다른 맥락의 문제의식에서 나온 것이지만, 한국어의 풍요로움을 어떻게 도모할 것인가라는 과제를 설정하면서 던지는 다음과 같은 문제 제기의 방식 역시 큰 틀에서 볼 때 위와 맥을 같이 하는 것이라 생각된다.

나는 우리말의 현실을 가리켜서 삼불시대三不時代라고 말한다. 이것을 가름해서 말하면 첫째는 삼대불통三代不通이다. 할아버지 할머니가 하는 말을 손자 손녀가 알아듣지 못하고, 손자 손녀가 쓰는 말을 할아버지 할머니가 새겨듣지 못하니, 말이 조손간祖孫間의 삼대를 넘지 못하고 벽이 생긴다는 것이다.(중략) 둘째는 삼대불용三代不用이다. 할아버지가 쓰는 말은 할아버지 또래에서나 쉽게 쓰이는 어려운 말이요, 손자가 쓰는 말은 손자 또래에서나 쉽게 쓰이는 어려운 말일 뿐, 조손간에 두루 쓰이는 말은 생각보다 그리 많지가 않다는 뜻이다. 셋째는 삼대불학三代不學이다. 할아버지 세대는 손자 세대의 말을 익히거나 새기려 하지 않고, 손자 세대는 할아버지 세대의 말을 배우지도 본받지도 않아서, 말이 삼대를 물리지 못하고 잊거나 잃거나 하여 끊어지고 만다는 뜻이다.[34]

적어도 삼대 또는 그 이상이 함께 소통하고 사용하고 공부할 수 있는 언어 공간을 확보해야 한다는 이러한 문제의식이, 작가로서 김유정과 채만식을 사숙했음을 공공연하게 밝히곤 했던 이문구로부터 제기되고 있음을 주목할 필요가 있다. 그가 문제 제기하는 바와 같이 삼대 또는 그 이상이 풍

---

33 조동일, 「국립국어원에 바란다」, 제7회 국립국어원 언어정책토론회, 2006(이상규, 앞의 책, 200~201쪽에서 재인용).

34 이문구, 「말을 찾아서」, 『이문구전집 18-마음의 얼룩』, 랜덤하우스중앙(주), 2005, 225~226쪽.

요롭게 의사소통할 수 있는 언어의 토대를 마련하기 위해서는, 특히 『탁류』를 비롯하여 방언(및 방언에 대해 또 다르게 규정된 범주로서의 북한어 등)을 풍부하게 담고 있는 더욱 많은 작품들의 어휘를 면밀하게 검토하는 작업이 절실히 요구된다고 생각한다. 궁극적으로 이러한 작업은, 특히 소설 작품의 경우 각각에 대한 면밀한 원본비평을 바탕으로 하여 해당 어휘의 성격을 충분히 검토해야만 오류를 피하면서 더욱 깊이 있는 해석의 성과를 걸을 수 있다는 의미에서, 문학적 해석의 정확성과 깊이를 확보해주는 데 기여할 것이다. 본고는 그러한 작업을 위한 하나의 단초이다.

참고 문헌

1. 기본자료

김지하, 『황토』, 한얼문고, 1970.

심 훈, 『심훈문학전집 3』(재판), 탐구당, 1967.

이병주, 『지리산』(1~7권), 기린원, 1985.

〈조선일보〉(1937.10.12~1938.5.17)

채만식, 『탁류』(3판), 민중서관, 1949.

_____, 『채만식전집 2 : 탁류』, 창작사, 1987.

_____, 『채만식전집 10』, 창작과비평사, 1989.

_____, 『탁류』(우한용 해설·주석), 서울대학교 출판부, 1997.

_____, 『탁류』(2판 7쇄), 문학사상사, 2003.12.15.

2. 국내논저

이기갑 외 편, 『전남방언사전』, 태학사, 1998.

이기문·이상규 외, 『문학과 방언』, 역락, 2001.

이문구, 『이문구전집 18-마음의 얼룩』, 랜덤하우스중앙(주), 2005.

이상규, 『방언의 미학-우리말 풍경 돌아보기』, 살림, 2007.

이익섭, 『방언학』, 민음사, 1986.

이주행, 『한국어 사회방언과 지역방언의 이해』, 한국문화사, 2005.

이태준, 『문장강화』(임형택 해제), 창작과비평사, 1988.

_____, 『신문장강화』(박진숙 엮음), 현대문학, 2009.

임무출 엮음,『채만식 어휘사전』, 토담, 1997.

_____,『홍석중의 소설 황진이 어휘사전』, 대훈, 2006.

전수태,『북한 문학 작품의 어휘-남북한 어휘 차이를 중심으로』, 국립국어연
구원, 1998.

전수태·최호철,『남북한 언어비교-분단시대의 민족어 통일을 위하여』, 녹진,
1989.

정홍섭,「원본비평을 통해 본『탁류』의 텍스트 문제」,『우리어문연구』36집,
2010.1.

주갑동,『전라도방언사전』, 수필과비평사, 2005.

3. 기타

국립국어원 웹사이트『표준국어대사전』(http://stdweb2.korean.go.kr/main.jsp)

_____, '한글방언찾기'
(http://www.korean.go.kr/09_new/dic/local/word_local.jsp)

웹사이트『21세기 세종계획』(http://www.sejong.or.kr)의 한국방언 검색 프로그램

웹사이트『겨레말큰사전 남북공동편찬사업회』
(http://www.gyeoremal.or.kr : 8080/navigator?act=index)